2014 年度教育部人文社会科学研究一般项目（14YJA751037）

中国古代诗歌
注释学史稿

周金标 / 著

上海三联书店

目 录

绪　论 ……………………………………………………………………… 1

  第一节　关于选题的几个问题 ………………………………………… 1

  第二节　本课题的理论价值和实际意义 …………………………… 5

  第三节　分期研究 …………………………………………………… 10

第一章　唐前启蒙期 ………………………………………………… 17

  第一节　先秦关于《诗》的注释 …………………………………… 17

  第二节　两汉的"三家诗"注释 …………………………………… 25

  第三节　《毛诗诂训传》 …………………………………………… 26

  第四节　郑玄《毛诗笺》 …………………………………………… 28

  第五节　王逸《楚辞章句》 ………………………………………… 30

  第六节　沈约《咏怀诗注》和魏晋六朝的诗歌注释 …………… 33

第二章　李善《文选注》与唐代的初兴期 ……………………… 41

  第一节　李善《文选注》体例考察 ………………………………… 42

  第二节　李善《文选注》的诗歌注释 ……………………………… 46

  第三节　注释体例的重大创新 …………………………………… 57

  第四节　李善《文选注》的诗歌注释学价值及不足 …………… 62

  第五节　五臣《文选注》和《文选》补注 ………………………… 66

  第六节　唐诗当代注 ……………………………………………… 73

第三章　宋代的兴盛期 ……………………………………………… 79

  第一节　唐诗经典化与作品的搜集整理 ……………………… 79

　　　第二节　"无一字无来处"和诗歌注释学的兴盛 ·············· 84

　　　第三节　赵次公与宋人注唐诗 ······························· 91

　　　第四节　任渊与宋诗当代注 ······························· 108

　　　第五节　朱熹及其《诗集传》《楚辞集注》 ··············· 131

　　　第六节　唐前诗歌注释 ··································· 137

　　　第七节　宋代的诗歌注释学成就和不足 ··············· 138

第四章　元明的转型期 ··· 142

　　　第一节　元代的诗注概况 ································· 144

　　　第二节　刘履及其《选诗补注》 ······················· 157

　　　第三节　单复《读杜诗愚得》和明代前期的诗歌注释 ··· 161

　　　第四节　顾起经与明代后期的唐集注释 ··············· 163

　　　第五节　钟惺《诗归》与明代的诗歌评点 ············· 167

　　　第六节　胡震亨与明代的李白诗注 ··················· 171

　　　第七节　王嗣奭《杜臆》与明代的杜甫诗注 ··········· 175

　　　第八节　黄文焕与明代后期的其它注释 ············· 181

第五章　清代的鼎盛期（上编） ······························· 189

　　　第一节　朱鹤龄与清初的李商隐诗注 ··············· 191

　　　第二节　钱谦益、仇兆鳌与清初的杜甫诗注 ········· 201

　　　第三节　查慎行与清初的苏轼诗注 ················· 220

　　　第四节　钱曾与清初的当代诗注 ··················· 226

　　　第五节　清初的陶渊明诗注 ······················· 228

　　　第六节　吴兆宜及其南朝诗注 ····················· 232

　　　第七节　顾嗣立及其唐集注释 ····················· 236

第六章　清代的鼎盛期（中编） ····························· 246

　　　第一节　赵殿成与王维诗注 ······················· 247

　　　第二节　惠栋与清中期的当代诗注 ··············· 252

　　　第三节　方世举与清中期的韩愈诗注 ············· 275

　　　第四节　王琦与清代的李白、李贺诗注 ··········· 280

　　　第五节　《唐诗别裁集》与清代的诗歌选注选评 ····· 287

第六节　冯浩与清中期的李商隐诗注 ……………………… 298

第七节　《四库全书》与中国古代诗歌注释 ……………… 302

第八节　杨伦与清中期的杜甫诗注 ………………………… 309

第九节　冯应榴与清中期的苏轼诗注 ……………………… 311

第十节　《樊川诗集注》及其它注本 ……………………… 318

第十一节　纪昀与清代的诗歌评点 ………………………… 325

第七章　清代的鼎盛期（下编） ………………………… 330

第一节　沈钦韩与唐宋诗歌补注 …………………………… 330

第二节　施国祁《元遗山诗集笺注》 ……………………… 335

第三节　陶澍与清中后期的陶渊明诗注 …………………… 339

第四节　陈熙晋与清后期的其他诗注 ……………………… 342

第五节　施鸿保与清后期的杜甫诗注 ……………………… 346

第六节　董兆熊与清后期的当代诗注 ……………………… 351

结语：清代诗歌注释学的特点和不足 ……………………… 360

绪　论

第一节　关于选题的几个问题

记得还在读博时期,初步选定朱鹤龄《辑注杜工部诗》作为研究对象,想搜寻关于杜诗研究史的材料,发现要么失之于单薄,要么是断代的简介。想再对古代诗歌注释整体状况作一鸟瞰,发现这种研究史类的著作基本阙如。当时就想,古代诗歌注本佳作如林,名家辈出,对此学界应该有所总结,为什么连一部像样的专著都没有呢?

梁启超曾云:"盖吾辈不治一学则已,既治一学,则第一步须先将此学之真相了解明确,第二步乃批评其是非得失。"(《清代学术概论·十二》)他所说的"此学之真相",就是关于一门学术的基础文献及历代学者的研究成果。梁氏认为,治学须经过两个步骤:首先必须摸清家底,认识"此学"的历史现状;其次是在前人的基础上,或补苴罅漏,或另辟蹊径,再作深入研究。他的这一主张,对研究具有悠久历史和丰富遗产的诗歌注释学颇具启发和借鉴意义。上世纪八九十年代,古典文学研究拨乱反正,重视古典,又采撷西学,在史料整理和理论构建两方面均有长足进步。但美中不足的是,史料整理者较多局限于校勘、标点、辑佚、辨伪、笺注等,工作堪称精密,但较少与文学、文艺学的探讨结合起来,研究者的学术思想及其对文学规律的认识很难体现;理论工作者探讨文学现象,总结文学规律,功劳不小,但往往将视野投向现实。部分学者又剑走偏锋,热衷于以现代思想与西方概念改造古典,而对研究对象的丰富遗产缺乏基本的了解。因此,扬长避短的办法,就是在史料整理与理论阐述之间找到适当的衔接点,从学术史的角度,以当代学者的学术视野,对古代某些作家作品、文学流派和文学现象的研究史料进行搜集甄别,作出准确的阐释,对一些焦点问题集中分析,探讨出一些规律性的结论,既加深当代对古代文学的认识,又可丰富文学批评史的内涵。傅璇琮先生说:"中国古典文学固然有悠久的历史,中国古典文学的研究同样有悠久的历史。我们需要有中国文学创作史的著作,同样需要有中国文学研究史的著作。我们应从学术史的角度对中国文学的发展作历史的审视,这样可能对文学史的研究提供值得借鉴的学术背景。也就是说,要开展对研究的研究。"①诗歌注释学正属于所谓"研究的研究"。

中国古代诗歌注释史十分久远,两汉《诗经》注释有齐、鲁、韩、毛四家,成果丰富。唐初李善《文选注》开启诗歌注释的新阶段,其体例和方法为后世树立楷模,"选学"大盛,注释是其主要和基础的内容。宋代的唐集注本和当代注本佳作如林,"千家注杜"及苏注、黄注、王注等皆成经典。元明两代评点盛行,诗歌艺术受到空前重视。清代是诗歌注释的集大成期,对注释学规律的学术总结至今仍有重要的借鉴意义。如果从先秦对《诗经》的简单训诂算起,至今已有两千五百年历史。但古人对诗歌注释的关注,多停留在各类专业考证,即使《四库全书总目》这样理论性较强的著作,对名家名注的评论仍缺乏全面性且深度不足。诗歌注释学又是年轻的学科。1988 年许嘉璐先生呼吁建立注释学,他认为注释学是"研究给古书作注释的原则、方法和规律等等问题的科学",注释学的基本框架,应包含"甲、注释学的性质、任务和意义;乙、注释的内容、体例和类型;丙、注释的方法;丁、判断注释正误优劣的标准"等②。许先生希望建立的注释学,应囊括经史子集等所有古籍在内,内容非常广泛。但遗憾的是至今三十多年过去,对注释学进行理论总结的著作仍然付之阙如,原因较为复杂,但重视不够及畏难情绪应是主要因素。诗歌注释是集部注释的主体,成果最多,价值较高,其理论意义不容忽视。

近二十多年来,对古代诗歌注释的研究取得了一定进展。目前国内与本课题相关的研究成果,主要集中在三个方面:

一是注本研究。对诗歌注本尤其是名家名注的研究近来十分深入,如杜诗在宋代有赵次公、黄鹤、蔡梦弼、九家注等,清代有钱谦益、朱鹤龄、仇兆鳌、浦起龙、杨伦、施鸿保等注;苏诗在宋代有赵次公、赵夔、施元之、顾禧等注,清代有邵长蘅、冯景、查慎行、翁方纲、沈钦韩、汪师韩、冯应榴、王文诰等注。这些注家多为宿儒名流,学养深厚,以笺注为名山之业,因此他们的注本也受到重视,今日皆

---

① 《唐才子传校注序》,中国社会科学出版社 1991 年 6 月版,第 5 页。
② 《注释学刍议》,《古汉语论集》第二辑,湖南教育出版社 1988 年 1 月版。

有著作或论文面世。就作家而言,魏晋六朝的曹、阮、陶、二谢、鲍,唐代的三李、王(维)、韩、白、杜(牧),宋代的欧、王、苏、黄、陈、陆等,金代元好问,明代高启,清代钱谦益、吴伟业、朱彝尊、王士禛等,他们的诗集在古代或近现代均有注本,对这些注本已有大量研究著作或学术论文。从成果看,对象众多,内容广泛,资料丰富,考据扎实,部分上乘之作对注释学理论有一定的深入探讨。"选学"研究方兴未艾,对李善及五臣《文选注》的研究较为深入,李善的训诂和注释体例受到高度重视。分期研究如"宋人注唐诗""宋人注宋诗""明人注唐诗""明人注宋诗""清人注唐诗""清人注宋诗"等,正取得阶段性成果。

二是关于《诗经》《楚辞》《文选注》以及历代诗歌名家的研究史。如《诗经》研究史,有夏传才、洪湛侯、戴维等人的著作。《楚辞》研究史,有李中华、易重廉、李大明、黄中模等人的著作;也出现了对朱熹《诗集传》、王逸《楚辞章句》、洪兴祖《楚辞补注》等注本进行研究的博士论文。《文选注》的研究史,有王书才《昭明文选研究发展史》《明清文选学述评》、丁红旗《唐宋文选学史论》、王立群《现代文选学史》等一批著作。古代诗歌注释学源于对《诗经》的研究,与"楚辞学"尤其是"选学"关系密切。进入新世纪以来,对诗家的接受史和影响史研究蔚然成风,一批著作和论文相继问世,如《李白诗歌接受史》(杨文雄 2008)、《清代杜诗学史》(孙微 2003)、《韩愈诗歌宋元接受史》(谷曙光 2009)、《李商隐诗歌接受史》(刘学锴 2004)、《清代李商隐诗歌接受史稿》(米彦青 2007)、《苏轼研究史》(曾枣庄 2001),以及《北宋黄庭坚接受史研究》《清代前中期黄庭坚诗接受史研究》等相关论文,对诗歌注释史提供了有益的补充。

三是关于注释学方面的理论专著。汪耀楠《注释学纲要》(语文出版社 1991)从古籍整理的角度,对古籍的注释从定义、功用、种类,到具体工作步骤,再到各种问题进行了论述。尤其是对注释史作出了大致勾勒,其中部分内容与诗歌注释学有关。李红霞《注释学与诗文注释研究》(中国大地出版社 2009)以古代诗文注释为对象,对注释类型、方法,以及知人论世、以意逆志等基础概念进行了初步探讨。第 3 章将两汉至六朝、隋唐、两宋、元明、清代划分为初兴、发展等五个时期,对本课题有借鉴意义。台湾黄永武《中国诗学》(考据篇)(1976 年初版,2008 年修订)对中国古诗之注释、辨伪、校勘等条分缕析,价值较大。周光庆《中国古典解释学导论》(中华书局 2002)、周裕锴《中国古代阐释学研究》(上海人民出版社 2003)、邓新华《中国古代诗学解释学研究》(中国社会科学出版社 2008)等著作,对包括诗学在内的中国传统文化元典进行了多角度的哲学和文学批评。一些古代文献学方面的著作,如熊笃《中国古代文献学》等部分章节涉及注释学。

　　第一类注本研究是诗歌注释学研究的基础,其内容主要是注家生平考证,作品的版本、校勘、辑佚,作品史实、地理、典故、职官、字词、句法和主旨诸多方面的注释,作者年谱,注本的地位和影响等。从对象看,集中于名家名注;从结论看,重在考察注本的学术价值和地位影响。总体而言尚属微观的"点"的研究,与本课题"线"的研究尚有距离。第二类为各种诗集的研究史。《诗经》在汉、唐属于经学范畴,宋代以后文学性逐渐受到重视。因此《诗经》研究史成果中宋代以后的部分对本课题较有帮助。《楚辞》在汉、宋、清各有多种注本问世,各种研究史成果丰富,本课题吸纳较多。《文选注》在古代逐渐形成号称显学的"选学",内容包括辞章、广续、雠校、评论、注释几个部分。当今的"选学"研究内容复杂,本课题重点关注其诗歌注释部分。历代著名诗人诗集的接受史、研究史,对本课题也有很大裨益。第三类属于理论著作,所谓注释学的主要内容是训诂学,大多尚未脱离传统的语言研究;阐释学和解释学试图从西方哲学和语言学角度解释中国古代文献的注释现象,非以古代诗歌为专门对象。李红霞、黄永武二著有一定参考价值,但缺乏诗歌注释学的全面思考和系统论述,对诗歌的编集、编年、语言、主旨、艺术等多方面尚未涉及。但上述三类的研究,皆为本课题提供了足资借鉴的启发和材料。另外,值得重视的是古人对于笺注的观点,如果精心搜集,深入研究,不乏真知灼见,但这些资料散布浩瀚,极难搜寻,而注本的序跋和凡例是其重点。

　　目前学界对诗歌注释的研究成绩巨大,但以自觉的学术史意识对其作全面系统的考察总结,仍是一个值得拓展和深化的课题。目前对单个注本的研究较为深入,也是必要的,但重要注本的研究几近枯竭,而面上的研究却只有寥若晨星的几篇论文,势单力薄,不成气候。造成这种局面的原因是多方面的,首先是学术自身的特性。学术研究基本遵循从基础研究到理论探索的过程,没有对注本的微观解剖,就没有注释学宏观的理论构建。其次是研究者的思维惰性和畏难情绪。诗歌注释面对的是成百上千的注本主体,如果没有深入研究,是不可能建立哪怕简单的学术史线索的,理论更是无从谈起,而每个注本都耗时不短,需要研究者极大的耐心和毅力。再次与研究资料不易获取有关。比如宋代"千家注杜",目前仅数部注本传世,基本是集注性质。因此南宋热热闹闹的注杜盛况,究竟因何而起,有哪些代表性人物,其生平究竟如何,经历了哪些阶段,注家之间的联系如何,有无地域性特点等等,这些问题因为资料缺陷,目前一片模糊,不得其详。再如宋人所撰的苏轼年谱、所注的苏诗注本,许多已佚或仅存残帙,有的还流布海外,一般读者无从阅览。明清时期评点盛行,但绝大部分注释和选评著作未经整理出版,还处于原始状况,且藏于个别图书馆,流布不广,无法充分利用。本课题勉为其难,知难而上,是不小的挑战。

本课题首先须遵循历史和逻辑统一的原则。如果仅仅将一堆史料拼凑堆砌在一起,那就算不上注释史研究。正确的方法是在充分占有史料、准确理解史料的基础上,深入细致地探寻这些资料的内在联系,并将研究对象放置于纵横交错的历史坐标中进行考察,探寻适合历史实际的学术史规律。一方面,诗歌注释有很大的不确定性,它不像文学与时代、与社会思潮有较为明确的相关性;注家注释谁、不注释谁,也有较大的独立性。但另一方面,诗歌注释又有其内在的逻辑性,一段时期内某个作家的诗集有多个注本面世,或某作家的某种类型作品受到关注,或某个时期的某种类型注本集中出现,或注释体例由疏到密等,均由于内在学术规律的制约和影响,不得不如此。联系特定的历史、文化和学术背景,挖掘这些现象彼此间的联系及其负载的学术史意义,可以发现其规律性。本课题既重视逻辑规律的探讨、历史的建构,同时又力求再现注释史丰富多彩的底色,力争做到多样性和统一性结合。其次是遵循博和精结合的原则。诗歌注释的资料既博又杂,从字词、名物、职官、制度、史实、地理、人物、典故、系年、年谱,到评点、笺语、考证、选注、题赠,再到注本评价、学术争议、地位影响,加上伪注盛行,注释良莠不齐等等,诸如此类,确实让人眼花缭乱。因此本课题将尽量在尊重史料的基础上,力求去粗取精、化繁为简,勾勒大致的学术史。考虑到本课题是初次尝试,加上本人学识浅疏,不足之处难免。能达到抛砖引玉的目的,引起学界对此的关注和兴趣,也是本课题的一个夙愿。

第二节　本课题的理论价值和实际意义

目前注本研究成果丰富,但相较于校勘、辑佚、目录、版本、辨伪等已十分发达的学科,注释虽是古籍整理的重要内容,仍然缺乏系统的总结。注释学仍偏重于经史注释的训诂学研究,没有注意到诗歌注释学在历史上的独特体系及学术特点,导致相关研究至今尚处初始阶段,甚至没有一部像样的简史,这种状况亟需改变。

首先,从学术史的角度看,研究诗歌注释史可以帮助今人汲取学术养分,提高研究起点,使学术研究走上规范化道路。诗歌注释学源远流长,早在先秦时期,就有孔、孟、荀等儒家先贤对《诗经》作出了许多论述,或者断章取义,或者赋诗言志,尽管关注点并非文学,但片言只语也是《诗经》注释的萌芽。东汉王逸《楚辞章句》尽管仍然笼罩在浓厚的经学氛围中,已经具有初步的文学意识。阮籍《咏怀诗》引发了南朝颜延年、沈约等人的注释兴趣,他们从文学角度和创作动机对《咏怀诗》十七首的主旨进行有益的探索,拉开《咏怀诗》研究的序幕。但总体而言,唐前的诗歌注释基本处于启蒙阶段,还没有形成具有学科特点的方法、途径和任务。直到初唐李善《文选注》,才真正开启了独具一格、体例完善、考证严密、学风严谨的诗歌注释学之路,为后代的发展树立了典范。宋代对唐人和当代诗歌别集的整理和注释,更为注释学开辟了广阔道路,在校勘、辑佚、辨伪、编年、编集、注释、考证、评点、解说和年谱等方面,宋代学者付出了大量心血,大批一流学者参与其中。就成果的形态而言,其主体是注本,杜、韩、苏、黄等诗歌均先有大量的单注,后有融汇众家的集注。除注本外,有的以诗话等著作形态呈现世人,有的则散见于笔记、书信、序跋、书目及论诗诗中,其学术质量或精深,或浅薄。明、清两代,诗歌注释学深入发展,在广度、深度和质量方面取得了突飞猛进的成就,从附庸进而为大国,在古代学术史中占有一席之地。从以上的大致脉络可以看出,若要继承古代的诗歌注释学遗产,就必须对这些繁富而庞杂的材料进行初步的辑录考辨,归纳分析,比勘异同,考察历代有关诗歌注释的研究有哪些学者和著作,他们在学术史上的地位和影响究竟如何,他们提出了哪些问题,解决了哪些问题,其著作对注释学有哪些贡献,还有哪些不足需要订正等。其次是这些注本或著作采取了什么手段和方法,它与当时的学术思潮有何关联,与其它学科的关系如何等。这种建立在充分利用前人已有成果基础上的研究,可以减少许多不必要的重复劳动,使研究水准更高,结论更为可信。前人的研究成果是后人进一步研究的起点与基础,如同积薪,后来居上本是学术研究的基本规律。但要指出的是,目前不少研究者对诗歌注释学的历史缺乏基本的了解,因此立论往往凭空臆测,或只有大胆假设而无小心求证。从笔者浏览的大量注本研究论文来看,往往任意拔高研究对象的学术地位,或者任情贬低他人的成果。之所以如此,就是因为作者并不熟悉诗歌注释学的基本历史,无从比较,故随意轩轾,导致结论武断而草率。清人方玉润说:"读书贵有特识,说《诗》务持正论,然非荟萃诸家,辨其得失,不足以折衷一是。"①开展诗歌注释学历史的研究,可以消除这种主观片面的作风,使学术研究更科学、更规范。

---

① 《诗经原始·凡例》,中华书局1986年2月版,第3页。

　　其次从文艺学角度看,诗歌注释史研究可以考察历代文艺学思潮的变化轨迹,为文学理论史、文学批评史的建构提供生动的例证。如清初赵殿成《王右丞集笺注·序》曰:"右丞崛起开元、天宝之间,才华炳焕,笼罩一时;而又天机清妙,与物无竞,举人事之升沉得失,不以胶滞其中。故其为诗,真趣洋溢,脱弃凡近,丽而不失之浮,乐而不流于荡。即有送人远适之篇,怀古悲歌之作,亦复浑厚大雅,怨尤不露。苟非实有得于古者诗教之旨,焉能至是乎?"又曰:"古今来推许其诗者,或称趣味澄复,若清流贯达;或称如秋水芙蕖,倚风自笑;或称出语妙处,与造物相表里之类,扬诩亦为曲当。若其诗之温柔敦厚,独有得于诗人性情之美,惜前人未有发明之者。"赞美王维之诗"浑厚大雅","有得于古者诗教之旨",这也是赵氏为之作注的著述动机,但这个评价与历来"诗佛"之品评并不相侔,之所以发生这样的变化,主要缘于当时文艺思潮的嬗变。清初诗文的风格是在儒家诗学传统的回归中,实现了文学思潮的对接和转换。经世致用思想既生发于传统的人文沃土,更是清初的一种文艺自觉。正如蒋寅所论:"对清初诗家来说,找回失落的传统,首先是要解决诗歌的伦理基础问题。为此他们重拾儒家传统诗论的种种言说,举凡'诗言志''思无邪''兴观群怨''修辞立其诚''发乎情止乎礼义'等最古老的儒家诗学话语,都被他们作为诗学的核心命题,反复加以引据和论证,予以切合当下语境的阐说和发挥。"①这种情形也发生在李商隐诗歌的注释上。李诗虽精博隐奥,号称名家,但长期是注释的空白。它在宋代虽有两个注本,但均已失传,内容不得而知,但从两宋对李商隐的评价来看,应当不会过于看重其思想内容。李商隐诗不但主情,而且偏离传统礼教、诗教的内容,在当时难有接受它的文化环境。长期以来人们对李商隐的人品存在误解,也是难以接受他的一个心理障碍。如葛立方说:"洛中里娘亦名柳枝,李义山欲至其家久矣。以其兄让山在焉,故不及昵。……自彰其丑,遗臭无穷,所谓灭天理而穷人欲者,无大于此,如李商隐者又何足道哉!"②即使是持论较为公正的金代论家元好问,也认为李商隐儿女情多,风云气少,对李商隐"如何四纪为天子,不及卢家有莫愁"之语大为不满,以为"非人臣"之语;对"小怜玉体横陈夜,已报周师入晋阳"这种"淫词"更是愤愤然。从李商隐去世到明末的八百年中,竟无一部流传至今的整理研究专著或注本。但到了清初,风气大变,对李商隐诗歌的评论也发生转折,释道源认为:"义山当南北水火,中外箝结,若暗而欲言也,若魇而求寤也,不

_____

① 《在传统的阐释与重构中展开——清初诗学基本观念的确立》,《中国社会科学》2006 年第 6 期第 158 页。
② 《韵语阳秋》,上海古籍出版社 1984 年版,第 145 页。

得不迁曲其指,诞谩其词,婉娈托寄,隐谜连比,此也风人之遐想,小雅之寄位也"(钱谦益《注李义山诗集序》),同杜甫一样,皆怀抱忠君报国之诚。钱谦益接受其观点并为之鼓呼,因此先有钱龙惕、朱鹤龄、冯班等人刊刻或注释,后有吴乔、徐树谷、程梦星、姚培谦、陆昆曾、屈复、姜炳章、冯浩、纪昀、钱振伦等人陆续为其笺注、考证、评点,何焯《义门读书记》笺解评点义山诗252首,赵臣瑗《山满楼笺注唐诗七言律》也选注大量的义山诗,其它如王士禛、沈德潜等人的诗话著作对义山诗颇多中肯之言,总而言之,清代掀起一轮义山诗歌注释和研究的高潮。这种改观,也足以说明一时之风气和文艺思潮的巨变。如果没有对注释史的深入了解,则很难发现其转变的玄机。因此,一个诗人在文学史上地位的升降浮沉,往往也体现在注释史上;而注释的侧重点差异,往往也与时代氛围或文学流派的争议有关。再如朱鹤龄与钱谦益的注杜之争,是一桩公案,众说纷纭,但从学术角度而言,却未尝不是好事,如朱鹤龄提出"诗有可解、有不可解",虽是针对钱氏杜注的问题,但它不仅具有文艺学的理论意义,对我们今人从事诗歌的注释工作也有启发。

第三,从文献学的角度看,诗歌注释研究可以促进文献资料的整理和运用。诗歌注释研究之所以进展缓慢,一个重要原因是资料繁杂,使人望而生畏,知难而退。但学术研究越是占有充分的资料,越能深入其中,立论的依据越多,水准也就越高,这是不言自明的道理。诗歌注释是典型的交叉学科,涉及文学、历史、语言、艺术、地理、哲学、宗教、文献等诸多人文科学,参与者多一时名流,因此具有较高的文献价值。但从目前情况看,上海古籍出版社《中国古典文学丛书》和中华书局《中国古典文学基本丛书》分别整理了有代表性的一批古典文学名著,其中部分是古代的旧注,价值较高,问题也不少。有的旧注整理直接促进了研究的深入,如林继中《杜诗赵次公先后解辑校》就是一例。赵次公注是宋代众多杜诗注本的佳作,当时就受到广泛好评,宋人曾噩许其为"少陵忠臣"(《九家集注杜诗序》),元好问称其"所得颇多",刘克庄甚至以其与杜预《左传注》、李善《文选注》、颜师古《汉书注》相提并论,以为"几于无可恨矣"(《后村大全集》卷一百《跋陈教授杜诗补注》),即使持论严苛的钱谦益也不能不承认其为"善于此者三家"之一。赵注虽曾付刻,但流布不广,南宋人已称难觅。明清以降,学者仅能于各种宋人集注本的引录中见到赵注。直到民国时期,两个残本面世,才让今人窥其一斑。林继中在残本基础上,对宋、元、明、清各代的杜诗注本作全面的调查,在此基础上订定体例,网罗遗逸,校订文字,编录成帙,使沉晦七百多年的赵注全编得以重为世人所知。著名文学史家程千帆先生称许《辑校》治学之征实严谨,"如乾嘉诸老之治经者,盖未有第二家也"。不仅如此,赵注保存了大量失传的文献,如陈尚君先生编《唐人选唐诗会校》,就从其中搜得上官仪、乐昌公主、沈君攸、虞茂、卢思道、董思恭等人的六首轶诗。五代人高居诲在后晋天福年间出使于阗,归作行记,载所历山川诸国,但此书久已失传,仅部分文字被欧阳修《新五代史》节录,成为后世研究于阗的直接史料,但赵次公注释《喜闻盗贼总退口号五首》"勃律天西采玉河,坚昆碧碗最来多"二句,就引用了一段高居诲《行程记》的文字。苏轼注本也是如此,目前虽已出版王文诰《苏文忠公诗编注集成》45 卷(1985 年)、查慎行《补注东坡先生编年诗》50 卷(2013 年)、翁方纲《苏诗补注》8 卷(2015 年)等数种,但这些注本均为清人所著,代表宋人成就的施顾注一直如空谷之音,难睹真容。南宋施元之、顾禧、施宿三人合注的《注东坡先生诗》42 卷,元明后失传。清初宋荦搜访到南宋残本,交与邵长蘅校勘编集,结果画虎类犬,颇受讥刺。现存缪荃孙、宋荦、翁同龢、黄丕烈所藏四个残本,如果去其重复,可望整理成接近宋刊原貌的注本。傅增湘说:"倘得有志者取原书精摹印行,不妄增减一字,所缺之卷只录本文,无烦补辑,庶几神明焕然,顿还旧观,一洗邵、查诸氏窜脱之失。余蕴蓄于怀久矣,聊于此安发之。嗜苏之士,并世不乏其人,有能锐心奋力以助其成乎? 余日夜引领而望之矣。"(《藏园群书题记》卷十三"宋刊施顾注苏诗跋")前人常称宋人所注唐宋诗集,多引世所不见之书,其价值与类书等,可见宋刊旧注的文献价值。

至于本课题的实际意义,就是希望能对目前的古籍尤其是古诗注释起到一点规范化的作用。高克勤《莫把"贡禹"改"禹贡"——评李之亮〈王荆公诗注补笺〉的疏误》一文,指摘《王荆公诗注补笺》中出现的各种谬误。此书为朝鲜活字本影印的《王荆文公诗李壁注》的唯一整理本,但"全书存在着大量的编校错误,包括错字、原注脱漏、标点错误等,反映出整理者在文史知识方面的匮乏和学风的浮躁",发人深省。原因除了整理者自身素质不够过硬外,还有对旧注整理的轻视,以及对诗歌注释学的淡漠茫然。1991 年出版的《沈佺期诗集校注》,注者囿于闻见,错误颇多,尤其是注释望文生义,主观臆断,反映了当下部分学者勇于自任却缺乏基本素养的状况。如注释《夜泊越州逢北使》"金华使"为"从金华(今浙江金华市)来的使者",其实"金华"是汉未央宫中殿名,后用以泛指宫殿;注释《过蜀龙门》"烟景共春融"之"春融",是"日暮时的景色",其实"春融"是叠韵联绵词,表示迷蒙;注释《初达驩州》"流子一十八,命予偏不偶"之"不偶"为"无伴",其实此处"不偶"表示不顺。另有不少失注之处,绝非疏忽,而是注者学力不足所致(详见王友胜《〈沈佺期诗集校注〉注释商兑》)。有的注本甚至罔顾基本的注释体例,肆意曲解,任情臆说,如《丁卯集笺证》,是晚唐诗人许浑诗歌的注本。注释条目的编列体现了著者对诗歌解读的深度,也是体现著作质量的重要指标,但《笺证》的滥注、失注和误注比比皆是,触目惊心。而最大的失误是引证,中国古代诗歌的注释规范,大部分针对引证,因为引证是注释的核心和主体,引什么,如何引,在注释实践的历史上有不少经验和教训,《笺证》在引文方面较为随意,错谬甚多,详见拙文《丁卯集笺证商榷》。诗歌注释或旧注整理亟需规范,当代学者要继承古代优秀文化遗产,有必要沉潜学术,学习古代文献整理的基本常识和规则,以免贻误后人。这也是本课题的目的和价值之一。

第三节　分期研究

古代诗歌注释学源远流长,最早应从先秦对《诗》的研究算起,其下限应至清代末期。大致可分五个阶段,即唐前的启蒙期、唐代的初兴期、宋代的兴盛期、金元明的转型期、清代的鼎盛期。

一、唐前的启蒙期

唐前包括先秦、两汉、魏晋南北朝。唐前的诗歌注释主要围绕《诗》或《诗经》进行。

先秦阶段对《诗》或《三百篇》的注释,主要是零散分布于《左传》《国语》以及儒家典籍中的只言片语。例如《左传》"昭公二十八年"有一段话:

《诗》曰:"惟此文王,帝度其心。莫其德音,其德克明。克明克类,克长克君。王此大邦,克顺克比。比于文王,其德靡悔。既受帝祉,施于孙子。"心能制义曰度,德正应和曰莫,照临四方曰明,勤施无私曰类,教诲不倦曰长,赏庆刑曰君,慈和遍服曰顺,择善而从之曰比,经纬天地曰文。九德不愆,作事无悔,故袭天禄,子孙赖之。

此段文字是在征引《大雅·皇矣》后,对所谓"九德"的九个字所作的注释,已经超越了先秦典籍断章取义的一般方式,可以看作《毛诗诂训传》的先导。而孔子、孟子、荀子等儒家代表人物以及诸侯君臣等,对《诗》基本采取赋诗言志和断章取义的态度,而对本文的原有含义略而不论,是一种十分功利的做法,更多的是从应用而非注释的角度。

两汉阶段,《诗经》注释十分兴盛,但真正具有学术性质的只有《毛诗诂训传》及郑玄《毛诗谱》《毛诗笺》。韩、齐、鲁"三家诗"附会政治和谶纬,学术价值不高。《毛诗诂训传》以训诂的方式,对《诗经》的字词、名物等进行逐字逐句的注释;还首创"小序"的体例,阐发诗歌主旨。《毛诗谱》根据《尚书》《春秋》《史记》等有关史料,对《诗经》各篇产生的地域、时间和背景作了精审考订;《毛诗笺》除了渊博的训诂学外,在校勘实践中创造了丰富的经验。在经学的影响下,王逸《楚辞章句》在字词训诂及考证方面取得一定成就,但王逸以经学思想评论屈原作品,认为《离骚》是"依托五经以立义",把"讽谏"看做是屈原作品的价值之所在。

魏晋六朝是诗歌发展的重要阶段,但在诗歌注释方面留存下来的文献很少,比较重要的是颜延之、沈约对阮籍《咏怀诗》的注释,现以旧注保存于李善《文选注》中,题有"颜延之曰"的有4条,题有"沈约曰"的有21条。颜氏主要注释难解之词,并不串述内容、分析诗意,采用的是传统的训诂手法。沈注分析诗篇立意,囊括大义,属于章句式的注释。这两种注释方式,与汉儒解经之法,各有所承。

此时期的特色,首先是教化色彩浓厚,导致注释学的政治化、伦理化。其次是注释以训诂为主,重视字词名物的考证。第三是重视作者意图和创作背景的开掘,这点对后世的诗歌注释影响深远。

二、唐代的初兴期

如果说经学时期的诗歌注释是间接影响的话,那么唐初李善《文选注》对古代诗歌的注释则有直接而深远的影响。

《文选》面世后,对《文选》的注释陆续出现,《隋书·儒林传》记载萧该有《文选音》三卷,是音义之作。入唐,江都人曹宪著《文选音义》,为时所重。其后,许淹、李善、公孙罗相继研究《文选》,教授学子。但与上述各注类似,这些注释未脱传统藩篱。李善《文选注》的诗歌注释,独辟蹊径,以文学语言为对象,追源溯流,大量引证经典文献,使原本简单而直接的诗歌注释,充满了书卷气息,提高了注释的学术价值,极大开拓了视野和空间,并使诗歌注释在古代注释学体系中逐渐从附庸走向大国。

李善《文选注》的特色是:

一、引证式的注释。它通过引证前代文献,让读者比较所引材料与诗歌之间的关联,在对比中理解和欣赏作品,并进而熟悉作者的继承和创新,得到创作的启示,摆脱了传统注释"先入为主"、注者独占话语权的嫌疑和局限,读者的主体性和积极性得到发挥,阅读成为读者与作者、注者三者之间的互动乐趣。应该说这是一种全新的体验,也是诗歌注释学的一次革命。

这种注释方式适应了诗歌语言的化用特点,此点学界多有论述,此不赘言。它被后世大部分的注本所采用,并且不断发展完善,成为中国古代诗歌注释的主流形式。

二、与这种方式对应的一系列体例。李善《文选注》的引证式有系列的体例,主要以"他皆类此"的形式出现于注文中,共有 21 条,针对注释的 2 条,针对旧注的 7 条,针对引文的 5 条,针对互见的 6 条,针对存疑的 1 条。其中最重要的当是针对注释的"举先以明后",这是奠定诗歌注释学的基础性原则,意义重大,影响深远。此后从宋至清,诗歌注释蔚兴,基本遵循了李善《文选注》所确立的体例。

此后唐代陆续产生了对《文选》的重注和补注本,如"五臣注"、《文选集注》等,但价值不能与李善注相比。而唐诗的当代注也丰富了诗歌注释学实践。

三、宋代的兴盛期

宋代掀起对唐人诗集的搜集整理热潮。从北宋后期开始,唐集注本陆续面世,两宋之交达到高潮。最为热门的唐集非杜诗莫属,"千家注杜"虽是虚张声势,但据今人研究,宋人整理的杜诗注本当在二百家以上,则殆无疑义。从南宋初年开始,就出现了杜诗的集注本,前后达到七种之多。韩愈、柳宗元的集子也得到整理和注释,有"五百家注韩柳"之称。宋代一流学者,从欧阳修、苏轼到朱熹等,均参与校勘和注释中,可见宋人对唐诗的热情。不仅如此,宋代学者对本朝作家的诗歌也相当关注。苏轼和黄庭坚等人的诗歌早在作者生前即受到万众瞩目,不久即有人为之作注。宋祁、欧阳修、王安石、陈师道、陈与义、陆游、朱熹、魏了翁、朱淑真等当代诗人均有宋代注本问世。相较唐代一枝独秀的《文选注》,宋人在诗歌注释的广度和深度方面,掀起了一轮高潮。

宋代的诗歌注释学特色是:

一、历史主义得到加强。李善《文选注》是总集注本,限于体例,不可能对诗人及其作品进行深入的史实考察,这为宋代学者留下广阔的学术空间。宋代的史学特别发达,"诗史"观念也集中体现于各种唐人别集的年谱和笺注之中。以杜甫为例,自北宋吕大防开始,两宋先后产生十几部杜甫年谱,作者均采取诗史对照、互相印证的方法,探赜索隐,详尽考察杜诗中的史料线索,大致确定了杜甫一生的踪迹。而在杜诗笺注中,"诗史"的作用更为明显。从北宋陈禹锡《史注诗史》,到南宋学者广引博征,辨疑纠伪,以两《唐书》《通鉴》为主干,以各种地志、杂史、笔记、诗话为羽翼,详尽考订杜诗涉及的各种史实,确定了杜诗大部分作品的系年,南宋的黄鹤注本代表了宋人在杜诗的编年和考史方面的最高成就。另外,宋人为陶渊明、李白、韩愈、柳宗元、白居易、欧阳修、王安石、苏轼、苏辙、曾巩、黄庭坚、陈师道等六朝至宋的一大批诗人编写年谱。宋代的当代注,本质上也是宋人史学意识高涨的结果。任渊《黄陈诗注》是黄庭坚、陈师道二人的别集注本,得到《四库全书》的高度评价,被视为古代诗注的典范,原因即在于因时代接近,文献尚存,故在校勘、编集、编年、用典方面确凿可信,远较后世的考证揣度更为权威。汪辟疆先生也评价说:"宋人如施元之注苏,任渊注黄、陈,李壁注荆公,胡穉注简斋,以宋人而注宋人诗,故注中于数典外,皆能广征当时故事,俾后人读之,益见其用事之严,此其所以可贵也。"①

二、李善引证式注释得到全面应用和发展。

李善《文选注》的引证式注释在唐代没有受到重视,但在宋代却得到学者和注家的一致尊崇。苏轼《书谢瞻诗》说:"李善注《文选》,本末详备,极可喜。所谓五臣者,真俚儒之荒陋者也。"②洪迈举谢朓"虼危赖宗衮,微管寄明牧"句为例,批评五臣注"小儿强解事也","唯李善注得之"③。宋代最早注释苏诗的赵夔,说自己"崇宁年间,仆年志于学,逮今三十年,一句一字,推究来历,必欲见其用事之处"④。赵次公把杜诗所用典故分为字、语、势、事四种,二字以下为字,三字以上为语,句式的模仿为势,三者大约为今人所说的"语典";"事"相当于今人的"事典",在用典中最复杂,分为正用、借用、翻用、展用、倒用、摘用、合用、暗用等,这与李善所谓"文虽出彼而意微殊,不可以文害意"的意思相类。他还提出"用事之祖孙"的概念,即某一故事或语词,经过历代诗人多次使用而形成的相关联的典故群体,只有将祖、孙之典的沿袭变化一并注出,才称得上是成功的注释。众多学者和注家逐渐认识了李善注的学术价值,李善注成为宋代以后诗歌注释的主流形态。

---

① 汪辟疆《注古人诗文》,《汪辟疆文集》,上海古籍出版社 1988 年版,第 870 页。
② 胡仔《苕溪渔隐丛话前集》卷一,人民文学出版社 1962 年。
③ 《容斋随笔》卷一《五臣注文选》。
④ 赵夔《序》,《王状元集百家注分类东坡先生诗》卷首,《四部丛刊》本。

四、金元明的转型期

金、元、明三朝，诗歌注释相对衰落，不仅数量较少，而且质量也大不如前。金代值得一提的有元好问编、郝天挺注《唐诗鼓吹》，元代较为重要的注本有萧士赟《分类补注李太白集》。明代前期学术界十分冷落，直到嘉靖晚期才出现一些质量较高的注本，如黄文焕《陶诗析义》、张自烈《笺注陶渊明诗集》、蒋之翘《唐韩昌黎集辑注》《唐柳河东集辑注》、王嗣奭《杜臆》等。

这个时期的诗歌注释出现了明显的转型，即重视诗歌艺术，具体表现两点。

一、评点盛行。评点是诗歌注释的一种特殊形式。传统的注释重点在典故和史学，对诗歌艺术重视不足甚至付之阙如，而评点正可弥补这个缺陷。自刘辰翁之后，元、明两代评点之风盛行，出现了许多以评点名世的评点家和评点著作，如方回《瀛奎律髓》、范梈《杜工部诗千家注》、高棅《唐诗品汇》等。明弘治以后，评点队伍扩大，种类繁多，其中钟惺、谭元春合评的《诗归》（包括《古诗归》《唐诗归》），独领明代诗歌评点之风骚。评点风气与明代诗文流派众多有关，各家流派为推行自家观点，多以选本为基础加以评点。以古诗的选本为例，据不完全统计，明代古诗选本有一百五十多种，多数采用评点方式。评点一般以总评、批语等形式，用短小精悍之语，对诗歌的字词、句法、意象、手法、风格等进行一针见血的评论，往往颇中肯綮，充分体现评点批评的全面性、细微性、独到性，形成了丰富多彩的迥异于诗话的文学批评形式。

二、选注流行。传统注释一般以诗人全集为内容，整体注释，有助于总阅全局，知人论世。而金、元、明三朝却多采取"选隽解律"的方法。"选隽"是选择佳作，"解律"是解析律诗，二者的核心都是重视诗歌艺术。以杜诗为例，三朝最推崇的唐集是杜诗，但关于杜诗的全注本，仅有佚名《集千家注杜诗》、单复《读杜愚得》和王嗣奭《杜臆》等寥寥几部，其余几乎皆为选注，又以律诗为主。当然，由于考证薄弱，三朝的评点和选注鱼龙混杂，价值总体不高。

五、清代的鼎盛期

清代学术深受实学思想的影响，诗歌注释学回归传统，注重考证和史学，取得重要成就。该阶段留存的注本数量，是各代中最多的。从注释的对象看，清人对唐、宋两代著名诗集皆有注释，并扩展至其它朝代。从质量看，可以说超越往古。尤其是康熙、乾隆两朝,名家辈出,佳注如林,代表了中国古代诗歌注释学的最高阶段。具体而言,有如下特色。

一是专、广、深。宋、明注释学已出现分化的趋势,清代更为细化。随着音韵学、地理学、佛学的发达,注家在某领域的独擅形成了注本的特色,如周春《杜诗双声叠韵谱括略》专从双声叠韵角度解读杜诗,为杜诗研究开辟了新途。朱鹤龄擅长地理学,其《杜诗辑注》在杜诗地理方面的成就为历代仅见。赵殿成《王右丞集笺注》有关佛教典故的注释极见功力。二是广。首先清代填补了许多别集和总集诗歌注本的空白。曹植、阮籍、庾信、徐陵、王勃、白居易、樊宗师、卢仝、李商隐、范成大、元好问、吴莱、杨维桢、高启、陈子龙等人的诗集,以及《玉台新咏》、《才调集》等总集和选集在清代均首次拥有单独而完整的注本。其次是诗歌注释涉及的领域更广,举凡年谱、辑佚、编年、校勘、字词、史实、典故、名物、制度、地理、笺评等各项,清代的注本一般皆兼具而见功力,相较宋注更显广博。三是深。陶渊明、杜甫、韩愈、李贺、李商隐、苏轼的诗集在清代有多部注本,呈现了逐渐发展、集大成、再补注的深化趋向。以杜诗和苏诗为例,杜甫诗歌在宋代即有“千家注”的说法,出现了赵次公、郭知达、蔡梦弼、黄鹤几个著名的集注本,但宋人的考证远未缜密。到了清初,钱谦益、顾宸、朱鹤龄、黄生、张溍等人在宋注基础上取得不俗成绩,仇兆鳌又取精用弘,推出集大成的《杜诗详注》,至今仍是杜诗学界必备文献。然而此后的浦起龙《读杜心解》、杨伦《杜诗镜铨》又对《杜诗详注》进行拾遗补阙,考证愈发细密精致。这种回环深化的趋势也体现在苏轼注本上,南宋先后出现苏诗“五家注”“十家注”,旧题王十朋的“百家注”及《施顾注苏诗》是宋代苏注的结晶。至清代,先后出现宋荦、邵长蘅、冯景、查慎行、翁方纲、沈钦韩、冯应榴等人的苏注,王文诰在吸取诸家成果的基础上,著成《苏诗编注集成》,汇集历代精华。此后又有沈钦韩、赵克宜、温汝能、张道等人的补注,苏注渐趋精密。正是由于清代学者的世代努力,才造就了清代诗歌注释的杰出成就。

二是在注释学理论方面的自觉。首先表现在自觉端正学风,抵制伪造恶行。钱谦益《钱注杜诗略例》明确反对宋代杜诗注释中的伪造风气,对有清一代的注释学风气影响深远。清代学者均自觉反对作伪,并正本清源,明确标明旧注旧说,反对剿袭和窃取前人成果,对保证注本质量至关重要。其次是体例上更为成熟和发达,为后代确立了值得借鉴的范例。诗歌注释学以李善《文选注》为标志,但《文选注》有关诗歌注释的体例十分简略,引而未发,直至清朝才得到全面阐述和发展。朱鹤龄是清初著名学者和注杜专家,其《杜诗辑注凡例》十五条详尽说明了注释杜诗的各种事项,是目前所见最早而完整的诗注意义上的体例。仇兆鳌《杜诗详注》则详列凡例二十条,举凡会编、刊误、编年、分章分段、内注外注、评论、旧注、文赋、杜甫其人等方面,均条分缕析,垂范后代。清代的诗歌注本也大多前列"凡例",详细说明注释目的和注意事项,这是学术规范的重要体现。总体而言,诸如校勘、编集、编年等文献整理的体例,以及注释的举前明后、事义兼晰、实事求是等一系列重要原则,均在清代的注释中得到遵守。

　　另有几个问题稍作说明。一、本课题集中于古典诗歌,对词、曲等暂不讨论。对《诗经》《楚辞》主要关注其文学注本。对"选学"及诗文集注本、总集注本和选注本,关注其诗歌注释。择优收录评点著作,关注影响较大的全集注本,适当搜罗稀见注本。二、清代注本尚未广布,或囿于财力不能购置,此为一憾。三、各代注本大致以作注时间为序,迄于清末,庶可反映时代风貌。四、诗歌注释研究方兴未艾,本文力求吸纳最新研究成果。

第一章　唐前启蒙期

　　唐前诗歌的发展历经三个阶段，一是先秦，二是两汉时期，三是魏晋南北朝。

　　先秦和两汉属于上古阶段。先秦时期产生《诗经》和《楚辞》，先秦和汉代学者开启了对两部诗集的初步研究，如儒家学者对《诗经》的诸多论述，对"毛诗"和"三家诗"的研究，王逸的《楚辞章句》等。但总体而言，上古文史哲不分，文学尚在文化的大母体之内。《诗经》和《楚辞》具有一定的特殊性，这个时期的诗歌注释不脱经学的藩篱，即使是《毛诗》和《楚辞章句》相对较有科学实证性的著作，其手段也是简单的训诂，较少从文学角度探究作者的创作意图和作品的抒情性。

　　汉魏之际，文学自觉，作为抒情言志的诗歌得到迅速发展，五言诗和七言诗作为古代诗歌的两种主要体裁，取代《诗经》四言诗和《楚辞》"骚体"而成为新的诗歌范式。魏晋六朝四百年，诗歌在题材、体裁、手段和语言方面日新月异，为《文选》问世提供保证。尤其是文学语言的充分发育，为李善征引式注释奠定了材料基础。因此将唐前阶段视作诗歌注释的启蒙期，有一定的合理性。

第一节　先秦关于《诗》的注释

一、《左传》《国语》所见春秋时期对《诗》的注释

　　《诗》是中国最早的诗歌总集。据今人研究，其文本先后经历了周康王、穆王、宣王、平王以及春秋齐桓公时代的五次编集[①]。作为先秦最重要的典籍之

[①]　马银琴《两周诗史》，社会科学文献出版社 2006 年版，第 483 页。

一，《诗》不断被上层社会赋诵，应用于政治、外交、典礼等重要场合，《左传》《国语》对此记载甚多，《左传》言《诗》凡 277 条，涉及 152 篇，可以说最全面反映了先秦学者对《诗经》的理解和阐释。

公元前 637 年，即在距离《诗》最后一次编集的齐桓公时期不久，《左传·僖公二十三年》记载晋公子重耳"赋《河水》"、秦穆公"赋《六月》"，这是历史上首次"赋诗言志"。这次诗学活动，《国语·晋语四》记载甚详：

> 明日宴，秦伯赋《采菽》，子馀使公子降拜。秦伯降辞。子馀曰："君以天子之命服命重耳，重耳敢有安志。敢不降拜？"成拜卒登，子馀使公子赋《黍苗》。……秦伯赋《鸠飞》，公子赋《河水》。秦伯赋《六月》，子馀使公子降拜。秦伯降辞，子馀曰："君称所以佐天子匡王国者以命重耳，重耳敢有惰心，敢不从德？"

从这段材料可以看出，每当秦穆公赋诗之后，子馀（即重耳之舅子犯）立即就能通晓对方的意思，并让重耳适时地做出"降拜"之举并赋诗以答。这表明，当时已经有《诗》文本在诸侯国之间通行，当时的贵族尤其是行人（即外交官）对其文本熟稔于心，并能进行一定程度的阐释。

从用《诗》者方面来看，西周至春秋时期，礼乐文化依然占主导地位，在这种大的社会文化氛围之下，《诗》的文学功能已被实用功能所掩盖，而被当作人们言行举止的权威性标准来看待，这是人们用《诗》的主要原因。《左传》记载的用《诗》背景多为政治场合，用《诗》者多为王公贵族，他们从政治立场出发解《诗》、用《诗》，《诗经》在他们手中变成了含蓄表达政治观点的工具。从上述用《诗》表现来看，当时人们对《雅》诗的兴趣，远在《国风》之上。造成这种现象的原因，主要是《二雅》本来就是政治诗，从实用角度而言，《雅》诗更容易表达政治观点。据《左传》《国语》等先秦典籍记载，春秋时人们用《诗》还存在着一种断章取义，曲解诗歌本来内涵的倾向。如《左传·昭公十六年》，郑国六卿各赋《郑风》爱情诗一首为晋大夫韩宣子饯行，借用《国风》诗歌的比附义，以男女之情喻指郑国将一心追随晋国。值得注意的是，时人对《诗经》的曲解，一般存在于《国风》中，但是在用《雅》诗时，却基本上能取其本义，这是因为《国风》原本就是底层民众的俚歌鄙语，人们用《国风》只是取其比附义、象征义。

叔孙豹是春秋中叶鲁国的外交官，出生早于孔子约五十年，其最早见于史籍记载是《左传·成公十六年》。他是一个杰出的《诗》学家，《左传》《国语》记载较多，如《国语·鲁语下》与《左传·襄公四年》（前 569 年）记载了他对《鹿鸣》和《四牡》的评论。当时他聘问于晋，晋悼公宴享之，乐工先奏《肆夏》《樊遏》《渠》三首，叔孙豹不答;又歌《文王》以下三首,又不答;歌《鹿鸣》以下三首,起而拜答三次。
晋悼公派人问之:为何对最庄重的乐歌无动于衷,反而对较低层次的乐歌再三感
谢?《国语》记载其答辞曰:

> 寡君使豹来继先君之好,君以诸侯之故,况使臣以大礼。夫先乐金
> 奏《肆夏》《樊遏》《渠》,天子所以飨元侯也;夫歌《文王》《大明》《緜》,则
> 两君相见之乐也,皆昭令德以合好也,皆非使臣之所敢闻也。臣以为肆
> 业及之,故不敢拜。今伶箫咏歌及《鹿鸣》之三,君之所以贶史臣,臣敢
> 不拜贶?夫《鹿鸣》,君之所以嘉先君之好也,敢不拜嘉?《四牡》,君之
> 所以章使臣之勤也,敢不拜章?《皇皇者华》,君教使臣曰:“每怀靡及,
> 诹谋度询,必咨于周。”敢不拜教?臣闻之曰:“怀和为每怀,咨才为诹,
> 咨事为谋,咨义为度,咨亲为询,忠信为周。”君贶使臣以大礼,重之以六
> 德,敢不重拜?

这段对《诗》数首的评论,体现了孔子之前正统的诗学见解,即“诗以言志”(《左
传·襄公二十七年》)、“赋诗断章”(《左传·襄公二十八年》),在正确理解《诗》之
内容的基础上,在合适的场合应用之以表达自己的意志。另外《左传·襄公十六
年》所载其赋诗活动中对《圻父》《鸿雁》诗的理解,以及《左传·昭公元年》所载其
对《鹊巢》诗主题的正确认识,表明当时已有对《诗》的全面理解,叔孙豹的赋诗
“反映了春秋中叶未被儒家改造的诗学思想”。①

　　这种“赋诗言志”及相互的“赠答”,是建立在双方熟悉《诗》文本并已有共同
默契的基础上的。从现有材料来看,对《诗》文本的共同理解,当来源于更早的西
周时期。那个时期的国子十三岁入小学,“学《乐》,诵《诗》”,老师传授《诗》,大概
重点也是一字一句的训诂以及在此基础上对《诗》义的理解,因此即使西周后期
礼崩乐坏,但《诗》却口耳相传,师弟传承,故春秋时代贵族社会对《诗》的意义及
其用途仍然十分熟稔,因此才不至于发生误解。

　　但这种默契只能视作应用,具有一定的局限性,还不能算是注释。注释是对
文本的解读和阐释,无论是对字词或主旨,一定建立在文本基础上。《左传》《国
语》中的注释大致有三种方式,即训诂式、概括式、评论式。

　　训诂与汉语训诂学中的近义词互注相近,但又不完全相同,它实际上是一种
文学解释行为,是围绕诗主旨的一种详细的界定。如鲁宣公十二年,楚国在郊地
打败晋军,潘党建议“筑武军而收晋尸以为京观”用来炫耀楚国的武功,楚庄王不

---

① 赵逵夫《叔孙豹的辞令、诗学活动与美学精神》,《文学评论》2007 年第 4 期第 60 页。

肯,说:

> 非尔所知也。夫文,止戈为武。武王克商,作《颂》曰:"载戢干戈,载橐弓矢,我求懿德,肆于时夏,允王保之。"又作《武》,其卒章曰:"耆定尔功。"其三曰:"铺时绎思,我徂维求定。"其六曰:"绥万邦,屡丰年。"夫武,禁暴、戢兵、保大、定功、安民、和众、丰财者也,故使子孙无忘其章。……武有七德,我无一焉,何以示子孙?

此《颂》即《周颂》中的《时迈》,是武王克商后巡视诸侯告祭山川之作。《武》即《周颂》之《大武》,是歌颂武王克商的乐歌,共包括六篇作品,这里所引的三篇分别是《武》《赉》和《桓》。楚庄王在这里交代了上述诗篇的创作背景,又依次用"戢兵、保大、定功、安民、和众、丰财"等近义词来解释诗中的重点语句,核心则是对"武德"思想的详细界定。

又《礼记·魏文侯》篇载昭公二十八年晋国成鱄回答魏献子的问话:

> 《诗》曰:"惟此文王,帝度其心。貊其德音,其德克明。克明克类,克长克君。王此大邦,克顺克比。比于文王,其德靡悔。既受帝祉,施于孙子。"心能制义曰度,德正应和曰莫,照临四方曰明,勤施无私曰类,教诲不倦曰长,赏庆刑威曰君,慈和偏服曰顺,择善而从曰比,经天纬地曰文。九德不愆,作事无悔,故袭天禄,子孙赖之。

这里虽对《诗》的字词作出训诂,却是不严格的,《礼记》解说诗义的核心是文王之德,其解释的目的是阐发诗中包含的道德内涵,却非真正的文字学内涵。

《国语·周语中》记载叔向聘于周,单靖公为其举行享礼,叔向赞美曰:

> 且其语说《昊天有成命》,《颂》之盛德也。其诗曰:"昊天有成命,二后受之,成王不敢康。夙夜基命宥密,于缉熙!亶厥心,肆其靖之。"是道成王之德也。成王能明文昭,能定武烈者也。夫道成命者而称昊天,翼其上也。二后受之,让于德也。成王不敢康,敬百姓也。夙夜,恭也。基,始也。命,信也。宥,宽也。密,宁也。缉,明也。熙,广也。亶,厚也。肆,固也。靖,和也。其始也,翼上德让,而敬百姓;其中也,恭俭信宽,帅归于宁;其终也,广厚其心,以固和之。始于德让,中于信宽,终于固和,故曰成。单子俭敬让咨,以应成德。单若不兴,子孙必蕃,后世不忘。

接着又引《既醉》诗,曰:

> 《诗》曰:"其类维何?室家之壸。君子万年,永锡祚胤。"类也者,不忝前哲之谓也。壸也者,广裕民人之谓也。万年也者,令闻不忘之谓

也。胤也者,子孙蕃育之谓也。单子朝夕不忘成王之德,可谓不忝前哲矣。膺保明德,以佐王室,可谓广裕民人矣。若能类善物,以混厚民人者,必有章誉蕃育之祚,则单子必当之矣,单若有阙,必兹君之子孙实续之,不出于他矣。

这里叔向先总论诗旨,再逐字逐句进行注释,最后归纳引《诗》的道德意义。对《昊天有成命》中基、命、宥、密、缉、熙、亶、肆、靖等九字的注释,与后世的训诂差不多。

第二种概括式,一般是引《诗》者用概括的词语揭示作品的政治和道德内涵。如桓公十二年"君子曰"引《小雅·巧言》"君子屡盟,乱是用长"云:"无信也。"闵公元年,管仲引《小雅·出车》"岂不怀归,畏此简书"曰:"简书,同恶相恤之谓也。"僖公二十八年"君子"引《大雅·民劳》"惠此中国,以绥四方"曰:"不失赏刑之谓也。"宣公二年,赵盾引《大雅·烝民》"衮职有阙,仲山甫补之"曰:"能补过也。"襄公十三年"君子曰"引《大雅·文王》曰:"言刑善也。"又引《小雅·北山》曰:"言不让也。"引《诗》者先对人物或事件作出总结,然后引《诗》来证明,这是在注释基础上的合理引申。

第三种评论式。评论式往往篇幅较长,是在文本基础上的发挥。如《左传》襄公十一年,晋侯以乐之半赐魏绛,魏绛推辞,引《诗》曰云云。这段引用,来自《小雅·采菽》,文字略有不同。魏绛认为乐器是贵重之器,必须用道义对待它,用礼仪推行它,用信用保守它,用仁爱勉励它,然后才能安定邦国、同享福禄、召来远方的人,自己德能不及,难以接受。这通议论,去本文已远。又如《左传》襄公二十四年,范宣子主持政事,诸侯朝见晋国的贡品很重,郑国人对此感到忧虑。二月,郑简公去到晋国,子产托子西带信给范宣子,说了一段:"夫令名,德之舆也;德,国家之基也,有基无坏,无亦是务乎! 有德则乐,乐则能久,《诗》云:'乐只君子,邦家之基',有令德也夫!"前面几句,实际上是对《小雅·南山有台》"乐只君子,邦家之基"的发挥,也离开本文较远。

可以看出,春秋时期《左传》《国语》中除了"赋诗"过于隐晦外,"引诗"在多个方面对《诗》文本进行了尝试性的解释,如诗旨的归结、诗句大意的阐述、字词的训解等等,可被视为后世系统性解《诗》的发端。

二、儒家先贤对《诗》的评论和阐释

《诗》是一部诗歌总集,但在儒家代表人物眼里,却更多被当作一种工具,

《诗》是礼乐教化的手段,可以为政治外交服务,对个人修身养性亦大有裨益。

春秋中后期至战国时期出现了百家争鸣的局面,儒、墨、道、法等各个流派都引《诗》评《诗》,各家对《诗》的态度是有差异的,或以《诗》为教,或以《诗》为史,或两种兼具。其中儒家对《诗》最为重视,孔、孟、荀等儒家先贤对《诗》亦多采取实用的态度,《诗》更多被当作一种泛伦理化的工具。

(一) 孔子

孔子是我国论《诗》的开山之祖,《论语》不止一次地论及《诗》,如:"诵诗三百,授之政,不达,使于四方,不能专对,虽多,亦奚以为?"(《论语·子路》)又说:"小子何莫学夫诗? 诗,可以兴,可以观,可以群,可以怨,迩之事父,远之事君;多识于鸟兽草木之名。"(《论语·阳货》)这些观点可以看出孔子对《诗》的实用目的。

孔子对《诗》的主旨也发表过不少看法,最为集中的就是《孔丛子·记义》:

> 孔子读《诗》及《小雅》,喟然而叹曰:"吾于《周南》《召南》见周道之所以盛也,于《柏舟》见匹夫执志之不可易也,于《淇澳》见学之可以为君子也,于《考盘》见遁世之士而不闷也,于《木瓜》见苞苴之礼行也,于《缁衣》见好贤之心至也,于《鸡鸣》见古之君子不忘敬也,于《伐檀》见贤者之先事后食也,于《蟋蟀》见陶唐俭德之大也,于《下泉》见乱世之思明君也,于《七月》见豳公之所以造周也,于《东山》见周公之远志所以为圣也,于《鹿鸣》见君臣之有礼也,于《彤弓》见有功之必报也,于《羔羊》见善政之有应也,于《节南山》见忠臣之忧世也,于《蓼莪》见孝子之思养也,于《楚茨》见孝子之思祭也,于《裳裳者华》见古之贤者世保其禄也,于《采菽》见古之明王所以敬诸侯也。"

这二十一篇的主旨,从孔子的观点来看,基本集中于政治和道德修养,但与此前不同的是,已经从外部的功用进入内部的主旨,已从泛泛之谈变得较为具体。

1994年,上海博物馆从香港文物市场购得的战国楚简《孔子诗论》共29枚竹简,残存1006个字,涉及《诗经》59首诗歌。其中不乏对具体诗篇思想内容的概括和对诗句的点评。如第十简:

> 《关雎》之改,《樛木》之时,《汉广》之智,《鹊巢》之归,《甘棠》之褒,《绿衣》之思,《燕燕》之情,盖曰终而皆贤于其初者。《关雎》以色喻于礼。

孔子论《诗》对汉儒注释《诗经》产生了直接而深远的影响。如《论语·为政篇》以"思无邪"概括了《诗三百》思想内容的总特征，认为《诗三百》的内容符合正统思想。他盛推《二南》，在《阳货篇》中曾向弟子强调："女为《周南》《召南》矣乎？人而不为《周南》《召南》，其犹正墙面而立与！"汉人注解《二南》即以之为圭臬，以为《二南》所体现的伦理纲常思想，是文王教化、后妃之德的结果。《论语·八佾》称《关雎》"乐而不淫，哀而不伤"，故汉儒《毛诗序》说《关雎》"哀窈窕，思贤才，而无伤善之心"，二者一脉相承。孔子论《诗》执"无邪"和"不淫"两端，汉儒循此寻绎诗旨，否认了从《关雎》开始的有关爱情主题。先秦儒家对《诗经》基本采取赋诗言志和断章取义的态度，而对《诗经》本文的原有含义却略而不论，这在孔子的身上得到最鲜明的体现。

（二）孟子

孟子是战国中期最著名的儒学大师，东汉赵岐《孟子题辞》称其"治儒术之道，通五经，尤长于《诗》《书》。"[①]统计《孟子》一书，引《诗》多达二十处，论《诗》有四处，可见孟子确实是一位精通《诗》的儒学大师。但从孟子所引及其解释来看，孟子对《诗》仍然沿袭了孔子的实用态度。如孟子与齐宣王谈论王道，引用《大雅·思齐》"刑于寡妻，至于兄弟，以御于家邦"，以此论证"推恩足以保四海，不推恩无以保妻子"的道理，劝诫齐宣王施行仁政；《告子上》引用《大雅·烝民》"天生烝民，有物有则。民之秉彝，好是懿德"，作为自己性善论的依据；《梁惠王下》引用《周颂·我将》"畏天之威，于时保之"，来论证"畏天保国"的思想。这些引用主要是作为自己政治和伦理思想的佐证，并无具体的注释价值。相反，由于孟子对《诗》的理解往往带有先入为主的因素，造成与《诗》原意的抵牾甚至是穿凿附会，如《万章上》有这样一段话，万章问曰："诗云'娶妻如之何？必告父母'，信斯言也，宜莫如舜。舜之不告而娶，何也？"孟子曰："告则不得娶。男女居室，人之大伦也。如告，则废人之大伦，以怼父母，是以不告也。"万章引用《齐风·南山》中的诗句来质疑舜之不告而娶妻有悖于当时的伦理，而孟子却从传宗接代这一大伦来肯定舜的行为，从而完全抛开诗的本义来维护舜的圣王形象。如此前后矛盾，显然是强词夺理。

孟子对《诗》乃至诗歌注释学的贡献，主要在于他提出了"以意逆志"和"知人论世"的诗学观。

首先是"以意逆志"，见于《孟子·万章上》：

---

① 李学勤主编《孟子注疏》，北京大学出版社 1999 年第 5 页。

> 咸丘蒙曰:"舜之不臣尧,则吾既得闻命矣。《诗》云:'普天之下,莫非王土;率土之滨,莫非王臣。'而舜既为天子矣,敢问瞽瞍之非臣,如何?"曰:"是诗也,非是之谓也;劳于王事而不得养父母也。曰:'此莫非王事,我独贤劳也'。故说《诗》者,不以文害辞,不以辞害志,以意逆志,是为得之。如以辞而已矣,《云汉》之诗曰:'周余黎民,靡有孑遗。'信斯言也,是周无遗民也。"

对待《诗经》,既不能断章取义,也不能死扣词语的表面意思去解释,而应该在理解全诗意蕴的基础上,推知作者写诗的本意。尽管这个说法存在一定的缺陷,孟子本人在实践中也未完全遵循这个原则去解诗,但它对古代文学和诗歌的赏析和注释产生了深远影响。它要求人们注重考察作者的本意,反对曲解和穿凿,这是很有价值的思想。

其次是"知人论世"说,见于《孟子·万章下》:

> 孟子谓万章曰:"一乡之善士斯友一乡之善士,一国之善士斯友一国之善士,天下之善士斯友天下之善士。以友天下之善士为未足,又尚论古之人。颂其诗,读其书,不知其人,可乎? 是以论其世也,是尚友也。"

诵读古人的《诗》《书》,即须尚友古人,就必须了解他们的为人和他们所处的时代。这提出了一个非常有意义的文学批评原则:一个作家的作品,总是和他个人的品格及他所处的时代相联系的,因此,要真正理解一篇作品,就要了解作者的生平、思想、人格以及作品的创作时代。这也是对古代诗歌注释学产生重大影响的思想。历代注家在论及诗歌注释的体例或者原则时,几乎无不将之视为圭臬,这也形成了古代诗歌注释的一个悠久传统。

(三) 荀子

荀子是战国后期重要的思想家。《荀子》一书引《诗》八十一处,论《诗》七处,其所引所论,沿袭了孔、孟视《诗》为教化工具的老路,注重《诗》的政治功能,强调其美刺讽喻意义,将"诗言志"进行了规范,把"志"和"情"区别对待。一是引《诗》用其原义。比如《荀子·君子篇》引用《诗》"普天之下,莫非王土;率土之滨,莫非王臣"四句,文义和诗义一致。二是引《诗》用其比喻义。如《大略篇》引《小雅·无将大车》,说明"无与小人处"的道理,显然是用其比喻义。三是引《诗》断章取义。如《大略篇》分别引《齐风·东方未明》和《小雅·出车》即属于这种情形。

孔、孟、荀等先秦原始儒家的代表人物,面对春秋战国纷乱复杂的形势,满怀治国平天下的情怀,在对待和理解《诗》方面,采取了实用主义的态度,常常将《诗》与现实的政治和伦理联系起来,希望通经致用,达成儒家内圣外王的理想。但从本质上看,他们的理解与《诗》的原意往往相去甚远,这种"断章取义"为我所用的功利态度,不仅对解《诗》无益,也对后世研究产生了一定的负面影响。

第二节　两汉的"三家诗"注释

"三家诗"是指武帝置五经博士,立于学官的"鲁诗"、"齐诗"和"韩诗"。"鲁诗"的开创者为鲁国申公,"齐诗"为齐国辕固,"韩诗"为燕国韩婴。它们在西汉十分盛行,在朝廷立有博士,成为官学,政治上得势。"三家诗"均十分繁琐,往往一字千言,也都使用汉代通行的隶书写成,所以又称为今文经学。

虽然"三家诗"之间有很大差别,但其主旨是相同或相近的。《汉书·儒林传》云:"韩婴,燕人也。孝文时为博士,景帝时至常山太傅。婴推诗人之意,而作内外《传》数万言,其语颇与齐、鲁间殊,然其归一也。"三家之所以被立于学官,最主要的是因为他们的诗学思想适应了帝国政治伦理的需要,为帝国政教提供了理论依据。

先说"齐诗"。皮锡瑞《经学史》云:"汉有一种天人之学,而齐学尤盛。"这种天人之学自然影响到齐人对《诗》的解释。《齐诗》的传授带有很浓重的谶纬色彩,它将诗歌产生的地域与天上的二十八宿对应起来,如《王风》,《诗推度灾》曰:"王,天宿箕斗。"《郑风》,曰:"郑,天宿斗衡。"《魏风》,曰:"魏,天宿牵牛。"《唐风》,曰:"唐,天宿奎娄。"目的是通过天人感应、阴阳五行来把《诗》谶纬化。齐诗独有"五际"之说,将历法的十二位次和阴阳变化联系起来,用以解释《诗》反映的周王朝政治兴衰的变化,与《诗》之本义毫无关系。例如《十月之交》:"十月之交,朔日辛卯。日有食之,亦孔之丑。"郎顗注释说:"日者,太阳,以象君。政变于下,日应于天。清浊之占,随政抑扬。天之见异,事无虚作。"(《后汉书·郎顗传》)翼奉在关东大水时,以《十月之交》为例,说明地震、大水等灾异是由于阴阳失调所致。《蒹葭》写男女相思,《诗含神雾》曰:"阳气终,白雾凝为霜。宋均曰:白露,行露也,阳终阴用事,故曰白露凝为霜。"(《御览》十二《事类赋·天部》引)这种以阴阳解诗的方法,远离诗歌本义。又好以"情性"论《诗》,如翼奉多次提及所谓的"五性""六情",并非一般意义上的性情,而是配合其阴阳五行学说的律历之类。

再看"鲁诗"。"鲁诗"乃汉初鲁人申公所传,此后有瑕丘江公、刘向等。西汉时传授最广，至西晋亡佚。一般认为，鲁诗最近先秦《诗》之古义，《汉书·艺文志》曰："汉兴，鲁申公为《诗》训故，而齐辕固、燕韩生皆为之传。或取《春秋》，采杂说，咸非其本义。与不得已，鲁最为近之。"如《小雅·鹿鸣》，鲁诗曰："仁义凌迟，《鹿鸣》刺焉。"又曰："《鹿鸣》者，周大臣之所作也。王道衰，君志倾，留心声色，内顾妃后，设旨酒嘉肴，不能厚养贤者，尽礼极欢，形见于色。大臣昭然独见，必知贤士幽隐，小人在位，周道凌迟，必自是始。故弹琴以讽谏，歌以感之，庶几可复。"具有明显的以史为鉴、针砭时弊的"刺诗"特征。它注重训诂，又好以《诗》为谏，《汉书·儒林传》所载王式，就是显著的例子。"鲁诗"语言更为质朴和严谨，但总体而言，仍然不脱政治教化的旧轨。

　　再论"韩诗"。韩婴推诗人之意而作《韩诗内传》四卷，《外传》六卷，共数万言，《汉书·艺文志》有录，另有《韩故》三十六卷、《韩说》四十一卷。"韩诗"于汉文帝时立为博士，成为官学。传"韩诗"的有淮南贲生、蔡义等。至西晋时，"韩诗"虽存，无传者。南宋以后《内传》亡失，仅存《外传》。《韩诗外传》通过360多条故事、对话、道德说教，以发挥儒家诗教的微言大义。南宋陈振孙《直斋书录解题》说此书"盖多记杂说，不专解《诗》"，明代王世贞谓此书"大抵引《诗》以证事，而非引事以明《诗》"，而《四库提要》径称其"无关诗义"，所以它对解《诗》基本没有多大影响。

　　总的来看，三家诗比附政治，只是以《诗》作为干政的工具，而对《诗》文本内涵的开掘贡献有限，与今人对《诗》文学意义上的研究不可同日而语。

第三节　《毛诗诂训传》

　　汉代是经学昌明的时代，《诗三百》以"经"的名义登上了经学神坛，《诗经》研究如火如荼，十分热闹，不仅分门别派，有鲁、齐、韩、毛四家之说，而且家传师承，渊源有自。但因为受到汉代政治和经学氛围的影响，对《诗》的解释普遍没有跳出政治化、功利化的窠臼。鲁、齐、韩所谓"三家诗"附会穿凿，又依附政治，和谶纬迷信、阴阳五行勾结，导致最终相继失传的命运，固不待言，即使以重视文本和训诂见长的毛诗，其对《诗》的解释也远非尽善。《毛诗》由"大序""小序"和"诂训"组成，《大序》首先注意到了诗歌创作最本质的情感因素，明确地将情与志紧密联系在一起，论述产生诗歌的动因，提出了抒情言志的新观念，但更重要的是提出了《诗》可以"经夫妇，成孝敬，厚人伦，美教化，移风俗"的教化作用，从狭隘的角度理解《诗经》，重又回到春秋后期孔子思无邪、温柔敦厚的诗教中，而《诗经》的本意和文学价值仍被忽视。

但"小序"和《故训传》部分具体的注释有一定的价值。"小序"在历史上曾引发有关"存序"和"废序"的激烈争论，主要原因是"小序"揭示的诗旨与诗歌内容有很大出入，有的甚至凿枘难合。朱熹是"废序"派的代表人物，著有《诗序辨说》，其中只有百分之二十七赞同"小序"，大部分不可信。认为"小序"部分篇章的解释合乎情理，如《鄘风·墙有茨》，《序》曰："卫人刺其上也。公子顽通乎君母，国人疾之而不可道也。"又如《鄘风·君子偕老》，《序》曰："刺卫夫人也。夫人淫乱，失事君子之道，故陈人君之德，服饰之盛，宜与君子偕老也。"这些解释得到后世认可。

"小序"首创题解的体例，对后代的诗歌注释有积极的影响。如《邶风·载驰》之《小序》曰："许穆夫人作也。闵其宗国颠覆，自伤不能救也。卫懿公为狄人所灭，国人分散，露于漕邑。许穆夫人闵卫之亡，伤许之小，力不能救。思归唁其兄，又义不得，故赋是诗也。"点明诗的作者、背景和作诗原因。如果没有这段背景的解释，此诗题旨又将陷入重重迷雾。后代的诗歌注家继承了《毛诗》这一传统，首先对诗歌的有关背景进行考证说明，有助于深刻理解诗歌的创作意图。

《故训传》表现出鲜明的历史化倾向。它遵循《诗》与王道盛衰紧密相联的原则，力图把《诗》内容同"周公""召公""大夫""后妃"等具体人物和时代背景联系起来，并且以"治世之音""乱世之音""亡国之音""变风""变雅"来框定诗篇的时代性，使整个诗篇统一于"风雅正变"的体系，则"变风"、"变雅"即是周代由盛而衰的历史反映，如将《小雅》中从《六月》到《无羊》确定为周宣王时诗，则其间的诗篇都与宣王有关。将《邶风》的《绿衣》《燕燕》《日月》《终风》和《卫风·硕人》认为是一组诗，皆与卫庄姜有关。将《卫风》按武公、庄公、宣公排列，《秦风》按襄公、穆公、康公排列。结合《毛传》对字词的训释两方面确定诗篇创作的时代、本事、人物，为《诗经》划定一个总体背景和时代变迁的轨迹，以历史盛衰变化为现实提供参照或教训。这种解释模式显然是为了配合其礼乐教化的目的，有附会穿凿的成分，但诗歌是一定历史条件的产物，用历史和逻辑统一的方法来解读诗歌，又有其一定的合理性，所以这种解释方法对后代的诗歌注释有着不可忽视的影响。

第四节　郑玄《毛诗笺》

郑玄(127—200),字康成,北海高密人,后汉杰出的文献学家、经学家,也是两汉训诂学的集大成者,他几乎整理和研究了前人关于《诗经》的全部文化遗产,取得了超迈前人、嘉惠后学的巨大成就,以至蔚为"郑学"。《后汉书》本传说郑玄:"造太学受业,师事京兆第五元先,始通《京氏易》《公羊春秋》《三统历》《九章算术》,又从东郡张恭祖受《周官》《礼记》《左氏春秋》《韩诗》《古文尚书》,以山东无足问者,乃西入关因琢郡庐植,事扶风马融"。郑玄博学多师,精通今古文各经,终生不仕,将毕生精力从事于古文献的整理和古代语言学的研究,遍注群经,有《仪礼注》《周礼注》《礼记注》《论语注》《孝经注》《孟子注》《易纬注》《书纬注》等著作。他括囊大典,网罗众家,删裁繁诬,刊改漏失,兼收并蓄前辈经学家的成功经验,将文字、训诂、考证、校勘集于一身,贯穿群经,创通条例,自成一家。

郑玄对《诗经》研究的成果主要体现在《毛诗谱》和《毛诗笺》。他根据《尚书》《春秋》《史记》等史料,对《诗经》各篇产生的地域、时间和背景作了精审考订,以时序变迁为纵轴,以地理方位为横轴,在《毛诗谱》中分别排列出十五国风、二雅和三颂的谱系,以显示他们与时代政治、风土人情的关系。对《毛诗谱》的目的和功用,他说:"欲知源流清浊之所处,则循其上下而省之;欲知风化芳臭气泽之所及,则傍行而观之,此《诗》之大纲也。举一纲而万目张,解一卷而众篇明,于力则鲜,于思则寡。"认为周王朝及诸侯列国,其兴衰皆系乎政教之得失。他在每国的《诗谱》中,必先申明其国家历史兴衰、变迁之由。对每篇诗作,必先定其时代,然后据时代以断篇义,并申《序》《传》之说。又于每国诗谱,必叙其历史沿革、地理方位,其中特别强调风俗的作用,如《唐谱》认为唐人俭音之俗,原于尧之"杀礼救厄";于《陈谱》则认为陈人淫祀之风,原于大姬之信巫;于《曹谱》认为曹人骄侈之风,原于"末时富而无教"。总之民风之成乃由在上者之化,而"变风"则是民众的呼声,这实际上是对《诗序》"上以风化下,下以风刺上"理论的图解。把地理环境作为一种背景,将风俗形成的重心放在政治教化上,从理论上看无疑是一种机械决定论。郑玄基本沿袭了《毛传》的治《诗》路径,将《诗经》看作政治、道德和伦理教化的工具。

《毛诗笺》对后代经学和训诂学影响更大。郑玄治学严谨,注释诸经,所下论断,多有所据,决不臆造。他的《毛诗笺》既重视字、词、名物的训释,又注意章句的析义。郑玄融汇今古学派,但在具体注释中更多依靠训诂的方法训释经义,其注《诗》的方法，主要是因声求义、因义正字、群经互证等，有学者总结有十几种之多。中国传统的"小学"在东汉兴起，到清代趋于繁荣，清儒对郑玄之学术功绩有口皆碑，乃至有"郑学"之说。古典诗歌的语言虽不至于如经字需要深入研究，但确有少数的学者之诗，喜用古字古义，要字斟句酌方能断定字义的，所以郑玄对古诗的注释有一定的借鉴作用。

《毛诗笺》在校勘实践中创造了丰富的经验。郑玄在《六艺论》中表明注释《毛诗》的基本原则："注《诗》宗毛为主，毛义若隐略，则更表明；如有不同，即下己意，使可识别也。"即有所宗主，但绝不盲从。《秦风·蒹葭》"所谓伊人"、《豳风·东山》"伊可怀也"、《小雅·雝雝》"自诒伊阻"，《郑笺》皆曰："伊当作繄，繄犹是也。"孔颖达《毛诗正义》曰："《笺》以定二年《左传》赵宣子曰：'自诒繄戚。'《小明》'自诒伊戚'为义既同，明'伊'有义为'繄'者，故此（《雝雝》）及《蒹葭》《东山》《白驹》各以'伊'为'繄'。"从孔氏《正义》可知郑玄是依据《左传》勘定《毛诗》"伊"字之误的，这是"他校法"。《陈风·衡门》"可以乐饥"，《毛传》："乐饥，可以乐道忘饥。"《毛诗笺》："饥者，不足于食也。泌水之流洋洋然，饥者见之可饮以疗饥，以喻人君愍愿，任用贤臣，则政教成，亦犹是也。"《列女传·贤明》云："可以疗饥"，刘向所用皆为鲁诗，故郑玄此处改字本之鲁诗。鲁、齐、韩、毛四家诗同一祖本，因此此处改动即"对校法"。《小雅·吉日》三章"其祁孔有"，《毛诗笺》："祁当作麎。麎，麋牝也。中原之野甚有之。"这是依据音韵训诂或名物等综合知识，直接说明字误或声误的，即"理校法"，也是郑氏最常见的校勘法。

由于郑玄在儒家经典笺注中的特殊贡献，历史上许多学者对其推崇备至。元好问《论诗绝句》说"诗家总爱西昆好，只恨无人作郑笺"，就是有代表性的评价。至清代，诗歌注释蔚兴，厉鹗为赵殿成《王右丞集笺注》作序曰："诗之有笺，昉自郑氏。"赵昱《序》亦曰："诗家有注，殆放郑氏康成之笺毛诗。"皆明确肯定郑氏为诗歌注释的开山始祖。嘉庆时期的吴锡麒说："玉谿生诗注释者多，词旨愈晦。自吾师冯孟亭先生，澡雪精神，荡涤繁秽。凡《锦瑟》《碧成》之什，《井絼》《镜槛》之篇，如烛照幽，若针通结，郑笺有伦，楚艳斯张。"（冯集梧《杜樊川集注》卷首序）王国维曰："及北海郑君出，乃专用孟子之法以治诗。其于诗也，有谱、有笺。谱也者，所以论古人之世也；笺也者，所以逆古人之志也。故其书虽宗毛公，而亦兼采三家，则以论世所得者然也。"（张采田《玉溪生诗年谱会笺》卷首序）清人的看法有一定的道理。郑玄在《毛诗》的训诂、体例和校勘以及历史的方法论等方面作出了巨大贡献，为后代的诗歌注释提供了足资镜鉴的成果，这些努力应当充分重视。《诗经》作为我国第一部诗歌总集，有极为丰富的研究史，但处于不同的历史阶段,人们研究的视角不同。郑玄是一个经学家,他对《毛诗》的笺注,主要是着眼于政治教化的角度,与后代的诗歌注释主要是从文学、情感的角度是不可同日而语的,至于其多以阴阳五行和谶纬解诗、武断改字等,这主要是时代的局限,学者多有指正,不可苛求。

第五节　王逸《楚辞章句》

王逸(约89—158),字叔师,南郡宜城人。东汉安帝时在朝中担任校书郎,顺帝时为侍中,据说后来还担任过豫州刺史,官至豫章太守。参加编修《东观汉纪》,尤擅长文学,所著赋、诔、书、论及杂文21篇,《汉诗》123篇,后人整理成集,名为《王逸集》,多已亡佚,唯有《楚辞章句》完整传世。

王逸之前,已有刘安《离骚传》,司马迁的口说《天问》,刘向、杨雄援引传记解说《天问》,班固、贾逵《离骚经章句》等,但这些著作多奉命而作,且多已失传,只留下单篇只句而已,手法上不脱汉人依经立义的老路。《楚辞章句》是现存唯一的最早最完整的《楚辞》注本。

一、《楚辞章句》体例

(一)篇次。《楚辞章句》以刘向编辑的《楚辞》为底本,原书16卷,现在通行本多出一卷,为17卷,除了传统的《楚辞》各篇,还收入了汉代贾谊、淮南小山、东方朔、严忌、王褒、刘向以及王逸自己的作品。

(二)序文。包括作者、写作时间、题意及写作意图等。序文言简意赅,传承了《毛传》重视时代背景的传统,对于理解作品甚有助益。如《九歌序》曰:“昔楚国南郢之邑,沅湘之间,其俗信鬼而好祠,其祠必作歌乐鼓舞以乐诸神。屈原放逐,窜伏其域,怀忧苦毒,愁思沸郁。出见俗人祭祀之礼,歌舞之乐,其辞鄙陋,因为作《九歌》之曲。”说明写作时间与题意。“上陈事神之敬,下见己之冤结,托之以风谏。”交代写作意图。《章句》每篇皆有序文,《离骚》《天问》分别有前后二序。这些序文类似《诗经》小序,但较其简单的说明主旨更为丰富,有助于读者全面理解作品内涵。

(三)章句。所谓章句,即在明确句读的基础上,给经典原文划分章节,概括章节大意,阐述义理。章句之学自西汉宣帝后兴起,是今文学家常用的一种解经方法。夏侯建参考各家学说，"牵引以次章句，具文饰说"（《汉书·夏侯胜传》）。具体做法是：先注解文字，次诠释大义，证以事实，必要时列举众说，定以己意。这种方法虽脱胎于经学，但兼顾训诂和大义，方便初学，颇有益处。

二、《楚辞章句》的注释学价值

《楚辞章句》继承两汉学者的训诂成果，对《楚辞》在学术和文学两方面作出全面开拓性的探索。具体表现在四个方面。

（一）注释平实。王逸重视以史实解释屈原之言行，大量引经据典进行考证，又采取汉代古文学者常用的训诂方法来注释《楚辞》，能大致正确地阐发《楚辞》的意涵，对后代研究《楚辞》提供了重要的帮助，功不可没。如《离骚》"折若木以拂日兮"，注曰："拂，蔽也。以若木鄣蔽日，使不得过也。"再如"朕皇考曰伯庸"，注曰："朕，我也。皇，美也。父死称考。《诗》曰：既右烈考。伯庸，字也。屈原言我父伯庸，体有美德，以忠辅楚，世有令名，以及于己。"其注释保存了大量先儒的训诂成果，而这些先儒著作早已荡然无存，一鳞半爪，赖《楚辞章句》而得以薪火相传。诚如《四库提要》的评价："逸注虽不甚详赅，而去古未远，多传先儒之训诂，故李善注《文选》全用其文。"

（二）言志抒情的文学探索。王逸《章句》的各篇序文，几乎每一篇都揭示了作者的情感动力来源，尤其细腻描画了特定处境下的忧心愁苦的心理特征，如《离骚前序》言"忧心烦乱，不知所诉"，《九歌序》言"怀忧苦毒，愁思沸郁"，《天问序》言"忧心愁悴，彷徨山泽"、"嗟号昊天，仰天叹息"，《九章序》言"思君念国，忧心罔极"，《卜居序》言"心迷意惑，不知所为"，《渔父序》言"忧愁叹吟"等等，说明王逸开始关注诗赋作者本人的思想与作者情感之间的内在关系，其注释没有完全局限于传统经学化的阐释模式，具有一定文学解释的成分。纵观《楚辞章句》各《序》，除《惜誓》"刺怀王有始而无终"外，王逸认为其余作品都是抒情之作，而且所抒之情多种多样，既有自己的"愤懑""抽思"，也有"悯惜""伤悼"之情。虽然这种一己之"情"也关乎国家社稷，但与《毛诗大序》所规定的"止乎礼义"、关乎政教的群体之"情"明显两样，也与郑玄治《诗》完全依据经学的政治伦理的视角，以"美刺"解《诗》有很大不同。

（三）对屈原的评价。这涉及到对《楚辞》的总体思想评价。《离骚叙》曰："人臣之义，以忠正为高，以伏节为贤，故有危言以存国，杀身以成仁，是以伍子胥不恨于浮江，比干不悔于剖心，然后忠立而行成，荣显而名著。"对于屈原以忠正为高、危言存国这一点,两汉学者众口一词,没有异议,但对其"伏节""杀身",却争议较大。武帝以后儒学兴盛,扬雄在《反离骚》中就以"君子得时则大行,不得时则龙蛇。遇不遇,命也,何必沉身哉"否定屈原的殉国之举。班固则引《大雅》"既明且哲,以保其身",批评屈原"露才扬己,竞乎危国群小之间,以离谗贼。然责数怀王,怨恶椒兰,愁神苦思,强非其人,忿怼不容,沉江而死,亦贬絜狂狷景行之士。"(《楚辞章句·离骚叙》),而王逸则将屈原投江之举与伍子胥和比干二人等量齐观。在封建君主统治日趋专制的时代,难以容忍屈原此类狷介之举,故王逸的评价实属难能可贵。

（四）对《楚辞》艺术的开掘。一方面,王逸继承前代学者关于《楚辞》"举类迩而见义远"的比兴观点,认为"《离骚》之文,依诗取兴,引类譬喻,故善鸟香草,以配忠贞。恶禽臭物,以比谗佞。灵修美人,以媲于君。宓妃佚女,以譬贤臣。虬龙鸾凤,以托君子。飘风云霓,以为小人",另一方面,对《楚辞》中大量的神话和想象情节也给予了充分的重视和肯定,如《天问序》肯定屈原在先王庙中见到"天地山川神灵"和"怪物行事"而作《天问》,《远游序》说屈原"不容于世","无所告诉",故"深惟元一,修执恬漠,思欲济世,则意中愤然,文采秀发,遂叙妙思,托配仙人,与俱游戏,周历天地,无所不到",均对其大胆的艺术想象作了理解和肯定。相比之下,班固则认为屈原"昆仑"等属于"虚无之语"(《离骚序》),认为是荒诞不经。汉代流行重实反虚的文艺思潮,扬雄就曾批评屈原作品"过以浮",司马相如作品"过以虚"(《文选注·谢灵运传论》李善引),扬、班等儒家学者为传统儒教所束缚,看不到屈原作品的特色,在这一点上是不如王逸的。

《楚辞章句》也有其不必讳言的缺陷,如《离骚经序》说"《离骚》之文,依《诗》取兴,引类譬喻",称《楚辞》为"经",视同儒家经典,上述"善鸟香草以配忠贞"云云即是这种反映。另如《离骚》"惟草木之零落兮,恐美人之迟暮",注"美人"为"怀王";"飘风屯其相离兮,帅云霓而来御",注曰:"飘风,无常之风,以兴邪恶之众。……云霓,恶气,以喻佞人。"把诸多自然名物皆比附君臣伦理。有些注释更是穿凿附会,如《湘夫人》"帝子降兮北渚,目眇眇兮愁予",注曰:"屈原自伤,不遭值尧舜而遇闇君,亦将沉身湘流,故曰愁予。"《九章·涉江》"山峻高以蔽日兮,下幽晦以多雨",注曰:"或曰:日以喻君,山以喻臣,霰雪以兴残贼,云以象佞人。山峻高以蔽日者,谓臣蔽君明也。下幽晦以多雨者,群下专擅施恩惠也。霰雪纷其无垠者,残贼之政害仁贤也。云霏霏而承宇者,佞人并进满朝廷也。"正如胡适所说:"这时候屈原还不过是一个文学的箭垛,后来汉朝的老学究把那时代的君臣大义读到《楚辞》里去,就把屈原用作忠臣的代表,从此屈原就又成了一个伦理的箭垛了。"①另外各篇序文与具体的注释之间自相矛盾之处颇多,以至使人怀疑这些序是否出自王氏之手等。但总体瑕瑜互见,一方面,《楚辞章句》为读者理解《楚辞》打下了良好的学术基础,直到南宋朱熹《楚辞集注》前还是学习《楚辞》的必读之书;另一方面,其不顾诗意,盲目比附政治伦理,是汉代"依经立义"氛围下的必然产物,总体不脱经学的藩篱。

第六节　沈约《咏怀诗注》和魏晋六朝的诗歌注释

魏晋六朝时期的诗歌注释,主要针对《楚辞》和五言诗。《楚辞》有晋郭璞《楚辞注》、皇甫遵训《参解楚辞》、刘杳《离骚草木疏》等。五言诗则有曹魏应贞《百一诗注》,南朝宋、齐时期颜延之、沈约《阮籍咏怀诗注》,刘宋的刘扣《杂诗注》。

注《楚辞》诸家大多失传,比较著名的郭璞《楚辞注》也基本散佚,但其与《楚辞》有关的注释条目,零星散落在其各种著作中,其中《山海经注》有约 140 条,《尔雅注》有 120 条,《方言注》有 15 条,《子虚赋注》有 23 条,《上林赋注》有 33 条,《穆天子传注》有 14 条。另敦煌所出文献中有《楚辞音》残卷,引用郭注 3 条,洪兴祖《楚辞补注》亦引郭注 14 条。遗存总数大概在 360 条左右。郭氏是著名的语言学家,他对《楚辞》的注释,主要从文字、音韵、训诂入手,如敦煌《楚辞音》残卷"岂珵美之能当",下注云:"郭本止作程,取同音",则郭氏认为"珵"本作"程"。程,品评也。《天问》"一蛇吞象,厥大如何?"《海内南经注》引《楚辞》曰:"有蛇吞象,厥大如何?""有蛇"较之"一蛇"义优。《楚辞音》残卷引郭氏三条注释,一、"望崦嵫而勿迫",注曰:"止日之行,勿近昧谷也。"二、"鸠告余以不好",注曰:"凶人见欺也。"三、"恐鹈鴂之先鸣",注曰:"奸佞先己也。"可见郭氏一般是先释字义,次明大旨,与王逸《楚辞章句》大同小异。

关于汉代诗歌,《史记·乐书》对《郊祀歌》十九章和《天马歌》有段记载:"至今上即位,作十九章,令侍中李延年次序其声,拜为协律都尉。通一经之士不能独知其辞,皆集会五经家相与共讲习读之,乃能通知其意,多尔雅之文。"似为汉魏诗注解之滥觞,但并非真正的诗注。

应贞《百一诗注》应当是最早的别集诗注。应璩是三国时曹魏文学家,其诗以《百一诗》为代表。其子应贞为《百一诗》作注,《隋书·经籍志四·集部·总

---

① 胡适《读楚辞》,《胡适文存》第二集,黄山书社 1996 年版,第 66 页。

集》所著录的"应贞注应璩《百一诗》八卷",《隋书》著明已亡佚。《文选》卷二一选应璩《百一诗》一首,但李善未引应贞之注,可能李善也未曾见过。应贞还有《古游仙诗注》一卷,见于《七录》①,但也已亡佚。刘扣《杂诗注》的情形也是如此。

颜延之、沈约的《咏怀诗注》是现存最早的别集诗注。《咏怀诗注》收录在《文选注》中,共有 20 条,其中题有颜氏的 4 条,题有沈氏的 17 条。先看颜注。

《咏怀诗十七首》题解,颜延年曰:"说者阮籍在晋文代,常虑祸患,故发此咏耳。"

"嘉树下成蹊,东园桃与李",颜延年曰:"《左传》:季孙氏有嘉树。"

"西游咸阳中,赵李相经过",颜延年曰:"赵,汉成帝赵后飞燕也;李,武帝李夫人也。并以善歌妙舞幸于二帝也。"

"下有采薇士,上有嘉树林",颜延之曰:"《史记·龟策传》曰:无虫曰嘉林。"

大抵上颜氏主要是注释难解的词语,并不串述内容、分析诗意。钟嵘《诗品》"晋步兵阮籍"条末尾说"颜氏注阮,怯言其志",恐怕正是根据颜注的这种风格所作的推断,但其实恐怕是误解了颜氏。颜氏《五君咏·阮步兵》云:"阮公虽沦迹,识密鉴亦洞。沉醉似埋照,寓辞类托讽。长啸若怀人,越礼自惊众。物故不可论,途穷能无恸?"为阮籍传神写照,洞察秋毫,可见颜氏对阮籍遗貌取神,并非"怯言其志"。但后世学者往往据此指责,如古直笺曰:"延年亦身当易代之际,故不敢质言。"又曹旭注云:"延年遭际,与阮籍类同。'怯言其志',怯言己志也。"②这些批评没有考虑到历史的实际。颜氏虽处于易代之际,但与司马氏专政时期党同伐异之情形不同,他属于次等门族,当时的政治矛盾主要集中在王、谢等高门士族与皇族之间,故颜氏实无阮籍忧生之虞。颜氏注解着眼于文本字词本身,采用的是传统的训诂方法,至于诗之微旨,则寄望读者自得,无需赘言。

再看沈约所注。"二妃游江滨"章,"如何金石交,一旦更离伤",沈约注曰:

　　婉娈则千载不忘,金石之交一旦轻绝,未见好德如好色。

认为此诗讽刺交友不忠。按元末明初刘履《选诗补注》笺注此诗曰:"初,司马昭以魏氏托任之重,亦自谓能尽忠于国。至是专权僭窃,欲行篡逆,故嗣宗婉其词以讽刺之,言交甫能念二妃解佩于一遇之顷,犹且情爱猗靡,久而不忘;佳人以容好结欢,犹能感激思望,专心靡他,甚而至于忧而怨。如何股肱大臣视同腹心者,

①　丁国钧《补晋书艺文志》,《二十五史补编》本,北京图书馆出版社 2005 年版。

②　曹旭《诗品集注》,上海古籍出版社 1994 年版,第 131 页。

一旦更变而有乖背之伤也。君臣朋友皆以义合,故借金石之交为喻。所谓'文多隐避'者如此,亦不失古人谲谏之义矣。"此说认为"金石交"是比喻曹魏皇帝和世为曹魏重臣的司马氏,大致是正确的。所以,这首诗应该说是讽刺司马氏之作。何焯《义门读书记》笺注此诗曰:"此盖托朋友以喻君臣,非徒休文好德不如好色之谓。"

"登高临四野"章,"李公悲东门,苏子狭三河。求仁自得仁,岂复叹咨嗟"四句,沈约注曰:

> 河南、河东、河北,秦之三川郡。古人呼水皆为河耳。苏子以两周之狭小,不足逞其志力,故去佩六国相印也。云二子岂不知进趋之近祸败哉?常以交利货赊祸,故冒而行之,所谓求仁得仁也。松柏冈岑,丘墓所在也。古有皆死之义,莫有免者焉。达者安小大之涯,各遂分内之乐,委天任命,以至于俱为一丘之土,夫何异哉!故因此望山阿而发此句,明徂谢之理虽同,夭逝之途则异也。感慨之来,诚逝者所不免。至于颠沛逆天,怨毒求生,苏子、李斯张本也。

这段文字联系诗歌整体,大致得其本意。尽管清代何焯以为"此言人皆有死,若苟求富贵者,其卒亦贻五刑车裂之悔,何如求仁得仁? 若夷、齐者,为得其所乎!"认为沈约注释并未真正理解诗意。从《咏怀诗》多次赞美伯夷、叔齐的倾向来看,这种批评似乎不无道理。但另一方面,阮籍又有齐生死、等是非的老庄思想,李斯、苏秦二人志在高远,但结果求祸得祸,与夷、齐等求仁得仁本质一致,最终同归一死而已。所以沈约的解释不能说错误。

"昔闻东陵瓜"章,"膏火自煎熬,多财为患害。布衣可终身,宠禄岂足赖"四句,沈约注曰:

> 当东陵侯侯服之时,多财爵贵;及种瓜青门,匹夫耳。实由善于其事,故以味美见称。连轸距陌,五色相照,非唯周身赡己,乃亦坐致嘉宾。夫得固易失,荣难久恃,膏以明自煎,人以财兴累;布衣可以终身,岂宠禄之足赖哉!

按刘履《选诗补注》曰:"嗣宗知魏亡有日,不乐久仕,思得如秦故侯种瓜于青门,则志愿毕矣,故咏其事以自见。"何焯注曰:"言古人即易代失侯,可以种瓜食力,何事不可固穷,欲事二姓乎? 此又为虽非党恶而依违者讽也。"二人一从时代背景、一从封建伦理的角度解释此诗,皆可成说。沈约的注释只是就文而论,以庄子"山木自寇,膏火自煎"的思想对照全诗,似乎更为通达。

"昔年十四五"章,"千秋万岁后,荣名安所之? 乃悟羡门子,噭噭今自蚩"四

句,沈约注曰:

> 自我以前,徂谢者非一。虽或税驾参差,同为今日之一丘,夫岂异
> 哉?故云万代同一时也。若夫被褐怀玉,托好诗书,开轩四野,升高永
> 望,志事不同,徂没理一,追悟羡门之轻举,方自笑耳。

按此诗写少年立志于功名,长大后有感于立功立名之虚幻,转而自嘲平生志业,而思慕羡门子之轻举游仙,表现对生死的感悟。沈约的解读抓住了主要意思。后代蒋师爚、何焯等皆沿袭此说。

"徘徊蓬池上"章,"小人计其功,君子道其常。岂惜终憔悴,咏言著斯章"四句,沈约注曰:

> 岂惜终憔悴,盖由不应憔悴而致憔悴,君子失其道也。小人计其功
> 而通,君子道其常而塞,故致憔悴也。因乎眺望多怀,兼以羁旅无匹,而
> 发此咏。

何焯曰:"嘉平六年二月,司马师杀李丰、夏侯泰初等。三月,废皇后张氏。九月甲戌,遂废帝为齐王。乃十九日,是月丙辰朔。十月庚寅,立高贵乡公,乃初六日,是月乙酉朔。师既定谋而后白于太后,则正日月相望之时。末言后之诵者考是岁月,所以咏怀者见矣。初,齐王芳正始元年改用夏正,则此诗正指司马师废齐王事也。"数处皆联系史实论诗,认为此诗慨叹齐王之被废。陈祚明《采菽堂古诗选》注释此诗曰:"风霜以喻式微,羁旅以喻寡党,此计功者所必去,而君臣分义,乃经常不可失也。公如仅以高旷为怀,而甘心憔悴者,何必曰君子道其常乎?"

"灼灼西隤日"章,"宁与燕雀翔,不随黄鹄飞。黄鹄游四海,中路将安归"四句,沈约注曰:

> 若斯人者,不念己之短翮,不随燕雀为侣,而欲与黄鹄比游。黄鹄
> 一举冲天,翱翔四海,短翮追而不逮,将安归乎?为其计者,宜与燕雀相
> 随,不宜与黄鹄齐举。

按刘履《选诗补注》、吴淇《六朝选诗定论》、陈沆《诗比兴笺》以及何焯、沈德潜、曾国藩等均认为这四句是阮籍自谓,如何焯曰:"言己宁没身下位,不敢附司马、取尊显也。"唯独沈约认为这四句是针对上文"如何当路子,磬折忘所归?岂为夸誉名,憔悴使心悲"的"当路子"而发,"宁",愿也,希望也,希望这些人不要盲目追随权贵者。"中路将安归",即班婕妤《怨歌行》"弃捐箧笥中,恩情中道绝",所以告诫其"如何当路子,磬折忘所归?岂为夸誉名,憔悴使心悲",讽刺之意明显。而按照其余诸人的解释,则有窒碍难通之处。

"昔日繁华子"章，末"丹青著明誓，永世不相忘"二句，沈约注曰：

> 以财助人者，财尽则交绝；以色助人者，色尽则爱弛。是以嬖女不
> 弊席，嬖男不弊舆，安陵君所以悲鱼也，亦岂能丹青著誓，永代不忘者
> 哉？盖以俗衰教薄，方直道丧，携手笑言，代之所重者，乃足传之永代，
> 非止耻会一时，故托二子以见其意。不在分桃断袖，爱嬖之欢，丹青不
> 渝，故以方誓。

此诗看似歌咏安陵君和龙阳君，其实皮里阳秋，暗寓讥刺。阮籍有感于现实中甘若蜜醴的小人之交，卿卿我我，恩爱无比，其实不堪入目。沈约直指阮籍感慨背后的社会原因是"俗衰教薄，方直道丧"，所以"托二子以见其意"。又说这些人的下场，"色尽则爱弛"，岂可长久。这些评论颇中肯綮。沈约的文风被钟嵘评为"长于清怨"，以此而论，沈氏对同有"怨"气的《咏怀诗》自然莫逆于心，同时这些精辟的解读无愧于其在齐梁文坛宗主的身份。

颜、沈两家注风格是不同的，颜注仅解词语，属于训诂式的注释；沈注分析诗篇立意，囊括大义，属于章句式的注释。这两种注释方式，于汉儒解经之法，各有所承。颜注曾提示"说者阮籍在晋文代，常虑祸患，故发兹咏"，这说明魏晋以来的"说者"，是了解阮诗的创作与魏晋之际的现实之特殊关系的。但颜、沈之注，并未刻意索隐诗中可能存在的某些与司马氏政治有关的事实。从颜、沈的《咏怀》注窥见六朝时期人解读阮诗的一般情况，一是重在诗语与诗意本身，二是重视诗歌意象及事实本身，不作索隐本事的解读。索隐之风，在六朝时期尚未出现。应该说，这种注释方法，是站在诗学本身的立场上的，因此也是相对比较实事求是、朴素的方法。

沈约解诗，能够准确地抓住阮诗中最重要的思想感情，使诗中各种具体意象的含义，得以生动地呈现。如"登高临四野"章"李公悲东门，苏子狭三河。求仁自得仁，岂复叹咨嗟"四句，后代的注家很容易就李斯、苏秦最终的悲剧进行阐发，认为二人贪恋爵禄，以致有东门之叹和车裂之祸，以为阮籍的寓意是告诫那些趋炎附势之徒，而沈约却认为"二子岂不知进趋之近祸败哉？常以交利货赊祸，故冒而行之，所谓求仁得仁也"。二人对自己的所作所为是有清醒认识的，"达者安小大之涯，各遂分内之乐，委天任命，以至于俱为一丘之土，夫何异哉"！应该说这种理解更为符合阮籍的本意。同时沈约作为一位杰出的诗家，深知诗歌的表现方法与诗歌语言的特点。如"嘉树下成蹊，东园桃与李。秋风吹飞藿，零落从此始"四句，按照一般的解释，很容易把"桃李"与"飞藿"作为并列的两个意象来理解，以它们分别代表春盛、秋衰两端。但这四句诗是一意连贯而下的，

"秋风吹飞藿"主要是取其时间的意思,沈约曰:"风吹飞藿之时,盖桃李零落之日。华实既尽,柯叶又凋,无复一毫可悦。"这样理解,可谓深得阮籍之用意,深谙阮诗之章法。阮诗的叙述与表达,常常贯穿于意象与故事之间,前一意象与后一意象常构成紧密的逻辑关系,形成前后意象、事实相互钩连、演绎的方法。沈约把握住了阮诗的这种结构特点,所以其解释常常是深中肯綮,实为后来许多注家所不及。

这种立足于诗歌文本的注释方法,有其文学和历史的逻辑。

沈约历任宋、齐、梁三朝,是齐梁文坛的领军人物,也是永明文学的主要缔造者和中坚人物。他对文学的认识和理解是沿着陆机"诗缘情而绮靡,赋体物而浏亮"这一诗学思路的,把情感和审美形式看作文学的本质属性。其《宋书·谢灵运传论》"情""志"并用,"志动于中"的"志"与"喜愠分情"的"情"在含义上是相近的,都指人之心性所本有的情感。沈约把这种情感看成是文学作品的本质属性和根本要素,突出强调其在文学创作中的根本地位和意义。他对屈原、宋玉及汉魏作家文学创作的称赞,是基于诗歌抒发、表现人之自然真情这一观念的。从这些作家作品的实际情形来看,日常生活中喜怒哀乐诸种情绪、娱情山水之时的审美意趣、穷通出处之际遇以及经世致用之抱负等等都被纳入文学创作的表现范围进行抒发、描写,并在审美层面上进行吟咏和观照。可以说,在曹丕、陆机等人的理论倡导以及此后文学创作实践的推动之下,"诗缘情"成为主流文艺思潮而得到普遍的认同;"诗言志"作为一种传统的诗歌本质观虽并未消失,甚至仍维持着一种正统的地位,但其内涵已不再局限于政教伦理的狭隘实用功利性范围,而是被整合、纳入到"诗缘情"的观念体系中,或是退居次要地位了。而且,对情感的表现也提出了审美要求。这样在文学创作和文学理论批评上,人们更为关注文学自身的审美规定性。即诗歌以抒发人的情性为本,诗歌要"缘情"而作,情感应当审美化。沈约在注释中紧紧抓住阮籍的内在感情,几乎不对诗歌和时代因素作一一对应的考察和追究,正是他一贯的文学观念的反映。

其次这种注释方法也是适应《咏怀诗》特殊手法和内容的产物。阮籍《咏怀诗》因为其"词旨渊永、寄托遥深"而受到历代学者的注意,引发浓厚的注释兴趣。从刘勰的《文心雕龙》提出"阮旨遥深"以后,《诗品序》称其"厥旨渊放,归趣难求",李善《文选注》有"百代之下,难以情测"之说,张溥则谓之"咏怀诸篇,文穏指远"(《汉魏六朝百三家集题辞注》),刘熙载甚至说:"其旨固为渊远,其属辞之妙,去来无端,不可踪迹。后来如射洪《感遇》、太白《古风》犹瞻望弗及矣。"(《艺概·诗概》)黄节认为:"后之学步邯郸者,既未得其仿佛,而浅见寡闻之士,又以眩于故实,艰于检讨,亦复望而生畏。于是咏怀之作,乃成千古绝响矣。"(萧涤非《读诗三札记·读阮嗣宗诗札记》)阮籍诗隐约曲折,"言在耳目之内,情寄八荒之表",主要是由其时代与身世决定的。他同情曹魏,不满司马氏,但身仕乱朝,常恐遭祸,故处世极为谨慎,"发言玄远,口不臧否人物",作诗亦不敢直言,常常借比兴、象征的手法来表达感情、寄托远大抱负,或借古讽今,或借游仙讽刺世俗,或借写美人香草寓写抱负。因此历代注家皆结合阮籍生平和魏晋史实,以考察《咏怀诗》主旨为重点,是有其缘由的。

正因《咏怀诗》趋指难明,所以"古今论阮注阮,实有两大分野,一为重其兴寄,一为重其讥刺"。[1] 注重兴寄的注家,注阮重在典故与词语之出处,解说诗意仅限于文本所有。重讥刺的一派,着眼点在于诗歌文本之外所蕴藏的本事。这一派自五臣开其端,明清以下诸家如陈沆、何焯、方廷圭等扬其波,成为阮学之主流。但"讥刺派"的穿凿附会显而易见,尤其如何焯"托朋友以喻君臣"之类的说法,引起一些学者的极大不满,如黄侃就曾批评说:

> 阮公深通玄理,妙达物情,咏怀之作,固将包罗万态,岂仅措心曹马兴衰之际乎? 迹其痛哭穷路,沉醉连旬,盖已等南郭之仰天,类子舆之鉴井,大哀在怀,非恒言所能尽,故一发之于诗歌。颜、沈之后,解者众矣,类皆摭字以求事,改文以就己,固哉高叟,余甚病之! 今辑录颜、沈之说,补其未备云尔![2]

因此作为《诗经》和《楚辞》之后第一个五言诗注释的热点,受到如此关注绝非偶然,原因在于其扑朔迷离的风格和多义的内涵,十分类似后世"诗家总爱西昆好,独恨无人作郑笺"的李商隐诗歌。从注释实践来看,凡是内涵隐约的诗歌,几乎皆有数种甚至十几种的注释,尽管每种说法皆言之凿凿,甚至自圆其说,但又似是而非,难以服众。究其根本,作者并不愿意将自己的心迹明说,世人又如何窥其真心? 缺乏关键的时代因素,又如何落实名目繁多的指证? 所以各种笺注表面看去繁花似锦,却不能掩盖其根本的猜测性质。倒不如平心静气,就文本所提供的有限线索,只作文学的一般解释,因此沈约的注释倒不失为聪明而通达的做法。

结语:先秦诸子和两汉学者对《诗经》基本秉持"赋诗言志"和"断章取义"的

---

[1]　钱志熙《论〈文选〉〈咏怀〉十七首注与阮诗解释的历史演变》,《文学遗产》2009 年第 1 期。
[2]　黄侃《咏怀诗补注·自序》,《章氏国学讲习会学报》第 45 期,1937 年 7 月 1 日。

功利态度,看重《诗经》内含的政治作用和伦理取向,文学意义较为稀缺。汉代"三家诗"更异化《诗经》,迎合政治,杂以谶纬,背离本义,这是其最终散佚的根本原因。《毛诗故训传》尽管亦有严重的历史化和政治化倾向,但它注意到了诗歌创作最本质的情感因素,明确地将情与志紧密联系在一起,论述产生诗歌的动因,提出了抒情言志的新观念,因此是具有一定文学意义的诗歌注本。郑玄《毛诗笺》创造了丰富的校勘和注释经验,对诗歌注释学影响较大;其《诗谱》对后世知人论世的解诗实践有其方法论作用。而王逸《楚辞章句》是东汉另一部重要著作,它以传统的训诂手段解释字句,注释平实,基本正确地阐发《楚辞》的意涵,成果为李善《文选注》继承,尤其是对于《楚辞》抒情言志的创作心理及其文学艺术的探索,值得肯定;其中不顾诗意、盲目比附乃至穿凿附会的注释,是汉代"依经立义"氛围下的必然产物,总体不脱经学的藩篱。颜延之、沈约关于阮籍《咏怀诗》的诗注,是现存最早的别集诗注,它重视诗歌意象及事实,不作索隐本事的解读,是尊重文学特性的正确做法。

综上而言,唐前时期处于诗歌注释的启蒙阶段,主要有两个原因,首先是文学尚处于文史哲一体的"大文化"时期,对《诗经》《楚辞》的笺注,经学化和政治化倾向较为严重,而文学特性尚未受到关注;其次也是更为重要的原因,是语言的文学性尚未发育,具有文学特色又有学术特点的笺注手段因此姗姗来迟。

在文学诸因素中,语言始终是第一位的因素。文学语言必须具备多种特性,首先是形象性,文学创作是形象思维,表现为语言则是多用具体词句,少用抽象词,无论是《诗经》还是《楚辞》,语言的可感性不足是毋庸置疑的。其次是情感性。先秦两汉的语言概括性、客观性较强,而具体性、情绪化不够。第三是通俗性。这一点学界尚未充分重视,但两汉以降,语言明显经历了从艰深古奥到通俗平易的发展历程,如果没有语言的通俗化,李善的注释恐怕还须采用以字为单位的训诂手段,而注释的文学化是李善注的本质特征,它有赖于语言的通俗性。

第二章　李善《文选注》与唐代的初兴期

南朝梁萧统编撰的《昭明文选》是我国现存最早的一部诗文总集,被誉为"总集之弁冕"、"文章之渊薮",对《文选》的研究,在唐代即已成为专门之学"文选学"。

隋唐之前注释《文选》者,多为单篇或专人。清人朱鹤龄说:"盖《文选》之注,张载、颜延之、沈约、薛综、徐爰、刘渊林诸人经始之,又得李善会粹之,子邕复益之以义,故能传述至今。"①薛综是三国时吴国人,注《二京赋》。徐爰是南朝刘宋时人,注释《射雉赋》。张载、刘逵、卫权、刘渊林等注释《三都赋》。颜延之、沈约注释阮籍《咏怀诗》17 篇等。最早对整部《文选》注释的著作是隋代萧该的《文选音义》,但此书在宋代以后亡佚。萧该之后,研究《文选》成就卓著者首推隋唐之间的学者曹宪,李善、许淹、公孙罗等皆出自其门下。曹宪在隋朝任秘书学士,精通诸家文字之书,《新唐书·艺文志》记载其著"《尔雅音义》二卷、《博雅》十卷、《文字指归》四卷以及《文选音义》,卷亡"。《旧唐书·经籍下》记载公孙罗著《文选注》六十卷、《文选音》十卷;亦亡佚。目前流传下来比较完整的著作只有李善《文选注》。

李善的生平,主要见于《旧唐书·儒学传上》:

> 李善者,扬州江都人。方雅清劲,有士君子之风。明庆中,累补太子内率府录事参军、崇贤馆直学士,兼沛王侍读。尝注解《文选》,分为六十卷,表上之。赐绢一百二十匹,诏藏于秘阁。除潞王府记室参军,转秘书郎。乾封中,出为经城令。坐与贺兰敏之周密,配流姚州。后遇赦得还,以教授为业,诸生多自远方而至。又撰《汉书辩惑》三十卷。载初元年卒。子邕,亦知名。

---

① 《与李太史论杜注书》,《愚庵小集》卷十。

其主要官职是崇贤馆直学士,所以后世又称之为"李崇贤"。《新唐书·李邕传》说他后因贺兰敏之事受牵连,"流姚州,遇赦还。居汴、郑间,讲授《文选》,诸生四远至,传其业,号文选学。"又据李济翁《资暇集》:"李氏《文选》有初注成者,复注者,有三注四注者,当时旋被传写。其绝笔之本,皆释音训义,注解甚多。"可见李氏之于《文选》用力甚勤。钱钟书说:"曹宪、李善以降,'文选学'专门名家。词章中一书而得为'学',堪比经之有'《易》学'、'《诗》学'等,或《说文解字》之蔚成'许学'者,惟'《选》学'与'《红》学'耳。寥落千载,俪坐俪立,莫许参焉。"①千百年来,李善注与《文选》如鸟之双翼,车之两轮,互为影响,文以注显,注以文传。

《昭明文选》三十卷,囊括从周秦至梁朝近千年的文章精华,收录 130 多位作家的 762 首作品。作品大体上分辞赋 74 首,诗歌 432 首,杂文 245 首;文体分为赋、诗、骚等 37 类。《文选》诗歌部分从第 19 卷至 31 卷,共选作品 253 题(以诗题计,如《古诗十九首》仅作一题),又分为劝励、咏史、赠答等 23 类,篇幅约占全部内容的五分之一,涉及有名姓的作家 66 位。诗歌体裁多为四言或五言,只有"杂歌"类收荆轲《歌》、汉高祖《歌》两首为七言。作为唐代举子手上收录完备的唯一一部诗文总集,它自然被视为诗赋创作的渊薮,成为效法的对象。

第一节　李善《文选注》凡例考察

钱曾《读书敏求记》曰:"古人注书,类有体例。汉唐诸大儒,依经疏解,析理精妙,此注经之体然也。……至于集选,宜诠释字句所自出,以明作者之原委,如善注《文选》,其嚆矢也。"②认为《文选注》是集部中首次订立体例者。体例亦即凡例,《文选注》凡例,主要见于《两都赋序》《西都赋》《东都赋》《西京赋》《甘泉赋》《藉田赋》《景福殿赋》《雪赋》《思玄赋》《琴赋》《乐府三首·古辞》《燕歌行》和《上书秦始皇》的注文中,分别胪列如下:

一、《两都赋序》:"诸引文证,皆举先以明后,以示作者必有所祖述也。他皆类此。"

二、《两都赋序》:"然文虽出彼,而意微殊,不可以文害意也。他皆类此。"

三、《两都赋序》:"诸释义或引后明前,示臣之任不敢专。他皆类此。"

---

① 《管锥编》,中华书局 1979 年版,第 1400 页。
② 书目文献出版社,1984 年版,第 140 页。

四、《西京赋》："旧注是者因而留之,并于篇首题其姓名。其有乖谬者,臣乃具释,并称臣善以别之。他皆类此。"

五、《甘泉赋》："旧有集注者,并篇内具列其姓名,亦称臣善以相别。他皆类此。"

六、《藉田赋》："《藉田》《西征》咸有旧注,以其释文肤浅,征引疏略,故并不取焉。"

七、《西都赋》："引《汉书》注,云音义者,皆失其姓名,故云音义而已。"

八、《思玄赋》："未详注者姓名。挚虞《流别》题曰衡注,详其义训,甚多疏略,而注又称愚以为,疑非衡明矣。但行来已久,故不去。"

九、《上书秦始皇》："此解阿义与《子虚》不同,各依其说而留之。旧注既少不足称,臣以别之。他皆类此。"

十、《雪赋》："班婕妤《捣素赋》'伫风轩而结睇,对愁云之浮沉。'然疑此赋非婕妤之文,行来已久,故兼引之。"

十一、《乐府三首》："言古诗,不知作者姓名。他皆类此。"

十二、《琴赋》："然集所载与《文选》不同,各随所引而用之。"

十三、《琴赋》："引应及傅者,明古有此曲,转以相证耳,非嵇康之言出于此也。他皆类此。"

十四、《景福殿赋》："卞兰《许昌宫赋》曰:'则有望舒凉室,羲和温房。'卞、何同时,今引之者,转以相明也。他皆类此。"

十五、《西都赋》："石渠已见上文。同卷再见者,并云已见上,务从省也。他皆类此。"

十六、《东都赋》："娄敬已见上文。凡人姓名皆不重见。余皆类此。"

十七、《东都赋》："诸夏已见《西都赋》。其异篇再见者,并云已见某篇。他皆类此。"

十八、《东都赋》："诸夏已见上文。其事烦已重见及易知者,直云已见上文。他皆类此。"

十九、《西京赋》："栾大已见《西都赋》。凡人姓名及事易知而别卷重见者,云见某篇,亦从省也。他皆类此。"

二十、《西京赋》："鸧鸹已见《西都赋》。凡鱼鸟草木皆不重见。他皆类此。"

二一、《思玄赋》："诸家之说丰隆,皆曰雷师,此赋别言云师,明丰隆为雷也,故留旧说以广异闻。"

这二十一条并非旧有的顺序,目的是叙述方便。内容可分五类,一是作注凡例,包括一、二条;二是旧注凡例,包括三至九条;三是引文凡例,包括十至十四条;四是避重凡例,包括十五至二十条;五是广闻凡例,第二十一条。其中有不少条目雷同,如第四与第五条,第十与十一条,第十五至二十条意思几乎相同。

第一条"举先以明后"无疑是具有统领性质的凡例,第二条"不以文害意"是对第一条的补充。两条合起来说明了李善《文选注》的全部内涵,即通过征引文献,达成勾勒语言"祖述"的宗旨;出处力求准确,但不苛求与原文意义完全一致。

旧注凡例包括三至九条。第三条"引后明前"引发了不少争议,李善注引后明前的情况,主要分为两类:一是关于地理的注释。如张载《剑阁铭》"是曰剑阁,壁立千仞"句下,李善注云:"郦元《水经注》曰:小剑戍北去大剑三十里,连山绝险,飞阁相通,故谓之剑阁也。"晋代张载与北魏郦道元相距百年,但剑阁并无本质变化,更何况郦道元的解说更为详细准确,所以这个注释没有问题。二是"义出于此"类。如宋玉《高唐赋》"奔扬踊而相击兮,云兴声之霈霈"句下,李善注云:"《上林赋》曰:穹隆云桡。义出于此。"《高唐赋》之前几无可征材料,此处引用司马相如《上林赋》,仅是表示二者之间的意义沿袭关系。对于这种情况,钱钟书先生称:"仅注字句来历,固宜征之作者以前著述,然倘前载无得二征,则同时或后人语自可引为参印。若虽求得词之来历,而词意仍不明了,须合观同时及后人语,方能解会,则亦不宜沟而外之"。[1] 总体而言,"引后明前"较为克制,且数量较少。第四、五条说明保留旧注的凡例。《文选注》保留了大量旧注,如张衡《二京赋》旧有薛综注,左思《蜀都赋》《吴都赋》有刘逵注,《魏都赋》有张载注、曹毗注等共二十九种。而诗歌部分,《楚辞》有王逸注,《咏怀诗》有颜延之注、沈约注。对于旧注,李善保留了原作者的姓名,这是对前人学术成果的尊重,具有重要的示范作用。历代大量的诗歌注本,多存留前人姓名,不掠人美,净化了学术风气。第六条说明删除旧注的原因,是由于是"释文肤浅,征引疏略"。第七、八条说明对佚名旧注的处理。第九条是对数说并存的解释,表明了李善谦逊而严谨的科学态度。

引文凡例包括十至十四条。征引式注释的主要特点就是征引历代文献,所以对引文的处理是这种方法的重要方面。第十条是对作者难明却"行来已久"的诗文的处理。历史上关于作者移花接木、张冠李戴的争议不胜枚举,对这类争议,李善采取指出疑似并沿袭成说的方法,是明智的,后来注家均采取存而不议的态度。第十一条是对佚名诗文的处理。第十一条是关于引文不同的问题。稽

---

① 《谈艺录》,上海三联书店 2014 年版,第 185 页。

康《琴赋》"绍陵阳,度巴人",李善注:"宋玉《对问》曰:既而曰陵阳白雪,国中唱而和之者弥寡。"随后注曰:"然《集》所载与《文选》不同,各随所用而引之。"《对问》即收录于《文选》卷四十五的《对楚王问》,李善在唐初尚能看到《宋玉集》,"既而曰陵阳白雪,国中唱而和之者弥寡"就是《宋玉集》的内容。而萧统《文选》与之有很大差异,甚至没有"陵阳"二字。这涉及版本文字的问题,也是古代注家经常遇到的问题,李善认为应"各随所用而引之"。嵇康《琴赋》此句,应该是受到《宋玉集》影响,所以注家不应为通行文字所局限。第十三条是关于嵇康《琴赋》"若次其曲引所宜,则广陵止息"一句的,李善注曰:"傅玄《琴赋》曰:马融谭思于《止息》。"接着说:"引应及傅者,明古有此曲,转以相证耳,非嵇康之言出于此也。"意思是说,《止息》是古曲,但失传已久,引用傅玄《琴赋》"马融谭思于《止息》",并非表示嵇康《琴赋》此句从傅玄《琴赋》中化用而来,只是实在并无其它合适的文献,只好引用,证明历史上曾有此曲而已。这对后世注家处理集部中的失传名物,提供了借鉴。第十四条也是关于旧有名物的。何晏《景福殿赋》"温房承其东序,凉室处其西偏"句,李善注曰:"温房、凉室,二殿名。卞兰《许昌宫赋》曰:则有望舒凉室,羲和温房。"卞兰是三国人,与何晏同时。所以李善又曰:"卞、何同时,今引之者,转以相明也。"引用卞兰《许昌宫赋》的目的,是证明"温房""凉室"是当时的两个宫殿,用意与第十三条相同。

避重凡例包括十五至二十条。一部别集或总集,包含大量重复的词语或典故,如果皆为之作注,则连篇累牍,注家和读者均不胜其烦,所以应该尽量避免重复注释。但作为补充,应该在后面的注释中提示读者前注的线索,以便查询。李善《文选注》作出了很好的示范。

广闻凡例即第二十一条。张衡《思玄赋》"丰隆轩其震霆兮,列缺晔其照夜。云师壥以交集兮,涷雨沛其洒涂",李善注曰:"丰隆,雷公也。"又曰:"诸家之说,丰隆皆曰云师,此赋别言云师,明丰隆为雷也,故留旧说以广异闻。"注家经常会遇到作者与众不同甚至错误的说法,如何处理?李善在此只是明确了作者的意思,尽量尊重作者的意图。

当然,《文选注》隐含的凡例很多。不难想象,李善面对唐前文献,遇到的问题比后世一般的文献家要多得多,而后世注家从《文选注》中得到的启发,也远非这一二十条凡例所能概括,如李善虽极渊博,而治学风度极佳,不明之处毅然存疑,注中称"未详""未闻"者,据统计有一百一十四处,知之为知之,不知为不知,一一标出引起读者注意,这是很好的学风。清代学者朱鹤龄《辑注杜工部集凡例》曰:"凡征引故实,仿李善注《文选》体,必核所出之书,书则以最先为据。"仇兆鳌《杜诗详注》"杜诗凡例"云:"李善注《文选》,引证典故,原委灿然,所征之书,以最先者为主。"从《文选注》的注文我们可以感觉到李善治学的态度极其认真,"必核所出之书,书则以最先为据"是客观可信的,反映了古代学者原原本本、行胜于言的治学作风。作为第一个为集部订立凡例的注本,《文选注》对古代诗歌注释产生了极其深远的影响,后世较为著名的诗歌注本,几乎皆在卷首罗列凡例,即是证明。

第二节　李善《文选注》的诗歌注释

李善《文选注》的诗歌注释,主要包括几项内容:

一是解题和说明创作背景。如潘岳《金谷集作诗》,解题曰:"郦元《水经注》曰:金谷水出河南太白原,东南流,历金谷,谓之金谷水。东南流,经石崇故居。"谢瞻《王抚军庾西阳集别时为豫章太守庾被征还东》,解题曰:"沈约《宋书》曰:王弘为豫州之西阳新蔡诸军事、抚军将军、江州刺史。庾登之为西阳太守,入为太子庶子。《集序》曰:谢还豫章,庾被征还都,王抚军送至溢口南楼作。"前条解释"金谷",后条解释创作缘由,均有助于理解诗歌。徐敬业《古意酬到长史溉登琅邪城诗》,解题曰:"何之元《梁典》曰:到溉,字茂灌,为司徒长史。沈约《宋书》曰:南琅邪郡琅邪国人,随晋元帝过江。大兴三年,立怀德县,隶丹杨,无土地。成帝咸康元年,桓温领郡,镇江乘,县境立郡镇。《舆地图》曰:梁武改南琅邪为琅邪郡,在润州江宁县西北十八里。"谢灵运《庐陵王墓下作》,解题曰:"宋武帝子义真,封庐陵王,未之藩而高祖崩。庐陵聪敏好文,常与灵运周旋。属少帝失德,朝廷谋废立之事,次在庐陵,言庐陵轻弊,不任主社稷。因其与少帝不协,徐羡之等奏废庐陵为庶人,徙新安郡。羡之使使杀庐陵也。后有谗灵运欲立庐陵王,遂迁出之。后知其无罪,追还,至曲阿,过丹阳。文帝问曰:自南行来,何所制作? 对曰:过庐陵王墓下作一篇。"前者注释诗中人物,后者注释作诗背景,亦有助于深入解读作品。

二是对作者的简要说明。一般在作者首次出现时,对作者作简要介绍,如《新亭渚别范零陵诗》作者谢玄晖,注曰:"萧子显《齐书》曰:谢朓,字玄晖,陈郡人也。少有美名,文章清丽。解褐豫章王行参军,稍迁至尚书吏部郎,兼知卫尉事。江祐等谋立始安王遥光,朓不肯。祐白遥光,遥光收朓,下狱死。"《临终诗》作者欧阳建,注曰:"王隐《晋书》曰:石崇外生欧阳建,渤海人也,为冯翊太守。赵王伦之为征西,挠乱关中,建每匡正,不从私欲,由是有隙。及乎伦篡立,劝淮南王允诛伦,未行事觉,伦收崇、建及母妻,无少长皆行斩刑。孙盛《晋阳秋》曰:建字坚石,临刑作。"对作者生平作大致勾勒,也有益于理解诗歌内容。《古意酬到长史溉登琅邪城诗》作者徐敬业,注曰:"何之元《梁典》曰:徐勉第三息悱,字敬业,晋安内史,有学业,最知名。卒于郡府。"有时解题和作者介绍一并进行,如江淹《从冠军建平王登庐山香炉峰》题下,注曰:"沈约《宋书》曰:建平王景素,为冠军将军、湘州刺史。刘璠《梁典》曰:江淹年二十,以五经授,宋建平王景素待以客礼。远法师《庐山记》曰:山东南有香炉山,孤峰秀起,游气笼其上,即樊蕴若烟气。"解释了江淹和冠军将军、建平王刘景素的关系,为理解诗歌内容奠定了基础。

　　三是注释字词。尽管诗歌语言较为浅显,仍有大量字词必须注释。如谢瞻《王抚军庾西阳集别时为豫章太守庾被征还东》"方舟新旧知",注曰:"《尔雅》曰:大夫方舟。郭璞注曰:方舟,并两船也。"又"分手东城闉因,发棹西江隩",注曰:"《说文》曰:闉,城曲重门也。《尔雅》曰:隩,限也。郭璞曰:今江东人呼浦为隩。"可见李善的注释,不仅注意考察字词的最早书面解释,也注意语言的地域化变异。再如谢灵运《从斤竹涧越岭溪行》"逶迤傍隈隩,苕递陟陉岘",注曰:"《说文》曰:隈,山曲也。《尔雅》曰:隩,限也。郭璞曰:今江东呼为浦。隩,于到切,又于六切。《尔雅》曰:山绝曰陉。郭璞曰:连山中断曰陉。陉,胡庭切。《声类》曰:岘,山岭小高也。岘与现同,贤典切。"对隈、隩、陉、岘四字作了音和义的解释。《声类》为三国时魏人李登著,书已不存,所以这类注释保存了不少古注。

　　四是注释事典。事典是有故事情节的典故,区别于一般的语言典故。《文选》诗歌大量引用事典,如果没有注释,往往让读者不知所云,所以注释十分必要。下面十余例可见《文选》典故来源的广泛。

　　张载《七哀诗》"感彼雍门言",注曰:"桓子《新论》曰:雍门周以琴见孟尝君曰:臣窃悲千秋万岁后,坟墓生荆棘,狐兔穴其中,樵儿牧竖踯躅而歌其上,行人见之凄怆;孟尝君之尊贵,如何成此乎! 孟尝君喟然叹息,泪下承睫。"

　　王康琚《反招隐诗》"伯夷窜首阳,老聃伏柱史",注曰:"《史记》曰:老子,名耳,字聃。《列仙传》曰:李耳,字伯阳,生于殷时,为周柱下史。又曰:武王平殷,伯夷、叔齐耻之,义不食周粟,隐于首阳山。"

　　殷仲文《南州桓公九井作》"猥首阿衡朝,将贻匈奴哂",注曰:"《汉书》曰:车千秋以一言寤意,旬月取宰相。后汉使至匈奴,单于问:闻汉新拜丞相,何用得之? 使者曰:上书言事故。单于曰:苟如是,汉置丞相非用贤也,妄一男子上书即得之矣!"解释"匈奴哂"这个典故。

谢混《游西池》"南荣诚其多",注曰:"《庄子》:庚桑楚谓南荣趎曰:全汝形,抱汝生,无使汝思虑营营。"

谢灵运《游赤石进帆海》"仲连轻齐组,子牟眷魏阙",注曰:"《史记》曰:田单攻聊城不下,鲁连乃为书,约之矢以射城中,遗燕将。燕将得书,乃自杀。遂屠聊城。归而言鲁仲连,欲爵之,鲁连逃隐于海上。《吕氏春秋》曰:中山公子牟谓詹子曰:身在江海之上,心居魏阙之下,奈何?"

谢灵运《游赤石进帆海》"请附任公言",注曰:"《庄子》曰:孔子围于陈,太公任往吊之,曰:直木先伐,甘泉先竭。子其意者饰智以惊愚,修身以明污,昭昭若揭日月而行,故不免也。孔子曰:善。乃逃大泽之中。入兽不乱群,入鸟不乱行,鸟兽不恶,而况人乎!"

颜延年《车驾幸京口三月三日侍游曲阿后湖作》"河激献赵讴",注曰:"《列女传》曰:赵津女娟者,赵河津史之女也。初,简子南击楚,将渡河,用楫者少一人,娟攘袂操楫而请,简子篷之,遂与渡。中流为简子发河激之歌,其辞曰:升彼河兮而观清,水扬波兮杳冥冥。祷求福兮醉不醒,诛将加兮妾心惊,罚既释兮渎乃清。妾持楫兮操其维,交龙助兮主将归,呼来棹兮行勿疑。简子大悦,以为夫人。"

江淹《从冠军建平王登庐山香炉峰》"广成爱神鼎,淮南好丹经",注曰:"《神仙传》曰:广成子者,古之仙人也,居崆峒之山石室中。《抱朴子》:服九转丹,内神鼎中,夏至之后暴之。《神仙传》:淮南王刘安者,汉高皇之孙也,好道术之士,于是八公乃往,遂授以丹经。"

徐敬业《古意酬到长史溉登琅邪城诗》"怀纪燕山石,思开函谷丸",注曰:"范晔《后汉书》曰:窦宪为车骑将军,与北单于战于稽落山,破之,遂登燕然山,刻石勒功,纪威德。又曰:隗嚣据天水,王元说嚣曰:东收三辅之地,案秦旧迹,表里山河,元请以一丸泥为大王东封函谷关,此万世一时也。"

谢惠连《秋怀》"颇悦郑生偃,无取白衣宦",注曰:"范晔《后汉书》:郑均,字仲虞,东平任城人也,公车特征,再迁尚书,后病乞骸骨,拜议郎告归,因称病笃。帝东巡过任城,乃幸均舍,敕赐尚书禄以终其身,故人号为白衣尚书。"

谢灵运《庐陵王墓下作》"延州协心许,楚老惜兰芳",注曰:"《新序》曰:延陵季子将西聘晋,带宝剑以过徐君,徐君不言而色欲之,季子为有上国之事未献也,然心许之矣。使于晋,顾反,则徐君死,于是以剑带徐君墓树而去。《汉书》曰:龚胜者,楚人也,字君宾。胜卒,有一老父来吊,其哭甚哀,既而曰:嗟乎!薰以香自烧,膏以明自销;龚先生竟夭天年,非吾徒也。遂趋而出,莫知其谁。"这两个典故较为生僻。

这些典故来自经、史、子、集各部,有的还较为生僻,如"河激献赵讴""若蒙西山药"。"西山"虽是常与道仙联系在一起的地名,但"西山药"却罕有所闻,首次出现在曹丕《折杨柳行》这首游仙诗。而有的典故字面十分隐约,如"延州协心许,楚老惜兰芳",将"延陵"季札和龚胜"楚人"分别改为"延州"和"楚老",如果没有李善的索隐,一般读者真如坠云雾了。

五是注释语典。语典区别于事典,是典籍中一般的词语,因为出自经典,因而被赋予特别的含义。语典注释就是将能够寻找出处的词语,追根溯源,全部找出其源头。这是李善注的核心要义,也是他的一大发明,不仅完全有别于以往的经部、史部的注本,而且注释量大大增加,也更为细致繁琐。而这样做的目的只有一个,即为了证明作者皆有"祖述"。试看下面数例:

刘桢《赠从弟三首》"磷磷水中石",注曰:"《毛诗》曰:杨之水,白石磷磷。"又"冰霜正惨怆",注曰:"《楚辞》曰:霜露惨凄而交下。"

嵇康《幽愤诗》"嗈嗈鸣雁",注曰:"《毛诗》曰:雍雍鸣雁。"

嵇康《幽愤诗》"欲寡其过",注曰:"《论语》曰:蘧伯玉使人于孔子,孔子问焉,曰:夫子何为? 对曰:夫子欲寡其过而未能也。"

嵇康《幽愤诗》"与世无营",注曰:"蔡邕《释诲》曰:安贫乐贱,与世无营。"

嵇康《幽愤诗》"时不我与",注曰:"《论语》曰:阳货曰:日月逝矣,岁不我与。文虽出此,而意微殊,亦不以文害意也。"

嵇康《幽愤诗》"穷达有命,亦又何求",注曰:"《王命论》曰:穷达有命,吉凶由人。毛诗曰:谓我何求。"

嵇康《幽愤诗》"古人有言,善莫近名",注曰:"《庄子》曰:为善莫近名,为恶莫近刑。司马彪曰:勿修名也。被褐怀玉,秽恶其身,以无陋丁形也。郭象曰:忘善恶而居中,任万物之自为也。"

嵇康《幽愤诗》"安乐必诫",注曰:"《家语》:《金人铭》曰:安乐必戒,无行所悔。王肃曰:虽处安乐,必警戒也。"

陆机《招隐诗》"至乐非有假,安事浇醇朴",注曰:"《庄子》曰:天下有至乐无有哉? 老聃曰:夫得是至美,至乐也。得至美而游乎至乐之谓至人。又曰:唐、虞始为天下,浇淳散朴。"

欧阳建《临终诗》"况乃遭屯蹇",注曰:"《周易》:屯如邅如。又曰:往蹇来连。《孔丛子》歌曰:遂迍不复,自婴屯蹇。"不仅追溯"屯蹇"一词最早的意义源头是《周易》"屯如邅如",而且追溯字面的最早出处《孔丛子》。

欧阳建《临终诗》"抱责守微官"句,注曰:"《孟子》曰:吾闻有官守者,不得其职则去;有言责者,不得其言则去。"

潘岳《悼亡诗》其二"室虚来悲风",注曰:"《庄子》曰:空穴来风。司马彪曰:门户孔空,风善从之。"

卢谌《赠刘琨》"迅过俯仰",注曰:"《庄子》:老聃谓崔瞿曰:其疾也,俯仰之间。"

王康琚《反招隐诗》"推分得天和",注曰:"刘向《列子目录》:至于力命篇,一推分命。《庄子》曰:夫明白于天地之德者,此之谓太平大宗与天和者也。《淮南子》曰:颜回夭死,季由菹于卫,皆迫性命之情,而不得天和者也。"

谢混《游西池》"美人愆岁月,迟暮独如何",注曰:"《楚辞》曰:惟草木之零落兮,恐美人之迟暮。"

谢灵运《从游京口北固应诏》"顾己枉维絷,抚志惭场苗",注曰:"《毛诗》曰:皎皎白驹,食我场苗;絷之维之,以永今朝。"

谢灵运《登池上楼》"祁祁伤豳歌,萋萋感楚吟",注曰:"《毛诗·豳风》曰:春日迟迟,采蘩祁祁。《楚辞》曰:王孙游兮不归,春草生兮萋萋。"

谢灵运《游南亭》"泽兰渐被径,芙蓉始发池",注曰:"《楚辞》曰:皋兰被径兮斯路渐。《楚辞》曰:芙蓉始发杂芰荷。"

谢灵运《从斤竹涧越岭溪行》"想见山阿人,薜萝若在眼",注曰:"《楚辞》曰:若有人兮山之阿,披薜荔兮带女萝。"

颜延年《应诏观北湖田收》"帝晖膺顺动",注曰:"《周易》曰:圣人以顺动而民服。"

颜延年《车驾幸京口侍游蒜山作》"宣游弘下济",注曰:"《楚辞》曰:宣游兮列宿,顺极兮彷徨。《周易》曰:天道下济而光明。《晋中兴书》孝武诏曰:躬俭以弘下济之惠。"

沈约《钟山诗应西阳王教》"窈冥终不见",注曰:"《老子》:窈兮冥,其中有精。王弼曰:窈冥,深远貌。深远不可得而见,然而万物由之,不可得见,以定其真,故曰窈兮冥,其中有精。"

任昉《出郡传舍哭范仆射》"生死一交情",注曰:"《史记》太史公云:下邽翟公曰:一死一生,乃知交情。"

任昉《出郡传舍哭范仆射》"运阻衡言革,时泰玉阶平",注曰:"曾子曰:天下有道,则君子欣然以交同;天下无道,则衡言不革。《长杨赋》曰:玉衡正而泰阶平。"

语典的注释极为繁难,比事典难上百倍。事典因为有故事情节,读者往往较有印象，而且应用上事典要求避免过于隐晦，所以注释起来并非难事。但语典很不一样，语典的字面十分平常，要从浩如烟海的经典中捕捉到对应的最早出处，这在没有搜索手段的古代，难度可想而知。第二、有时作者虽用其字面，但其实并非用其意，这就是李善所说的"文虽出此，而意微殊，亦不以文害意也"，如嵇康《幽愤诗》"时不我与"，注释征引《论语》"时不我与"，但二者的含义不同，嵇康的意思是生不逢时，而《论语》表示时不我待，但不妨碍嵇康借用《论语》的字面，这也是"祖述"。又如陆机《君子行》"天损未易辞，人益犹可欢"，李善注曰："《庄子》：孔子谓颜回曰：无受天损易，无受人益难。然文虽出彼，而意微殊，彼以荣辱同途，故安之甚易。此以吉凶异辙，故辞之实难。"就是说字面虽用《庄子》，但意思不尽相同。第三，字面的变化。诗歌引用经典，往往有所变化。如欧阳建《临终诗》"况乃遭屯蹇"，"屯""蹇"二字虽最早出自《周易》，但组合成词却是在《孔丛子》，这就要求不仅注出《孔丛子》，还要求追寻本源，注出《周易》。可以看出，李善注的所谓"祖述"，关注意义和字面两个层面。再如任昉《出郡传舍哭范仆射》"生死一交情"，虽出自《史记》"一死一生，乃知交情"，但字数和次序已经变化，若非对经典十分熟悉，根本无从下手。下面所列是字面变化的例子：

殷仲文《南州桓公九井作》"四运虽鳞次，理化各有准"，注曰："《庄子》：黄帝曰：阴阳四时，运行各得其序。"《庄子》"四时"变为"四运"。

殷仲文《南州桓公九井作》"惑祛吝亦泯"，注曰："范晔《后汉书·黄叔度传》：陈蕃、周举常相谓曰：时月之间，不见黄生，则鄙吝之萌，复存乎心。"

谢灵运《从游京口北固应诏》"抚镜华缁鬓，揽带缓促衿"，注曰："《孙绰子》曰：抚明镜则好丑之貌可见。古诗曰：衣带日已缓。"表示对镜觉老丑和衣带宽松这两个意义，早经《孙绰子》和《古诗》道出，但字面分别只有"抚镜"和"带缓"关联。

谢灵运《登石门最高顶》"抚化心无厌"，注曰："郭象《庄子注》曰：圣人游于变化之途，万物万化，亦与之万化。"诗句的意思源自《庄子》注释，较为生僻。

谢灵运《从斤竹涧越岭溪行》"观此遗物虑，一悟得所遣"，注曰："《淮南子》曰：吾独怀慷慨遗物而与道同出，是故有以自得也。"

谢灵运《庐陵王墓下作》"定非识所将"，注曰："王隐《晋书》曰：荀粲与傅嘏善，夏侯玄亦亲，常调嘏、玄曰：子等在世业间功名，玄必胜我，识减我耳。嘏难曰：能成功名者，识也，天下孰有本不足而末有余者？粲曰：功名局之所奖，然则志自一物耳，固非识之所独齐。我以能役子等为贵，未能齐子所为也。"一个人在感情充溢时，理智往往无足轻重。谢灵运的意思早经《晋书》道出。

谢灵运《庐陵王墓下作》"神期恒若在",注曰:"《家语》曰:今之言五帝、三王者,威灵若存。王肃曰:其威与明灵常若存也。"精神永存的含义,最早出自《家语》。

谢惠连《秋怀》"金石终消毁,丹青暂雕焕",注曰:"《张纲集》曰:书功金石,图形丹青。""金石""丹青"虽各有其含义,但二者组合仅表示传承历史,这个组合最早源自《张纲集》。

潘岳《悼亡诗》其二"寝兴目存形,遗音犹在耳",注曰:"杨修《伤夭赋》曰:悲体貌之潜翳兮,目常存乎遗形。《左氏传》:晋穆嬴曰:今君虽终,言犹在耳。"表示故人音形若在的意思,最早出现于《伤夭赋》和《左传》。

潘岳《悼亡诗》其三"谁谓帝宫远?路极悲有余",注曰:"《礼记》:子路曰:吾闻诸夫子:丧礼,与其哀不足而礼有余也,不若礼不足而哀有余也。"

曹植《赠丁翼》"世俗多所拘",注曰:"《淮南子》曰:曲士不可与语至道,拘于俗而束于教。"此处没有引《庄子·秋水》"曲士不可以语于道者,束于教也",应该主要是考虑字面。

嵇康《赠秀才入军》"闲夜肃清,朗月照轩",注曰:"《舞赋》曰:夫何皦皦之闲夜,明月列以施光。"这两个句子,不仅字面照应,而且意义也很相近,是难得的好材料。

上述十多个例子,也是证明作家"祖述"的佳例,但不同的是,这些例子的字面与原典差异较大,如殷仲文《南州桓公九井作》"惑祛吝亦泯",李善征引范晔《后汉书》"时月之间,不见黄生,则鄙吝之萌,复存乎心"作注,二者相同的字面仅为"吝"字。李善征引的目的,是说明诗句的类似意思,古代早有。谢灵运《庐陵王墓下作》"神期恒若在",注引《家语》"今之言五帝、三王者,威灵若存",二者的字面看似几无关联,但意思却是一致的,也是这个道理。这种征引,只能凭借注家浩繁的阅读和精准的记忆,即使借助搜索功能也无济于事,所以更觉难能可贵。

当然,为了证明作家的"祖述",李善不惮繁难,句栉字比,几乎对所有能找出出处的字面都进行了挖掘。这些字词很多都是一般词汇,而对象或是一般文献,即使是经典也较为生僻。作者是否真的借鉴,很值得怀疑,如:

张载《七哀诗》"季世丧乱起",注曰:"《左氏传》曰:叔向曰:齐其何如?晏子曰:此季世也。"

潘岳《悼亡诗》"私怀谁克从,淹留亦何益",注曰:"《神女赋》曰:情独私怀,谁者可语?《楚辞》曰:倚踌躇以淹留。"

王康琚《反招隐诗》"凝霜凋朱颜,寒泉伤玉趾",注曰:"《楚辞》曰:漱凝霜之雰雰。又曰:容则秀稚朱颜。《毛诗》曰:爰有寒泉。《左氏传》:楚太宰薳启疆谓鲁侯曰:今君若步玉趾,辱见寡君。"

王粲《七哀诗》"摄衣起抚琴",注曰:"《汉书》曰:沛公起摄衣,延郦食其也。《韩子》曰:师涓静坐抚琴。"

上述如王粲《七哀诗》"摄衣起抚琴"的"摄衣",果真是王粲在阅读《汉书》"沛公起摄衣"等内容后才借用的吗?还有"季世""凝霜""朱颜""寒泉"之类,都在可注可不注的两可之列,因此后世对此争议较大。一般而言,作家的阅读量很大,犹如采花酿蜜,无须也不可能记得每个词汇的原始出处。恐怕李善的本意,仅仅表示诗文语言都是有所"祖述"的,但连篇累牍地注释一般词汇的出处,句斟字酌,往往使人厌观,尤其是宋代以后的诗歌注本,囿于"无一字无来历"的说法,往往释字忘义,使读者陷于字词的枝节而罔顾大义,就更不值称道了。值得注意的是,这类注释占据了很大篇幅。李济翁《资暇集》记载"世人多谓李氏立意注《文选》,过为迂繁,徒自骋学",确实也道出了李善注的繁琐之病,恐怕不能看作无端的攻击。

六是注释史实。诗与史是孪生姐妹,诗歌包含大量历史,不明历史则不懂诗歌,所以对史实的说明自然也是注释的天然责任。它与前述解题和创作背景不同,更多是诗句牵涉的具体历史。如下列数例:

嵇康《幽愤诗》"昔惭柳惠,今愧孙登",注曰:"《魏氏春秋》曰:初,康采药于中山北,见隐者孙登,康欲与之言,登默然不对。逾年将去,康曰:先生竟无言乎?登乃曰:子才多识寡,难乎免于今之世也。"

谢灵运《庐陵王墓下作》"道消结愤懑,运开申悲凉",注曰:"沈约《宋书》曰:少帝讳义符,武帝长子,即位为邢安泰所害。"

王粲《赠士孙文始》"悠悠澹澧,郁彼唐林",注曰:"《荆州图》曰:汉寿县城南一百步有澹水,出县西阳山。又曰:澧阳县盖即澧水为名也,在郡西南接澧水。《晋书》曰:天门有零阳县,南平郡有作唐县。盛弘之《荆州记》:零陵东接作唐。然此三县连延相接。唐林,即唐地之林也。"

曹植《又赠丁仪王粲》"从军度函谷,驱马过西京",注曰:"《魏志》曰:建安二十年,公西征张鲁。"

曹植《赠白马王彪》"谒帝承明庐",注曰:"陆机《洛阳记》曰:承明门,后宫出入之门,吾常怪谒帝承明庐,问张公,云:魏明帝作建始殿,朝会皆由承明门。"又"霖雨泥我涂,流潦浩纵横",注曰:"《魏志》曰:黄初四年七月,大雨,伊、洛溢流。"

又"奈何念同生,一往形不归",注曰:"《魏志》曰:武皇帝卞皇后生任城王彰、陈思王植。"

陆云《为顾彦先赠妇》其二"西城善雅舞,总章饶清弹",注曰:"陆机《洛阳记》曰:金墉城在宫之西北角,魏故宫人皆在中。"

刘琨《赠卢谌》"未辍尔驾,已隳我门。二族偕覆,三孽并根",注曰:"王隐《晋书》曰:刘聪围晋阳,令狐泥以千馀人为乡导,琨求救猗卢,未至,太原太守高乔反应聪,逐琨。琨父母年老,不堪鞍马,步檐不免,为泥所害。何法盛《晋录》曰:刘粲悉害谌父母。"又"长惭旧孤,永负冤魂",注曰:"王隐《晋书》曰:琨遣兄子演领兖州,石勒围演于三台,突围得免。后演治廪丘,遂不守。兄少子及演妻息尽为所虏也。"

卢谌《答魏子悌》"俱涉晋昌艰,共更飞狐厄",注曰:"王隐《晋书》曰:惠帝以敦煌土界阔远,分立晋昌郡。又曰:晋昌护匈奴中郎将,别领户。然时段匹磾为此职,谌在磾所,难斥言之,故曰晋昌也。《晋中兴书》曰:石勒攻乐平,刘琨自代飞狐口奔安次也。"

限于体例,《文选注》没有对历史展开大规模的考证。另外,地理名词多征引当时甚至后代的史书,如王粲《赠士孙文始》"悠悠澹澧,郁彼唐林",涉及澹水、澧水、唐林三个地理名词,征引的《荆州图》《晋书》均非当时的文献,盛弘之《荆州记》已是南朝刘宋时代的书籍,但总体而言,地理的历史变化很小,几乎可以忽略不计,所以不影响理解。后代的注家萧规曹随,也往往遵从李善这种地理注释的方法。

七是解释句意。对于较为隐晦难懂的句子,李善往往直接注释说明,如下列数例。

王康琚《反招隐诗》"周才信众人,偏智任诸己",注曰:"以出仕为周才,隐居为偏智。"

殷仲文《南州桓公九井作》"爽籁警幽律,哀壑叩虚牝",注曰:"言风之疾也,激爽籁而起其幽律,冲哀壑而叩其虚牝也。"

殷仲文《南州桓公九井作》"猥首阿衡朝,将贻匈奴哂",注曰:"阿衡,喻玄也。言己以凡猥,妄首朝端,匈奴闻之,理将见哂。"

谢灵运《从游京口北固应诏》"玉玺戒诚信,黄屋示崇高",注曰:"言圣人佩玉玺所以儆戒诚信,居黄屋所以显示崇高。"

谢灵运《从游京口北固应诏》"事为名教用,道以神理超",注曰:"言上二事乃为名教之所用,而其至道,实神理而超然也。"

　　谢灵运《游赤石进帆海》"仲连轻齐组,子牟眷魏阙",注曰:"言仲连轻齐组而之海上,明海上可悦。既悦海上,恐有轻朝廷之讥,故云子牟眷魏阙。"

　　颜延年《应诏观北湖田收》"开冬眷徂物,残悴盈化先",注曰:"言开冬而视徂落之物,虽已残悴,而尚盈于残悴之先,言可观也。开冬,犹开春、开秋也。"

　　颜延年《车驾幸京口侍游蒜山作》"周南悲昔老,留滞感遗氓",注曰:"昔老,谓司马谈也。遗氓,自谓也。言帝方卜征以登封,而己岩耕以谢职,不获预观盛礼,所以悲同昔人。"

　　鲍照《行药至城东桥》"开芳及稚节,含采吝惊春",注曰:"以草喻人也。草之开芳,宜及少节,既以含彩,理惜惊春。夫草之惊春,花叶必盛,盛必有衰,固所当惜也。"

　　谢灵运《庐陵王墓下作》"理感深情恸,定非识所将",注曰:"言己往日疑彼三人,迨乎今辰,己亦复耳。斯则理感既深,情便悲恸,定非心识之所能行也。"

　　颜延年《拜陵庙作》"早服身义重,晚达生戒轻",注曰:"服,服事也。早服,恩浅也,故以存身之义为重也。达,宦达也。晚达恩厚,故以养生之戒为轻也。"

　　可以看出,李善解释句意,多选择较为隐晦难懂的句子,或者是关系到全诗的核心句子。此外李善还不时引诗来解释句意,有的是作者从前的诗句,如谢灵运《从斤竹涧越岭溪行》"握兰勤徒结,折麻心莫展",注曰:"灵运《南楼中望所知迟客》诗曰:瑶华未堪折,兰苕已屡摘。路阻莫赠问,云何慰离析。然握兰摘苕,咸以相赠问也。"这是用谢灵运类似的诗句来解释"握兰""折麻",置于一起,既可见作者之构思,更有助于读者正确理解诗歌。也有的是赠诗对照答诗,如郭泰机《答傅咸》"寒女虽妙巧,不得秉杼机",注曰:"傅咸赠诗曰:贫寒犹手拙,操杼安能工?"以傅咸赠诗对照,则郭诗的含义不言自明。当然,这种注释手段并不多。

　　这些句意其实与全诗的主旨紧密关联。类似的句意注释在李善《文选注》中触目皆是,可以看出,李善对句意颇为用心,那么为何却招来"释事忘义"的讥评呢?原因在于,相较于发掘字句的"祖述",他对诗歌意义的注释分量较少,对整首诗主旨的注释更少,尽管李善开掘诗歌"祖述"本身,就是建立在对意义深刻理解的基础上的。他不必对每一首诗的内容和意义进行琐碎繁复的解释,因为一则许多诗并无深奥难测的意思,二则他的注释对象是有一定文史修养的读者,这就决定了他不屑于五臣注那种简单的随文释义方式,这是必须注意的。

第三节　注释体例的重大创新

在李善《文选注》之前,中国诗歌注释主要是经学形态。李善《文选注》开创了古代集部注释的新世纪。

这种注释模式,具体而言就是大量征引文献,明晰语言之渊源。《文选注》卷一开篇班固《两都赋序》的注文说得十分明确:"诸引文证,或举先以明后,以示作者必有所祖述也。"对文学语言"祖述"的追溯,是李善《文选注》的主要手段。王宁先生对征引式注释的特性有精辟说明,他说:"征引式训诂的要点不只是在寻求引文中的词句与被释词句的对应,也不只是在寻求被释典故的典源出处,更重要的是在寻求注中引文与选文在情感和意境上的一致,引导读者去体会和欣赏选文。李善的《文选注》所采用的征引体式,已超越以往经、史、子注消除文字障碍、显示典籍原貌这一目的,而成为鉴赏文学作品的导读。"[①]此说一语中的,道出了李善选择征引方式为文学作品作注的主观意图及其实际效用,体现了注释学的创造性发展。如以谢瞻《张子房》前几句诗的注释为例:

王风哀以思,周道荡无章。注曰:"《毛诗序》曰:《关雎》,麟趾之化,王者之风。又曰:亡国之音哀以思。《毛诗》曰:顾瞻周道。又《序》曰:厉王无道,天下荡荡,无纲纪文章。"

卜洛易隆替,兴乱罔不亡。注曰:"《尚书》曰:予朝至于洛师,卜惟洛食。韦昭《国语注》曰:替,废也。《汉书》娄敬说高祖曰:昔成王即位,乃营成周,都洛,以为此天下中。有德则易以王,无德则易以亡。又刘向上疏曰:自古及今,未有不亡之国也。"

力政吞九鼎,苛慝暴三殇。注曰:"力政,谓秦也。《墨子》曰:反天意者,力政也。如淳《汉书注》曰:王室微弱,诸侯以力为政,相攻伐也。《史记》曰:秦取周九鼎宝器,而迁西周。《礼记》曰:孔子过泰山侧,妇人哭于墓者而哀。夫子式而听之,使子贡问之曰:子之哭也,一似重有忧者。而曰:然,昔者吾舅死于虎,吾夫又死焉,今吾子又死焉。夫子曰:何不去也?曰:无苛政。夫子曰:小子识之,苛政猛于虎也。苛,犹虐也。"

息肩缠民思,灵鉴集朱光。注曰:"《东京赋》曰:百姓不能忍,是用

息肩于汉。《毛诗》曰：天鉴在下，有命既集。曹植《离友诗》曰：灵鉴无

私。贾逵《国语注》曰：鉴，察也。《南都赋》曰：辉朱光于白水。"

这几句注释，除了对"替""苟""鉴"三字的训诂，以及"三殇"这个典故，其它如首句的"王风""哀以思""周道""荡无章"，次句的"卜洛""罔不亡"，第三句的"力政""九鼎"，第四句的"息肩""灵鉴""朱光"等，皆致力于挖掘语言的出处，征引的文献遍及经史子集，如经部《毛诗》《尚书》《礼记》，史部《国语》《史记》《汉书》及注释，子部《墨子》，集部《东京赋》《南都赋》和《离友诗》。这种注释模式，一方面扩展了文本的意义空间，另一方面与早期传统的注释有了天壤之别。在浩如烟海的文献中找寻意义和语境大致相同的字面，是一项极具学术性和挑战性的艰巨工作。以李善这样学富五车的学者尚需三注、四注，遑论他人。它在三个方面不同于以往的注释：

第一是注释词语句式。此前的《诗经》《楚辞》注释，均选择疑难的字、词、句为注释点，或含义深刻，或古今差异，或字有讹脱，或说有分歧，都是非疑难不注。征引式注释除了一般的事典，通常选择能够追溯源流的词语句式，所以李善《文选注》注释繁密，几乎达到"无一字无来历"。

第二是引文范围极广。由于李善《文选注》追求字面或类似意思的最早出处，所以经史子集皆在征引之列，范围极其广大。这对注家的学识提出了极为严苛的要求。

第三是强调书证。立论必以典籍为准，保证了权威性和客观性，避免了随意性和盲目性。

那么李善为何高度重视诗歌语言的源流？这可从实践和理论两个方面加以解释。

从实践来看，魏晋南北朝的文学创作，也是文学语言典雅化的历史。文学语言的变革衍化是文学实践的必然结果。伴随汉末时代的激荡，文学意识苏醒，汉魏古诗以其天真古朴，为诗坛首树高标。但随后建安诸子，词采渐趋华美，如曹植诗歌，钟嵘《诗品》评曰"骨气奇高，词彩华茂，情兼雅怨，体被文质"，从语言角度看，说明曹诗已经逐渐扬弃古朴率真的诗风。明人许学夷也认为"汉人五言，体皆委婉，而语皆悠圆，有天成之妙"，而建安诸子，"体皆敷叙，而语多构结，益见作用之迹矣"。（《诗源辨体》卷四）西晋陆机、潘岳等太康精英诗风繁缛，语言藻饰堆砌。南朝刘宋时期，元嘉三大家谢灵运、颜延之、鲍照讲究辞藻、对偶、用事，刘勰《文心雕龙·明诗》说他们"俪采百字之偶，争价一句之奇"。不仅诗歌如此，骈文和赋亦复如此，文学语言日趋远离清新自然，转而追求典重雅致。齐梁文

学，帝王多好文学，用事之风盛行，《南史》《南齐书》《梁书》中有很多关于萧道成、王俭、萧衍、任昉等代表人物用事成癖的例子。《梁书·沈约传》载豫州献栗，梁武帝遂策以栗事，与沈约各疏所忆，约少帝三事。出谓人曰："此公护前，不让即差死。"又《南史·刘峻传》云："武帝每集文士策经史事，时范云、沈约之徒皆引短推长，帝乃悦，加其赏赉。会策锦被事，咸言已罄，帝试呼问峻，峻时贫障冗散，忽请纸笔，疏十余事，坐客皆惊，帝不觉失色。自是恶之，不复引见。及峻《类苑》成，凡一百二十卷，帝即命诸学士撰《华林遍略》以高之。"梁武帝还曾专门让御用文人张率撰妇人事二十余条，勒成百卷。这种以学问相尚的特点影响到文学上，很容易形成典丽奥博的特点。萧子显《南齐书·文学传论》批评这种风气曰："缉事比类，非对不发，博物可嘉，职成拘制。或全借古语，用申今情，崎岖牵引，直为偶说。"所谓"博物""古语"，就是事典和语典。

　　在诗歌中大量使用典故，是文学发展的一个必然过程。诗歌要在极其有限的篇幅和各种规矩中表现复杂的情感，又要含蓄雅致，就必须借助其它手段。事典恰好能满足这一要求。在文学的早期阶段，或可不必使典用事，直抒胸臆，名之曰率真，但正如童年不可复制一样，后起之作，欲有超越，则不得不变化手法，以求新意和容量。所以并非汉魏古诗的作者境界一定高明，后世作者一定笨拙，而是情势不得不然。语典也是如此。借用古人成语，不仅典雅，而且旧词在新语境中往往获得新意，读者也多有意外惊喜，并联想其原始本义，扩大了阅读容量，这个作用是新造词语无法比拟的。而此前大量的经典文献和子史文章，为语言的化用提供了足够的支持。梁代复古思潮大盛，儒学复兴，更促使作者引经据典，《文选》所选诗文赋之作大多典重雅正，即是这一风气的反映。① 魏晋六朝以来文学语言的典雅化，既有时代因素，更是文学内部演化的必然结果。李善所谓的"祖述"，其根源在此。

　　从唐、宋诗歌的实践看，诗歌语言仍然没有跳脱传统因袭的规律。近代学者李详著《韩诗证选》《杜诗证选》，目的就是发明唐人文学创作上的祖述现象。《韩诗证选》自序称："唐以诗赋试士，无不熟精《文选》，杜陵特最著耳。韩公之诗，引用《文选》亦夥，惟宋樊汝霖窥得此旨，于《秋怀诗》下云：'公以六经之文为诸儒倡，《文选》弗论也。独于《李并墓志》曰：能暗记《论语》《尚书》《毛诗》《左氏》《文选》。故此诗往往有其体。'余据樊氏之言，推寻公诗，不仅如樊氏所举，因条而列之，名曰《韩

---

① 　参见刘跃进《昭明太子与梁代中期文学复古思潮》，《中外学者文选学论集》，中华书局 1998 年第 447 页。

诗证选》。宋人旧注，如诠'贱嗜非贵献'及'徒观凿斧痕，不瞩治水航'诸语，能以嵇康《绝交书》、郭景纯《江赋》证之。始知韩公熟精《选》理，与杜陵相亚，此余之所不敢攘美。"①正说明了韩诗对《文选》语言的大规模化用。

宋代诗人对前人诗歌语言的借鉴也不遑多让。钱钟书对此曾作出深刻的阐述，《谈艺录》就曾指出"显形""变相""放大""翻案""引申""捃华""摹本""背临""仿制""应声""效颦"等十余种王安石摹仿他人诗歌的手法，尽管方式五花八门，效果各自不同，但它们的基本原理，无非是采用"合并重组"、"压缩置换"甚至"剪贴拼凑"之类的方法，从他人诗句中转换派生出自己的诗句。钱钟书为此批评王安石："每遇他人佳句，必巧取豪夺，脱胎换骨，百计临摹以为己有，或袭其句，或改其字，或反其意。集中作贼，唐宋大家无如公之明目张胆者。本为偶得拈来之浑成，遂著斧凿拆补之痕迹。"②他列举了从魏晋的曹植到宋代的王禹偁等近三十位诗人摹写"楼危阁迥，凝睇含愁"的诗作，指出在中国传统文学中，存在着一种"登高怀远"的情结。他接着追寻这种言说模式的源头，经由《登楼赋》"登兹楼以四望兮，聊暇日以销忧"，《招魂》"目极千里兮伤春心"，到《高唐赋》"登高远望，使人心瘁"；《诗经·蒹葭》"道阻且长"，到《诗经·陟岵》的登岵之"瞻"和升岗之"望"，最后到《说苑·指武》和《孔子家语·致思》所记孔子登农山时"登高望下，使人心悲"的感喟，并具体分析了这些话语在传承过程中的细微变化。这样一来，一个巨大的互文性话语网络以及这个网络的形成和演变过程，就十分清晰地呈现在我们面前。③钱钟书又以欧阳修名句"垂下帘栊，双燕归来细雨中"为例，指明其与谢朓"风帘入双燕"、陆龟蒙"双燕归来始下帘"、冯延巳"日暮疏钟，双燕归栖画阁中"等诗词的传承关系，认为"诗人写景赋物，虽每如钟嵘《诗品》所谓本诸即目，然复往往踵文而非践实，阳若目击今事而阴乃心摹前构。"④或许在最初，当语言文字被用来表达个体感受时，诗人同外部世界还保持着一种相对清澈的关系。但随着诗歌文本的大量出现，人们对其习诵、摹仿，这种清澈的关系便渐渐变得模糊起来。前代诗人言情写景的好句，离间了后世诗人和现实的亲密关系，支配了他们观察的角度，限止了他们感受的范围，"譬如赏月作诗，他们不写自己直接的印象和切身的情事，倒给古代的名句佳话牢笼住了"，钱钟书问道："六朝以来许多诗歌常使我们怀疑：作者真的领略到诗里所写的情景呢？还是他

---

① 《李审言文集》上，江苏古籍出版社 1989 年版，第 35 页。
② 《谈艺录》，北京三联书店 2001 年版，第 697—699 页。
③ 《管锥编》，中华书局 1986 年版，第 875—878 页。
④ 《管锥编》，中华书局 1986 年版，第 364 页。

记性好,想起了关于这个情景的成语古典呢?"①

再从中西的文学理论来分析。古人对文学语言的这种趋势,早有理论上的分析。无论是事典还是语典,要义在一"典"字。语言历久便易成老套,这就是语言的困境。诗歌本质上是语言的艺术,是异质之文的共存兼容与错综相交,所以古人常用拼凑、借用、剽窃、饾饤、獭祭鱼、掉书袋、人言己用、旁征博引这类或褒或贬的说法,来解释诗歌中的借鉴和化用问题。中国古代诗话的一个重要内容,就是发掘诗歌创作的师承关系,如古代第一部文学理论专著钟嵘《诗品》,虽然明言反对用典,批评南朝作者因袭成风的现象,但又偏重考察各个诗人的诗法、句法辗转因袭的渊源关系,说明诗歌在语言上确实有其祖述的特点,不得不然。几乎与此同时,刘勰《文心雕龙》对此现象进一步加以说明,《体性》篇曰:"典雅者,熔式经诰,方轨儒门者也。"诗歌语言有别于其它,取法经典语言以保持其纯正典雅的属性,自然要回归传统,而引用前代文献典籍中的语言,不仅可满足这一要求,且可取得言约义丰的效果,让读者由此及彼,在阅读中获得丰富的想象。《事类》篇考察用典,曰:

> 事类者,盖文章之外,据事以类义,援古以证今者也。……观乎屈宋属篇,号依诗人,虽引古事,而莫取旧辞。唯贾谊《鵩赋》,始用《鹖冠》之说;相如《上林》,撮引李斯之《书》;此万分之一会也。及扬雄《百官箴》,颇酌于《诗》《书》;刘歆《遂初赋》,历叙于纪传,渐渐综采矣。至于崔、班、张、蔡,遂捃摭经史,华实布濩,因书立功,皆后人之范式也。

援古之"事",证今之"义",是对诗歌语言继承传统的规律总结,也是征引的方法论基础;"明理引乎成辞,征义举乎人事,乃圣贤之鸿谟,经籍之通矩也",仍是强调此点。另外该篇又有一段精彩的阐述:

> 夫经典沉深,载籍浩瀚,实群言之奥区,而才思之神皋也。扬、班以下,莫不取资,任力耕耨,纵意渔猎;操刀能割,必裂膏腴。是以将赡才力,务在博见,狐腋非一皮能温,鸡蹠必数千而饱矣。是以综学在博,取事贵约,校练务精,捃理须核,众美辐辏,表里发挥。

这段是讲作家对经典载籍语言的取用。所谓"狐腋""鸡蹠",自是浩瀚经典中的"众美"所在,作家只要悉心吟诵经典,"纵意渔猎",自然"众美辐辏,表里发挥"。先秦两汉的悠久历史,产生了大量的文史经典,为集部文词的采撷化用奠定了广泛而坚实的基础。而《隐秀》篇也很精彩:

---

① 《宋诗选注》,北京三联书店 2002 年版,第 255—256 页。

　　　　夫心术之动远矣，文情之变深矣。源奥而派生，根盛而颖峻，是以
　　　文之英蕤，有秀有隐。隐也者，文外之重旨者也；秀也者，篇中之独拔者
　　　也。隐以复意为工，秀以卓绝为巧。斯乃旧章之懿绩，才情之嘉会也。
　　　夫隐之为体，义主文外，秘响旁通，伏采潜发，譬爻象之变互体，川渎之
　　　韫珠玉也。故互体变爻，而化成四象；珠玉潜水，而澜表方圆。

历来学者认为此篇探讨的是文贵含蓄，其实恐怕不仅如此。"隐"即化用，"隐也者，文外之重旨者也"，说的正是诗歌化用前代文献而产生的言外之意，所谓"重旨"也；"秀"即独创，故为"独拔"。"隐以复意为工，秀以卓绝为巧"，"复意"是说化用古人语言，"卓绝"是说独创。"隐之为体，义生文外，秘响旁通，伏采潜发"，这些"隐""奥""秘""伏""潜"字眼，无一不是讲语言的继承；而"秀"因无所依傍，故为"卓绝"，显然是作者的创新所在了。《文心雕龙》所谓"经典""载籍"，既是诗歌等"群言"的渊薮，也是理解其意义的"奥区"和关键。注家的工作，就是在浩如烟海的典籍中找出在含义、语境方面与之吻合的语言源头，而语词的含义，自然不言而喻。所以《南齐书·文学传论》论文学"三体"其二曰：

　　　　次则缉事比类，非对不发，博物可嘉，职成拘制。或全借古语，用申
　　　今情，崎岖牵引，直为偶说。唯睹事例，顿失精采。此则傅咸五经，应璩
　　　指事，虽不全似，可以类从。

李善《文选注》征引式注释法不仅印证了中国古人的观点，也得到了西方互文理论的支持。朱丽叶·克里斯蒂娃1966年在《词·对话·小说》提出："任何文本都是一些引文的马赛克式构造，都是对别的文本的吸收和转换。"作为精致的语言艺术，诗歌尤其注意语言的吸收和网罗，它更像是一种"文本的网链"和"马赛克"，大多的词语皆可链接背后的文本而生发新义。从义学生产的角度看，意义的生成来自文本的自我指涉，文本成了生产力。先在的文本是诗人无法规避的，没有谁可以宣称自己与他者无关。刻意模仿甚至剽窃的诗作自不必说，就是有些连诗人自己都自认为独创的诗句，也常常会在漫长的诗歌历史与庞大的话语网络中寻觅出与前人诗句千丝万缕的联系。其次从文本构成的角度看，文本就是异质之文的共存兼容与错综相交，这就是人们常常使用拼凑、借用、剽窃、掉书袋、人言己用、旁征博引这类生动的说法解释互文性的原因。罗兰·巴特也将文本视作"编织物"，认为"在一个文本之中，不同程度地、以各种多少能够辨认的形式存在着其他的文本"。[①] 再次从读者接受的角度看，阅读的过程表现为对

---

①　　罗兰·巴特《文本理论》，载《上海文论》1987年第5期。

他文本记忆的重现。在互文阅读中,他文本总会作为理解的基础和参考从读者的记忆深处浮现出来,为阅读活动搭台布景。法国学者洛朗·坚尼说:"互文性的特点在于,它引导我们了解一种新的阅读方式,使得我们不再线形地阅读文本。"①

因此,李善结合《文选》的文学特点采取征引式注释,是他吸收并发扬前代经史子集征引式注释的自然结果,并使这种体式臻于成熟。虽然这种方式并非肇始于李善,但将其应用于大规模的集部注释,李善则是第一人。和以前的征引式相比,这种征引脱离了"以经证经"或"以史证史"的窠臼。它不限于补充资料,或解释字、词、句义和文义,更重要的是它能适应《文选》作品的文学特点,注明语典和事典,帮助读者体会文学作品的意境。它开创了诗文注释"无征不信"的传统,给后人以很大启发。后代的诗文注释基本采用征引式注释,因为它适应了文人文学作品讲求典雅、袭用的语言特点,使读者通过征引能够确切理解文学作品的深刻内涵和意蕴。王宁先生指出,"李善注对后代的集部——文人文学作品的注释能起到那样巨大的作用,后代的诗文注释绝大部分采用征引式,是为历史的必然。"②颇中肯綮。

第四节 李善《文选注》的诗歌注释学价值及不足

陆宗达说:"从李善开始,'选学'除了具有以《文选》所录的作品为中心的文学研究内容外,还具有了以李善《文选注》为中心的文学语言学内容。这部分内容兼有文字声韵训诂学、考据学与注释学等多方面的研究价值,蕴藏量也极丰富。"③骆鸿凯《文选学》将传统选学的研究范围分为五途:一曰注释,二曰辞章,三曰广续,四曰雠校,五曰评论。从注释角度而言,李善《文选注》对中国古代诗歌注释的深远影响表现在如下方面。

一是体例。宋代几部有代表性的诗注,如赵次公《杜诗先后解》、任渊《黄陈诗注》、李壁《王荆公诗注》等均不同程度贯彻了李善的征引式注释方法。北宋学者赵尧对苏轼诗歌潜心研究三十年,"一句一字,推究来历,必欲见其用事之处",

---

① 洛朗·坚尼《形式的战略》,转引自蒂费纳·萨莫瓦约《互文性研究》,邵炜译,天津人民出版社 2003 年版,第 83 页。
② 赵福海《文选学论集》,时代文艺出版社 1992 年版,第 67 页。
③ 同上。

他说：

> 仆于此诗分五十门，总括殆尽，凡偶用古人两句，用古人一句，用古人六字、五字、四字、三字、二字，用古人上下句中各四字、三字、一字相对，止用古人意不用字，所用古人字不用古人意，能造古人意，能造古人不到妙处，引一时事，一句中用两故事，疑不用事而是用事，疑是用事而不用事，使道经僻事、释经僻事、小说僻事、碑刻中事、州县图经事，错使故事使古人用字成一家句法，全类古人诗句用事有所不尽，引用一时小话不用故事而句法高胜，句法明白而用意深远。用字或有未稳，无一字无来历，点化古诗拙言，间用本朝名人诗句，用古人词中佳句，改古人句中借用故事，有偏受之故事，有参差之语言，诗中自有奇对，自撰古人名字，用古谣言，用经史注中隐事，间俗语俚谚诗意物理，此其大略也。三十年中，殚精竭虑，仆之心力尽于此书。今乃编写刊行，愿与学者共之。若乃事有遗误，当俟博雅君子补而镌之，庶俾先生之诗文与《左传》、《汉书》、《文选》并传无穷，而仆与杜预、颜籀、李善三子亦庶几焉。①

对苏诗的用事、用字娓娓道来，了然于胸，又将李善《文选注》与杜预《左传注》、颜师古《汉书注》并称，不啻是宋人对李善注释方法的详尽解读和高度评价。赵次公对宋人所谓杜诗"无两字无来处"进行了阐释，明谓杜诗用语有"专用""借用""直用""翻用""展用""倒用""合用"等，即李善所谓"文虽出彼而意殊，不以文害意"。清代诗注蔚兴，李善征引式注释更成为注家奉行的圭臬。清初钱谦益与朱鹤龄合作注释杜诗，钱氏对朱氏认真严谨的学风十分欣赏，赞其"订一字如数契齿，援一义如征丹书"，"斤斤焉取裁于《骚》之逸、《选》之善，罔敢越轶"。② 朱鹤龄更明言："凡征引故实，仿李善注《文选》体，必核所出之书，书则以最先为据，与旧注颇别。"③提倡李善征引法。仇兆鳌《杜诗详注》进一步细分为"内注"和"外注"，"内注"目的是"解意"，"外注"目的是"引古"，亦即引用典故，说："李善注《文选》，引证典故，原委灿然，所证之书，以最先者为主。"④与征引体例关联的，是对征引内容的溯源性、可靠性、忠实性、简明性等的相关规定，这是一个庞大的体系。⑤

---

① 王十朋《增刊校正王状元集注分类东坡先生诗》，《四部丛刊》初编，商务印书馆。
② 钱谦益《吴江朱氏杜诗辑注序》，《杜工部诗集辑注》卷首，河北大学出版社 2009 年版。
③ 朱鹤龄《凡例》，《杜工部诗集辑注》卷首，河北大学出版社 2009 年版。
④ 《凡例》，《杜诗详注》卷首，中华书局 1993 年版。
⑤ 参见拙文《论古典诗歌注释的引证原则及其互文意义》，《社会科学研究》2010 第 5 期。

二是校勘。注释涉及校勘，校勘内涵甚广，李善《文选注》在校勘方面可谓典范。如编集，曹植《公宴诗》，李善曰："子建在仲宣之后，而此在前，疑误。"《七哀诗》，李善曰："子建在仲宣之后，而此在前，误也。"左思《招隐诗》二首，李善曰："左居陆后，而此在前，误也。"潘岳《河阳县作》二首，李善曰："哀伤赠答，皆潘居陆后，而此在前，疑误也。"何劭《杂诗》，注曰："何在陆前，而此居后，误也。"《古诗十九首》，注曰："并云古诗，盖不知作者，或云枚乘，疑不能明也。诗云驱车上东门，又云游戏宛与洛，此则辞兼东都，非尽是乘，明矣。昭明以失其姓氏，故编在李陵之上。"对萧统的编排提出疑问。刘越石《扶风歌》，李善曰："《集》云《扶风歌》九首，然以两韵为一首，今此合之，盖误。"其次是文字异同。在李善生活的年代，先唐文集传世者尚多，李善由于工作关系能利用皇家图书馆的藏书，掌握的资料十分丰富，所以他往往能依据各家的别集或其他文本对《文选》进行校勘，如陆机《于承明作与士龙》，注曰："集云：与士龙于承明亭作。"说明标题有异文。又如曹植《赠白马王彪》"孤魂翔故城，灵枢寄京师"，注曰："《魏志》城作域。"曹植《赠丁仪》，注曰："《集》云与都亭侯丁翼。今云仪，误也。"指出"丁仪"应为"丁翼"。陆云《为顾彦先赠妇二首》，注曰："《集》亦云为顾彦先，然此二篇并是妇答，而云赠妇，误也。"陆机《赴洛二首》，注曰："《集》云此篇赴太子洗马时作，下篇云东宫作。而此处同云赴洛，误也。"阮嗣宗《咏怀诗》第九首"连轸距阡陌，子母相拘带"，李善曰："轸当为畛。"并不轻改原文。尽管文字不多，但均十分重要。

三是训诂。李善《文选注》收录大量古代的训诂，为后代的诗歌注释提供了依据，表现在两方面。

首先是材料。李善《文选注》蕴含对文学语言的大量原创性溯源，尤其是重要或艰深典故的开掘，后世诗注多引以为据。从南宋开始，注家就开始有意识地引用李善《文选注》作为注释依据。如杜诗《天育骠骑歌》"毛为绿缥两耳黄，眼有紫焰双瞳方"句，郭知达《九家集注杜诗》就引李善注《赭白马赋》曰："《相马经》曰：目成人者行千里。注：成人者，谓视童子中人头足皆见，言目中清明如镜。或云：两目间夹旋毛为镜。"而有些可谓典故源头的文献，在李善时代尚存，后世或缺或佚，更不得不依赖李善《文选注》，如王安石《驾自启圣还内》诗"纷纷瑞气随云汉，漠漠荣光上日旗"，李壁注曰："江淹《上建平王景素书》曰：方今圣历钦明，天下乐业。青云浮洛，荣光塞河。李善注曰：《尚书中候》曰：成王观于洛河，沉璧礼毕，王退俟于日昧，荣光并出幕河。"（《王荆公诗注》卷二八）这个注释，正是引用李善的旧注。《尚书中候》是汉代谶纬之书，《隋书·经籍志》著录，言"梁有八卷，今残缺"，然《旧唐书·经籍志》和《新唐书·艺文志》均不著录。若无李善《文选注》引用,则后人对王安石此句诗的解释恐怕终究不得要领。苏轼《赠孙莘老七绝》"乌城霜稻袭人香,酿作春风雪水光",写湖州乌程稻香水甘,以产酒闻名。注家引李善《文选注》所引盛弘之《荆州记》曰:"渌水出豫州康乐县,其间乌城乡有酒官,取水为酒,极甘美,与湘东零湖酒年尝献之。"这段记载说明南朝时乌程的酒乡盛名,用来作注十分合适。盛弘之《荆州记》亡佚甚早,连《隋书》也仅录其名,李善所见或为残本,但其引证却成为注释苏诗的极好材料。其次是《文选注》的训诂成果,更为后代注家和学者所重,这种状况一直延续至清代,如韩愈《山石》诗"时见松枥皆十围",南宋方崧卿《韩集举正》卷一注曰:"李善曰:枥与栎同,古字通。"刘履《选诗补注》共援引李善注 17 次,如张华《励志》诗"天回地游",注曰:"李善引《河图》地有四游之说,谓四时升降不止也。"杜甫《火》诗"崩冻岚阴昈",仇兆鳌《杜诗详注》曰:"李善引《埤苍》曰:昈,赤文也。"王维"南山之瀑水兮,激石滆瀑似雷惊",赵殿成《王右丞集笺注》卷一注曰:"马融《长笛赋》:滆瀑喷沫。李善注:滆瀑,沸涌貌。左思《蜀都赋》:龙池滆瀑濆其隈。李善注:滆瀑,水沸之声也。"皆足以说明李善《文选注》在训诂方面的权威性。

四是科学严谨的态度。如李善《文选注》中有大量"未详"字样,如王粲《赠蔡子笃》"风流云散,一别如雨",注曰:"《鹦鹉赋》曰:何今日以雨绝。陈琳《檄吴将校》曰:雨绝于天。然诸人同有此言,未详其始。"表明李善多闻阙疑的慎重态度。后世尤其是清代对李善注十分重视,注本中同样也有很多"未详"之处,可以说这是李善严谨态度的直接影响。

李善《文选注》也有其不足之处。首先,征引法建立在读者能够读懂所引文献的基础上,目的是使读者由原典而理解文本。如果读者不能读懂原典,那么这种方法便是画蛇添足,甚至是明珠暗投,毫无用处,因此它要求读者有较高的学术素养。《文选注》问世后较长时期乏人问津。六十年后(718)吕延济等五臣又作《文选注》,对李注大加挞伐,说五臣注的好处是"撤蒙"和"便人",可见五臣注的目的,是为了便于初学者。宋代《六臣注》流行,大概也有这个因素。其二是李善《文选注》囿于体例,不能深入考察诗歌的创作背景,做到知人论世。《昭明文选》是总集而非别集,其中的诗歌注释,除了简单的人物小传之外,很少作深入的历史开掘。但脱离具体的历史情境,很难真正深刻理解诗歌的内涵和作者的意图。宋代对唐人诗集开始大规模地整理和注释,对诗人的身世和创作背景进行专门、深入和广泛的诗史互证,尤其是宋诗的当代注,利用充足的文献和史料解读诗歌,价值颇高。近人汪辟疆评价说:"宋人如施元之注苏,任渊注黄、陈,李壁注荆公,胡穉注简斋,以宋人而注宋人诗,故注中于数典外,皆能广征当时故事,俾后人读之,益见其用事之严,此其所以可贵也。"①清代诗史互证的手段和范围更超越往古。可以说这是对李善《文选注》的弥补。第三是新的词汇因无"祖述"的历史,征引法无能为力,故只有直接解说。例如谢朓《暂使下都夜发新林至京邑赠西府同僚》"驰晖不可接,何况隔两乡","驰晖"是谢朓首创的新词,表示太阳的意思,在前代文献中难觅出处,故李善径直注曰:"驰晖,日也。"这说明征引注释有其局限。李善注也有少数失注之处,如嵇康《赠秀才入军》"仰落惊鸿,俯引渊鱼",明显是化用张衡《归田赋》"仰飞纤缴,俯钓长流""落云间之逸禽,悬渊沉之鲨鰡",李善却没有注释。至于古往今来讥刺李注的所谓"释事忘义",实际上是难以成立的,正如清初学者朱鹤龄所说:"李善注《文选》,止考某事出某书,若其意义所在,贯穿联络,则俟索解人自得之,此正引而不发之旨。"②"引而不发"是李善征引法的内在要义,对诗歌而言,更须读者涵咏其字里行间和言外之意,这是不言自明的道理。

第五节　五臣《文选注》和《文选》补注

李善《文选注》进献于唐高宗显庆三年(658),"五臣注"进献于唐玄宗开元六年(718),前后相距 60 年。所谓"五臣",是吕延济、刘良、张铣、吕向、李周翰五人。

"五臣注"的始末,在吕延祚《进五臣集注文选表》中说得很清楚:

> 臣览古集,至梁昭明太子所撰《文选》三十卷,阅玩未已,吟读无斁。风雅其来,不之能尚,则有遣辞激切,揆度其事,宅心隐微,晦灭其兆,饰物反讽,假时维情,非夫幽识,莫能洞究。往有李善,时谓宿儒,推而传之,成六十卷。忽发章句,是征载籍,述作之由,何尝措翰?使复精核注引,则陷于末学;质访指趣,则岿然旧文。只谓搅心,胡为析理?臣惄其若是,志为训释。乃求得衢州常山县尉臣吕延济、都水使者刘承祖男臣良、处士臣张铣、臣吕向、臣李周翰等,或艺术精远,尘游不杂,或词论颖曜,岩居自修。相与三复乃词,周知秘旨,一贯于理,杳测澄怀,目无全文,心无留意,作者为志,森乎可观。记其所善,名曰《集注》。并具字

---

① 汪辟疆《注古人诗文》,《汪辟疆文集》,上海古籍出版社 1988 年版,第 870 页。
② 朱鹤龄《与李太史论杜注书》,《愚庵小集》卷十,上海古籍出版社 1979 年版。

音,复三十卷。其言约,其利博,后事元龟,为学之师,豁然撤蒙,烂然见

景,载谓激俗,诚惟便人。

吕延祚及五臣不满于李善那种征引式的注释,认为引证虽详,但仍无助于让读者明白《文选》中诸文的"述作之由",所以他们要另辟一途,撇开烦琐引证,直截了当地去诠释作者的用意,至于为难字注音、为词语作注,也都简明扼要,切于实用,追求"其言约,其利博"。这里批评李善《文选注》不究"述作之由",且不善"析理",并说五臣注的好处是"撤蒙"和"便人",可见五臣注的目的,是为了普及。开元、天宝以来,《文选》已与其他列入考试科目的儒道经典并驾齐驱。民间相传士子们求学时随身携带的"十秩文书"中,《文选》已与《孝经》《论语》《尚书》《左传》《公羊》《谷梁》《毛诗》《礼记》《庄子》等九种经籍并列。①

据唐人记载,在相当长的时间里,五臣注的流行程度都超过了李善注。晚唐李济翁《资暇集》记载:"世人多谓李氏立意注《文选》,过为迂繁,徒自骋学,且不解文意,遂相尚五臣。"五代丘光庭《兼明书》也提到五臣注《文选》"盛行于代",而现存日本的唐《文选》注本证明,那时人们就已将六臣注合刻在一起了,这种情况无非表明五臣注与李善注各有千秋,形成一种互补关系。

李善注《文选》是在初唐,其时科举尚未兴盛,故其注释主要出于学术目的,与科举并无直接关系。五臣注《文选》,正值科举初兴,进士科十分重视诗赋,简明通达的五臣注《文选》可谓应运而生。上述《资暇集》记述时人"相尚五臣",正说明了五臣注流行的原因。

目的不同,导致二注之异,主要表现在两个方面:

一是体例不同。李善注重在征引,五臣注重在训释。以左思《咏史》诗为例:

　　　弱冠弄柔翰,卓荦观群书。

　　善曰:"《礼记》曰:人生二十曰弱冠。王粲《车渠碗赋》曰:援柔翰以作赋。孔融《荐祢衡表》曰:英才卓跞。跞与荦同。班固《汉书·司马迁赞》曰:刘向、杨雄博极群书。"

　　良曰:"盖思自属矣。弱冠,年二十也。柔翰,笔也。卓荦,特达也。"

李善注解释了"弱冠弄柔翰,卓荦观群书"中的四词,即"弱冠""柔翰""卓荦""群书",但征引了《礼记》、王粲《车渠碗赋》、孔融《荐祢衡表》、班固《汉书·司马迁赞》四种文献,其目的是为了说明词语的源流,考察作者之"祖述",而关于四词的

───────────

① 参见《敦煌变文集》卷二《秋胡变文》,人民文学出版社 1957 年版。

实际意义,并无说明。五臣注除了"群书"一词外,其他径以"年二十""笔""特达"训释,对于一般学子而言,无疑最为受用。"盖思自属矣"一句,说明此句乃作者自况,亦为李善注所无,也正是五臣所说的考察"述作之由",注意句意或全诗主旨的阐发,这是五臣注的一个特点,对青少年的初学者很有帮助。

二是学术质量不同。李善注和五臣注在质量上是有本质差异的。关于此点,从唐代即有共识。李济翁《资暇集》说自己比较二注:"方悟所注(五臣注)尽从李氏注中出。开元中进表,反非斥李氏,无乃欺心欤? 且李氏未详处,将欲下笔,宜明引凭证。细而观之,无非率尔。"称誉李善注"悬诸日月焉,方之五臣,犹虎狗凤鸡耳"。五代丘光庭《兼明书》卷四说:"五臣者不知何许人也,所注《文选》颇谓乖疏,盖以时有王张,遂乃盛行于代。将欲从首至末,搴其萧稂,则必溢帙盈箱,徒费笺翰。苟蔑而不语,则误后学习。是用略举纲条,余可三隅反也。"他共举出误谬二十一条,例如"珪璋特达"条:

> 郭璞《游仙诗》曰:"珪璋虽特达,明月难暗投",臣延济曰:"特达,美貌。"明曰:"按朝聘之礼,有琏璋璧琮,璧琮则加束帛然后能达,而珪璋德重,可以独行,故曰特达。《聘义》云:"珪璋特达,德也。"此诗之意,言君子虽有才德,不假外助,然亦不可仕于乱代,如明月之珠,不可以暗中投人也。

"珪璋特达"是指"珪璋德重,可以独行",非如五臣所谓"美貌",此五臣不学之例证也。又如"西陵"条曰:

> 谢惠连《西陵遇风献康乐》,臣良曰:"西陵,盖所居之西陵也。"明曰:"西陵,浙江东之西陵,驿名也。何以知之? 以其诗云'昨发浦阳汭,今宿浙江湄'知也。"

此处指斥五臣未细读诗,将"西陵"之驿名误注为地名。至宋,苏轼、洪迈等人亦对五臣注大加抨击,如苏轼《书谢瞻诗》说:

> 李善注《文选》,本末详备,极可喜。所谓五臣者,真俚儒之荒陋者也,而世以为胜善,亦谬矣。谢瞻《张子房诗》云"苛慝暴三殇",此《礼》所谓上、中、下殇,言暴秦无道,戮及孱稚也。而乃引"苛政猛于虎,吾父、吾子、吾夫皆死于是",谓夫与父为"殇",此非俚儒之荒陋者乎? 诸如此甚多,不足言,故不言。

洪迈《容斋随笔》卷一"五臣注文选条"曰:

> 东坡诋《五臣注文选》,以为荒陋。予观《选》中谢玄晖和王融诗云:"阽危赖宗衮,微管寄明牧",正谓谢安、谢玄。安石于玄晖为远祖,以其

为相,故日宗衮。而李周翰注云:"宗衮谓王导,导与融同宗,言晋国临
危,赖王导而破符坚。牧谓谢玄,亦同破坚者。"夫以宗衮为王导固可
笑,然犹以和王融之故,微为有说,至以导为与谢玄同破符坚,乃是全不
知有史策,而狂妄注书,所谓小儿强解事也。唯李善注得之。

至清代,《四库提要》在列举该书诸条误注后,曰:

今观所注,迂陋鄙倍之处尚不止此,而以空疏臆见,轻诋通儒,殆亦
韩愈所谓蚍蜉撼树者欤! 其书本与善注别行,故《唐志》各著录。黄伯
思《东观余论》尚讥《崇文总目》误以五臣注本置李善注本之前,至陈振
孙《书录解题》始有六臣文选之目,盖南宋以来始与善注合刻,取便参
证。元、明至今,遂辗转相沿,并为一集。附骥以传,盖亦幸矣。然其疏
通文意,亦间有可采。唐人著述,传世已稀,固不必竟废之也。

另外,五臣注的穿凿之弊也是不可讳言的,如《古诗十九首》(其二)"青青河
畔草",此诗显然是一首生活抒情诗,但五臣硬说是政治抒情诗,是以夫妻写君
臣。张铣注曰:"比喻人有盛才,事于暗主,故以妇人之事托言之。"吕向注:"楼
上,言居危苦;当窗牖,言潜隐待明时也。"这与本义南辕北辙。阮籍《咏怀诗》的
注释亦复如此,五臣重视司马氏篡魏、曹魏集团与司马氏集团之争这一背景,专
重索隐,力求"幽旨",因此绝大多数说法陷入穿凿比附。如《咏怀》其一"夜中不
能寐",吕延济注曰:"夜中喻昏乱。""孤鸿号外野,翔鸟鸣北林",吕向注曰:"孤鸿
谓贤臣孤独在外。号,痛声也;翔鸟,鸷鸟,好回飞,以比权臣在近,则谓晋文王
也。"其二"二妃游江滨"章,大旨是写世情变化,交道不存,五臣却谓"倾城迷下
蔡,容好结中肠","皆谓晋文王初有辅政之心,为美行佐主有如此"。解"感激生
忧思,萱草树兰房。膏沐为谁施,其雨怨朝阳"数句,云:"后遂专权而欲篡位,使
我感激而生忧思。萱草,忘忧也;兰,香草也。言我将忘此忧,自修芳香之行,膏
沐仁义之道,念天下若此,将谁为施之。诗云:其雨其雨,杲杲日出。郑玄曰:人
言其雨其雨,杲杲出日,言不望得雨。不谓日出,亦犹木期辅弼,不谓篡夺也。"解
"如何金石交,一旦更离伤"曰:"言臣主初为金石固交,一朝离伤,使如此也。"又
"嘉树下成蹊,东园桃与李。秋风吹飞藿,零落从此始",解云:"言晋当魏盛时则
尽忠,及微弱则陵之。使魏室零落,自此始也。"同诗"堂上生荆杞"句,解曰:"荆
杞谓奸臣。"第十四"开秋兆凉气"章,只是一般的感物咏怀,其中"微风吹罗袂,明
月耀清晖。晨鸡鸣高树,命驾起旋归"写羁旅思归,但吕延济解云:"微风,言魏将
灭,教令微也。明月喻晋王为专权臣也。鸡,知时者。言我亦知时,如此将命驾
归于山林,隐居而避此乱代。"又如"独坐空堂上"一首,写日常怀人之感,其中可

能寄寓某种时世的殷忧,吕向解"孤鸟西北飞,离兽东南下"两句云:"孤鸟离兽,东南西北,喻下人值乱代皆分散而去。"以上解说,穿凿胶执之弊,实极明显。也有个别作品,五臣的解释似乎比较符合作者的原意,如"昔日繁华子"一首,写以色事人,色衰宠移,其事实本就属意于君臣之际,吕延济解云:"言安陵龙阳,以色事楚魏之主,尚犹尽心;而晋文王蒙厚恩于魏,不能竭其股肱而将行篡夺,籍恨之甚,故以刺之。"但是即使这样的解释,也并不能直接从诗中得到任何的印证,最多只可说是读者揣摹作者之志,不能说作者之立意一定如此。总之,五臣之注《咏怀》,每于文外撷取片断史实,以为阮诗之各种意象,即为各种史实的符号与密码。这显然不符合诗歌的创作特点,尤其是不符合汉魏诗的艺术特点。

就学术而言,五臣注是不能与李善注比肩的。以上这些批评从学术而言,大多是正确的,但也存在过于苛刻的问题,没有注意到五臣注的特点,也没有看到五臣注在文化普及方面的社会作用。就应用而言,各有擅场,两者并不矛盾,而是互相补充的关系。

五臣注在文字、解题和释义方面较有特色。

文字方面,五臣注与李善注在文字上有许多差异。对这种差异,过去总认为是五臣私改的结果,如唐代李济翁云:"(五臣)又轻改前贤文旨,若李氏注云某字或作某字,便随而改之。"(《资暇录》)这种说法代表了绝大多数《文选》学家的意见。然而自敦煌钞本发现后,便可看到这些责难并无多少根据。敦煌钞本保存了《文选》原貌,许多地方比后世流传的李善本更好,这是学术界所公认的。而五臣本与今李善本不同的地方,往往跟钞本相符。这有助于我们正确认识五臣本的价值。如卷46任昉《王文宪集序》,李善本以王俭为"镇国将军",然《南齐书·百官志》无此官职,五臣本作"镇军将军",与唐钞本合,也与《南齐书》《南史》同。卷20邱希范《侍宴乐游苑送徐州应诏诗》,李善本"徐州"上有"张"字,五臣本无。李善注说:"刘璠《梁典》曰:张谡字公乔,齐明帝时为北徐州刺史。"五臣吕向注云:"希范时为中郎,武帝弟宏为徐州刺史,应诏送王。"显然,这里的"武帝弟宏",当指梁临川王萧宏。关于这首诗,历来评论的人都支持吕向说,如清人何焯评云:"按集题益知为梁时诗。"稍后的叶树藩在"海录轩"刊本下作按语谓:"五臣本题无'张'字。吕向注:'希范时为中郎,武帝弟宏为徐州刺史,应诏送王。'陈与郊云:'张谡,史作张稷,在齐为北徐州刺史,而邱迟在梁始为中书侍郎,则吕向谓刺史是武帝弟宏,未为无据。况章内'匪亲孰寄',岂得指张? 酌以诗辞,参之人代,李氏不无小舛。'"李善注是有失误的,那就是他认为张稷任北徐州刺史在齐明帝时,考《南齐书·东昏侯纪》,张稷为北徐州刺史,实际上是东昏侯永元二年(500)

七月，这时齐明帝已死二年。再如卷46王融《三月三日曲水诗序》，李善本作"厚伦正俗"，注引《毛诗序》"先王是以厚人伦"云云。五臣本作"序伦正俗"，吕向注云："言各有次序，以正风俗也。"是所见各本不同。然《文选集注》正文、敦煌唐钞本均作"序伦"。

解题方面。一方面，五臣补充了大量解题的空白。据今本《六臣注文选》统计，《文选》共有作品714篇，其中《五臣注》有题解而《李善注》无题解者为258篇①。另一方面，李善和五臣虽均重视解题，但侧重点有所不同，五臣更重视揭示写作的动机。颜延年《五君咏五首·阮步兵》，张铣注："此延年自托以为途穷者。"第二首《嵇中散》末句"鸾翮有时铩，龙性谁能驯"，张铣注："以喻康，亦复自谓。"第三首《刘参军》末句"颂酒虽短章，深衷自此见"，吕向注："尝作《酒德颂》，虽曰短章，情自此见。谓伶好饮，为居乱代，欲晦其才。延年自解，将同比美。"第四首《阮始平》末句"屡荐不入官，一麾乃出守"，张铣注："一麾出守，此亦延年自喻。"第五首《向常侍》首句"向秀甘淡薄，深心托毫素"，李周翰注："延年自喻好文也。"再以曹植三篇乐府为例，张铣解《名都篇》曰："刺时人骑射之妙，游聘之乐，而忘忧国之心。"解《美女篇》曰："以美女喻君子，言君子既有美行，上愿明君而事之，若不得其人，虽见征求，终不能屈。"刘良解《白马篇》曰："言人当立功立事，尽力为国，不可念私。"这些看法是符合各篇内容和作者主观意图的。这层意思在五臣之前未为人明白说出，在五臣以后也为人们普遍接受，例如宋代郭茂倩《乐府诗集》题解就全取五臣，今天的文学史著作也多用其说。

释义方面，在五臣之前，注《文选》者已有多人，萧该、曹宪、公孙罗、许淹等主要是注音，李善主要是释事，尽管他们也顾及到"义"的阐释，但比较而言这方面发挥的余地最大。吕延祚上表，有"使复精核注引，则陷于末学"云云，已注意到要力避与前人的重复。这与时代学术风尚的转变有关。唐代注书，从汉代的注重名物训诂转变为注重义理的阐发。五臣生当开元前后，注文重于释义，显然有时代的原因。五臣释义有几个特点，首先是通俗化。五臣的注释简明扼要，较之李善注的繁征博引，这种注释方式更清晰，更有益于一般读者。五臣下注之处，许多地方李善已捷足先登，但他仅作征引，词义仍不清楚，于是五臣进一步注明之。如谢灵运《拟魏太子邺中集诗之二》"不谓息肩顾，一旦值明两"，李善注："明两谓明帝也。《易》曰：明两作离。"但为何明帝称"明两"呢？人们还是不明白。吕延济则解释曰："武帝既明，而太子又明，故谓太子为明两也。言初遭丧乱，但

① 陈延嘉《论文选五臣注的重大贡献》，《文选学论集》第82页，时代文艺出版社1992年版。

顾息肩,不谓今日遇太子恩厚也。"这就明白易懂。颜延年《应诏宴曲水作诗》,李善注:"《水经注》曰:旧乐游苑,宋元嘉十一年以其地为曲水,武帝引流传酌赋诗。"但宴曲水为何事,仍不明白。张铣则直注曰:"曲水谓引水行酒杯。"其次是揭示作者的创作心态。吕延济注左思《咏史》"荆轲饮燕市"一首云:"言君王虽贵,轲将刺之;狗屠虽贱,轲乃与饮。事虽属轲,实思自谓也。"明确指出左思借历史故事来吐露自己崇尚贫贱轻视权贵的志向。吕向认为咏史诗大体上分两类:"谓览史书咏其行事得失,或自寄情焉。"一种是直接描述或评判史事,一种是借史咏志。这后一种实际相当于咏怀,是借历史来抒写个人情怀。吕向认为左思《咏史》八首都属此类,"是诗之意多以喻已",这是看得很切实的。左思在文学史上的地位,除了在继续建安文学优良传统外,还在他为咏史诗开辟了一条新路,即由"止述史事"向"咏古人而己之性情俱见"(沈德潜《古诗源》卷7)发展,五臣准确地看到了咏史诗的转变和左思的特点,并因此在每首诗下指出作者的寄托。卷27曹植《名都篇》"云散还城邑,清晨复来还"句,吕延济注云:"如云之散也,明晨复来于长楸、平乐也。终日若此,其奈国之事何?"也是对作者意图的探索。

也有个别地方五臣注更为准确。如阮籍《咏怀诗》"开秋兆凉气,蟋蟀鸣床帷",李善注:"《四子讲德论》曰:蟋蟀候秋吟。"吕向注:"《诗》云:十月蟋蟀,入我床下。今言初秋始凉已鸣床帷者,伤时政迫促。"此处李善引《四子讲德论》不准确,吕向注引《诗》为是。《诗经·七月》:"七月在野,八月在宇,九月在户,十月蟋蟀入我床下。""开秋"为始秋,即七月,蟋蟀当"在野",吕向从"开秋"而"蟋蟀鸣床帷"这种自然景物的矛盾中,指出阮籍化用《诗》句的用意,揭示其弦外之音,比李善注为佳。尽管这种问题较少,但说明五臣注在揭示典故出处方面,并非一无是处。

李善和五臣之后,冯光震、萧嵩、陆善经等相继补注《文选》。

据王应麟《玉海》卷五十四所引曰:"《集贤注记》:开元十九年三月,萧嵩奏王智明、李元成、陈居注《文选》。先是,冯光震奉敕入院校《文选》,上疏以李善旧注不精,请改注,从之。光震自注,得数卷。嵩以先代旧业,欲就其功,奏智明等助之。明年五月,令智明、元成、陆善经专注《文选》,事竟不就。"《集贤注记》是唐人韦述所撰,记载天宝年间集贤院轶事,久已散佚,其部分逸文为《玉海》所收,内容较为可信。对萧嵩而言,《文选》是其"先代旧业",故对此事十分热衷,但"事竟不就"的原因,当与诸人水平参差有关。其中陆善经对《文选》进行了全注,其注文部分保留在《文选集注》》中。

《文选集注》二十世纪初在日本被发现,后由中国学者罗振玉等人介绍至国内,引起学界瞩目。2000 年上海古籍出版社出版《唐钞〈文选集注〉汇存》,此书网罗了唐末无名氏所抄录的唐代选学家们对于《昭明文选》的注释文字,现存的 24 卷《文选集注》中,共保存陆善经注文两万六千多字。

陆善经,《旧唐书》和《新唐书》等无传。《新唐书·艺文志》二"《开元礼》一百五十卷"下注云:"开元中,通事舍人王喦请改《礼记》,附唐制度,张说引喦就集贤书院详议。说奏:'《礼记》,汉代旧文,不可更,请修贞观、永徽五礼为《开元礼》。'命贾登、张烜、施敬本、李锐、王仲丘、陆善经、洪孝昌撰辑,萧嵩总之。"可知他生活在唐玄宗开元天宝年间(713—756)。

从内容看,陆氏所注,主要是补充李善注。首先是对词语、名物、背景、解题等的补注。如陆机《赠尚书郎顾彦先二首》注:"机从洗马为吴王郎中令,从郎中又为尚书郎,彦先亦为尚书郎,同在楚省别院,荣复是机姊夫,于时遇雨,不得相见,相忆作此诗。"比李善与五臣注更为详细交代了陆机的仕履,尤为可贵的是,注出顾荣为陆机姊夫这一亲戚关系。对考论陆机与顾荣之交游关系以及深入了解吴地豪门望族在政治文化方面的作用,具有重要价值。另外如《赠顾交阯公真一首》诗题后,曰:"顾尚字公真,初曾同事太子,今出为交阯太守,故赠之也。"注出陆机与顾尚曾同事太子,出为交阯太守,由诗写"发迹""改授",魏晋两代交阯与交州分为郡、州不同,可知《钞》注较李善与李周翰注更为准确、细致、全面。其次是纠正李善注。卷四八潘尼《赠陆机出为吴王郎中令》"祁祁大邦,惟桑惟梓",李善注云:"毛诗曰:采繁祁祁。毛苌曰:祁祁,众多也。"以"众多"修饰大邦,似有谬误,故而陆善经改注为:"祁祁,安和貌。"李善不知"祁祁""祈祈"古时相通。又如卷五九谢灵运《南楼中望所迟客》"圆景早已满,佳人犹未适",李善注:"杜预《左氏传注》曰:适,归也。"似为不妥。陆注云:"适,至也。"更为妥帖。但总体来说,李善注体大思精,留给后人置喙的余地不多,陆氏的补注在体例和价值上没有超越李善注的特别之处,只是在个别的小结裏有所收获罢了。

第六节 唐诗当代注

唐代出现了一批对唐代诗歌进行注释的当代注本,尽管这些注本在目的、手法上与李善《文选注》差异很大,价值也不甚高,但作为诗歌注释的嚆矢,有一定的认识作用和历史价值。这些注本有张庭芳注李峤《杂咏诗》,郑嵎自注《津阳门诗》,陈盖注、米崇吉评胡曾《咏史诗》三部。另据宋王尧臣等编《崇文总目》,其

"别集类"卷五著录"《元稹制集》二卷,李绅注",但所谓"制集"当是制诰集,不属诗歌;其"别集类六"著录"《才命论》一卷,张鷟撰,郗昂注"也属于此类情况。

一、张庭芳注李峤《杂咏诗》

李峤(645—714),字巨山,赵州赞皇(今河北赞皇)人。武后、中宗年间,三次被拜为宰相,官至中书令。生前以文辞著称,与苏味道并称"苏李",又与苏味道、杜审言、崔融合称"文章四友"。

李峤《杂咏诗》120首,分为乾象、坤仪、居处、文物、武器、音乐、玉帛、服玩、芳草、嘉树、灵禽、祥兽十二大类,各以一字为题,又称"单题诗",一诗咏一物,如《日》《月》等,句句用典,是诗歌的类书形式。《杂咏诗》于705年完成初本,但版本不一,有的文字差别很大,据今人研究,认为很有可能是李峤在去世之前对初本的部分不合律之处进行了改动,甚至有些诗还进行了重写。①

《杂咏诗》面世不久,即有人为之作注。现存《杂咏诗》的注本,各本的注文不尽相同,代表性的有两种,一是敦煌本。敦煌文献存有《李峤杂咏注》残卷(斯555,伯3738),王重民在《敦煌古籍叙录》中说:"斯坦因所得555号,为残诗十七行,有注;伯希和所得3738号卷,仅六行,诗注均相似,书法亦同,知为同书,恨不知书名与撰人姓氏。"②则其诗并注,唐时已远传边地。另一种是日本庆应义塾大学贵重书室藏本(简称庆大本),是日本平安时代(始于794年)贵族及士族阶层重要的幼学读物。庆大本收录于日本天瀑山人林衡于十九世纪初编辑的《佚存丛书》中,题曰"故中书令郑国公李峤杂咏一百二十首",署名"登仕郎守信安郡博士张庭芳",时间是天宝六年(747),距离创作不过四十年。张庭芳说其作注目的"庶有补琢磨,稗无至于凝滞,且欲启诸童稚",是为了便于童蒙学诗。

关于注家,曾引发争论。王重民先生认为敦煌残卷与庆大本为同一注家,曰:"刘修业女士为东方语言学校编所藏华文书目,偶检《佚存丛书》本《李峤杂咏》,谓即此《杂咏》残卷,余检阅良然。更阅卷端张庭芳序,而知此残卷诗注,即张庭芳所撰者。"(《敦煌古籍叙录》第289页)但从国内文献看,所记载均为张方,如宋代晁公武《郡斋读书志》卷四云:"今所录一百二十咏而已,或题曰单题诗,有张方注。"元代辛文房《唐才子传》云:"《杂咏诗》十二卷,单题诗一百二

① 段莉萍《从敦煌残本考李峤〈杂咏诗〉的版本源流》,《敦煌研究》2004年第5期。
② 王重民《李峤杂咏注》,《敦煌古籍叙录》,中华书局1979年版,第289页。

十首,张方为注,传于世。"宋人朱翌《猗觉寮杂记》载有一则佚文:"李峤云'大庾天寒少,南枝独早芳',张方注云:'大庾岭上梅,南枝落,北枝开。'南唐冯延巳词云'北枝梅蕊犯寒开',则南北枝事其来远矣。"这两张是否为一人,很难定论。

　　李峤曾主持修撰大型类书《三教珠英》,其主题分类体系、事典等对《杂咏诗》的创作影响颇大。葛晓音将《杂咏诗》与《初学记》作对比,结论是:"《百咏》从类目、物名到典故的编排方面,都带有类书的特色。"①《杂咏》诗按照"日""月""星""风"的顺序,将乾象、坤仪等12部120种事物组合成一个有机整体,构筑起一个庞大有序的体系,目的是对初兴的五律时尚起范本作用,即使在日本也是如此,如源光行据此诗翻作《百咏和歌》,序云:"夫郑国公始赋百廿咏之诗,以谕于幼蒙;张庭芳追述数千言之注,以备于后鉴。"②在唐以前,蒙学的教材大多以识字教育为主,如《急就篇》、《千字文》等。但到了初唐,诗歌出现了前所未有的繁荣景象,唐人将诗歌引入生活的方方面面,出现了面向儿童的训蒙诗。李峤《杂咏》大量用典,通俗易懂,既有知识性,寓有儒家人格熏陶,又有诗歌创作的示范性,是儿童教育合适的启蒙教材。其用典也多是广泛流传的基础知识,十分浅显。如《日》诗"旦出扶桑路",典出《淮南子·天文训》"日出于旸谷,浴于咸池,拂于扶桑,是谓晨明";《马》诗"天马本来东",典出汉武帝《天马歌》"天马来,历无草,经千里,来东道";《李》诗"王戎戏陌辰",典出《世说新语·雅量》"王戎七岁,尝与诸小儿游。看道边李树,多子折枝。诸儿童走取之,唯戎不动。人问之,答曰:'树在道边而多子,此必苦李。'取之信然。"《史》诗"马记天官设,班图地理新",列举了史书之代表《史记》《汉书》,司马迁《史记》有《天官书》,班固《汉书》有《地理志》。

　　因此诗注也是为了迎合这种时尚,其主要内容就是对这些典故进行注释。以《桃》诗"独有成蹊处,秾华发井傍。山风凝笑脸,朝露泫啼妆。隐士颜应改,仙人路渐长。还欣上林苑,千岁奉君王"为例:

　　"独有成蹊处",注曰:"桃李不言,下自成蹊。蹊,道也。"

　　"浓华发井傍",注曰:"古记曰:桃生露井上。"

　　"山风凝笑脸,朝露泫啼妆",注曰:"言桃花向风则开如笑脸也,浥露则湿如人之啼妆。"

　　"隐士颜应改",注曰:"《神仙传》曰:高丘公服桃腾仙也。"

①　葛晓音《创作范式的提倡和初盛唐诗歌的普及—从〈李峤百咏〉谈起》,《文学遗产》1995 年第 6 期。

②　胡志昂编《日藏古抄李峤咏物诗注·前言》,上海古籍出版社 1998 年。

　　"仙人路渐长",引《桃花源记》作注。

　　"还欣上林苑,千岁奉君王",引《汉武帝故事》曰:"帝得西王母桃,食之美,帝收核,欲种之上林。王母曰:此桃三千年始就实。"

　　注释对象皆一般典故,随文释意,目的是启蒙童智,兼具类书性质。此书在日本曾作为幼学童蒙读物在宫廷贵族和士人中广泛流传,诵习时主要参据张庭芳注。

二、郑嵎自注《津阳门诗》

　　此为晚唐人郑嵎长诗《津阳门诗》之自注,载《全唐诗》卷五六七。郑嵎,字宾光,唐宣宗大中五年(851)进士,有《郑嵎诗集》一卷,今仅存《津阳门诗》。辛文房《唐才子传》卷七有传。

　　津阳门是唐代长安华清宫之外门,《津阳门诗》作于唐宣宗大中五年,凡1400字,为唐代七言诗巨制。诗以行旅历程为基本构架,以与酒店老翁相遇、老翁讲述开元天宝往事、天明与老翁离别为线索,构成首尾呼应、结构完整的叙事诗。老翁讲述的内容,则以叙事、写景和抒情结合的手法,以唐明皇、杨贵妃为主线,回顾唐帝国在天宝前后的兴衰,颇似白居易《长恨歌》。从"飞霜殿前月悄悄"句自注"飞霜殿即寝殿,而白傅《长恨歌》以长生殿为寝殿,殊误矣"看,其模仿乃至超越《长恨歌》的意图也是很明显的。

　　夹杂于诗中的自注约50则,近2000字,撷拾了许多开元、天宝间旧闻轶事,多来自《唐国史》和唐笔记小说如郑处诲《明皇杂录》。五代王仁裕《开元天宝遗事》采录了《津阳门诗》注中的六条史料。

　　诗文自注早有先例,南朝谢灵运在《山居赋》中以注文的形式大篇幅介绍所居环境之美,形同补充缀记。唐代诗歌亦多有自注,如杜甫诗《发同谷县》的自注"乾元二年十二月一日,自陇右赴成都纪行",《倚杖》题下的自注"盐亭县作"等,对于了解诗歌创作背景有一定帮助。但象《津阳门诗》这样的大规模自注,有别于上述作品。

　　从内容看,这些"自注"有的是关于楼阁建筑物的,如华清宫玉莲汤池,自注曰:"宫内除供奉两汤池,内外更有汤十六所。长汤每赐诸嫔御,其修广与诸汤不侔。甃以文瑶宝石,中央有玉莲捧汤泉,喷以成池。又缝缀绮绣为凫雁于水中,上时于其间泛极镂小舟以嬉游焉。"或是关于人物故事的,如玄宗月宫偷曲的民间传说,自注曰:"叶法善引上入月宫,时已深秋,上苦凄冷,不能久留。归于天半,尚闻仙乐。及上归,且记忆其半,遂于笛中写之。会西凉都督杨敬述进《婆罗门曲》,与其声调相符,遂以月中所闻为之散序,用敬述所进曲作其腔,而名《霓裳羽衣法曲》。"也有关于节日风俗的,如:"上始以诞圣日为千秋节,每大酺会,必于勤政楼下使华夷纵观。有公孙大娘舞剑,当时号为神妙。又设连榻,令马舞其上。马衣纨绮而被铃铎,骧首奋鬛,举趾翘尾,变态动容,皆中音律。又命宫妓梳九骑仙髻,衣孔雀翠衣,佩七宝璎珞,为《霓裳羽衣》之类。曲终,珠翠可扫。其舞马,禄山亦将数匹以归而私习之。……一旦于厩上闻鼓声,顿挫其舞。厩人恶之,举箠以击之。其马尚为怒未妍妙,因更奋击宛转,曲尽其态。"对今人了解当时宫苑的繁华奢靡有一定作用。

但此诗自注的目的,可视作诗歌的补充,作用是保存历史。唐代中后期,大量历史题材进入诗歌,不仅咏史怀古诗歌的数量大增,而且长篇叙事诗也不断涌现,像杜甫《北征》、白居易《长恨歌》、元稹《连昌宫词》、韩愈《永贞行》、杜牧《杜秋娘诗并序》、李商隐的《行次西郊作一百韵》等,都可以称之为一代史诗,郑嵎《津阳门诗》也是出于缅怀历史、记录历史的情怀。而这种自注方式,亦可视作唐人以史才、诗笔结合,展示自身才华的一个尝试,它有助于深化对诗歌内容和作者创作过程的解读,其真实性与后人的考证笺注自有区别。

此诗历代评价不高,后人的关注集中在自注。如翁方纲《石洲诗话》认为:"只作明皇内苑事实看,不可以七古格调论之。"陈寅恪说:"以文学意境衡之,诚无足取。其所以至今仍视为叙述明皇、太真物语之巨制者,殆由诗中自注搜采故实颇备,可供参考之资耳。"①自注作为唐代史料,有一定价值。

三、陈盖注、米崇吉评胡曾《咏史诗》

胡曾,两《唐书》无传,辛文房《唐才子传》卷八"胡曾"说其为长沙人,但《唐诗纪事》说其是邵阳人,唐懿宗咸通时人。屡举进士不第,历游方镇幕府以终。有《安定集》,已佚。《唐才子传》云:"今《咏史诗》一卷,有咸通中人陈盖注。"《咏史诗》收七言绝句 150 首,以地为名,皆"咏古君臣争战,废兴尘迹"。② 今传胡曾《咏史诗》注本最早者为《四部丛刊三编》所收影宋钞本《新雕注胡曾咏史诗》,分为三卷,每卷 50 首。全书首叶首行题"注咏史诗总一百五十首",二行题"前进士

---

① 陈寅恪《元白诗笺证稿》,上海古籍出版社 1978 年版,第 73 页。
② 傅璇琮《唐才子传校笺》第 3 册,中华书局 1990 年版,第 482 页。

胡曾著述并序",三行题"邵阳曳陈盖注诗",四行题"京兆郡米崇吉评注并续序"。陈、米二人为晚唐人,辈分较胡曾为晚。据胡曾之序,说作诗目的,"虽则讥讽古人,实欲裨补当代,庶几与大雅相近者也"。米氏之序,说自己"自龀岁以来,备尝讽诵,可为是非罔坠,褒贬合仪。酷究佳篇,实深降叹。管窥天而智小,蠡测海而理乖。敢课颛愚,逐篇评解,用显前贤之旨",目的是以古为鉴。

《咏史诗》咏叹上古至隋发生过的重大事件,如长平、垓下、淝水之战、渑池会、鸿门宴等100多件,地点如乌江、易水、五丈原、赤壁等140多处,著名人物如贾谊、曹操、刘邦、项羽等120多人,大凡历史名人、重要事件、名胜地点多荟萃诗中,展现出一幅极为阔大的历史画卷。作者"追述兴亡,意存劝戒为大旨,不悖于风人耳",但"兴寄颇浅,格调亦卑"(《四库提要》)。宋、元、明时期曾被用作训蒙教材,多次刊刻,版本繁多。

注文主要考证史实。如第一卷第一首《章华台》"茫茫衰草没章华,因笑灵王昔好奢。台土未干箫管绝,可怜身死野人家",注曰:"《史记》曰:时楚灵王好大奢,乃役万姓筑台起宫,以金玉装饰,号章华台,常与美人燕乐于此。后出军伐陈灵,王之兄患弟王不治国政,乃勒兵闭城攻王,王败军,独奔投野人之家。遇锔人,曰:与我一食,我不食三日矣。锔人谓曰:新王下令,有饲王者,罪及三族,不可置食也。既不得食,因枕其股而卧。锔人畏人知之,乃以土代股而去。灵王饥甚,莫能起身,死于申亥之家也。"此诗就楚灵王兴衰发兴,注文则引《史记》解释,内容简单明了,因此后世被用作启蒙教材就不足为怪了。

评论则对诗歌主旨进行升华,如此首评论曰:"凡夫势尽道穷,人之常数,可以空山就死,何以下托甘言? 此之谓见危而求安,不居安而虑危也。"指出灵王之悲剧根源在"不居安而虑危"。从中也可看出,陈盖、米崇评注《咏史诗》的目的,是借此抒发对现实的感慨,有较强的现实针对性。

李善、五臣和陆善经等人对《文选》作注,似乎预示了一个诗歌注释的高潮;张庭芳的《杂咏》注,郑嵎《津阳门诗》自注,陈盖注、米崇吉评胡曾《咏史诗》,是历史上首批当代注。这些注本的对象,或是前人,或是初唐,或是晚唐。而盛唐李、杜、王、孟等名家辈出,中晚唐韩、柳、白、李(商隐)、杜(牧)等人接踵而至,诗国的上空群星璀璨,但对诸人作品的注释却陷于沉默。李善《文选注》在唐代被束之高阁,鲜有问津,而普及性和应用性的诗注却大行其道,正说明诗歌注释需要探索一条适合自己特点的道路和规律,而这尚需时日。

第三章　宋代的兴盛期

李善《文选注》揭开了古代诗歌注释的序幕,但并没有形成气候,主要因为无论诗歌注释的理论还是实践,均缺乏代表性的人物和著作,这种情况直到宋代才彻底改观。宋代经过诸多学者的辛勤探索,逐步确立了杜甫诗歌思想方面的崇高地位,同时提出了"无一字无来处"的诗学理论,为诗歌注释学的兴盛提供了全面而坚实的基础。

大致说来,宋代的诗歌注释学有五个特点:一是注释对象上,以唐人尤其是杜甫为主,以当代为辅;二是在注本形式上,以别集为主;三是注释义例上,以知人论世为主,以文学为辅;四是时间上,北宋处于搜集整理阶段,南宋正式进入注释的高潮期。五是理论上,受到黄庭坚"无一字无来处"的影响最大。

第一节　唐诗经典化与作品的搜集整理

唐诗的辉煌对宋人始终是如影随形的压力,"宋人生唐后,开辟真难为",宋代诗歌的成熟与对唐诗的学习和批评伴随始终。宋代诗坛承唐五代而下,在最初的六十多年间,白体、晚唐体、西昆体所谓"三体",成为宋初学者文人普遍的模仿对象。宋诗在经过梅尧臣、欧阳修、苏舜钦、王安石等人的探索,开创出诗歌创作新局面之后,苏轼、黄庭坚等逐步确立了以韩愈、杜甫等作为最高的诗歌典范。应该说,韩、杜诸集的注释热,与北宋学者对宋诗的探索以及宋代政治思想的特质密不可分。

宋代继承文学遗产的首要对象就是唐代,唐诗是宋人直接而鲜明的榜样。但唐代诗坛异彩纷呈,究竟以何为圭臬,却经历了一番艰苦的探索和选择。王禹偁称"本与乐天为后进,敢期子美是前身",对杜诗尊而不亲,自视为白居易诗的继承者,故其为宋初白体诗派的代表诗人。又有学习贾岛、姚合等晚唐体的。不久西昆派崛起,杨亿对李商隐情有独钟,对其诗赞叹不已:

> 至道中,偶得玉溪生诗百余篇,意甚爱之,而未得其深趣。咸平、景德间,因演纶之暇,遍寻前代名公诗集,观富于才调,兼极雅丽,包蕴密致,演绎平畅,味无穷而久愈出,钻弥坚而酌不竭,曲尽万态之变,精索难言之要,使学者少窥其一斑,略得其余光,若涤肠而换骨矣。(江少虞《宋朝事实类苑》)

其赞美义山诗的动因,是其"富于才调,兼极雅丽,包蕴密致,演绎平畅"的风格,在唐人中独具一格,具体而言,就是精密雅致的语言风格,达到了一般唐诗难以企及的高度。李商隐典雅唯美的艺术趣味,与西昆派的馆阁雅士风格一拍即合。到北宋中后期,当时文坛领袖欧阳修喜韩愈、李白诗而不喜杜诗,邵博《邵氏闻见后录》卷一九谓"欧阳公于诗,主韩退之,不主杜子美",苏轼《六一居士集叙》谓永叔"论大道似韩愈,……诗赋似李白",皆为证明。欧阳修在与神交多年的王安石终于相晤之后,作《赠王介甫》一首,曰:"翰林风月三千首,吏部文章二百年。"王作《奉酬永叔见赠》答曰:"他日若能窥孟子,终身何敢望韩公。"可见当时的崇韩风气。仁宗朝后期,韩愈的地位达到顶峰,得到了官方的认可。宋祁《新唐书·韩愈传》完全矫正刘昫《旧唐书》对韩愈的贬抑,认为韩愈所言之道,"无牴牾圣人者",其排佛老之功,可齐孟轲,其文章也"卓然树立,成一家言",因此"自愈没,其言大行,学者仰之如泰山北斗"。钱钟书指出:"韩昌黎在北宋,可谓千秋万岁,名不寂寞者矣。"[1]中唐时局动荡,政教衰微,以韩愈为首的部分有识之士大倡儒家道统之说,由此奠定了北宋儒学复兴之基础,韩愈也成为儒学复兴的一面旗帜。穆修、沈晦、欧阳修对韩愈文集的整理校勘均厥功至伟,而南宋宁宗庆元六年(1200)福建建安人魏仲举汇编并刊行的《新编五百家注音辩昌黎先生文集》就是这个风潮的产物。虽然"五百家"有夸大之嫌,但它保存了大量的现已亡佚失传的唐宋时期的韩集校勘与笺注成果,如唐代令狐澄本、赵德《文录》、南唐保大本,宋代孙汝听、严有翼、樊汝霖、洪兴祖等人的注释,其成就不可抹杀。

　　杜甫人格和诗作在北宋逐渐受到推崇,也是一个循序渐进的过程。杜诗的济世热情、政治信念、人情伦理,具有典型的儒家"诗圣"风范。杜甫生前,虽然韩愈、白居易、元稹等人对他作出了高度评价,但其诗作并未被社会广泛接受和重视。宋初人们对杜甫的评论主要围绕其诗风及"以时事入诗"而展开。王禹偁称

---

① 《谈艺录》,三联书店 2007 年第 158 页。

"子美集开诗世界"(《日长简仲咸》),肯定杜诗为人们开掘出了一个新的世界。之后孙仅《读杜工部诗集序》认为杜诗具有一定的包容性,它"支而为六家",影响到孟郊、张籍等人的创作。宋祁在《新唐书·杜甫传》中首先作出了综合评价,认为杜甫承前启后,总萃诸家,是善于创造出浑茫无垠诗境的大家,其诗作的思想内涵和艺术技巧深刻影响到后世。王安石则较早揭橥杜甫人格具有道德典范的意义,《杜甫画像》曰:"吾观少陵诗,为与元气侔。……吟哦当此时,不废朝廷忧。常愿天子圣,大臣各伊周。宁令吾庐独破受冻死,不忍四海寒飕飕!"他发掘杜诗中吟咏个人悲哀而能推己及人的仁学内涵,将其阐释为忠君、爱国、病民的责任感。又编选《四家诗选》,其顺序先后为杜甫、欧阳修、韩愈、李白。李纲《书四家诗选后》对此解释曰:"子美之诗,非无文也,而质胜文;永叔之诗,非无质也,而文胜质;退之之诗,质而无文;太白之诗,文而无质。介甫选四家之诗而次第之,其序如此。"(《梁溪集》卷九)杜甫从此在北宋人心目中的地位日益牢固。之后,苏轼在标树杜甫为"集大成者"的同时,也从忠君的角度阐释杜甫的思想情怀,其《王定国诗集叙》云:"古今诗人众矣,而子美独为首者,岂非以其流落饥荒,终身不用,而一饭未尝忘君也欤?"着力赞美杜甫为古今诗人忠君的典范。此论成为后世变化杜甫形象的一个重要转折点。又从诗歌审美艺术的角度称颂杜甫为"屠龙手"和"简牍仪型"(《次韵张安道读杜诗》)、"格力天纵""凌跨百代"(《书唐氏六家书后》),曰:"君子之于学,百工之于技,自三代历汉至唐而备矣。故诗至于杜子美、文至于韩退之、书至于颜鲁公、画至于吴道子,而古今之变、天下之能事毕矣。"(《书吴道子画后》)这些论述对于扬杜起到了关键作用。门人秦观作《韩愈论》,言韩文能备众体,为文章之集大成者,拟之于诗中老杜,曰"杜氏韩氏,亦集诗文之大成者"。孔武仲《读杜子美〈哀江头〉后》亦称杜诗"褒善贬恶,尊君卑臣,不琢不磨,暗与经会",论断杜甫为"尊君卑臣"的典范。潘淳《潘子真诗话》记载黄庭坚之语曰:"老杜虽在流落颠沛,未尝一日不在本朝。"刘宰则完全从封建正统伦理思想出发来阐释杜诗广阔深厚的社会内涵,认为杜诗"无一篇不寓尊君敬上之义"。蔡居厚《蔡宽夫诗话》曰:"景祐、庆历后,天下知尚古文,于是李太白、韦苏州诸人始杂见于世。杜子美最为晚出,三十年来,学诗者非子美不道,虽武夫女子皆知尊异之。"①

　　可以看出,从白体、晚唐体、西昆体、韩愈诗文等,唐诗经典化的过程从未间断,直到北宋后期杜甫"诗圣"地位的确立,这一过程才暂告一段落,历史最终选

---

① 胡仔《苕溪渔隐丛话》前集卷二二引,四库全书本。

择了杜甫。叶适曰："自庆历、嘉祐以来,天下以杜甫为师,始黜唐人之学,而江西宗派章焉。"(《徐斯远文集序》)所谓"唐人之学"专指晚唐李商隐的律诗学,说明李商隐诗风直到杨亿离世三十年后方才完全退隐,而替代者是江西诗派。江西诗派以黄庭坚为领袖,但其诗学典范却是三百年多前的杜甫。宋末元初的江西诗派理论家方回明确提出"一祖三宗"说:"呜呼!古今诗人,当以老杜、山谷、后山、简斋四家为一祖三宗,余可预配享者有数焉。"①诗歌领域归于一尊的"千家注杜"现象,是宋代人精心选择的结果,有其内在的必然性。

而作品的搜集也历经曲折。唐代诗文传至宋代,亡佚惨重,据宋宣和六年(1124)刘麟刻本《元氏长庆集序》:"新、旧唐书《艺文志》载其当时君臣所撰著文集篇目甚多,《太宗集》四十卷至武后《垂拱集》一百卷,今皆弗传。其余名公巨人之文,所传盖十一二尔,如《梁苑文类》《会昌一品》《凤池蒿草》《笠泽丛书》《经纬》《穴余》《遗荣》《雾居》,见于集录所称道者,毋虑数百家,今之所见,仅数十家而已。以足知唐人之文亡逸多矣。"可见唐人之文传至宋代者仅占十分之一二,其余十分之八九均已亡佚。为此,宋人进行了艰辛而卓有成效的搜集工作。据曹之《宋代整理唐集考略》可知,宋人对唐人别集的辑佚、校勘方面,出现有:赵彦清编《杜审言诗集》,沈候、宋敏求、留元刚分别编《颜鲁公集》,乐史、宋敏求、曾巩分别编《李翰林集》,王钦臣、韩琮、魏杞分别编《韦苏州集》,孙仅、苏舜钦、王洙、王淇分别编《杜工部集》,刘敞编《杜子美外集》,王安石编《杜工部诗后集》,黄长睿编《校定杜工部集》,穆修、欧阳修分别编《昌黎先生集》,穆修、沈晦、李石分别编《河东先生集》,宋敏求编《刘宾客集》《孟东野集》,韩盈、胡如埙分别编《玉川子诗集》,陈起编《李贺歌诗》,刘麟、洪适分别编《元氏长庆集》,黄公度、黄沃分别编《黄御史集》等。其中杜诗的编集,据周采泉《杜集书录》所收,宋代就有近百种。在唐诗的选编上,出现王安石《唐百家诗选》、赵师秀《众妙集》《二妙集》、周弼《三体诗法》、陈德新《选唐诗》等。另外,宋编唐人诗文总集,据不完全统计,也有30多种,如李昉《文苑英华》、赵孟奎《分门纂类唐歌诗》、郭茂倩《乐府诗集》、洪迈《万首唐人绝句》等②。没有宋人的努力搜集,唐诗的辉煌根本无从谈起。

下面以李白、杜甫的别集为例,说明宋人搜集唐诗的巨大贡献。

李白《李翰林集》,唐代有魏颢、李阳冰、范传正等多本流传,至宋亡佚甚多。咸平元年(998),乐史开始搜集李白作品,编为《李翰林集》和《李翰林别集》。他

---

① 《瀛奎律髓汇评》卷二六,上海古籍出版社 2005 年版,第 1149 页。
② 曹之《宋代整理唐集考略》,《古籍整理研究学刊》1997 年第 1 期。

在《李翰林别集序》中说：“李翰林歌诗，李阳冰纂为《草堂集》十卷。史又别收歌诗十卷，与《草堂集》互有得失，因校勘排为二十卷，号为《李翰林集》。今于三馆中得李白赋序表赞书颂等，亦排为十卷，号曰《李翰林别集》。”①这是宋人对《李白集》的第一次增订。乐史本至明代中叶尚存，杨慎《升庵诗话》卷五“李太白《相逢行》”条曾提及该书：“太白《相逢行》云：朝骑五花马，……此诗予家乐史本最善，今本无‘怜肠愁欲断’四句，他句亦不同数字，故备录之。”②此后不见著录。宋敏求是北宋著名学者，喜纂唐人别集，李白、刘禹锡、孟郊等人别集均曾经其董理。英宗治平元年（1064），他见到王溥家藏的李白诗集上中二帙，增广李白诗104篇；神宗熙宁元年（1068），得唐人魏万（即魏颢）所纂李白诗集二卷，凡广44篇；又从其它途径得到77篇。他在《李翰林集序》中详细介绍了编辑的经过：“治平元年，得王献公溥家藏白诗集上中二帙，凡广一百四篇，惜遗其下帙。熙宁元年，得唐魏万所纂白诗集二卷，凡广四十四篇。哀唐类诗诸篇，泊刻石所传、《别集》所载者，又得七十七篇，无虑千篇，沿旧目而正其汇次，使各相从，以《别集》附于后，凡赋表碑颂记铭赞文六十五篇，合为三十卷。同舍吕缙叔又出《汉东紫阳先生碑》，而残缺间莫能辨，不复收云。”③可见宋敏求在编辑过程中，于王溥藏本、魏万编辑本、别集本以及石刻中深挖细找，增益甚多。后来曾巩又“考其先后而次第之”，按年代重新排次，元丰三年（1080），由晏知止刊行。宋元丰三年（1080）毛渐题曰：“李诗为人所尚，以宋公编类之勤，而曾公考次之详，世虽甚好，不可得而悉见。今晏公又能镂板以传，使李诗复显于世，实三公相与成始而成终也。”④这个集本是李白集子最早的刊本，后来各种李白集版本无不源出于此本。

杜甫诗集，唐代有六十卷本和樊晃编两卷本，六十卷本唐代已经亡佚，五代流传的各种二十卷本均为残本。随着杜诗影响的不断扩大，北宋编辑杜诗蔚然成风。孙仅是北宋编辑杜诗的第一人，不过孙本只有一卷，影响不大。北宋正式搜集整理杜诗应当说是从苏舜钦开始的。景祐三年（1036），苏舜钦编成《杜甫别集》，他在后序中说：“杜甫本传云有集六十卷，今所在者才二十卷，又未经学者编辑，古律错乱，前后不伦，盖不为近世所尚，坠逸过半，吁，可痛悯也！天圣末，昌黎韩综官华下，于民间传得号《杜工部别集》者，凡五百篇。予参以旧集，削其同者，余三百篇。景初侨居长安，于王纬主簿处又获一集，三本相从，复择得八十余

① 乐史《李翰林别集序》，《李太白全集》下册，中华书局 1977 年版，第 1453 页。
② 丁福保《历代诗话续编》中册，中华书局 1983 年版，第 724 页。
③ 《李太白全集》下册，中华书局 1977 年版，第 1477—1478 页。
④ 《李太白文集后序》，《李太白全集》下册，中华书局 1977 年版，第 1480 页。

首。……今以所得,杂录成册,题曰《老杜别集》。俟寻购仅足,当与旧本重编次之。"可见此集为苏舜钦参考五代本、韩综本、王纬本等,删去重复而编成。宝元二年(1039),王洙也编了一个杜集,他在后记中说:"甫集初六十卷,今秘府旧藏、通人家所有称大小集者,皆亡逸之余,人自编摭,非当时次第矣。裒中外书凡九十九卷,除其重复,定千四百有五篇,凡古诗三百九十有九,近体千有六。起太平时,终湖南所作。视居行之次,与岁时为先后,分十八卷,又别录赋笔杂著二十九篇为二卷,合二十卷。兹未可谓尽,他日有得,尚副益诸。"这是一人搜罗最广、用力最勤的本子,对杜诗传播产生了深远的影响。除了苏、王之外,刘敞也编过一个《杜子美外集》五卷本。他在《寄王二十》诗注中说:"先借王《杜甫外集》,会疾未及录。近从吴生借本增多于王所收,因悉抄写,分为五卷,又为作序,故报之。"到了皇祐四年(1052),王安石又编了一本《杜工部诗后集》,即任鄞令时所得《洗兵马》以下200余篇佚诗。以上各本均为写本,彼此传抄,流布未广。嘉祐四年(1059),苏州王琪以王洙本为基础重新编定,他在该本后记中说:"原叔(王洙字)虽自编次,余病其卷帙之多而未甚布,暇日与苏州进士何君琢、丁君修得原叔家藏及今古诸集,聚于郡斋而参考之,三月而后已。义有并通者,亦存而不敢削,阅之者固有浅深也。而吴江邑宰河东裴君煜,取以复视,乃益精密,遂镂于版,庶广其传。"王洙二十卷本经过王琪、何琢、丁修等修订,并经裴煜校阅,最后付诸梨枣,因而成为杜集的最早刻本,也是此后一切杜集的祖本。到了南宋,山河破碎,爱国志士无日不思北定中原,和杜甫所处的时代非常相似,杜诗所饱含的爱国激情在广大读者心中引起了强烈的共鸣,因此杜诗的编辑、整理工作方兴未艾。不过,网罗散佚的工作,北宋时已基本完成。尽管王琪刻本与唐之六十卷本相去甚远,但是北宋文人在搜集散佚方面已经尽了最大努力。

第二节　"无一字无来处"和诗歌注释学的兴盛

北宋诗坛经历长期的酝酿和选择,将杜诗推崇为经典,以其为诗歌复兴的旗手和楷模,众多学者又积极参与搜集整理,杜诗文本日趋完备,但这只是为杜诗注释奠定了文本基础。杜诗"千家注"的盛况可谓"万事俱备,只欠东风",这个"东风"就是黄庭坚的"无一字无来处"的诗学理论。换言之,诗歌注释学之所以在南北宋之交兴盛,既是时代对杜诗的需要,也是学术积累的必然结果。

一、黄庭坚"无一字无来处"

在此之前,虽有很多人对杜诗推崇备至,但从语言这个层面对杜诗领悟最深的却是黄庭坚,他一生对杜甫最为推崇,学杜最下工夫,诗歌创作受杜甫影响也最深。陈师道《答秦觏书》云:"豫章之学博矣,而得法于杜少陵,其学少陵而不为者也,故其诗近之,而其进则未已也。"不仅如此,黄庭坚教人学诗也以杜甫为指归,"欲学诗,老杜足矣"。(《跋老杜诗》)他对杜诗的字法和典故悉心揣摩,《山谷别集》卷四还保留其研究杜诗的部分成果,以笺注形式留存于世:

"业白出石壁",笺:"《宝积经》:若纯黑业得纯黑报,纯白业得纯白报。"

"山鬼独一脚",笺:"山魈出江州,独足鬼。"

"画省香炉违伏枕",笺:"尚书郎入直,女侍史执香炉,烧熏护衣服。"

"仙李盘根大",笺:"唐太宗《探得李》诗云:盘根植瀛渚,交干倚天舒。"

其《杂书》中亦有对杜诗的考订:

老杜云:"长镵长镵白木柄,我生托子以为命。黄独无苗山雪盛,短衣数挽不掩胫。"往时儒者不解"黄独"义,改为"黄精",学者承之。以予考之,盖"黄独"是也。《本草》"赭魁"注:"黄独肉白皮黄,巴汉人蒸食之,江汉人谓之土芋。"余求之江西,江西谓之土卵,蒸煮食之,类芋魁。

此外《九家集注杜诗》也保存了一些黄庭坚对杜诗的理解或校勘条目,如:

卷一《登历下古城员外新亭北海太守李邕作》"得兼梁甫吟",引黄鲁直曰:"观此诗,乃小曹公专国,杀杨修、孔融、荀彧。云'武侯躬耕垄亩,好为《梁甫吟》',不知末意所指,岂作此诗时为宪歌之故云耳乎?"

卷一《兵车行》"耶娘妻子走相送",引黄鲁直《跋木兰歌后》云:"杜子美《兵车行》引此诗,推耶娘字所出,以知古人用字其与俗书不同,皆有所本。"

卷六《乾元中寓居同谷县作七首》"长镵长镵白木柄,我生托子以为命,黄精无苗山雪盛",引黄鲁直云:"黄精当作黄独,往时儒者不解黄独,故作黄精,以予考之,黄独是也。"

卷二十五《赠王二十四侍御契四十韵》"蚕崖雪似银",引黄庭坚云:

"蚕崖在茂州带雪山。"

黄庭坚也高度认同杜甫所主张的"读书破万卷,下笔如有神",他说:"老杜作诗,退之作文,无一字无来处。盖后人读书少,故谓韩、杜自作此语耳。古之能为文章者,真能陶冶万物,虽取古人之陈言入于翰墨,如灵丹一粒,点铁成金也。"(《答洪驹父书》)钱钟书认为:"在他的许多关于诗文的议论里,这一段话最起影响,最足以解释他自己的风格,也算得上江西诗派的纲领。"(《宋诗选注》)其实他在《论作诗文》中也有类似的表达:"作诗句要须详略用事精切,更无虚字也。如老杜诗,字字有出处,熟读三五十遍,寻其用意处,则所得多矣。"(《山谷别集》卷六)可以说,诗歌语言如何既能准确达意,又耐人寻味,是黄庭坚的一个主要诗学诉求。宋人已经看出此点,如《类苑》指出:

> 鲁直善用事,若正尔填塞故实,旧谓之点鬼簿,今谓之堆垛死尸。如《咏猩猩毛笔》诗云:"平生几两屐,身后五车书。"又云:"管城子无食肉相,孔方兄有绝交书。"精妙稳密,不可加矣,当以此语反三隅也。①

再如《苕溪渔隐丛话》亦指出山谷用典之妙:

> 前辈讥作诗多用古人姓名,谓之点鬼簿。其语虽然如此,亦在用之何如耳,不可执以为定论也。如山谷《种竹》云:"程婴杵臼立孤难,伯夷叔齐食薇瘦。"《接花》云:"雍也本犁子,仲由元鄙人。"善于比喻,何害其为好句也。(《后集》卷三十一)

山谷用典之妙,与其提出的"老杜诗字字有出处"的看法有极大关联,他正是从此处看出了杜诗的奥秘。他提出"以俗为雅,以故为新"的口号,从语言的角度看,其实也是"无一字无来处"的另一种说法而已。他学杜甚有体会,文集多有记载,如《与孙克秀才》云:"请读老杜诗,精其句法。每作一篇,必使有意为一篇之主,乃能成一家,不徒老笔研玩岁月矣。"②《答王子飞书》称赞陈履常:"其作诗渊源,得老杜句法,今之人不能当也。至于作文,深知古人之关键。其论事救首救尾,如常山之蛇,时辈未见其比。"③赞高子勉作诗:"以杜子美为标准,用一字如军中之令,置一字如关门之键,而充之以博学,行之以温恭,天下士也"。④ 其《答秦少章帖》曰:"有人问:老杜诗如何是巧处? 但答之:直须有孔窍始得。"方东树《昭昧詹言》对此予以高度评价:"山谷之学杜,绝去形摹,尽洗面目,全在作用,意

---

① 魏庆之《诗人玉屑》卷七引,上海古籍出版社排印本 1978 年版。
② 《宋黄文节公全集·续集》卷一,四川大学出版社 2001 年版,第 1925 页。
③ 同书《正集》卷十八。
④ 同书《正集》卷二五。

匠经营,善学得体,古今一人而已。"又说:"欲知黄诗,须先学杜;真能知杜,则知黄矣。杜七律所以横绝诸家,只是沉著顿挫,恣肆变化,阳开阴合,不可方物。山谷之学,专在此等处。"山谷学杜炉火纯青,秘诀就是对杜诗语言艺术的玩味,其领悟的要领就是杜诗"无一字无来处"。后来惠洪《冷斋夜话》将其概括为"夺胎换骨":"不易其意而造其语,谓之换骨法;窥入其意而形容之,谓之夺胎法。"北宋徽宗年间吕本中作《江西诗社宗派图》,把黄庭坚创作理论为中心而形成的诗歌流派取名为"江西诗派"。宋末方回更进一步,把杜甫称为江西诗派之祖,而把黄庭坚、陈师道、陈与义三人称为诗派之"宗",在《瀛奎律髓》中提出江西诗派"一祖三宗"之说,明确指出杜诗与黄庭坚等人的诗学渊源。江西诗派是我国文学史上第一个有正式名称的诗学流派,成员众多,是宋代最有影响的诗歌流派,其影响遍及整个南宋诗坛,余波一直延及近代的同光体诗人。

二、任渊与"一句一字有历古人六七作者"

诗歌注释学之所以在南北宋之交兴盛,直接原因与黄庭坚的诗学理论有关。受其"无一字无来处"之说影响较早的学者是任渊和赵次公。宋代较早的诗歌注本,就是任渊作注的黄庭坚诗集。《黄陈诗集注序》曰:

> 本朝山谷老人之诗,尽极《骚》《雅》之变,后山从其游,将寒冰焉。故二家之诗,一句一字有历古人六七作者,盖其学该通乎儒释老庄之奥,下至于医卜百家之说,莫不尽摘其英华,以发之于诗。始山谷来吾乡,徜徉于岩谷之间,余得以执经焉。暇日因取二家之诗,略注其一二,第恨寡陋,弗详其秘,姑藏于家,以待后之君子有同好者相与广之。政和辛卯重阳日书。

这段话交代了任渊和黄庭坚的师弟子关系。黄庭坚于北宋元符三年(1100)七月自戎州(四川宜宾)谪所舟行前往青神县探望姑母,八月底至冬月住在四川青神等地。今人张承凤认为任渊从黄庭坚学诗当在其少年之时。绍兴三十二年(1162)任渊在四川双流县任,距其从师于黄庭坚已六十二年。若以执经之年任渊为十岁,则为双流县令时已七十二岁,过了休致之年。因此可推测:任渊约生于北宋元五年(1090),约卒于南宋隆兴二年(1164),享年约七十四岁①。《山谷诗集注》初稿完成于北宋政和元年(1111),距离山谷去世仅仅六年。又经多年的

---

① 张承凤《论任渊及其山谷诗集注》,《文学遗产》2005 年第 4 期。

增补修订,于绍兴二十五年(1155)许尹摄蜀帅时作序并在蜀中刊行问世。

任渊既然亲炙指授,则得黄氏诗学之真传。《宋史·黄庭坚传》云,黄庭坚贬谪戎州,"蜀士慕从之游,讲学不倦。凡经指授,下笔皆可观。""指授"的内容,应当不外乎"点铁成金""夺胎换骨"之类的语言奥秘。这从任渊的注释中也能窥探一二。

> "从师学道鱼千里",任注云:"刘向《新序》:丘吾子曰:吾有三失:少好学问,周遍天下,还后吾亲亡,一失也。山谷盖用此意。"

> 《次韵答张文潜惠寄》"未识想风采,别去令人思",任注云:"《世说》:谢太傅云:安北见之乃不使人厌,然出户去不复使人思。安北,王坦之也。此反其意而用之。"

> 《送王郎》"江山千里俱头白,骨肉十年终眼青",注曰:"山谷此对极有妙处,前辈多使之。老杜云:别来头并白,相对眼终青。东坡云:读书头欲白,相对眼终青。又曰:身更万事已头白,相对百年终眼青。又曰:看镜白头知我老,平生青眼为君明。又曰:故人相见尚青眼,新贵如今多白头。又曰:江山万里将头白,骨肉十年终眼青。其用'青眼'对'白头'非一,而工拙各有异耳。"

任渊对山谷诗歌的语言出处搜刮殆尽,而且大多数注释均能切合山谷的本意和处境,对于诗歌爱好者而言,读其诗注,恰如食髓知味,升堂嗜藏,真正深刻体悟山谷诗的语言魅力,这是该诗注受到欢迎的根本原因。

三、赵次公与"一字繁切,必有来处"

赵次公《杜诗先后解》约成于高宗绍兴四年至十七年(1134—1147)之间,林希逸《竹溪鬳斋十一稿续集》引赵次公《杜诗先后解自序》云:

> 余喜本朝孙觉莘老之说,谓杜子美诗无两字无来处。又王直方立之之说,谓不行一万里,不读万卷书,不可看老杜诗,因留功十年注此诗。稍尽其诗,乃知非特两字如此耳,往往一字繁切,必有来处,皆从万卷中来。至其思致之貌,体格之多,非惟一时人所不能及,而古人亦有未到焉者。若论其所谓来处,则句中有字、有语、有势、有事,凡四种。两字而下为字,三字而上为语,拟似依倚为势,事则或专用、或借用、或直用、或翻用、或用其意,不在字语中。于专用之外,又有展用、有倒用、有抽摘掺合而用,则李善所谓文虽出彼而意殊,不以文害也。又至用方

言之稳熟，用当日之事实者。又有用事之祖、有用事之孙。何谓祖？其始出者是也。何谓孙？虽事有祖出，而后人有先拈用或用之别有所主而变化不同，即为孙矣，杜公诗句皆有焉。世之注解，谬引旁似，遗落佳处固多矣。至于只见后人重用、重说处，而不知本始，所谓无祖。其所经后人先捻用，而但引祖出，是谓不知夫舍祖而取孙。又至于字语明熟混成，如自己出，则杜公所谓水中着盐，不饮不知者。盖言非读书之多，不能知觉，万世之注解者弗悟也。

他认为杜诗往往"一字紧切，必有来处，皆从万卷中来"，所以"留功十年"，注释杜诗。他将杜诗用典分为字、语、势、事四类，又对每一类别进行仔细辨别，确可看出其对古人创作的研究用力之深。他提出专用、借用、直用、翻用、暗用、展用、倒用、摘用、合用、变用、化用等诸多用法。如杜甫《石犀行》"自免洪涛恣凋瘵"，注曰："晋木华《海赋》云'帝妫巨唐之世，天纲浡潏，为凋为瘵。洪涛澜汗，万里无际'。专用木华《海赋》之意，言水之广大，为天纲纪，而洪水横流，乃为凋伤瘵病于民矣。"[1]杜甫《阆州东楼筵奉送十一舅往青城县得昏字》"临风欲恸哭，声出已复吞"，注曰："声出已复吞，则取江淹所谓'吞声'，展用而倒押为韵。"（579页）杜甫《虎牙行》"秋风欻吸吹南国，天地惨惨无颜色"，注曰："惨惨无颜色，展用《登楼赋》'天惨惨而无色'也。"（1238页）杜甫《戏题画山水图歌》"舟人渔子入浦溆"，注曰："《楚辞》'入溆浦'，而倒用之，则何逊《咏白鸥》诗云：孤飞出浦溆，独宿下沧洲。"（143页）合用既可指合用典故，也可指合用字词。合用典故如杜甫《咏怀古迹》"风流儒雅亦吾师"，注曰："风流儒雅字，合两处所出。风流则如《晋书》'天下言风流，以乐广、王衍为首'；儒雅则《汉书》云'儒雅则公孙弘、董仲舒'。此与《丹青引》合用'文采风流'同格。"有时赵次公也称此为参用，如杜甫《西阁二首》"孤云无自心"，注曰："陶渊明《咏贫士》诗云'万族各有托，孤云独无依'，又《归去来辞》云'云无心而出岫'。佛书有自心、他心，公乃参合用矣。"合用字词如杜甫《盐井》"君子慎止足，小人苦喧阗"，注曰："《老子》'知足不辱，知止不殆'，而合用'止足'两字，则张景阳《咏史》诗'达人知止足'也。"还有所谓摘用，如杜甫《戏为双松图歌》"庞眉皓首无住著"，注曰："《楞严经》云'名无住行，名无著行'，公摘其字而合用之也。"（145页）从这些细微如发的辨析中，可以体会到赵次公对杜诗用字艺术的深刻领悟。

此外赵次公还提出"用事祖孙"的概念。一个典故经过历代诗人的多次使用

---

[1]　《杜诗赵次公先后解辑校》，上海古籍出版社2012年版，第409页。

而形成相关的典故群,其中最早的出处即为"祖典",后人的使用、变用即为"孙典"。注释中舍祖而取孙或取祖而舍孙,都是常见的错误,只有将祖典和孙典一并注出,方为成功的注释。如杜甫《奉赠韦左丞丈二十二韵》"行歌非隐沦",赵次公注:"桓谭《新论》曰:天下神人五,一曰神仙,二曰隐沦。郭璞《江赋》有'纳隐沦之列真'。旧注引颜延年、谢朓、鲍照、谢灵运诗,皆在《新论》《江赋》之后。此不知本始,是谓无祖者也。"(56 页)杜甫《秋日夔府咏怀奉寄郑监李宾客一百韵》"虽云隔礼数",赵次公注:"礼数字,虽起于《左传》云'名位不同,礼亦异数',旧注止知引此,若两字连出,则任彦升《哭范仆射》诗云'平生礼数绝,式瞻在国桢'。"(1053 页)《左传》之典,已由任昉使用而变化,旧注但引祖而不引孙,赵次公指出纠正。再如此诗"衾枕成芜没",注曰:"衾枕字,祖出《诗》云'角枕粲兮,锦衾烂兮',其后承用'衾枕'两字。"(1055 页)

赵次公受江西诗派的影响,多处以"无一字无来处"与"点铁成金"等江西诗法来阐释杜诗。他深刻分析了杜诗在语言艺术方面的成就,归纳了杜甫用典的方法和规律。他与任渊等宋代学者一起,在继承李善《文选注》的基础上,推动了诗歌注释学的兴盛和发展。

四、互文性与诗歌注释

李善、任渊、赵次公等人不约而同地采用考察字词源流的方式来注释诗歌,不能不引起我们的关注和思考:它究竟有何深层的理论意义?

考察字词源流也叫征引,通过征引前代文献中类似的词语、句式或典故来解读当下文本,它与西方的互文理论不谋而合。西方的互文理论由朱丽叶·克里斯蒂娃在 1966 年在《词·对话·小说》提出,她认为:"任何文本都是一些引文的马赛克式构造,都是对别的文本的吸收和转换。"揭示了文本的生产过程,重新定义了文学的继承与创新的含义。上世纪九十年代以来,国内学者对此展开热烈讨论,并以此省视中国古典诗学,取得不少成绩。中国也有"互文"的提法,《文选·恨赋》"孤臣危涕,孽子坠心",李善注曰:"心当云危,涕当云坠。江氏爱奇,故互文以见义。"贾公彦《仪礼注疏》亦云:"凡言互文者,是两物各举一边而省文,故云互文。"孔颖达也指出此点,如"君子以惩忿窒欲",注曰:"惩者息其既往,窒者闭其将来。忿、欲皆有往来,惩、窒互文而相足也。"(《周易正义》卷四)当然这些例子均为修辞,是利用上下文语境的生发性,目的是行文简洁,与西方互文理论不能相提并论。但中国古人早有类似的提法,黄庭坚"取古人之陈言入于翰墨,如灵丹一粒,点铁成金"云云,江西诗派奉为圭臬。宋人生活在唐人的影下,好语尽被唐人用完,故不得不如此,今人不必苛求。无论是"窥入其意而形容之",还是"用古人语而不用其意",均是以前代文献为借鉴和蓝本,在此基础上踵事增华,写出新意,这与互文性理论提出的"任何文本都是对其他文本的相互吸收和改编"之观念又有相通之处。因此,贾岛说"二句三年得,一吟双泪流"、"吟安一个字,捻断数根须",黄庭坚说"自作语最难",分明表明要想挣脱古典语言的羁绊是一件多么艰难的事情。因此,征引式注释既考虑了古代创作的实际情况,又是不得不采用的手段,是合乎逻辑的自然选择。所谓用典、引证、互文等,理论上是相通的。

所以,宋代诗歌注释学兴盛,既是在李善《文选注》基础上水到渠成的结果,也是黄庭坚"无一字无来处"理论的一次生动实践,而杜诗自然是这一实践的最佳范本。

第三节　赵次公与宋人注唐诗

"宋人生唐后,开辟真难为",宋人写诗,首先要学习唐诗,而学习唐诗,最好的方式就是注释唐诗,破解唐诗的语言奥秘。南北宋之交,在黄庭坚诗学理论的影响下,宋人注释唐诗蔚然成风。加上此时雕版印刷技术的突破,直接促进了民间坊刻的兴盛,掀起一轮唐诗注释的热潮。

江西诗派的兴起,直接促进了学习杜诗的热潮,杜甫诗注也应运而生。南宋时期的杜甫诗注号称"千家注杜",尽管有所夸大,但估计当在二百家左右。赵次公《杜诗先后解》诞生于南北宋之交,对南宋杜诗注释影响很大。郭知达《九家集注杜诗》、蔡梦弼《杜工部草堂诗笺》、黄氏父子《黄氏补千家集注杜工部诗史》等是流传至今的几部最有价值的宋代注本。宋代儒学复兴,韩愈、柳宗元诗文一直是宋人研究、评论和注释的另一重点,有所谓"五百家注韩"、"五百家注柳"的说法,留存至今的韩诗注本有文说注、王俦补注《新刊经进详注昌黎先生文集》,魏仲举《新刊五百家注音辨昌黎先生文集》、王伯大《朱文公校昌黎先生集》,廖莹中《昌黎先生集》等。方崧卿《韩集举正》、朱熹《韩集考异》是两部以校勘为主的著作,但多处涉及韩诗的内容考证,有较高价值。柳诗注本有韩醇《柳河东集》、童宗说等《增广注释音辩唐柳先生集》、"百家注本"、魏仲举《新刊五百家注音辨唐柳先生文集》等。

"三李"李白、李贺、李商隐的诗歌相对而言就没有这么幸运了。南宋杨齐贤《集注李白诗》到元初即散佚不存。宋初昆体风行一时，北宋人蔡绦《西清诗话》记载有刘克注李商隐评，这个注本也早就不见踪影。唯一存世的是南宋吴正子注、刘辰翁评点的《笺注评点李长吉歌诗》。另外宋代的唐诗选本很多，但注本不多，谢枋得《注解章泉涧泉二先生选唐诗》是其中之一。

宋人注唐诗的水平参差不齐，其中赵次公《杜诗先后解》在杜诗艺术和历史考证方面达到了宋代的高峰，是宋人注唐诗的代表作。

一、杜甫

对杜甫别集，宋人表现出异乎寻常的重视与喜爱，注本之繁盛，号称"千家注杜"。"千家"虽是虚数，但实际注家确实不少。仅《宋史·艺文志》著录，如王洙《注杜诗》三十六卷、薛苍舒《杜诗刊误》一卷、《杜诗补遗》五卷、《续注杜诗补遗》八卷，杜田《杜诗补遗正谬》十二卷、洪兴祖《杜诗辨证》二卷等。四部丛刊本《分门集注杜工部诗·集注杜工部诗姓氏》所录宋人注杜更多，如苏轼《老杜事实》、王彦辅《增注杜工部诗》四十九卷、鲍彪《杜诗谱论》、赵次公《杜诗正误》、师古《杜诗详说》二十八卷、鲁訔《注子美诗》十八卷、薛梦符《杜诗广注》、杜修可《杜诗续注》等，一时之盛，实为空前。而据成书于宁宗嘉定九年（1216）的《补千家集注杜工部诗史》卷首诸家"姓氏"所载，杜诗宋注共 156 家，这还不包括早于此本的另外两家集注本，即成书于孝宗淳熙八年（1181）的郭知达《九家集注杜诗》和成书于嘉泰四年（1204）的蔡梦弼《杜工部草堂诗笺》。南宋存续期间，注杜诗者络绎不绝，又诞生了一些新的注本。据此推断，宋人整理的杜诗注本当在 200 家以上。

宋代注杜之风肇始于北宋中后期，臻极于南宋。南北宋之交，注家蜂起，以福建建阳为代表的民间坊刻本应运而生。据现存文献考察，最晚在绍兴三年（1133）已有杜诗的集注本问世，如钱谦益《钱注杜诗》所用底本为吴若本，就有集注错出其间。钱注本《附录》所载吴若《杜工部集后记》作于绍兴三年。又如鲁訔《编次杜工部诗序》作于绍兴二十三年（1153），其《杜甫年谱》于"天宝十四载"条下已引有《分门集注杜工部诗附录》云云。单个人的杜诗注本，除赵次公仅存明清二钞本残帙外，余皆亡佚，只能从现存的几种集注本知其大略。现存 7 种宋代杜诗集注本，全部产生在南宋，按时代先后罗列如下：阙名《门类增广集注杜诗》，阙名《门类增广十注杜诗》（《十家注》），郭知达《杜工部诗集注》（《九家注》），讬名王十朋《王状元集百家注杜陵诗史》(《百家注》),阙名《分门集注杜工部诗》(《分门集注》),蔡梦弼《杜工部草堂诗笺》(《草堂诗笺》),黄希、黄鹤《黄氏补千家集注杜陵诗史》(《黄氏补注》)。下面择要简解之。

(一) 赵次公《新定杜工部古诗近体诗先后并解》(简称《先后解》)

赵彦才,字次公,以字行,蜀人。曾与邵溥、晁公武交游,隆兴间(1163—1164)任隆州司法,有杜甫诗注、苏轼诗注。其注杜诗当在绍兴四年(1130)至十七年(1147)间。《先后解》最大的价值是对杜诗语言渊源的开掘。他认为杜诗"一字繁切,必有来处,皆从万卷中来"(《自序》),所以在杜诗语言上竭尽所能,即使一般人容易忽视的平常字面,也仔细斟酌,如《陪郑广文游何将军山林十首》"幽意忽不惬",注曰:"《世说》云:左太冲作《三都赋》,初思意甚不惬。摘而用之。"(甲帙卷之二)《送殿中杨监赴蜀见相公》"风物长年悲",注曰:"长年悲三字,出《淮南子》云:木叶落,长年悲。"(丁帙卷之七)应该说"意不惬""长年悲"均非凝练字面,一般人等闲视之,可赵氏却于此等细微之处指出杜诗用语所出,一方面可见杜甫读书广博,万卷非虚,另一方面也可见赵注之学识高明和博雅精细。甚至杜诗一字之使,也不轻易放过,如《遭田父泥饮美严中丞》"欲起时被肘",注曰:"肘字使《史记》魏魏子肘韩康子于车上,旧注非是。"又该诗"月出遮我留",注曰:"使《汉祖纪》三老董公遮说汉王。"(丙帙卷之五)

赵氏生于江西诗说盛行之际,坚信杜诗字字有出处,故对杜诗出典的考求十分严肃认真,虽有求之过深过细之病,但确实多有发明,并指出用典有许多变化,以能混成如己出者方为最高境界。故于杜诗活用前典处,广征博搜,引经据典,于字句出处之追寻考稽,用力尤勤。

在历史考证方面,《先后解》将历史材料与诗歌文本进行印证,或借以考辨旧注之误、或正刊本之误、或辨杜甫用典之误,在此基础上再诠释诗歌旨意,如《北征》"阴风西北来,惨澹随回纥"一句,赵注曰:"回纥,旧正作回鹘,当以回纥为正。盖当杜公时,未有回鹘之称,至宪宗朝而后,来请易回鹘,言捷鸷犹鹘然。凡读书,本末不可不考。"它又是现存最早的杜集编年本,按杜甫的生平行迹划分阶段,寓编年于分期之中;对难以考订年月的诗歌仅作大致分划,不具体编年。大致分划为"开元间留东都所作""齐赵梁宋间所作""天宝以来在东都及长安所作"三个阶段;从"天宝十五载丙申夏五月携家避地鄜州及没贼中所作"至卷终则逐年依次诠订。这种划分符合杜甫实际的行迹,为后世注家普遍采用。

《先后解》的注释简明通达,与赵次公反对穿凿的态度有关。在赵次公注杜的南渡初期,也就是在"千家注杜"声势兴起之前,比兴附会、任意曲解杜诗的现象已经引起了当时学者的注意,仅赵次公《先后解》中指名批评者就有洪觉范《天厨禁脔》、王立之《诗话》、高东溪《释杜工部诗》、托名东坡的《东坡事实》、李歠《杜陵句解》、惠洪《冷斋夜话》以及杜田注等。对于此类附会解诗的所谓"比兴说",赵氏往往通过解析诗歌的写作背景和主旨予以驳正。如《棕拂子》诗,高东溪云:"明皇不明,贤人弃逐,故作是诗以讽焉。"赵次公指斥曰:"诗作于梓州,广德元年之夏,乃是代宗时,岂干明皇邪?"

《先后解》在南宋影响甚大。《黄氏补注》引用凡 2744 条,而《分门集注》引3598 条。宋本《王状元集百家注编年杜陵诗史》与蔡梦弼《杜工部草堂诗笺》,其编次皆渊源于赵本。郭知达《九家注》中最重《先后解》,引用近 5000 条,雄踞第一位,远远超过其他八家。可以说赵次公《先后解》代表了宋代注杜的最高水平。南宋晚期学者陈禹锡花了十余年时间,专门为赵次公的杜诗注作"补注"。刘克庄在为陈禹锡补注本所作的跋文中高度评价了赵注的成就:"杜氏《左传》、李氏《文选》、颜氏《班史》、赵氏《杜诗》,几于无可恨矣。"[①]

《先后解》的缺点也是明显的。由于过分热衷于钩稽语词出处,赵注很少细致深入分析杜诗的思想艺术,造成了注释中畸轻畸重的现象。除此之外,赵注中重复之处较多,也造成了繁琐之弊。如赵注丁、戊、己三帙中,单是引《桃花源记》的典故就有六次之多,还有数十次引《水经注》释"三峡"等等。未使用"互见法",是赵注篇幅臃肿、散佚不传的重要原因。

《先后解》南宋末年散佚,仅存全书后三卷的两个明清钞本残帙,《九家集注杜诗》保存了该书前三卷中的大量内容。林继中先生以中华书局影印南宋宝庆元年曾噩刊本《新刊校定集注杜诗》(简称《九家注》)为底本,校以它本,辑出了甲、乙、丙三帙。在二残帙基础上,完成《杜诗赵次公先后解辑校》五十二卷,嘉惠学林。

(二) 郭知达《九家集注杜诗》

郭知达,生卒年不详,蜀人,家于成都,南宋孝宗时人,在四川富顺做过官。《九家集注杜诗》可能是其任郡守期间于成都编刻,刻于宋淳熙八年(1181)的本子习称为蜀本,此本久佚。

《九家集注杜诗》主要的价值是精审的集注。据周采泉《杜集书录》,此前杜

---

① 《跋陈教授杜诗补注》,《后村先生大全集》卷一。

诗"全集校勘笺注类"传本有 17 家 23 种,其中明确有注释的是 10 家 13 种,而《九家集注杜诗》汇集了王得臣、邓忠臣、薛梦符、杜田、鲍彪、师民瞻、赵彦材七家注杜文献,辑录可谓丰富,此外还选取了黄庭坚、苏轼、胡仔、王深父、范元实五家杜诗评论,基本涵盖了大部分宋代时贤较为优秀的注杜评杜材料。而其中赵次公注约占整个集注的四分之一至三分之一,比例甚大,保证了集注的高质量。

郭知达批判并努力删去"伪苏注",这是一个突破。据周采泉《杜集书录》和程千帆先生《杜诗伪书考》,杜注伪书共十七种,其中宋人所为有十三种。宋人伪书中"伪苏注""伪王注"影响很大,《九家集注杜诗》正是在这样的背景下而产生。郭知达在序中明确提到了"伪苏注",他说:"至有好事者,掇其章句,穿凿附会,设为事实,托名东坡,刊镂以行。欺世售伪,有识之士,所为深叹!"当然,其最大价值是保存了宋代旧注的文献,尤其是杜诗名注《赵次公杜诗先后解》藉之而传承,这是不可估量的学术宝藏。

(三) 蔡梦弼《杜工部草堂诗笺》

蔡氏《草堂诗笺》虽是南宋著名注本,但因为其本人行迹不明,注本不标明注家,以及后世改编中出现失误,导致这部注本一直云山雾罩,人们也不甚重视。

但近来的研究有所改变。据今人研究,蔡梦弼,字傅卿,别号樵隐,又号真逸,建安(今福建建瓯市)人。大致生活在宋高宗至宁宗之间,以刻书为业,是南宋著名的刻书家。除《草堂诗笺》外,又搜集宋代诸儒对杜诗的评论,编成《草堂诗话》二卷。还曾注释过韩愈、柳宗元的文集以及东坡的和陶诗,不过这些注本都没有流传下来。

《草堂诗笺》原本五十卷,宋嘉泰、开禧(1201—1207)间刊于福建建安,现存宋刻本又有四十卷本,补遗十卷,可见此书在宋代就出现了散佚。蔡氏平生治杜诗功力甚深,尝据鲁訔编次本作《杜工部草堂诗笺》五十卷,"博求唐宋诸本杜诗十门,聚而阅之,三复参校",并"逐句本文之下,先正其字之异同,次审其音之反切,方作诗之义以解释之,复引经子史传记以证其用事之所以出。"(《草堂诗笺跋》)

《草堂诗笺》表面上是自注,但实际仍是集注。洪业《杜诗引得序》说其"虽外无集注之名称,而内无集注之形状,其核实盖亦集注之一种",颇为中肯。蔡梦弼在《草堂诗笺跋》中提到参考的注家有 32 家,如赵次公、卞圜、杜田、鲍钦止、鲁訔等宋代较为知名的注家,但更多未标明来源的注文其实是抄掇而来。在此之前,有赵次公注、九家注、百家注、分门集注等四家注释,除了赵注是独立作注,其他皆集注,《草堂诗笺》无疑也是一部集注本。

其主要优点是简明扼要,它采用串讲的方式,删减、融合诸多注家的注释,使其更为连贯简明。郑庆笃《杜集书目提要》评价曰:"然较其他宋代集注本,已删繁就简、面目一新,且有文气连贯畅通、注文简单明了、阅读方便之长。"这在注释纷纭、集注兴盛的杜注初兴期,确是较为明智的选择。其次是其对杜诗较为详尽的编年,特别是保存赵子栎、鲁訔两部杜甫年谱,有一定价值。

《草堂诗笺》的问题同样十分严重。它缺乏自己独到的诗学见解,暗中剽窃赵注或他注之处比比皆是,甚至承袭他注之误而不察,如"伪苏注"和"师古注"等,大大降低了其学术水准。其"梦弼按"或"梦弼曰"字样62条,据考察基本剽窃赵注或"师古注",早经洪业先生摘出。

(四)《黄氏补千家集注杜工部诗史》

简称《黄氏补注》或《黄氏诗史》,三十六卷,成书于嘉定九年(1216),作者为黄希、黄鹤父子。据清《宜黄县志》卷二二,黄希字仲得,一字梦得,乾道二年进士,官永新令。晚年诗宗少陵,有《补注杜诗》,未成而卒。子鹤复增益之,重定《年谱》。鹤字叔似,自号牧隐,有集《北窗寓言》。

题称"补注",即在旧注基础上增益而成。《补注》最初当是古今体分编。后来书坊为迎合世俗,乃采分类编集。书名《千家》,亦书坊习气,不足为资。

该注主要的贡献在编年。在黄氏父子之前,杜甫年谱有吕、蔡、鲁三家,黄鹤在仔细辨析的基础上自作年谱,其编年即以此为根据。正如其《后序》所云:"或因人以核其时,或搜地以校其迹,或摘句以辨其事,或即物以求其意。"其编年大致囊括了杜甫一生重大事件,如上《三大礼赋》的时间,黄鹤定于天宝十年更为准确。高适宝应元年入川,诸谱不载,黄氏独载之,并提出"适与杜甫颇暌旧好"之说。另外为大量杜诗具体编年,不仅提出年月,而且详引史料,与一般注家草草立说不同,表现了严肃认真的学风。在编年的同时,黄氏也对杜诗史实作出辨析。如《高都护骢马行》,"师古"认为是高适,黄鹤注曰:"按新、旧史,适未尝为安西都护,乃高仙芝,按本传,开元末为安西都护,四镇都知兵马。"在杜诗热初兴而鱼龙混杂之际,此种清醒言论恰如空谷足音,十分难得。

其缺点同优点一样显眼,首先是编年过于琐细,对每一首杜诗的写作年月都说得太具体,似陷穿凿。钱谦益就颇多讥讽:"梁权道、黄鹤、鲁訔之徒用以编次先后,年经月纬,若亲与子美游从,而籍记其笔札者。"(《钱注杜诗·注杜诗略例》)也有因疏于考证而导致的编年错误之处,《四库全书总目提要》即摘举《赠李白《郑驸马宅宴洞中》《高都护骢马行》三例编年之误。其次是很少解释诗意,即使偶有也较为迂腐,对于诗注而言这显然是严重缺陷。

该注第一次为杜诗作完整系年,也是宋代杜诗编年的集大成之作。后来为杜诗编年者无不参详矜式之,并在其基础上补苴罅漏。宋人注杜处于草创阶段,艰辛异常,成就来之不易。宝庆二年(1226)吴文为《黄氏诗史》作跋曰:"黄氏之于此诗,盖如班、马父子,两世用功矣,积两世之学以研精覃思,是宜援据该淹,非诸家之所敢望也。"《四库提要》评价曰:"大旨在于案年编诗,故冠以《年谱辨疑》,用为纲领。而诗中各以所作岁月注于逐篇之下,使读者得考出处先后之大致。其例盖始于黄伯思,后鲁訔等踵加考订,至鹤父子而益推明之。钩稽辨证,亦颇具苦心。……然其考据精核者,后来注杜诸家亦往往援以为证。故无不攻驳其书,而终不能废弃其书焉。"指出其在杜诗学史上的积极贡献。

二、韩愈

由于韩愈在古文运动和儒学复兴运动中的杰出地位,其诗文一直受到宋人的广泛关注。从北宋的欧阳修、穆修,到南宋的方崧卿、朱熹等人,对韩集的搜集和校勘付出了很多心血。而注本方面,出现了很多诗文合注的本子,如祝充《韩文音义》,洪兴祖《韩文辨证》,樊汝霖《韩集谱注》,孙汝听《韩文全解》,严有翼《韩文切证》,韩醇《新刊训诂唐昌黎先生集》,文谠注、王俦补注《新刊经进详注昌黎先生文集》等,这些注本大多亡佚。专门的诗注,则有姚令威《诗注》8卷,惜亦亡佚。① 以下略论幸存注本。

(一) 文谠注、王俦补注《新刊经进详注昌黎先生文集》

这是现存较早的宋代韩集注本。文谠《详注昌黎先生文集序》作于南宋高宗绍兴十九年(1149),《进昌黎先生文表》作于孝宗乾道二年(1166),从《进表》"积二十年之久"一语,可知文谠开始注释韩集当为高宗绍兴十六年左右。但该书刊刻以来一直流传不广,宋代各种集注本以及书目均少有征引,以至不久即有散轶,今卷十二至十八已经亡逸,但庆幸的是其中诗注十卷尚完整保存。文谠,字词源,南宋初年普州乐至(今四川乐至县)人,恩荫入仕,曾任右迪功郎,孝宗乾道

① 见方崧卿《〈韩集举正〉叙录》,四库全书电子版。

二年任达州东乡县尉兼主簿,一生沉沦下僚。还补注过《柳宗元集》。①

　　该注基本准确地解读了韩诗的思想和艺术。思想方面,它结合韩愈所处的中唐时代,大量征引有关史实,在作品系年和诗句内容方面提出了诸多有价值的见解。如卷一《南山诗》题解曰:

　　　　昔高祖初起义师,唐兵西至霍邑,会天久雨,粮且尽,高祖欲还兵太原。太宗谏曰:"义师起,宜直入咸阳,号令天下。"高祖不内。太宗泣于军门,高祖寤,进兵长安,一举而定。不数年,四方群盗以次束手,盖先得关中形势之地,以控扼天下故也。厥后内治不张,大盗遂起,吐蕃乘机内逼郊甸。肃、代之朝,群臣奏请,屡欲迁洛。至于德宗,其乱尤甚,乃一切姑息之。变生仓卒,奔走奉天,徒以诒祸而已。宪宗初立,召愈为国子博士。时屡出禁御以诛藩镇,愈惧其不能治内,或弃根本而事枝叶也,于是盛夸京城之壮丽,山川之险阻,以为不可轻去,为国家谋虑实深且远。昔宗周之末,不能修成王之业,强理天下以为禹功,故周大夫作《信南山》之诗以刺之。今考愈所作,实得诗人之遗意焉,而议者乃以杜甫《北征》胜《南山》,未达愈之旨也。

这段解题的为妙解,且具深意。它结合史实,说明韩愈创作《南山诗》的初衷,是"为国家谋虑实深且远",破除了世传以为此乃游戏文字的陋见浅识;而且结合《诗经·信南山》的本旨,认为它"实得诗人之遗意",赋予了此诗高度的思想价值,确是善于解诗的一个典型。

　　王俦,字尚友,号淡斋,平阳(今山西临汾)人。曾任通直郎。孝宗乾道二年知乐至,官声甚好。著述现有《补注韩集》《补注柳集》传世。王俦的补注致力于韩诗写作背景及系年考订,大都存于题解之中,弥补了原注的不足,如卷三《东方未明》,文谠注曰:"刺群小也。顺宗之时,君弱臣强,小人在位,事见《实录》。"寥寥数语,读者未得其详。王俦补注曰:

　　　　东方未明,皆指顺宗时事也。东方未明,岂宪宗之在东宫欤?"大星没"者,贾耽、郑珣瑜为相,皆天下重望,叔文既用事,相继引去。"独有太白配残月",谓执谊之与叔文也。时顺宗已厌万机,天下莫不属望皇太子,而叔文、执谊乃猜忌如此。"嗟尔残月勿相疑,同光共影须臾期",讥之也。"残月晖晖,太白晫晫。鸡三号,更五点",东方明矣,东方明而残月、太白灭,宪宗立而叔文、执谊诛。

_____

① 杜学林《文谠王俦韩诗注释研究》,西北师范大学 2012 年硕士论文。

从内容看,该诗虽用语隐晦,但确实意有所指,与一般的附会不同。另外该注的价值还体现在辑佚和校勘方面,如它大量征引洪兴祖《韩文辨证》,征引北宋张师正《倦游录》以及《登科记》《王子思诗话》《范元宾诗话》等,征引苏轼诗达九十多次,前数者皆已散轶,而苏诗有的与今本不尽相同。朱熹《韩文考异》采纳了部分成果。

该注亦有不足,就是对韩诗的艺术性重视不够,主要表现在征引注释较少。征引虽是一种注释手段,但更是开掘诗歌语言渊源的主要途径,通过与祖述语言的对比,可以看出作家的借鉴吸收,并非可有可无。

(二) 方崧卿《韩集举正》与朱熹《韩集考异》

方崧卿(1135—1194),字季伸,莆田城关人。隆兴元年(1163)进士。历知上饶县,通判明州,知南安军等,南宋藏书家与校勘家,所得俸钱半为抄书之费。家藏书达四万卷,皆手自校对。宋代韩愈文集的校勘,方崧卿首开先河,著《韩集举正》10 卷,"所据碑本凡十有七;所据诸家之书,凡唐令狐澄本、南唐保大本、秘阁本、祥符杭本、嘉祐蜀本、谢克家本、李昞本,参以唐赵德《文录》、宋白《文苑英华》、姚铉《唐文粹》,参互钩贯,用力亦勤。"(《四库提要》)其实参校的本子远不止这些。据今人考证,《韩集举正》引校的唐宋文献 70 种,石本 24 种,它对南宋初年以前的韩集传本进行了一次全面的梳理,为考察研究韩集在唐宋时期的流传保存了非常珍贵的第一手资料。[①] 该书刻于淳熙 16 年(1189),但实际上方氏从淳熙 3 年即开始韩集校正,前后历时 13 年之久。

方氏考证精审扎实,体现了很高的学术水准。有的据史实,如《醉赠张秘书》,方曰:"今本下或注彻字,杭、蜀本无之。彻元和四年进士,此时犹未第。公五六年间皆在东都,此诗盖在长安日作,非彻也。"《送灵师》"开忠二州牧"下,祝本、蜀本或有"韦处厚、白居易"数字,究竟是韩愈自注,还是后人添加,疑不能明。方曰:"二公出守在元和末,考其时,非也。今本多具人注文,当删去。""于持南曹叙"句,南曹,方曰:"谓王员外仲舒也,《墓志》云所为文章无世俗气。"有的据字义,如《同冠峡》"羁旅感和鸣,因拘念轻矫","和鸣"或作"和阳",方曰:"和鸣、轻矫,皆指百鸟而言也。"有的是对唐代用语的熟稔,如《送灵师》"战诗谁与敌","战诗"或作"争战""文战""诗战",莫衷一是,方曰:"战诗、战文,唐人语也。白乐天'战文重掉鞅',刘梦得'战文矛戟深'是也。"这些考证基本为朱熹《韩集考异》吸

收。《考异》后出转精，迅速取代《举正》，但并不意味《举正》就此无闻，朱熹《考异》保存大量信从《举正》的例子，数量可观；清代顾嗣立《昌黎先生诗集注》和方世举《韩昌黎诗集编年笺注》大量采撷方氏的考证，后者多至 123 条，可见方本对韩诗注释助益匪浅。

朱熹与方崧卿在韩集校勘方面有书信来往，《韩集举正》虽参校众本，弃短取长，实则惟以馆阁本为主，多所依违牵就，"虽有谬误，往往曲从。他本虽善，亦弃不录"（朱熹《韩集考异》卷一），故朱熹又作《韩集考异》，"因其书更为校定，悉考众本之同异，而一以文势义理及他书之可证验者决之。苟是矣，则虽民间近出小本不敢违；有所未安，则虽官本、古本、石本不敢信。又各详著其所以然者。"（卷首语）在方崧卿《韩集举正》的基础上再次择善而从。《考异》前 3 卷除《感二鸟赋》等 4 赋外皆为诗歌，后数卷皆为韩文。今论述其诗歌部分。

《韩集考异》又名《韩文考异》或《昌黎先生集考异》，10 卷，刻于庆元年间（1195—1201）。是书亦为校勘之作，其体例仿陆德明《经典释文》，但摘正文一二字大书，而所考夹注于下，内容涉及注释，例证多被后世注本援引。虽然往往是一字的定夺，但牵涉面甚广。有的从字义入手，如卷一《元和圣德诗》首句"皇帝即阼"，阼或作祚，方崧卿举《史记》"皇帝即阼"的成句为证，朱熹曰："阼谓东阶也，作祚非是。"补充证明方崧卿的正确。有的从典故入手，如此诗"战不贪杀，擒不滥数"的"滥数"，有蓝缕、褴褛、滥数三种异文，朱熹曰："滥数，盖用《左传》数俘之语。"有的从文理定夺，如《古意》"青壁无路难夤缘"，方从唐本作"五月壁路难攀缘"，朱熹曰："公此诗本以'古意'名篇，非登山纪事之诗也。且泰华之险，千古屹立，所谓削成五千仞者，岂独五月然后难攀缘哉！若以句法言之，则'五月壁路'之与'青壁无路'，意象工拙又大不侔，亦不待识者而知其得失矣。方氏泥于古本，牵于旁征而不寻其文理，乃去此而取彼，亦误矣。"

更多的是从文学角度定夺文字，如《南山诗》"烂漫堆众皱"的"皱"字，有几种异文，方弃"皱"而取他字，朱熹曰："盖此但言登山之时丛薄蔽翳，方与虫兽群行，而忽至山顶，则豁然见前山之低，虽有高陵深谷，但如皱物微有蹙摺之文耳，此最为善形容者，非登高山，临旷野，不知此语之为工也。况此句'众皱'，为下文诸'或'之纲领，而诸'或'乃'众皱'之条目，其语意接连，文势开阖，有不可以毫厘差者。"《八月十五夜赠张功曹》"我歌今与君殊科"，朱熹注曰："杭本如此。言张之歌词酸苦而已，直归之于命，盖反骚之意，而其词气抑扬顿挫，正一篇转换用力处也。"从文理驳正"方从诸本"的错误。《醉赠张秘书》"张籍学古淡，轩鹤避鸡群"，"轩鹤"，方及诸本皆作"轩昂"，朱熹曰："此言张籍学古淡，而不骛于绮靡，如以乘轩之鹤而反避鸡群也。又作轩鹤,乃与天葩之句相偶。"这是从文理和手法两个角度分析"轩鹤"的合理性。而有的则从韩诗风格定夺文字,如《和虞部卢四酬翰林钱七赤藤杖歌》"归来捧赠同舍子,浮光照手欲把疑","照手欲把"四字,诸本及方皆从蜀本作"照把欲手",引《檀弓》为证。朱熹曰:"方说手义,固为有据,然诸本云'照把欲手',则是未把之时,光已照手,故欲把而疑之也。今云'照把',则是已把之矣,又欲手之而复疑之何耶?况公之诗,冲口而出,自然奇伟,岂必崎岖逼仄,假此一字而后为工乎?大抵方意专主奇涩,故其所取多类此。"充分体现了朱熹精湛的学术造诣和艺术才华。

朱熹《考异》面世后影响很快超越方崧卿《举正》,其后的王伯大重编音释本和世彩堂廖莹中本,均推崇朱校。元明清三朝随着朱熹地位日益上升,《考异》遂成为韩集文字的准绳。

(三) 魏仲举《新刊五百家注音辨昌黎先生文集》

南宋宁宗庆元六年(1200),福建建安人魏仲举汇编并刊印了《新刊五百家注音辨昌黎先生文集》四十卷外集十卷,此书是传世韩愈别集注本的祖本,共汇集唐代孟郊、张籍,宋代韩醇、洪兴祖、樊汝霖、孙汝听、祝充、蔡梦弼、严有翼等378家的议论、校勘和注释以及魏仲举本人的校注成果,但真正的注家大概不过十几家,清代四库馆臣批评魏仲举此书"大抵虚构其目,务以炫博",是有道理的。

诗注集中在卷二至卷十共九卷,其中卷二至卷七为古诗,卷八联句,卷九、十为律诗。诗注正文的注释非常杂乱,并无一定的体例,大多是名物、地理和典故的考证或文字校勘,并未如李善《文选注》那样对诗歌语言作出追根溯源的注解,因此大大降低了注本的价值,而且出现诸如失注、误注和重注,以及罗列旧注而基本没有辨别的现象。注本的主要价值,是其史实的考证,如题解部分对人物和背景的介绍,正文中对所涉历史的考证等。

其次是它的的文献价值。《五百家注》保存了大量现已亡佚的唐宋韩集校勘与笺注成果,如唐代令狐澄本、赵德《文录》、南唐保大本;宋代孙汝听、严有翼、樊汝霖、洪兴祖等人的笺注。《四库全书总目》因此评价说:"其间如洪兴祖、朱子、程敦厚、朱廷玉、樊汝霖、蒋璨、任渊、孙汝听……等有考证、音训者凡数十家。原书世多失传,犹赖此以获见一二,亦不可谓非仲举之功也。"又汇集了宋儒对韩愈诗歌作品及其思想评价的资料,这些资料不少后世已经散佚,通过魏本的收集才得以保存。

（四）王伯大《朱文公校昌黎先生集》

王伯大（？—1253），字幼学，号留耕。福建长溪县人，嘉定进士，曾任青田县令、枢密副都丞旨等职。

该注理宗宝庆三年（1227）刻于南剑州。文本以朱熹《考异》为底本，体例受魏本影响明显，即题目下有题解，注文与校语散入相应的正文中。集注部分多取自魏本，并且部分吸收了魏仲举本人的笺注成果。自元、明、清迄至近代，代有翻刻，在韩集流传中影响较大。但其注释过于单薄，这是其根本缺陷。

（五）廖莹中《昌黎先生集》

廖莹中（？—1275），字群玉，号药洲，邵武人。登进士第。曾为贾似道门客，度宗时贾似道擅权，政事多决于莹中。德祐元年（1275）贾似道革职放逐，廖莹中相随不舍，自杀死。

该注四十卷、外集十卷、遗文一卷，成于宋度宗咸淳年间（1265—1274），又称世彩堂本，系在魏仲举《五百家注》基础上编撰而成，文字以朱熹《考异》为准。其注释相较前注并无多大改进，主要工作就是删节合并旧注，包括删去注家姓氏、删并题注、删并注释、补充注释等，其中有些是合理的，如廖《序》谓魏本"冗复"，对其正文部分的注释，择优录用，其余均予汰除。但有的删减过分，反成遗憾，如诗歌语源的考证、背景材料或评论材料等，往往很有学术价值，却被不分青红皂白地删去。明代万历年间徐时泰翻刻此书，削去其名字、开版年月和世彩堂牌记，其余完全照样翻雕，世称《东雅堂昌黎先生集》，后来清代和民国时期不少韩愈诗文版本，均以此为底本刊刻校印，因此其对于韩集的传播又有积极的贡献。[①]

三、柳宗元

韩、柳同为古文运动的主将，柳诗亦别具一格，比较有代表性的是苏轼的评论，他说："柳子厚诗在陶渊明下、韦苏州上。退之豪放奇险则过之，而温丽清深不及也。所贵于枯淡者，谓其外枯而中膏，似淡而实美，渊明、子厚之流是也。"（《与程全父十二首》）对其质朴淡泊、闲适雅致的风格十分欣赏，故其诗文一体，

---

① 　参见杨国安《韩愈集注本概述》，《古典文学知识》2006年第9期。

被重视并注释。宋代多诗文合注,以韩醇所注价值较高。

(一) 韩醇《柳河东集》

又名《诂训柳先生文集》,四十五卷,外集二卷,新编外集一卷。韩醇字仲韶,四川临邛人,生卒始末不详。新编外集末有韩氏后序,题曰"淳熙丁酉",则其成书年代当在南宋淳熙四年(1177)。此本四十二、四十三卷分别收"古今诗"七十六首和七十五首。诗注价值较高,多数诗题有详尽的题解,对人物、事件和背景等作出考证,有助于知人论世。如《同刘二十八院长述旧言怀感时书事奉寄澧州张员外使君五十二韵之作因其韵增至八十通赠二君子》,题解曰:

> 刘二十八,禹锡也。初与公同为监察御史,故曰院长。张员外,署也,贞元十九年与韩吏部、李方叔三人为幸臣所谮,俱为县令南方,韩《集》中有与张贬谪时道途唱和诗十三章。张后为澧州刺史,韩志其墓。公此诗盖贞元二十一年贬永州司马后作。

这段题解对两个人物作出说明,对人物的相互关系作扼要的解释,最后考证此诗的作年,无疑这些文字极为有用。而诗句的注释也不同于其它的柳诗注本,它侧重于考察诗歌语言的渊源沿革,这是对李善《文选注》的继承。以前八句为例,"弱岁游玄圃,先容幸弃瑕"注曰:

> 东方朔《十洲记》:昆仑山有三角,一角正西北名玄圃台。西汉《邹阳传》:以左右先为之容也。《礼记》:瑜不掩瑕。

"名劳长者记,文许后生夸",注曰:

> 陈平门多长者车。《语》云:后生可畏。

"鹢翼尝披隼,蓬心赖倚麻",注曰:

> 《传》云:鹢披隼翼。《荀子》:蓬生麻中,不扶自直。《庄子》:夫子犹有蓬之心也夫。谓不直也。鹢,音晏。《庄子》斥鹢,小鸟也。隼,音笋。

"继酬天禄署,俱尉甸侯家",注曰:

> 汉扬雄校雠天禄阁。甸侯:《书》甸服、侯服是也。上四联盖谓与张同以进士举博学宏词,交游相依,张为校书郎、武功尉,公为集贤殿正字、蓝田尉之意。

这些注释引经据典,考察柳诗融汇经史的语言特色,对难懂的句意作出简要说明,确实比一般泛泛的串讲要深刻,柳诗宋注当以此为翘楚。此本现著录于《四库全书》。

（二）童宗说等《增广注释音辩唐柳先生集》

共四十三卷，别集二卷，外集一卷，成书于南宋孝宗、光宗年间。卷首"姓氏"列"童宗说音注、张敦颐音辩、潘纬音义"等，三人皆南宋初期人。卷四二、四三收诗，诗注仅对字词的读音、简单的典故和名物等作出注解和梳理，大多连基本的背景考证都付之阙如，价值不大。此本今收录于《四部丛刊》。而著录于《四库全书》者则名曰《柳河东集注》。

（三）《新刊增广百家详补注唐柳先生文集》

正集 45 卷，无外集和附录，简称"百家注本"，是现存柳集宋刻本中时代较早而又比较完整的本子，也是一部比较详善的集注本。大致刊刻于南宋淳熙（1177年前后）年间，编辑者不详。其注释体例，以笺注为主，辅以文字校勘和各种考证。诗文题目下有较详细的题解，内容为考证作品的时间及写作背景、解释人物、及交代历史时间等。文中夹注，涉及校勘、注音、释词、笺事等。它以集解的形式，汇集了刘禹锡、宋祁、吕温、欧阳修、苏轼、王安石等 101 家的评论、校勘或注释，但真正的注者只有二十几家。其中孙汝听 2658 条，韩醇 1997 条，童宗说906 条，王俦补注 255 条，其余各家多在百十条。

注释较为规范，多能标明旧文，引古证今。如卷四二《同刘二十八院长……》"吴歙工折柳"，韩曰："梁元帝《纂要》曰：齐歌曰讴，吴歌曰歙。宋玉《招魂》云：吴歙蔡讴，奏大吕些。古乐府有《折杨柳》曲。桓伊善笛，撰《折杨柳》，尤为奇妙，后人不能尽传其指诀。歙音俞。"卷四三《省试观庆云图诗》"抱日依龙衮，非烟近御炉"，引王俦《补注》曰："《史记·天官书》：若烟非烟，若云非云，郁郁纷纷，萧索轮困，是谓庆云。"有的直接说明诗意，如《叠前》"羡君琼树散枝柯"，引王俦《补注》曰："琼树枝柯，意以喻梦得子弟。"《奉酬杨侍郎丈因送八叔拾遗戏赠诏追南来诸宾二首》"一行归雁慰惊弦"，引《补注》曰："一行归雁，以况南来诸宾。惊弦，言初自迁谪而归。"所引资料或考证、或赏析、或校勘，从不同侧面加以补充丰富，价值较高。如卷四二《登柳州城楼寄漳汀封连四州》"岭树重遮千里目，江流曲似九回肠"，引《补注》曰："一本作'云快去如千里马，江流曲似九回肠'，未知孰是。"卷四二《殷贤戏批书后寄刘连州并示孟仑二童》"闻道近来诸子弟，临池寻已厌家鸡"，引《补注》曰："后山亦尝用此事作诗云：不解征西诸子弟，却怜野鹜厌家鸡。"卷四二《酬娄秀才寓居开元寺早秋月夜病中见寄》"壁空残月曙，门掩候虫秋"，引《补注》曰："张文潜尝论公此联为集中第一。洪驹父则云：明月江山夜，候虫天地秋，最为奇警。"

（四）魏仲举《新刊五百家注音辨唐柳先生文集》

简称"五百家注本"，包括正集四十五卷、残本二十一卷，外集二卷，新编外集一卷，《龙城录》二卷，附录八卷。其中诗注亡佚，但当与《五百家注音辨昌黎先生文集》类似，粗略串讲，适于初学者。

四、李白

与"千家注杜"、"五百家注韩柳"的热闹不同，宋人对太白诗的注释相对冷清，只有杨齐贤《集注李白诗》二十五卷，且早已亡佚。元初的萧士赟因此叹息道："唐诗大家，数李、杜为称首。古今注杜者号千家，注李者曾不一二见，非诗家一欠事欤！"[①]

杨齐贤，史书无传，据清人辑《宋元学案补遗》，仅能得其生平之梗概。杨齐贤字子见，宁远（今湖南宁远县）人，宋宁宗庆元五年（1199）进士。颖悟博学，试制科第一，再举贤良方正，官通直郎。明高儒《百川书志》卷十四著录杨齐贤《集注李白诗》二十五卷，久佚。其部分成果保存于萧士赟的《分类补注李太白诗》中。

《集注》的主要价值在于历史考证。如《古风》其二"蟾蜍薄太清"，杨注曰："按《唐书》，王皇后久无子，而武妃有宠，后不平，显诋之，遂废。武妃进册为惠妃，欲立为后，潘好礼谏止之。太白诗意似属乎此。……月以况皇后，蟾蜍以比武妃，武妃进则皇后废，犹虾蟆得志侵蚀乎月，则金魄沦没矣。"这段考证得到了元代萧士赟和清代王琦的首肯。杨氏生活于南宋中期，所处年代较早，征引史料和书目有不少已失传，又注重山经地志和乡邦文献，或可助考证校对，或可资博物多闻，因而有一定的文献价值。

五、李贺

吴正子注、刘辰翁评点《笺注评点李长吉歌诗》，有四库全书本。关于吴正子其人，他的字号、家世、著作，甚至连时代，长久以来一直云山雾罩，未得其详。

---

① 《分类补注李太白集序》，瞿兑园等《李白集校注》卷首，上海古籍出版社 1980 年版。

《四库提要》说：

> 旧本题西泉。……正子则不知何许人。近时王琦作《李长吉歌诗
> 汇解》，亦称正子时代、爵里未详。考此本以辰翁之评列于其后，则当为
> 南宋人。又《外集》之首，注称"尝闻薛常州士龙言"云云，士龙为薛季宣
> 字，据《书录解题》，季宣卒于乾道九年，则正子亦孝宗时人矣。

这是对吴正子生平的首次考证。其实早在明代，镏绩即称吴正子为"吴西泉"
（《霏雪录》上卷）。吴正子的爵里，历史上并非"未详"，清人吴焯著录元代复古堂
本《李贺歌诗编》，就记载"复古堂识"云："笺注则得之临川吴西泉，批点则得之须
溪先生。"①以"临川"为吴正子的爵里。其生年在公元 1200 年左右，活动于南宋
宁宗、理宗时期。②

　　此注本的主要价值是版本和校勘。版本方面，据《外集》首篇下的说明，吴正
子以京师本和鲍本为基础，对各种版本进行了仔细的校勘，将他认为的鲍本后卷
中"词意往往儇浅，真长吉笔者无几"的篇目单列为《外集》，并删除了其中与第四
卷重复的一篇。外集被删去的是《白门前》，与卷四《上之回》除首二句外，其余
语句均同，以后明清各本《外集》均沿袭而失收此诗。《钦定四库全书总目》之
《昌谷集提要》曰："正子又谓外集词意儇浅，不类贺作，殆出后人摹仿，然正集
如'苦篁调啸引'之类，句格鄙率，亦不类贺作。古人操觚亦时有利钝，如杜甫
诗之'林热鸟张口，水浑鱼掉头'，使非刊在本集，谁信为甫作哉？疑以传疑可
矣。"今人钱仲联认为《白门前》乃李贺借古事以托寓顺宗讨伐刘辟、歌颂平叛
之诗，不当删，且应入正集。③ 则吴正子本实际收诗为正集 219 首，外集 22 首，
合计 241 首。吴正子本经过元明两代的刊刻流传，逐渐取代其它版本，占据上
风。到了清代，王琦以之为底本著《李长吉歌诗汇解》，《四库全书》又著录吴正
子注、刘辰翁评点的《笺注评点李长吉歌诗》，吴本遂风行天下，成为通行本，如
今人叶葱奇《李贺诗集》完全依之为底本。吴本的校勘语也在王、叶本中沿用，
甚至连误字也沿袭不改，如《外集》首篇《南园》题解"鲍钦正云云"，"鲍钦正"当
作"鲍钦止"，鲍慎由为北宋著名学者，字钦止，曾从王安石、苏轼游，《宋史·艺
文志》有传。鲍氏对唐集的保存整理有功，曾注杜诗，仇兆鳌《杜诗详注》屡引。
校勘方面，吴正子对李贺诗的各种异文进行了整理，以"一作"标示者计 117
处。如卷一《秦王饮酒》"花楼玉凤声娇狞，海绡红文香浅清，黄鹅跌舞千年

---

① 《绣谷亭薰习录》不分卷，民国刻本。
② 参见拙文《吴正子〈笺注李长吉钦诗〉三题》，《淮阴师范学院学报》2010 年第 4 期。
③ 《读昌谷诗札记》，《当代学者自选文库·钱仲联卷》，安徽教育出版社 1999 年版，第 231 页。

觥",吴氏认为:"狂当作伫,弱也,困也。《刘禹锡传》:鼓吹裴回,其声伶仃。《音义》云:夷语相呼声。"又曰:"黄'鹅',恐当作'娥',若非误,则黄鹅乃鹅雏,酒色似之,故杜诗云:鹅儿黄似酒。然观跌舞二字,则当为'娥',盖姬人劝酒也。"这两处分析,或援史书和旧注,或引杜诗,或辨诗意,皆言之成理,甚具价值。

六、唐诗选注

宋人赵蕃、韩淲合选,谢枋得《注解章泉涧泉二先生选唐诗》五卷。赵蕃号章泉,韩淲号涧泉,故名。谢枋得《萧冰崖诗卷跋》曰:"诗有江西派,而文清昌之,传至章泉、涧泉二先生,诗与道俱隆。自二先生殁,中原文献无足征,江西气脉将间断矣。"(《叠山集》卷九)至于为二人选集作注的直接缘由,谢氏也有交代:"先人受教章泉先生赵公、涧泉先生韩公,皆中原文献,说诗甚有道。"①谢氏的父亲曾是二先生的学生。该本专选唐人七言绝句,起于韦应物,终于吕洞宾,凡54人,诗101首。其中以刘禹锡最多,收诗14首,杜牧8首,许浑5首,李商隐、韦庄各4首。选旨明显偏于中晚唐,崇尚闲雅温厚而不取悲壮雄放之作。提倡"诗必盛唐"的明人对此多有不满,胡应麟《诗薮·外编》卷四曰:"章泉唐绝,仅取晚、中。"谢榛《四溟诗话》卷二曰:"赵章泉、韩涧泉所选《唐人绝句》,惟取中正温厚,闲雅平易,若夫雄浑悲壮,奇特沉郁,皆不之取,惜哉!"其实,南宋诗人学唐,本多宗中、晚,而赵、韩本人又性好山水,诗学陶、阮,则此选之所以如此,既是当时诗坛风气所趋,也是编者诗学旨趣使然。

谢枋得的注解皆列在每篇诗后,旨在阐发义理而不屑于音义训诂和史实钩沉,有如串讲。宋人注释唐诗多重别集,总集唯有数家评点而已,其有注释似以此为嚆矢,且此注又于当时通行的音义训诂、史实钩沉以外,另辟义理阐释之新径,为后人所推重。如陈陶《闲居杂兴》"一顾成周力有余,白云闲钓五溪鱼。中原莫道无麟凤,自是皇家结网疏",谢注曰:"此诗言天下有非常之才,朝廷不能用,乃隐于渔钓,未可谓世无英雄,自是皇家不能加意网罗之耳。"就深得本意。明高棅《唐诗品汇》常常引及此注,清阮元赞其"能得唐诗言外之旨,可以为读唐诗者之津筏。"(《四库未收书目提要》)。然因注者身经宋亡之乱,胸多感慨,其解唐诗有不少借题发挥、牵强附会之处,如章碣《东都望幸》"懒修珠翠上高台,眉目

---

① 《与刘秀岩论诗书》,《谢叠山全集校注》卷1,华东师范大学1995年版,第16页。

连娟恨不开"云云,写宫女望幸,可能有所隐喻,王定保《唐摭言》记载其本事,故谢氏注曰:"此诗乃省闲举子闻知贡举以私意取其门客,以此讽之。"但即使实有其事,也不当如此解诗,这种解法显然脱离了文本自身的范围。有的注释更是穿凿,如卷一韦应物《滁州西涧》诗描写西涧春水之景,是写景名作,谢氏却评曰:"幽草而生于涧边,君子在野,考槃之在涧也;黄鹂而鸣于深树,小人在位,巧言之如流也。潮水本急,'春潮带雨',其急可知;国家患难多也,'晚来急',危国乱朝,季世末俗,如日色已晚,不复光明也。'野渡无人舟自横',宽闲之野,寂寞之滨,必有济世之才,如孤舟之横野渡者,特君相不能用耳。"这种比附完全匪夷所思。所以王士禛在《唐人万首绝句凡例》中直接批评该选本"评注多迂腐穿凿",是有原因的。

第四节　任渊与宋诗当代注

宋代学者不仅对前代诗歌的注释十分投入,对本朝作家的诗歌也相当关注。宋代诗歌取得辉煌成就,苏轼和黄庭坚等人的诗歌早在作者生前即受到万众瞩目。朱弁《曲洧旧闻》卷八记载:"东坡诗文落笔辄为人所传诵。……崇宁、大观间,海外盛行,后生不复有言欧公者。是时朝廷虽尝禁止,赏钱增至八十万,禁愈严而传愈多,往往以多相夸。士大夫不能诵坡诗,便自觉气索,而人或谓之不韵。"①苏诗不仅为读者普遍阅读,即使在崇宁、大观间的元祐党禁时亦为人所传,因此成为宋人最早的注释对象之一。南宋嘉定元年(1208),钱文子《芗室史氏注山谷外集诗序》谈及宋人注宋集,说:"书存于世,惟六经、诸子及迁、固之史有注其下方者,以其古今之变,诂训之不相通也。而今人之文,今人乃随而注之,则自苏、黄之诗始也。"②苏诗以才气取胜,黄诗以学问见长,分别代表了宋诗的两种风格和体态。宋人之推尊并注释苏、黄,反映了宋人的文学自信,也是宋人学术敏感性的表现。

除苏、黄外,宋人所注当代诗人,尚有宋祁、欧阳修、王安石、陈师道、陈与义、陆游、朱熹、魏了翁、朱淑真等,其中宋祁、欧阳修、陆游的诗注均逸,魏了翁诗注尚存残本。宋祁诗注,据陆游称:"近世有蜀人任渊,尝注宋子京、黄鲁直、陈无己

---

① 《仇池笔记》(外十八种),上海古籍出版社1992年影印《四库全书》本第339页。
② 《山谷诗集注·外集诗注》卷首,上海古籍出版社2003年版,第1067页。

三家诗,颇称详赡。"(《施司谏注东坡诗序》)宋祁是后期西昆派的重要代表诗人,一生著述宏富,现存诗作一千五百余首。他的诗喜欢翻案出新,后期诗风的特点是奇涩,主要表现为好用奇字俗语,用典更为精湛,这对江西派代表诗人黄庭坚的影响是深远的。《曲洧旧闻》载"黄鲁直于相国寺,得宋子京《唐史》稿一册,归而熟观之,自是文章日进"。① 说明宋、黄之诗有相同之处。从任渊所注的黄、陈诗集推测,宋祁诗注大概也是侧重于对典故和语词出处的考证。欧阳修诗,南宋裴及卿尝注之。南宋魏了翁说:"临川裴及卿梦得,尝从故工部尚书何叔异游。何嗜公之诗,命及卿为之笺释,久而成编。余亦雅好欧公诗,简易明畅,若出诸肆笔脱口者。今披味裴释,益知公贯融古今,所以蓄德者甚宏,而非及卿博见强志精思而笃践焉,亦不足以发之也。"②魏了翁虽为理学家,但在诗文词章方面亦有很高造诣,他对裴注评价甚高,值得重视,但惜亦佚。陆游诗有史温的选注本,佚③。朱熹诗,有门人蔡模《感兴诗注》1 卷,收诗 20 首,据《序》可知作于嘉熙丁酉(1237);又有陈普《武夷棹歌注》,此书元代后中土失传,但在朝鲜保存流传,并传至日本,由林衡(1768—1841,号天瀑山人)编入《佚存丛书》,与蔡模《感兴诗注》合为一册,清代中后期传回中国。二注多阐释朱子理学之道,文学价值不高。魏了翁的诗,有王德文《注鹤山先生渠阳诗》,尚存残卷④。朱淑真的诗,有郑元佐《朱淑真集注》。

宋诗当代注中,以苏轼、黄庭坚、王安石三人的诗注成就最高,甚至超越了宋人对唐集的注释,其原因除了文学分析的细密,更有本事考证的详赡、准确和可信,这是后世注家殚精竭虑的考证所不能比拟的先天优势。⑤ 任渊著有《黄陈诗集注》,其中《山谷诗集注》在文学和史学两方面成就尤大,成为当代诗注的典范之作,影响深远。

一、苏轼

苏轼诗注是宋人注宋诗中最多的,据张三夕统计,宋诗宋注约有 35 种,其中

---

① 朱弁《曲洧旧闻》,中华书局 2002 年版,第 142 页。
② 魏了翁《裴梦得注欧阳公诗集序》,《鹤山集》卷五四,《四库全书》电子版。
③ 邵懿辰、邵章《增订四库简明目录标注》卷十六"《放翁诗选前集》十卷、《后集》八卷,附《别集》一卷"条,上海古籍出版社 2000 年 7 月版。
④ 黄丕烈《士礼居藏书题跋记》卷五,又见瞿镛《铁琴铜剑楼藏书目录》卷二十。
⑤ 参见何泽棠《宋人注宋诗的文献价值》,《图书馆理论与实践》2011 年第 5 期。

17 种是关于苏轼的诗注①。如果考虑到苏诗在南宋有"百家注"的盛况,这可能仅是其中部分而已,但这 17 种也大多失传,少数以集注形式保存下来,大体完整流传下来的仅有两种。

(一) 从"四注"到"五注""八注""十注"

宋代较早注释苏诗的人是赵夔。《四部丛刊》题名王十朋的《王状元集百家注分类东坡先生诗》所收赵夔《序》,说自己"崇宁年间,仆年志于学,逮今三十年,一句一字,推究来历,必欲见其用事之处"。苏轼卒于公元 1101 年,崇宁是北宋徽宗年号(1102—1107),也就是说,苏轼甫一去世,赵夔即着手考虑苏集的注释之事,此时距离北宋灭亡的 1127 年尚有二十多年,但赵夔注于三十年后的南宋才面世,还不能说是最早的注本。

另外比较早对苏诗作注的还有程缜、李厚、宋援、赵次公等人,"四注"作者均为南北宋之交人。这几人的注,也许是以单注本的形式刊刻面世的,但因为文献阙失,不知孰先孰后。元代李冶在其《敬斋古今黈》卷七中提到了一个苏诗"四注"本,但未说明注者。清代冯应榴、王文诰认为四注的作者是程缜、李厚、宋援、赵次公,现存宋刊《集注东坡先生诗前集》仅存四卷(藏于中国国家图书馆),其第四卷是一个五注本,五位注家是程、李、宋、赵四人加上"新添"一人,可见原"四注"作者确实是上述四人。"四注"本中,赵次公注篇幅最多,成就最高,其余三家篇幅大致相当,仅次于赵次公。"四注"是由他人汇集而成,并非同时之作,程、李、宋三家作注时间略早于赵次公。在现存的类注本中,可以看到赵次公对程、李、宋三家注的批驳,并称之为旧注。赵注质量甚高,但无论是《集注东坡先生诗前集》还是《王状元集百家注分类东坡先生诗》,均因残缺或删节过甚而难见"四注"全貌,但在日本五山时期诗僧太岳周崇的《翰苑遗芳》中,却保存了大量赵注,总数约在十万字,惜尚未寓目②。

"四注"之后,林子仁加入,是为"五注"本。清人冯应榴《苏文忠诗合注·凡例》称其所见旧注,"一为宋刊五家注不全本,七卷,五家者,赵云(次公)、李云(厚)、程云(缜)、宋云(援)、新添云(林子仁)"③。关于林子仁新编的"五注"本,清代学者阮元考证认为:"有林子仁者复附益之,改四注为五注。考子仁于政和

---

① 《宋诗宋注管窥》,《古籍整理与研究》第 4 期。
② 转引巩本栋《宋集传播考论》,中华书局 2009 年版,第 22 页。
③ 《苏轼诗集合注》,上海古籍出版社 2001 年版,第 2645 页。

中赐号高隐处士，而自政和上溯建中靖国，仅一十七载，注已两刊。德洪亲见黄鲁直，而谓坡公海外诗中朝士大夫编集已尽，可为崇、观时刊行四注、五注之证。"①仅因林子仁于政和年间被赐"高隐处士"之号，就认为五注本在政和年间已经面世，尚嫌勉强。但"四注"、"五注"出现于南北宋之交，是不争的事实。

"五注"之后是"八注"、"十注"。清人王文诰《苏文忠公诗编注集成》"王注姓氏"中提出，"八注"包括原五注诸人外，再加上赵夔、师尹、任居实三家，其中任居实是"八注"的编者，成书在南宋孝宗乾道年间（1165—1173）。"十注"则是"八注"基础上增加李尧祖及孙倬。

现存于国家图书馆的宋刊《集注东坡先生诗前集》，正文虽仅存四卷，但却保存了全书目录。全书共十八卷，编年排列，其顺序与《东坡七集》中的《前集》相同。可以断定，早期的苏诗注本，从四注、五注，到八注、十注，应该均为编年注本。

(二) 题名王十朋的《王状元集百家注分类东坡先生诗》二十五卷

南宋中叶，坊间出现了一部名为《王状元集百家注分类东坡先生诗》的苏诗注本。王十朋（1112—1171），字龟龄，号梅溪，温州乐清人，南宋绍兴二十七年（1157）丁丑科状元，任秘书郎、侍御史等职，官至龙图阁学士，谥文忠，南宋著名的政治家和诗人。但历史上对于王氏是否注苏，存在争议。《四库总目》认为此书的两篇序均系伪托，编者另有其人，冯应榴与王文诰皆驳斥了这种论点，但今人考证，亦无谱主有关苏注的记载②，说明此书很可能是嫁名之作。

此书历史上影响很大，由于既分类编排，又收集百家之注，适应了阅读之需，故流传极广，风行宋、元、明、清四朝。又不断被坊间推出新的版本，如宋末元初出现一部名为《增刊校正王状元集注分类东坡先生诗》的本子，即是在南宋刻本基础上，增刊了部分注释，校正了宋人旧注的疏漏，并调整了部分诗的编排次第。民国上海商务印书馆影印此书的元建安虞平斋务本书堂刊本，收入《四部丛刊》；又有宋末元初增署"东莱吕公祖谦分类，庐陵须溪刘辰翁批点"，亦署名《增刊校正王状元集注分类东坡先生诗》的所谓批点本。直到清初康熙年间，学者宋荦等人发现并整理南宋的编年注本后，其影响才有所减弱。

此书的书名十分混乱，历史上或从注家角度称之为"王注苏诗"，或从集注角

---

① 王文诰辑注《苏文忠诗编注集成》，《续修四库全书》第 1315 册第 306 页，上海古籍出版社 1996 年影印版。

② 吴鹭山《王十朋年谱》，《温州师范学院学报》1997 年第 1、2 期。

度称之为"百家注",或从体例方面称之为"分类注"。即使现在通行的《四部丛刊》著录的名称,封面为《集注分类东坡先生诗》,可扉页却标识为《增刊校正百家注东坡先生诗》。今姑称之《分类注》。

据题名王十朋《序》称,这部书是在八注、十注的基础上,"搜索诸家之释,哀而一之,划繁剔冗"而成的。卷首有赵夔《序》和王十朋《序》,"姓氏"卷附《东坡纪年录》一卷。目录一卷,正文 25 卷,按诗的主题分类编排,共 78 类。本书号称"集百家注",实际上注家为 97 人,其主体为原八注、十注的作家,其余注家中,只有任居实、李尧祖较重要。

除了《分类注》,宋人注苏诗保存至今的还有施元之、顾禧、施宿的《注东坡先生诗》,但已经不全,《分类注》因为卷帙完整而受到更多关注。清代学者顾嗣立认为其优点在于"征引之浩博、考据之精核"[①];钱大昕认为"王本长于征引故实"[②]。的确,此注的最大特色是考核苏诗典故和词语的出处。以卷三《張安道乐全堂》为例:

列子御风殊不恶,犹被庄生讥数数。程縯注:"庄子《逍遥篇》曰:列子御风而行,泠然善也,旬有五日而后反,彼于致福者,未数数然也。"

步兵饮酒中散琴。李厚注:"《晋·阮籍传》:籍本有济世之心,属魏晋之际,天下多故,名士少有全者,由是不与世事,遂酣饮为常。闻步兵厨人善酿,有贮酒三百斛,乃求为步兵校尉。"宋援注:《嵇康传》:"康为中散大夫,弹琴咏诗,自足于怀。著《琴赋》,见于《文选》。"

于此得全非至乐,乐全居士全于天。赵次公注:"《庄子》:圣人全于天。"

维摩丈室空僩然。程縯注:"《维摩经》言舍利佛来,见其室中无有床坐。维摩见神通力,须弥灯王遣三万二千狮子座,来入维摩之室。"

平生痛饮今不饮,无琴不独琴无弦。李厚注:"陶潜蓄素琴一张,徽弦不具,每抚而和之,曰:但识琴中趣,何劳弦上声。"

我公天与英雄表,龙章凤姿照鱼鸟。宋援注:"嵇康土木形骸,不自藻节,龙章凤姿,天质自然。"

但令端委坐庙堂。赵次公注:"晋谢鲲曰:端委庙堂,使百僚任职,则臣不如庾亮;一丘一壑,自谓过之。"

从上可见,注本重视典故的考证,如关于列子、庄子、阮籍、嵇康、维摩、陶潜的典

---

① 《通行王注本各序》之顾嗣立序,冯应榴《苏轼诗集合注》,上海古籍出版社 2001 年版,第 2707 页。

② 钱大昕《苏文忠公诗合注序》,《苏轼诗集合注》第 2636 页。

故，注释均能一一考出。

此注最大的缺点是没有大规模的史实考证。注本仅局限于文学注释，而缺乏史料的补充，是不足以深化对创作背景或创作意图的理解的。苏诗内容常常与时政相关，单纯用以意逆志之法从诗歌内部的篇章结构与写作方法出发解释苏诗之意，是远远不够的。《分类注》的注家全部生活在南北宋之际，可供采撷的史料非常丰富，但实际上注本所采史料相当少，这与注本没有采用编年体有一定关系。编年体因为涉及诗歌的创作时间和背景考证，相对注重史实；也可能与编者的看法有关，例如注家之一的赵次公注杜诗，其中史料内容十分丰富，而现存《分类注》赵次公注中，这部分的内容比较稀少，说明有可能是被编者删节。

其次是典故词语的注释错误不少。明代杨慎《升庵诗话》卷 11 "卵色天"条指出："唐诗'残霞蹙水鱼鳞浪，薄日烘云卵色天'，东坡诗'笑把鸱夷一樽酒，相逢卵色五湖天'正用其语。"（《升庵集》卷五八）而《分类注》却改"卵色"为"柳色"以藏拙。又指出《除夜大雪留潍州诗》和《祈雪》两诗的误注："'敢怨行役劳，助尔歌饭瓮'，山东民谣云：'霜淞打雾淞，贫儿备饭瓮。'淞音宋，积雪也，以为丰年之兆。坡诗正用此。而注云：'山东人以肉埋饭下，谓之饭瓮。'何异小儿语耶？又《祈雪》云：'岁宴风日暖，人牛相对闲'，人、牛字，用东方朔《占书》'春与岁齐，人牛并立'之语，而注亦失引。"类似的批评还有几条。而查慎行《苏诗补注》针对《百家注》的纠正更多，邵长蘅《施注苏诗》有《王注正讹》一卷，此不列举。

《分类注》在体例上存有不少问题，如分类和征引出处，就是荦荦大者。分类是宋代诗注的特色，有助于读者学习和模仿，但《分类注》的分类不仅琐碎，且没有注意到各类的大致平衡，如"酬答"类 293 首，"送别"类 170 首，而"菌蕈""星河"两类仅仅 2 首，"怀古""时事""城郭""壁坞""舟楫""虫""卜相"七类亦各 2首，"坟茔""池沼""桥梁""灯烛""竹""医药""行"七类仅各 3 首，其它如"述怀""咏史"等十七类仅均不到 10 首。这说明问题在类别划分上，编者划分缺乏平衡，过于琐细，故而杂乱无章。其次是出处的标注问题，后来的邵长蘅《施注苏诗》卷首《注苏例言》和冯应榴《苏诗合注》卷首《凡例》均对此有所指责。这些批评是有根据的，即如上举《張安道乐全堂》例，"龙章凤姿"、"端委庙堂"二词分别出于《世说新语》的"容止门"和"品藻门"，但注家并未标出。宋代诗注对于比较熟悉的文献，一般并不认真著录其作者、书名或篇名；对于人所共知的引文，甚至撮举大意，这是当时普遍的著述风气，不可苛求。但由此也经常带来错误，给读者误导。

对此书的总体评价，有过争议，特别是清初康熙年间《施注苏诗》重现面世并翻刻,编者邵长蘅为了突出《施注》而任情贬低《分类注》,《注苏例言》列举其三条罪状:"一曰分门别类失之陋","一曰不著书名失之疏","一曰增改旧文失之妄"。又作《王注正讹》,摘举 38 则错误。应该说其中有些批评是对的,但失之严苛。比较平情之论,当属《四库全书总目》和傅增湘。《四库全书总目》认为此书"疏陋者不过十之五,未可全废"。傅氏则认为:"平情论之,此注兼收博蓄,诚不免舛杂之讥。然搜采近百家,网罗宏富,足供后人掇拾之资。"又说:"编辑出自宋人,援引详明。邵长蘅补注《施顾注苏诗》多取材于此书。且流传至今而不废者,要其征取繁富之足珍也。"①要之,对宋代珍稀古籍,应本着高度重视的原则加以对待和利用,方可真正促进学术之发展。

(三) 施元之、顾禧、施宿《注东坡先生诗》

习称《施顾注苏诗》,凡 42 卷,前 39 卷为编年诗;卷 40 收翰林帖子及遗诗,不编年;最后两卷为《和陶诗》。

施元之(1102—1174),字德初,吴兴人。张孝祥榜进士,以文章著声。先后任秘书省正字、著作佐郎、国史院编修、左司谏,后出为赣州刺史、衢州刺史。学识渊博,著述颇丰,然品行为时人所诟病。顾禧字景蕃,吴郡人。少任侠纵游,既壮乃折节读书,于诸子百家、方技之书无不披览。工诗文,下笔不能自休。一生未仕,闭门著述。因避文祸,尝"尽焚生平所著述凡百余卷,无复只字存者。"②施宿(1164—1222),字武子,元之长子,亦《注东坡先生诗》之编撰者和刻印者。绍熙四年进士,曾知余姚县,又官绍兴府通判、淮仓东曹。嗜好金石之学,与其父均为著名学者和出版家。

施元之、顾禧两人合作完成后,并未刊行。二十年后,施宿官绍兴府通判,请陆游为之作序。此书与上述《分类注》是现存最早的两部苏诗重要注本,理应并传,但施宿刻印此书后不久,即因贪污被告发,旋即下世,百日后全家遭到抄籍,所刻之书受损,故此书后世传本极少。康熙以前,《分类注》独行天下,施本沉晦不彰。康熙时宋荦购得宋刊施本残卷,请邵长蘅等补缀刊刻,始得流行;但邵氏等妄改妄删,顿失宋刊原貌,为后世版本学家所诟病。

现存的四部宋刻均为残本,又都缺第一卷,没有序跋,以至于关于此书的诸多谜团无法解开。直至上世纪八十年代初,在日本发现施宿《东坡先生年谱》,

---

① 分别见傅增湘《藏园群书题记》卷十三"宋虞平斋刊本集注分类东坡先生诗跋"条和"元建安熊氏本百家注苏诗跋"条。

② 顾长卿《志道集·叙》,《丛书集成初编》本。

《年谱》卷首的施宿序文帮助我们解开了许多疑问。据王水照先生考证，该书的句中注为施元之、顾禧所作，题下注为施宿补作。该书初成于淳熙七年（1180）至十六年（1189），二十多年后嘉定六年（1213）施宿补作。[①]

该书的学术价值，首先在于为读者知人论世打下了坚实基础。除了帖子词、佚诗和《和陶诗》总共 190 首外，它对 1884 首诗歌作出编年，对了解苏轼一生行迹和思想发展，极有裨益。陆游《施司谏注东坡诗序》给予曾高度评价："司谏公以绝识博学名天下，且用功深，历岁久，又助之以顾君景蕃之赅洽，则于东坡之意，亦几可以无憾矣。"清代学者邵长蘅《施注苏诗》卷首《注苏例言》说："吴兴施氏生南宋初，去公之世未远，其诠订先后，颇为精当。"充分肯定了施、顾注本编年的成绩。而该书题下注，也是理解作者创作背景、意图和解读作品的可靠资料。题下注乃施宿所作，他说自己"因先君遗绪，及有感于陆公之说，反覆先生出处，考其所与酬答赓倡之人，言论风旨，足以相发；与夫得之耆旧长者之传，有所援据，足裨隐佚者，各附见篇目之左"。[②] 张榕端《施注苏诗序》评价其题下注说："又如注题之下，务阐诗旨，引事征诗，因诗存人，使读者得以考见当日之情事，与少陵诗史，同条共贯，洵乎其有功玉局而度越梅溪也。"邵长蘅《施注苏诗》卷首《注苏例言》亦云："《施注》佳处，每于注题之下多所发明，少或数言，多至数百言，或引事以证诗，或因诗以存人，或援此以证彼，务阐诗旨，非取泛滥，间亦可补正史之阙遗。即此一端，迥非诸家所及。"[③]据张道《苏亭诗话》卷三所考，与苏轼交游者有 681 人，该书题下注对其中绝大部分人物作了考辨，尤其是对苏诗涉及到的师友与亲朋所作的人物小传，对了解苏轼的交游、生平与思想，对阅读原诗，了解宋代人物都有帮助。而该书附录施宿所作之苏氏《年谱》，"采之国史以谱其年，取新法罢行之目，列于其上，而系以诗之先后，庶几观者知先生自始出仕，至于告老，无一念不倦倦国家，而此身不与。读其诗，论其所遭之难，可以油然寡怨，而笃于君臣之大义矣。"（同上）该《谱》以表格形式，将内容分为纪年、时事、出处、诗四项，其中"时事"一栏，为现存王宗稷《东坡先生年谱》、傅氏《东坡纪年录》皆无，这说明施宿十分注重将苏轼之行迹置于历史背景下加以考察；对于时事，又着意选取与熙宁变法、元祐党争这两类对苏轼政治生涯产生重大影响的事件。这种做法，意味着施《谱》已突破了年谱的范畴，实际上是一部苏诗创作史。

---

① 王水照《评久佚重见的施宿〈东坡先生年谱〉》，《王水照自选集》，上海教育出版社 2000 年版。

② 施宿《东坡先生年谱》卷首，王水照《宋人所撰三苏年谱汇刊》，上海教育出版社 2000 年 5 月版，第 27—28 页。

③ 《施注苏诗》张榕端序，四库全书电子版。

该书的价值还体现在诗注上。邵长蘅《注苏例言》认为"施氏合父子数十年精力,成是一编,征引必著书名,诠诂不涉支离,详赡而疏通,它家要难度越"。此以《东湖》前八句为例:

吾家蜀江上,江水绿如蓝①。迩来走尘土,意思殊不堪。况当岐山下②,风物尤可惭。有山秃如赭③,有水浊如泔。

①《诗·小雅》:终朝采蓝。《郑笺》:蓝,染草也。李白诗:山光水色青于蓝。白乐天诗:春来江水绿如蓝。

②《寰宇记》:周文王之时,丹凤鸣于岐山,故亦曰凤皇堆。

③ 韩《南山诗》:或赤若秃鬝。《秦始皇本纪》:始皇至湘山祠,逢大风,几不得渡。上问博士曰:湘君何神? 对曰:尧女舜妻,死而葬于此。始皇大怒,使刑徒三千人,伐湘山木,赭其山。

第一句"江水绿如蓝",注释追溯到《诗经》,解释"蓝"字;又举例说明"绿如蓝"之意的演变。第二个注释"岐山",引用周文王之时"丹凤鸣于岐山"的典故,表示作者有追思慕古之意。第三句的注释,首先引用韩愈《南山诗》解释"山秃"来历,其次引用《秦始皇本纪》解释山之"赭"意。应该说这些注释基本解决了八句的难点和要点。但总的来说,句中注较为简略,且引后世文献如《寰宇记》等价值稍显逊色。

第三是它的文献价值。施宿是宋代著名的金石学家,曾搜集大量东坡墨迹碑帖,陆游就曾建议其将所得苏帖"求善工坚石刻之,与西楼之帖,并传天下"①。在补注苏诗中,曾用以校订苏诗,颇有所得。现存宋本《注东坡先生诗》保留了大量施宿据苏诗墨迹用以校勘文字异同的记载,对今人校勘苏诗,研究苏集的版本源流极有参考价值,如卷一三《登望𬯀亭》题下注曰:"此诗墨迹乃钦宗东宫旧藏,今在曾文清家,宿尝刻石余姚县治,东坡题云:'仆在彭城大水后登望𬯀亭,偶留此诗,已而忘之。其后徐人有诵之者,徐思之,乃知其为仆诗也。'集中无之,以入《河复》诗后。"如果没有施宿对苏氏墨帖的关注,那么苏集不免遗珠之憾;即使后人辑佚而得,无苏氏墨迹佐证,亦难免将信将疑。卷二三《次韵孙莘老斗野亭寄子由》、卷二四《次韵钱穆父》等诗的题注亦复如此。章惇集久已失传,但其《寄苏子瞻》即保存在《和章七出守湖州二首》的题下注中。另外,此书引征广博,许多失传古籍之断章残篇得以保存,故又可作辑佚与考辨之资。如宋人笔记《南窗纪谈》的作者未详,《四库全书总目》卷一四一《南窗纪谈》提要亦谓"不著撰人姓

---

① 《渭南文集》卷二九《跋东坡帖》,《陆放翁全集》,中国书店 1986 年 8 月版。

氏"，但《注东坡先生诗》卷一二《送颜复兼寄王巩》"君知牛行相君宅"句下注云：
"巩大父文正公，居牛行街，见徐度《南窗纪谈》。"清代劳格《读书杂识》卷一一，因
此断定徐度乃《南窗纪谈》之作者。

　　该书主要的不足还是在句中注部分。邵长蘅《施注苏诗》卷首《注苏例言》
云："注家于诗中引用故事，每见辄注，有寻常习见语而再注、三注或至十余注，施
氏亦同此弊，数见不鲜，累纸几成骈拇，甚无谓也。"但毋庸置疑的是，该书是现存
宋人注苏诗仅有的二种之一，有其不可替代的史料和文献价值。

　　另据陈振孙《直斋书录解题》卷十，苏轼兄弟《和陶集》十卷，有傅共注。
久佚。

二、黄庭坚

　　缪越先生曾指出："宋诗之有苏、黄，犹唐诗之有李、杜。元祐以后，诗人叠
起，不出苏、黄二家。而黄之畦径风格，尤为显异，最足以表宋诗之特色，尽宋诗
之变态。"[①]如果说苏轼对宋诗的影响体现在广度上，那么黄庭坚对宋诗的影响
则体现在深度上，黄诗以其典雅奇崛的独特诗风吸引了当代注家的兴趣。

　　自黄庭坚去世至南宋淳熙年间的七八十年间，先后出现洪炎编《豫章集》、李
彤编《外集》和黄𪾟编《别集》三个集子。《内集》是山谷平生最得意之作，起初由
山谷自定，后经洪炎整理编成，为诗文合集。洪炎叙述编撰体例云："分别部类，
各以伦类。"[②]可见这是一个分体本。任渊将其改为编年本，《山谷内集诗注》首
次刊行于绍兴二十五年(1155)，与《后山诗注》合在一起以《黄陈诗集注》为名问
世。《山谷外集》为两宋之交的李彤所编，共十四卷，卷一至卷十为山谷自定之
《焦尾》《敝帚》二集，其中卷一至卷七为诗，史容《外集注》所注正是这部分诗作。
其余卷十一至卷十四为《南昌集》，亦为诗歌，因未得黄庭坚认可，史容未注。《外
集注》先后有十四卷本和十七卷本两个系统。嘉定元年(1208)十四卷本初刊于
蜀，故称蜀本。蜀本面世之后，史容又对诗注进行了修订。淳祐十年(1250)，史
容之孙史季温将修订后的《山谷外集诗注》重刊于闽，共十七卷，故称闽本。《山
谷别集》为黄庭坚之孙黄𪾟所编，诗文合集，分体编排，其中卷一为诗。史季温抽
出卷一之诗为之作注，并分为上下两卷，系年编排，但其诗篇总数少于黄𪾟本。

---

① 缪越《诗词散论》，上海古籍出版社 1982 年版，第 35 页。
② 洪炎《豫章黄先生退听堂录序》，《黄诗全集》卷首，乾隆五十四年树经堂本。

任、史三注的特点,首先是珍贵而清晰的历史阐释,表现在年谱、编年和大量当代文献的采录等各方面,有助于读者知人论世。

年谱方面,《内集注》《外集注》的年谱列于诗注正文之前,系于诗集的编年目录之中,将诗人行年、作品系年考证与诗集目录三者合而为一。任渊《引言》云:"此盖内篇也,晚年精妙之极,具于此矣。然诠次不伦,离合失当。今以事系年,校其篇目,各如本第。其不可考者,即从旧次,或以类相从。"①

编年方面,原编三集皆为分体,任渊、史容、史季温将其改为编年,并费尽心血考证各篇目的编年排序。正如四库馆臣所评价:"任注《内集》、史注《外集》,其大纲皆系于目录每条之下,使读者考其岁月,知其遭际,因以推求作诗之本旨,此断非数百年后以意编年者所能为。"丁丙亦云:"任、史两注其精要处,尤在考核出处时事,集其大纲,系于目录每条之下,使读者因其岁月,知其遭际,得以推求诗旨,洵乎注因诗传,而诗亦因注以传也。"②

使用当代文献方面,三人尤其是任渊得天时之便,不但得以亲耳与闻大量与黄氏有关的典故和轶事,而且也可以使用当时的许多珍籍。这些考释黄诗背景所引用的原始资料,可以说是相当丰富而且完备的。在内证方面,主要包括山谷自注、山谷诗文与山谷的题跋和手迹;外证方面,则包括山谷友人诗文、官方史料、个人史料、野史传闻与宋代诗话等等。其中的许多资料,由于时代的变迁与文献的散佚,如《实录》等史书,《黄大临集》《东坡小集》等文集,以及一些诗话、笔记等,我们今天已经很难见到了。其中黄庭坚本人的一些题跋,是理解黄诗必不可少的材料,如《戏咏猩猩毛笔二首》题下任注云:

> 山谷有此诗跋云:"钱穆父奉使高丽,得猩猩毛笔,甚珍之。惠予,要作诗。苏子瞻爱其柔健可人意,每过予书案,下笔不能休。此时二公俱直紫微阁,故予作二诗,前篇奉穆父,后篇奉子瞻。"

《戏咏猩猩毛笔二首》抓住猩猩和文人的相似之处,抒发封建社会文士才高命薄的感喟,俏皮尖刻,又感伤深沉。任渊的题注对于深刻了解此诗是很有助益的。二诗赠与的对象分别是钱勰和苏轼,一为中书舍人,一为起居舍人,但两人均好议论朝政,为言官所攻,故前诗"正以多知巧言语,失身来作管城公"和后诗"束缚归来悦无辱,逢时犹作黑头公"均有着落,不但有其广泛的意义,亦有针对性。又钱勰是赠笔者,要求山谷作诗,苏轼酷爱其笔,故此诗之作,实有来由。倘若没有

---

① 《黄庭坚诗集注》第 46 页,中华书局 2003 年版。
② 《善本书室藏书志》卷二十七,傅璇琮《黄庭坚和江西诗派资料汇编》,中华书局 1978 年版,第 374 页。

任渊的补充,读者只能认为其乃泛泛之作,而不知诗歌所涉三人的特殊关系及黄氏的关爱之情。南宋林希逸《题徐少章和注后村百梅诗》曰:"前辈云任渊、史容注陈、黄二诗,多得于同时及门之友,故其间略无差舛。"①晚清许印芳评价说:"自来注诗集者,莫善于施元之之注《东坡全集》、任渊之注《山谷内集》,二君皆南渡初年人,去苏、黄两公未远,虽于两公所用典故未能尽知出处,而于两公时事见闻亲切,证据详审。"②汪辟疆评价说:"宋人如施元之之注苏,任渊注黄、陈,李壁注荆公,胡稺注简斋,以宋人而注宋人诗,故注中于数典外,皆能广征当时故事,俾后人读之,益见其用事之严,此其所以可贵也。"③史容、史季温不具备任渊的优势,但亦有自身的长处,一些产生于南宋的文献,无论是李焘《续资治通鉴长编》等编年体史书,还是吴曾《能改斋漫录》、王明清《挥麈录》等笔记,或是《山谷年谱》等山谷个人史料,都是任渊无法接触的。如《思亲汝州作》,史容注曰:

> 此诗与《还家呈伯氏》同意。又按黄氏《年谱》载玉山汪氏有山谷此
> 诗真迹,题云:"戊申九月到汝州,时镇相富郑公。"今诗言"岁晚",必是
> 拘留至此时也,而首句与集中不同,云"风力霜威侵短衣"。

史容不仅据《山谷年谱》来考证《外集》的编年,而且十分倚重它对诗歌进行注释、校勘。《山谷年谱》记载了许多不为外人所知的山谷轶事,这些材料无疑十分重要。所以任、史之注不可替代,很大程度上是因为史料和文献的权威和可靠。

其次是注释的精审和通脱。早在南宋,任渊注《内集》即得到当时学者激赏,许尹《黄陈诗集注序》称赞曰:"且为原本立意始末,以晓学者,非若世之笺训,但能标题出处而已也。"这个评价并非过誉。任渊学识渊博,对诗歌见解独到,任渊《序》曰:"大凡以诗名世者,一字一句,必月锻季炼,未尝轻发,必有所考。"他对黄诗的注解,并不满足于一般注家对事典的挖掘,而是深刻体会黄诗的独特造诣,对黄诗的字、语、句势、句意方面作出了非同凡响的发明。如《次韵刘景文登邺王台见思五首》其二"平原秋树色,沙麓暮钟声",任注云:"用老杜《寄李白》诗'渭北春天树,江东日暮云'句律。"这就是所谓"句势",任注让读者看到,黄诗对杜诗的夺胎换骨,远非字面那么简单,而是深入到诗句的构思等方面。任渊还注意到典故在历史上的演变,所谓祖、父、孙典,指的是典故最原始的出处(祖),作者之前的诗文(父)与作者本人的使用情况

---

① 《题徐少章和注后村百梅诗》,《竹溪鬳斋十一稿续集》,四库全书电子版。
② 李庆甲整理本《方回〈瀛奎律髓汇评〉》,上海古籍出版社 2005 年版,第 1086 页。
③ 《注古人诗文》,《汪辟疆文集》,上海古籍出版社 1988 年版,第 870 页。

（孙），如《古诗二首上苏子瞻》其一"古来和鼎实，此物升庙廊"一句，任注云："《文选》潘安仁诗：王生和鼎实。《书》曰：若作和羹，尔惟盐梅。""和鼎实"的意思，最早出现在《尚书》中，是用煮羹时作为调味的盐梅比喻股肱之臣，但具体字面，则是潘岳之诗，用以说明王诩对国家社稷的重大影响。这样的注释，有历史的纵深感，也是关于这个典故的简史，读者自然受益匪浅。又如《次韵王稚川客舍二首》其二"心似乱丝头绪多"，任注云：乐府《华山畿》曰：腹中如乱丝。老杜诗：玉垒题诗心绪乱。太白诗：缲丝忆君头绪多。"读毕任注，我们不仅对"心如乱丝，头绪纷纭"这个诗文中常用典故的原始出处与历代的使用情况有了基本的了解，对任渊评价黄诗"一句一字有历古人六七作者"，也就理解得更为深刻了。

　　通脱是指任注对诗意的解释颇中肯綮，明白晓畅。一般的诗注，只是标识典故的出处，难免"释事忘义"之讥。黄诗典故络绎，读者即使读懂了典故，可能也常有莫名其妙之感。任注常常将典故和诗意一并解释，很好解决了这个问题。如《神宗皇帝挽词三首》，几乎句句用典，但一经说明，意思显豁。如"丘陵忽为谷，天地不藏舟"一句，注曰：

> 上句言丘山之颓，人将安仰；下句言大化推移，有形者所不得遁，然圣人未尝丧其存也。《诗》曰：高岸为谷，深谷为陵。《庄子》曰：藏舟于壑，藏山于泽，谓之固矣，然而夜半有力者负之而走，昧者不知也。藏小大有宜，犹有所遁，若夫藏天下于天下而不得所遁，是恒物之大情也，故圣人将游于物之所不得遁而皆存。

前句出自《诗经》，"丘陵忽为谷"亦即"驾崩"之意，下句出自《庄子》，这都好懂，但"天地不藏舟"究竟何意，读者还是茫然。原来"藏舟"乃有形者，而神宗属于圣人，即"藏天下于天下"的无形者，故"不得所遁"，虽逝犹存。任注所谓"末尝丧其存"，确实一语破的，解开了读者心中的疑团。再如《次韵王荆公题西太一宫壁二首》其一"真是真非安在？人间北看成南"一句，任注云：

> 《庄子》曰：彼亦一是非，此亦一是非。果且有彼是乎哉？果且无彼是乎哉？《楞严》曰：如人以表为中时，东看则西，南观成北，表体既混，心应杂乱。在熙丰则荆公为是，在元祐则荆公为非。爱憎之论，特未定也。

此诗是王安石离世后的作品，对王安石人亡势去、门庭冷落的境遇寄以同情，是对北宋党争是非的反讽，情辞诚挚深婉。任渊用《庄子》和《楞严经》解释两句，非常贴切。"在熙丰则荆公为是，在元祐则荆公为非"，很好地阐释了山谷对当时舆情激切、非黑即白的不满。"爱憎之论,特未定也",历史往往在沉淀后才能显露真相,一时的爱憎难有公论可言。这些解读,比较准确地道出了山谷的诗外之旨。

对任、史三注的批评,自其面世以来不绝如缕,如宋代袁文《瓮牖闲评》、赵与时《宾退录》、张淏《云谷杂记》、元方回《瀛奎律髓》、清光聪谐《有不为斋随笔》、今人钱钟书《谈艺录》等均有所摘评。除此之外,尚有不少还未经拈出者,如《次韵李之纯少监惠砚》"扫叶张饮林崖幽",注云"山谷熙宁年间尝为叶县尉";从句意来看将"扫叶"之"叶"解释为"叶县",实属牵强附会之误。《双井茶送子瞻》"我家江南摘云腴",注引《神仙传》"太真夫人曰:九传丹四名朱光,云碧之腴",其实"云腴"乃借指高山茶叶,因其生长于云雾之中。宋初宋庠《谢答吴侍郎惠茶》即有"衰翁剧饮虽无分,且喜云腴伴独醒"之句,任注误为道家之丹药。对三注的批评大多集中在具体条目上,自宋以来,尽管不断有学者挑剔三注之误,但三注中误注和失注者毕竟极少。《四库提要》称《山谷诗集注》曰:"独此注则昔人谓独为其难者,与史氏二注本艺林宝传。"评价甚高,可见《山谷诗集注》无愧于佳注之誉。

另外,《宋史·艺文志》著录陈逢寅《山谷诗注》二十卷,佚。

三、陈师道

被方回尊为江西诗派"一祖三宗"之一的陈师道,在诗艺上与黄庭坚颇多相似之处。南宋许尹为任渊《黄陈诗注》作序曰:"宋兴二百年,文章之盛,追还三代。而以诗名世者,豫章黄庭坚鲁直;其后学黄而不至者,后山陈师道无己。二公之诗,皆本于老杜而不为者也。其用事深密,杂以儒佛,虞初稗官之说,隽永鸿宝之书,牢笼渔猎,取诸左右。后生晚学,此秘未睹者,往往苦其难知。"任渊《后山诗注序》亦曰:"读后山诗,大似参曹洞禅,不犯正位,切忌死语。非冥搜旁引,莫窥其用意深处,此诗注所以作也。"可见任渊将黄、陈诗歌同注,主要还是着眼于二者在"用事深密"这一共同点上。

陈师道文集为门人魏衍编辑,其中诗歌六卷。此本后为王云所得,任渊在《后山诗注序》中说:"政和中,王云子飞得后山门人魏衍亲授本,编次有序,岁月可考。今悉依据,略加绪正,诗止六卷,益以注,卷各厘为上下。"注本目录按照年份编排,在一些诗题下有注者简略的考证按语。

关于历史背景方面,任注有的解题比较详尽,如卷二《送苏公知杭州》,题下注曰:"东坡出知杭州,道由南京。后山时为徐州教授,告徐守孙觉,愿往见,而觉不之许,乃托疾谒告,来南京送别。同舟东下,至宿而归。事见东坡《送陈传道书》及刘安世《弹章》。"说明此诗之作的背后秘辛。但大多的解题相对简单,如接下《送秦观二首》题下注曰:"观从东坡学于杭州。"《别负山居士》注曰:"张仲连。"更多诗作题下空白无注。这种情况,一是因为后山的交游相对单纯,二则说明任注的重心还是在作品本身,在背景考证方面不甚措意。

后山孤高傲世,鄙弃流俗,其诗歌的内容,往往是背弃时好的内心独白,是其完善人格的自我表现,加上所交往多为志趣相投者,因此与山谷诗歌相同,诗趣高雅,极喜使事用典,以传达知识分子的人生态度。以《次韵苏公西湖徙鱼三首》为例,因为对东坡的推崇,此诗尽吐肝鬲,趣味盎然,又典故满纸,妙谐横生。其中第二首尤为突出:

> 诗成笔落骥历块,不用安西题纸背①。
> 小家厚敛四壁立,拆东补西裳作带②。
> 堂下觳觫牛何罪,太山之阳人作鲙③。
> 同生异趣有如此,瓶悬罂间终一碎④。
> 流水长者今公是,雨花散乱投金濑⑤。
> 人言充庖须此辈,慈观更须容度外⑥。
> 赐墙及肩人得视,公才槃槃一都会⑦。
> 有怜其穷与不朽,我亦牵联书玉海⑧。

注曰:

① 此两句指东坡诗语俊快,书复雄奇也。《汉书·王褒传》曰:"驾啮膝,骖乘旦。过都越国,蹴如历块。"柳子厚诗云:"书成欲寄庾安西,纸背应劳手自题。"注云:"家有右军书,每纸背,庾翼题云:王右军六纸。"

② 此两句自言窘于属和也。《后汉》陈蕃曰:"小家畜产百万之赀。"寒山子诗:"与道殊悬远,拆东补西尔。"《左传》曰:"乐桓子请带于叔孙豹,豹召使者,裂裳帛而与之,曰:带其襦矣。"

③ 见《孟子》。《庄子》曰:盗跖脍人肝而哺之。

④《史记·李斯传》曰:"异趣以为高。"退之《送惠师》诗云:"去矣各异趣,何为浪沾巾?"《汉书·陈遵传》:"扬雄作《酒箴》曰:观瓶之居,居井之眉。处高临深,动常近危。一旦砖碍,为罂所辒。身提黄泉,骨肉为泥。自用如此,不如鸱夷云云。"此诗言仁与不仁,趣向各异,而不仁者鲜有不及。如瓶与鸱夷,所居不同,要之鸱夷保全,而瓶终不免也。罂,音丁浪反。井以砖为甃者也。

⑤《金光明经》曰："流水长者,自在光王之子也。见有一池,其水枯涸。于其池中,有十千鱼。遂将二十大象,载皮囊,盛河水,写至池中,水遂涨满。又为施食,解说十二因缘,并称说宝胜佛名。后十千鱼同日命终,生忉利天。是诸天子,复至本处,空泽池所,复雨天花。便从此没,还忉利宫。"《法华经》曰："弥勒当知尔时弥勒菩萨,岂异人乎,我身是也。求名菩萨,汝身是也。"《吴越春秋》曰："伍子胥伐楚,还溧阳濑水上,欲报自杀妇人以百金,不知其家,投金濑水中而去。"

⑥老杜《鸡》诗:"充庖尔辈堪。"卢仝《放鱼歌》曰:"此辈肥脆为绝尤。"《法华经》偈曰:"悲观及慈观。"此引用,当作去声读。《南史·谢朓传》曰:"杀之则成其名,正应容之度外。"

⑦此后山自言其诗浅近也,下有《答魏衍》诗,亦云"我诗浅短子贡墙,众自俯视无留藏"。按《鲁论》:"赐之墙也及肩,窥见室家之好。"《晋阳秋》云:谚曰:"大才槃槃谢家安。"《汉书·地理志》:"勃碣间一都会。"

⑧意谓好事者或以此诗附见《东坡集》中,是与之以不朽之名也。"不朽"字,见《左传》。退之《张法曹墓碣》曰:"若尔吾哀,必求夫子铭,是尔与吾不朽也。"又《答元积书》曰:"足下与甄济父子,俱宜牵联得书。"《南史》:"张融自名其集为《玉海》。"今以比《东坡集》。

可见几乎句句用典,十六句中,用《鲁论》一次、《孟子》一次、《左传》二次、《吴越春秋》一次、《史记》一次、《汉书》三次、《后汉书》一次、《南史》二次、《晋阳秋》一次、《金光明经》一次、《法华经》一次、寒山子诗一次、杜甫诗一次、韩愈诗文三次、柳宗元诗一次、卢仝诗一次、后山自己的诗一次,合计二十三次,囊括经史子集四部。除了一些比较明显的,如"骥历块""堂下觳觫牛""人作鲙""雨花散乱""投金濑""赐墙及肩"等出自著名经史典籍的典故,一般注家可能均可注出,但对于出自诗文的如"题纸背""拆东补西""裳作带""瓶悬罄间""流水长者""充庖须此辈"等出自作家诗文的典故,即非那些抄撮类书的注家所能注解的了,因为这些需要平日广泛而勤苦的阅读和积累,而这正是任渊的饱学独擅之所在。

不仅如此,任渊注后山诗,从事、辞两方面作了十分精确的征引,使诗意大为彰显,见出注者胸中确有五车之富,任其驱使。纪昀评其注,认为"钩稽事迹,最为精核","精核"一词最能道得任渊注诗之长处,即征引的故实与诗意十分贴切,相得益彰。如卷四《送吴先生谒惠州苏副使》,是说苏轼贬官为宁海军节度副使,惠州安置。窜身荒蛮岭南,方外之士吴远游不辞万里,亲赴海南,往谒苏公。后山与吴虽异趣,而好贤之意则同,但却不能往谒苏公,故有愧于吴君,所谓"异好有同功，我亦惭吾子"。诗末联说"为说任安在，依然一秃翁"，注引《汉书·霍去病传》言"卫青大将军日衰，而霍去病日贵。故人门下多去侍奉去病，辄得官爵，而唯独任安不肯去"。又引《灌夫传》"与长孺共一秃翁"，注云："无官位版绶也"。前句引用《霍去病传》，见出以任安自喻，不避时议，不顾阻拦，托病请假，私送苏轼，完全可与吴远游媲美，亦不负苏公之门；后句引《灌夫传》以注"秃翁"，说明后山坐党祸而被削去教职，成了无官的"秃翁"。两句的注释，从事、辞两个方面，恰如其分地彰扬了吴远游之好贤，同时也表白了自己对故人的一片深情厚义，可谓一石二鸟。注家能深切体会作品的用心所在和用意所指，对诗家而言，真是隔世的知音了。

四、陈与义

陈与义是南宋初期诗坛上声名卓著、仕历显赫的诗人，其名未列《江西宗派图》中，却被推为江西诗派的"三宗"之一。他与江西中人交往虽不多，但从他与吕本中的唱酬和对陈师道的推崇，不难看出他对江西诗派的宗旨是认同的。陈与义之诗，在重视句法、咏物重神似和一部分诗的风格上，都受黄庭坚、陈师道的影响。但由于经历两宋之交的流亡，他与江西诗派一般诗人从官衙到书衙的生活有所不同，他更多体会到杜甫诗歌的真谛，在题材、风格上以杜甫为师，表达忧时报国之心。刘克庄云："元祐后诗人迭起，一种则波澜富而句律疏，一种则煅炼精而性情远，要之不出苏、黄二体而已。及简斋出，始以老杜为师。"①这个趋势正反映了江西诗派在南宋的新变。

胡穉，字仲孺。生平待考。南宋光宗绍熙元年（1190）前后，著成《增广笺注简斋诗集》三十卷。在宋诗当代注中，此注虽出现较晚，但也是一部价值较高的注本。关于作注的缘由，宋人楼钥《简斋诗笺叙》曰："参政简斋陈公少在洛下，已称诗俊。南渡以后，身复百罹而诗益高，遂以名天下，雄词杰句，争先传诵。至用事深隐处，读者抚卷茫然，不暇究索。晓江胡君穉仲孺，约居力学，日进不已，得此诗，酷好之，随事标注，遂以成编。"说明注本之成，出于对简斋诗"用事深隐"的浓厚兴趣。又曰此注"贯穿百家，出入释老，旁取曲引，能发简斋之秘，用意亦勤矣。……胡君用心既专，数年之间，朝夕从事。而简斋之作，不过六百篇，故注释精详，几无余蕴。"胡穉自己也对简斋诗情有独钟，曰："公之诗势如川流，滔滔汩

①　《宋诗话全编》第八册，江苏古籍出版社1998年版，第8372页。

汩，靡然东注，非激石而旋，束峡而逸，则静正平易之态常自若也。特其用意深隐，不露鳞角，凡采撷诸史百子以资笔端者，莫不如自其已出，是以人惟见其冲瀜混濩，深博无涯涘而已矣。若夫逶迤蜿蜒之怪交舞于后先，有不能遍识也。余因暇日，纲断义摘，所得逾十八九，乃编纪岁月而悉笺之，恒使览者目击心谕，可抚而玩焉。"但别人对其笺注简斋诗并不理解，胡氏曰："夫羊枣之好，虽曾晳之所独，不当以律天下之人，然天下之人岂得无好羊枣者？"①这说明他的确对简斋诗下过一番功夫，且深有独得，爱不释手。

胡穉所撰《年谱》列于注本序言之后，比较详细，按照年份顺序，记述陈与义每年的主要活动和创作情况，勾勒出陈与义的生平大概，如"宣和四年壬寅（1122）"条云："时居汝州，有《吴学士观我斋分韵》并《和天宁老觉心》等诗，又《画山水赋》。春末归洛，有《道中》及《龙门》诗。夏，服除。七月，擢太学博士，有《过中牟》《游葆真》等诗。冬，有《和王尧明郊祀显相》诗。"这种年经月纬的排列，对了解简斋行迹帮助很大。

从注释内容看，注本基本准确地把握了简斋取法杜甫和山谷诗的艺术追求。简斋对杜诗的学习，几乎无处不在，如《题崇山》"世故莽相念"，胡笺云："老杜《寄刘峡州诗》：世故莽相仍。"《入城》"欲为唐衢哭，声出且复吞"，笺云："老杜《送舅》诗：临风欲恸哭，声出已复吞。"《雨中再赋海山楼》"一生襟抱与山开"，笺云："老杜《侍严大夫》诗：一生襟抱向谁开。"《道中书事》"客愁无处避，世事不堪论"，笺云："老杜《园官送菜》诗：世事固堪论。"《次韵周教授秋怀》"陶潜无酒对黄花"，笺云："老杜《九日诗》：每恨陶彭泽，无钱对菊花。"《杂书示陈国佐胡元茂四首》其一"晚知儒冠误，犹恋终南山"，笺云："老杜《赠韦左丞》诗：儒冠多误身。又：尚怜终南山。"《谨次十七叔去郑诗韵二章以寄家叔一章以自咏》其三"镜中无复故人怜"，笺云："老杜《呈柏中丞》诗：镜中衰谢色，万一故人怜。"这些诗句一般只改一字，简直就是杜诗的异代回响。蒋寅在论及古典诗歌的互文性问题时，曾举黄景仁《绮怀》诗"检点相思灰一寸"乃出自李商隐《无题》诗"春心莫共花争发，一寸相思一寸灰"为例，认为"文本可以通过吸收其他文本来实现意义的增殖。文学史上的优秀作家无不善于利用文本的这一特性，而文本的文学意味也往往就在这不同文本的关系之中"②，这是很有见地的。而有的诗句则化用杜诗成句，如《观江涨》"叠浪并翻孤日去"，笺云："老杜《宿江边阁》诗：孤月浪中翻。"其四"许身稷

① 《增广笺注简斋诗集》卷首楼序和自序，四部丛刊本。
② 蒋寅《拟与避：古典诗歌文本的互文性问题》，《文史哲》2012 年第 1 期。

契间",笺云:"老杜《咏怀诗》:许身一何高,窃比稷与契。"或一句合用杜诗一联之意,如《次韵富季申主簿梅花》"人人索笑那得禁",笺云:"老杜《舍弟赴蓝田》诗:巡檐索共梅花笑,冷蕊疏枝半不禁。"或一句浓缩杜诗数句之意,如《夜雨》"灯花应为好诗开",笺云:"老杜《独酌》诗:灯花何太喜,酒绿正相亲。醉里从为客,诗成觉有神。"

后山是著名的苦吟诗人,其诗以学力规矩见长,简斋则以才力富赡著称,但这并不妨碍简斋对后山的学习。方勺云:"陈去非谓予曰:秦少游诗如刻就楮叶,陈无己诗如养成内丹。又曰:凡诗人古有柳子厚,今有陈无己而已。"①如《雪》诗"投隙致殷勤",胡笺云:"后山《雪》诗:投隙穿帷巧致身。"后山诗以"巧致身"喻雪之无孔不入,简斋化以"致殷勤",将雪拟人化,致殷勤之意,更显灵活。再如《步至董氏园亭三首》其二"自移一榻西窗下,要近丛篁听雨声",胡笺云:"陈后山《齐居绝句》:一枕西窗深闭阁,卧听丛竹雨来时。"后山诗体现的是静态美,表现闭户卧听的自得之趣;简斋诗则增添了动态的因素,谓移榻以近丛篁,以此反衬董氏园亭的幽静。这些化用体现了简斋诗夺胎换骨的功夫。

清人阮元云:"今观所注,多钩稽事实,能得作者本意,绝无掊拾类书、不究出典之弊。凡集中所与往还诸人,亦一一考其本末,固读与义集者所不废也。"②但简斋转益多师,胡穉的许多注释并未能揭示简斋诗歌的准确来源,与任渊等人的注释相比稍逊一筹,所以今人钱钟书说它"在宋人注的宋诗里恐怕是最简陋的一种"③,也有学者批评其诗学修养的不足。④

五、王安石

李壁《王荆公诗笺注》是宋诗当代注的又一佳作。李壁(1159—1222),字季章,号雁湖,又号石林,谥文懿,眉州丹棱(今属四川)人,南宋史学家李焘之子,《宋史》有传。李壁因受韩侂胄牵连,为御史弹劾,贬官抚州。笺注王诗就在此期间,时间在开禧三年(1207)到嘉定二年(1209)谪居王安石家乡抚州临川期间,"嗜公之诗,遇与意会,往往随笔疏于其下,涉日既久,命史纂辑,固已集然盈编"(魏了翁序),遂成此书。嘉定七年(1214)李壁门人李西美在眉州刊刻其书,魏了

---

①　方勺《泊宅编》卷九,中华书局 1983 年版,第 52 页。

②　《四库未收书目提要》,上海商务印书馆 1955 年版,第 76 页。

③　《宋诗选注》,北京三联书店 2002 年版,第 213 页。

④　参见朱新亮《方回之前的陈与义"江西诗派化"进程》,《海南大学学报》2017 年第 4 期。

翁作序，此为初刻。八年后李壁去世。嘉定十七年（1224），抚州出现补注本，补注参杂于各卷之中。绍定三年（1230，庚寅），又出现增注本，此即后世所谓的"庚寅增注本"。补注和庚寅增注的作者，清人已疑是李壁本人，今日学者据朝鲜本和残宋本考证，当均为李壁本人，而非他人。①

《王荆公诗笺注》的价值体现在文本可靠、考史翔实、注释精审、评论精到几个方面。

文本方面，重视实物资料。李壁不仅网罗异本，详勘诗句文字的异同，而且重视当时尚存的墨本、石刻，如注释中不时可见诸如"余于临川见公真迹"之类的话。尤为可贵的是他所见的墨本、石刻，常有序跋，为理解王诗提供了切实可靠的依据。如卷三《白鹤吟示觉海元公》诗，李壁亲于临川得此诗石刻本，有跋于后，谓诗中以白鹤、红鹤、长松，分喻觉海、行详、普觉三僧，而王士禛《池北偶谈》卷十四"王介甫诗"条，却以白鹤喻争新法者，红鹤喻吕惠卿之流，对照之下，其附会穿凿，至为显然。其次是辑佚补遗。李注所收王诗比通行《临川先生文集》多出七十二首，这已为许多学者所指明，具体篇名见张宗松《重刊王荆公诗笺注略例》。其实，在注文中还有一些王安石亡佚的诗文，如卷三十九《初去临川》题下注引王安石《再宿金峰》诗，卷四十六《书陈祁兄弟屋壁》注引王安石《与陈君柬》文等，皆今通行本失收。当然也有误收的诗作，如梅尧臣的《三月十日韩子华招饮归城》、赵湘的《寄国清处谦》、欧阳修的《送致政朱郎中东归》等三首即是。②

历史背景的考证。李注照搬《临川文集》原有的分体编排方式，未加改动，而没有沿用宋代注本通行的编年体例，稍显遗憾。其史实考证，除了对诗题中人物的生平进行考察外，在正文中也有许多关相关史实的介绍，如《寄吴冲卿》"清明有冲卿，奥美如晦叔"句下李壁注：

> 晦叔，谓吕公公著，皆公生平之交。据晦叔《家传》："公自单州归，益研精讲学，无进趋之意。尝与王介甫相对而叹曰：'今天下虽小康，然尧舜之道知不可复行。'以故求闲局，将以遂其志。公初列馆阁，与安石友善。安石博辩有文，同舍莫敢与之抗，独公以精识约言服之。安石出守常州，求赠言，公告以四言曰：'庄重靖密。'安石至郡，寓书于公曰：'备官京师二年，疵吝积于心，每不自胜。一诣长者，即废然而反。夫所谓德人之容，使人吝意也消，吾于晦叔见之矣。'又谓人：'晦叔为相，吾

---

①　巩本栋《论〈王荆文公诗李壁注〉》，《文学遗产》2009 年第 1 期。
②　寿涌《考〈王荆文公诗李壁注〉误收他人诗三首》，《江西教育学院学报》2009 年第 5 期。

辈可以言仕矣。'"

这段注释引用吕公著《家传》,这是十分珍贵的史料,详尽记录了吕公著和王安石的交往,王安石对吕公著敬佩有加,所以安石用"奥美"形容之。如果没有这一注释,读者对"奥美如晦叔"一句大概就不甚了了。

注释精审,体现在用典、句法、对仗三个方面。用典上,李注看到荆公诗用典精切的特点,如《和仲庶出守潭州》"不知尊前客,更得贾生否",李壁注:"谊先为河南吴公客,后谪长沙。今公言尊前客,又施之吴姓,用事精切如此。"西汉贾谊曾为河南吴公座上之客,此诗正为吴中复出守潭州(今长沙)所作,故无论是姓氏还是地名,所用之典都极切合当时之事。李壁还总结了王诗用典无痕的长处,如《招同官游东园》"取鱼系榆条",李壁注:"《石鼓文》'其鱼维何? 维鱮与鲤。何以贯之? 维杨与柳。'公诗妙处,在使事而不觉使事也。"句法上,王安石喜欢袭用前人诗句,钱钟书先生批评说:"每遇他人佳句,必巧取豪夺,夺胎换骨,百计临摹,以为己有。或袭其句,或改其字,或反其意。集中作贼,唐宋大家无如公之明目张胆者。本为偶得拈来之浑成,遂著斧凿拆补之痕迹。"①除了后面的指责有点过火外,大体符合事实。荆公诗句法取法的对象很多,如《松江》"五更缥缈千山月,万里凄凉一笛风",李壁注:"杜诗'三年笛里关山月,万国兵前草木风',介父用此句法。"《题齐安壁》"梅残数点雪,麦涨一溪云",李壁注:"曹松诗'林残数枝月,发冷一梳风',公句法类此。"《题何氏宅园亭》"荷叶参差卷,榴花次第开",李壁注:"杜牧诗'旧事参差梦,新程迤逦秋',亦此句法。"《平山堂》"淮岑日对朱栏出,江岫云齐碧瓦浮",李壁注:"《滕王阁》诗'画栋朝飞南浦云,朱帘暮卷西山雨',即此句法。"作为参照的诗人涵盖了庾信、李白、杜甫、白居易、韩愈、刘长卿、刘禹锡、杜鹏、方干、罗隐、欧阳修、苏轼、陈与义等人。对仗方面,李壁肯定荆公诗歌无论古体还是律诗,对仗皆精致工巧,如《送张宣义之官越幕二首其二》"洲荻藏迷子,溪篁拥若耶"句注云:"'耶'以对'子',见公诗律之精。"《次韵约之谢惠诗》"已无姑溪寺,何有江令宅"句注云:"'姑溪'对'江令',公于古诗亦求工如此。"或是通过具体诗句的比较,指出前人对仗不若荆公,如《次韵酬宋芑六首》其三,注云"韩偓对仗不如介甫精切",《和杨乐道见寄》注云"乐天对仗不及介甫之工"。严羽在《沧浪诗话》中提出"王荆公体",荆公诗共有 1652 首,其中绝句 604首,占比百分之三十七。"王荆公体"的主要风格特征是既新奇工巧又含蓄深婉,其主要载体是他晚期的绝句,体现了宋诗风貌的部分特征,又体现了向唐诗复归

---

① 《谈艺录》,中华书局 1993 年版,第 245 页。

的倾向。李注从用典、句法、对仗三方面所作的分析，的确抓住了荆公诗的核心特征。

李壁十分注意对荆公诗意的辨析。一方面他大量摘录诗话进行分析，如《西清诗话》《王直方诗话》《苕溪渔隐丛话》《潘子真诗话》《石林诗话》《高斋诗话》《许彦周诗话》《蔡宽夫诗话》《漫叟诗话》《唐子西语录》《艺苑雌黄》《后山诗话》《冷斋夜话》等，这与宋注偶引诗话的做派很不相同，另一方面在具体句意上斤斤计较，如卷三十三《奉酬永叔见赠》"他日若能窥孟子，终身何敢望韩公"，有人认为王安石"犹不愿为退之，且讥文忠之喜学韩"，李壁辩曰："然荆公于退之之文，步趋俯仰，盖升其堂、入其室矣。而其言若是，岂好学者常慕其所未至而厌其所已得耶？"这里根据王安石师法韩愈这一事实来对诗句另作一番解释，确令人耳目一新。李注几乎处处袒护荆公，应该与他被贬后对荆公当年处境的深刻体认有关。

李氏距王安石去世不过八十年，时代相近为其提供了天然的便利，较之于后世注家的揣摩和想象，其注释更为可信。如卷七《白沟行》题注曰："白沟在安肃北十五里，阔才丈余，古亦名巨马河。……余顷因使燕，亦尝过所谓白沟者，河甚浅狭可涉，地属涿州。"以亲身经历说明白沟的地理特征，更觉亲切可靠。再如卷二十《寄赠胡先生》"先生天下豪杰魁"句，注曰："公初于前辈宿儒，犹有尊事之意，故如昭素与安定，皆以先生呼之。其后抵排诸老，略不少假，此意无复存矣。"可见王安石对反对变法者前后态度的变化。后世注家往往寻影逐声，当代注家却能扪毛辨骨，正因注家与作者时空迫近，其情感之亲近、时事之习近，自非后人可同日而语，故其注解价值亦高。

关于李注的缺点，刘克庄《后村诗话·前集》卷二指出其引用出处不当。以后重要者有清姚范《援鹑堂笔记》卷五十"王荆公诗集"条纠补约百条，沈钦韩《王荆公诗集李壁注勘误补正》四卷，近人李详《王荆文公诗补注》，大都允当；今人钱钟书先生《谈艺录》（增订本）纠补约四十条，均较有价值。

此书得到了几乎一致的好评。刘克庄《后村诗话·续集》卷四评云："雁湖注半山诗甚精确。"清代学者张宗松以此书与通行《临川集》对勘，发现"篇目既多寡不同，题字亦增损互异，乃叹是书之善，不独援据赅洽，可号王氏功臣也"。[①]《四库全书总目提要》亦评云："大致捃摭搜采，俱有根据，非穿凿附会者比。"连专门替李注"勘误补正"的沈钦韩也叹其"赡博"。由于清代以来学者对李壁注的补充和修正，都是在被刘辰翁删节本的基础上进行的，随着朝鲜本的回流和残宋本十

---

① 张宗松《王荆公诗注序》，《王荆公诗注》卷首，四库全书电子版。

七卷的重现，现在看来这些学者所作的补充和修正，有一些实无必要，如钱钟书《谈艺录》对卷二七《重登宝公塔》"应身东返知何国"一句做过补注，其实残宋本中对此是有补充注释的。其它如《元丰行》"田背坼如龟兆出"句，残宋本亦明确注出于退之《南山》诗"或如龟坼兆"，这也从侧面证明了此注的精审。

六、朱淑真

朱淑真（约1135—约1180），号幽栖居士，浙江海宁人，一说浙江钱塘人。生于仕宦之家，夫为文法小吏，因志趣不合，夫妻不睦，终致其抑郁早逝。朱淑真工诗、善画、通音律，"其诗浅弱，不脱闺阁之习，世以沦落哀之，故得传于后"（《四库全书总目提要》卷一七四），为唐宋以来留存作品最丰盛的女作家之一。

相传淑真过世后，父母将其生前文稿付之一炬，现存作品只是其中一部分。朱淑真死后五十年左右，宛陵（今安微宣城）人魏仲恭"好其诗，怜其冤"，将其诗词稿整理出版，命曰《断肠诗集》，共10卷，并于淳熙九年（1182）为此集作序，后又有孙寿斋于嘉泰二年（1202）为作后序。① 其后不久，钱塘人郑元佐为此书作注，名为《朱淑真集注》，所注为《前集》十卷和《后集》八卷，并有附录。

朱淑真诗的内容多抒写个人爱情生活，分春夏冬四景、闺怨、花木诸类。从《断肠诗集》郑元佐注可以看出，朱淑真尤擅化用前人诗句，有时甚至是整句挪用，如《暮春三首》"燕子楼台人寂寂"，注云"唐白居易诗全句"；《海棠》诗"胭脂为脸玉为肌"，注云"东坡诗全句"；卷四《新冬》诗"日一北而万物生"，注云《太玄经》全句"；《得家嫂书》诗"非干病酒与悲秋"，注云"《凤凰台上忆吹箫》词：非干病酒，不是悲秋"。其他郑元佐未出注的如《春归》诗"片片飞花弄晚晖，杜鹃啼血唤春归"，其实化用秦观《八六子》词"那堪片片飞花弄晚"句和北宋王令《送春》诗"子规夜半犹啼血，不信东风唤不回"句意；《湖上小集》"门前春水碧于天"，用五代词人韦庄《菩萨蛮》"春水碧于天"句等等，不胜枚举。这些句子一经朱淑真化入作品，便别具韵味。

当然，朱淑真诗比较单薄，而郑注亦存在不少空疏之处。钱钟书评曰："意陈语纤，浅俗寡韵，只与鱼玄机仿佛，大半皆小词。"又认为郑注"陋劣空疏，令人笑来"，可为参考。②

---

① 魏仲恭《断肠诗集序》，《丛书集成续编》一〇五册。
② 钱钟书《容安馆札记》第2册，商务印书馆2003年版。

第五节　朱熹及其《诗集传》《楚辞集注》

《诗经》《楚辞》作为先秦的两部诗歌总集,在不同时代被赋予不同的内涵。南宋朱熹《诗集传》《楚辞集注》就是最具宋代特色的解读,也是宋代诗经学和楚辞学的代表作。

朱熹(1130—1200),字元晦,又字仲晦,号晦庵,晚称晦翁,谥文,世称朱文公。祖籍徽州府婺源县(今江西婺源)。宋代著名的理学家、思想家、哲学家、教育家、诗人,与二程合称"程朱学派"。朱熹的理学思想对元、明、清三朝影响很大,成为三朝的官方哲学。

朱熹的著作基本以注疏为主,有《四书章句集注》《太极图说解》《通书解说》《周易读本》《诗集传》《楚辞集注》,称之为注释家是名副其实的。《诗集传》《楚辞集注》是两部在《诗经》《楚辞》研究史上占有重要地位的著作,其文学研究令人瞩目。

一、《诗集传》

自汉至唐,《毛传》《郑笺》作为传注《诗经》的权威,一直处于独尊地位,所谓经典研究的正统学者,只是在演绎古文经学的训诂,从事义疏工作,使之更趋完备繁琐,即如孔颖达《毛诗正义》,亦是把毛、郑之学阐述得更严密而已。宋代以来,经学疑古思潮兴起,"宋欧阳修《本义》始辨毛、郑之失,而断以己意。苏辙《诗传》始以《毛序》不可尽信,止存其首句,而删去其余。南宋郑樵《诗传辨妄》始专攻毛、郑,而极诋《小序》。……后(朱熹)见郑樵之书,乃将大、小《序》别为一编而辨之,名《诗序辨说》。其《集传》亦不主毛、郑"。[①] 宋人疑《序》废《序》,目的是促进《诗》学的新变。宋代的《诗经》研究具有时代特色,核心是理学化、文学化,这在朱熹《诗集传》中均有鲜明体现。《诗集传》在文学方面取得重要突破,归纳起来有如下几点。

首先是废《序》。《诗经》的大小《序》一直是阻隔人们正确解读《诗经》的障碍,自汉至唐,学者文人受其束缚,不能自拔。宋代疑古思潮兴盛,批判精神高涨,对汉、唐《诗经》注疏多持审视态度,更多地从人伦日常角度看待《诗经》。朱

---

① 皮锡瑞《经学历史》第八章《经学变古时代》。

熹对诗歌产生的看法在宋代很有代表性,曰:"人生而静,天之性也。感于物而动,性之欲也。夫既有欲矣,则不能无思。既有思矣,则不能无言。既有言矣,则言之所不能尽,而发于咨嗟咏叹之余者,必有自然之音响节族而不能已焉。此诗之所以作也。"又曰:"诗者,人心之感物,而形于言之余也。"《诗经》也是诗,自然也是感情的产物,并不神秘,更非皆圣人所作,因此学诗必须以文求义:"于是乎章句以纲之,训诂以纪之,讽咏以昌之,涵濡以体之,察之性情隐微之间。"(《诗集传序》)因此《诗集传》反对《毛诗序》,将大小《序》归并到一起,放在全书末尾,此即后来单独成书的《诗序辨说》。将高高在上的《诗经》拉回人间,为正确解读打下基础。

其次是重视《诗经》的情感因素。情感是文学的驱动力和核心。先秦贵族引《诗》,断章取义,附会严重。汉代以来,儒生变本加厉,比附经史,曲解穿凿的现象更为严重,男女幽会之诗变成了"刺淫诗",男女爱慕之诗则成为君子"思贤"之诗,诗非"美"则"刺"。而在朱熹看来,"诗之所谓风者,多出于里巷歌谣之作,所谓男女相与咏歌,各言其情者也"(《诗集传序》),如《邶风·柏舟》,《诗序》解作"言仁而不遇也。卫顷公之时,仁人不遇,小人在侧",《毛传》《郑笺》皆从其说,《诗集传》却认为是"妇人不得于其夫,故以柏舟自比",恢复其本来面目。其它如《邶风·谷风》《卫风·有狐》《郑风·出其东门》《郑风·女曰鸡鸣》等诗歌,朱熹也基本从感情角度肯定男女之情的合理性。

《诗集传》有30首左右被认定为"淫诗",包括《邶风·静女》《鄘风·蝃蝀》《卫风·氓》《木瓜》《王风·大车》《丘中有麻》《郑风·将仲子》《遵大路》《有女同车》《山有扶苏》等。如《邶风·静女》,朱熹解作"淫奔期会之诗";《卫风·氓》,朱熹解作"淫妇为人所弃,而自叙其事以道其悔恨之意也"。抛开其封建卫道的一面,朱熹对诸诗内涵的把握是十分准确的。部分战争徭役诗,包括《卫风·伯兮》《王风·扬之水》《魏风·陟岵》《唐风·鸨羽》《小雅·北山》等,描写夫妇双方的思念忧虑,《诗集传》的解释也大体正确,如《伯兮》,朱熹曰:"妇人以夫久从征役而作是诗,言其君子之才之美如是,今方执殳而为王前驱也。"

再次是体例。《诗集传》将每首诗分为数章,篇末总括章数句数,这种分章分句的形式虽继承古注,但《诗集传》发扬光大,对后代诗歌注释有借鉴作用,如仇兆鳌《杜诗详注·凡例》"杜诗分段"曰:《诗经》古注,分章分句,朱子《集传》亦踵其例。……兹集于长篇既分段落,而结尾则总括各段句数,以见制格之整严,仿《诗传》某章章几句例也。"《诗集传》的注释也十分简洁,每章各括章旨,次释句义,这种方法对于后世长篇诗歌的注释而言,具有提纲挈领、便利读者的作用。

《杜诗详注·凡例》"内注解意"曰："欧公说诗,于本文只添一二字,而语意豁然。朱子注《诗》,得其遗意。兹于圈内小注,先提总纲,次释句义,语不欲繁,意不使略,取醒目也。"不仅《杜诗详注》,明清时期的诸多注本均对《诗集传》的注释体例有所借鉴。

《诗集传》影响很大,元末明初,刘履《选诗补注·凡例》曰："作诗固难矣,而知诗为尤难。自秦汉置博士,各专一经,而治《诗》者皆不免惑于小序,失其本义。至宋殆千可年,乃有朱子《集传》者出,而后学始得其宗。"从文学角度注释《诗经》的道路,是自《诗集传》开启的。当然,它也遭到各种非议,除了理学教训和废《序》,文学方面的批评也不少,如清初姚际恒曰："《集传》纰缪不少,其大者尤在误读夫子'郑声淫'一语,妄以郑诗为淫,且及于卫,且及于他国。是使《三百篇》为训淫之书,吾夫子为导淫之人,此举世之所切齿而叹恨者。"(《诗经通论》自序)尽管如此,《诗集传》在古代诗歌注释史上有其一席之地,是不争的事实。

二、《楚辞集注》

宋代是《楚辞》研究的兴盛期。《四库全书》"楚辞类"著录6部著作,宋代有3部,即洪兴祖《楚辞补注》、吴仁杰《离骚草木疏》和朱熹《楚辞集注》。朱熹《楚辞集注》也是宋人《楚辞》研究的代表。

洪兴祖是南北宋之交人,《补注》17卷,乃补王逸《楚辞章句》,它在异文校勘、方言考察、文献征引方面取得较大成就。洪氏强调屈原"爱君"、"忧世",否定从前的"怨君"说、"贪名"说,重新评价了屈原的思想和人格。在体例上也有不少创新,"汉人注书,大抵简质,又往往举其训诂,而不备列其考据。兴祖是编,列逸注于前,而一一疏通、证明、补注于后,于逸注多所阐发。又皆以'补曰'二字别之,使与原文不乱,亦异乎明代诸人妄改古书,恣情损益。于《楚辞》诸注之中,特为善本。故陈振孙称其用力之勤,而朱子作《集注》,亦多取其说云。"(《四库提要》)但对该书的文学评价不足。

吴仁杰,南宋初人,《离骚草木疏》4卷成于庆元丁巳(1197),时值韩侂胄专权,构陷赵汝愚,诬朱熹之学为"伪学"之时。吴氏与朱熹交谊甚笃,多次讨论《楚辞》草木的名物训诂问题,因借草木疏解以寄意,著成此书,这从《自跋》"彼既不能流芳后世,姑使之遗臭万载"云云,不难看出有抨击奸佞的寓意。书虽以《离骚》命名,注释却包括屈原全部25篇作品,前3卷注释"香草"44种,第4卷注释"恶草臭木"11种。其体例是,先列草木名,次引屈原诗句,次引王逸、洪兴祖等诸家之说,未加按语,广引博考,新意颇多,《四库提要》认为其"征引宏富,考辨典核,实能补王逸训诂所未及。以视陆玑之疏《毛诗》、罗愿之翼《尔雅》,可以方轨并驾,争骛后先,故博物者恒资焉。迹其赅洽,固亦考证之林也"。但缺陷是好奇过甚,多引《山海经》,故训解往往流于荒诞。

朱熹《楚辞集注》8卷,附《辩证》2卷,《后语》6卷,是其《楚辞》研究的结晶。《集注》《后语》是注释,《辩证》考辨旧注错误等。朱熹一生致力于儒家经典的阐述,《楚辞》在封建社会不属于主流学术的范畴,因此朱熹著《楚辞集注》遭遇不少怀疑甚至指责。但宋代理学发达,朱熹阐释《楚辞》的动机,是从理学视角作重新论述:"然使世之放臣屏子、怨妻去妇,抆泪讴吟于下,而所天者幸而听之,则于彼此之间,天性民彝之善,岂不足以交有所发,而增夫三纲五典之重? 此予之所以每有味于其言,而不敢直以词人之赋视之也。"(《楚辞集注·自序》)"三纲五典"乃其念兹在兹之所在。皮锡瑞分析宋人反对汉唐章句训诂之学曰:"前汉今文说,专明大义微言;后汉杂古文,多详章句训诂。章句训诂不能尽餍学者之心,于是宋儒起而言义理。此汉、宋之经学所以分也。"(《经学历史》)南宋严峻的政治军事形势,促使学者借古讽今,颂扬历史上忠君爱国的仁人志士,批判变节投敌的贼子丑类。靖康之后,洪兴祖《楚辞补注》一反前人之说,批判扬雄,即是例证。朱熹指扬雄"为屈原之罪人",将蔡琰《胡笳》选入《集注》,"非恕琰也,亦以甚雄之恶云尔"(《楚辞后语》),以妇人犹尔反衬扬雄失节事莽,目的显然。而朱熹遭到当局者的诬陷,以及《章句》《补注》的学术瑕疵,也是重要动因:"顾王书之所取舍,与其题号离合之间,多可议者,而洪皆不能有所是正。至其大义,则又皆未尝沉潜反复,嗟叹咏歌,以寻其文词指意之所出,而遽欲取喻立说,旁引曲证,以强附于其事之已然,是以或以迂滞而远于性情,或以迫切而害于义理,使原之所为壹郁而不得申于当年者,又晦昧而不见白于后世。"(《楚辞集注·自序》)朱熹的著述动机,有时代、个人和学术等综合因素,并非单纯的某种因素。

《楚辞集注》对《楚辞》注释的贡献有如下几点:

一是首次提出"忠君爱国"说。王逸继承《毛诗大序》"温柔敦厚"的文艺观,认为《离骚》乃"上以讽谏,下以自慰";洪兴祖认为"忠臣之用心,自尽其爱君之诚耳,死生毁誉所不顾也",强调屈原"爱君"。朱熹更进一步,认为《九歌》是放逐之后,见到民间祀神歌舞而"感之","故颇为更定其词,去其泰甚,而又因彼事神之心,以寄吾忠君爱国眷恋不忘之意"(卷二)。《九章》是"既放"而"思君念国,随事感触,辄形于声"之作(卷四)。从"忠君爱国"的角度高度赞美屈原的思想和人格,将《楚辞》研究提升到新高度,影响深远。不过这种看法也是有代价、有矛盾的，就是朱熹从《诗经》角度观照《楚辞》，称之为"变风""变雅"；对明显抱怨的诗句，曲为之说，不惜前后矛盾。①

　　二是训诂、义理、文学结合。朱熹对《楚辞章句》和《楚辞补注》均有不满，认为前者着重训诂，后者义理不足。"窃谓秦汉以来，圣学不传，儒者惟知章句训诂之事，而不复求圣人之意，以明夫性命道德之归。至于近世，先知先觉之士始发明之，则学者既有以知夫前日之为陋矣，然或乃徒诵其言以为高，而又初不知深求其意，甚者遂至于脱略章句，陵籍训诂，坐谈空妙，展转相迷，而其为患反有甚于前日之为陋者。"(《朱文公文集》卷75)尽管针对经学而发，也可视作其对汉、宋《楚辞》研究的看法。朱熹《集注》立足训诂，拓展义理，二者并重。他大量吸收王逸和洪兴祖的训诂成果，并有所改造，如《九章·橘颂》"精色内白，类任道兮"，王注："言橘实赤黄，其色精明，内怀洁白。以言贤者亦然，外有精明之貌，内有洁白之志，故可任以道，而事用之也。"洪补："青黄杂糅，言其外之文；精色内白，言其中之质也。"朱注："精色，外色精明也。内白，内怀洁白也。外精内白，似有道也。"较之王注简明，较之洪注丰富。《九歌》诸篇，王逸认为"上陈事神之敬，下见己之冤结，托之以讽谏"，而朱熹认为"皆以事神不答而不能忘其敬爱，比事君不合而不能忘其忠赤，尤足以见其恳切之意"；《湘君》，朱熹以为"其情意曲折尤多，皆以阴寓忠爱于君之意"，将普通的民间祭歌上升为君臣义理。钱穆曰："盖欲真识古人之义理，则必先求之于文义，而章句亦不可忽。朱子毕生解经，功力实在此。"②这个评断是合适的。

　　朱熹还重视《楚辞》的文学价值。从前多以"怨君"看待屈原，朱熹并不否认，但他认为这个看法过于狭隘，他说："盖屈子者，穷而呼天，疾痛而呼父母之词也。故今所欲取而使继之者，必其出于幽忧穷蹙、怨慕凄凉之意乃为得其余韵。"(《楚辞后语序》)从情感角度肯定《楚辞》的价值。他用"赋比兴"解读《楚辞》，认为屈原的比喻是若即若离、轻虚空灵的艺术手法，如《离骚》"飘风云霓之属"，不过是"泛为寓言"，"未必有所拟论"，驳斥王、洪曰："望舒、飞廉、鸾皇、雷师、飘风、云霓，但言神灵为之拥护服役，以见其仗卫威仪之盛耳，初无善恶之分也。旧注曲为之说，……皆无义理。"(《辩证》)他注释《卜居》曰："屈原哀悯当世之人，习安邪佞，违背正直，故阳为不知者之是非可否，而将假蓍龟以决之，遂为此词，发其取舍之端，以警世俗。"所谓"阳为"即"佯为"，屈原乃虚构太卜与自己的对话，这是

―――――――

① 卢平忠《理学的困惑：〈楚辞集注〉思想初探》，《四川师范大学学报》1989 年第 5 期。

② 《朱子新学案》，巴蜀书社 1986 年版，第 1415 页。

解读此篇的关键。从情感、意象到艺术手法，朱熹对《楚辞》文学特质有着深刻的认识，这也是《集注》超越前人之处。他是落实义理、考据、辞章注释方法的先行者。当然《集注》对神话认识不足，影响到对屈原浪漫主义精神的理解；他修订旧注，却有改错之处；研究比兴，不无求之过深过细的偏颇，均为不可讳言之弊。

三是编选体例和注释方式的创新。在编选方面，朱熹强调"辞理"或"言意"的均衡，对王逸和晁补之两家诗目重新编排，如删去《七谏》《九怀》等篇，认为"其词平缓，意不深切"（《辩证》）。删去晁氏编本中宋玉、曹植、陆机、陆云诸作，认为"宋、马辞有余而理不足，长于颂美而短于规定"（《后语》），而入选蔡琰《胡笳》，"要为贤于不病而呻吟者也"等（《辩证》）。卷1至卷5"离骚类"，收屈原7题25篇；卷6、7、8"续离骚类"，收宋玉、景差、贾谊、庄忌、淮南小山8题16篇；《楚辞后语》6卷，收荀子至吕大临等历代辞赋52篇。入选的原则，是富有"幽忧穷蹙、怨慕凄凉之意"的作品。这种选录改变以往《楚辞》滥收的情形，《四库提要》称其"去取特严"。

注释方式方面，朱熹指责王逸逐句作注"重复而繁碎"，批评《补注》"既不能正，又因其误"，认为"凡说诗者，固当句为之释，然亦但能见其句中之训怙字义而已。至于一章之内，上下相承，首尾相应之大指，自当通全章而论之，乃得其意"，所以"仿《诗传》之例，一以全章为断，先释字义，然后通解章内之意"。分章多以韵为断，如《抽思》"愿摇起而横奔兮，览民尤以自镇。结微情以陈词兮，矫以遗夫美人"一章四句，先释"镇""遗"音读，再以圆圈隔断，曰："尤，过也。镇，止也。矫，举也。览民之尤，而察其有罪之实，庶以自止其忧，则又愈见其怒之不当，而可忧益甚，故结情于词，以告君也。美人，亦寄意于君也。"同样，"愿承间而自察兮，心震悼而不敢。悲夷犹而冀进兮，心怛伤之憺憺"一章四句，先释音读，再以圆圈隔断，分别注释字词和句意："间，音闲。怛，当割反；一作怕，非是。憺，徒敢反。间，闲暇也。《庄子》曰：今日宴间。察，明也。怛，悲惨也。憺憺，安静。意谓欲承君之闲暇以自明而不敢，然又不能自已，故夷犹欲进，而心复悲惨，遂静默而不敢言也。观此则知屈原事君，惓惓之意盖极深厚，岂乐以婞直犯上而取名者哉！"可以看出，其注释的重点是分章并串讲章意，眉目清晰，有利于读者理解诗篇的脉络章法，改变了以往以字句为单位的训诂方式，避免读者溺陷字词而忘掉大义的弊端；就字词训诂而言，直接注释，避免各种字书引用的繁琐。总之，字词训诂简洁，章句阐明大义，是《楚辞集注》和《诗集传》共同的注释方式，它跳出了汉唐以来训诂为主的窠臼，也对后世诗集注释产生很大影响。

第六节　唐前诗歌注释

　　宋人对唐前诗歌的兴趣，主要集中在陶渊明诗歌。陶渊明在宋代受到了重新评价和高度肯定，从陶渊明去世直至唐代，其被推崇主要出于人格的超逸，所谓"隐逸之宗"是也。到了宋代，他傲视权贵的独立人格、不仕二姓的遗民情怀，以及崇尚自然、安贫乐道的精神追求等，得到了宋人的大力揄扬。宋李邦献说："陶渊明无功德以及人，而名节与古忠臣义士等。"（《省心杂言》）而其诗艺也得到了从苏轼到南宋诸多学者的高度赞美，苏轼叹赏曰："渊明作诗不多，然其诗质而实绮，癯而实腴。自曹、刘、鲍、谢、李、杜诸人，皆莫及也。"①几乎将陶与杜并列。南宋张戒《岁寒堂诗话》卷上亦云："自建安七子、六朝、有唐及近世诸人，思无邪者，惟陶渊明、杜子美耳，余皆不免落邪思也。"之所以陶诗受到如此肯定，一方面是因为其韵味深长的诗文符合宋人理性内敛的文化精神，另一方面，宋人追求伦理纲常的背后，是对闲适惬意生活方式的向往，故杜甫、陶渊明二人被视为两种伦理取向的代表。南宋陈仁子谓："世之诗，陶者自冲淡处悟入，杜者自忠义处悟入。"②清人黄子云《野鸿诗的》也说："古来称诗圣者，惟陶、杜二公而已。陶以己之天真，运汉之风格，词意又加烹炼，故能度越前人；若杜兼众善而有之者也。余以为靖节如老子，少陵如孔子。"③这种评价也代表了宋人对陶的总体看法。

　　南宋时期开始出现陶诗的注本，一是南宋后期汤汉的《陶靖节诗注》，一是宋末元初李公焕的《笺注陶渊明集》。

　　汤汉，字伯纪，饶州安仁（今江西信江）人，理宗时任秘书少监知福州，度宗时为兵部侍郎，《宋史》卷四三八有传。他是注释陶诗的第一人，因为《述酒》诗"直吐忠愤"，而"乱以廋词，千载之下，读者不省为何语"，故加笺释，"及他篇有可发明者，亦并著之"④。正因如此，他对《述酒》以及他认为寓有深意的作品进行详注，而对其他作品则十分简略。

　　陶诗的"深意"，源自沈约《宋书·陶潜传》的记载："所著文章，皆题其年月，义熙以前则书晋氏年号，自永初以来，唯云甲子而已。"所以汤氏竭力在诗注中发明这个"微旨"，如解释《述酒》的创作意图，说是为晋恭帝所作的哀辞，其中"豫章

---

① 《追和陶渊明诗引》，《东坡全集》卷三一，四库全书本。
② 华文轩《古代文学研究资料汇编·杜甫卷》引《牧莱脞语》，中华书局1964年版，第988页。
③ 丁福保辑《清诗话》，上海古籍出版社1978年版，第862页。
④ 《陶靖节诗注》卷首，《续修四库全书》第1304册。

抗高门,重华固灵坟"和"流泪抱中叹,倾耳听司晨"四句,他认为是指"义熙元年,(刘)裕以匡复功封豫章郡公。重华谓恭帝禅宋也。裕既建国,晋帝以天下让而犹不免于弑,此所以流泪抱叹,夜耿耿而达曙也"。末四句"峨峨西岭内,偃息得所亲。天容自永固,彭殇非等伦",认为"西岭乃恭帝所藏,帝年三十六而弑,此但言藏之固,而寿夭自不必论,无可奈何之辞也"。这样的解释,与南宋面临亡国的实际处境有关,在历史上也很有影响,遗民读陶、咏陶乃至拟陶,也每与注家揭示的陶之"忠君"思想有关。但就学术而言,这样的解读其实在两可之间,而汤氏更将其推广至每首他认为有深意的诗作,这就不免附会穿凿了,如《停云》诗"竞用新好,以招余情"一句,本指春天新发的树枝,用它新嫩的枝条抚慰自己的心情,可是汤氏却说成是"相招以事新朝",硬要往政治的角度靠拢,显得十分生硬。

李公焕《笺注陶渊明集》算不上严格的注本,只是收录宋代各家的评论,如《述酒》引黄庭坚、韩子苍、赵泉山、汤汉的评语,《归去来辞》引欧阳修、李格非、朱熹、休斋、韩子苍、苏轼等人的评语,没有自己的见解,也很少字词的注释,只能算是评点本。

第七节　宋代的诗歌注释学成就和不足

周裕锴在总结宋代诗集注本的特点时指出:

> 在宋人的诗集注本中,有三个较突出的特点:一是历史主义,具体说来,这就是"诗史"概念的普及,由于将诗歌看成是诗人对历史事件的个人性反映,为诗人编写年谱并给诗集编年成为文本注释的重要组成部分。二是理性主义,就是按照伦理性、真实性的原则对原文作出诠释或评判,无论是切己致思的"心解",还是自由理解的"活参",都不越过"理义大本"的底线。三是知识主义,以"博极群书"作为对阐释者的基本要求,相信唐宋时期大诗人的作品都是"无一字无来处",因而将揭示诗歌语词出处作为首要任务。换言之,通过释"史"、释"理"、释"事"而最终获得诗人的"立言本意",仍是宋代阐释者们的共同梦想。[①]

我比较赞同的是第一和第三,即历史主义和"无一字无来处"。

宋代是诗学和史学高度发达的朝代。自唐末以来,诗学研究者注重探索叙

事性较强的诗歌与历史的联系。晚唐五代的孟棨在其《本事诗》中首次提出了杜诗为"诗史"的概念。宋代诗学研究者对"诗史"关注更为密切，如宋祁、欧阳修《新唐书·杜甫传》评价杜诗道："善陈时事，律切精深，至千言不少衰，世号诗史。"宋诗以其好议论而与当代史建立了密切的联系，王安石的议政诗有近五百首，苏轼本人说过："臣屡论事，未蒙施行，乃复作为诗文，寓物托讽，庶几流传上达，感悟圣意。"①这说明了宋代诗歌与当代史的紧密联系。其余如黄庭坚、陈师道、陈与义等人的诗歌，与政治的联系虽然不如王安石、苏轼密切，但也或多或少地反映了熙宁变法、元祐党祸、靖康之变等重大时事。因此宋诗注释者一般均有强烈而自觉的史学意识，进一步使用历史方法来研究诗歌，形成"以史证诗"方法。无论是对待前代还是当代作家，宋代的注家大都采用年谱、编年和考史的方法，力图证明作品和历史之间的对应关系，并从中揣测作家的意图，特别是当代注的注本，因为史料确凿，具有无可替代的权威性，真正实现了对作家创作旨趣的准确理解和把握。因此，诗学只有得到历史的确认，方有意义，脱离历史的诗学是无意义的，这大概是宋代史学发达的文学意义。

其次是"无一字无来处"。它被认为是江西诗派的纲领性理论，故而也是宋代注释学兴盛的一个必要条件。但这个理论诞生于宋代，有其时代因素。宋代是中国文化重要的转折点，大规模的文化复兴加上印刷术的兴起，使文学写作从个人兴趣逐渐衍化为某种机械性行为，类书等文献汇编渐渐变成写作的范本，清代的袁枚曾调侃说："今类书、字汇，无所不备，使左思生于今日，必不作此种赋。即作之，不过翻摘故纸，一二日可成。"（《随园诗话》卷一）他说的就是文学作品"无一字无来处"的现象，其实这种情况早在宋代就已出现。由于书籍的高度发达，诗人与外部世界的关系，不再如从前那么单纯清澈，"阳若目击今事而阴乃心摹前构"已经不再是可能，而是活生生的现实，换言之，作者写作已经不再仅仅考虑如何描摹物色，还要考虑文词是否新鲜，避免陷入陈俗的老套和窠臼。前代诗人言情写景的好句，离间了后世诗人和现实的亲密关系，支配了他们观察的角度，限止了他们感受的范围，钱钟书曾举例曰："譬如赏月作诗，他们不写自己直接的印象和切身的情事，倒给古代的名句佳话牢笼住了"，他因此追问："六朝以来许多诗歌常使我们怀疑：作者真的领略到诗里所写的情景呢？还是他记性好，想起了关于这个情景的成语古典呢？"②语言的互文性是"无一字无来处"的内在

① 《乞郡札子》，《苏轼文集》，中华书局 1986 年版，第 82 页。
② 《宋诗选注》，北京三联书店 2002 年版，第 255 页。

规律。值得注意的是,唐以后文学语言的发展陷于停滞,也是江西诗派"无一字无来处"的重要根源。据谢思炜对《文选》魏晋宋齐梁诗和《唐诗三百首》两个样本的调查统计,他从前者共提取多音词 5241 个(不含专有名称等),其中魏晋宋齐梁时期产生词语 2420 个,占 46%;从后者共提取多音词 2927 个,其中魏晋至唐前产生的词语 1020 个,占 34.8%,而唐代产生的词语 500 个,仅占 17%,"由此来看,唐代诗歌在语言运用上相对进入了一个守成期,袭用前人词语的比率上升,而自创新词的比率呈明显下降"。① 这就不难理解为什么任渊将用字或语言问题上升到著述的高度了:"前辈用字严密如此,此诗注之所以作也。"②

上述两点只是宋代的诗歌注释学成就之荦荦大者,此外如广泛而详尽的文本搜集和校勘,为唐代诗集笺注打下良好的基础;其次当代注取得独特成就;第三是注释类型多样,分体、分类、编年等丰富了注释学实践。

当然,宋代的注释学也存在不少问题。

首先是学风不正。以杜诗为例,就出现了"伪苏注"的反面典型,为了解释杜诗"无一字无来处",不惜"随事造文,一一牵合"(陈振孙《直斋书录解题》卷十九),大量伪造典故,带来了注释领域的一股浊流。宋人感慨:"杜少陵诗世号诗史,自笺注杂出,是非异同,多所牴牾。至有好事者掇其章句,穿凿附会,设为事实,托名东坡,刊镂以行,欺世售伪,有识之士,所为深叹!"(郭知达《九家集注杜诗序》)洪业批判曰:"王安石、苏轼之流,逞其聪明颖悟,不必皆有所据;世人慕其文采风流,摭拾为笔记诗话;后来注杜者更从引用,初未尝专为杜集著书也。"(《杜诗引得序》)此外还有"王洙注""杜修可注"等冒名欺世,贻害甚烈。当然学风不正也有商业的影响,杜诗兴盛,需求巨大,其注本自然成为假冒伪劣的重灾区,鱼龙混杂,泥沙俱下,此不必说。其它注本也颇受影响,如《五百家注昌黎文集》,《四库提要》统计"祗三百六十八家,不足五百之数。而所云新添诸家,皆不著名氏。大抵虚构其目,务以炫博,非实有其书",认为其虚夸成分较大。而其缘由,主要还是书肆的商业炒作。南宋印刷业发达,竞争激烈,不少注本吹嘘标榜,拉拢名家,质量掺假,伪劣盛行。钱谦益《笺杜诗略例》曾举例说明清初杜诗注本滥竽充数的情形,其实南宋也是如此。除了恶劣的学术造假,还有学术上随意和不规范的情形,如很多注本的引用并不严格标明来源或原作者,这种情况直到清代乾嘉时期才彻底改观。

---

① 谢思炜《杜诗"无一字无来处"说的注释学思辨》,《河北学刊》2017 年第 2 期。

② 《黄陈诗集注序》,《山谷诗集注》卷首,上海古籍出版社 2003 年版。

　　其次是对象狭隘。宋代诗注集中于唐代，而唐代又集中于杜甫，呈现畸轻畸重的狭隘性。宋代号称"千家注杜"，虽然热闹非凡，花团锦簇，但其对象过于集中在杜甫，而对其他诗家几乎视而不见，如李白、王维、韩愈、柳宗元、李贺、杜牧、李商隐、温庭筠等诗人，直到清代才出现较为重要的注本，这与宋代独特的崇杜氛围有关，也与诗歌注释的初兴有关。反过来，研究的狭隘性也导致长期以来对诗人认识的不足，比较典型的就是李商隐，唐宋学者大多对其持负面看法，直到清初钱谦益、朱鹤龄等人才纠正了世人对其"背恩无行"的印象，这种转变是通过长期深入地研究和注释其作品才实现的。

　　第三是深度不足。如果撇开当代诗注，宋代的诗歌注释学地位其实较为尴尬，它与明代或清代相比，均有显著的不足。与明代相比，宋人的艺术分析较为粗糙。明人对唐诗写作机巧的仔细辨析，对用字用词的掂量把握，对承接转换的用心揣摩，以及丝丝入扣的心理分析，宋人是望尘莫及的。而与清人相比，即使在擅长的杜诗领域，宋人亦力有未逮，有人总结清代杜诗学的特点是深、广、专、细[①]，清代的杜诗注本无论在数量还是质量方面均毫不逊色于宋注，甚至有后来居上之势，如杜诗的权威编年是清人完成的，杜甫详尽征信的年谱是清人完成的，杜诗的主旨笺注、史实考证、地名探微等，均成就于清人之手。另外，清代杜诗学学风纯正，佳作如林，也是宋代难以企及的。当然，学术是渐进的，也是积累的，宋代的诗歌注释学筚路蓝缕，成绩巨大，必须予以充分肯定。

---

① 孙微《清代杜诗学史》，齐鲁书社 2004 年版，第 7 页。

第四章　元明的转型期

　　相对而言，元、明两朝对诗集的整理和注释风气远不及宋代之盛。元代蒙古族统治中原，汉人学者地位较低，学术活动也甚受影响，留下的诗集注本为数寥寥。明人的学术空气虽较浓厚，产生的诗集注本也较多，但受到空虚学风的影响，更盛行"选隽解律"的选注和评点，而传统重视考证的注本十分稀少。

　　首先是唐代诗集受到高度关注。元明的文学创作崇尚唐诗，注释方面也有鲜明体现。杜诗的注本最多，如佚名《集千家注杜诗》、单复《读杜诗愚得》、赵统《杜律意注》、张綖《杜诗通》、颜廷榘《杜律意笺》、邵宝《杜少陵先生分类诗注》、王嗣奭《杜臆》等。李白诗集在宋代杨齐贤注的基础上，出现了萧士赟删补的《李太白集分类补注》，这也是现存最早而完整的李白全注本；另外还有林兆珂《李诗钞述注》、朱谏《李诗选注》、胡震亨《李诗通》等。韩愈、柳宗元的诗集分别有明代蒋之翘《韩昌黎集辑注》和《柳河东集辑注》。

　　不少唐人诗集也有了初注本，如王维，有顾可久《王右丞诗注说》和顾起经《类笺唐王右丞集》；温庭筠，有曾益《温八叉集》；许浑，有元人祝德子《增广音注唐郢州刺史丁卯集》和明人李捷《许郢州诗》两种。而有的诗集在元明两朝一注再注，形成一时风气，如陈魁士、颜文选、施凤来、陈继儒、梅之涣、王衡等先后为骆宾王集作注，徐渭、董懋策、曾益等先后为李贺诗集作注。唐诗总集出现了（元）郝天挺注《唐诗鼓吹》、释圆至《笺注唐贤绝句三体诗法》、（明）廖文炳《唐诗鼓吹注解大全》、胡次焱《赘笺唐诗绝句选》、唐汝询《唐诗解》、钟人杰《花间集笺校》等注本。

　　唐诗之外，大概可分为两个部分，一是《文选》的注释，有元代刘履《选诗补注》、明代张凤翼《文选纂注》、陆弘祚《文选纂注评苑》、冯维讷《选诗约注》、顾大猷《选诗订注补》、瞿式耜《文选音注》、陈与郊《文选章句》、王象乾《文选删注》、林兆珂《选诗约注》等。其次是别集注本，如陶渊明，有何孟春《陶渊明集注》、黄文焕《陶诗析义》、张自烈《笺注陶渊明诗集》等，江淹，有胡之骥《江文通集汇注》等。其中刘履《选诗补注》和黄文焕《陶诗析义》成就较大。

其次从注本面世的时间看，两朝以明代为重点，明代又以后期为重点。明代前期从建国到宪宗成化年间将近 120 年，文学了无生机，各种题材都处于沉寂的状态。统治者强化科举制度，推行八股文，进行文化思想控制，学术界也死气沉沉。明代较早的诗集全注本，是天顺元年的单复《读杜诗愚得》、正德年间的何孟春《陶渊明集注》，而真正开始兴盛则是嘉靖晚期，此时距离明代开国已经一百八九十年了。一些质量较高的注本，如黄文焕《陶诗析义》、张子烈《笺注陶渊明诗集》、蒋之翘《唐韩昌黎集辑注》《唐柳河东集》、王嗣奭《杜臆》，均出现于明末崇祯年间，注本在数量和质量方面均显示了后移的倾向。

第三是选注盛行，传统全集注本衰落，总体质量不高。元明选注盛行，这就是所谓的"选隽解律"。两代崇尚盛唐，杜诗受到关注，因此全集注本集中于杜诗，但数量不多，佚名《集千家注杜诗》、单复《读杜愚得》和王嗣奭《杜臆》等几部较有成就。杜诗的选注最多，也最有代表性，而选注又以律诗为主，如明代专注杜律者有陈如纶《杜律》、张孚敬《杜律训解》、王维祯《杜律七言颇解》、赵本学《注杜声律》、赵大纲《杜律测旨》、赵统《杜律意注》、颜廷榘《杜律意笺》、陈与郊《杜律注评》、郭正域《杜律选》、黄光升《杜律注解》、汪瑗《杜律五言补注》、邵傅《杜律集解》、谢杰《杜律詹言》、薛益《杜工部七言律诗分类集注》等，而张性《杜律演义》、虞集《杜律虞注》及赵汸《类注杜工部五言律诗》等一度流行二三百年，在明、清两代形成一种专读杜律的风气。但就是这三部名气最大的注本，却是十分可疑的伪书。明代不但没有出现名家名注，甚至出现了嫁名巨公的伪书公然行世且热销的情况，这就从侧面反映了明代诗注整体的质量问题。

第四是评点盛行。自刘辰翁之后，元、明两代评点之风盛行。方回是宋末元初著名评点家，其《瀛奎律髓》是唐宋诗合选本，四十九卷，皆五七言律诗。方回是江西诗派的积极支持者，崇尚杜甫夔州后的瘦硬诗风，要求作诗须字字有来历，提倡"夺胎换骨""点铁成金"之法，喜欢袭用前人诗意而略改其意，以为工巧，因此在第一卷公开提出"老杜诗为唐诗之冠，黄、陈诗为宋诗之冠"的观点，并提出"一祖三宗"之说。他的评点多能切中肯綮，但他不欣赏华丽柔靡的诗句，又喜欢给诗人排定座次，标明甲乙，招致后人聚讼。元代范梈批选的《杜工部诗千家注》、释圆至《唐诗说》、颜润卿《唐音缉释》、刘履《风雅翼》等也比较有名。当然，明初一百多年文学不兴，评点也相对低落，弘治以后才渐渐活跃，到嘉靖、万历以后，评点到达高峰。弘治之前，只有高棅《唐诗品汇》等少数评本尚称规模，杨慎、顾璘、王鏊等少数名家顾盼自雄。弘治以后,不仅评点队伍扩大,评点的对象也逐渐推广到文学的各个门类,汇评本和集评本不断涌现。就诗歌而言,由于明代前后七子提倡"诗必盛唐",故有关唐诗的汇评本特别多,如题李维桢所撰的《新镌名公批评分门释类唐诗隽》,题梅鼎祚编选、屠隆集评的《李杜二家诗抄评林》,徐克《评注百家唐诗汇选》,杨肇祉《唐诗艳逸品》,徐用吾《唐诗分类绳尺》,黄克缵与卫一凤合撰的《全唐风雅》,沈子来《唐诗三集合编》,郭濬《增定评注唐诗正声》,李沂《唐诗援》,凌云《唐诗绝句类选》,周珽《唐诗选脉会通评林》,凌宏宪《唐诗广选》等皆属此类,而汤显祖、陈继儒、袁宏道、陆时雍、程元初、徐树丕、邢昉、唐汝询、叶羲昂、周敬、王嗣奭、孙鑛、王穉登、钟惺、谭元春、陈子龙等评诗名家蜂拥而起,其中钟、谭二人的《诗归》独领明代诗歌评点之风骚。

第一节　元代的诗注概况

元代是由少数民族建立政权的朝代,虽然崇尚汉族文化,但汉文学衰落之势难以避免,诗歌注释更是寥若晨星。

元代诗歌大体宗唐,如元代作家戴良就说:"唐诗主性情,故于风雅为犹近;宋诗主议论,则其去风雅远矣。然能得夫风雅之正声,以一扫宋人之积弊,其惟我朝乎?"[①]就诗歌注释而言,体现在注本的选择上,《集千家注批点杜工部诗集》《分类补注李太白集》是元代为数不多的唐人别集注本,总集注本则有《唐诗鼓吹注》。从学术地位看,元代的诗歌注释基本属于宋代的延续,如集注乃搜集宋人的旧注;《风雅翼》等"选诗","其去取大旨,本于真德秀《文章正宗》,其铨释体例,则悉以朱子《诗集传》为准。"(《四库提要》)

一、《集千家注批点杜工部诗集》

元人高楚芳注、刘辰翁评点,二十卷,元大德癸卯(1303)原刻,共收诗一千四百二十余首。卷首载有王洙、王安石、胡宗愈、蔡梦弼四人之序,体例以编年为序,诗歌后面罗列旧注,刘辰翁的评点附于诗句之下,以《游龙门奉先寺》诗为首,以《过洞庭湖》诗结尾。是书号称"千家",实际所集注家近百,以黄鹤、蔡梦弼、

---

① 戴良《皇元风雅序》,《九灵山房集》卷二九,《文渊阁四库全书》第1219册第587页。

"王洙"三家注为主,保存了宋人注杜的精华。高氏编集此书的目的,是校正旧刻之误,因而务求精审。刘将孙在《高楚芳墓志铭》中曰:"(楚芳)方聚佳士校《杜诗注》如日课,其所尚固然","用力勤,去取当,校正审",成书后又得到刘将孙父子亲自校刻,去伪存真,校正精审,非旧本可比。四库馆臣高度评价曰:"宋以来注杜各家,鲜有专本传世,遗文绪论,颇赖此书以存,其筚路蓝缕之功,未可尽废也。"(《四库提要》)

其较大的优点是兼采众长。宋代多有号称"千家注"的注本,如《黄氏补千家集注杜工部诗史》《集千家注分类杜工部诗》等,集注性质的注本更多,但采摘范围恐怕都不能与高楚芳本媲美。它收录了欧阳修《欧公诗话》、杨万里《诚斋诗话》、葛立方《韵语阳秋》等十数种宋人诗话中有关杜诗的评论,涉及杜诗的字词用法、典故、格律、语言、风格等诸多方面;辑录了许多宋人笔记中有价值的论杜资料,如苏轼《东坡志林》、严有翼《艺苑雌黄》、陆游《老学庵笔记》、邵伯温《邵氏闻见录》、赵明诚《金石录》、吴曾《复斋漫录》、蔡兴宗《蔡兴宗正异》等。而且它摒弃了宋代注本中常见的繁琐考证,注文较为简练精当,因此迅速流行。如引用《诚斋诗话》对《九日蓝田崔氏庄》的评论,就很精到:

> 唐律七言八句,一篇之中句句皆奇,一句之中字字皆奇,古今作者皆难之,惟杜子美《九日》、东坡《煎茶》诗耳。如子美《九日》诗云:"老去悲秋强自宽,兴来今日尽君欢",不徒入句便字字对属,又第一句顷刻变化,才说悲秋,忽又自宽。以自对君,自者我也。"羞将短发还吹帽,笑倩旁人为正冠",将一事翻腾作一联;又孟嘉以落帽为风流,少陵以不落为风流,翻尽古人公案,最为妙法。"蓝水远从千涧落,玉山高并两峰寒",诗人至此笔力多衰,今方且雄杰挺拔,唤起一篇精神,非笔力拔山不及此。"明年此会知谁健,醉把茱萸仔细看",意味深长,幽然无穷矣。

(卷四)

其次是新鲜的评点。它完整收录了刘辰翁的杜诗评点,计350多首,470多条。刘辰翁继宋人整理、编年、分类和集注杜诗后,首开评点一派。

刘氏评点的特色是注重读者感受。注家的注释往往客观冷静,不足是缺乏读者视角,缺少感性和激情。刘氏的评点尽管不够准确,但容易获得读者的共情和共鸣,如卷四《乐游园歌》"此身饮罢无归处,独立苍茫自咏诗",评曰:"每诵此结,不自堪,吾常堕泪于此。"《渼陂行》"咫尺但愁雷雨至,苍茫不晓神灵意"句,评曰:"吾尝游西湖,遇风雨,诵此语,如同舟同时。"卷五《喜达行在所三首》其一"雾树行相引,莲峰望忽开",评曰:"荒村歧路之间,望树而往,傍山曲折,或见其背,或见其面，非身经颠沛，不知其言之工也。"从知识理性的角度看，刘氏的评点可谓聊胜于无，但从情感而言，却极易获得读者的认同，它引导人们注意杜诗的艺术和风韵，这是一般注释难以取得的效果。

正因如此，刘氏的评点向来毁誉参半。元程钜夫说："会孟评诗，近世鲜能及之。"①吴澄说："庐陵刘会孟于诸家诗融液贯通，评论造极。"②明人胡应麟认为"其评诗有妙理。"（《诗薮》杂编卷五）然而讥评同样不少，如明人杨慎以为"须溪元不知诗。"③明单复说："须溪所评，大抵止据一时己见而言，亦未明作者立言之旨意。"④四库馆臣认为"其评点古书，尤好为纤诡新颖之词"⑤、"所评杜诗，每舍其大而求其细"。⑥ 到了清初，仇兆鳌曰："刘须溪批语，不玩上下文理，而摘取一字一句，恣意标新，往往涉于纤诡，宋潜溪讥其如醉翁呓语，良不诬也。后来钟、谭论诗，亦踵须溪之流派，全无精实见解，故集中所采甚稀。"（《杜诗凡例》）这种昨是今非的现象，诚如今人周采泉先生所云："辰翁评杜，开选隽解律、析奇赏异之风，在元、明两代影响颇大，故彭本、高本翻刻不绝。但每经翻刻，刘评陆续被淘汰，明季各刻本，刘评已残存无几。至钱笺问世，风气又是一变，清代注家，务实学，尚考证，此种空泛之评语，不着边际之论调，已不为读杜者所重视矣。"（《杜集书录》）平心而论，刘辰翁突破笺注藩篱，首开评杜之风，反复作者深意后有感而发，道常人所未道，使杜诗真面目、真精神跃然而出，真有功于杜诗。诚如莫砺锋所说："刘本长于诗词，其批点多有精微之处，未可轻视。况且评点与注释不同，它重在体味杜诗的艺术特点，而不在于解释成语典故，这在杜诗阐释学中是别开生面的。"⑦

该注在明清两代影响较大，纪昀就批评明代单复的《读杜诗愚得》："其笺注典故，皆剽掇《千家注》，无所考证。"（《读杜诗愚得提要》）其诗作编年、编纂体例、辑注方式、批点形式，分别对清代吴见思《杜诗论文》、金圣叹《杜诗解》、仇兆鳌《杜诗详注》、杨伦《杜诗镜铨》等杜诗注本产生了一定影响。该书元、明、清三代不断翻刻，是所有"集千家"本的祖本。周采泉曰："高本自元迄今，嬗递至六百余年，翻刻不绝，远胜于黄鹤、徐宅、蔡梦弼各家注。所以高本在杜诗校刻史上，实

---

① 《严元德诗序》，《雪楼集》卷十五，影印文渊阁《四库全书》第 1202 册。
② 《大西山白云集序》，《吴文正集》卷十八，影印文渊阁《四库全书》第 1197 册。
③ 《升庵诗话》卷十二，《历代诗话续编》，中华书局 1983 年版。
④ 《读杜诗愚得序》，《四库全书存目丛书》集部第四册。
⑤ 《班马异同评提要》，《四库全书总目》卷四十六。
⑥ 《笺注评点李长吉歌诗提要》，《四库全书总目》卷一五〇。
⑦ 莫砺锋著《杜甫评传》，南京大学出版社 1993 年版，第 411 页。

可成一脉相承之完整系。"①

元代对杜诗全集进行注释的还有俞浙的《杜诗举隅》,惜已亡逸。

二、《唐诗鼓吹注》

周采泉曰:"从宋代直到近代,每一时代各有不同的研究风尚:宋代重在辑佚和编年,元明重在选隽解律,清代重在集注批点,近代则重在论述分析。然不论各自的见解高低,收获多寡,对于杜诗的研究,他们都曾起了不同程度的推动作用。"②指出元明重在"选隽解律"的特点。《唐诗鼓吹》就是"选隽解律"风气下的产物。

《唐诗鼓吹》是第一部唐人七律选集,共 10 卷,选诗 596 首,96 家。作者大都为中晚唐诗人,对许浑、陆龟蒙、杜牧、李商隐、谭用之等作品选录尤多。所选作品多为伤时感怀之作,较为准确地反映了部分中晚唐诗人的创作面貌,也从不同侧面反映了当时的社会状况和历史风貌。《四库全书总目》说它"去取谨严,轨辙归一,大抵遒健宏敞,无宋末江湖、四灵琐碎寒俭之习",这个评价较为中肯。

《唐诗鼓吹》并没有注明编选者,所以学界对此一直争论不休,若据初刊本元至大江浙儒司刊本卢挚的跋文:"新斋郝公继先注唐诗鼓吹集成,既命江东肃政内翰姚公端父为之序,而嘱挚跋于篇末。唐诗鼓吹集者,遗山先生元公裕之之所集。公以勋阀英胄,幼受学遗山公,尝以是集教之诗律,公慨师承之有自,故为之注。"言之凿凿,则此书乃元好问所选,郝天挺注,刊行于至大元年(1308),后世的争论其实并无多少实据。多选中晚唐作品,其用意大概与元好问忧时伤乱的情怀有关。

郝天挺(1247—1313)字继先,木鲁族人。金代有两个郝天挺,一为元好问之师,一为元好问之弟子,这是个巧合。《唐诗鼓吹注》的作者是元氏弟子,曾任中书左丞,《元史》有传。郝氏以勋臣子弟入朝,除参议云南行尚书省事,升参知政事。拜中书左丞,与宰相论事,有不合,辄面斥之。武宗入正大统,颇效辅佐定策之劳。仁宗临御,参与大政。又出为江西、河南二省右丞,召拜御史中丞。皇庆二年(1313)卒,年六十七。历事世祖、成宗、武宗、仁宗四朝,政声颇著,跻身名宦之列。《新元史》本传言:"天挺字继先,受业于元好问。……好问撰《唐诗鼓吹》

---

① 《杜集书录》,上海古籍出版社 1986 年版,第 101 页。
② 《杜集书录·序》,上海古籍出版社 1986 年版,第 1 页。

十卷,天挺为之注。赵孟頫序其书,以为唐人之于诗,非好问不能尽去取之工,非天挺亦不能发比兴之蕴云。"郝氏作注的时间,今人考证当在 1297—1307 年之间。[①]

《唐诗鼓吹注》较为重视史实的勾稽,有助于读者对作品准确而深入的理解。如所选 96 位诗人中,有 77 位诗人有简要的生平介绍。有的注释则结合作者的重要事迹,对于理解作品十分关键,如韩偓《安贫》:

> 手风慵展八行书,眼暗休寻九局图。
>
> 窗里日光飞野马,案头筠管长蒲卢。
>
> 谋身拙为安蛇足,报国危曾捋虎须。
>
> 举世可能无默识,未知谁拟试齐竽?

首联说自己"手风""眼暗",懒得写信和下棋;颔联说无聊。两联均不甚深。但颈联抒发谋身报国的感慨,"捋虎须"究竟何指,读者不得其详。郝氏注曰:

> 天复中,车驾幸凤翔,偓有扈从之功。反正初,昭宗面许偓为相,偓奏云:"运契中兴,宜复用重德镇风俗。"因荐右仆射赵崇。梁祖在京,迟入请见,言具崇长短。昭宗曰:"赵崇是韩偓所荐。"时偓在侧,梁祖三斥之,奏曰:"臣不敢与大臣争。"偓寻出闽中依王审知,故有此作。山谷云:"其辞凄切而不迫,可谓不忘其君也。"

这段注释是说韩偓在朝时,曾向昭宗推荐赵崇为相,遭到朱温忌恨,几乎被杀。这样"捋虎须"三字就有了着落。

对诗中的典故,一般也有较为细致的注释。如《汉武宫辞》"绛节几时还入梦,碧桃何处更骖鸾"句,注曰:

> 《尹喜内传》曰:老子西游,省太真王母,共食碧桃紫梨。《武帝外传》:元封元年,王母降帝宫,乘紫云之辇,驾九色斑麟,从官执彩旌之节,母升降,东向坐,以玉盘盛桃七颗,其色青。《白羽经》曰:太真丈人登白鸾之车,游于九原。

这是对"绛节""碧桃""骖鸾"三词的注释。再如陆龟蒙《忆白菊》"何惭谢雪中情咏,不羡刘梅贵色庄"两句,指出前句用《世说新语》谢安雪日与儿辈咏雪的佳话,后句用宋武帝女寿阳公主以梅花为妆的典故。柳宗元《衡阳与梦得分路赠别》"伏波故道风烟在,翁仲遗墟草树平"两句,注引汉马援拜伏波将军南征交趾事,

---

① 白特木尔巴根《元代蒙古族文学评点家郝天挺和他的〈唐诗鼓吹集注〉》,《内蒙古师范大学学报》2003 年第 3 期。

又叙柳子厚与刘禹锡同出衡阳、途中以伏波神祠为题的赋诗唱和之举。这些文字对于一般的读者还是有帮助的。对较有深意的诗歌，一般也稍作点拨，指出其隐含的意思，如许浑诗《途径骊山》"凤驾北归山寂寂，龙旗西幸水滔滔"，认为分别隐喻"肃宗去灵武"和"玄宗幸蜀"；李商隐《野菊》尾联"紫云新苑移花处，不取霜栽近御筵"，认为是"讥当时草泽遗贤无所进用也"。

《唐诗鼓吹注》的注释大体上比较简要精当。赵孟頫《序》云："公以经济之才坐庙堂，以韦布之学研文学，出其博洽之余，探奥发微，人为之传，句为之释。或意在言外，或事出异书，公悉取而附见之，使诵其诗者知其人，识其物者达其意，览其辞者见其指归，然知唐人之精神情性，始无所隐遁焉。"虽略微溢美，但大致是客观的。它较之后来的唐律注本，有一定价值。《四库全书总目》评价曰："天挺之注，虽颇简略，而但释出典，尚不涉于穿凿，亦不似明廖文炳等所解横生枝节，庸而至于妄也。"明清时期的《鼓吹》系列注本和评本，如明代廖文炳《唐诗鼓吹注解大全》，清代钱朝鼏、王俊臣、王清臣、陆贻典《唐诗鼓吹笺注》，钱谦益、何义门《唐诗鼓吹评注》，朱三锡《东岩草堂评定唐诗鼓吹》，民国时期吴汝纶《评点唐诗鼓吹》等，多以之为基础，说明它是有学术影响的。

三、《分类补注李太白集》

注者萧士赟，字粹可，号粹斋，又号冰厓后人。南京图书馆藏《分类补注李太白诗》，《序例》末题"至元辛卯"，则该书成于宋亡不久。刻于元代至大四年（1311），距离《集千家注批点杜工部诗》的初刻仅仅八年。

其《分类补注李太白集》是现存最早的李白作品注本。早在南宋中期，杨齐贤有《集注李白诗》二十五卷；所谓"补注"，就是对杨齐贤《集注李白诗》的补充注释。但杨齐贤的注本早已散佚，现在仅能通过萧士赟的引用得以窥其一斑。①

萧士赟在吸收杨齐贤注释的基础上，对李白诗文分门别类，先后为古赋第一卷，其次诗歌分为古风、乐府、歌吟、赠、寄等二十一类，共二十四卷；后五卷为杂文。

关于注释的动机，萧士赟在《序例》中曰：

> 唐诗大家，数李、杜为称首。古今注杜诗者号千家，注李诗者曾不

---

① 详见胡振龙《李白诗古注本研究》第二章第二节《南宋学者的注释李诗和编撰年谱》，南京师范大学博士论文。

一二见,非诗家一尖事欤?仆自弱冠知诵太白诗,时习举子业,虽好之,
未暇究也。厥后乃得专意于此,间趋庭以求闻所未闻,或从师以薪解所
未解。冥思逷想,章究其意之所寓;旁搜远引,句考其字之所原。……
注成,不忍弃置,又从而刻诸枣者,所望于四方之贤友是正之,发明之,
增而益之,俾笺注者由是而十百千焉,与杜注等,顾不美欤!

他对李、杜齐名而李注奇缺感到不满,这是他注释李白集的重要动机。

萧注的一个重要特点,是他对李白诗渊源的探索。李白诗歌转益多师,如同
己出,一般读者很难准确把握其具体的师法对象,萧注的不少注释探骊得珠,如
《古风》五十二"青春流惊湍,朱明骤回薄。不忍看秋蓬,飘扬竟何托。光风灭兰
蕙,白露洒葵藿。美人不我期,草木日零落",注曰:

> 《楚辞》:"结微情以陈词兮,矫以遗夫美人。昔君与我诚言兮,曰黄
> 昏以为期。羌中道而回畔兮,反既有此他志。"又:"日月忽其不淹兮,春
> 与秋其代序。惟草木之零落兮,恐美人之迟暮。"此篇诗意全出于此,美
> 人况时君也。

卷十六《送韩准裴政孔巢父还山》"猎客张兔罝,不能挂龙虎。所以青云人,高歌
在岩户",注曰:

> 陆机《演连珠》:"顿网探渊,不能招龙;振纲罗云,不必招凤。是以
> 巢箕之叟,不晒丘园之币;洗渭之民,不发傅岩之梦。"此诗首四句意出
> 于此。

卷四《王昭君》其一"汉家秦地月,流影照明妃。一上玉关道,天涯去不归。汉月
还从东海出,明妃西嫁无来日",注曰:

> 鲍照诗曰:"君不见城上日,今暝没尽去,明朝复更出。今我何时得
> 当然,一去永灭入黄泉。"太白用其意而易其辞。

这些诗句的字面变异很大,经萧注点出,更易体会李白诗歌出神入化的本领。后
来清代王琦的注释大体也抄录上引文字,可见这几句诗的注释得到了清人的
认可。

但其缺点也很明显,概括起来有两点,一是强调李白"每饭不忘君",以与杜
诗抗衡。有时不惜滥用比兴,强行攀附,将一般的写景咏怀之作说成别有用心,
如卷八《怀仙歌》:"一鹤东飞过沧海,放心散漫知何在?仙人浩歌望我来,应攀玉
树长相待。尧舜之事不足惊,自馀嚣嚣直可轻。巨鳌莫戴三山去,我欲蓬莱顶上
行。"注曰:

> 此诗太白缱顾宗国,系心君王,冀复进用之作也。一鹤自喻,仙比

　　　　人君,玉树比爵位。时肃宗即位于灵武,明皇就逊位,时物议有非之者。

　　　　太白豪侠旷达之士,亦曰法尧禅舜,自古有之,何足惊怪? 彼为是嚣嚣

　　　　者,不知古今直可轻也。末句其拳拳安史之灭,宗社之安,或者用我乎!

　　　　身在江海,心存魏阙,白有之矣。

其它如卷一六《金乡送韦八之西京》,注曰:"太白此诗因别友而动怀君之思,可谓
身在江海,心存魏阙者矣。或者谓白诗全无关于人伦风教,其厚诬太白哉!"卷一
七《同王昌龄送族弟襄归桂阳二首》,注曰:"细味此诗,非一饭不忘君者乎? 议者
何厚诬太白不如杜哉!"卷二一《登敬亭北二小山余时送客逢崔侍御并登此地》,
注曰:"按白此诗,其亦身在江海、心在魏阙之意乎? 食息不忘君,岂特杜甫为
然!"卷二四《江南春怀》,注曰:"此太白流离湘楚之诗乎? 食息不忘君,其志亦可
哀矣。"对于这些本无深意和寄托的诗歌,生拉硬扯,附会穿凿,不能不说是一个
硬伤。

　　其次是强调李白诗"无一字无来历"。如卷二五《长门怨二首》"天回北斗挂
西楼,金屋无人萤火流":

　　　　《诗》云:"熠耀宵行。"熠耀,磷也。磷,萤火也。笺云:"此物家无人

　　　　则然,令人感思室中久无人,故有此物。是不足畏,乃可以为忧思。诗

　　　　人下字必有来处,则'无人'字非泛然而言者也。"

为了证明李诗"下字必有来处",注释大掉书袋,搬弄典故,牵引《诗经》,将一般习
见的字词说得云山雾罩。其实"金屋无人"只是形容后宫冷落,并无深意。有时
广征博引,连篇累牍,令人厌观,如《古风》二十二"急节谢流水,羁心摇悬旌。挥
涕且复去,恻怆何时平"四句,注曰:

　　　　曹植《与吴质书》曰:"日不我与,曜灵急节。"《孔子家语》曰:"文伯

　　　　卒,敬姜曰:二三妇无挥涕。"王肃曰:"挥涕,不哭,以手挥之也。"王粲

　　　　诗:"挥涕独不还。"颜延年诗:"恻怆山阳赋。"江淹《别赋》:"去复去兮长

　　　　河湄。"又:"寝兴何时平。"此篇别情之诗也,其亦感物兴悲,触景伤怀

　　　　也欤?

注释了"急节""挥涕""恻怆"三词,三词均习见之词,注与不注,在两可之间。倒
是较为重要的"羁心"和"悬旌"反而失注。说明用注释杜诗的方法来注释李诗,
效果事倍功半。

　　尽管存在许多问题,但萧注保存了宋元旧注,具有一定的文献价值,因此为
《四库全书》著录。

四、张性等人的唐诗选注

元人崇尚儒学，论诗又普遍尊唐抑宋，因而一生只在儒家界内的唐代诗人杜甫备受元人膜拜，如虞集评价杜甫说：

> 杜公之诗，冲远浑厚，上薄风雅，下凌沈、宋。每篇之中，有句法章法，截乎不可紊。至于以正为变，以变为正，妙用无方，如行云流水，初无定质，出于精微，夺乎天造，是大难以形器求矣。公之忠愤激切、爱君忧国之心，一系于诗，故常因是而为之曰：《三百篇》，经也；杜诗，史也。诗史之名，指事实耳，不与经对言也。然风雅绝响之后，唯杜公得之，则史而能经也，学工部则无往而不在也。①

杜诗在元代的编注留传至今且广有影响的有四部：张性《杜律演义》、赵汸《杜工部五言赵注》、董养性《杜工部诗选注》、范梈《杜工部诗范德机批选》。

张性《杜律演义》是第一部杜诗七律注本。性字伯成，自号石门，临川金溪（今江西金溪县）人，至正庚寅（1350）举人，事迹详见明刻本《杜律演义》卷首曾昂夫《元进士张伯成传》。《杜律演义》所选杜诗七律，共 151 首，21 类，分前后两集。前集载雨旸、山川、时序等八类，后集载楼阁、桥梁、寺观、音乐等十三类。张氏注杜，征引史料，阐发诗旨，无艰深琐屑之病，行文务求明白通畅。对七律的艺术分析颇能切中肯綮，故为时人所推许。除了一般的字词名物训诂外，注释上往往逐句串讲，如《和贾至舍人早朝大明宫》，注曰："初联早朝之事，次联大明宫之事，三联退朝有诗而两句就美其诗，结联即舍人之事而归美也。"《宣政殿退朝晚出左掖》，注曰："此诗首句言殿门之上，次句言殿门之下，三句言廷中，四句言殿上。"《暮登四安寺钟楼寄裴十》，注曰："前四句暮登楼之景，后四句寄裴十之言也。"提纲挈领，有助于读者掌握全诗的构思。部分篇目则点化创作用意，如《狂夫》注曰："人以狂夫目我，然我岂为贫困而改其素态乎！故自笑其老而更狂也。然则狂而直，公可谓古之狂也欤！"《登楼》"可怜后主还祠庙，日暮聊为梁父吟"句，注曰："又即楼前所见，谓后主亡国之君，犹得附先主庙中，是可叹也。"诚如《杜律演义序》所云："少陵有言外之诗，而《演义》得诗外之意也。"是书在后代被冠以《杜律虞注》之名而大行于世，"虞"即元诗四大家之一的虞集，盖因张氏穷而虞氏达之故也。又首冠杨士奇、杨荣和黄淮三人之序。明清两代版本众多，甚至

① 《道园学古录》卷六，《四库全书》本第 1207 页。

有朝鲜和日本刻本,可见影响之大。郑庆笃、张忠纲等编撰的《杜集书目提要》、綦维《金元明杜诗学研究》等考之甚详,可以参看。

赵汸《杜律五言注》,是第一部杜诗五律选注本。赵汸(1319—1369),字子常,号东山,休宁(今安徽休宁县)人。隐居著述,潜心《春秋》之学,是元代著名理学家。洪武二年,诏修元史,力辟还山,未几卒。著有《东山存稿》等。《四库全书》收录其《春秋》学著作五种。

《杜律五言注》共选 261 首,约占杜诗五律的三分之一。分类编排,共分为朝省、宴游、感时等十六类。有 28 首白文无注,可见宁缺毋滥之旨。赵注训解典故词语,概括时世背景,简洁明了。偶引旧注,皆标明出处,所引有黄鹤、叶梦得、张子韶、方回等,而以刘辰翁为最多。对杜诗五律的渊源及艺术分析,往往探骊得珠,惬合人意,如卷一《房兵曹胡马》,赵氏云:

> 前辈言咏物诗,戒粘皮著骨。公此诗,前言胡马骨相之异,后言其骁腾无比,而词语矫健豪纵,飞行万里之势,如在目中,所谓索之于骊黄牝牡之外者。区区模写体贴以为咏物者,何足语此。

又如《春宿左省》云:

> 后四句见宿省之情,言不寝而听宫门之开钥,因反而想朝马之鸣珂,以有封事欲奏也,其急于正君,坐以待旦之意可见矣。

指出杜甫瘁于国事、忠言极谏的大节,这是一般句栉字比的注家做不到的。《落日》"喧雀争枝坠,飞虫满院游"句,注曰:

> 此景物之见于幽静中者。唐人"斗雀翻檐散,警蝉出树飞",又"斗雀坠闲庭",宋梅圣俞"悬虫低复上,斗雀坠还飞"皆此类。

《有客》"有客过茅宇,呼儿正葛巾。自锄稀菜甲,小摘为情亲"数句,注口:

> 既出自锄,又稀少,又尚是菜甲,而未免少摘者,以情亲也。十字中极有曲折,方澹真率之态,悠尔成章;厌世避喧,少求易足之意,自在言外,所以为不可及也。

或罗列类似句型以显妙心,或发潜阐幽以衬情态,皆有独诣之得,不作空泛之语,为后世学者推崇。明代汪瑗《杜律五言补注》,取名"补注",即是对赵注的补充注释。清代仇兆鳌《杜诗详注》全引赵汸注释达六十六条之多,如《春宿左省》就引其关于诗眼的论述,:

> 凡唐人五言,工在一字,谓之句眼。如前二诗,五、六湿字、低字,三、四动字、多字之类,乃眼之在句底者。后诗"卑枝低结子,接叶暗巢莺",低与暗乃眼之在第三字者;"雨抛金锁甲,苔卧绿沉枪",乃眼之在

第二字者。"剩水沧江破"至"红绽雨肥梅"四句,皆一句中具二字眼,剩、破、残、开、垂、折、绽、肥是也。山谷云"拾遗句中有眼,篇篇有之",推此可见。

董养性《杜工部诗选注》。养性,名益,自号高闲云叟,临川人,生卒年不详,元至正年间曾官昭化令,摄剑川事,入明不仕。①《杜工部诗选注》共收杜诗916首。一卷五古、二卷五律、三卷七律、四卷七古、五卷五排、六卷七排、七卷五绝。分体后又分类,共有天文、地理、人物、时令等十类。卷首《序》说选注杜诗的宗旨:"观旧有为之注者,如鲁訔之编年、黄鹤之分类、刘会孟之评论,虽颇详悉,又病其附会穿凿,徒牵合引据,而于作者之性情略无见焉。遂忘其愚昧,校勘诸本,略加删补,必求以著明作者之初意。"末署丁未,可知此书作于元代至正二十七年(1367)。论杜推崇其性情之正,有补教化,曰:"盖尝论之,诗本人情者也,诗而不本人情,则无关乎世教,故曰声音之道与政通。……子美钟盛唐之秀,袭箕裘之业,其得于天也纵,其成于学也笃,故其刚大之气,从容乎典则之常、礼乐之文,洋溢乎风雅之正,尊世教,立人心,拯颓波于百弊之后,金声玉振,集诗家之大成。"②

董氏之注,每于诗题下注明时间、地点或缘起。引前人观点或指明出处,或略言"旧注"。其注释,除了一般的字句典故外,重在阐发诗意。如卷一《奉赠韦左丞二十二韵》,注曰:

> 此篇首尾凡八节,两节即相承。起处是第一节,立议论。自"甫昔少年日"以下是第二节,自期自负。"此意竟萧条"以下是第三节,言卒无所成,而颠沛困厄也。"主上顷见征"以下是第四节,言将进而遭谗也。"甚愧丈人真"以下是第五节,言左丞之德行才学。"今欲东入海"以下是第六节,言欲远引也。"尚怜终南山"以下是第七节,言宗国不忍轻去之也。"白鸥波浩荡"以下是第八节,即公自兴自比。凡此八节,皆是陈情告诉之语,而无干望请谒之私,词气磊落,傲兀宇宙,以见公虽困顿之中,英锋俊彩,未尝少挫也。

这段注释,分析杜诗章句,尤其是最后数句的点评,抓住此诗干谒而又委婉得体的特点,颇中肯綮,故为仇兆鳌《杜诗详注》全部引用。类似简约洗炼、条理清晰的解析还有不少。元代的杜诗注本大多简赅明了,平直朴素,是对宋代注释繁琐

---

① 参见綦维《海外孤本——董益〈杜工部诗选注〉》,《图书馆杂志》2001年第12期。
② 《杜工部诗选注》卷首《自序》,山东大学文史哲研究所复印日本藏本。

博杂的反拨。该注国内一直未见,直到上世纪八十年代萧涤非先生的美籍弟子车淑珊女士于日本获见,得以复印,复印本现存山东大学文史哲研究院。

范梈《杜工部诗范德机批选》。范梈(1272—1330),字亨父,一字德机,与虞集、杨载、揭傒斯齐被誉为"元诗四大家"。范梈认为杜甫继承了《诗经》风雅比兴的传统,且兼备众体,堪为楷模。门人郑鼐编印此书,又为之跋云:"自汉魏至唐,体备诸家,制存风雅,其惟杜公!遂选杜诗三百一十一篇,取三百篇之义,以五言古诗、七言古诗、五言律诗、五言长律、七言律诗、七言长律及七言绝句之体,类分为六卷。"所录之诗多半为无注之白文,行间有圈点。有注者则简洁明豁,多为背景介绍、典故训释。而元代见于著录而亡佚的杜诗选注,还有申屠致远《杜诗纂例》、刘应登《杜诗句解》、黄钟《杜诗注释》、傅若川《杜诗类编》、刘霖《杜诗类注》、李康《杜诗补遗》、曹理孙《杜诗诀》、佚名《杜诗补注》等(据周采泉《杜集书录》)。

除了杜诗,元人还有不少唐诗选注本,如胡次焱《赘笺唐诗绝句选》(存)、释圆至《笺注唐贤绝句三体诗法》(《续修四库全书存目丛书》本)、裴庾《三体唐诗注》(佚,据《南村辍耕录》卷二六"卢橘"条)、《诸家集注唐诗三体家法》(日本庆应义塾图书馆藏残本)、《增注唐贤绝句三体诗法》(日本早稻田大学藏本)等。

其中胡次焱《赘笺唐诗绝句选》较有特色,值得一述。胡次焱(1228—1306),字济鼎,号梅岩,婺源人,咸淳四年(1268)进士,官贵池县尉。宋亡,奉母遁归,教授乡里以终。所谓"赘笺",是因为此书是在谢枋得笺注《章涧二泉先生选唐绝句》一书的基础上,加上自己的评语,故称。谢氏持节不降饿死京城之事,在东南士林中影响甚大,次焱用这种特殊方式表达对谢氏的敬意,因此书中多处联系宋末史实,发挥诗意,亦注亦史,感情激越,血泪交加,远非一般笺注可比。如评曹松《己亥岁》:"泽国江山入战图,生民何计乐樵苏?凭君莫话封侯事,一将功成万骨枯"。一诗,曰:

> 山入战图,民无樵计;江入战图,民无渔计。叠翁引孟子说为证,绝佳。仁人君子非但不忍为此事,亦不忍闻此言也。予谓枯万骨取封侯,恐封侯未几而自枯其骨,考诸史传,尽多有之。姑以汉祖诸将而论之,韩、彭、英、卢其表者,韩封楚王,已而夷族;彭封梁王,已而夷族;英封淮南王,已而死兹乡;卢封燕王,已而死胡中。侯自我得,杀自我失,枯人之骨以成功,功成而己之骨亦旋以枯,果何利而为之乎?先朝曹武惠王彬攻金陵,不克,忽称疾,诸将来省,王曰:"疾非药可愈,惟诸公共誓克城之日不妄杀一人,则自愈矣。"于是共焚香为折誓。及城构,安堵如故。曹翰克江州,忿其久不下,屠杀无遗。其后武惠王少纪宝生慈圣,

> 光显太后,时辅佐仁祖,母仪累朝,其子孙有生封王爵者。翰卒而未三
> 十年,子孙丐于海上,天之报施,其可诬哉?

以本朝史事说明"枯人骨者亦自枯",对战乱中滥杀无辜的好战者进行了无情的批判,联系时事,其批判锋芒直指屠杀东南百姓的元军将领,表现了与异族不共戴天的遗民情怀。有的评语直接抒发黍离之悲、亡国之痛,赞美忠臣节士的壮举,如司空图《漫书五首》其一"长拟求闲未得闲,又劳行役出秦关。逢人渐觉乡音异,却恨莺声似故山",评曰:

> 莺声似故山,此行旅者所喜闻,而反恨之,何也? 此亦反骚之体。
> 某按司空图进士入仕,中遇黄巢之乱,奔走咸阳、河中、凤翔等处,今日
> "又劳行役出秦关",必此时也。后隐居中条山王官谷,筑休休亭,号耐
> 辱居士,庶乎求闲得闲矣。"相逢尽道休官去,林下曾无见一人",视图
> 言行相称者,得无愧乎?

司空图生活于晚唐板荡之际,朱全忠召为礼部尚书,图佯装老朽不任事,被放还。唐哀帝被弑,他绝食而死,终年七十二岁,其忠贞节气在宋代颇有反响。"却恨莺声似故山"是责怪莺声勾起自己的桑梓之思,"求闲未得闲"是说自己劳瘁国事,不得闲暇,几句并无深意,只是抒发久役倦怠之意。但胡氏联系司空图在乱臣贼子弑君篡权的时候,毅然隐居不仕,对比南宋士大夫大唱"休官"的高调却贪权恋栈的丑态,不禁义愤填膺,发出"得无愧乎"的怒斥。再如杜牧《送隐者》"无媒径路草萧萧,自古云林远市朝。公道世间惟白发,贵人头上不曾饶"绝句,本意赞美隐士高节,批判有志难伸的社会,但胡氏评点曰:

> 猥见此诗,首以"无媒",当从此二字发明。士在山林,如女在室,女
> 无媒不嫁,士无介不见,昌黎所谓"以石生为媒"是也。路径草荒与市朝
> 相远,无媒故耳。后二句所以宽隐者之心,若曰人老头白,初无穷达贵
> 贱之分。隐于云林者,老固发白,显于市朝者老亦发白,不以贵人而饶
> 之,则隐居云林亦美乎? 所以宽其心而坚其志,虽无媒可以浩然自
> 得矣。

胡氏眼中的"无媒",大概已经不是单纯的出处用藏问题,而是"士不中道相见,女无媒而嫁"(《韩诗外传》)的民族气节问题,是大是大非的原则问题,这里包含对变节投敌者的愤怒,所以已经不纯然是注释。古人发愤著书,此乃注诗以发愤,与清初遗民以注抒怀同一道理。

第二节 刘履及其《选诗补注》

刘履(1317—1380),字坦之,自号草泽闲民。元末明初著名学者,曾参与纂修辽、金、宋三史。元末大乱,避居上虞泰平山,筑室隐居,著述训徒。入明,屡荐不仕。洪武十二年,浙江布政使再次举荐,太祖接见于奉天殿,即将授职,刘以年老推辞,病逝京师。生平见于《浙江通志》"隐逸传"。

《风雅翼》是其重要的学术著作,也是文选学史上的一部奇作。共 14 卷,包括《选诗补注》《选诗补遗》《选诗续编》三部分,《选诗补注》8 卷,对以《文选》为主体的诗歌进行注释;《补遗》2 卷,"取古歌谣词之散见传记、诸子及乐府诗集者,选录四十二首以补《文选》之阙";《续编》4 卷,"取唐宋以来诸家之近古者一百五十九首,以为《文选》嗣音"(《四库提要》)。可见只有《补注》才是真正的注本。

《选诗补注》改变了《文选》按体裁编排的方式,而是按照时代先后对各诗重加编排,分为汉诗(卷 1)、魏诗(卷 2、3)、晋诗(卷 3、4、5)、宋诗(卷 6、7)、齐梁诗(卷 8)共五部分。全书卷首有《凡例》。在每一分卷中,以诗人为目,将同一人的诗作合于一处,先简介作者生平,后分列其诗作,诗后附注释与评论。这种以作者为中心的编排方式,使读者有较强的时代感,克服了《文选》以类编集的弊端,是一次创举。

其著述的宗旨,从书名《风雅翼》即可看出,即羽翼风雅。《凡例》之二说得更为清楚:"重选之法,必其体制古雅,意趣悠远,而所言本于性情,关于世教,足为后学准式者取之。"也就是说,只有"本于性情,关于世教"的《文选》之诗,才可以收录进来,这是儒家诗教观在选材方面的具体反映。具体而言有如下几个方面。

一、重新选诗。由于《文选》"事出于沉思,义归乎翰藻"并不符合刘履的文学观,所以有必要在此基础上重新选编。《凡例》之一曰:

> 特于其中重加订选,得二百十有二首。又常恨陶靖节诗在《文选》者甚少,今就其本集增取二十九首。又于《后汉书》得郦炎诗二首,于《文章正宗》得曹子建《怨歌行》一首,于《阮嗣宗集》得《咏怀诗》二首,皆《文选》所遗者,总二百四十六首,厘为八卷。

这增补的二十九首陶诗集中于卷五,大致体现陶渊明安贫乐道、顺应自然的情怀,正是宋元以来士大夫志趣的反映。郦炎《见志诗》二首,均感慨贤愚颠倒、黄钟毁弃的黑暗,也是符合《补注》旨趣的。而刊落摒弃的诗歌,自然是背离这一点的。其《凡例》又曰:

古乐府《伤歌行》，乃后人掇拾模拟，浅近易到。应休琏《百一诗》，词多鄙俚，殊非雅制。傅长虞《赠何劭》等杂冗而不精洁，潘安仁《悼亡》徒发乎情而不至礼义，谢宣远《从戏马台集》景有余而意不足，颜延年《侍游京口》雕䂄藻缋而乏萧散之趣。故皆不得而录，其余自可类推。

《伤歌行》写闺妇月夜独白，哀怨凄恻，但模拟气重。应璩《百一诗》虽模仿东方朔《答客难》、扬雄《解嘲》及班固《答宾戏》等自我解嘲，但"理语"远远盖过景语、情语，较为生硬，刘履批评其"词多鄙俚，殊非雅制"，虽不中亦不远。傅咸《赠何劭王济》、谢瞻《九日从宋公戏马台集送孔令诗》、颜延之《车驾幸京口侍游蒜山作》等奉酬之作，缺乏情感，语言干瘪，这些诗被剔除，说明刘履选诗不仅着眼于性情世教，也有情感艺术方面的考量。唯潘岳《悼亡》，恐失之过严，此诗虽"徒发乎情而不至礼义"，但也未伤礼义，且夫妻情谊而以礼义来准绳，有点不合情理。总之，对于浅易、俚俗、杂冗、失礼、雕琢等诗篇，刘履皆不录，正因这些诗作与其"体制古雅，意趣悠远"的选篇标准背道而驰。

二、体例上大致遵循朱熹《诗集传》《楚辞集注》的体例，而有所创新。《凡例》之七曰：

> 补注者，补前人之所不足也。大意窃取朱子《诗传》为法，先明训诂，次述作者旨意，间有先正论及此者，亦附焉。庶几词达而义明，使初学易入。

朱熹《诗集传》采取划分章句、逐章训讲的"集解体"，对元明清三朝的学术著作影响较大，刘履也不例外，其中明示"赋比兴"就是其一。但《补注》并未完全趋从《诗集传》，它对《楚辞》亦有借鉴。正如谢肃《序》所云："《补注》凡例盖仿乎《诗》《楚词》之注，用之韵谱以协其音声，考之训诂以疏其守义，探之群籍以白其事实，绎之议论以融其意旨，然后著述之体以得。"即"音声""训诂""事实""意旨"四个部分。其"音声"即读音和韵律，在《凡例》中也有明言："诗有协韵，并依《诗传》及《楚词集注》例，仍参考吴才老《韵补》，各附其下。""训诂"是字句的训释。"事实"是关于作者及作诗背景的交代，以求知人论世，《凡例》之六曰："凡诗人之家世出处，历仕年代，节行封谥，并详考史传，略具始末于始名之下，使览者有考焉。"又《凡例》之十云："诗意本有关于时事，旧注或晦昧而不宣，今为考史传，发其归趣，然后知诗人之用意非徒作也。"是对"事实"的阐释。

三、注释上重在"意旨"。这也是《补注》的最大特色。《补注》所录《文选》之诗，虽已有李善或五臣之注，但因其不尽符合编者的侧重点，所以没有完全采用。《凡例》之八曰：

> 旧注李善释事而遗意,其子邕虽间为补附,而不及精详,五臣因其
> 繁酿乃更为诘解,而乖谬尤多。近世曾原颇得梗概,又或详而不要,略
> 而不明,使学者无所取正。然此诸家之说,互有得失,故补注多采用之。

据统计,刘履《选诗补注》共援引李善注 17 次,五臣注 16 次,曾原一注 13 次[1],相较于 246 首的规模,这个引用的频次是很低的。

刘履所重视的"意旨",是儒家一直宣扬的君臣大义、风刺谲谏、道德劝诫等教化功用,如曹植《又赠丁仪王粲》,注曰:

> 考之仲宣《从军诗》云:"筹策运帷幄,一由我圣君。"刘公干诗亦云:
> "昔我从元后,整驾至南乡。"是时汉帝尚存,其尊太祖皆已如此。今子
> 建犹以皇佐称之,特异二子。盖此诗可谓上不失君臣之义,下以尽朋友
> 之道矣。

再如张华《励志》诗,注曰:

> 愚谓汉魏以下诸诗,未有如茂先此篇能以圣贤之学自励其志者,且
> "逝者如斯"一语,程子谓自汉以来,儒者皆不识此义。今茂先独得圣人
> 之旨,则知其知识超诣,有非浅学之士可得而拟者焉。厥后茂先负台辅
> 之望,立朝尽忠,临危不屈,而信史以令德称之,岂非力学之验欤?

颜延之《还至梁城作》,注曰:

> 时延年为豫章世子参军,奉使至洛阳,还过梁城,而作是诗。言道
> 路险远,征役勤劳,而于息徒将夕之时,瞻望故国空城,已不胜其惨怆。
> 况见丘垄之多,又皆荒颓,若此能不为之感伤焉? 因思雍门周对孟尝君
> 之言,则知千秋万岁以后,贤愚贵贱,同一埋灭,岂独尊贵而能永存者
> 乎? 今我何为久游远道,而自致忧念哉!……若此篇之睹景增怀,感今
> 兴喟,自有人情之所不能无者,况其词之可观也!

颜延之奉使洛阳,憔悴征戍,蒿目时艰,发为此诗,颇似《小雅》大夫哀怨之词,所以刘履对此诗似乎身同感受,感慨系之,为之浩叹不已。

有的注释确实能新人耳目,较旧注更胜,如郭璞《游仙诗》(翡翠戏兰苕),注曰:

> 此篇盖刺时人之玩细娱而忘保养者。言翡翠戏于兰苕,其容色非
> 不相鲜而可悦,以喻人之役于世网,苟趋禄利,莫不以身荣而自矜。然
> 视山林潜遁之士怡情养性,超世绝尘,而时与群仙遨游上下者,相去

---

① 　宋展云《诗教传统与刘履〈选诗补注〉诗学诠释论》,《文学遗产》2017 年第 2 期。

远矣！

无论是李善还是五臣，皆从语言解释此句意象的新颖可喜，而没有注意到其内涵。刘履此解赋予"翡翠鸟"形象托意讽世的深层内蕴，通过"苟趋禄利"与"超世绝尘"两种人生境界的对比，劝诫士人怡情养性，淡泊名利。

对于有些诗蕴不显者，刘履则磨垢刮光，言之再三，务使显豁。如苏武《诗四首》（烛烛晨明月），注曰：

> 子卿既能杖节尊汉，扬名显亲，其于君臣父子之道，可谓尽矣。况
> 诗中所述兄弟夫妇之亲，朋友之义，蔼然充溢如此，校之其他篇什，欲求
> 无亏于五典如子卿者，盖绝无而仅有耳，学者不可不审也。

这段注释是对四首诗的总括。四诗的主题，正如刘履所云，是"兄弟夫妇之亲、朋友之义"，它们"无亏于五典"，"五典"出自《书·舜典》"慎徽五典，五典克从"，孔传："五典，五常之教。父义、母慈、兄友、弟恭、子孝。"无亏于封建五常，正是《补注》关注的重点，所以提醒读者"不可不审也"。

当然，因为过分解读所谓的"性情"，有的注释深文周纳，牵强附会，最明显的莫过于《古诗十九首》，如"凛凛岁云暮"一首，注曰：

> 比也。……此忠臣见弃，而其爱君忧国之心不能自已，故托妇人思
> 念其夫而作是诗。言岁暮虫鸣，以比世道渐衰，而小人得时也。凉风厉
> 而游子无衣，以比阴邪既盛，而君无匡辅之者，且君虽有贤者而不能用，
> 亦犹锦衾遗于洛浦而不以御。

将此诗说成是"忠臣见弃"，依据是大概是前六句："凛凛岁云暮，蟪蛄夕鸣悲。凉风率已厉，游子寒无衣。锦衾遗洛浦，同袍与我违。"将蟪蛄悲鸣解作"世道渐衰，而小人得时"，将凉风已厉解作"阴邪既盛，而君无匡辅"，将"锦衾遗洛浦"解作"君虽有贤者而不能用"，这与汉代三家解《诗》动辄比兴、妄附政教的风格十分类似，所以《四库提要》批评"以汉魏篇章，强分比兴，尤未免刻舟求剑，附合支离。朱子以是注楚词，尚有异议，况又效西子之颦乎？"一针见血。

其次，《选诗补注》的政教观与刘履的诗史观密不可分。

> 愚按汉诗气度浑厚，兴趣悠远，多得《三百篇》流风余韵。下至张衡
> 《四愁》，亦未失汉人词调。郦炎当桓、灵时，语言特矫峻，已有曹魏风
> 气。今特录于卷末，可以观世变矣。（卷一）

> 曾原曰："诗自灵运以后，气日益漓，下至玄晖，渐致巧丽，胚晚唐之
> 风。休文辈又多靡浅，而文通独欲追魏晋诸公，逸驾其志，似亦可尚，然
> 古作体制，至此极已。"寄之卷终，识者必有感焉。噫，斯亦可谓知言也

矣！（卷八）

这种观点暗含诗歌世道的兴衰变化，在《补注》中屡有明言或暗示。谢肃《选诗补注序》述刘氏诗史观：

> 虽然作者非一人，人非一时，时不同而辞亦异，故汉魏诸作，犹存三百篇流风余韵，及晋而跋涉玄虚，及宋而耽乐山水，及齐梁而崇尚绮靡，流连光景，是则诗者不特至五言为再变，而五言之变抑又三焉，于此可以观世道之降，而大雅君子未尝不为之痛惜而深悲也。

这种看法，与《诗大序》的"正变""美刺"及郑玄《诗谱序》尊古卑今的观点如出一辙。

自南宋以来，朱熹、真德秀等理学家的诗学观点逐渐兴盛。朱熹《诗集传》以"赋比兴"论诗，又提出"涵泳自得"，既是悟道方式，也是文学批评。《选诗补注》用"赋比兴"解诗，亦提倡"潜玩""涵泳"，正是继承这一传统。《文章正宗序》曰："今所辑以明义理、切世用为主，其体本乎古，其指近乎经者，然后取焉，否则辞虽工亦不录其目。"《四库提要》曰："其取去大抵本于真德秀《文章正宗》。"正是看到了二者在选材方面的一致性。

在诗歌注释史上，《选诗补注》承前启后，有重要意义。其以比兴解诗，强调宗经征圣，突出风刺谲谏的政治意蕴，是汉代传统诗学观在宋代的发扬光大，对清代诗学有一定影响，如魏源为陈沆《诗比兴笺》作序，曰："以笺古诗三百篇之法，笺汉魏唐之诗，使读者知比兴之所起，即知志之所之也。……视中唐以下纯乎赋体者，固古今升降之殊哉！自昭明专取翰藻，李善注专诂名象，不问诗人所言何志，而诗教一弊。自钟嵘、司空图、严沧浪有诗品、诗话之学，专揣于音节风调，不问诗人所言何志，而诗教再弊。"（《诗比兴笺》卷首）正是这种思潮的异代回响。就"文选学"而言，也是一次重要转折。一方面强调选诗或选本不仅要关注文学性，也要关注社会性，强调以文学干预社会，恢复风雅兴寄的儒学诗教；另一方面，就注释而言，它改变了李善《文选注》以来专汸语言出处的学术传统，转而注重作品内涵的发掘，注家从"幕后"走到"前台"，月旦人物，激扬文字，角色更为突出，具有"六经注我"的浓厚色彩，对明清时期的《文选》评点影响较大。

第三节　单复《读杜诗愚得》和明代前期的诗歌注释

朱子理学的勃兴，使明初文人在接受前人时，更加注重其人格力量。而集诗歌之大成同时又饱含忠君爱国之情的杜诗,自然成为此期文人士子学习的对象,对杜诗的编纂注释也随之展开。但明初仅有单复《读杜诗愚得》存世。单复,一名复亨。据《(乾隆)嵊县志》卷十一《人物志·儒林》:"字阳元,居晦溪。博通典籍,尤善诗歌,著《杜愚得》十八卷传于世。复亨最爱杜诗,故自为翻注云。洪武初,举怀才抱德科,授汉阳知县。"

《读杜诗愚得》的最早刻本是宣德九年(1434)江阴朱氏刻本。该本卷前有洪武壬戌(1372)单复自序、凡例、《杜子世系考》、元稹《唐杜工部墓志铭》、《新唐书》杜甫本传、重定杜子年谱诗史目录。收诗1454首,以高崇兰所编《集千家注杜工部诗集》为底本,参以范德机《杜工部诗批选》。在编排上,将年谱与诗目合在一起,以诗系年,每年先叙时事,后言杜甫行踪,再言杜诗题目,不分体,古律混编,为编年类注本。

关于体例,《自序》有所反映:"余于暇日,辄取杜子长短古律诗读。每篇必先考其出处之岁月、地理、时事,以著诗史之实录。次乃虚心玩味,以《三百篇》赋比兴例,分节段,以详其作诗命意之由,及遣词用句之故,且于承接转换照应处略为之说。其诸家注释之当者取之,而删其穿凿傅会者,庶以发杜子作诗之旨意云。"一般先引旧注,训释词语典故,次略陈时事,简述时代背景,然后串解诗意,兼论作诗方法,指出承接照应。其重点内容在于串解诗意,强调文道结合和诗歌的教化作用。明代杜诗全集注本的编纂多模仿朱熹《诗集传》的体例,其中最具代表性、对后世影响也最大的莫过于《读杜诗愚得》。

该注沿袭朱熹《诗集传》的传统,采用"赋比兴"注诗。如《秋雨叹》其一,注曰:"言百草为雨久烂死,惟草决明无恙,又恐其凉风至而难独立,故为之悲伤。比也。"《赠陈二补阙》,注曰:"其曰'寒始急''老能行''休看白发生'者,盖勉其勿以衰老畏懦而不谏争。赋而比也。"经单复使用后,在明代影响巨大,成为明人注杜常用体例,邵宝《分类集注杜诗》、张綖《杜诗通》、颜廷榘《杜律意笺》、谢杰《杜律詹言》、胡震亨《杜诗通》均采用了此种方法。《四库提要》批评曰:"至每篇仿《诗传》之例,注兴也、赋也、比也,字尤多所牵合矣。"的确,朱熹用赋比兴注释《诗经》,已给人胶柱鼓瑟之感,杜诗绝非模拟《诗经》,故此法更觉不伦不类。

该注的宗旨或精华,在于阐释诗意。《自序》曰:"余初读杜子诗,茫然莫知其旨意。注释者虽众,率多著其用事之出处耳,或有指其立言之意者,又复穿凿傅会,观之令人闷闷。至若杜子作诗之旨意,卒莫能白,深窃疑焉。"所以此书用很大精力贯通全诗,阐述每句每章的诗意,使读者首先理解全诗,并进而了解其构思。如《丽人行》:

此诗盖为贵妃三姊及国忠等贵骄而作也。首四句泛言上巳节水边
丽人容质意态之美，次八句形容其服饰之华盛且及戚里之贵，次六句形
容其鱼肉之厌饫及御厨之珍，末章八句，首言音乐之哀，宾从之多且贵，
并形容其贵骄气象。语极含蓄，闻者足以戒，诚得诗人之风旨。赋也。
（卷二）

《丽人行》较长，但经如此言简意赅的概括，脉络和构思一目了然，便于读者的整
体把握。再如《北风》（春生南国瘴），注曰：

此诗以北风虽阻行舟，然喜其能解瘴气及宽肺疾耳。赋也。首二
句乃一篇之主意，第三四句应"南国瘴"，次二句应"北风苏"，次六句缴
前六句，次四句言既苏肺气则不敢恨危途矣，"烦舟子"应"危途"，"问仆
夫"应"肺疾"。末言今晨北风不作，且顺便可长驱而往，我当隐几看云
山之涌坐隅矣。（卷十七）

应该说，这种方法较之繁冗的宋代注释，是很便利读者的。

此书受到《四库提要》的较多批评，曰："笺释典故，皆剿掇《千家注》，无所考
证。注后隐括大意，略为训解，亦循文敷衍，无所发明。"但置于明代的学术环境
中，仍不失为一部上乘之作。该书体例完备，内容丰富，保存了大量有价值的旧
注，所编年谱后出转精，内容精审但不失简要，对明代的诗歌注本尤其是杜诗注
本影响较大。

自明代开国（1368）至嘉靖（1522）的一个半世纪间，除了《读杜诗愚得》外，竟
然难觅一部像样的诗歌注本，学术之凋零可见一斑。这种情形与统治者的思想
专制密切关联。政治上，朱元璋在开国之初就极力强化君主独裁，大兴党狱，杀
戮功臣，加强集权专制。思想上，明代前期的君主深文周纳，锻炼成狱，制造了大
量的文字冤案。文化上，强化科举制度，推行八股文，进行文化思想控制。学术
如果没有自由民主的空气是难以生存的，更难以发展，从诗歌注释亦可窥见
一斑。

第四节　顾起经与明代后期的唐集注释

明代中晚期，以杨慎为代表，梅鷟、陈第、焦竑、胡应麟、冯复京、陈耀文、周
婴、毛晋、方以智等相继而起，在考经书、考文字音义、辨订伪书、考订史地名物以
至金石、天文等各方面都取得了重大成绩。顾起经《类笺唐王右丞诗集》就代表

了明代考据在集部的成就。

顾起经(1515—1569),字长济,又字玄纬,号九霞山人,别号罗浮外史,无锡人。曾选授广东盐课副提举,兼署市舶司,御楼寇有功,颇有政绩。一生著述甚丰,有《易呓语》《诗解颐》等数十种。

《类笺唐王右丞诗集》正文前有顾起经《题王右丞诗笺小引》、王缙《进王右丞集表》、《唐代宗皇帝批答手敕》、刘昫《旧唐书》和宋祁《新唐书》所录之右丞本传、《新唐书》宰相世系表、《凡例》九则、《正讹》九则及顾起经编纂的《王右丞年谱》。正文包括诗集十卷、文集四卷无注、外编一卷、唐诸家同咏集一卷、赠题集一卷、历朝诸家评王右承诗画钞一卷。

该注本是最早的王维诗歌注本。右丞诗歌在唐代流失很多,其弟王缙四处搜求,方得诗文十卷,至元初刘辰翁《须溪先生校本唐王右丞集》所载仅三百七十一篇。顾氏《凡例》云:"宋本、川本、吴本、广信本、扬州本、刘校本六家刻题篇各别。"再如《文苑英华》《乐府集》《万首绝句》《唐诗纪事》《律髓》《鼓吹》《唐音》《唐音正声》《唐诗品汇》等凡二十种,多载其诗,然各家所记之篇目、内容等皆有诸多不同。顾注在诗作的辨伪、诗题的辨正、诗歌内容三个方面作出了较为精审的校勘。

该注出现正值心学、禅学大盛时期,此时诗歌注释的主流是评点,但顾注却走向考据一派,其注释重点在于字词、名物、地理、职官等,结合前人,利用史书方志等多种材料,对右丞诗歌进行训释。其考据讲究旁征博引,如文字校勘,《老将行》"愿得燕弓射大将,耻令越甲鸣吾君","吾君"一作"吴军"。顾氏引刘向《说苑》,注曰:

> 越甲至齐,雍门狄请死之,齐王曰:"鼓铎之声未闻,矢石未交,长兵未接,子何务死?"对曰:"臣闻之,昔王田于圃,左毂鸣,车右请死之,王曰:'子何为死?'车右曰:'为其鸣吾君也。'王曰:'左毂鸣者,工师之罪也,子何谓死?'车右曰:'吾不见工师之乘,而见其鸣吾君也。'遂刎颈而死,有之乎?"齐王曰:"有之。"雍门狄曰:"今越甲至,其鸣吾君,岂左毂之下哉!车右可以死左毂,而臣独不可以死越甲耶?"

结合"越甲",可知当作"鸣吾君"无疑。今通行本仍作"鸣吴军",非。《送宇文三赴河西充行军司马》"蒲类成秦地"句,其中"蒲类"或作"蒲垒",顾氏注曰:

> 《后汉书·西域传》:敦煌太守张珰上书,北房呼衍王常展转蒲类、秦海之间。晋灼曰:"蒲类海在西域,近天山,又号阿恶国。"按:《传》云在敦煌北,其地有蒲类泽。章怀曰:"今名婆悉海。"《索隐》曰:"《广志》

云，蒲类海在蒲昌海西。"《通志》："蒲类，一名盐泽，去玉门、阳关三百余里，广袤三百里，其水冬夏不增减。一名婆惜海，汉班超将兵击伊吾于蒲类海是也。"

史实考证方面，也较为仔细，如《既蒙宥罪旋复拜官伏感圣恩窃书鄙意兼奉简新除使君等诸公》，诗题中"宥罪"又"拜官"，令人费解，顾氏注曰：

> 《大唐诏令》："《原免两京被贼逼授伪官诏》云：胁从周理，罪疑从轻。成汤有解纲之全，光武有焚书之令。其贼中守本官，至冬方选，曾受驱驰，既宽刑典，免其贬降，并至来冬放选，合得官时，仍委所司量事轻重注拟。其已贬官者，续有处分。《唐书》公本传云：贼平，陷贼官三等定罪，维以诗闻行在，故肃宗特宥之，责授太子中允。"

说明右丞的确曾被降罪，后又被肃宗特赦，并重新委以太子中允之职。《送崔五太守》，"崔太守"到底何人，顾注曰：

> 《旧唐书》："崔涣少以士行闻，累迁司门员外郎。天宝末，出为剑州刺史。玄宗幸蜀，涣迎谒于路，抗辞忠肯，玄宗嘉之，以为得涣晚。"今观诗中以黄花、褒斜、子午、嘉陵、剑门、蜀川、刀州、巴江及郎官等语，乃知崔守即涣也。

结合史书和诗歌内容，皆与蜀地有关，故可肯定此人为崔涣。

当然该注本也有许多随意之处。《四库提要》评价顾注："大都区别繁碎，更甚于王洙之割裂杜诗、王十朋之窜乱苏集。如"清如玉壶冰"诗，虽题出鲍照《白头吟》，然实省试之作，列之闺情，殊为不类，配隶尤多乖舛也。"指出其分类上的缺陷。有的考证不严谨，如《和宋中丞夏日游福贤观天长寺之作》，认为"宋中丞"是宋璟，但宋璟是武后时人，任中丞时王维刚刚出生。引文方面错误较多，估计是查核不谨。有的考证过于繁琐，如对"云母""昭阳殿""蟋蟀""促织""桔槔"等一般名物，或者对"咸阳""宣城""蓝田""梓州""丹阳"等一般地理名词也大段引证，不免令人厌观。清代赵殿成《王右丞集笺注》对顾注继承较多，或全文引用，或稍作纠正。

顾可久是顾起经之子，著有《王右丞诗集注说》6卷。与乃父专注考证不同，《注说》致力于诗意及风格，这也是明代后期阳明心学"明心见性"思潮在诗歌注释领域的反映，意在补充不足。有的评论往往一语中的，如《胡居士卧病遗米因赠》《与胡居士皆病寄此诗兼示学人二首》三诗，通篇佛语络绎，末篇评论曰："此篇议论与前二篇自别。前篇只论解脱无病之意，此篇极论宗旨，以示学人。"显示一定的佛学造诣。但涉及到校勘等基本功夫，又往往难以藏拙，如《老将行》"愿

得燕弓射大将,耻令越甲鸣吾君"句,可久注曰:

> "燕弓射大将"句,疑有字误。常读屈原《九歌·东君》篇"举长矢兮射天狼",文公注:天狼,星名。《晋志》云:狼一星在东井南,为野将,主侵略。弧九星在狼东南,天弓也,主备盗贼。据此则"燕弓"合作"天弓","天将"合作"燕将"。安禄山本营州杂胡,反范阳,国号燕。

但"燕弓"在古代早有其说,如《列子》有"燕角之弧",左思《魏都赋》有"燕弧盈库","燕弧"就是"燕弓"。可见明人的轻发议论、师心自用。《奉寄韦太守步》,"韦步"在两《唐书》中查无此人,明显是"韦陟"之误。而引文不标出处,或出处错误百出,不仅在《注说》中多有反映,也是明代诗注的一大"特色","辑引资料不明言,古人皆有之,然以明代学者为烈"。①

骆宾王诗歌在明代有较多注本,其中较好的有陈魁士《新刊骆子集注》四卷(万历7年刻本)及颜文选《骆丞集注》四卷(万历43年颜氏刻本,四库全书本)。此外还有如下数家:佚名《新刻注释骆丞集》十卷、王世贞注《镂刻太仓王氏音释骆丞集》十卷、虞九章等注释《唐骆先生文集》六卷、黄兰芳评注《重订骆丞集》六卷、王衡等评注《唐骆先生集》八卷、陈继儒《类选注释骆丞全集》四卷、梅之焕《刻梅太史评释骆宾王文抄评林神驹》四卷、施凤来《鼎镌施会元评注选辑唐骆宾王狐白》三卷等。② 王重民指出陈继儒注本实为坊贾偷刻陈魁士注本而成,并云:"余校以陈魁士注本,乃不差一字。……陈继儒当亦托名。"③另外,选注本有元代杨士弘编选、明代张震辑注、顾磷评点的《唐音评注》,但价值不高,《四库全书·骆丞集提要》云:"其注则明给事中颜文选所作,援引疏舛,殆无可取。"

另外,从万历到崇祯时期,出现了几部关于李贺的注本,有徐渭《昌谷诗注》、董懋策《昌谷诗注》、曾益《李长吉诗集注》和黄淳耀《李长吉集评注》等,但或未及寓目,或有散佚,未知如何。韩愈、柳宗元的诗文集,则有明末蒋之翘《韩昌黎集辑注》40卷、《柳河东集辑注》45卷,诗歌部分的注释多掇拾前人,少有发明。许浑的诗注,有李捷《许郢州诗》(佚,据《千顷堂书目》)。温庭筠的诗注,有明末曾益《温八叉集注》,后被采录于清初顾予咸、顾嗣立《温飞卿诗集笺注》中。

---

① 林庆彰《明代考据学研究》,台北学生书局1986年版,第34页。
② 据《中国古籍善本书目》,上海古籍出版社1987年版,第41、42页。
③ 王重民《善本书提要》,上海古籍出版社1983年版,第496页。

第五节　钟惺《诗归》与明代的诗歌评点

诗歌评点发源于唐代,殷璠《河岳英灵集》是古代第一部具有选评性质的著作。但真正奠定诗歌评点基础的是南宋人刘辰翁,他对唐诗进行了广泛的评点,并产生较大影响。元初方回《瀛奎律髓》立足于江西诗派的立场,将选诗与评诗结合,规模和影响更大。明代诗文选编之风昌盛,伴随诗坛论争的加剧,评点之风盛行,不仅参与者众,评点范围广,且手段、深度、广度也远超前代。弘治、正德年间兴起的"前七子"复古运动,倡言"诗必盛唐",直接促成了唐诗评点的发达。敖英辑评《类编唐诗七言绝句》、桂天祥批点《唐诗正声》、朱梧批点《琬琰清音》、徐献忠《唐诗品》、顾璘批点《唐音》等几部总集,基本以盛唐诗为重点,又集中在李、杜、王、孟几家。李维桢辑《新镌名公批评分门释类唐诗隽》四卷,评点和注释结合,选录唐诗八百余首,按类编排,分为天文、地理、时令、宫室、送别等。前有《唐诗隽论则》,专讲各体创作法则,每一诗人附有简要小传,并有题注、尾注、眉批。李沂《唐诗援》正文诗多有评语,或直接点评诗的艺术特色。唐汝询《唐诗解》50卷,收诗1546首,其中盛唐诗830首,晚唐诗仅占百分之五,表现出明显的重盛唐和重名家的特点。注释方面,强调知人论世,注重诗歌主旨,对读者有较大帮助。但征引浩繁,不加节制,又存在不少主观臆断的毛病,如认为李白诗皆有寄托,动辄以比兴解诗,是其不可讳言的弊病。郭濬《增定评注唐诗正声》将选编与评注合一。此外还出现了将名家评语汇集在一起的汇评本,如邵主集注、过栋笺《刻杜少陵先生诗分类集注》23卷,有万历二十年周子文刻本;邵傅《杜律五言集解》四卷、《杜律七言集解》二卷,分别有万历刻本、明末刻本;薛益《杜工部七言律诗分类集注》二卷,有崇祯金间五云居刻本,均汇集诸家注释。梅鼎祚辑、屠隆集评《唐二家诗抄评林》12卷,有万历刻本,其中李白诗选评四卷,杜甫诗选评八卷,按体编排,前有《二家诗总评》,并在诸家所评的基础上再做评价。正文中在各体之前,或在一诗之下多集名家评语,末亦发表己见。沈子来辑《唐诗三集合编》,保留了多家序文和凡例,并且许多诗人和诗作下引名家评语,如刘辰翁、范德机、蒋一葵、顾璘等人评语。凌宏宪辑《唐诗广选》,书前《评诗名家姓字》列殷璠、释皎然、欧阳修、王安石、苏轼等六十家。其他如黄克缵、卫一凤《全唐风雅》、徐克《详注百家唐诗会选》、徐用吾《唐诗分类绳尺》、杨肇祉《唐诗艳逸品》、唐汝询《汇编唐诗十集》、胡震亨《唐音统签》等均有汇评性质。也有明人自选自评的唐诗选集,如钟惺、谭元春辑《唐诗归》36卷,陆时雍辑《唐诗镜》54卷,即集选编与评注为一体。周珽辑《唐诗选脉会通评林》60 卷,是现存明代唐诗选本中汇评最丰富的,有崇祯八年毂采斋刻本。该书录唐 430 余家 2400 余首诗,按体分编,各体中再按初、盛、中、晚排列。诗后笺释分证、训、附,分别为注解字句典故、发明词意脉络、辑录有关资料以备查考。汇集评语甚多,书前《古今名家论括》,收录高棅、李维桢、傅与砺、黄子肃、揭傒斯、王廷相、朱大复、周珽等八家唐诗评论,每一诗体前引述前贤论说,每一诗人名下、每首诗后,广引各家评语,如严羽、徐献忠、李梦阳、顾璘、胡应麟、钟惺、陆时雍等人,间附己评。

　　另外,万历之后,对唐诗的关注逐渐扩展至诗人别集,且不局限于盛唐,初唐、中唐、晚唐皆有涉及,如骆宾王集,就有陈魁士、虞九章、黄兰芳、施凤来、颜文选等人的注本或评点本。韩愈诗集有顾锡畴和陈仁锡的评点本,李德裕文集有韩敬及陈子龙的评点本,许浑诗集有雷起剑的评点本,杜牧诗集有朱一是、吴玙的评点本,温庭筠诗集有曾益的评点本,皮日休诗集有项真的评点本等。特别是李贺诗受到空前关注,有董愚策、张睿卿、姚佺、陈愫、丘象随、孙枝蔚、张恂、黄淳耀、曾益等人为之评注,原因大概是李贺出人意表的想象及独辟蹊径的语言风格,十分投合晚明张扬放达的时代氛围,满足了人们对奇思幻境的偏嗜。

　　当然,诗歌只是重点而非唯一,《诗经》《楚辞》《左传》《史记》,以及秦汉散文、《文选》,均进入评点的范围,《水浒传》《三国演义》等小说,《西厢记》《琵琶记》等戏曲也都成为评点的热点。评点人才辈出,如徐献忠、顾璘、敖英、李开先、归有光、杨慎、唐顺之、茅坤、王世贞、陆深、王慎中、钟惺、谭元春、汤显祖、徐渭、袁宏道、陈继儒等,数量之多,令人叹为观止。诚如钱谦益所言:"评骘之滋多也,论议之繁兴也,自近代始,而尤莫甚于越之孙氏,楚之钟氏。……世方奉为金科玉条,递相师述。"[①]"孙氏"即孙鑛,其评点之书,《孙月峰先生评书》列出 43 种,其中诗歌包括《诗经》《楚辞》《文选》《选诗》《李太白诗》《杜拾遗诗》《李杜绝句》《五言绝律》《七言绝律》《排律辩体》《杜律单注》《杜律虞赵注》《手录杜律五七言》《高岑王孟诗》《韩昌黎集》《柳河东集》《六一集》《苏东坡诗集》《东坡绝句》《今文选》等近二十种。而影响最大的则是"钟氏"钟惺,钱谦益《列朝诗集小传·钟提学惺》又曰:其"所撰《古今诗归》盛行于世,承学之士家置一编,奉之如丘尼之删定"。钟惺、谭元春合选《诗归》,凡古诗 15 卷,唐诗 36 卷,在明末盛行一时,席卷学界。

　　钟惺(1574—1625),字伯敬,号退谷、退庵,又号止公居士、晚知居士,法名断残。竟陵(今湖北天门县)人,晚明竟陵派的领袖。万历四十二年,钟惺和谭元春

----

① 《葛瑞调编次诸家文集序》,《牧斋初学集》卷二十九,《续修四库全书》第 1389 册第 514 页。

评选古人诗,成《诗归》一书。《诗归》以其独特的艺术趣味和诗论思想在文坛产生了深远的影响。其评点体现在总评和评语两方面。

总评是对某一首诗或一组诗歌的概括性批评。如总评左思的诗歌成就:"太冲笔舌灵动,远出潘、陆上。使潘、陆作《三都赋》,有其材,决不能有其情思。"点出左思诗歌不仅才学渊博而且长于抒情的特点。总评《古诗十九首》曰:"苏李、《十九首》,与乐府微异。工拙浅深之外,别有其妙。乐府能著奇想、著奥辞,而古诗以雍穆平远为贵;乐府之妙在能使人警,古诗之妙在能使人思。然其性情光焰,同有一段千古常新不可磨灭处。彼后人作诗者,人人拟作一番,若以为不可已之例、不容变之规,高者别求奇奥,于本色已远;若但摩娑其面貌音字,使俗人口中、手中、眼中人人得有《十九首》,致使读书者喜诵乐府而不喜诵古诗。非古诗之过,而拟古诗者之过。故乐府犹可拟,古诗不可拟也。"指出《古诗十九首》"千古常新"之处,正在于"性情光焰",其实质是温厚和平、含蓄蕴藉。

评语也叫批语,一般是对具体字句的评价,往往细致入微,如陶渊明《饮酒》"心远地自偏"一语旁夹批曰:"心远二字,千古名士高人之根。"有的则是尾批,如评梁人刘缓《敬酬刘长史咏名士悦倾城》曰:"耳食者多病六朝绮靡,予谓正不能靡、不能绮耳。若使有真靡、真绮者,吾将急取之。盖才人之靡绮,不在词而在情。此情常常留于天地之间,则人人有生趣;生趣不坠,则世界灵活,含素抱朴,一朝而寻其根,此不易之论也。予见《名士悦倾城》一题,不觉欣然以为知情者,遂笔其所见于此。"这是对六朝诗歌的评价,说明其选录诗歌更重情色的标准。

钟惺"平生好搜剔幽隐诗文",他也好用"孤""幽"等词来评点诗歌,《诗归》中这样的例子很多。如钟惺评沈约《别范安成》"宁宁幽",评陶潜《归园田居》其二有"幽厚之气",评汤惠休《怨诗行》"妍而深,幽而动",评谢朓《送江兵曹檀主薄朱孝廉还上国》曰"幽孤之境",评周弘让《留赠山中隐士》"骨韵幽厚"。孟郊的总评,也是从诗歌的幽静孤寒出发的:"东野诗有孤峰峻壑之气,其云郊寒者,高则寒,深则寒也,勿作贫寒一例看。"对这些作家作品的欣赏,表明钟惺的"诗道性情"的确倡导别样的"性灵"。钟惺还把这种孤静幽独作为真诗的一个重要指标。明代诗歌发展至此,又开创出"深幽孤峭"的新风格,这是性灵说的进一步深化。但过于强调"深幽孤峭",创作必然会走向狭窄空灵的内心世界,作品冥游于现实世界之外,从这一点来说,钟惺诗论的缺憾也是无法弥补的。

除了"幽情单绪""孤怀""孤诣"之外,还倡导"厚"。清代贺贻孙说:"钟评《诗归》,大旨不出厚字。"结合起来,就是要求"求灵致厚",认为"从古未无灵心而能为诗者,厚出于灵,而灵者不能即厚",另一方面又要求"必保此灵心,方可读书养气,以致其厚"。① 钟惺评张说诗曰:"燕公大手笔,奇变精出,不堕作家气,由其胸中无宿物。"不被时代限隔,也不受诗格的束缚,保持自然灵动之心,才会写出"奇变精出"的诗歌。因此,超然、平淡、旷逸、凄瑟的灵动之心,是达到竟陵派"厚"之文学境界的首要条件,在灵气遄兴,生机勃勃的"灵诗"背后,应有一种幽远深厚、回味无穷的韵味。钟惺评储光羲诗"清骨灵心,不减王孟",而又有"一片深淳之气,装裹不觉",寄托深远、蕴藉浑厚、清灵中有厚重的韵味,才是诗歌的魅力所在,否则便会成为虚无缥缈、毫无意义的空洞之作,所以储诗不能"直以清灵之品目之"。储诗多以日常生活和普遍人物为描写对象,如《诗归》所选《牧童词》《采菱词》《射雉词》《樵父词》《渔父词》等,都能以小寄大,表现一种"理语""道气",可谓"灵"与"厚"结合的典范。如《牧童词》,笔调清新流动,人物纯真可爱,环境清幽闲适,仿佛人与万物自然融为一体。这样一种恬淡的生活画面,非保持"清骨灵心"人写不出来。这是朴素、真实、空灵的艺术境界,这就是竟陵派所追求的"灵"而"厚"的文学境界。

诗歌评点直接面向普通读者,在文本和读者之间架设了一座桥梁。评点的功能首先是传播,它促进文本的迅速传播,让更多的读者接受文本,改变了宋代以来诗歌注释单纯强调客观背景和典故出处的弊端,转而引导读者探究诗歌的内在艺术之美,从这个意义上看,评点也是诗歌注释的另一种重要方式。但自明末钱谦益大肆鞭挞《诗归》之"鬼趣""兵象","其所谓深幽孤峭者,如木客之清吟,如幽独君之冥语,如梦而入鼠穴,如幻而之鬼国"(《列朝诗集小传·钟提学惺》),此后恶评如潮,冯班攻击钟惺和谭元春为"屠沽家儿,时有慧黠,异乎雅流"(《寒厅诗话》),宋荦批评其"尖新诡僻,又似鬼窟中作活计"(《漫堂说诗》),四库馆臣批判曰:"大旨以纤诡幽渺为宗,点逗一二新隽字句,矜为元妙。又力排选诗惜群之说,于连篇之诗随意割裂,古来诗法于是尽亡。至于古诗字句,多随意窜改。"(《诗归提要》)几乎完全否定评点之学,但《总目》主撰者纪昀本人也曾评点过李商隐、陈师道、苏轼的诗集,可见这个评价并不公允。章学诚说:"评点之书,其源亦始钟氏《诗品》、刘氏《文心》,然彼则有评无点,且自出心裁,发挥道妙,又且离诗与文,而别自为书,信哉其能成一家言矣。自学者因陋就简,即古人之诗文而漫为点识批评,庶几便于揣摩诵习。而后人嗣起,囿于见闻,不能自具心裁,深窥古人

---

① 《与高孩之观察》,《隐秀轩集》卷28,上海古籍出版社1992年版。

全体、作者精微，以致相习成风，几忘其为尚有本书者，末流之弊，至此极矣。"（《校雠通义·宗刘第二》）看到了评点有其存在的价值，对评点的主流及末流作出了区别。明代的诗歌评点泥沙俱下，鱼龙混杂，尤其是书商参与其中，如多溢美之词，甚至假托名人效应以增加销售，增加了评点的商业性和投机性等，也是毋庸讳言的污点。

钟惺的评点有其自身的特点。现代学者张寿林曾这样评价《诗归》："今考其书，大旨欲以意逆志，以破汉儒之拘牵。盖惺本文士，又为竟陵一派之宗主，故其说诗，意在品题，与经生说诗之株守门户，斤斤于名物训诂者，故自不同。其于经文之旁，加以圈点，且各附眉批旁注，以摘发字句，标示语脉。虽不脱时文之习，然其间品题玩味，多出新意，不肯剿袭前人。发之性情，参之义理，颇能平心静气，以玩索诗人之旨。于篇内微言，词外寄托，未尝无所阐发。……大抵语无多而领会要归，表彰性情，深得诗人之本意。虽平心揣度，不无臆断之私，然千虑一失，贤者不免。必谓批点之法非训诂之体，遂并其书而废之，是则未免门户之见，非天下人之公议矣。"①这段话基本上道出了钟惺评点的特点。

第六节　胡震亨与明代的李白诗注

明代有四部李白诗注，分别是郭云鹏删刻《分类补注李太白集》（嘉靖癸卯刻本，1543）、朱谏《李诗选注》（隆庆六年刻本，1572）、林兆珂《李诗钞述注》（万历二十七年刻本，1599）、胡震亨《李诗通》（壬午刻本，1642），但水平参差不齐，较有价值者为胡震亨《李诗通》。

郭云鹏《分类补注李太白集》乃是在宋代杨齐贤、元代萧士赟注释的基础上删刻而成，郭氏并非注家，至多可谓整理者而已。此书后收录于《四库全书》和《四部丛刊》，因此影响较大。但从实际来看，郭氏本意在于删繁就简，但败事有余，致使原注多处面目全非，如卷三《夜坐吟》"冬夜夜寒觉夜长，沉吟久坐坐北堂。冰合井泉月入闺，金缸青凝照悲啼。金缸灭，啼转多。掩妾泪，听君歌。歌有声，妾有情。情声合，两无违。一语不入意，从君万曲梁尘飞"。萧士赟注曰：

鲍照诗："万曲不关心，一曲动人多。欲知情厚薄，更听此声过。"

《前有一樽酒》《夜坐吟》三篇，鲍照乐府《白纻词》体也，老杜所谓"俊逸

①　《续修四库全书总目提要》第 19 卷，齐鲁书社 1996 年版。

鲍参军"者是也。

这段注释,萧注比较李白和鲍照诗,指出鲍诗乃李诗的渊源,证明杜甫所言不虚。王琦注《李太白全集》:"《夜坐吟》始自鲍照。其辞云云,盖言声歌逐音,因音托意也。"《唐宋诗醇》曰:"空谷幽泉,琴声断续。恩怨尔汝,昵昵如闻,景细情真。结语从鲍照诗翻案而出。"其实均引申萧注之意,但萧士赟这段很重要的考证资料,却被郭氏轻易删除,可见郭氏识见之陋。陆心源曾经批评郭氏:"有全章删去者,有一章删去四五百言而留一二句者,又增以祯卿曰云云,使古书面目几无一存,殊为谬妄。"(《仪顾堂续跋》卷一二《元椠李太白诗注跋》)杨守敬批评曰:"杨、萧二注正以详赡为贵,云鹏意取简约,而学识不足以定去取,适形其陋。"(《日本访书志》卷一四)均是一针见血的评价。

朱谏《李诗选注》十三卷附《辩疑》二卷,是现存明代最早的李白诗歌注本。朱谏(1462—1541),字君佐,号荡南,浙江乐清人。明孝宗弘治丙辰(1496)登进士第,为官二十载,正德乙亥(1515)谢病归乡,著有《荡南集》。《李诗选注》和《辩疑》为其晚年著述。但这部李诗注本却存在严重的瑕疵。首先是辩伪草率,其《辩疑小序》曰:

> 唐人之言诗者,必以李、杜为首,称李有《草堂集》二十卷,散落人间,人或罕传,遂至纷纭舛错,真伪淆溷。自东坡以下,虽略有议论,未暇一一而校正之,故李白之名虽在,而李白之实未甚昭晰。噫,文章如白者,可以妄拟而想象之乎?旧说晚唐李益尚书尝为翰林学士,其诗亦曰李翰林。李赤厕鬼,小有所作,亦曰李诗。二者混于白集,故多可疑。以今观之,其用事颇有典故,而铺叙堆叠、格调卑劣者必益之诗也;其鄙俚颠狂放肆而无伦者,赤之诗也,赤真为厕鬼哉,安敢比迹于谪仙乎!二者皆可精察而类别之也。乃作《李诗辩疑》附于卷末,以俟知者再详焉。

而其判断真伪的标准,就是语言或风格这类"软指标",只可凭"精察"而"类别之",所以我们看到很多作品简单粗暴地被《辩疑》阑入"伪作"之列,如《白云歌送刘十六归山》曰:"辞意粗鄙,非白之作,不知谁人所为者,混入此耳。"《玉阶怨》曰:"辞意浅薄,不足为有无也。"《送祝八之江东赋浣纱石》曰:"辞太轻浅而又近俗,非白作也。"《宣城见杜鹃花》曰:"辞意支离,不相续照,据诗意后二句,当接说杜鹃花,却说杜鹃鸟去,意不相照。'一叫一回肠一断',乃宋元以下卑弱之辞,曾谓唐之大方家而为此乎!"《江夏赠韦南陵冰》曰:"前十二句辞意颇顺,然亦柔弱,恐非白作。自'昨日绣衣倾绿樽'以下,驳杂支离,如云'四望青天解人闷,人闷还心闷,苦辛常苦辛'等句,村俗之甚。及'愁来饮酒二千石',又夸而无伦。'槌碎黄鹤楼,倒却鹦鹉洲',是甚言醉状,亦自不成文理。"他指认的伪作达到二百多首。当然,数量多寡是另一个问题,问题在于其信口开河,并没有提供多少实据。真伪考证的效力,最有力者莫过于版本,最弱者莫过于风格,因为谈风格类似于捕风捉影,见仁见智,难以定凭。朱谏《辩疑》提供了反面典型,是明人轻心放胆、勇于议论的示范。

其次是对典故的生疏。如《经乱后将避地剡中留赠崔宣城》"闷为洛生咏",注曰:"洛生咏者,洛下之歌声也。"大误。按"洛生咏"指洛下书生的讽咏声,音色重浊。东晋士大夫多中原旧族,故盛行"洛生咏"。再如《别韦少府》"西出苍龙门",注曰:"言我寓居此地,尝西出乎苍龙之门。"亦误,唐代并无苍龙门,苍龙门是汉代长安宫阙之名。这两个典故并非僻典。

林兆珂《李诗钞述注》16 卷,有万历刻本,今收入《四库全书存目丛书》。据胡振龙博士对比发现,此书的注释大多抄自宋代的杨注和元代的萧注,还有部分明人著述,但皆无标识,这是明代学者的通病①。《四库全书总目》卷一二八《子部·杂家类存目五》:"明代说部,大都挦撦断烂,游谈无根。兆珂又撷明人之说部而以己见断之,辗转稗贩,似奥博而实无考证。每篇名目,故为诡异。篇首各有小序,亦皆涩体。均之当时习气也。"这个批评是比较中肯的。

胡震亨(1569—1645),明代文学家、藏书家。一生著述宏富,所编《唐音统签》是中国古代私人纂辑的最大的唐五代诗歌总集,对《全唐诗》的编集有重要价值。另著有《赤城山人稿》《读书杂记》《海盐县图经》《李诗通》《杜诗通》等。《李诗通》21 卷,按照体裁编排,先乐府,再古诗,后律绝。胡氏的注释较集中于乐府,其余则少有着墨,无注者居多。

胡氏对李白诗的主要贡献有两点,一是乐府诗的解题,即关于李白乐府的渊源,目的是使读者了解其"点化夺换之妙"。如《上云乐》,注曰:

　　梁武帝制《上云乐》,设西方老胡文康,生自上古者,青眼、高鼻、白
　　发,导弄孔雀、凤凰、白鹿,慕梁朝来游,伏拜祝千岁寿,周舍为之词。太
　　白拟作,视舍本词加肆,而"龙飞咸阳"数语,似乎又谓此胡游肃宗朝者,
　　亦各从其时,备一代俳乐尔。

《日出入行》,注曰:

　　汉郊祀歌《日出入》,言日出入无穷,人命独短,愿乘六龙仙而升天。

---

① 详见胡振龙《李白诗古注本研究》第四章《明代李白诗注研究》。

太白反其意，言人安能如日月不息，不当违天矫诬，贵放心自然，与津溉
同科也。

《于阗采花》，注曰：

> 陈、隋时曲名。本辞云："山川虽异所，草木尚同春。亦如溱洧地，
> 自有采花人。"太白则借明妃陷虏，伤君子不逢明时，为谗妒所蔽，贤不
> 肖易置无可辩，盖亦以自寓意焉。

《久别离》，注曰：

> 江淹《拟古》始有《古别离》，后乃有《长别离》《生别离》等名。此《久
> 别离》及《远别离》，皆自为之名，其源则出于《古别离》也。

《君马黄》，注曰：

> 汉铙歌《君马黄》曲辞，旧无其解，后之拟者，但咏马而已。惟太白
> "相知""急难"二语，似独得其解者。按本辞云："君马黄，君马苍，二
> 马同逐臣马良。"借言我马之良，喻我所效于友者较胜。古者君臣之
> 称，通乎上下故也。其曰"美人归以南，驾车驰马，美人伤我心；佳人
> 归以北，驾车驰马，佳人安终极"者，美人、佳人，亦称其友。驾车驰马
> 南北，就上马之同逐，言其分驰而去，以喻交之不终。而一则曰伤我
> 心，一则曰安终极，虽怨之，不忍明言之，则尤有不出恶声之意焉。盖
> 古交友相责望之词，采诗者以其言之含蓄近厚，故入之于乐，非太白
> 几无能发明之矣。

上述几条注释，对于读者明了乐题本源及李白的点化之意，是有裨益的。

二是对诗歌主旨的理解。李白的许多诗，意图为何，后世争议很大，尤以《蜀
道难》最有代表性。胡氏注曰：

> 此诗说者不一。有谓为严武镇蜀放恣，危房琯、杜甫而作者，出范
> 摅《云溪友议》，新史所采也；有谓为章仇兼琼作者，沈存中、洪驹父驳前
> 说而为之说者；有讽玄宗幸蜀之非者，萧士赟注语也。兼琼在蜀，无据
> 险跋扈之迹可当斯语，而严武出镇在至德后，玄宗幸蜀在天宝末，与此
> 诗见赏贺监在天宝初者，年岁亦皆不合，则此数说似并属揣摩。愚谓
> 《蜀道难》自是古相和歌曲，梁、陈间拟者不乏，讵必尽有为而作！白，蜀
> 人，自为蜀咏耳，言其险，更著其戒，如云"所守或匪亲，化为豺与狼"，风
> 人之义远矣。必求一时一人之事以实之，不几失之凿乎？

类似的意见也见于《唐音癸签》卷二十一中：

> 《蜀道难》自是古曲，梁、陈作者，止言其险，而不及其他。白则兼采

张载《剑阁铭》"一人荷戟，万夫趑趄。形胜之地，匪亲弗居"等语用之，为恃险割据与羁留佐逆者著戒。惟其海说事理，故苞括大，而有合乐府讽世立教本旨。

其它几种说法错误的根源，是没有考虑到此诗的背景，《蜀道难》见于殷璠《河岳英灵集》，据其自序，此书最晚编成于天宝十二载（753），则此诗作于安史之乱前，其余说法则均属于无端的猜测而已。胡氏的判断是对的。但清代王琦却兼采萧注和胡注，模棱两可，见识反而不如胡氏。再如《古风》其四"凤飞九千仞"，宋元旧注一般认为是游仙诗，如萧士赟曰："太白少遇司马承祯，谓其有仙风道骨，可与学仙，太白亦有志焉。此诗非泛然之作。"胡氏注曰：

> 今考《古风》为篇六十，言仙者十有二，其九自言游仙，其三则讥人主求仙，不应通蔽互殊乃尔。白之自谓可仙，亦借以抒其旷思，岂真谓世有神仙哉！他诗云"此人古之仙，羽化竟何在"，意自可见。是则虽言游仙，未尝不与讥求仙者合也。时玄宗方用兵吐蕃、南诏，而授箓投龙崇尚玄学不废，大类秦皇、汉武之为，故白之讥求仙者，亦多借秦汉为喻。白他诗又云："穷兵黩武今如此，鼎湖飞龙安可乘"，其本指也欤？

这段注释，对于破除李白好道而有尘外之想的旧注，是有积极意义的。胡氏通过李白自己诗歌的互证，指出传统说法的漏洞，令其不攻自破，其借游仙以"抒其旷思"的观点，得到了后世广泛的认同。

第七节　王嗣奭《杜臆》与明代的杜甫诗注

明代与历代类似，杜甫诗歌是别集注释中最为热门者。但不同的是，明代除了杜诗的全集注释外，分体注释是一大热点。分类如下：

全集注本，现存3种，分别为单复《读杜诗愚得》18卷，邵宝《刻少陵先生诗分类集注》23卷，胡震亨《杜诗通》40卷。另有散佚的19种分别为：郑壬《杜诗集注》、李应吉《杜诗集注》、李尧《杜诗注》、邵濬《杜少陵诗注》、赵志《杜诗注解》、赵建郁《杜诗注》、熊钊《杜甫诗注》、郑日强《杜诗注》、李光缙《杜诗注解》、苏希栻《杜诗全集注》、全大镛《杜诗纲目》《杜诗汇解》、陈龙正《杜诗衍》、董养性《杜诗注》、倪元瓒《杜集注》、蔡宗禹《杜诗注释》、杨德周《杜诗解》、李实《杜诗注》、佚名《杜诗详注》；

古诗选注本：谢省《杜诗长古注解》；

五律选注本：汪瑗《杜律五言补注》、黄乔栋《杜诗五律集解》；

七律选注本：张綎《杜律本义》、张孚敬《杜律训解》、赵本学《注杜声律》、王维桢《杜诗七言颇解》、赵大纲《杜诗测旨》、冯惟讷《杜律删注》、赵统《杜律意注》、颜廷榘《杜律意笺》、陈与郊《杜诗律》、汪慰《虞本杜律订注》、郭正域《杜律选》、黄光升《杜律注解》、谢杰《杜律詹言》、薛益《杜工部七言律诗分类集注》、沈启《杜律七言注》、曾应翔《选杜律虞注》、邵宝《杜律钞本》、徐常吉《杜诗注》、过栋、邵勋《杜少陵七言分类》、程元初《杜律绪笺》、李国梁《杜诗七律注》、赵本学《注杜声律》、阙名《新刊杜工部七言律诗》等23种；

五七律选注本：韦杰《杜律七言五言注》、单复《杜律单注》、孙鑛《杜律》、范濂《杜律选注》、邵傅《杜律集解》等5种；

诸体选注本：张綎《杜工部诗通》、王寅《杜工部诗选》、杨慎《杜诗选》、郝敬《批选杜工部诗》、周甸《杜诗会通》、林兆珂《杜诗抄述注》、闵映璧《杜诗选》、黄淮、范观《杜诗三百篇注》、郑善夫《批点杜诗》、杨德周《杜注水中盐》、徐渭《批点杜工部集》、王慎中《批点杜工部集》、王世贞《批点杜工部集》、唐元竑《杜诗捃》等14种；

体裁不详选注本：李攀龙《评杜诗钞》、温纯《杜律一得》、钱贵《杜诗便览》、萧鸣凤《杜诗选注》、钟一元《杜律杂著》、徐楚《杜律解》、龚方中《杜律解》、张光纪《杜律评解》、沃起凤《杜律解易》、黄润中《杜律注解》、黄中理《杜律集注》、宋咸《忘机杜诗选》、刘瑄《杜律心解》、龚道立《杜律心解》、凌氏刻《杜诗选》等15种。

明代兴起的杜诗注释热潮，出现两种现象值得注意。一种是"选隽解律"。由于杜诗五律和七律的成就较大，因此"选隽解律"主要表现为选注律诗，其它体裁次之。据考证，最早的明人杜律选本，是杨祐作序的陈明编《杜律单注》，时间在嘉靖十年（1531）左右。据杨祐《序》可知，此乃采集单复《读杜诗愚得》中五七言律的注释，"汇为十卷"，以成一书。此后，陈如纶《杜律》（嘉靖十四年）、张綎《杜律本义》（嘉靖十九年）等杜律选本相继问世，促进了杜诗研究的深入。[1] 另一种现象是白文无注，尤其发人深省，如陈如纶《杜律·自序》曰："杜少陵诗足嗣风雅正响，凡注家谓其句有攸据，意有攸寓，旁质曲证，匪泛即凿，俾读者心目徽繾，莫不了了也。然杜虽思闲而绪密，语迩而旨函，所以言旨者唯此理耳。以意逆志，以我观理，则人己同趋，古今一揆，随其所见各有得矣，讵资注？乃因虞赵

---

① 参见张慧玲《明嘉靖朝杜律版本考略》，《江西社会科学》2014年第8期。

本钞得五言二百四十章,七言一百五十章,厥注皆削焉。于乎!天下之学敝于注诂,岂唯杜哉!岂唯杜哉!予懵亦冈敢议也。"彻底地否定了前人旧注,将注诂之弊,推扩到"天下之学"的广度,几于否定天下一切注疏的价值。万历时期,李齐芳《杜工部分类诗·序》曰:"且但存本义,不载群解,又可撤障耳目,自索之于心臆之中。虽不能千载悉符,而镌研揆度,畅然于心者必多也。"傅振商《杜诗分类·自序》亦曰:"每厌注解本属蠡测,妄作射覆,割裂穿凿,种种错出,是少陵以为诠性情之言,而诸家反以为逞臆妄发之的也。……因尽剔去,使少陵本来面目如旧。庶读者不从注脚盘旋,细为讽译,直寻本旨,从真性情间觅少陵。性情之薪火不灭,少陵固旦暮遇之也耶!"上述白文杜集,在王学反智识主义倾向以及时代新思潮的鼓荡下,将衍生于宋人讲"心得"的读诗观念推演至极。张孚敬《杜律训解·再识》云:"夫生于千百载之下,而欲得作者之志于千百载之上,不亦难哉?唯孟轲氏有曰:以意逆志,是为得之。愚觉旧释过赘,遂大削之,能者观焉,则又不如尽削也。"①卢德水《杜诗胥钞》十五卷,名之曰胥钞,意以少陵胥吏自谦和自任,也有对历代诗注蒙昧诗意的不满。《胥钞》只录杜诗白文和原注,而将许多新颖独到、精辟透彻的见解置于《大凡》和《余论》中,这种体例的目的,就是通过白文本,彻底消除旧注的穿凿附会。违驳传注,好尚白文,竟成一时风气。张岱《琅嬛文集·四书遇序》叙自己读书之法即"只读白文,不问训诂",王夫之《夕堂永日绪论外编》也有类似记载。影响所及,无怪乎明代读杜者不再究心于前人旧注,杜诗注释至明代后期确乎一大转捩。

　　尽管传统的注释方式逐渐式微,但明代杜诗的注释也开辟了新天地,除了"选隽解律"和重在艺术的评点外,强调以意逆志也是明人解杜的一大特色。孙微说:"清代的注杜多标榜以'阐''意'乃至'论文',表现出开拓的新趋势,即由传统的重笺注转为着重诠释诗意。"②,其实这个转移早在嘉靖时期既已发生,如赵大纲《杜律测旨·引》曰:"少陵诗绪密思深,意在言表,而或以字句牵合附会者,失之矣。昔孟子论读诗之法,以意逆志,是为得之。余不能诗,又不自量,于读律之余,辄取前人训解,断以己意,僭为《测旨》。呜呼!以蠡测海,能尽其深乎?而无言神悟,固自有大方家也。若乃证事释文,前人似备,余复不能博云。"朱运昌为颜廷榘《杜律意笺》所作《序》云:"范卿愤诸注之讹舛,另注杜律七言,名之曰意笺。疏释详明,考据精确,不钩深,不率意,尽洗浅凿之弊,一尊子舆氏以意逆志

① 以上皆转引自《杜集书录》。
② 《清代杜诗学史》,齐鲁书社 2004 年版,第 82 页。

之旨,精研所极,往往独诣。"(皆转引自《杜集书录》)皆表现一时的风气。尤以王嗣奭《杜臆》最为典型。

王嗣奭(1566—1648)《杜臆》是明代成就最大的杜诗注本。它注解 1268 首诗,大致以作年先后为次。由于王氏明末坎坷的仕宦生涯,故对杜诗有独特的体认。《杜臆·原始》解释书名曰:"臆者,意也。以意逆志,孟子读诗法也。诵其诗,论其世,而逆以意,向来积疑,多所披豁,前人谬迷,多所驳正,恨不起少陵于九京而问之。"又交代该书撰写的缘由:"万历戊申,余生四十三年,居先子忧,始遍阅古人诗。阅及老杜,觉有会心,随复阅之,光景又别。愈阅愈深愈远,若探渊海,汩然不得其涯,靓然不测其底也。……至己未,吏隐宣平,复阅杜集。……盖精之所注,行住坐卧,无非是物,夜搜枯肠作真人想,朝拈枯管作蝇头书,八十老人不知倦也。"(《杜臆》卷首)可见这是一部融入作者身世感受的哀世之作。

首先是对旧注的扬弃。如晚明钟惺《唐诗归》风行一时,众人如奉圭臬,但王嗣奭却批评甚力,如《中宵》诗,云:

> "西阁百寻余",高之极也。高之所见,既与卑异;中宵所见,又与白日异。"飞星过水白",谭云:"过字妙,白字更妙!"余谓二字有何妙?只水字妙。星飞于天,而夜从阁上视,忽见白影一道从水过,转盼即失之矣。公即写入诗,真射雕手。"落月动沙虚"亦然。沙本白,而落月斜光,从阁上望,影摇沙动。静则实而动则虚,此如以镜取影者。鸟择木、鱼潜波,钟云:"知字、想字,不问而识其为中宵矣。"亦影响语。不知公此时有避地远害之思,心之所之,想及于物,知其能择木而潜波,盖美之也。末句露出"兵甲",正发其意。

从细处入手,批驳有力。他还批判了宋人"字摹句剽""仪貌而失神"甚至"弃瑜而收瑕"的注杜方式,也批判了明人的许多穿凿谬说,努力探索和发掘杜诗中的"真性情",因而取得了超越前人的成就。

《杜臆》对作品意图和内容的解读超越前人。如《登楼》注曰:

> 此诗妙在突然而起,情理反常,令人错愕;而伤之故,至末始尽发之,时竟不使人知,此作诗者之苦心也。……首联写登临所见,意极愤懑,词犹未露,此亦急来缓受,文法固应如是。言锦江春水与天地俱来,而玉垒云浮与古今俱变,俯视宏阔,气笼宇宙,可称奇杰,而佳不在是,止借作过脉起下。云"北极朝廷"如锦江水源远流长,终不为改;而"西山寇盗"如玉垒浮云,悠起悠灭,莫来相侵。曰"终不改",亦幸而不改也;曰"莫相侵",亦难保其不侵也。"终"、"莫"二字有微意在。按《名胜

志》:玉垒山在灌县西,众峰丛拥,远望无形,唯云表崔嵬稍露。唐贞观创关于其下,名玉垒关,乃番夷往来之冲,故公有浮云之语,而玉垒与吐蕃正相关也。又按史:广德元年十月,吐蕃陷长安,代宗幸陕,郭子仪击之遁去。十二月,帝还长安,吐蕃以是月复陷松、维、保三州及二城,而剑南西山诸州亦入吐蕃矣。公诗盖作于此时,而"北极"一联,盖实录也。至结语忽入后主,必非无为,而未有能知之者。盖后主初年,亦无他过,而后来一用黄皓,遂至亡蜀。肃、代信任李辅国、程元振、鱼朝恩,正与后主之任皓自无异,虽有贤臣如李泌、子仪辈,而不得展其略,盖幸而不亡也。公因万方多难,深思其故,不胜愤懑,无从发泄,而借后主以泄之。公屡游先主庙,后主从祀,亦素怀不平,故有感而发。且云日已暮矣,天下事无可为矣,"聊为梁父吟",为当时有孔明之才而不得施者一致慨焉,此其所为伤心者也。

这段串讲,具有浓厚的王氏特色,它结合内容,揭示诗歌的内蕴,赏析杜诗特色,导读意味鲜明。一方面,与宋代注释重在客观资料,很少情感投入不同,它感同身受,推心置腹,容易触发读者共鸣,另一方面又与明代一般的评点不同,它结合史实,言而有据,避免了评点蹈空践虚的弊端。

对杜诗的艺术分析也十分准确,一新耳目,如《同诸公登慈恩寺塔》:

> 钟云:"登望诗不独雄旷,有一段精理冥悟,所谓'令人发深省'也。"又评"旷士""冥搜"句云:"他人于此能作气象语,不能作此性情语。"余谓信手平平写去,而自然雄超,非力敌造化者不能。如"高标"句,气象语也,谁能接以"烈风无时休"? 又谁能转以"旷士怀""翻百忧"? 然出之殊不费力。"七星北户""河汉西流"已奇,而用一声字尤妙。泰山近在塔下,故云"忽破碎",真是奇语。而须溪据樊本定为"泰山",谬甚。末后"黄鹄"四句,若与塔不相关,而实塔上所见,语似平淡,而力未尝弱,亦以见"旷士"之怀,性情之诗也。"君看"正照题面诸公,其缜密如此。

此诗前人评点,虽有赞赏,但多门面语,难中肯綮。王氏结合诗歌创作,指出此诗艺术之高妙,为常人不及。他认为杜甫从一个平常的登高角度入手,不断腾挪变化,融入了对时局世事的巨大隐忧,而语言又高迈超伦。一切皆塔上所见,一切又出人意表,实非等闲之辈所可轻作。这就将杜甫的胸怀和诗歌艺术呈现于读者面前,这种解读沁人心脾,非传统注释可比。再如《王兵马使二角鹰》,评曰:

> 此诗突然从空而下,如轰雷闪电,风雨骤至,令人骇愕。"悲台"、

"哀壑"夹长江南北，而山溪险峭，似旧有此名。公时在夔，因角鹰而触目发兴，奇崛森耸不待言；而尤得力在"角鹰翻倒"句，随插入"将军勇气"二句，承接得住。盖通篇将王兵马配角鹰发挥，而穿插巧妙；忽出忽入，莫知端倪，而各极形容，充之直欲为朝廷讨叛逆、诛谗贼而后已。他人起语雄伟，后多不称，而此诗到底无一字懒散，如何不雄视千古！再细评之，"角鹰"句起亦突然，而妙在"翻倒"二字，力与起语敌；又妙在即粘"将军"，紧顶"翻到壮士"，而勇气之轩举自见，得相生之妙。"角鹰"未完，接以"二鹰"，而合之为"十二翻"，此其周匝处。"孩虎"语奇。前云"将军勇锐与之敌"，后云"敢决与之齐"，前呼后应，前虚后实，此局阵之妙。"白羽曾肉三狡兔"，奇语，堪与"翻到壮士臂"相敌。"荆南芮公"以下，归重将军，而借鹰影说。"金屋"，天子之居也，恶鸟啄之，喻最奇；止咏角鹰，不意充拓到此。

这段评点赏析，很有深度。此前刘辰翁、钟惺虽亦有评点，但失之简约，如钟评曰"险绝真绝""英爽""妙甚""快然"等，皆恍惚无端，难以把握，清初学者称之"梦呓"。此段评点细致解读杜诗构思、句法、字法、修辞，均言之有物，使杜诗缜密的诗法，读者学而有章可循。显然，评点发展到《杜臆》，进入了更为高级的阶段，其详解缕述，体贴人情，合乎诗法，故仇兆鳌《杜诗详注》大量引用，多至566次[①]。

其缺点是好言比兴，如《曲江二首》曰："翡翠不屋栖而巢于小堂，比小人之处非其据。石麒麟乃天上之物，而卧于高冢，比正人在位而志不得展，总谓人主昵宵小而疏远正士。'蛱蝶'、'蜻蜓'俱比小人，而'深深见''款款飞'，则君心受其蛊惑，而病已中于膏肓矣。"《初月》诗注曰："三比肃宗即位于灵武，四比为张皇后、李辅国所蔽。刘云'句句欲比，却如何处此结句？'余谓露乃天泽，当无所不沾被，乃止在庭前；润及菊花，而加一暗字，谓人主私恩，止被近幸而已。"《萤火》注曰："公因不得于君，借萤为喻。出自腐草，幸有微光，宁敢飞近太阳；只知自反，不敢怨君，何等忠厚！"多失于胶柱。

尽管《杜臆》有这些缺点，但其成绩还是主要的，堪称明代杜诗研究中最有真知灼见的著作。仇兆鳌对其极为推崇，《杜诗详注·凡例》"历代注杜"云："宋元以来，注家不下数百，……其最有发明者，莫如王嗣奭之《杜臆》。"之所以能取得如此成就，一方面与王氏潜心体悟杜诗的"以意逆志"有关，也与他身处明末的特殊局势及个性有关。万历二十八年（1600）乡试中举后，他历仕宿迁（今属江苏）

---

① 据李巍巍《王嗣奭〈杜臆〉研究》，陕西师大 2008 年硕士论文。

知县,被劾迁建州,署建安、顺昌、松溪、崇安诸县(均属福建)。崇祯元年(1628)
补永福(今福建永泰)知县,六年迁涪州(今重庆涪陵)知州,后因事与上官意见相
左,被遣置会稽(今绍兴),足迹遍东南。清兵南下,誓作明遗民,拒不薙发。全祖
望《续甬上耆旧诗》卷四十四《王涪州嗣奭传》记载道:"丙戌,年八十矣,有司迫遣
登舟朝见贝勒,先生至慈水,乘潮逃去,信宿而返。自言人生不幸至此,但有祈死
而已;予则反祈不死,或犹见中兴之日。其倔强如此。时方注杜诗毕,曰:吾以此
为薇,不畏饿也。"王嗣奭集中有《郡县奉文严催合郡乡绅赴武林朝见贝勒,余不
欲往,赋此拟投当道》诗:"皮肉空悲衰朽人,敢将朽骨报君亲?儿曹勉奉周官法,
老子甘为洛邑民。心血未枯凝作碧,鬓毛虽短保如珍。首阳倘许夷齐卧,王翰堪
教罢卜邻。"他对杜诗的感悟,绝非承平时期的学者文人所能比拟;其飘荡的仕途
生涯和坚贞的民族气节,使他比常人更执著杜诗、热爱杜诗,且持之以恒、感同身
受,故收获亦大。

第八节　黄文焕与明代后期的其它注释

　　明代诗注虽集中于唐诗,但在其它方面也取得了一定成绩。下面按照评注
对象的时代分别论述。

　　《诗经》在明代,除了传统的经学注释外,评点较有文学意味。虽在此之前,
朱熹《诗集传》不自觉地流露出对诗学的精辟见解,但总体上属于经学研究的范
畴。因此晚明之前的《诗经》研究,皆"知《诗》之为经,不知《诗》之为诗"①。嘉靖
时期的戴君恩将《国风》部分加上评语,并节录朱熹《诗集传》于每篇之后,题曰
《读风臆评》,它采用评阅八股时文的方式评点《诗经》,《四库总目》认为"纤巧佻
仄,已经开竟陵之门"。但近人周作人说戴氏此书"谈《诗》只以文学论,与经义了
不相关,实为绝大特色,打破千余年来的窠臼"②,对其给了很高的评价。另有何
大抡《诗经主意默雷》、安世凤《诗批释》、凌濛初《言诗翼》等,而影响较大的有孙
鑛《孙月峰评经》、钟惺《批点诗经》等。这些评点,除了一般的字句、结构分析外,
主要特点是讲究"趣味",如安世凤批《柏舟》曰:"无穷之味,无穷之戚,多少宛
转!"批《麟之趾》曰:"全不着色,而一唱三叹,自有余音。"孙鑛批《匏有苦叶》曰:

---

① 万时华《诗集偶笺》卷首,明登龙馆梓本,复旦大学图书馆藏。
② 周作人《读风臆补》,《中央日报》1936 年 11 月 22 号。

"通篇皆寓物托意,意皆在言外,惟'归妻'二字点出男女,而'求牡'亦是切喻,意态圆活,不可执,造语尤婉妙,绝耐玩味。"戴君恩批《卷耳》云:"情中之景,景中之情,宛转关生,摹写曲至,故是古今闺思之祖。诗贵远不贵近,贵淡不贵浓。唐人诗'袅袅城边柳,青青陌上桑。提笼忘采叶,昨夜梦渔阳',亦犹《卷耳》四句意耳。试取以相较,远近浓淡,孰当擅场?"钟惺批《山有枢》曰:"行乐之词,乃以涩苦之音出之,开后来诗人许多忧生惜日之感,末语促节,便可当一部挽歌。"这些批语,是真正的"以诗解《诗》",不仅有一定的文学价值,而且促进了《诗经》的文学化进程。

明代的《楚辞》评点也较为发达。南宋楼昉《崇古文诀》选评屈原部分作品,开《楚辞》评点的先声,但其后《楚辞》研究陷于沉寂,直到万历十四年(1586)冯绍祖评点并校刊王逸《楚辞章句》面世,方有改观。据姜亮夫《楚辞书目五种》,明代评点本主要有冯绍祖校刊《楚辞章句》、叶邦荣《楚辞集注》、汪瑗《楚辞集解》、闵齐伋校刊《楚辞》、张凤翼《楚辞合纂》、陆时雍《楚辞疏》《楚辞榷》、蒋之翘《七十二家评楚辞》、沈云翔《楚辞集注评林》、来钦之《楚辞述注》、黄文焕《楚辞听直》等十数种,大部分面世于天启至明末的二十多年。其中以孙鑛之评较有价值。孙鑛的评语今散见于各种评本,所论范围较广,绝非《四库总目》所说的只是"标举字句之法"(见《四库全书总目·孙月峰评经》),且所评也极为精彩,往往一语中的。如评《离骚》云:"前世未闻,后人莫继,亘古奇作也。刘勰曰不有屈原,岂见《离骚》,信哉!"评《九歌》云:"《九歌》句法稍碎,而特奇峭,在《楚骚》中最为精洁。"评《天问》云:"或长言,或短言,或错综,或对偶,或一事而累累反覆,或联数事而融成片语,或陡险,或淡宕,或佶倔,或流丽,章法、句法、字法,无所不奇,可谓极文之态。"评《九章》云:"是《离骚》余韵,而微较清澈。"评《远游》云:"铺叙间整,过续分明,后来作赋之祖也。但其蹊径近方,令步武者易袭耳。"评《九辩》云:"攒簇景物景事,句句警策,一层逼一层,音调最悲切,骨气最遒紧,真是奇绝。以下诸篇,莫能及也。"评《招魂》云:"构格奇,撰语丽,备谈怪说,琐陈缕述,务穷其变态,自是天地间一种瑰玮文字,前无古,后无今。"对于东方朔等人模拟屈赋的作品,则多持贬抑之词,如评《七谏》云:"此后来拟和之始也,亦往往有佳句,昔人比之无病而呻吟,情有不存耳。"又云:"西京本色,自不减三楚精神,效邯郸而失故步,殷鉴不可不慎。"因此他十分赞同朱熹删改《楚辞》的做法,曰:"古文之必传者,如云蒸霞蔚、石皱波纹,极平常、极变幻,却自然天成,不可模仿。若可仿者,定非至文,贾生、小山,得《骚》之意而自出机杼者也,以后仿之愈似,去之愈远。紫阳作《楚辞集注》,芟去《谏》《怀》《叹》《思》四篇,极是。"这些评语从艺术角度指出《楚辞》的价值,相较于宋代传统的《楚辞》注本,自有其不可抹杀之处。

　　汉魏古诗是明代诗学复古思潮关注的一个重点。《新刊古今名贤品汇注释玉堂诗选》选取自上古至明当代帝王名贤的诗歌,按类编排,四卷八册,舒芬辑,舒琛增补,杨淙注,有万历七年唐氏富春堂刻本,现藏上海图书馆。又有《选诗》三卷、《外编》三卷、《拾遗》二卷,杨慎辑,朱曰藩增注,明卜大猷刻万历重修本,《千顷堂书目》载作九卷。唐汝谔《古诗解》24 卷,共选诗近 870 首,入选作家从帝王、公卿,到方外异人、无名氏、闺秀、宫人,计 184 人。刘成德《汉魏诗集》十四卷,有正德十二年(1517)刻本,收录自高帝以来汉魏古诗 528 首。在诗题下有详略不一的题解,或介绍作者,或考证诗题渊源,或交代创作背景。吕阳《汉魏诗选》二卷、《附录》一卷,收录 19 人 121 首诗,万历刻本。在诗题之下,往往介绍该诗的写作背景,或者诗题的来历。如班婕妤《怨歌行》,曰:“婕妤退处东宫,因以纨扇自喻而作此诗。其言新制齐纨,鲜如霜雪,则修己有洁白之行矣。及合欢成扇,圆如明月,则事君无亏缺之义矣。至于承君宠幸,又温惠而不骄且专。乃如微风足以洗涤烦热,必待动摇然后应之耳。惟常虑夫时移事变,邪媚上僭,如秋飙暴疾,自能移夺君心,则不免于弃捐而恩情中道绝矣。晦庵朱子称其情虽出于幽怨,终不过于惨伤,信哉!”既结合诗人写作背景,又紧扣诗歌词句本身,分析透彻,令人信服。徐师曾《文体明辨》中的《诗体明辨》26 卷,沈芬、沈骐笺注,有崇祯十三年(1640)刻本。收录古诗数十种,按体编排。每诗有圈点,有夹批,有尾注和评语。所引明人评语,多为李攀龙、何景明、王世贞、刘辰翁、钟惺、谭元春、杨慎等名家。如评阮籍《咏怀诗》云:“阮籍有济世志,属时无可为,故沉醉埋照。观其穷途一恸,无限悲凉。至登广武,叹无英雄;及历武牢,赋《豪杰诗》,意可见矣。《咏怀》八十余首,‘阮旨遥深’,良不诬也。”可谓阮籍千古知音。黄廷鹄《诗冶》26 卷,崇祯刻本,收录上古至六朝诗歌,大量征引王世贞、徐祯卿、杨慎、孙鑛以及钟惺、谭元春等人的评语。当然他自己也有评论,如评点陶渊明《乞食》诗,黄氏曰:“‘谈谐终日夕’、‘情欣新知欢’,非真乞食也,盖借给园行径,以写其玩世不恭耳。”十分准确。另外,朱右《补注汉魏诗》,又有《汉五言诗笺》四卷,清陈揆《稽古楼书目》著录。①。

　　《昭明文选》也是明代的评注对象。张之洞曰:“选学有征实、课虚两义。考典实、求训诂、校古书,此为学计;摹高格、猎奇采,此为文计。”②就“征实”来看,

①　参见解国旺《明代古诗选本研究》,河南大学 2007 年博士论文。
②　《书目答问二种》,香港三联书店 1998 年版,第 302 页。

张凤翼《文选纂注》、林兆珂《选诗约注》、陈与郊《文选章句》、闵齐华《文选瀹注》几部注本,其实是《文选注》的改编本,而且选取五臣注的分量占多数,目的是迎合初学者的需求,并无什么学术价值,《四库总目》评价甚低。对《文选》的评点则属于"课虚"。宋元之际方回《文选颜鲍谢诗评》选择颜、鲍和五谢的 105 首诗歌进行评点,虽所评不尽恰当,却是选学评点的第一部。此后万历年间,《文选》评点再次兴盛。据《中国古籍善本书目》和其它目录所载,明代流传至今的《文选》评点本,有万历年间的《文选纂注》、《精摘梁昭明太子文选崇正编》、《文选纂注评苑》、《选文选》、《鼎雕增补单篇评释昭明文选》、《文选纂注评林》、《新刊文选批评》、《合评选诗》、《文选诗集》,天启年间的《孙月峰先生评文选》《文选尤》《十二家评昭明文选》等十二种。这些评本良莠不齐,价值较高者是《孙月峰先生评文选》。天启二年闵齐华《文选瀹注》刊刻,列孙鑛评语于眉端,故亦称《孙月峰先生评文选》。今人王书才认为孙氏评点有四个特色:一是细致全面,细大不捐;二是态度认真;三是生动形象有趣;四是简洁明快。[①] 这几点比较切合实际。孙鑛对《文选》诗歌的评点,较为欣赏阳刚劲健的风格,多用"劲、奇、峭、古、快"之类的字眼,如评潘尼《赠陆机出为吴王郎中令》"东南之美,曩惟延州。显允陆生,于今勖侍"四句,曰:"开首即指陆,何等醒快。"评左思《咏史》八首曰:"是刘公干音调,最明切劲快,后来鲍明远亦此流派。"评鲍照《东武吟》,曰:"气最劲,语最峭,调最响,读之使人快。休文比之红紫郑卫,良然。"此外也强调要把气骨与藻采结合起来,即所谓"干之以风力,润之以丹彩",或苏轼所谓的"似臞而实腴",如《古诗十九首·行行重行行》,批曰:"是妇忆夫诗,以比君臣,妙处似质而腴,骨最苍,气最炼。"谢灵运《九日从宋公戏马台集送孔令诗》"弭棹薄枉渚,指景待乐阕"二句,批云:"古字入诗,始自康乐,惟增浓色腴味,且撮得巧,更自有一种风致。"相反,对"近今"作品往往深致不满,如曹植《情诗》"微阴翳阳景,清风飘我衣。游鱼潜绿水,翔鸟薄天飞"数句,评曰:"调清逸,且近今,不类子建,大似安仁。"评谢朓《和王主薄怨情诗》曰:"比茂先情诗,态更妍,语更丽,但渐入纤巧,古意稍减。"说明他受到当时复古思潮较大的影响。孙评《文选》注重艺术,不涉内容或教化,更少字句训诂之类,对于一般文人学习诗歌创作有很大帮助,加上学识渊博,态度严谨,所以受到欢迎自在情理之中。

　　六朝时期的陶渊明、江淹的诗歌,也在明末产生了几部注本。何孟春《陶渊明集注》10 卷,嘉靖二年(1523)刻本,是明代较早的陶集注本,前四卷为诗注,后

---

① 《明清文选学述评》,上海古籍出版社 2008 年版,第 35 页。

六卷为其它文体。该注在揭示陶诗的渊源方面较为准确,如卷四《拟古·种桑长江边》,评曰:

> 此诗全用鬼谷先生书意。《逸民传》:"鬼谷遗苏秦、张仪书曰:'二君岂不见河边之树乎?仆御折其枝,风浪荡其根,此木岂与天地有仇怨?所居然也。子见崇岱之松柏乎?上枝干于青云,下枝通于三泉,千秋万岁,不逢斧斤之患,岂与天地有骨肉?所居然也'。"

有的评论别出心裁,如《和刘柴桑》曰:

> 百年后身与名且不得存,况外物乎?然则"敝庐何必广""衣食当须纪""耕织称其用",可也。

但总体而言开拓不深,评论流于浅陋。纪昀评曰:"以讲学之见论文,已不能得文外之致,至以讲学之见论诗,益去之千里矣。"①又率意变动陶集卷次,自谓"伦贯依类",但将《五孝传》《四八目》之类的赝作收入,实属瑕疵。

张自烈《笺注陶渊明诗集》6 卷,有崇祯 5 年(1632)乐愚堂刻本。自烈字尔公,号芑山,又号谁庐居士,江西宜春人,明末清初著名学者、藏书家。著有《正字通》等。此注言简意赅,简要清通,鲜有大段议论,如《归园田居》其一曰:"可作园居画图。谁肯守拙?老死而不知返者多矣,读渊明此诗,能不怃然?"《移居》曰:"山居析疑,与优游笑傲一辈人不同,此渊明身心最得力处。"或论诗旨,或言读感,或论谋篇,是典型的明代评点手段。考证和资料取舍方面较为严谨,但部分议论较为随意,如《读山海经》曰:"颇类屈子《天问》,词虽幽异离奇,似无深旨耳。俶诡不可考,愚意渊明偶读《山海经》,意以古今志林多载异说,往往不衷于道。聊为咏之,以明存而不论之意,如求其解,则又凿矣。"以为此诗乃渊明身处闲逸的游戏文字,属皮相之谈。

黄文焕《陶诗析义》4 卷是另一部重要的陶诗注本。文焕(1598—1667),字维章,号坤五,又号觚庵、恕斋,永福(今福建永泰县)人,明天启乙丑(1625)进士,历任海阳、番禺、山阳县知县,颇有政绩,明末诗人、学者、名宦。因牵连黄道周案下狱,于崇祯十四年(1641)狱中著《陶诗析义》四卷。又有《楚辞听直》及诸多经子集部的笺注,但多散佚。

黄氏《自序》曰:

> 析之之例有三:古今尊陶,统归平淡。以平淡概陶,陶不得见也。析之以练章练句,字字奇奥,分合隐现,险峭多端,斯陶之手眼出矣。钟

---

① 《余冬诗话·题要》,《四库全书总目》卷一九七。

嵊品陶,徒曰隐逸之宗,以隐逸蔽陶,陶又不得见也。析之以忧时念乱,思扶晋衰,思抗宋禅,经济愤肠,语藏本末,涌若海立,屹若剑飞,斯陶之心胆出矣。若夫理学标宗,圣贤自任,重华孔子,耿耿不忘。六籍无亲,悠悠生叹,汉魏诸诗,谁及此解? 斯则靖节之品位,竟当俎豆于孔庑之间,弥析而弥高者也。

这三个义例,分别试图揭示陶渊明的诗学、政治、儒学特点,纪昀《四库提要》总结曰:

其析义之例有三:一曰练句练章,不专平淡。一曰忧时念乱,不徒隐逸。一曰理学标宗,圣贤自任。每首附批句下,而又总论于篇末。

针对陶诗的语言,黄氏认为"奇奥",如《五月旦作和戴主簿》"神渊写时雨,晨色奏景风",评曰:

雨景微濛,上障天光,澄渊清澈,雨脚雨点,丝丝倒现,是时雨被神渊,描写也。观早起之天色,足定其为何风:色晦风必恶,色清风必和,是景风凭晨,色具奏也。炼字炼句之奇奥,前无汉魏,后压三唐。

《劝农》诗"智巧既萌,资待靡因"句,评曰:

二语含蓄深厚,不说如何驯致贫困,但曰"智巧既萌,资待靡因",说得可惧。"资"者,无以"资"夫即时也。"待"者,无以"待"夫异时也。字法奥。

这些分析颇能抓住陶诗平淡而丰腴的特征。

揭示陶诗的政治内涵,则多结合史实,以史证诗,分析其忧国忧民的忧患意识。如总论《拟古》九首曰:

陶诗自题甲子者十余首,其余何年所作,诗中或自及之,其在禅宋以后,不尽可考。独此诗九首专感革运,最为明显,与他诗隐语不同。初首曰"遂令此言负",扶运之怀,无可伸于人世也。二首以汉帝蒙尘,行在返命,遂入山不仕之田子泰为向慕,革运之慨,思一寄于入山也,其意皆隐言之。三首门庭日芜,问之巢燕,燕巢如旧,国运已易,意隐而情弥愤。四首山河满目,革运之悲于是露矣。五首孤鸾别鹤,明为晋处士者只吾一人耳。六首欲闻世上堪与同心者,出门岂可得哉? 以此自矜,以此自慨,而归诸长夜之太息,又牵连俱露矣。首阳,不事周者也;易水,欲刺秦者也,与前田子春相映,意益露矣。至末章"忽值山河改",尽情道出,愤气横霄。若以淡远达观视之,岂不差却千里!

再如《咏二疏》《三良》《荆轲》,评曰:

想属一时所作,虽岁月不可考,而以诗旨揣之,大约为禅宋后,其合
拈最有意。知止弃官为最易,本朝尤不肯久恋,况事伪朝?此渊明之所
自匹也。祚移君逝,有死而报君父之恩如三良者乎无人矣,有生而报君
父之仇如荆轲者乎又无人矣。以吊古之怀,并作伤今之泪,每首哀呼,
一曰"清言晓未悟",示事二姓者以当悟也;一曰"投义志彼希",示事二
姓者以当希也;一曰"其人虽已没,千载有余情",则报仇热血,隐从中
喷,事二姓之徒,不堪语久矣。

将咏三良与政治挂钩,以为陶渊明意有所图,可能这是黄氏过于求深的结论。今
人认为,陶渊明对刘裕那种斩尽杀绝毫无意义的残酷举措虽然不满,但他并没有
忠于东晋王朝的意思。①

至于"理学标宗",就是注重陶诗的儒学传统。如评《神释》曰:

文心已无穷,无可出奇,轻视生死,亦是道家口中恒套,却于"不惧"

上拈出"不喜","宜委"上拈出"甚念",居然儒者俟命真谛,意味无穷。

这些评价言过其实,陶诗体现的儒家与道家思想其实难分伯仲,二家兼采十分明
显。黄氏之评显然包含了个人遭际。郑振铎《西谛书话》之《劫中得书记》称其
"多妄赞语,类大宗师之评点墨卷",虽不中亦不远。黄文焕《陶诗析义》在揭示陶
诗艺术特色、历史内容、思想境界等三个方面都取得了一定创获,清代的许多陶
诗注释都是在此基础上进一步开拓。另元代詹若麟《陶渊明集补注》,已散佚。②

江淹的诗歌则有胡之骥《江文通集汇注》。胡之骥,字伯良,号苏州山人,主
要生活在明万历年间。爱好诗文,创作了不少拟古作品。酷爱《江文通集》,"手
为校雠,句栉字比,更加笺释,博采旁搜,积有岁年,遂成精本。"③有万历二十六
年(1598)本。诗歌集中在三、四两卷。它以梅鼎祚刊本为基础,校以汪士贤刻
本,又搜集补充了一些诗文作为"拾遗"部分,如从《玉台新咏》搜集了《征怨》、《咏
美人春游》、《西洲曲》,从《齐书》搜集了乐府《凤皇衔书伎歌辞》、《祀先农迎神升
歌》、《飨神歌辞》等。其注释工作,主要是注明含义,解释典故,引证生平资料及
史实,为以后的研究者提供了一定的参考。但较为粗糙,很少解题,或解题失之
简单。《从冠军行建平王登庐山香炉峰》题解曰:"按沈约《宋书》曰:建平王宏薨
于大明二年,子景素袭封,寻迁荆州刺史。淹为记室从行,道经庐山,登香炉峰,
作此诗也。"《从萧骠骑新亭垒》题解曰:"《齐太祖本纪》曰:闰月辛丑,率大众出屯

① 顾农《从陶渊明〈述酒〉诗说到他的政治态度》,《文学遗产》2017 年第 2 期。
② 见吴澄《詹若麟渊明集补序》,《吴文正集》卷二一,《文渊阁四库全书》1197 册。
③ 张文光《序》,《江文通集汇注》卷首,中华书局 1984 年版。

新亭中兴堂,治严筑垒。"均为依据现有史料的简单考证。较有价值的考证是《效阮公诗十五首》,题解曰:

> 阮籍《咏怀》八十首,身仕乱朝,常恐罹谤遇祸,因兹发咏,志在讥刺,而文多隐避。江淹之效阮公者,亦因建平王景素与不逞之徒日夜构议,淹知祸机将发,赋诗十五首,明性命之理,因以为讽。王遂不悟,乃黜为吴兴令。

指出其仿作的动机,较为合理。但大部分注释没有对诗旨或艺术进行评点,因此十分简陋。少数考证还有问题,如《吴中礼石佛》诗,注云:"是时淹谪于吴兴而作此诗也。"但其实该诗作于吴郡的吴县,吴县通玄寺有二石佛,梁简文帝《吴郡石象碑》记载晋建兴元年(313)二石像出于海中及迁于通玄寺的经过。江淹所谪之吴兴,属建安郡,而非吴郡的吴县。《梁书·江淹传》明确记载"黜为建安吴兴令,淹在县三年",可见胡氏没有认真阅读《梁书》,就把《吴中礼石佛》与吴兴令扯到一起了。

宋代诗人欧阳修、苏轼、黄庭坚、陈师道、王安石等,词人周邦彦、辛弃疾、姜夔等亦逐渐纳入评点视野,但总体成就不大。以苏诗为例,有价值的评注本仅有《苏诗摘律》《苏文忠公胶西集》《和陶集》等寥寥几种。刘弘《苏诗摘律》6卷,选七律279首,今有《四库全书存目丛书》影明天顺刻本。刘弘的主要工作,一是辑录旧注,二是自己的评点。辑录旧注主要是宋代赵次公、李厚等人的注释,辑录中多有删节,意在简约。评点部分,对苏诗流露的伤时悼世之情感同身受,多所嗟叹,如《次韵王定国会饮清虚堂》曰:"先生盖不特伤定国悴扬州之久,而悼己之情亦自不掩。"但评点侧重思想内容,艺术分析较少,故《四库提要》评价其"不详时代,惟取苏轼及七言律诗注之,潦草殊甚"。阎士选评注《苏文忠公胶西集》4卷,以苏轼知密州、登州诗文为对象,其中诗歌105首,评注结合,多辑旧注而成。特点是考证较多,对诗歌的作年、背景、人物、地名较为关注,便于读者知人论世。该注的目的是为了表彰先贤,勉励自己,所以对表现苏轼拯民济世情怀的诗歌评点较精较详,这是另一特点。

第五章　清代的鼎盛期（上编）

清代的诗歌注释学在前代基础上取得了巨大成就。孙微《清代杜诗学史》认为清代杜诗学的成就可用"广、专、深、细"四个字概括，"广"指其范围广，领域宽，这个时期的杜诗学研究囊括了宋以来形成的杜诗版本学、校勘学、阐释学等许多方面，研究领域也不断拓宽；"专"指杜诗学研究在某个领域的研究程度大大超过从前；"深"指清人在前人研究的基础上续有发现；"细"指针对前人的说法，对一些具体问题进行了更加深入细致的探索。其实这个概括对清代整体的诗歌注释学也是适用的。清代产生了一批价值较高乃至集大成的诗集注本，如陶澍《陶靖节集注》、赵殿成《王右丞集笺注》、王琦《李太白全集》、仇兆鳌《杜诗详注》、方世举《韩昌黎诗集编年笺注》、王琦《李长吉歌诗汇解》、冯浩《玉谿生诗集笺注》、冯应榴《苏文忠诗合注》等，这些注本体例完备，辑佚全面，校勘精审，资料丰富，注释详赡，考证谨严，品评精当，代表了古代诗歌注释的最高成就，为今人的古代文学研究打下了深厚的学术基础，因此清代可谓中国古代诗歌注释的鼎盛期或集大成期。

王国维论述清代学术有三个阶段的变化，曾曰："国初——变也，乾嘉——变也，道咸以降——变也。……故国初之学大，乾嘉之学精，道咸以降之学新。"（《沈乙庵先生七十寿序》）清代的诗歌注释学大致也经历了这种变化。本文依此将清初、乾嘉、道咸以下分为上、中、下三编。

清初学者多遗民，他们反思明亡的历史，不约而同将矛头对准明代空疏的学风，主张经世致用之学，力挽明代的颓势学风。清初的诗歌注释具有浓厚的时代特色，尤其是杜甫和李商隐诗歌成为众多学者的选择。遗民学者通过注释，寄托故国之思，如朱鹤龄注释杜诗，始于明末变革之际，曰："当变革时，惟手录杜诗过日，每兴感灵武回辕之举，故为之笺解，遂至终帙。"（《愚庵小集》附录《传家质言》）把注释杜诗当做对故明幽思的寄托，是当时遗民界的普遍现象。当然随着时代变迁,康熙后期这种色彩逐渐淡漠。

乾嘉时期,考据学风逐渐盛行,诗歌注释也出现了较大变化。首先是注释对象超越清初,唐宋的诗歌名家如王维、李白、李商隐、李贺以及苏轼等均有各种注本及补注本,数量众多,这个时期堪称诗歌注释史上的黄金时期。其次是质量上乘。许多诗家的代表性注本均出自这个时期,如王琦的李白、李贺诗注,冯应榴的苏轼诗注及纪昀的评点等。《四库提要》对上百诗歌注本的评价是封建社会古典诗歌注释的一次全面总结,意义重大。

道光以降,时局丕变,内忧外患,学术凋零。就诗歌注释的对象而言,此期主要是拾遗补缺,沈钦韩的各种补注可为代表。其次是质量总体不高。清初和乾嘉两个时代盛极难继,诗歌注释能事已毕,难有作为,大部分的注本满足于拾遗订误。

清初的诗歌注释具有鲜明的时代特色。首先是注家多遗民。杜诗注家多为经历明末清初天崩地裂之变局的学者,如周篆、李长祥、朱鹤龄、金圣叹、卢元昌、吴见思、申涵光、黄生、张远、范廷谋、王维坤、顾宸、陈式、吴瞻泰等,他们多亲身经历满族军队在江南的屠杀,或者耳闻前辈的血泪控诉,因此绝意仕进,以遗民自居,这种愤恨情绪直至康熙二十年后才逐渐消退。有的虽非遗民,间有变节,或者迫于生计而入仕,但这种国破家亡的巨痛对注家的影响并无本质区别,如钱谦益注释杜诗历经三十多年,是清代杜诗注释的开创者。第二,注释对象多为能寄托其亡国之悲的诗人,如庾信、陶渊明、杜甫、李商隐等。陶渊明隐居不仕及其高风亮节,历来是文人学者津津乐道的话题,这在明清之际更有特别的内涵,注家爱陶,也看重其"不仕二朝"、远身避祸的心迹,如吴嵩就肯定陶渊明"忠君报国之心,隐然发露,绝非隐逸忘世者"(吴瞻泰《陶诗汇注·论陶》);周篆《杜工部诗集集解》在解释"诗史"时指出,读杜诗可以"使读者恍然于天宝、开元之所以盛衰,至德之所以复兴,永泰、大历之所以不振"(《自序》),通过读杜、注杜,可以以史鉴今,可以经世致用;邵长蘅说《杜诗臆评》的作者王维坤:"起家进士,令梓潼,遭乱弃官,流离滇黔,阅十余年而后归。方其自秦入蜀,窥剑阁,下潼江,又以事数往来花溪、锦水,其游迹适与子美合。及弃官以后,系怀君父,眷恋乡邦,以至拾橡随狙,饥寒奔走之困,亦略相同。故其评杜也,不摭拾,不凿空,情境偶会,辄随手笺注,久之成帙。"(《杜诗臆评序》)正是明末清初的大动荡使注家对杜诗有了切身的感同身受,才可能深刻地理解杜诗及其底蕴。"运去不逢青海马,力穷难拔蜀山蛇",李商隐悲天悯人的政治诗是获得清初学者的深切共鸣。朱鹤龄曰:"《离骚》托芳草以怨王孙,借美人以喻君子,遂为汉魏六朝乐府之祖。古人之不得志于君臣朋友者，往往寄遥情于婉娈，结深怨于塞修，以序其忠愤无聊，缠绵宕往之致。"（《李义山诗集注序》）清初义山诗注之兴盛，和注杜诗一样，意在抒发遗民哀时叹世的情怀。第三，博学明辨的学风。清初学者如钱谦益、朱鹤龄、顾炎武等多博学洽闻，开一时风气者，又经历沧桑巨变，阅历深沉，因此非同后世为注而注者，而是在注释中融入深切感悟和批判性。如钱谦益清算宋注"伪托古人"、"伪造故事"等数种劣迹，对杜注起到正本清源的作用；以诗史互证的方法，揭示杜诗《洗兵马》、《诸将五首》等篇对玄、肃、代三帝的讽谕，自诩为"凿开日月，手洗鸿蒙"，对清初的杜诗注释影响很大。朱鹤龄《杜诗辑注》对杜诗地理及史实的发覆，补充或纠正了旧注的诸多不足及错误。清初学者对杜诗"诗史"及"无一字无来处"之说的反省，对杜甫"忠爱"观念的批判，均显示清初注释学的博大通达的特征。

第一节　朱鹤龄与清初的李商隐诗注

李商隐诗歌难解，金人元好问说"诗家总爱西昆好，独恨无人作郑笺"（《论诗三十首》）正是这种反映。义山诗的前代注本，宋人蔡絛《西清诗话》记载有刘克注，元代袁桷《清容居士集》谓郑潜编《李商隐诗选》，明人张瀞《延州笔记》记载有张文亮注，但均未传世。[①]

清代以前，李商隐及其诗歌虽产生一定影响，如宋初西昆派诗人雕章丽句，以义山为圭臬，但总体评价是否定多于肯定，其中影响较大的有《旧唐书》《新唐书》，《旧唐书》评论义山与温庭筠、段成式三人"俱无特操，恃才诡激"，《新唐书》则从令狐绹的角度，认为义山"忘家恩，放利偷合"，均侧重人品。元明时期，诗坛虽崇尚唐诗，但主要还是盛唐，对义山诗苛评居多。总之，清前对义山及其诗歌的认识很不充分。清初兴起义山诗注释的热潮，首先与时代有关。义山诗集中有不少政治诗、咏史诗，抒发忧时羁旅的哀伤、欲回天地的怀抱和郁不得志的苦闷，正切合遗民的情怀。注家通过注释，达到借古喻今、托古讽今、以古鉴今的现实意义。即使那些绮靡秾艳的艳情诗、迷离恍惚的咏物诗，又何尝不是苦闷的象征？其次，这股注释热又与义山诗的难以索解有关。考察自古以来的诗歌注本可以发现，注家往往钟爱于难解之诗，唐代"三李"中，李白的诗名虽远高于李贺、

---

① 朱鹤龄《李义山诗集注·凡例》。

李商隐,但后者的注本却远多于前者,正因其比兴宛转,寄托遥深。明末清初的江南诗坛上,以道源为源头,经钱谦益大力揄扬,钱龙惕、朱鹤龄、吴乔等人参与注释,冯班、贺裳等诗论家精心评点,李商隐诗歌得到重新的阐释。这批江南学者不满明代七子诗学与竟陵派诗学师古与师心的偏颇,通过一系列注释和批评,开始以"学古人用心之路"为号召,以比兴思维为理论核心,逐步建立起一套新型的比兴诗学。这套诗学,以追求结构的多重性、审美的内向性、格调的正统性以及诠释的比附性为典型特征,经由诗学争鸣与师友传播等途径,迅速影响清初的诗坛,直接或间接地引发了诗学批评中有关政教美刺精神、唐宋诗优劣、李商隐诗学地位的重新界定以及诗重比兴等重要问题的大讨论。①

一、道源注、钱龙惕补注《玉溪生诗笺》

　　道源是清朝李商隐诗歌的第一个注家。据钱谦益《有学集》卷二五《石林长老七十序》、卷三六《石林长老塔铭》、卷三七《石林长老小传》等可知,石林名道源,俗姓许,娄江人,万历丙戌(1586)生,中年居海虞禅林,是牧斋的方外至友。"师仪范清古,风骨棱棱。禅诵之隙,喜涉外典。焚膏宿火,食跎祭獭,笺注缮写,盈囊溢箧。……常笺解李义山诗及《类纂》",以至于"穷老尽气,注释不少休"。今钱谦益《有学集》卷十五《注李义山诗集序》保存了钱谦益和道源的对话,对于了解道源的观点及其贡献很有帮助:

　　　　余问之曰:"公之论诗,何独取乎义山也?"公曰:"义山之诗,宋初为词馆所宗,优人内燕,至有捋扯商隐之谑。元季作者,惩西江学杜之弊,往往跻义山,桃少陵,流风迨国初未变。然诗人之论少陵,以谓忠君忧国,一饭不忘,兔园村夫子皆能嗟咨吟咀,而义山则徒以其绮靡香艳,极《玉台》《香奁》之致而已。吾以为论义山之世,有唐之国势,视玄、肃时滋削;涓人擅命,人主赘旒,视朝恩、元振滋甚。义山流浪书记,泩受排笮。乙卯之事,忠愤抑塞,至于结怨洪炉,托言晋石,则其非诡薄无行、放利偷合之徒,亦已明矣。少陵当杂种作逆,藩镇不庭,疾声怒号,如人之疾病而呼天呼父母也,其志直,其词危。义山当南北水火,中外箝结,若喑而欲言也,若魇而求寤也,不得不迂曲其指,诞谩其词,婉娈托寄,隐谜连比,此亦风人之遐思,小雅之寄位也。吾以为义山之诗,推原其

志意,可以鼓吹少陵;其为人,激昂夔兀,刘司户、杜司勋之流亚,而无庸
以浪子蚩谪。此吾与夕公疏笺之意,愿受成于夫子者也。"余曰:"是则
然矣。"①

道源认为,义山与少陵,所处时代不同,个人遭际不同,但忠君爱国是一致的。少
陵"其志直,其词危",而义山不得不"迂曲其指,诞谩其词",采用比兴寄托的手
法;其"忠愤蟠郁,鼓吹少陵",是"风人之遐思,小雅之寄位"。义山的为人,"非诡
薄无行、放利偷合之徒",而是"刘司户、杜司勋之流亚"。这就从作品和人品上扬
弃陈说,奠定了清人评注义山诗歌的基调。王士祺《论诗绝句》所谓"獭祭曾惊博
奥殚,一篇《锦瑟》解人难。千秋毛郑功臣在,尚有弥天释道安",高度肯定了道源
对于义山诗歌的重新评价。当然,具体的注释另当别论。今据朱注所引,可以看
出道源注的精华,一是熟悉佛典,如《题僧壁》"小来兼可隐针锋",道源注曰:"《维
摩经》:如持一针锋,举一枣叶,而无所娆。《涅盘经》:尖头针锋,受无量众。"《同
崔八诣药山访融禅师》,道源注曰:"《稽古略》:药山在澧州,惟俨禅师为初祖,太
和六年入寂,融禅师或其后也。"《奉寄安国大师兼简子蒙》,道源注曰:"《佛祖通
载》:安国寺赐紫大达法师端甫,为左街僧录内供奉,裴休撰碑,今《玄秘塔碑》是
也。"《寓目》"池莲饫眼红"句,道源注曰:"佛书,眼以色为食。"这些佛教典籍文献
对一般世俗文人来说还是较为陌生的。后来朱鹤龄也极力称道此点,曰:"道源
所引释氏书最称灏博,非得此注,某书亦不能就也。"②二是熟稔古代作品。道源
经常考察义山诗的渊源,如《柳》"解有相思苦,应无不舞时",道源注曰:"梁刘邈
《折杨柳》诗:春来谁不思,相思君自知。"义山有《齐梁晴云》诗,题目颇怪,不知所
云,道源注曰:"效齐梁体,赋晴云也。""晴云"在古代一般喻娼家女,这样意思也
就显豁了。《题李上谟壁》"肥烹鲍照葵"句,道源注曰:"鲍照《园葵赋》:乃羹乃
瀹,堆鼎盈筐。甘旨蒨脆,柔滑芬芳。"《春日寄怀》"欲逐风波千万里,未知何路到
龙津"两句,道源注曰:"任昉《知己赋》:过龙津而一息,望风条而再翔。"这些注释
基本能把握义山诗歌的取法对象,也说明道源在诗学方面的造诣。道源注部分
条目被朱鹤龄收入《李义山诗集注》中,计有 174 条,基本局限于典故。就诗歌的
主旨而言,朱注几乎一条未引,说明《四库提要》所言"其书征引虽繁,实冗杂寡
要,多不得古人之意"者,是近乎实际的,但该注对清代的先导之功是不可否
认的。

---

① 《注李义山诗集序》,《钱牧斋全集》第 5 册,上海古籍出版社 1996 年版,第 703 页。

② 汪琬《跋李义山诗注》,《钝翁前后类稿》卷 48,《四库全书存目丛书》据康熙刻本影印。

　　钱龙惕(1609一?),字夕公,钱谦益之侄,也是虞山诗派重要的遗民诗人。他之笺注义山诗,还是受到钱谦益的鼓励,当然也与道源的注释有关。道源笺注李义山诗当始于明末,顺治初以钞本流传。钱龙惕回顾与道源合作的经过,曰:

> 今年春,侍家叔太保公于吴门,谓余曰:"子何不注释之以贻后学者?"余以学问浅陋,兼之家无藏书,难以援据,谢不敢当。归而访石林源上人于高林庵,见其取李集一编,随事夹注其下,旁行逼仄,蚓行蚊脚,几不可辨。迫而读之,乃知征引极博,搜罗甚苦,经史诸书,纷纷杂陈于左右,而功犹未及半。余扣之曰:"师亦知某诗为某人,某诗为某事乎?"源公曰:"未悉也。"余谓曰:"古人读其书,论其书,即如注陶渊明、杜子美之诗,必先立年谱,然后其游历出处,感时论事,皆可考据。师欲注义山,当先事此。"源公谦退,屡以见问,因取新、旧《唐书》并诸家文集小说有关李诗者,或人或事,随题笺释于下,疑而无考者阙焉,得上中下三卷,以复石林长老。①

"今年"指顺治五年(1648),"家叔太保公"指钱谦益。钱龙惕的注释是在钱谦益的授意下,在道源注的基础上进行的。钱龙惕注经春夏数月,即告竣工,这与注释内容有关,钱氏选注有关时事及人物交往者42题47首,以史证诗,发覆义山诗的历史内涵,补充道源注的不足。如《重有感》"玉帐牙旗得上游,安危须共主君忧。窦融表已来关右,陶侃军宜次石头。岂有蛟龙愁失水,更无鹰隼与高秋。昼号夜哭兼幽显,早晚星关雪涕收。"钱氏注曰:

> 大和九年十月,以前广州节度使王茂元为泾原节度使。逾月,李训事作,茂元在泾原,故曰"得上游"也。昭义节度使刘从谏三上疏问王涯等罪名,仇士良为之惕惧,故曰"窦融表已来关右"也。初获郑注,京师戒严,茂元与鄜坊节度使萧弘皆勒兵备非常,故曰"陶侃军宜次石头"也。宦竖知训事连天子,相与愤怒;帝惧,伪不语,故宦人得肆志杀戮,则"蛟龙"而"愁失水"矣。曰"岂有"者,讳之也。《传》曰:"见无礼于其君者,如鹰鹯之逐鸟雀也。"阉竖恣横,举朝胁息,曰"更无"者,伤之也。至于"昼号夜哭""雪涕星关",则欲为包胥救楚之事而无九伯,徒托空言,呜呼悲夫!

在钱氏之前,尚无人从甘露之变的角度解释此诗,钱氏根据刘从谏的上疏,考定此诗为开成元年(836),此后各种注本基本遵从。再如《寿安公主出降》"沨水闻

---

① 《玉溪生诗笺·叙》,乾隆沈氏钞本,上海图书馆藏。

贞媛,常山索锐师。昔忧迷帝力,今分送王姬。事等和强虏,恩殊睦本枝。四郊多垒在,此礼恐无时"。钱氏注曰:

> 　　唐之姑息藩臣,起于夷狄之乱也。而唐之克定祸乱,既失复得,则皆藩臣之力也。藩臣能使朝廷危而复安,夷狄叛而旋灭,而不骄蹇自大,长子老孙,唯忠而贤者,李、郭之徒能之,他人不能也。人人骄蹇自大,长子老孙,举山东、河北膏腴扼要之地,朝廷不得而问其租赋、司其黜陟,欲国家不削弱,不可得也。故当时蒿目时艰者,鳃鳃然以藩镇为忧,谓唐必折而入藩镇,则唐之亡也,藩镇亡之也。

这段注释一反前人观点,认为国家不会亡于农民起义,却会亡于藩臣之内乱,大概是有激于明亡的沉痛史实,以古度今,寄慨良深。

道源注与钱龙惕的补注,取名《玉溪生诗笺》,钱谦益为该书作序曰:"石林长老源公,禅诵余晷,博涉外典,苦爱李义山诗,以其使事奥博,属词瑰诡,捃摭群籍,疏通诠释。吾家夕公又通考新旧《书》,尚论时事,推见其作为之指意。累年削稿,出以示余。"序末曰:"源公来索序。"①但这部合著并未刊刻,其精华后来大体被朱鹤龄注甄录,所以影响不大。

二、朱鹤龄《李义山诗集注》

朱鹤龄(1606—1683),字长孺,自号愚庵,吴江松陵人,明末诸生。入清后绝意仕进,屏居著述,晨夕不辍,与李颙、黄宗羲、顾炎武并称"海内四大布衣"。他与当时的一流学者多有交往,特别是与钱谦益、顾炎武、汪琬等过从甚密,在经、史、子、集各方面皆有精深造诣,尤长于笺疏之学。一生著述等身,被《四库全书》所著录者有《尚书埤传》《禹贡长笺》《诗经通义》《读左日钞》《李义山诗集注》《愚庵小集》六部著作。另有《杜工部诗集辑注》为清初杜诗的著名注本。

《李义山诗集注》刊于顺治 16 年(1659),卷首朱氏的《自序》是一篇十分重要的论文:"申、酉之岁,予笺注杜工部诗于红豆山庄。既卒业,有友人谓予曰:'玉溪生诗沉博绝丽,王介甫称为善学老杜,惜从前未有为之注者。元遗山云:'诗家总爱西昆好,只恨无人作郑笺。'子何不并成之,以嘉惠来学?'"申、酉即甲申、乙酉(1644、1645),正是明亡清兴之年。所谓的"友人"就是钱谦益,是乾隆文禁后改易的字眼。朱鹤龄笺注李商隐诗,也是钱氏授意和鼓励的结果。《自序》总结

---

① 《注李义山诗集序》,《钱牧斋全集》第 5 册,上海古籍出版社 1996 年版,第 703 页。

了道源以来关于李商隐的论述，从三个方面论述义山，首先就是对义山蒙受千古不白之冤的翻案：

> 嗟乎，义山盖负才傲兀，抑塞于钩党之祸，而《传》所云"放利偷合""诡薄无行"者，非其实也。……史家之论，每曲牛而直李。茂元诸人皆一时翘楚，绹安得以私恩之故，牢笼义山，使终身不为之用乎？绹特以仇怨赞皇，恶及其党，因并恶其党赞皇之党者，非真有憾于义山也。

在列举多篇寄托悲愤、感怀时事的诗作之后，又说：

> 此其指事怀忠，郁纡激切，直可与曲江老人相视而笑，断不得以"放利偷合""诡薄无行"嗤摘之者也。

其次针对义山诗中颇有争议的艳情之作，朱氏作出了全新阐释，认为"男女之情，通于君臣朋友"：

> 义山之诗，乃风人之绪音，屈、宋之遗响，盖得子美之深而变出之者也，岂徒以征事奥博、撷采妍华，与飞卿、柯古争霸一时哉！学者不察本末，类以才人浪子目义山；即爱其诗者，亦不过以为帷房昵媟之词而已，此不能论世知人之故也。

朱氏的评论抓住了义山诗华艳外表下关注政治、情深调苦的实质，较道源"欲火爱流"的佛教观点更为深刻，为理解义山诗开辟榛莽，其意义不可低估，比较有代表性的就是纪昀《四库全书·〈李义山诗集注〉提要》的看法："至谓其诗寄托深微，多寓忠愤，不同于温庭筠、段成式绮靡香艳之词，则所见特深，为从来论者所未及。"指出了其首创意义。

第三、朱氏结合义山自身处境和时代特点，指出其诗歌情辞变幻、寓意深隐的现实成因，曰：

> 唐至太和以后，阉人暴横，党祸蔓延，义山厄塞当涂，沉沦记室。其身危，则显言不可而曲言之；其思苦，则庄语不可而谩语之。计莫若瑶台璚宇、歌筵舞榭之间，言之可无罪，而闻之足以动。其《梓州吟》云："楚雨含情俱有托"，早已自下笺解矣。

对于此序的历史意义，纪昀在《玉溪生诗说·自序》曰："独吴江朱氏笺注一序，推见至隐，可谓知言。"光绪间学者朱记荣在编辑纪书后加按语亦曰："自《唐书》本传有诡薄无行之语，而合之其诗，尤多闺闼之词，世遂以才人浪子目之。虽使义山复生，殆亦无以自解。岂期千载下，得朱氏长孺一序，特白其冤。"朱氏《自序》从政治、道德和艺术三个角度，对有关义山及其诗歌的种种误解进行了辩驳，是一篇具有重大理论意义的论文，对清代相关的诗话、注本、选本乃至文学创作产生了直接影响，意义深远。

朱注在注释方面有以下几个特点：

一、执简居要。朱注是一部简注。朱氏"初意为名山之藏"，所以"习见者简之"（《凡例》），对一般意旨显豁的篇目尽量少注或不注，如第一卷，即有《蝉》《江亭散席循柳路吟归官舍》《夜雨寄北》等十七首白文无注，还有不少诗仅有扼要的题解和略注。其次是注释项目选择的简当。义山诗的意旨多难具指，倘若坐实，势必胶固，今人陶文鹏、王蒙等人也认为义山诗是一种"纯粹的诗"，具有一定的普遍性，"落到实处的解释必将破坏对诗歌的审美"①。朱注对诗中涉及的史实、地理、典故、字句进行基础性的注释，一般不作过深的开掘，以免附会穿凿。至于题旨，更是慎之又慎。尽管他在《自序》中认为"男女之情，通于君臣朋友"，但具体注释却卑之无甚高论，这既与清初实学的风气有关，也与朱氏一贯的简要精当、避免枝蔓的注释学宗旨有关。如开篇《锦瑟》历来众说纷纭，而朱氏则解为"是以锦瑟起兴，非专赋锦瑟"，虽然简单，却不作无谓的臆测。事实上，义山此类诗"作者之用心未必然，而读者之用心未必不然"，不同的读者有不同的看法和感受是很合理的。对于绝大多数诗篇，朱注只限于"鳞次群书，析疑征事而已。若其指趋之隐伏者，固不能条件指晰，将以待世之晓人深求而自得之焉。"②所以《四库提要》评价说："一扫诸家穿凿附会之说，繁简颇为得当。……大旨在于通所可知，而阙所不知，绝不牵合新、旧《唐书》务为穿凿，其摧陷廓清之功，固超出诸家之上矣。"说明这种注释方法是十分明智的。

二、考证精审。朱氏是清初著名的笺注家，《诗经通义》《尚书埤传》《禹贡长笺》《读左日钞》及《杜工部集诗辑注》等均为笺注类著作。他精通小学、地理、史实，故其注释一般原原本本，条分缕析，显示了超越一般注家的杰出造诣，即使在后来义山诗注层出不穷的情况下，朱注仍能占有一席之地，实非偶然。比如《自南山北归经分水岭》题解曰："南山，终南山也。《通志》：分水岭在汉中府略阳县东南八十里，岭下水分东西流。"诗末按语曰："开成初，令狐楚为山南节度使，卒于镇，山南治汉中。题云'北归分水岭'，而诗有'燕台哭不闻'之句，知必为令狐楚作也。义山尝为楚撰志文，故末曰'许刻镇南勋'。史云：楚没前一日，自草遗表，召从事李商隐助成之。可证彭阳没时，义山正在其幕也。"前后的考证，弄清了义山创作此诗的时间、地点、大意，给义山生平系年的考证提供了可靠的依据，

---

① 《中国李商隐研究会会第第二届年会撮要》，《文学遗产》1995 年第 4 期。
② 朱鹤龄《西昆发微序》，《愚庵小集》卷七，华东师大出版社 2010 年版，第 153 页。

为后代学者和注家信从。再如《筹笔驿》题解曰:"《方舆胜览》:筹笔驿,在绵州绵谷县北九十九里,蜀诸葛武侯出师,尝驻军筹划于此。杜牧诗:永安宫受诏,筹笔驿沉思。画地乾坤在,濡毫胜负知。"以此注与后来通行的冯浩注相比,第一、冯注《筹笔驿》用的是后人修的《一统志》,将筹笔驿说成是保宁府广元县,但保宁府是元明以后才有的地名。朱氏用宋代《方舆胜览》注为绵州,完全符合唐代地理的实际情况;第二、朱注引杜牧《和野人殷潜之题筹笔驿十四韵》与义山诗相映证,使人们更能理解中晚唐有识之士共同的忧国之情,也使读者对"徒令上将挥神笔,终见降王走传车"二句的含义有进一步深刻的认同,这也是冯注所没有的。乾隆时期程梦星著有《重订李义山诗集笺注》,其目的就是对朱注进行增补订正,《凡例》第一条就列举了他纠正朱注之择焉未精、语焉不详者数十例,但除了个别之外,绝大部分是错误的,也从一个侧面可窥朱注之精审。

三、追根溯源。朱氏在《凡例》中说"所引之事,必求其书;所引之书,必求其祖",并非虚语。古代注本的一个通病,就是辗转沿袭或漫引类书而很少核实,导致以讹传讹,谬误不止。只有亲核原书,沿波讨源,才能真正防止谬误和伪造,这是一种求真务实的做法。在与钱谦益合作注杜时,钱氏即对其大加赞赏:"长孺师道之端庄,经学之渊博,一时文士,罕有其偶。"(钱谦益《与毛子晋书》)朱注大量的文献取自唐前的经史、诗赋、字书、史注、方志,多取最早之书。如卷一《咏史》"青海马"注曰:"《隋书》:吐谷浑青海中有小山,其俗至冬辄放牝马于其上,言得龙种,有波斯草马放入海,因生骢驹,日行千里,故时称青海骢马。""青海马"的典故,在《新唐书》卷二二一的西域列传中有记载,但这并非最早,《隋书》卷八十三早有记载,《新唐书》亦转录《隋书》原文,所以这条典故的考证应追溯到《隋书》。值得一提的是,朱氏在与钱谦益合作注杜破裂后,作《与李太史论杜注书》一文,指摘《钱注杜诗》之误,其中一条就是批评钱氏乱引后代之书:"地理山川古迹,须考原始及新旧《唐书》《元和郡县志》,不得已乃引《寰宇记》《长安志》以及近代书耳。"[①]朱氏《杜工部诗集辑注》卷首"凡例"亦曰:"凡征引故实,仿李善注《文选》体,必核所出之书,书则以最先为据,与旧注颇别",又曰:"凡引用诸说,必求本自何人,后出相沿者不录",可见对材料和旧说的征引,朱氏均秉持追根溯源的一贯宗旨,这对提高注本质量是有实际裨益的。

朱注毕竟属于草创,疏陋难免。以《无题四首》"飒飒东风细雨来"一首为例,诗中有"金蟾""玉虎"二词,前者朱注引道源注曰:"蟾善闭气,古人用以饰锁",后

---

① 朱鹤龄《与李太史论杜注书》,《愚庵小集》卷十,华东师大出版社 2010 年版,第 210 页。

者注曰："玉虎是井栏之饰，或以施汲器者。老杜《铜瓶》诗：蛟龙半缺落，犹得折黄金。旧注云：蛟龙刻铸瓶上。玉虎亦此类耳。"其实两注均误，前者不是饰锁，而是饰挂锁的门环上的那块铜制物；后者不是饰井栏，而是饰井栏上架的汲水工具；所引杜诗亦与此毫无关系。再如朱注考典有时仅照顾到字面，却没有顾及诗意，如《无题四首》"何处哀筝随急管"诗有"东家老女嫁不售"句，注曰："乐府《捉搦歌》：老女不嫁只生口。"其实"老女不嫁"是用《战国策》"处女无媒，老且不嫁；舍媒而自炫，敝而不售"，以比喻民女无媒不能得嫁，度日如年，正与下句"溧阳公主年十四，清明暖后同墙看"相应，故尾联又说民女看到溧阳公主后"归来展转到五更，梁间燕子闻长叹"。另外，有些史实考证失于武断，《四库提要》已经拈出两例；有的语词较为生僻却失注，这些均为不必讳言的缺陷。

　　《李义山诗集注》成书后遭遇不实的指责，《渔洋山人感旧集》卷三载："石林好读儒书，尝类纂子史百家为《小碎集》。又以余力注李义山诗三卷，……惜其书未刊行。会吴江朱长孺笺义山诗，多取其说，间驳是非，于是虞山诗家谓长孺阴掠其美，且痛抑之。"朱氏《愚庵小集》附录《传家质言》所谓"余以拳拳著述，横罹谗忌"，"人苟立志修名，则谤议谣诼皆吾学问之助"，即指此事，但汪琬早有驳斥。[①]

　　朱注筚路蓝缕，首创功巨且影响深远。其序发皇幽曲，首标高义，其注考证精博，翔实可据，后代注家和评家极口称道，多以之为基础进行补缀删订或疏解笺评。乾隆四年（1739），姚培谦《李义山诗集笺注》刊行，黄叔琳《序言》称朱注"驰誉艺林，数十年于兹"，距离朱注问世已整 80 年。冯浩《玉谿生诗集笺注》虽号称集大成，但采录诸家中朱注仍独占鳌头，《四库提要·李义山诗集注》所谓"后来注商隐集者，如程梦星、姚培谦、冯浩诸家，大抵以鹤龄为蓝本"是也。纪昀激赏朱氏，并将朱《序》冠于《玉谿生诗说》之首，可见朱《序》及朱注在理论和学术方面的价值。今人颜昆阳认为："李商隐诗在清代以前，虽常被讨论到，但并未有大规模的笺释。其诗也大都被视为艳语，遑论'诗史'的称誉。认为李商隐诗以比兴的语言形式托讽时事，可与'诗史'并称者，始自钱谦益，而确断于朱鹤龄。"这个判断是准确的。[②] 朱氏在理论上重新认识和评价义山及其诗歌，实践上又全面注释义山诗歌，成就斐然，因此《李义山诗集注》是清代第一部真正意义上的义山诗注。

---

① 　汪琬《跋李义山诗注》，《钝翁前后类稿》卷 48，《四库全书存目丛书》据康熙刻本影印。
② 　《李商隐诗笺释方法论》第 1 章《绪论》，河南人民出版社 2017 年版。

三、吴乔《西昆发微》

　　吴乔(1611—1695),原名殳,字修龄,江南太仓(今属江苏)人。著有《围炉诗话》和《西昆发微》等。《西昆发微》在选诗上仅取无题诗及李商隐与同时交往者之作加以解说,数量也很少。吴氏认为:"唐人能自辟宇宙者,唯李、杜、昌黎、义山。义山始虽取法少陵,而晚能规模屈、宋,优柔敦厚,为此道之瑶草奇花。凡诸篇什,莫不深远幽折,不易浅窥。"一方面充分认识到义山诗别开生面的意义,另一方面又刻意发掘义山诗中的隐意,以义山与令狐绹的恩怨为线索,断定《无题》诸作均为托寄,"于六义为比,皆有次第","绝非艳词","义山、楚、绹二世恩怨之故,了然在目"(《西昆发微自序》)。这种索隐派的作风对后世影响很大,以至造成有清一代义山诗注"楚天云雨尽堪疑"的局面,这是不足为训的。

四、徐德泓、陆鸣皋合解《李义山诗疏》

　　徐德泓和陆鸣皋的《李义山诗疏》,雍正元年(1723)刊,选注 235 题 255 首。其主要特点是要言不烦,切中肯綮。如《海上谣》"桂水寒于江,玉兔秋冷咽。海底觅仙人,香桃如瘦骨。紫鸾不肯舞,满翅蓬山雪。借得龙堂宽,晓出揲云发。刘郎旧香炷,立见茂陵树。云孙帖帖卧秋烟,上元细字如蚕眠",历来号称晦涩难解,《疏解》曰:

　　　　此言入海求仙之虚诞也。水寒月冷,海景凄凉甚矣。所谓香桃,仙果也,已枯如瘦骨而不可食矣。紫鸾,仙驭也,亦遍身寒窘而不能飞矣。且并不见仙,但栖止于荒凉鳞族之区,以晓沐而已。夫汉武焚香而金母至,自谓见之矣,乃此身旋故,至于子孙亦皆物化,而所传秘笈神符,不过等于蚕书故纸已耳。见之尚无所益,况茫茫之海,更不可见耶!

相较于冯浩"盖叹李卫公贬而郑亚渐危疑"、张采田所谓"此在桂管自伤一生遇合得失而作",此解紧扣题目、字面和典故,较为合理。再如《杜工部蜀中离席》,以往注家因不理解题目乃"效杜工部体"之意,而作出许多牵强无谓的解释,陆疏曰:

　　　　此总言聚散不常。远使未归,禁军尚驻,皆离群意也。五六句正写
　　合聚无常之态,所以境不可执,当随遇而安。风物佳处,即可娱老耳。

也是紧扣"离群"二字,疏解妥帖痛快。而最有代表性的是《锦瑟》一诗的疏解:

无端二字,即含兴感意,而以"思华年"接之。物象、人情,两意交
注,首尾拍合,情境始佳。若仅谓写瑟之工,便成死煞。

此就瑟而写情也。弦多则哀乐杂出矣。中二联,分状其声,或迷
离,或哀怨,或凄凉,或和畅,而俱有华年之思在内也。故结联以"此情"
二字紧接。追维往者,不禁百端交感,又不知从何而起,故曰"可待",曰
"惘然",与"无端"两字合照,惝恍之情,流连不尽。

这个解释引导读者沿着"无端"、"思华年"、"惘然"这条主线,在心象与物象、声象
与心境的交融中多方面体会此诗的丰富内涵,从而使其意蕴在不同读者的解读
中得到最大发掘。刘学锴先生认为此解是"自宋代以来数十种对《锦瑟》的解说
中最不执着穿凿、最通达而少窒碍的解说,也是最富于包容性而能为持各种不同
看法的读者接受的一种解说"①。可见此注本胜义叠见。

第二节　钱谦益、仇兆鳌与清初的杜甫诗注

周采泉论述清初杜诗注释的盛况云:"清初顺、康两朝,治杜诗学者盛极一
时,新贵如钱谦益、陈廷敬、朱彝尊、毛奇龄、王士禛等宣扬于上,遗民如黄生、卢
元昌、计东、朱鹤龄等踵事增华,百年之间,可以传世之作,不下数十家。仇氏崛
兴,汇各家之长,成一家言。释文解句,无愧详注。"②的确,杜甫诗歌深沉真挚的
爱国主义情怀更直接感染了无数的仁人志士,他们读杜、学杜、集杜乃至注杜,在
对杜诗的心摹手追中倾吐故国之思,形成了清初诗注的主旋律和最强音。在强
烈的时代氛围下,学者们对杜诗内涵的认识更加深刻,学杜、注杜的体验和动机
也与前人不同,可以黄宗羲的一段看法最为典型:

今之称杜诗者以为诗史,亦信然矣。然注杜者但见以史证诗,未闻
以诗补史之阙。虽曰诗史,史固无藉乎诗也。逮夫流极之运,东观兰
台,但记事功,而天地之所以不毁,名教之所以仅存者,多在亡国之人
物,血心流注,朝露同曦,史于是而亡矣。犹幸野制遥传,苦语难销,此
耿耿者明灭于烂纸昏墨之余,九原可作,地起泥香,庸讵知史亡而后诗
作乎? 是故景炎、祥兴,宋史且不为之立本纪,非《指南》《集杜》,何有知

---

① 刘学锴《一部国内失传多年的李商隐诗选疏选评本》,《安徽师范大学学报》2001 年第 3 期。
② 《杜集书录》第 487 页,上海古籍出版社 1986 年版。

闽广之兴废？非水云之诗,何由知亡国之惨？非白石、晞发,何由知竺国之双经？陈宜中之契阔,《心史》谅其苦心;黄东发之野死,宝幢志其处所,可不谓之诗史乎?

这是清初学界的时代心声,注杜成为一时的潮流。今人认为清初杜诗研究著作多、质量高、学风正、路子宽①。郑庆笃等编《杜集书目提要》著录清代以前著作74种,而清初91年(顺康雍)即面世54种。这些注本质量上乘,代表了清代的杜诗学最高水平,其中钱谦益《钱注杜诗》、朱鹤龄《杜诗辑注》、顾宸《辟疆园杜诗注解》、吴见思《杜诗论文》、张溍《读书堂杜诗注解》、张远《杜诗会粹》、卢元昌《杜诗阐》、黄生《杜诗说》、吴瞻泰《杜诗提要》、仇兆鳌《杜诗详注》、浦起龙《读杜心解》等是其佼佼者。除此之外,还有大量的选注和评点。据孙微统计,散佚的杜诗选注本即达90余种,可见清初杜注的规模相当宏大。兹据孙微《清代杜诗学史》的著录,按照成书先后,择其翘楚,分列如下:

张笃行《杜律注例》4卷,选注七律82首,刊刻于顺治己亥(1659),是现存清代最早的杜诗注本。

金圣叹《杜诗解》4卷,评点194首,约成于顺治17年(1660)。

沈汉《杜律五言集》4卷,收录五律609首,刊于顺治辛丑(1661)。

陈醇儒《书巢笺注杜工部七言律诗》,收录七律151首,刊于康熙元年(1662)。

潘柽章《杜诗博议》,散佚,为仇注采录多条,潘卒于康熙2年(1663)。

顾宸《辟疆园杜诗注解》17卷,注释五律627首,七律151首,刊于康熙2年(1663)。

朱彝尊《朱竹垞先生杜诗评本》24卷,有康熙4年(1665)自序。

陈式《问斋杜意》20卷,全集注本,刊于康熙6年(1667)。

钱谦益《杜工部诗集》20卷,全集注本,刊于康熙6年(1667)。

顾炎武《杜诗注》1卷,载《日知录》,《日知录》刊于康熙9年(1670)。

朱鹤龄《杜工部诗集辑注》20卷,全集注本,刊于康熙9年(1670)。

申涵光《说杜》1卷,散佚,为仇注采录多条。成于康熙初年。

吴见思《杜诗论文》56卷,全集注本,刊于康熙11年(1672)。

朱瀚、李燧《杜诗解意七言律》4卷,选注七律133首,刊于康熙14年(1675)。

---

① 吴淑玲《仇兆鳌及杜诗详注研究》,2005年河北大学博士论文。

陈之壎《杜工部七言律诗注》5 卷,刊于康熙 22 年(1683)。

李因笃《杜律评语》,散佚,散见杨伦《杜诗镜铨》等。

顾施祯《杜工部诗疏解》2 卷,刊于康熙 25 年(1686)。

卢元昌《杜诗阐》23 卷,全集注本,刊于康熙 25 年(1686)。

张远《杜诗会粹》23 卷,全集注本,刊于康熙 27 年(1688)。

吴瞻泰《杜诗提要》14 卷,选注 477 首,成于康熙 35 年(1696)前。

黄生《杜诗说》12 卷,选注 650 余首,刊于康熙 35 年(1696)。

张溍《读书堂杜诗注解》20 卷,全集注本,刊于康熙 37 年(1698)。

周篆《杜工部诗集集解》40 卷,全集注本,钞本,成年不详。

汪灏《知本堂读杜诗》24 卷,评点 1407 首,有康熙家刻本。

佚名《杜诗言志》12 卷,选注 327 首,康熙钞本,成于仇注前。

何焯《义门读书记·杜工部集》,评点十分之八杜诗。

宋荦《杜工部诗抄》6 册,评点 781 首,有康熙钞本。

王士禛《新编渔洋杜诗话》,辑录 240 余条,见张忠纲《杜甫诗话六种校注》。

仇兆鳌《杜少陵集详注》25 卷,全集注本,刊于康熙 42 年(1703)。

陈廷敬《杜律诗话》2 卷,选注七律 55 首,刊于康熙戊子(1708)。

浦起龙《读杜心解》6 卷,全集注本,成于雍正 2 年(1724)。

李文炜《杜律通解》4 卷,选注五律 120 首、七律 80 首,刊于雍正 3 年(1725)。

范廷谋《杜诗直解》5 卷,选注五律 308 首,七律 136 首,刊于雍正 6 年(1728)。

以上多名家名注,汗牛充栋,限于篇幅,难以遍述,只能择其荦荦大者简而论之。

一、钱谦益《杜工部诗集》

钱谦益(1582—1664),字受之,号牧斋,晚号蒙叟、东涧老人,学者称虞山先生,常熟人。明清之际著名的文人、学者和藏书家,著有《初学集》《有学集》等。《杜工部诗集》二十卷是杜诗研究史上的重要著作,又称《钱注杜诗》。钱谦益对清初学术风气的转变影响很大。

钱谦益注杜诗始于崇祯六年(1633),正是其阁讼后归乡闲居之时。崇祯七年(1634)撰成《读杜小笺》《读杜二笺》,直至康熙三年(1664)钱氏离世,历时三十年始成《钱注杜诗》，因此此著耗费其大半生精力，是一部殚思竭虑之作。钱氏在《吴江朱氏杜诗辑序》交代其注释的过程："余笺解杜诗，兴起于卢德水，商榷于程孟阳，已而学子何士龙、冯己苍、族子夕公递代雠勘，粗有成编，犹多阙佚。老归空门，不复省视。"崇祯六年（1633）卢德水刻成《杜诗胥钞》，请钱氏作序，钱氏于是将自己读杜的心得整理成文，是为《读杜诗寄卢小笺》，与卢书合刻刊行，题为《钱卢两先生读杜合刻》。此后又作《读杜二笺》。《小笺》和《二笺》于崇祯十六年（1643）由钱氏门人瞿式耜合刻于《初学集》，其中《小笺》三卷，笺诗60首；《二笺》二卷，笺诗35首。后来在好友程嘉燧鼓励下，钱氏准备注释杜诗全集，但顺治七年（1650）绛云楼不戒于火，唯杜注手稿和《金刚经》幸免于难。顺治十一年（1654）苏州《假我堂文宴》遇朱鹤龄，次年邀请其坐馆常熟，希望朱氏助成杜注全璧。但七八年后两人因观点不合，遂分刻各注，演为清初一段文案。①

《钱注杜诗》影响较大，被称为清代杜诗注释的奠基之作，主要有两个原因，一是其鲜明的学术特色。其诗史互证的方法和探隐烛幽的学术精神，均达到了新高度。二是其独特的身份。此前的注杜作者，基本是文人学者或散儒闲官，而钱氏曾任朝廷要职，深度参与明末清初的政治斗争，其经历与杜甫甚为接近，其体验和感受自然也非他人可以比拟，加上其在学界文坛的宗主地位，由他来注杜自是珠联璧合之举。因此《钱注杜诗》虽在乾隆朝遭遇禁毁，但仍不绝如缕，这也是不可忽视的重要因素。

《钱注杜诗》在学术上的贡献主要有三点。

首先是诗史互证取得新成就。杜诗在唐代即有"诗史"之称，"诗史"观念也集中体现于历代杜诗笺注之中，作者均采取诗史对照、互相印证的方法，探赜索隐，详尽考察杜诗中的史料线索。从北宋陈禹锡自题其书曰《史注诗史》，到清初钱谦益笺注杜诗，以两《唐书》《通鉴》为主干，以各种地志、杂史、笔记、诗话为羽翼，互相发明考订，广引博征，赅洽精审，辨疑纠伪，形成了阵容浩荡、学风坚实的"以史证诗"派。宋代的黄鹤注本在编年和考史上代表了宋人的最高成就，而随着史学及其方法的发达，清初注家对唐史的研究日臻精密，"以史考诗"的水平也超越往古。在以钱谦益为核心的苏州以及江南地区，聚集了一批学有根底、精于考据的注杜、评杜和学杜的学人，人数达百人之众，形成了浓厚的研究唐史的风气，极大地推动了杜诗研究的深入。他们认为杜诗命意"心不孤起，仗境方生"，主张必须精通史书，熟稔典故，体察杜甫的生平经历和处境感受，方可解诗。《钱

---

① 参见拙文《钱谦益与朱鹤龄交往考论》，《江南大学学报》2010 年第 1 期。

注杜诗》注释的重点,是有关安史之乱的篇目,如《闻官军收河南河北》《彭衙行》《哀王孙》《悲陈陶》《悲青坂》《对雪》《塞芦子》《春望》《喜达行在所三首》《述怀》《羌村三首》《北征》《喜闻官军已临贼境》《收京三首》《洗兵马》"三吏""三别"等,此类约在40篇左右;以及反映重大主题的篇目,如揭露玄宗穷兵黩武的《兵车行》,揭露杨氏兄妹专宠跋扈的《丽人行》,直斥统治者荒淫误国的《奉同郭给事汤东灵湫作》《自京赴奉先县咏怀五百字》《哀江头》等。将宋代的黄鹤注、赵次公注与钱注比较可以发现,钱注在文献的准确性、丰富性、严谨性方面更胜一筹。

其次是诗旨发明达到新高度。自明末以来,对杜诗"以意逆志"成为杜诗注释的新趋势。钱谦益对杜诗部分重要篇目标示"笺曰",计39题55首,冀存少陵之"真面目",发皇杜甫之心曲,澄清旧注之谬误,使杜诗底蕴大白于天下。这在他自诩为"凿开日月,手洗鸿蒙"的《冬日洛城北谒玄元皇帝庙》《洗兵马》《承闻河北诸道节度入朝欢喜口号绝句十二首》《诸将五首》诸笺中表现得尤为明显。这几首诗笺注的宗旨,就是指出杜甫对玄、肃、代三帝及朝廷的讽喻。尽管因求深求新而有可议之处,但改变了长期以来对杜甫"一饭不忘君"的愚忠看法,还原了杜甫的"真面目",这是其最值得称说之处。因此《钱注杜诗》在对杜诗思想内容的开掘上达到了前无古人的新高度。如卷九《冬日洛城北谒玄元皇帝庙》笺曰:

> "配极"四句,言玄元庙用宗庙之礼,为不经也。"碧瓦"四句,讥其宫殿逾制也。"世家遗旧史",谓《史记》不列于世家;开元中敕升为列传之首,然不能升之于世家,盖微词也。"道德付今王",谓玄宗亲注《道德经》及置崇玄学,然未必知道德之意,亦微词也。"画手"以下,记吴生画图,冕旒旌斾,炫耀耳目,为近于儿戏也。老子五千言,其要在清静无为,理国立身,是故身退则周衰,经传则汉盛。即令不死,亦当藏名养拙,安肯凭人降形,为妖为神,以博世主之崇奉也。"身退"以下四句,一篇讽谕之意,总见于此。

对比历代认为此诗"纯属颂体"的注释,此解确实探赜索隐,振聋发聩。细绎文意,最合杜诗初心。《有感五首》其二"慎勿吞青海,无劳问越裳。大君先息战,归马华山阳"数句,宋代郭知达、黄鹤注本皆引赵次公注,以为"慎勿吞青海"是"戒以无事于西羌","无劳问越裳"是"戒以勿有事于东夷"。钱注批评"可谓愚矣",笺曰:

> 是时史朝义下诸降将,奄有幽魏之地,骄恣不贡,代宗软弱,不能致讨。此诗云"慎勿吞青海,无劳问越裳",安有节镇之近,不修职贡,而顾能从事远略者乎?盖叹之也。"息战"、"归马",谓其不复能用兵,而婉

词以讥之也。李翱云"唐子孙不能以天下取河北",正此意也。

可见即使掌握相同或类似的史料文献,钱氏能在一般人不经意处看出深意,烛幽洞微,显然高出宋人一头。当然,钱氏有时求深求新,不免标新立异,甚至陷于穿凿,最典型的是卷二《洗兵马》的笺注:

> 《洗兵马》,刺肃宗也,刺其不能尽子道,且不能信任父之贤臣,以致太平也。……收京之后,洗兵马以致太平,此贤相之任也。而肃宗以谗猜之故,不能信用其父之贤臣,故曰"安得壮士挽天河,净洗甲兵常不用",盖至是而太平之望益邈矣。呜呼伤哉!

此诗是乾元二年两京相继克复、平叛捷报频传情况下杜甫所作的一首长诗,它歌颂战局的神变开端,赞扬"中兴诸将"等平叛功臣,洋溢着胜利在望的喜悦,当然也有对朝廷弊政的批评和忧虑。但钱氏的笺注客观上却将杜甫刻画成心理阴暗、不识大体的形象,招致众多学者的不满,甚至引起当时与钱氏合作注杜的朱鹤龄的公开决裂。今人萧涤非先生评价这段笺注说:"钱谦益以为'刺肃宗不能尽子道,且不能信任父之贤臣以致太平',是有见地的,但句句都解作刺肃宗,却未免深文,且不近人情,违反诗的基本情调。"①这是比较公允的。钱氏的注释,遭到徐世溥、潘柽章、朱鹤龄等学者的批评②。其笺注的动机,浦起龙认为:"钱氏直欲以此为杜一生气节,欲推高杜,则极赞房(琯),因极赞房,遂痛贬帝。"又曰:"钱笺于此诗(《建都十二韵》)牵合房琯分镇之议,与《洗兵马》笺同一肺肠,总欲借房琯做护身符。"(《读杜心解》卷二)也就是说,钱氏怀才不遇,因此以唐代房琯自命,借注杜寄托对自身遭遇的感慨,并抒发对崇祯帝的不满。《钱注杜诗》某种程度上也是一部"发愤"之作,并非单纯的学术著作。当然,某些注解的偏颇并不影响其总体的深刻和新颖,其影响之大,确是清代杜诗研究的开山之作,后来朱鹤龄《杜诗辑注》和仇兆鳌《杜诗详注》均大量引用其笺语就是证明。

第三是学风严谨开辟新境界。《钱注杜诗》卷首的《注杜诗略例》是诗歌注释学史上一篇极为重要的文献,今人似乎对此重视不足。它首先提出反对杜诗考证的穿凿之风,尽管是就杜诗编年而言,但有一定的普遍意义。其次是清算旧注之陋。毋庸讳言,其言辞激烈,自有偏狭之处,但对于警醒学界有其摧陷廓清的作用。第三是缕述注家错谬,分别列举"伪托古人""伪造故事""傅会前史""伪撰人名""改窜古书""颠倒事实""强释文义""错乱地理"等八个方面的旧注恶习。

---

① 萧涤非《杜甫诗选注》,人民文学出版社 1979 年版,第 110 页。

② 参见《钱笺杜诗兴寄美刺法初探》,《盐城师范学院学报》2014 年第 4 期。

对于这些自宋至明长期沿袭的乱象，钱氏予以彻底批驳，号召学界拨乱反正，肃清流毒。第四是批评学界长期沿袭的学杜、评杜歪风，从黄庭坚、刘辰翁到弘正直至近日，具体指出黄氏学杜"不知杜之真脉络"，乃"旁门小径"；刘氏评杜，"不识杜之大家数"，是"一知半解"；弘正之学杜者，"生吞活剥，以捃摭为家当"；近日之评杜者，"钩深抉异，以鬼窟为活计"。最后说"余之注杜，实深有慨焉，而未能尽发也"，恐怕正暗示自己注杜有别于以往，以注代著，抒发愤世伤时之情。这篇文字，激浊扬清，彰善瘅恶，是诗学和注释学的一篇檄文，也是破旧立新的鼓纛。此后清代的杜诗注释乃至其他注释，学风为之一变，原原本本，信而有征，精益求精，翔实可据，取得超越前代的成就，与钱氏的明召大号不无关系。

二、朱鹤龄《杜诗辑注》

朱鹤龄《杜工部诗集辑注》，简称《杜诗辑注》。朱氏和钱谦益均为清初著名学者，两人长期合作注杜，后又反目决裂。为免授予对方口实和把柄，两人遂停止原来的出版计划，各自对注本进行了完善工作，钱注刊刻于康熙六年（1667），朱注刊刻于康熙九年（1670）。面世后均取得成功，风行一时，被视为清初杜诗注释的两部佳作，分别称为"钱笺""朱注"。①

由于成书晚于钱注三年，朱氏对钱注的优点和不足均有透彻的检视，因此能充分汲取其有价值的注释，摒弃其较为偏执和穿凿的不足。相较《钱注杜诗》，《杜诗辑注》较为平实，各方面的成就也更为均衡，达到了杜诗注释的新高度。

首先，《杜诗辑注》在多方面有所突破。文字校勘方面，朱氏详采宋元以来各种善本，对杜诗文字进行了彻底校勘，改变了以讹传讹、谬种沿袭的局面，仇兆鳌曾评价曰："近日朱长孺采集宋、元诸本，参列各句之下，独称详悉。"（《杜诗详注凡例》）字词注释，朱氏细心抉择，或从《说文》等字书中考定本义，或推衍引伸义、比喻义，甚有收获，且多为仇注所取。如《赠李白》"飞扬跋扈为谁雄"，"跋扈"一词宋代各本无注。朱注曰：

> 《西京赋》："睢盱跋扈。"《梁冀传》："此跋扈将军也。"按《说文》："扈，尾也。"跋扈，犹大鱼之跳跋其尾，强梁之义也。《选注》及《后汉注》俱未明。

---

① 关于两人的交往及争执详情，可参见莫砺锋《朱鹤龄〈杜诗辑注〉平议》，《文史》2002 年第 4 期；拙文《钱谦益与朱鹤龄交往考论》，《江南大学学报》2010 年第 1 期。

这个词义纠正了《文选注》以来的错误,因此被学界广泛采纳。名物考证方面,朱氏也颇有收获,《与鄠县源大少府宴渼陂得寒字》"饭抄云子白","云子",宋代郭注、黄注、蔡注皆引"洙曰":"云子,雨也。荀子《云赋》曰:托地而游宇,友风而子雨。"千家注云:"不可解。"赵注指为菰米。朱注认为是"碎云母","以拟饭之白耳",按之诗意,十分贴切。《观公孙大娘弟子舞剑器行》之"剑器",宋注及钱注认为是刀剑,大误,朱氏引段安节《乐府杂录》,认为是舞曲,纠正了长期以来的错误。职官制度方面,对一些稀见的职官的考证,很有发明,如《行官张望补稻畦水归》之"行官",认为是管理田园之官,获得后世学者的首肯。另外对唐代复杂的权官、兼官、加官、加衔,以及这些官衔的古称、习称等,也颇多胜解。仇注在《凡例》"近人注杜"中提及朱注,认为其对于职官"考据分明",确非虚语。杜诗地理方面,朱氏曾著《禹贡长笺》,是地理学者,他对杜诗中极为繁多的地名进行了仔细考证,取得了极为丰硕的成果,如考杜诗地理之沿革,考杜诗地名使用古称、别称,考杜诗地名的改名、移置、消失,考杜诗地名的同名和相对位置,考杜诗的微观地名,考地理泛称,根据地名考察人物行踪,考证杜诗水名等等,往往见微知著,心细如发,称其为杜诗研究史上对地理最有创获的学者,大概并不为过。①

　　历史考证方面,尽管宋注和钱注均取得很大成绩,但朱氏的拾遗补缺不容忽视。如杜甫生平,朱氏指出新、旧《唐书》有六处错误记载,翔实可据。考证杜诗人物,有些说法长期模棱两可,或诸说并存,朱氏从新的角度提供佐证,为最终定谳打下基础。如《奉赠太常张卿二十韵》,"张卿"究竟是张垍还是张均,一直聚讼纷纭,朱氏通过对新、旧《唐书》和《通鉴》的比对,认为必是张垍无疑,这个结果今天成为共识。《承闻河北诸道节度入朝欢喜口号绝句十二首》其十一"李相将军拥蓟门"的"李相将军",指李姓宰相而兼节度使者,但究为何人,或谓李怀仙,或谓李光弼,历来莫衷一是,朱氏以详尽的史实考证,认为当指后者。《奉赠鲜于京兆二十韵》"有儒愁饿死,早晚报平津"的"平津",旧注指鲜于仲通,朱注指为杨国忠。《入衡州》中的"古刺史",宋注多以为是"崔侍御滹",朱氏认为当是阳济。而在纠正旧注方面,朱氏不仅对宋注有所辨析,对钱注也多批驳,如《送孔巢父谢病归游江东兼呈李白》,关于孔巢父归隐的原因,宋注和钱注据《旧唐书》有关孔巢父"辟永王署"的记载,认为"巢父察永王必败,谢病而归",朱氏认为"大谬",李璘东巡乃至德年间事,巢父不可能预知,故认为孔巢父在天宝间尝游长安,"辞官归隐,史不及载耳",这个解释还是较为合理的。

---

① 参加拙著《朱鹤龄及其〈杜诗辑注〉研究》,中国社科出版社 2016 年版。

考证杜诗用典,朱氏的有些注解新人耳目,如《冬末以事之东都湖城东遇孟云卿复归刘颢宅宿宴饮散因为醉歌》"天开地裂长安陌"句的"天开地裂",旧注皆无注,朱氏认为出于京房《易占》"天开阳不足,地裂阴有余"二句,"皆兵起下害上之象"。《又观打鱼》"干戈格斗尚未已,凤凰麒麟安在哉"之"凤凰麒麟",旧注破碎无谓,朱氏认为即《家语》"覆巢破卵,则凤凰不翔;剖胎刳孕,则麒麟不至"之意,同"天开地裂"一样,皆抽绎经典字面糅合而成。《寄岳州贾司马六丈巴州严八使君两阁老五十韵》"苍茫城七十,流落剑三千"之"剑三千",旧注以为出自《庄子》"赵文王喜剑,剑客来者三千余人",朱氏认为当引自《越绝书》"阖闾葬虎丘,有扁诸之剑三千",揆之诗意,当以朱氏为优。《收京三首》"聊飞燕将书"之"燕将书",钱注以为"燕将"指安禄山,此句写实无典,朱氏认为当从宋注,此句乃借用《史记》鲁仲连射书事,以寓言平息叛军已易如反掌。《别赞上人》"杨枝晨在手,豆子雨已熟"的"豆子",自宋以来尽管说法众多,朱氏认为当用《华严经疏钞》"譬如春月,下诸豆子,得暖气色,寻便出土",譬喻人之善性因缘而生,正如豆子得甘霖暖气破土而出。此解甚妙,也符合送别对象的身份。《魏将军歌》"临江节士安足数"之"临江节士"、《承闻河北诸道节度入朝欢喜口号绝句十二首》"黄金台贮俊贤多"之"黄金台",朱氏追根溯源,认为后人以讹传讹。两条考证明晰有力,后又被王琦《李太白集》及许多注家引用。《久雨期王将军不至》"未使吴兵著白袍"之"白袍",宋注认为是"侯景命东吴兵尽著白袍",钱注认为出自《吕蒙传》"白衣摇橹",朱氏认为出自《南史》"陈庆之麾下悉著白袍,所向披靡"。按之诗意,以朱氏得解。朱氏还对宋代伪造典故的恶习进行清算,指出《阻雨不得归瀼西甘林》"令儿快搔背"之"搔背"、《秋日夔府咏怀奉寄郑监李宾客一百韵》"朋来坐马鞯"、《和裴迪登蜀州东亭送客逢早梅相忆见寄》"何逊在扬州"等,旧注伪造文献,性质恶劣。这种正本清源的努力对于清代的学风建设是有积极意义的。

对杜诗主旨的理解方面,朱氏一方面积极吸收钱注的成果,一方面也扬弃了其不根之说。二者不同甚至十分对立者,有《兵车行》《哀江头》《塞芦子》《洗兵马》《入奏行》《寄韩谏议》《奉赠太常张卿二十韵》《故武卫将军挽歌三首》其二,《收京三首》其一其二,《寄岳州贾司马六丈巴州严八使君》《建都十二韵》《有感五首》其三、《酬高使君相赠》《诸将五首》其一其二,共计十四题十六首。如《收京三首》,钱氏分别在《读杜小笺》《二笺》和《钱注杜诗》三次笺注,但主导思想基本未变,认为是"不颂而规",讥刺肃宗灵武即位,心伤玄宗帝位被僭。但朱氏认为"肃宗即位,本迫于事势。迨两京克复,奉迎上皇,累表避位,而后受之。是时父子间猜嫌未见,不应有讥",较之钱注更符合史实。尤其在《洗兵马》一诗的主旨上,两人尖锐对立,钱氏认为是"刺肃宗也,刺其不能尽子道,且不能信任父之贤臣以致太平也",朱氏认为是"盖以太平之功望肃宗也",曰:

> 时方进兵,而题曰《洗兵马》,盖以太平之功望肃宗也。"中兴诸将"以下,言官军渡河击贼,邺城不日可下矣。论其功,以子仪朔方军为最。彼回纥助战,马留京师,喂肉离宫,害亦不细,岂足多哉? 今山东已收,皇威大振,惟是兴师以来,征戍艰难之苦为不可忘也。"成王功大"以下,言元子与郭令诸人,整顿济时,人有中兴之乐,青春重整朝仪,人主复修子道,而诸臣多被爵赏为侯王矣。然此实帝力使然,于汝诸人何有哉? 此盖为加恩厄从言之也。"关中既留"以下,独详称张镐者,冀其复用于时也。夫周汉中兴,必至珍宝悉贡,瑞应沓来,隐士出而颂声作,方称极盛。今当催耕望雨之时,健儿犹留屯淇上,何不急殄余寇,归慰城南之思妇乎? 苟征戍不已,则太平之功未可致,故末以"净洗甲兵长不用"深致其意焉。夫中兴大业,全在将相得人,前曰"独任朔方无限功",中曰"幕下复用张子房",此是一诗眼目。使当时能专任子仪,终用镐,则洗兵不用,旦夕可期,而惜乎肃宗非其人也。王荆公选工部诗,以此诗压卷,其大旨不过如此。若玄、肃父子之间,公尔时不应遽加讥切。

按《洗兵马》作于乾元二年(759)仲春收复长安之后。朱氏在《辑注》序言中说杜诗"虽有时悲愁愤激,怨诽刺讥,仍不戾温厚和平之旨",又说诗有"可解"与"不可解"者:"可解而不善解之,前后贸时,浅深乖分,欣怵之语反作诽讥忠剀之词,几邻怼怨,譬诸玉题珉而乌转舄也",大概是针对钱注包括《洗兵马》在内的诗笺而言的。杜甫一直期盼早日收京,所以长安光复,心情自然欣喜异常,但同时又不忘告诫和希冀,这正是杜甫热烈而冷峻的性格所在。全诗情绪高涨,这从热情洋溢的旋律即可看出。开始说"中兴诸将收山东,捷书夜报清昼同",中间高歌"已喜皇威清海岱,常思仙仗过崆峒",结尾"安得壮士挽天河,净洗甲兵长不用",全篇的主旨以歌颂和期盼为主。虽有对玄、肃父子的讥刺,但非主题。从学术上看,朱氏的观点是对的。钱氏求深求新,以偏概全,遭到了当时和现代学者的普遍反对,但钱氏对此数诗的笺注十分自得,以为是"凿开鸿蒙,手洗日月"的发明,很难容忍朱氏置喙,而朱氏性格狷洁,不惜分手也要坚持自己的学术主张。方文对二人之争曾评论说:"虞山笺杜诗,盖阁讼之后,中有所斥,特借杜诗发之。长孺则锐意为子美功臣,必按据时事,句栉字比,以明核其得失,可谓老不解事,固宜有弹射之及也。"沈寿民亦曰:"虽然,长孺为少陵老人而得此弹射,其荣多矣。"①当时学界尤其是遗民学者多数是赞同朱氏的。从政治看，两诗的注释不仅是学术问题，也是立场问题。《杜诗辑注》的著述，正处于明清军队在沿海地区醋战胶着之时，遗民希望南明王室坚持抗战，望复之心犹如大旱之冀甘霖，正如杜甫在安史之乱之际希望唐肃宗早日率军收复失土一样，其情堪矜。钱氏屡次质疑肃宗即位的正当性，激起了遗民的义愤，这也是多数遗民学者不满钱氏的政治原因。

其次是其集大成之功。《钱注杜诗》虽也吸收了不少前人成果，但钱氏自视甚高，对前人成果并未十分重视，更多的是批评，这在《略例》中已有反映。《杜诗辑注》站在杜诗学史的高度，对旧注旧说进行了彻底的甄别，广泛吸收已有成果。从时间跨度看，《辑注》不仅囊括了宋、元、明三代关于杜诗的代表性注本，如宋代赵、郭、蔡、黄注，明单复《读杜愚得》、张性《杜律演义》、赵汸《类注杜工部五言律诗》、谢省《杜诗长古注解》、张綖《杜工部诗通》、杨慎《杜诗选》、胡震亨《杜诗通》、董斯张《笺杜陵诗》，清初潘柽章、顾炎武等。尤其是钱注，朱氏虽痛诋其弊，但又从善如流，征引达 274 条之多。《杜诗辑注》还大量汲取历代杜诗研究学者的旧说和成果，如王应麟精于考证，是宋代学识最为浩博者，其《困学纪闻》有"考史"八卷及"评诗"一卷，多与杜诗有关，故成为朱氏笺注经学和诗学征引颇频的宋人笔记。沈括《梦溪笔谈》、陆游《老学庵笔记》、洪迈《容斋随笔》、罗大经《鹤林玉露》、明田艺衡《留青日札》、明末董斯张《广博物志》等著名笔记也有较多征引。从各专题看，《杜诗辑注》针对历代成果进行了有重点的吸收。如吸收旧注、吴若本及《唐文粹》《文苑英华》、姚宽《西溪丛语》、龚颐正的《芥隐笔记》、陈岩肖《庚溪诗话》、程大昌《雍录》等关于校勘的成果，吸收赵注关于杜诗的词句解释，吸收黄注的编年和考史，吸收蔡注的用典成果，吸收王应麟的地理考证，吸收杨慎的名物和字词训诂，吸收钱注的笺评和史实考证等等，正是取精用弘、集思广益的气度和视野，使《杜诗辑注》的质量达到了前所未有的高度，成为承前启后的注本，也是《杜诗详注》面世前最具集成意义的注本。其深厚的学识、精审的考证，尤为《杜诗详注》所青睐，《杜诗详注》在年谱、校勘、地理三方面几乎完全收录《辑注》的成果，其余也比例不等地加以汲取，共计达千条之多，在旧注中独占鳌头，而辩驳只有寥寥数条，这从侧面证明了《辑注》的价值。《杜诗辑注》对后世注家也产生了深远影响，诚如今人蔡锦芳所说："朱注毕竟是个集大成的善本，它上承总结宋代杜诗学的蔡梦弼《草堂诗笺》，近补别开生面的钱牧斋《杜诗笺注》，下惠博采众说的仇兆鳌《杜诗详注》，远启最精简的杨伦《杜诗镜铨》，使杜诗学史上下贯通，一脉相承，其贡献将昭示千古，永不泯灭！"①

　　第三是注释体例更加严格。如果说钱注的《略例》是一篇声讨学界积弊的战斗檄文，那么朱注的《凡例》则是严谨科学的行动规范。自宋以来，杜注一直缺少全面规范的注释体例，伪造盛行，以讹传讹，均与此有关。《杜诗辑注》卷首的《凡例》十五条，当是中国古代诗歌注本中最早也较规范的注释体例。《凡例》对编年、旧注、文字、征引故实、引用诸说、引书、事义、辑佚等事项作出了说明，大致包括了应该注意的主要方面。十五条中，包含了丰富的注释学思想，如"凡征引故实，仿李善注《文选》体，必核所出之书""凡引用诸说，必求本自何人"，指出征引典故、史实、旧说，必须亲核原书，防止造假伪托和以讹传讹，体现了实事求是、不为剿说的原则；"书则以最先为据""（诸说）后出相沿者不录"，体现了追根溯源的原则；"一事而互有异同，或彼略此详者，并为采辑，以广见闻""解虽未得而自成一说，亦附入焉"，体现了兼收并蓄的原则；对失传而又经后代征引的经籍、诗文，"不敢概削""不敢尽以伪撰废之"，体现了信古存疑的原则；"（诸说）其似是而非、世所尊信者，辨证特详"，又体现了大胆怀疑、小心求证的精神；"诗中奥僻之句，不敢强解，惧穿凿也"，体现了多闻阙疑的原则；"习见之事不复详引，戒冗长也""若诗语易晓，概不赘词"，体现了去易就难、删繁就简的原则；"若前注已见，后不重出，不致学者厌观"，体现了注释学的互见原则；"注所称引，必举子美以前之书。惟地理、人名、事迹之类，间援后代以证之"，体现了历史主义的原则等。这些原则的提出和落实，是《辑注》取得成就的重要保证。《凡例》为仇兆鳌及其他注家借鉴并丰富发展，对清代杜诗注释的兴盛作出了积极贡献。②

三、仇兆鳌《杜诗详注》

　　仇兆鳌（1638—1717），字沧柱，号知几子，浙江鄞县（今宁波鄞州区）人，清初著名学者。代表作有《四书说约》《杜诗详注》《周易参同契集注》和《悟真篇集注》。

　　《杜诗详注》是一部体大思精的杜诗注本，耗费仇氏半生精力。从《附记》可知，仇氏从康熙28年（1689）开始注杜，32年完成初稿并进呈康熙，此后又几次

---

① 　《朱鹤龄〈辑注杜工部集〉研究》，《杜甫研究学刊》1999年第1期。
② 　参见拙文《论古典诗歌注释的引证原则及其互文意义》，《社会科学研究》2010年5期。

修订，至康熙 42、43 年初刻，康熙 50 年至 53 年之间又出增补重刻本，前后历时
25 年。他形容自己"矻矻穷年，先挈领提纲，以疏其脉络，复广搜博征，以讨其典
故，汰旧注之榰酿丛脞，辩新说之穿凿支离"（《自序》），在深度和广度上取得了空
前的成就，大致体现在如下几个方面。

首先是集大成的成就。同为杜注学者的张远称赞这部 25 卷皇皇巨著"沧海
鲜遗珠，纤毫必见珍"，确非溢美之词，表现在六个方面：

一是文字方面。《详注》参合各种版本，确认杜诗用字，"杜诗各本流传，多有
字句舛讹，昔蔡伯世作《正异》而未尽其详，朱子欲作考异而未果成书。今遇彼此
互异处，酌其当者书于本文。参见者分注句下，较钱笺、朱注多所辩证矣。"（《游
龙门奉先寺》附考）前人对杜诗文字校勘的精华基本被吸纳《详注》之中。

二是详尽编年。《详注》对前代著名的编年资料搜罗殆尽，《杜工部年谱》仇
氏按语曰："宋人作少陵年谱，其传世者有吕大防、蔡兴宗、鲁訔、赵子栎、黄鹤数
家，明初则有单复之谱，近日则有钱谦益、朱鹤龄、顾宸诸谱，唯朱氏裁别异同，简
净明当，可称定本。但末后一条，关于生死大事，而其时其地，皆未分明。兹仍采
旧谱，以正其讹云尔。"仇氏的杜甫年谱精益求精，使杜诗编年更加精细准确，尽
管也有不少穿凿可议之处。

三是注释详尽。该书体现了"详注"的特点，应注尽注。据谭芝萍粗略统计，
仇注征引古籍总计一百多部，引注万余条，其中引注最多的是两《汉书》，近八百
次；其次是《诗经》，近四百次；引注二百余次者，有《史记》《左传》《楚辞》《庄子》
《晋书》等；曹植、陶渊明、谢灵运、谢朓、鲍照、庾信等人的诗文及《世说新语》，各
引百余次；《周礼》《礼记》《易经》以及何逊、左思、江淹、潘岳等人的诗文赋近百
次。不到五十次者，约七十余部，如《国策》《国语》《三国志》。不到三十次者，有
《孝经》《尔雅》《山海经》《水经注》等。其余若《论语》二十多次，《孟子》十多次，
《墨子》《老子》《孔丛子》《亢仓子》《说文》《文心雕龙》等不到十次。其它如《幽明
集》《后幽明集》《一统志》《关尹子》《汲冢图书》《楞严经》《会稽典录》《阿弥陀经》
《维摩经》《列仙传》等多在一二次不等。[1] 就注释条目的数量而言，超过之前任
何一部杜诗注本。在具体的注释中，《详注》对杜诗涉及的典章制度、州县设置、
山川河流、饮食服饰、风物传说等有关资料也爬罗剔抉，收罗无遗，充分体现了其
浩繁广博的特色。

四是对旧注的采录极其完备。《凡例》第十二、十三分别罗列"历代注杜"和

---

[1] 《仇注杜诗引文补正·总说》，西南师范大学出版社 1995 年版，第 5、6 页。

"近人注杜",可见其广征博引,采录无遗。"历代注杜"曰:"宋元以来注家不下数百,如分类千家注所列姓氏尚百有五十人,其载入注中者,亦止十数家耳。其所未采者,尚有洪迈之《随笔》,叶梦得之《诗话》,罗大经之《玉露》,王应麟之《困学纪闻》,刘克庄、楼钥之文集。元时全注杜诗者,则有俞浙之《举隅》,七律则有张性之《演义》,五律则有赵汸之《选注》。明初有单复之《读杜愚得》,嘉靖间有邵宝之《集注》,张綎之《杜通》《杜古》及《七律本义》。他若天台谢省之《古律选注》、山东颜廷榘之《七律意笺》、关中王维桢之《杜律颇解》、海宁周甸之《会通杜释》、闽人邵傅之《五律集解》、楚中刘遵之《类选》、华亭唐汝询之《诗解》,各有所长。其最有发明者,莫如王嗣奭之《杜臆》,而王道俊之《博议》,郑侯升之《厄言》,杨德周之《类注》,俱有辩论证据,今备采编中。"这是对明代以前注本的收集。"近人注杜"曰:"如钱谦益、朱鹤龄两家互有同异。钱于《唐书》年月、释典道藏参考精详,朱于经史典故及地里职官考据分明,其删汰猥杂,皆有廓清之功。但当解不解者,尚属阙如。若卢元昌之《杜阐》,征引时事,间有前人所未言。张远之《会粹》,搜寻故实,能补旧注所未见。若顾宸之《律注》,穷极苦心,而不无意见穿凿。吴见思之《论文》,依文衍义,而尚少断制剪裁。他如新安黄生之《杜说》、中州张溍之《杜解》、蜀人李长祚之《评注》、上海朱瀚之《七律解意》、泽州陈家宰之《律笺》、歙县洪仲之《律注》、吴江周篆之《新注》、四明全大镛之《汇解》,各有所长。卢世㴶之《胥钞》,申涵光之《说杜》,顾炎武、计东、陶开虞、潘鸿、慈水姜氏别有论著,亦足见生际盛时,好古攻诗者之众也。"这是对清初杜诗注本的收集。应该说,大凡仇氏以前的注杜佳作,多经寓目采撷。

五是各体兼备。《详注》是全集注本,它对杜诗各体均给予足够重视,全面关注杜诗体裁特色及其源流演变。《凡例》"杜诗根据"曰:"集中古风近体,篇帙弘富。昔人谓五古、七律入圣,五律、七古入神。盖其体制之精,上自风骚汉魏,下及六朝四杰,各有渊源脉络也。兹于每体之后,备载名家议论,以见诗法所自来,而作者苦心,亦开卷晓然矣。若五七言绝句,用实而不用虚,能重而不能轻,终与太白、少伯分道而驱。"这是前人对杜诗各体思想艺术的评论汇编。《详注》还对杜文、杜赋进行注释,改变了长期以来文赋阙注的现象,为全面评价杜甫文学成就奠定了基础。

六是资料完备。《详注》"附编"包括三部分,第一部分收录唐宋以来杜甫墓志铭、杜集序跋、注本序跋、草堂记等共22篇,省去了读者搜访之苦。第二部分是"诸家咏杜"及续编,收录历代咏杜诗183题,为读者了解杜甫的影响及各代的接受提供了珍贵资料。第三部分是"诸家论杜",收录历代论杜文献41则,其中不少是名家名注的长篇序跋，有助于读者深刻理解杜诗的深刻内涵和诗歌艺术。"附编"是杜诗研究的资料库。

其次是注释详尽，总体精审。他对每诗的注释，分为"编年""分章分段""内注外注""根据"四个部分。

《详注》几乎为每诗编年，达到了杜诗编年的极致。《凡例》第三条曰："依年编次，方可见其生平履历，与夫人情之聚散，世事之兴衰。"《详注》以朱鹤龄《杜甫年谱》为主，略有增益，具体做法是在诗题下指明作诗时地，附上相关考证。《杜诗详注》是清代诗史互证的重要成果，它也促进了这种方法在其它各类诗注的全面应用。

"分章分段"。按照《凡例》的说法，"一题而并列三五首，或多至一二十首者，每首各拈大旨，又有题属托物寓言，亦须提明本意，仿《集传》例也"，这是分章，针对组诗。"杜诗古律长篇，每段分界处，自有天然起伏，其前后句数，必多寡匀称，详略相应。……兹集于长篇既分段落，而结尾则总拈各段句数，以见制格之整严，仿《诗传》某章章几句例也"，这是分段，针对长篇之诗。南宋朱子《诗集传》重视篇章脉络，明末清初与八股文兴起后，王嗣奭《杜臆》、金圣叹《杜诗解》等以起承转合注解杜诗，到仇兆鳌集其大成，他高度重视组诗及长诗的组织机理，如五古长诗《赠蜀僧闾丘师兄》曰："杜诗局阵布置，章法森然，如此篇，首尾中腰各四句提束，前后两段俱十六句铺叙，有毫发不容增减者。"五古长诗《北征》140句，分为8段，每段分别注释，最后评论曰："若通篇构局，四句起，八句结，中间三十六句者两段，十六句者两段，后面十二句者两段，此又部伍之整严也。"杜甫自云"佳句法如何"，对组诗及长诗有其独特的创作体会。仇氏对杜诗篇章脉络的分析，实际上就是诗歌的"写作学"，不仅有合理性，也有实用性，今人不能概以八股文论调而否定之。①

"分章分段"是对朱熹《诗集传》注释方式的深化。古代诗歌的注释形式，以前一般有两种，一是诗间注，以双行小字夹注诗中，虽然便利阅读，但破碎诗句，分割整体，不利讽咏；一是诗末注，虽便利整首阅读，但读者前后翻检，甚为不便，尤其是数十至百韵长诗，还须一一核对原文和注释，烦琐和烦心可想而知。"分章分段"以章间或段间注释的形式，不仅分析诗歌结构，且一举解决了上述的两个难点，有利于读者的写作和阅读。

再说"内注外注"。"内注解意"，《详注》沿袭朱熹注解《诗》的做法，在分章分

---

① 　参见吴淑玲《仇兆鳌分析杜诗章法的学术史意义》，《文学遗产》2007年第5期。

段后,对诗歌立意、内容进行概括疏解,亦即对诗歌思想和艺术两方面的分析,这是文学批评的核心,被视为全书的菁华。《羌村三首》其一注云:

> 此记悲欢交集之状。家人乍见而骇,邻人遥望而怜,道出情事逼真。后二章俱发端于此。乱后忽归,猝然怪惊,有疑鬼疑人之意。"偶然遂",死方幸免;"如梦寐",生恐未真。司空曙诗"乍见翻疑梦,相悲各问年",是用杜句;陈后山诗"了知不是梦,忽忽心未稳",是翻杜语。

首句"此记悲欢交集之状"是总括。以下是对各句的分析。兵荒马乱,生离死别,悲喜交加,这种复杂而细腻的感情,如果没有涵咏玩味的功夫,难以体会诗人的深沉本心。这段注解揭隐发覆,以意逆志,深获诗人言外之意。最后指出末二句的影响,司空曙和陈师道的佳句源于此诗。如《望岳》注解曰:

> 此望东岳而作也。诗用四层写意:首联远望之色,次联近望之势,三联细望之景,末联极望之情。上六实叙,下二虚摹。岱宗如何,意中遥想之词,自齐至鲁,其青未了,言岳之高远。拔地而起,神秀之所特钟。蟠天而峙,昏晓于此判割。二语奇峭。

对诗的内容,用"远望""近望""细望""极望"四层概括,且分别附以"色""势""景""情",准确独到;对结构,归纳以"实叙"和"虚摹"。这段注解,提炼确切,用字精审,堪称精品。

"外注引古",即征引古籍注解历史背景和名物典故等,历史背景的考察以引用史书为主,名物典故的考察则力求考察语言出处的做法。《详注》的"外注"不仅条目众多,而且征引繁富,无愧"详注"之称。如五律《登兖州城楼》诗,只有四十字,却有十五词三十字出注,其余皆不必注释的虚词。相较于其它注本,征引浩博,尽量吸纳相关材料。外注的核心要求是准确,在浩如烟海的前人注释中择优录取,这是仇注重要的质量保证。

"内注""外注"的二分法,是仇氏的一个创举,他将古代复杂凌乱的注释,简洁总结为概括主旨和作法的文学分析,即"内注",以及引用古代文献说明历史背景和语意词语来源的"外注",这是一个巨大进步。

"杜诗根据"即引用前人的分析评论。《同诸公登慈恩寺塔》即引用胡舜陟、钱谦益的两段艺术评论,以及岑参、储光羲、高适三人之诗供读者对读。《登兖州城楼》摘引八条资料,《题张氏隐居》摘引七条资料和一条仇氏按语,《夜宴左氏庄》摘引四条资料等等。有些资料价值较大,如《登兖州城楼》附录的论五律、《题张氏隐居》附录的论七律、《赠李白》附录的论七绝、《送孔巢父谢病归游江东兼呈李白》附录的论七古、《奉赠韦左丞丈二十二韵》附录的论五古等,简直是各体诗歌的学术简史。

　　《杜诗详注》的"编年""分章分段""内注外注""根据"是几位一体的,针对不同诗歌有不同形态,核心是"分章分段""内注外注"。它用题下小注、段落解说、文献征引、诸家评论四位一体的方法,对杜诗作出极其周详绵密的注释,保证了注释的学术性、便利性和实用性,这是它获得巨大影响的重要方面。

　　《杜诗详注》达到了杜甫身后九百余年杜诗研究的巅峰,影响巨大,好评如潮。康乾时期的杜注名家浦起龙曰:"近时仇本搜罗更富,集中节采,大率本此三书(另两本指钱笺和朱注)。"(《读杜心解·凡例》)边连宝比较历代著名杜诗注本,曰:"千家杂而舛,赵注浅而略,顾氏琐而凿,浦氏颇费苦心,然好为异说,而不足以自圆,略短撷长,大费批拣。唯仇氏详注,虽所取太博,时或短于抉择,然不可谓非集大成之书也。"(《杜律启蒙·凡例》)而批评之声也不绝如缕,如杨伦《杜诗镜铨》对《杜诗详注》贬斥较多,认为仇注"月露风云,一一俱烦疏解,尤为可笑",施鸿保《读杜诗说》专门为纠正《杜诗详注》之误而作,书前自序云:"初读之,觉援引繁博,考证详晰,胜于前所见钱、朱两家。读之既久,乃觉穿凿附会,冗赘处甚多。且分章画句,务仿朱子注《诗经》之例,裁配虽匀,而浑灏流转之气转致扞格。训释字句,又多儱侗不晰语,诗意并为之晦。间附评论,亦未尽允,甚有若全未解者。盖先生本工时文,殆以说时文之法说杜诗也。"今人谭芝萍《仇注杜诗引文补正》,是对仇注所引古代典籍文献的文字错误进行校订的专著。邓绍基《杜诗别解》选杜诗 96 首,认为仇注问题大约有四类:解释不当者,牵强附会者,编年不确者,当论不论者。许寿松《略论杜少陵集详注中的问题》,认为仇注缺点有六方面:援引失实,当注不注,自相矛盾,曲解牵合,注释笼统,错解词义(《文学遗产》1983 年增刊)。许永璋《略评杜诗详注》总结其"大疵"为:儒家思想之牢笼,忠君思想之强制,"诗史"美称之拘泥(《社会科学研究》1984 年第 1 期)。蒋寅《杜诗详注与古典诗歌注释学之得失》总结其有画蛇添足、附会典故、隔靴搔痒、不明出处、引而不释、注语不注典、误指典故、引而不断、该注不注、割裂原文等十条弊端(《杜甫研究学刊》1995 年第 2 期)。此皆巨著所不免者,正如日月之蚀,无损其光明,《杜诗详注》以其体大思精、征引浩繁,达到中国古代杜注的高峰,且在较长时期内仍是阅读杜诗的首选注本。

四、浦起龙《读杜心解》

　　《杜诗详注》后的杜诗注本,基本是在钱、朱、仇三家基础上加以润饰完善,或删繁就简,或截长补短,浦起龙《杜诗心解》就是这样一部杜诗注本。

浦起龙(1679—1762),字二田,无锡人。雍正二年(1724)进士,曾任苏州府教授,主要著作有《史通通释》《酿蜜集》《读杜心解》。《读杜心解》成书于雍正二年,是浦起龙积十余年研杜结晶的一部力作。

该注的最大特色,是其实用性。自宋以来,杜诗注释一直遵循知识主义的原则,即解释杜诗的知识内涵。就阅读理解而言,基础性的注释是必要的,但超越限度,一字一句,一时一地,句栉字比,叠床架屋,势必造成知识泛滥,读者厌观。而注释的另一功能,即辅导读者解诗的同时学习作诗,却被长期忽视,而这一需求在清代是旺盛的,这也是《心解》受到重视的因素。

所谓实用性,即通过分析杜诗的篇章语言,教人如何写作诗歌,学以致用,或曰“诗歌文章学”,这是古今读杜的最大不同。浦氏之前,仇兆鳌对杜诗章法的研究最有心得,如《赠蜀僧闾丘师兄》《寄高三十五书记》论述杜诗的结构章法,颇有洞见,但仇氏的这种努力被其浩瀚的注释淹没,没能显出特点。①《读杜心解》对诸多诗篇尤其是长篇,特别重视脉络章法的分析,此以《八哀诗·故著作郎贬台州司户荥阳郑公虔》为例,浦氏曰:

> 此篇一头一尾,中两段叙事,分一盛一衰。

> 比体起,作法又变。比意一宾一主,“鹨居”比俗眼,“孔翠”比荥阳。“气精霜”三字,一篇之冠。“天然”一段,叙著述之富,才艺之博,邀主知而倾时望,此言其盛也,正是精爽处。……末段哀之之文,反以最初游迹相形,见昔也京邑交欢,今也存殁两地,愈益恻然。结处又生别致,于郑则借犹子作波,于己则露下峡素志,自两情文凑泊。

> 序言“叹旧”,至此篇止。

古人作诗,尤重结构,如首尾、过渡、照应、点染、字眼等技法,是古人创作甘苦的提炼,今日学者常以小道视之,不屑一顾,更懒得探讨,但就连诗圣杜甫都说“佳句法如何”,可见诗人们对此类技法是很重视的。即如浦氏分析,“此篇一头一尾,中两段叙事,分一盛一衰”,十分简练地指出全篇的布局,这种分析基于注家的创作经验,颇受读者青睐。再如《壮游》,浦氏曰:

> 此诗可续《八哀》,是自为列传也。分段全依仇本。首段叙少年之游,次段叙吴越之游,三段叙齐赵之游,以上皆在开元时。四段叙长安之游,此系天宝间。五段叙京陷赴凤翔及收京从入朝事,此在肃宗初。

---

① 参见吴淑玲《仇兆鳌分析杜诗章法的学术史意义》,《文学遗产》2007年第5期。

末段叙去官以后久客之迹，此兼肃、代两朝。

这种分段方法，既是阅读之需，也是写作之需，故不惮辞费。再如《梦李白二首》（死别已吞声），浦氏曰：

> 人之相知，贵相知心。公当日文章契交，太白一人而已。二诗传出形离精感心事，笔笔神来。

> 首章处处翻写。起四反势也，说梦先说离，此是定法。中八正面也，却纯用疑阵，句句喜其见，句句疑其非。末四觉后也，梦中人杳然矣，偏说其神犹在，偏与叮咛嘱咐，此皆意外出奇。

> 从来说别离者，或以死别宽生别，或以死别况生别，此反云死则已矣，生常恻恻，亦是翻法。"入梦"，我忆彼也，此竟云彼"魂来"，亦是翻法。

浦氏《发凡》说："吾读杜十年，索杜于杜，弗得；索杜于百氏诠释之杜，愈益弗得。既乃摄吾之心印杜之心，吾之心闷闷然而往，杜之心活活然而来，邂逅于无何有之乡，而吾之解出焉。"上述一段注释，正是其用心感悟的结果。与传统注释很不相同，如钱注、朱注只是考证史实，认为此诗作于李白流放夜郎之后；仇注结合历史，考察杜诗悲恻之由，认为此诗得力于古诗"明月照高楼"，二者均着眼于知识性。浦氏从写作角度入手，认为此诗"处处翻写"，手法奇特，对一般读者或诗人而言，别开生面，借鉴意义很大，且未经人道，令人耳目一新。它与刘辰翁、钟惺等人较为单纯的评点和赏析亦不相同，它切实可行，字字落实，对写作诗歌帮助较大。为此，浦氏大力简化注释，甚至求简过当使人不解或误解，这是副作用。有人认为此注的特色在于"道德教化""历史意识""文学审美"，其实还未中肯綮。① 当然，浦氏解杜时有怪异之说，是其瑕疵。

另外值得注意的是，该注《发凡》有较高价值。首先是提出"注与解体各不同"："注者其事辞，解者其神吻也。神吻由事辞而出，事辞以神吻为准。故体宜勿混，而用贵相顾。"这与仇兆鳌所云"外注引古"和"内注解意"大致相同，但更注意艺术性。其次是认为"惟少陵、义山两家诗，非注弗显"，其实提出了诗歌注释的两种范本，即写实型和含蓄型，前者文史结合，后者多义朦胧；又认为"义山诗可注不可解，少陵诗不可无注，并不可无解"，亦有启发性。第三认为"凡注之例三，曰古事，曰古语，曰时事"，"古事""古语"相当于"古典"，"时事"相当于"今典"，这是陈寅恪提出的概念，其实源自浦氏。浦氏认为杜注的问题主要在于"时

---

① 　见李海燕《论杜诗心解的阐释特色》，《文史博览》2005 年第 14 期。

事"，为我们考察诗歌注释提供了新的视角。第四认为"杜之祸，一烈于宋人之注，再烈于近人之解"，实际提出了注释过度的问题。杜注虽多，但欲寻一体贴人意之作却很难，原因在于诸多注本只是从知识性出发，而不从读者需要出发，不切实际，不堪实用，反而导致杜诗尊而不亲。对此问题当然须客观看待，但注杜与学杜结合是杜诗获得生命力的重要途径。第五认为杜诗编集，"编年为上，古近分体次之，分门为类者乃最劣"，进一步确认编年的重要性。清代以来，赵殿成《王右丞集笺注例略》谓"叙诗之法，编年为上，别体次之，分类又次也"，仇兆鳌《杜诗凡例》"杜诗编年"条谓"依年编次，方可见其平生履历，与夫人情之聚散，世事之兴衰"，浦起龙再次重申诗歌编年注释的优点。编年法有利于知人论世，加深读者对作者的综合考察，这逐渐成为清代学者的共识。正是注家的辛勤实践，不断丰富完善了诗歌注释学的内容和方法，深化了对其性质和规律的认识。

第三节　查慎行与清初的苏轼诗注

清初诗坛一反明人尊唐黜宋的积习，大力倡导宋诗，风气丕变。"当我开国之初，人皆厌明代王、李之肤廓，钟、谭之纤仄，于是谈诗者竞尚宋元。"（《四库全书·精华录提要》）钱谦益、黄宗羲、吕留良、吴之振、叶燮、宋荦、查慎行、田雯、杭世骏等文坛名流极力鼓吹，不遗余力，苏轼诗作宋诗的代表，自然受到最多关注。宋人注释苏诗的风气颇浓，其盛况不亚于注杜、注韩。苏诗的施、顾编年注在元明久佚，托名王十朋的分类注被芟改增删，全失旧本之真，与无注等，故清初的苏注直承两宋，并受时代风习之薰染，再次掀起了整理和笺注的高潮。清人注苏多名家名作，宋荦、邵长蘅、冯景、查慎行、汪师韩、翁方纲、冯应榴、王文诰、沈钦韩、张道等人为研究苏诗的名家，查慎行、冯应榴、王文诰甚至倾注毕生心血，精神尤为可嘉。

宋荦是对清初乃至整个清代的苏诗注释产生重要影响的关键人物，其两位门人受命对苏注旧本的整理和苏轼佚诗的注释也作出一定贡献。《施注苏诗》是宋代施元之、顾禧注，施宿补注的第一部苏诗注本，注释精审，编年可靠，但后世罕见传本。宋荦数十年搜讨，康熙38年(1699)于江苏巡抚任上从江南藏书家得其残帙，后由邵长蘅完成卷一、二、五、六、八、九、二三、二六等八卷的补注。邵因病归里后，由李必恒补注卷三五、三六、三九、四十等四卷，若干学者协力整理，使四百年名著重见天日，成为清初学术的佳话。但此书在清代颇遭诟病，众多学者指责邵、李二人臆改原书，既未全采施、顾注，又以旧题王十朋注冒充自己的补注，或者以之冒充施、顾注，缪荃孙谓其"有旧有注而今无者，有旧有注而今易之者，有旧注短而引伸之者，有易书名者，几无一篇完"（《艺风藏书再续记·宋刻本第一》），应当说这是一个整理旧注的反面典型。邵长蘅又独立撰著《苏东坡寓惠集注释》5 卷（乾隆年间刊刻），今未寓目。

宋荦辑录、冯景笺注的《苏诗续补遗补注》2 卷也附刻《施注苏诗》中。《苏诗续补遗补注》是对宋代《施注苏诗》未收之诗的注释，故名。这些散佚之诗是宋荦从明代程宗《东坡续集》、毛九苞《重编东坡先生外集》和各种分类注本中辑录而来，合计 446 首。冯景（1652—1715），字山公，一字少渠，浙江钱塘人。他受命于宋荦，注释散佚之诗，其主要特点是考察苏诗的语言出处，另外对诗歌真伪有所考辨，如指出《讲武台南》《送柳宜归》《竹枝词》三诗出于黄庭坚集。后来冯应榴《合注》、王文诰《集成》均有所引用。

苏诗旧注整理，除了《施注苏诗》重刊外，朱从延于康熙 37 年（1698）重刻《增刊校正王状元集注分类东坡先生诗》32 卷。清代以前，苏诗注本以旧题王十朋《集注分类东坡先生诗》最为流行，此次重刊基本保存旧貌，个别地方依据宋刻影钞本《施注苏诗》进行补注，此即《四库全书》所收之本，亦即冯应榴《合注》所称的"新王本"。

清初对苏诗注释贡献最著者非查慎行莫属。查慎行（1650—1727），初名嗣琏，字夏重，号查田；后改名慎行，字悔余，号他山，又号初白，清初著名诗人。著有《敬业堂诗集》《苏诗补注》等。

《补注东坡先生编年诗》又称《苏诗补注》，是清初最重要的苏诗注本，50 卷。所谓"补注"，既是补宋代的干注，也是补重刊的施注。《例略》曰："余于苏诗，性有笃好，向不满于王氏注，为之驳正瑕璺，零丁件系，收入箧中，积久渐成卷帙。后读《渭南集》，乃知有《施注苏诗》旧本，苦不易购。庚辰春，与商邱宋山言并客辇下，忽出新刻本见贻。检阅终卷，于鄙怀颇有未惬者，因复补辑旧闻。自忘芜陋，将出以问世。"这是"补注"的动机。

《苏诗补注》在编年、辨伪、辑佚、考证、诗旨及恢复施注方面，均实事求是，取得较大成就。

编年方面，《补注》首先是对施注重新编排。如三苏父子合著的《南行集》，过去一直置于《东坡续集》中，《补注》将其编于第一二卷，认为这是苏诗的最初之作。《例略》曰："公诗自仁宗嘉祐己亥（1059）始见集中，所谓《南行集》也。《牛口见月》诗亦是年作，注家顾系诸嘉祐元年（1056），按嘉祐元年为丙申，而诗中有

'忽忆丙申年'之句，其背戾可知。从来编年者，或起辛丑（1061），或起壬寅（1062）。《南行集》乃己亥、庚子诗，反置续集中，殊失位置。"其次是对未编年之诗尽量编年。如《和陶诗》历代单刻，《补注》将其系年编排："《和陶诗》一百三十六首，子由有序，自成二卷。细考之，惟《饮酒》二十章和于扬州官舍，余悉绍圣甲戌后，自惠迁儋七年中作也，岁月大略可稽，分之各卷，以符编年之例。其间亦有未能确指年月者，则慎以意推之，要难迁就他所也。"（《例略》）对宋荦辑录《苏诗续补遗》2 卷及自己所得佚诗 137 首，也尽量编年，编年总数达到 2432 首，比施注多出 548 首。

辨伪和辑佚方面，对混入苏集的作品仔细辨别，务求真实。《例略》曰："本集诗与他集互见者，凡九十余篇，皆施氏原本所无也，新刻本收入《续补》上下卷，王氏本散见于分类中，赝作极多。颖滨及苏门六君子作率皆混杂，至有割截他集半首误为全篇者，如《答晁以道索书》，则陈后山五律前半首也；《寄欧叔弼》七言绝句，则子由《赠刘道士》七律后半首也。唐人诗甚且有阑入者。"对于这些阑入的伪作，查氏皆有辨正，并收入另编，而非径直删去，以示谨慎。对于散佚的苏诗，查氏尽力搜集："文字之祸，于公为烈。始而牵连诗帐，终则禁及藏书。散佚固多，收藏不乏。今从编简中留心搜辑，共得逸诗一百二十余首。又唐人所谓口号，皆近体诗也，张燕公有《十五夜御前口号》，少陵《紫宸殿退朝口号》、《西阁口号》之类是也。宋人帖子词及致语、口号，犹仍其旧。施氏原注有《帖子词》一卷，目录尚存，新刻妄为删削。今一并采入，与逸诗厘为三卷。"

诗旨方面。查氏极擅运用史料来开掘诗歌底蕴，如《吊徐德占》诗，查注引《宋史·夏国赵秉常传》为旁证，重点突出《东都事略》对徐禧轻敌丧师的评价，接着查氏论曰："徐德占，黄山谷外兄也。山谷称其以才略出于深山穷谷，而揭日月于万夫之上。年四十，大命陨倾，令人短气。而曾南丰《兵间诗》至斥为倾险小人，以万人之生，徼幸一身之利。其恃才寡谋，亦大概可见矣。"对徐德占好大喜功、擅开边衅的行为提出批评。继而查氏总结本诗的主旨："公于德占之没，不一及边事，独惜其以有用之身，不知自爱，轻于授首，其丧师辱国之罪，固隐然言外矣。"点出了苏轼对徐德占的针砭本意。有的注释则诗文互证，以苏证苏，考察诗歌的言外之意，如《复次前韵谢赵景贶陈履常见和兼简欧阳叔弼兄弟》"或劝莫作诗，儿辈工织纹"一句，若非结合史实，难以明白其中含义。查注云：《本集·辩题诗札子》云：'赵君锡、贾易言臣于元丰八年题诗于扬州僧寺，有欣幸先帝上仙之意。臣今省忆此诗，是岁三月六日在南京闻先帝遗诏，举哀挂服了当，往常州。至五月初，间因往扬州竹西寺，喜闻百姓讴歌吾君之子，出于至诚。又是时淮浙间所在丰熟，因作诗：'此生已觉郡无事，今岁仍逢大有年。山寺归来闻好语，野花啼鸟亦欣然。'其时去先帝上仙已及两月，决非山寺归来始闻之语，事理明白，无人不知，而君锡等辄敢挟情，公然诬罔。伏乞付外施行，稍正国法。'"这就使读者明白苏轼当年以诗得罪，与赵君锡等人诬陷有关的隐情。

恢复旧注方面，查氏力图恢复宋注旧貌。邵长蘅妄删施注，引起学者不满，《四库提要》谓"慎行是编，凡长蘅等所窜乱者，并勘验原书，一一厘正。"如邵长蘅将施顾注《司马君实独乐园》题下司马光生平四百余字的史料、《送吕希道知和州》题下一百四十余字等均删除殆尽，以求简省，查氏一一补充恢复，有助于读者知人论世。

当然，正如任何一部大型注本，卷帙浩繁，皆不免有抵牾之处。《四库提要》列举此书"编年有差""校雠不精""体裁未明""炫博贪多"以及误收他人之作、诗歌重出等弊病，后来翁方纲、王文诰、沈钦韩、傅增湘、李调元等学者亦续所指斥。① 诚如《四库提要》所云："然考核地理，订正年月，引据时事，原原本本，无不具有条理，非惟邵注新本所不及，即施注原本亦出其下。现行苏诗之注，以此本居最。区区小失，固不足为之累矣。"今人王友胜曰："该书在编次上首创 50 卷的规模，又首开清人补注苏诗之先例，清代中后期的几部注苏诗著作均受其影响，故该书在清代乃至宋元以来注释苏诗的历史上都占有非常重要的位置，颇具里程碑的意义。"又曰："《补注》征引广博，注释详明，既长于考释人物地理，又善补前人之疏略，纠前人之谬误，在补录施顾原注、保存公自注等方面功绩尤卓，做出了独特贡献。在关于苏诗系年、补遗、辨伪、校勘以及辑录唱和诗诸端，亦成绩不菲。"这个评价还是较为公允的。②

第四节　钱曾与清初的当代诗注

当代诗注源自唐代。宋代任渊为黄庭坚诗歌作注，对后世的当代诗注影响最大。与此类似的是，为清初诗坛大家钱谦益和王士禛作注的钱曾和惠栋，皆为作家并世之人，其对作家生平的了解、对文献的掌握以及对诗歌蕴含的理解，自然为后世所不及，其诗注亦为后世所珍视。

---

① 　参见曾枣庄《苏轼研究史》，江苏教育出版社 2001 年版，第 284 页。
② 　参见王友胜《〈苏诗补注〉的文献诠释与历史价值》，《文学评论》2008 年第 3 期。

按照作家的时代先后,清朝的当代诗注有:

1. 钱谦益(1582—1664):钱曾《初学集笺注》《有学集笺注》《投笔集笺注》(今收入上海古籍出版社《钱牧斋全集》)。

2. 冯班(1602—1671):姚敩《钝吟集诗笺注》12 卷(清钞本)。

3. 吴伟业(1609—1672):程穆衡《吴梅村诗笺》13 卷(乾隆 30 年成书,未刊)、靳荣藩《吴诗集览》20 卷(乾隆 40 年凌云亭刻本,《续修四库全书》收录)、杨学沆《吴梅村诗集笺注》(乾隆 46 年成书,收入《太昆先哲遗书》)、吴翌凤《梅村诗集笺注》18 卷(嘉庆 19 年沧浪吟榭刻本)。

4. 顾炎武(1613—1682):徐嘉《顾亭林先生诗笺注》(光绪 23 年徐氏味静斋刊本,《续修四库全书》收录)、李祥《顾诗笺注校补》(光绪 23 年徐氏味静斋刻本,《续修四库全书》收录)。

5. 吕留良(1629—1683):佚名《吕晚村诗稿旧钞笺注》不分卷(清钞本)。

6. 朱彝尊(1629—1709):江浩然《曝书亭诗录》12 卷(乾隆 30 年惇裕堂刻本)、杨谦《曝书亭诗注》22 卷(乾隆 30 年惇裕堂刻本)、孙银槎《曝书亭诗钞笺注》23 卷(嘉庆 9 年三有堂刻本)、吴修《曝书亭诗集笺注》(未详)、冯登府《风怀诗补注》1 卷(清钞本)、朱育泉《曝书亭风怀诗注初稿》1 卷(《清代稿本百种汇刊》本)。

7. 王士禛(1634—1711):金荣《渔阳山人精华录笺注》(雍正金氏凤翔堂刻本)、惠栋《渔阳山人精华录训纂》(乾隆惠氏红豆斋刻本)、屈复《王渔洋秋柳诗解》(未详)、伊应鼎《渔阳山人精华录会心偶笔》(乾隆 24 年刻本)、王祖源《渔阳山人秋柳诗笺》1 卷(同治《天壤阁丛书》本)、郑鸿《渔阳秋柳诗笺注析解》1 卷(同治 11 年刻本)、高丙谋《渔阳秋柳诗释》1 卷(光绪 14 年王氏刻本)。

8. 黄任(1683 — 1768):陈应魁《香草斋诗注》(嘉庆 19 年刊本)王元麟《秋江集注》6 卷(道光 23 年东山家塾刻本)。

9. 厉鹗(1692—1752):蒋坦《樊榭山房游仙三百首诗注》3 卷(道光 28 年刻本)、董兆熊《樊榭山房集》(上海古籍出版社 1992 年版)。

10. 彭兆荪(1769—1821):孙元培、孙长熙《小谟觞馆诗文集注》(同治 13 年刻本)。

清初的当代诗注,重要者即钱曾对《牧斋诗集》的笺注。

钱曾(1629—1701),字遵王,号也是翁,又号贯花道人、述古主人,钱谦益族曾孙,虞山(今江苏常熟)人。明末贡生,入清不仕。著有《述古堂书目》《也是园书目》《读书敏求记》,是清代著名藏书家和目录版本学家。工诗,著有《怀园集》

《判春集》等。

关于笺注钱谦益《初学集》《有学集》《投笔集》的缘由，钱曾《判春词》第十八首自注云：

> 《初学》《有学》诗集笺注，始于庚子之夏，星纪一周，粗得告藏。癸卯七夕后一日，以笺注稿本就正牧斋，报章云："居恒妄想，愿得一明眼人，为我代下注脚，发皇心曲，以俟百世，今不意近得之于足下。"今牧翁仙去数年，而诗笺挂一漏万，殊不足副公之意，未知后人视之，虎狗鸡凤，置之于何等耳！①

钱谦益在世时就已目睹自己诗集的注本，比"百年歌自苦，未见有知音"的杜甫幸运多了。当然，钱氏所说"愿得一明眼人，为我代下注脚"，以他和钱曾的亲密关系，未尝不是他对钱曾明示或暗示的结果。庚子为顺治十七年（1660），癸卯为康熙二年（1663），而钱谦益卒于康熙三年（1664），则《初学集》《有学集》诗注在其去世前一年就已有初稿。不仅如此，"以笺注稿本就正牧斋"，说明二人还讨论了部分注释，如《初学集》之《九月初二日奉神宗显皇帝遗诏于京口成服哭临恭赋挽词四首》其三"催丑虏"条注曰："公尝以丁应泰东事始末手稿示余，故余知东征之事为信而有征。其详具《刘编修颁诏朝鲜》诗注中，使后之史氏有所采择焉。"说明钱谦益亲自参与了注释自己的诗集。另外季振宜《钱注杜诗序》记载了钱谦益最后数年指导钱曾注释杜诗的情形："其与之共读书者，则惟遵王一人，以是牧斋先生所读书，遵王实能读之。凡笺注中未及记录，特标之曰：具出某书某书。往往非人间所有，又独遵王有之。遵王弃日留夜，必探其窟穴，擒之而出，以补笺注之所未具。"笺注《初学》《有学》《投笔集》三集的情况与此应大体相同。钱曾比起"欲起几原而问之"的杜诗注家或红学家们，又不知幸运何许也。

牧斋去世后，钱曾又耗费二十多年对其补充完善。由于牧斋生前将自己大部分手稿交予钱曾，加上绛云楼失火后的剩余书籍，因此钱曾取材充沛。《读书敏求记》卷一"杨炫之《洛阳珈蓝记》五卷"条云："绛云一烬之后，凡清常手校秘抄书，都未为六丁取去，牧翁悉作蔡邕之赠。天殆留此以饮予之诗注耶？"同卷《黄山图经跋》云："予注牧翁游黄山诗，大半取此。"同邑陆贻典也给予不少帮助，《海虞诗苑》卷五《陆文学贻典小传》曰："钱曾笺注东涧诗，僻事奥句，君搜访饮助为多。"直到钱曾晚年还在努力完善此书，据何焯《义门读书记·与钱楚珩书》记载，康熙 40 年（1701），钱曾还向何焯请教《五芳井歌》的典故，而钱曾正卒于该年。

---

① 转引谢正光《钱遵王诗集笺校》，"中央研究院"中国文哲研究所，2007 年版，第 235 页。

钱曾离世后,朱素培携钱曾的牧斋诗注入粤,邂逅凌凤翔,凌氏心服钱注之奥博,特为校订并刻版印行。据考证,大概刊刻于康熙44年(1705)。① 凌氏刊本成为后来《初学》《有学》两集诗注的通行本,却非足本,原因在于乾隆时期的文字狱,诸多敏感或违碍文字被删除,注释也被刊落不少条目。20世纪70年代,台湾学者周法高于傅斯年图书馆得一足本,两相对照,通行本《初学集》2620条,《有学集》4260条,《投笔集》521条,合计7401条。而新发现的本子,《初学集》多出3036条,《有学集》多出895条,合计多出3931条。② 而苏州图书馆藏有一部《初学集诗注》的残本,仅存卷一至卷十四,条目又较周法高足本多出1300余条。③ 而国图、上图清钞本又陆续发现新条目十多条。可见刊落条目数量之巨,因此目前尚无完整的三集诗注。

关于这三部诗注的特色,陈寅恪《柳如是别传》概括为:一、有关牧斋诗本事,注解不少,可见牧斋论诗之旨;二、对清事、流贼之事最为关心,但涉及清室者,因有忌讳,不敢多所诠述,而张献忠、李自成则较详;三、诗注有议论者,即遵王所谓文辞外之深意,自当直接得诸牧斋之口;四、遵王引本事、时人之文、轶闻,以发牧斋之旨;五、全部注本之中,不以注释当日本事为通则;六、牧斋所用僻奥故实,遵王或未著明,或虽加注释,复不免舛误,或不切当;七、解释古典故实,部分非最初出处或有关者;八、释证钱、柳之诗,只限于详考本事,至于通常故实,则不加注解。这几点大体是正确的,只是第二条所云"但涉及清室者,因有忌讳,不敢多所诠述"者,并非事实,是因为陈寅恪并未看到足本的缘故。

钱曾"以史证诗",对于深刻理解钱谦益的诗歌甚有裨益。许多"今典"的注释条目,相当于明代众多事件的专题,如《九月十一日次固镇驿恭闻泰昌皇帝升遐途次感泣赋挽词四首》其三:"丹地飞章日,青宫侧席时。忧危宗社并,诃护鬼神知。禁近终难问,弥留竟可疑。盈朝董狐笔,执简欲何施?"钱曾在"忧危""诃护""禁近"三个条目下,分别详尽注释"妖书案""梃击案"和"红丸案"。《吴门送福清公还闽八首》其二对东林党的形成及神宗晚年政争详情的注释,其四对楚宗案的注释,《送座主王文肃公之子故户部郎中淑抃归关中叙旧述怀一百韵》对于清流王图因为党争去国的注释等,说明了万历朝东林党、秦党、宣党、昆党以及齐、楚、浙等势力消长和相互攻击的情况。《十一月初六日召对文华殿旋奉严旨革职待罪感恩述事凡二十首》其一"召对"条目对于浙闱案的注释,揭露温体仁等

①　参见卿朝晖《钱曾〈牧斋初学集诗注〉再论》,《文献天地》2013年第1期。

②　转引台湾东海大学刘福田博士论文《钱曾〈牧斋诗注〉之史事考察》第9页。

③　卿朝晖《钱曾〈牧斋初学集诗注〉再论》,《文献天地》2013年第1期。

无所不用其极地排挤钱谦益的内幕，较《明实录》更为清晰。《送何士龙南归兼简卢紫房一百十韵》"三尸虫"条目对于钱谦益下狱的注释，长篇累牍，发覆颇多。《送兵部董侍郎汉儒总督宣大二首》"市场"条、其二"素囊"条的注释，披露了嘉靖年间边事的种种争端，有助于读者了解明朝的衰落。《送刘编修颁诏朝鲜十首》其六"征东"条，介绍丰臣秀吉出兵朝鲜的详情，以及明臣争功透过的情形。《戊寅九月初三日奉谒少师高阳公于里第感旧述怀即席赋诗八章》其五"恢复辽阳"条，介绍努尔哈赤崛起之经过，而边将不恤国事的恶行亦历历在目。《次韵刘敬仲寒夜六首》其五"皮岛"条，注释袁崇焕诱诛毛文龙，引起崇祯怀疑，导致其后来被杀，可补明史之阙。《左宁南画像歌为柳敬亭作》"宁南"条，《效欧阳詹玩月诗》"襄洛阳"条、"庐江郡"条，《驾鹅行闻潜山战胜》"潜山战"条，均详细注释明末张献忠起事情状。《效欧阳詹玩月诗》"大梁"条、《冬至后京江舟中感怀八首》其六"项城师溃"条等，对李自成及明末诸事，着墨甚多，可见注家忧患情怀。《一年》"奸佞"条、《鸡人》"援扬"条等对南明小朝廷内讧及灭亡的发覆，令人唏嘘。其中许多有关明史的资料，与《明史》《石、匮书》不同，邓之诚认为"倘录之成帙，可别作史观"（《清诗纪事初编》卷三）。

从文学方面看，钱曾对于牧斋诗歌出处的注释也十分详尽，例如钱谦益崇尚杜诗，钱曾对其与杜诗渊源的揭示较为准确[①]。值得注意的是，由于钱曾和钱谦益过从甚密，因此诗注对许多典故的注释更为接近作者的本意。如卷二十下《癸未四月吉水公总宪诣阙诒书辇下知己及二三及门谢绝中朝寝阁启事慨然书怀因成长句四首》其四"玉帐更番饶节钺，金瓯断送几书生。骊山旧匣埋荒草，谯国新书废短檠"数句，今人一般认为"金瓯"出自《南史》梁武帝所云"我国家犹若金瓯，一无所缺"。崇祯十六年（1643），周延儒自请视师，惧不敢战，假传捷报，为人所发，于该年十二月赐死，则"金瓯断送几书生"正指此事。其实不然，钱曾注曰：

> 《唐语林》：玄宗将命相，皆先以御札书其名于案上。会太子入侍，
> 上以金瓯覆其名以告之："此宰相名也，汝庸知其谁？ 射中，赐若厄酒。"
> 肃宗曰："非崔琳、卢从愿乎？"上曰："然。"因举杯以示。是时琳、愿皆有
> 宰相望，上倚为相者素矣，竟以宗族繁盛，附托者众，不能用之。

结合这段注释可以看出，"金瓯"暗指会推选官。钱谦益两度为周延儒所误，因此怨恨延儒，故有此语，亦与"骊山旧匣埋荒草，谯国新书废短檠"二句相合，点明在野之人不被朝廷任用，荒废才学。

---

① 　参见拙文《钱诗证杜：以钱谦益〈有学集〉为例》。

　　清代学者对钱曾之注评价较高,甚至当时就有人认为这是牧斋自注,《初学集》序后空白题云:"竺樵云:东涧翁《初学》《有学》二集诗注,从祖一老先生谓余:'此直是东涧自注者,而讬名于遵王。'故其于典故时局,曲折详尽,所以发明其诗之微意也。"康乾学者王应奎认为"(钱曾)为宗伯诗注,廋词隐语悉发其覆,梵书道笈必溯其源,非亲炙而得其传者不能。"(《海虞诗苑》卷四)邓之诚《清诗纪事初编》认为:"曾为谦益从孙,尝从之受学,固于诗中典故皆能得其出处,与扣盘扪烛者有异。相传注中时事为谦益自注,不然,局外人决难详其委曲如此。"当然诗注的不足也是较为明显的,就是出于回护钱谦益的用意,对钱氏言行百般庇囿,有失公允。也有许多该注而未注的失注之处①,这是白璧微瑕。总体来看,就史学而言,诗注以史证诗,达到了以注存史的意图;就文学而言,诗注详尽繁密,原原本本,对于读者蠡测钱谦益地负海涵的文学才能极有助益,是毋庸置疑的。

第五节　清初的陶渊明诗注

　　陶渊明为隐逸之宗,其高风亮节受到历代文士追慕,清初尤其如此,人们咏陶、和陶,歌颂其安贫乐道的精神,将其"耻复屈身后代"与民族大义相联系。其诗歌受到清初注家的眷顾,一时注陶亦蔚然成风,如詹夔锡《陶诗集注》4 卷,有康熙 33 年詹氏宝墨堂刻本;吴瞻泰《陶诗汇注》4 卷,有康熙 44 年拜经堂刊本(收入《四库全书存目丛书》);邱嘉穗《东山草堂陶集笺注》5 卷,有康熙刻本(收入《四库全书存目丛书》);以及蒋熏《评陶渊明诗集》(同文山房刊本)、方熊《评陶靖节集》(侑静斋刊本)、张自烈《笺注陶渊明诗集》、孙人龙《陶公诗评注初学读本》等。陶集的版本、校勘、辑佚、笺注和年谱等均取得较大成就。其中吴瞻泰《陶诗汇注》和邱嘉穗《东山草堂陶集笺注》两部较有特色。

　　吴瞻泰(1657—1735),字东岩,安徽歙县人。举孝廉方正,工诗。著有《古今体诗》《杜诗提要》《陶诗汇注》等。《陶诗汇注》成于康熙乙酉(1705),收录全部陶诗 125 首,卷首有《凡例》及萧统《陶渊明传》,吴仁杰、王质二家陶渊明《年谱》。卷一为 9 首四言诗,卷二为 29 首五言诗,卷三为 38 首五言诗,卷四为 49 首五言诗附《读史述九章》,卷末附萧统、钟嵘、阳休之、苏轼等诸家诗话。注释以宋代李公焕为主,即所谓"原注"也,自己的注解则加按语。

---

① 　参见拙文《钱曾〈牧斋有学集诗注〉注释问题举隅》。

该注在诗歌艺术方面颇有发明,注释除了必要的考证和典故注释外,主要着眼于三个方面:一是分析语言,二是分析章法,三是分析手法。

陶诗语言看似天然而成,不可句摘,后人虽极力模仿,却难得奥妙,吴氏在此方面用力甚勤。如《止酒》"好味止园葵,大欢止稚子",曰:"语奇峭,不惟眼底无人,亦以世人多伪,不如稚子皆真,大欢二字有味。"《饮酒》其十,曰:"'此行谁使然',问得冷妙;'似为饥所驱',答得诙谐,却妙在一似字,若非已所得主者。末六句一句一转,低徊欲绝。"《饮酒》十五"幽兰生前庭,含熏待清风",曰:"含、待二字写得兰花有情有品,风来香始远,否则无复分别。"或分析句妙,如《劝农》末尾数句"若能超然,投迹高轨。敢不敛衽,敬赞德美",曰:"末章歇后语,言若果能超然投迹,如孔如董,即不稼穑,我敢不敛衽以敬赞之哉? 言外见得若不能如孔如董,即不得借口而舍业以嬉也。如此作结,将前数首实际俱化为烟云缥缈矣,上开三百,下开三唐,诗家元气聚于此。"《九日闲居》"世短意常多",曰:"古诗'人生不满百,常怀千岁忧',而渊明以五字尽之。东坡'意长日月促',则倒转陶句耳。"《五月旦作和郭主簿》"虚舟纵逸棹,回复遂无穷",曰:"水游曲折,情景如画,五字可当水嬉一赋。"《和郭主簿》其一,曰:"'蔼蔼'四句林栖有托,'息交'四句食用有资,皆营己也。'春秫'以下俱自足语,天真烂漫,与'采菊东篱下,悠然见南山'同一洒落。学语未成音,家常语使人味之意怡。"这些分析均足资启发。

其次是分析章法。《时运》曰:"四首始末回环,首言春,二三言游,终言息庐,此小始末也;前二首为欣,后二首为慨,此大始末也。'迈迈时运',逝景难留,未欣而慨已先交,但憾殊世,本之'我爱其静',抱慨而欣愈中交,此一回环也。载欣则一觞自得,人不知乐而我独乐;抱慨则半壶长存,人不知慨而我独慨,此又一回环也。序中'欣慨交心'一语,四章隐现布置。"《荣木》四章,曰:"四章互相翻洗。初首'憔悴',无可自仗,说得气索;次首有善有道可仗,说得气起;三首安此日富,有道不能依,有善不能敦,'怛然内疚',又说得气索;卒章痛自猛厉,脂车策骥,赎罪无闻,何疚之有? 说得气起。"分析渊明感情起伏波澜,十分到位。《怨诗楚调示庞主簿邓治中》曰:"题中'怨诗楚调'四字,写得淋漓。丧室至鸟迁,叠写苦况,无所不怨,忽截一语曰'在己何怨天',又无一可怨;'何怨'后复说'忧凄满目',又无一不怨矣,章法奇幻。"卷四《拟古》其八"少时壮且厉"章,曰:"此篇无伦无次,章法奇奥。始而张掖、幽州,悲壮游也;忽而首阳、易水,伤志士之无人;忽而伯牙、庄周,叹知音之不再,而避世之难得也。公生平志节亦尽流露矣。"均指出陶诗平淡的外表下动荡激越的情感,富有启迪。

再次是指出陶诗善用翻案法。如《饮酒》其二"九十行带索,饥寒况当年",

曰："二句是翻案法。荣启期本是有乐无忧,今反其言九十尚如此饥寒,况少年乎? 用一况字,感慨无限,是加倍写法。"《读史述九章·箕子》,曰："首二句以孔子迟迟去乡国,形起代谢之深可悲也。箕子之明夷,翻案见奇,虽为古人知己,亦实陶公写照。"

思想内容方面,《汇注》反对前人牵合忠愤之说和易代之事,主张平心而论,实事求是。如《拟古》九首,刘履《选诗补注》、黄文焕《陶诗析义》皆疑为易代之作,竭力辩护,吴瞻泰在其一后按曰："君字泛指,不必泥晋君,此叹中道改节之人,徒矜意气反覆不常也。用兰柳比兴,断续承接,是《十九首》法脉意气,下接'倾人命'三字,可谓说尽古今翻云覆雨一流,使人气短。"这在讲究气节的清初是很难得的。其《自序》曰:"靖节自以先世宰辅,遭世末流,托讽夷齐、荆轲,寄怀绮甫,本无意于雕饰其诗,绝非沉冥无意于世者比也。后人顾惑于休文《宋书》甲子之误,遂欲句栉字比,以为讥切寄奴,抑又泥矣。昔黄鹤、鲁訔注杜,年经月纬,几于浣花诗史竟作新旧《唐书》,识者讥焉。而至不善者,如李善辈之注《文选》,不惟训诂俗习,重沓牵复,而雕伤诗旨,改窜经籍,翻使作者命意,半失于述者之明,可叹矣。"他是反对注陶中牵合比附以求微言大义的方法,也反对像注杜那样附会史实,更反对采取李善《文选注》只顾字句、不求主旨的做派的,这些是符合注释原则的。《四库提要》抓住字句校勘等细节,对该注持论较苛,评价过低。其实这部注本简要通达,诸多结论为后来陶澍《靖节先生集注》采纳,在陶诗注释史上是有一定影响的。

邱嘉穗,生卒年不详,字秀瑞,号实亭,上杭(今福建上杭)人,康熙41年(1702)举人,康熙56年(1717)前后在世,曾官归善(今广东惠州市东)知县。《东山草堂陶诗笺》简称《陶诗笺》,共五卷,外加"附录"。卷首收录邱嘉穗《陶诗笺注序》《陶靖节先生传并序》、萧统《陶渊明传》《陶渊明集序》以及历代学者的评论。卷一收四言诗,卷二、三、四收五言诗,卷五为陶文,"附录"收颜延之《靖节征士诔》与《四库提要》。邱《序》自署"康熙甲午",知注本作于康熙53年(1714)。

邱氏《陶靖节先生传》称陶渊明"平生忠孝大节,自以先代晋世宰辅,耻臣于宋,为后世所共知",称颂其对晋室的忠诚。如《拟古》其三"仲春遘时雨,始雷发东隅。众蛰各潜骇,草木纵横舒。翩翩新来燕,双双入我庐。先巢故尚在,相将还旧居。自从分别来,门庭日荒芜。我心固匪石,君情定何如?"评曰:

　　自刘裕篡晋,天下靡然从之,如"众蛰""草木"之赴雷雨,而陶公独

　悛悛晋室,如新燕之恋旧巢,虽门庭荒芜,而此心不可转也。

一首田园诗竟成了别具深意的政治诗。评《乞食》曰:

> 此诗当与杜子美《彭衙行》参看，方知古人一饭之惠亦不肯忘，而况
> 于食君之俸禄乎？二公爱国忠君之心，皆时时发见于诗歌者，故知其平
> 时必不肯轻受人惠，苟一受之，必知所感，非遽忘其身分而甘为卑谄也，
> 亦足见高人之本心如是其厚耳。彼有自处岸然、受人之爱敬而漠不留
> 情者，吾知其于乡既忘恩，于国必负义矣。

恐怕这并非真实的陶潜，只是邱氏心目中的陶潜。这既是一种"六经注我"，又是
以注抒愤，是清初特定历史条件下的反映。

其次，《陶靖节先生传》又曰："公虽往来庐山，与慧远为方外交，而心实鄙薄
其说，不愿齿社列。慧远遂作诗博酒，郑重招致，卒不可屈。一日偶来社中，甫及
寺门外，闻钟声，不觉颦蹙，遽命还驾。公或留止，必索酒，破其戒，慧远独许之，
而社中诸人不与焉。"认为陶渊明不惑于佛。评《形影神》其三曰：

> 末数语真实见道之言，难能可贵，与裴晋公所谓猪鸡鱼蒜逢着便
> 吃，生老病死符至即行者同一达观，此君子之所以行法俟命，而寿夭不
> 足以二之也。陶公有此卓识，其视白莲社中人胶胶于生死者，正不直一
> 笑耳，尚安肯褰裳濡足于其间乎？

强调渊明安命顺变的达观态度，符合儒家乐天知命的精神，高出白莲教中人。评
《杂诗十二首》其六（昔闻长者言）曰：

> 此诗言人之有生必有死，决无轮回之理。但当合家为乐，留金与子
> 可也。其曰"生死不再值"，曰"何用身后置"，皆破白莲社中前生后生、
> 轮回净土之说，此陶公所见之卓绝，所以不肯入社也。况慧远秃奴又尝
> 著《沙门不敬王者论》，其与陶公忠义之心更相刺谬，安得不闻钟攒眉，
> 去之唯恐不速哉？

抓住《莲社高贤传》中陶渊明"攒眉而去"不肯入社的记载，力辨双方在世界观、伦
理观方面的不同，以此抨击佛教之妄，这是邱氏的初心。当然，陶渊明之所以不
肯入社，很大原因是不愿受到其清规戒律的束缚，至于说陶渊明"闻钟攒眉"是
"忠义之心"，显然又是借题发挥了。故《四库提要》曰："其力辨潜不信佛，为能崇
正学、远异端，尤为拘滞。潜之可重，在于人品志节。其不入白莲社，特萧散性
成，不耐禅仪拘束，非有儒佛门户在其意中也。嘉穗刻意讲学，故以潜不入慧远
之社为千古第一大事，不知唐以前人正不以是论贤否耳。"确实也切中该注的要
害。陈沆《诗比兴笺》指出读陶的"二蔽"："读陶诗者有二蔽，一则唯知《归园》《移
居》及田间诗十数首，景物堪玩，意趣易明，至若《饮酒》《贫士》便已罕寻，《拟古》
《杂诗》意更难测，徒以陶公为田舍之翁，闲适之祖，此一蔽也。二则闻渊明耻事

二姓,高尚羲皇,遂乃逐影寻响,望文生义,稍涉长林之思,便谓采薇之吟,岂知考其甲子,多在强仕之年,宁有未到义熙,预兴易代之感? 至于《述酒》《述史》《读山海经》,本寄愤悲,翻谓恒语,此二蔽也。"取其一点而不及其余,无视全人和整体创作,这是陶诗注释史的通病,清初尤为明显。

第六节　吴兆宜及其南朝诗注

清初文字狱盛行,学者多以笺为著,通过笺注古人作品以纾解民族情绪。吴兆宜是遗民学者中著述较丰的一个,其笺注以南朝诗歌为主。《四库提要·庾开府集笺注》曰:"字显令,吴江人,康熙中诸生。尝注徐、庾二集,又注《玉台新咏》《才调集》《韩偓诗集》。今惟徐、庾二集刊版行世。余惟钞本仅存云。"

在吴兆宜之前已有人为《庾信集》作注,据《北史·魏澹传》,魏澹在隋朝时曾奉太子杨勇之命注《庾信集》,但这个本子没有流传下来。到了清初,吴兆宜作《庾开府集笺注》十卷,其中卷三、四、五是诗歌,计有二百多首。

庾信诗歌的特点是典故多,《笺注》基本准确地揭示典故。如《奉报穷秋寄隐士》:"王倪逢啮缺,桀溺偶长沮。蓼床负日卧,麦陇带经锄。自然曲木几,无名科斗书。聚花聊饲雀,穿池试养鱼。小村治涩路,低田补坏渠。秋水牵沙落,寒藤抱树疏。空枉平原骑,来过仲蔚庐。"共十四句,除了九、十、十一、十二四句写景无典故外,其余十句均用典,《笺注》均能准确发覆,如第一句用《庄子》,第二句用《论语》,第三句用《列子》,第四句用《东观汉纪》高凤的典故,或用《汉书》倪宽的典故;第五句"曲木几"是相对生僻的典故,但吴兆宜指出系用《语林》任元褒和孙翊的典故,十分到位。"聚花饲雀"和"穿池养鱼"也是两个较为生僻的典故,《笺注》指出分别用《续齐谐记》和《襄阳记》的故事。末二句则分别出自《史记》和皇甫谧《高士传》。《笺注》的主要问题是有些地方勉强注释,难免附会,尤其是部分写景的诗句,并无典故,却要努力搜寻出处,如卷四《上益州上柱国赵王二首》其二:"寂寞岁阴穷,苍茫云貌同。鹤毛飘乱雪,车毂转飞蓬。雁归知向暖,鸟巢解背风。寒沙两岸白,猎火一山红。愿想悬鹑弊,时嗟陋巷空。"前八句皆写景,而"寂寞岁阴穷"句注曰:"谢灵运诗:心迹双寂寞。""鹤毛飘乱雪"句注曰:"《晋书》:王恭披鹤氅涉雪而行。""车毂转飞蓬"句注曰:"《淮南子》:见飞蓬转而为车。""雁归知向暖"句注曰:"《周书》:白露之日鸿雁来。""鸟巢解背风"句注曰:"《淮南子》:鹊巢知风之所起。"为寻出处而生拉硬扯,其实并无必要。

另外,吴兆宜本着知人论世的精神,结合史书对部分作品的时代背景做了介绍,对部分难解之处标明"未知"或"不详",引文基本准确地标示来源,这是清初务实学风的反映,因此该注有其简切实用之处,后来倪璠《庚子山集注》虽取而代之,但吴兆宜的开创之功不可忽视。《四库提要·庾开府集笺注》曰:"后钱塘倪璠别为笺注,而此本遂不甚行。然其经营创始之功,终不可没。与倪注并录存之,亦言杜诗者不尽废千家注意也。"给予了充分肯定。倪璠(1637—1704),字鲁玉,钱塘人,康熙举人,官居中书舍人。著有《周易兼两》《神州古史考》《方舆通俗文》《武林伽蓝记》《庚子山集注》。《庚子山集注》在吴氏《笺注》基础上踵事增华,主要工作有三,一是对庾信重新评价,强调羁旅生涯对庾信创作的巨大影响,哀怨堪悯,改变了以往的苛责;二是作《年谱》和《世系图》,详细考证庾信的家世和生平,为后代研究者作出了开创性的贡献;三是对作品的串讲,文意更为疏通,注释更为明晰。

吴兆宜《徐孝穆集笺注》六卷,是南朝作家徐陵别集的注本,收诗、赋、文等一百二十一篇。卷首有徐陵本传,末附徐文炳补辑《徐孝穆备考》一卷。卷一除赋一篇外,其余乐府十八首、诗二十二首,共计四十首诗歌。

解题对题目背景作简单考证。如《秋日别庾正员》注曰:"《艺文》作张正见。"对异文稍作校勘。《别毛永嘉》题解曰:"《英华》作别毛尚书。"接着引用《南史》毛喜的记载,有助于读者了解诗人和毛喜的渊源。《奉和简文帝山斋》,题解引梁简文帝《山斋》诗,让读者对照阅读,有助于理解本诗。

徐陵诗歌善于用典,因此吴兆宜将重点放在典故注释上,为读者扫清了大部分阅读障碍,这是其价值。但误注不少,如卷一《中妇织流黄》"书因计吏船"句,吴注曰:"扬雄《答刘歆书》:天下上计孝廉会者,雄常提二寸弱翰笔,以问其异语。"用"上计"注释"计吏"并不妥当,其实引《汉书·朱买臣传》"后数岁,买臣随上计吏为卒,将重车至长安,诣阙上书"更为准确,"计吏"即负责考察的官吏。卷一《骢马驱》"倚端轻扫史"句,以为用《汉书》魏勃的典故,误,当引《后汉书·桓典传》的记载:"是时宦官秉权,典执政无所回避。常乘骢马,京师畏惮,为之语曰:行行且止,避骢马御史。"卷二《同江詹事登宫城南楼》"汉幄朝无怠",注曰:"《东观汉记》:时明帝年十二,在幄后。"其实不如取《史记·高祖本纪》"夫运筹帷幄之中,决胜千里之外,吾不如子房"较为合适。又"叔誉恒词屈,防年岂滥诛"二句,注疑"年"作"严",亦误,实际上并无错字,两句都是用典,称赞太子有才德,上句用"叔誉"赞美周太子姬晋,下句用汉景帝太子刘彻为"防年"辩护之事,故"防年"亦为人名,事见《汉武故事》。《折杨柳》"江陵有旧曲,洛下作新声",注曰:"未详。

按《晋书》:谢安石能为洛下书生咏。"按照诗意,"洛下新声"当指音乐曲调,而谢安的"洛下书生咏"指吟诵诗歌。注释只是扣住字面,与诗意关系不大。《新亭送别应令》,题解曰:"《晋·祖逖传》:晋时南渡,过江人士,新亭饮宴。"其实此处"新亭"纯是地名,与历史上的"新亭饮宴"毫无关系。标识"未详"达六十多处,即便如此,还有不少失注,如卷一《中妇织流黄》"带衫行障口,觅钏枕檀边",其中"行障"、"枕檀"二词均未作注,其实"行障"乃围屏之属,置于室中,以为屏障。因可移动,故称。"枕檀"指内含香料的枕头。

这部注本集思广益,收录了不少学者的考证,如《出自蓟北门行》收录顾有孝和朱鹤龄的两条注释,《折杨柳》收录徐炯一条,《关山月二首》收录张尚瑗一条等,其余如吴兆宫、吴兆骞、张尚瑗、徐树屏、陈锐、陈启源、徐树谷、徐树屏等,共计约十八人,可见清初较为浓厚的学术氛围。同《庾开府集笺注》一样,此注"主于掇拾字句,不甚考订史传也。然笺释词藻,亦颇足备稽考"(《四库提要》),因此被收录于《四库全书》,成为研究徐陵诗文的基本文献。

《玉台新咏注》十卷是《玉台新咏》的第一部注本,也是较长时期的唯一注本。《玉台新咏》是徐陵编集的诗歌总集,收汉至梁代共 690 首诗,以宫体诗为主。其内容历代颇受非议,但因其独特的文献价值,受到一定重视。据吴氏自署"康熙乙卯",知笺注作于 1675 年。注释包括三方面,一是校勘。吴氏将明代窜入的 179 首诗从正文中剔除,而归入每卷末尾,注明"以下诸诗,宋刻不收",既表明其另眼相看的意见,又不违背对古文献处理的原则。二是对大部分诗歌作出解题。如《艳歌行》《陇西行》《日出东南隅行》等乐府歌辞,读者往往不明就里,自有注释必要。而有些人物及其背景,注释可帮助读者更准确深入地理解诗歌,如卷二《刘勋妻王宋杂诗二首》,解题曰:"魏文帝《典论》:帝与平虏将军刘勋、奋威邓展等饮宴。《杜氏新书》:杜畿为河东太守。平虏将军刘勋为太祖所亲,贵震朝廷,尝从畿求大枣,畿拒以他故。后勋伏法,太祖得其书,叹曰:'杜畿可谓不媚于灶者也。'"《杜氏新书》原书久佚,这一条注释当来自《北堂书抄》或《文选注》的引录,说明吴氏读书之细心。三是典故注释。如《刘勋妻王宋杂诗二首》其二"千里不唾井,况乃昔所奉"句,注曰:"李济翁《资暇录》:'谚云:千里井,不反唾。'盖由南朝宋之计吏,泻锉残草于公馆井中,且自言相去千里,岂当重来? 及其复至,热汤汲水遽饮,不忆前所弃草也,结于喉而毙。俗因相戒曰:'千里井,不反锉。'后讹为唾尔。"这段注释交代了这句诗源自谚语,大意是一个要去千里之外的人,对于他曾经喝过水的那口井,即使今后再也不喝它的水了,也不该往井里吐口水,更何况是从前侍奉过你的人。如果没有这个注释,读者如云山雾罩,不得所以。

　　但这个注本不佳，原因在于其"不解风情"。对于语言典雅的传统诗歌，使用李善的征引方法往往有效，但对于此类明白晓畅、并无多少典故的闺情诗歌，这种手段却往往劳而无功，达不到目的。读者在阅读这类作品时，意气风发，感情激越，而注家却在一旁唠唠叨叨讲解一字一句的来历，非败兴而何？对读者而言，此时亟需的当是略带情感的评点，才能搔到痒处。换句话说，对此类通俗易懂的诗歌，读者更注重情感的体验，意会即可，因此艺术方面的评点而非学究式的考证，可能更为合适，而繁琐的知识考证恰如画蛇添足，不伦不类。这个注本在吴氏生前没有刊行，只是以稿本流传。乾隆年间的程琰对其作了一番"伪者悉正""删繁补阙""参以评点"（阮学濬跋语）的工作，并刊刻面世。虽有一定的完善和矫正，但不足以改变格局。《四库提要》认为此书"引证颇博，然繁而无当。又多以后代之书注前代之事，犹为未允"，恐怕还是小节问题，没有真正看到问题所在。

　　《高青丘集》又名《高青丘诗集注》，是清初金檀为明初高启诗集所作的注本。金檀，字星轺，诸生浙江桐乡人。自幼好学，经史子集，无所不读。筑文瑞楼，分门别类，专贮典籍，亲自校勘，成《文瑞楼书目》十二卷，是清初著名藏书家。康熙中校刊《贝清江集》《程巽隐集》，注《高青丘集》。著有《文瑞楼集》《销暑偶录》等。

　　《高青丘集》成书于雍正六年（1728），主要贡献是完整保存了高启的诗文。《自序》曰："余雅喜先生诗，又自惟诗学荒芜，不足深味其妙。屡购诸本，校其讹字，因以次注释，发一难，得一解，古人所谓注诗诚难，常心识之，终愧见闻寡陋，鲜就正以抉择。凡四易寒暑，始获告竣。"而据陈璋《序》："桐乡金子星轺，好学之士也，以《青丘集》历年久远，易本不一，寖失先生手定之旨，因详订舛讹，广增注释。"可知其最初动机是为了保存文献。高启生前亲自选定《缶鸣集》十二卷，收诗九百多首，由内侄周立印行于永乐元年，但这仅是诗集。后来徐庸编《高太史大全集》，掇拾遗佚，凡十八卷，也不完备。金檀《高青丘集》不但补入很多《大全集》未载的佚诗，还从方志和他人编辑的合集中搜辑了许多遗诗，又附录本传、年谱，及与高启同时人的哀诔、祭文、悼诗和诗评、杂记等，文集《凫藻集》、词集《扣舷集》也附于诗集之后，因此这个集子历来被认为是高启作品最完备的版本。其诗歌部分，分别为：卷一、二乐府，卷三、四、五、六、七五古，卷八、九、十七古，卷十一长短句体（即杂言诗），卷十二、十三五律和五排，卷十四、十五联句、六言律、七律，卷十六五绝，卷十七、十八七绝。以下"遗诗"部分，是金檀搜集的散佚诗，总数约百首。

　　注释部分集中在诗歌,文、词等皆阙而未注。即使是诗歌部分,总体而言是简注而非详注。统观全书,详略并不一致,卷一、卷二的乐府诗,几乎每首皆注,且注释较详。部分长篇注释详尽,如卷四《送徐七山人往蜀山书舍》、卷五《太湖》、卷七《赠杨荥阳》、卷八《唐昭宗赐钱武肃王铁券歌》《听教坊旧妓郭芳卿弟子陈氏歌》、卷九《答余新郑》《天闲青骢赤骠二马歌》等,这些歌行内涵丰富,难点较多,所以注释较为细致,而大多数的短诗或绝句等则阙而不注。注释的目的既不在知人论世,也不在诗歌艺术,甚至没有简单的体例说明,仅对诗歌的名物、地理等略作介绍,有助于理解诗歌的主要内容,大概是作者的疑难笔记。当然它还是有一定价值的,部分注释质量较高,如卷一、卷二的乐府诗题考证,对读者帮助较大。有的注释可见注者之博学多闻,并非固陋之士,如卷一《神弦曲》"雌狐学拜戴髑髅"句,注引《狐谈》曰:"狐夜击尾火出,将为怪,必戴髑髅拜北斗。髑髅不坠,则化为人。《诗》曰'莫赤匪狐,莫黑匪乌'。今狐所在,乌辄群立而噪之,盖皆妖祥之物。"《野老行送陈大尹》"姓名免籍弓弩手"句,注引《元史・兵志》,说明元代关于弓弩手的制度;又引杜甫诗"回头指大男,渠是弓弩手",这个注释就很精当。但有的注释却明显错误,如卷三《秋怀十首》其八,只有一个注释,其余该注的均无注,而这一个注释还是不准确的,首句"弱龄弄篇翰"明显是套用左思《咏史》"弱冠弄柔翰",注者却引鲍照《拟古诗》"十五讽诗书,篇翰靡不通",均说明这个注本一定的随意性。

第七节　顾嗣立及其唐集诗注

　　顾嗣立是清初著名的诗歌笺注家。顾嗣立(1665—1722),字侠君,号闾丘,长洲(今苏州)人。康熙三十八年(1699)举顺天乡试,五十一年会试,特赐进士,选翰林院庶吉士。逾年散馆,改补中书舍人,后改归班知县,以疾告归。六十一年卒,年五十八。顾氏喜筑园林,苏州城有七处,其中秀野草堂常集四方名士,觞咏其中,如尤侗、阎若璩、韩菼、朱彝尊、查慎行、沈德潜、张大受、文点等皆一时之选,风流文雅,照映一时,实为康熙间苏城文坛之主盟。其笺注方面的成就主要是韩愈和温庭筠两家的诗歌。顾嗣立还曾校补苏诗。据其《闾丘先生自订年谱》"康熙三十七年戊寅"条云:"宋中丞购得《施宿注苏东坡诗》,多残缺失次,亦命余校补,复怂恿好事者重刊王梅溪注苏诗。两注并行,吴中风雅一时推为极盛云。"嗣立曾孙顾达尊亦云:"先太史著述繁富,其见于世者,韩昌黎、温飞卿、苏东坡诗集注及《元诗选》《闾邱辩囿》《闾邱诗集》流传最广。"①东坡注久佚。今概述昌黎、飞卿注。

一、《昌黎先生诗集注》

钱钟书先生论"诗分唐宋"云:"唐之少陵、昌黎、香山、东野,实唐人之开宋调者。"清初宋诗的势力很大,韩愈诗歌被视为宋调代表之一。钱谦益作为文坛领袖首倡韩诗,提出"灵心、世运、学问"的诗学纲领,还学习韩诗创作了不少学问诗。叶燮注重韩诗的力大思雄,陈中见新,首先将杜、韩、苏并称,这是韩诗地位的关键性提升。因此批点和注释韩诗渐成风气,顾嗣立《昌黎先生诗集注》就是这种风气的产物,有康熙 38 年(1699)顾氏秀野草堂本,共 11 卷,年谱 1 卷。其成就主要体现于三点。

第一是单行并且注释韩诗。韩集向来诗文合刊,笺注者又多重文而轻诗。现存十三种韩集传本,皆宋人著述,南宋方崧卿《韩集举正叙录》记载"姚令威《诗注》八卷",估计是选注,当是韩诗单注之始,今已不存。元、明两代对韩诗,除了部分评点外,几乎没什么特别贡献。所以清代以前,韩诗单行本及注本几乎不见于世,顾嗣立《昌黎先生诗集注》是第一个韩诗单行本。其《自序》曰:

> 余于诗,雅宗仰昌黎先生。而论先生诗者,或有以文为诗之诮,至直斥为不工。盖其论始于陈后山,自宋迄明,更相附和。而先生之诗几为其文所掩,而不能自伸。余窃怪说者不深考其源流,而妄为此呶呶也。夫诗自李、杜勃兴,而格律大变,后人祖述,各得其性之所近,以自名家。独先生能尽启秘钥,优入其域,非余子可及。顾其笔力放态横纵,神奇变幻,读者不能窥究其所从来,此异论所以繁兴而不自知其非也。

这里对韩诗长期为韩文盛名所掩而导致的误解进行了辨析,又高度评价韩诗,将韩与李、杜并立,认为其诗歌"尽启秘钥,优入其域,非余子可及"。韩诗有单行注本,是韩诗接受和研究史上的里程碑。《昌黎先生诗集注》以李汉所编为底本,收古诗 210 首,联句 11 首,律诗 160 首,此外又"采入外集诗五首,遗诗十六首。更于文集中如《郓州溪堂诗》《送张道士》《送郑十校理》《送汴州监军俱文珍》《石鼎联句》诸作,合为一卷,总附于后",因此这是当时韩诗的全璧之本。

---

① 《寒厅诗话》卷末跋语,《清诗话续编》。

　　第二是汇辑历代和清初韩诗注释的成果。《昌黎先生诗集注》对宋代各注择优收录,收录最多者当属方崧卿《举正》、朱子《考异》、王伯大《音释》和东雅堂《韩昌黎集注》。这几部韩集著作基本代表了宋代韩诗研究的最高水平,如《南山诗》"蒸岚相溙洞","溙洞"引"方云":"《淮南子》:濛鸿溙洞。王褒《箫赋》、扬雄《羽猎赋》所用皆同。唐人始兼用之,杜诗'鸿洞半炎方'、'溙洞不可掇'是也。"考察词语的渊源沿用;又"岐山下""自从公旦死,千载阒其光"引"方云":"即杜子美《凤皇台》诗所谓'西伯今寂寞,风声亦悠悠'也。"考察韩诗袭用杜诗之意。《赴江陵途中寄赠》"前日遇恩赦,私心喜还忧"二句,分别引"口云":"贞元二十一年正月乙巳顺宗即位,二月甲子大赦天下,公量移江陵掾","公集《忆昨行》云'伍文未揃崖州炽,虽得赦宥常愁猜',意与此类。"分别以史证诗、以韩证韩,均确定不易之论。此外,顾氏还辑录宋代诗话有关韩诗的评论,数量不多,但往往是点睛之笔,如《南山诗》末附录《潜溪诗眼》论杜诗《北征》与韩《南山诗》优劣的争议,《此日足可惜一首赠张籍》附录欧阳修和洪兴祖关于此诗用韵的见解,均足资启发。当然,顾氏的抉择限于学力,时有谬误,今人钱仲联就批评其"删去不应删的旧注"(《韩昌黎诗系年集释》前言)。

　　该注还集思广益,收录了清初以来众多学者的成果。《凡例》所谓"近代名家",有顾炎武、金居敬、俞场三人;"晨夕商榷,互相校勘"者,则有吴廷桢、刘石龄等七人;"邮筒往来,助余不逮"者,则有胡渭、吴兆宜、查嗣瑮、徐昂发,四人皆学者名家。如《此日足可惜一首赠张籍》诗末引俞场关于此诗用韵的探讨,《远游联句》引俞场关于韩、孟诗歌风格的论述,皆有独得。俞场,清初诗人,著《杜诗律》七卷,又是《文选》学者,尝与顾氏共编《元诗选》,对诗法颇有心得。《县斋读书》题解引胡渭曰:"《阳山县志》:贤令山在县北二里,昔韩愈为令日读书于此,上有读书台,一名牧民山。"这条考证很有说服力。《孟生》诗"应对多差参",胡渭举扬雄《甘泉赋》"和氏珑玲"、左思《杂诗》"岁莫常慨慷"为例,说明"颠倒押韵者,非创自韩公也"。引用胡渭15条,均极见功力。胡渭博极群书,是清代著名经学大师。因此就《集注》性质而言,该注的确能荟萃精华,名至实归。

　　第三是顾氏"补注",时见佳义。顾氏的注释,标以"嗣立补注",是顾氏对旧注旧评的补充,达到860条,这部分注释集中体现了顾氏对韩诗的较高造诣。

　　"补注"内容广泛,涉及历史、地理、人物、制度、字词等多方面的考证,但最有价值,恐怕也是顾氏最用心者,非诗句字词的渊源考证莫属,这也是他对旧注的批评之一,《凡例》指出:

　　　　诸家旧注,不无舛错,……《游青龙寺》诗云"何人有酒身无事",

韩醇不知是用《史记·陈轸传》，而引《后汉书》孔文举语；《赠刘师服》
诗云"虞翻十三比岂少，遂自愧恨形于书"，方崧卿不知出自《吴书》，
而以《吴志》（虞）翻上书有"臣年耳顺，发白齿落"之语为疑；《病中赠
张十八》诗云"龙文百斛鼎"，孙汝听不知出自班孟坚《宝鼎》诗，而漫
引《史记》秦武王与孟说举龙文之鼎。此其讹谬更甚，略举一二，可以
例其余也。

韩愈曰："李杜文章在，光焰万丈长。"（《调张籍》）因此顾氏寻求韩诗的化用对象，
较多上溯杜诗。如他认为"芭蕉叶大栀子肥"化自杜诗"红绽雨肥梅"，"当流赤足
蹋涧石"化自杜诗"安得赤脚蹋层冰"，"江盘峡束春湍豪"化自杜诗"峡束沧江
起"，"涧蔬煮蒿芹"化自杜诗"香芹碧涧羹"，"北风无时休"化自杜诗"烈风无时
休"，"青冥送吹嘘"化自杜诗"唯待吹嘘送上天"，"朝曦入牖来"化自杜诗"朝光入
瓮牖"，"骑驴到京国"化自杜诗"骑驴三十载，旅食京华春"，"鸢飘凤泊拏虎蜻"化
自杜诗"笔飞鸾耸立，章罢凤骞腾"和"蛟龙盘拏肉屈强"等，数量达 82 条之多。
这些考证还是有见识的，说明顾氏对杜诗之熟稔。①

他对韩诗艺术有其独到的看法。《县斋有怀》诗末评论，就体现了顾氏对韩
诗语言创造性的理解：

> 公诗句句有来历，而能务去陈言者，全在于反用。如《醉赠张秘书》
> 诗，本用嵇绍"鹤立鸡群"语，偏云"张籍学古淡，轩鹤避鸡群"。《送文畅
> 师》本用老杜"每愁夜中自足蝎"句，偏云"照壁喜见蝎"。《荐士》诗本用
> 《汉书》"强弩之末力不能入鲁缟"语，偏云"强箭射鲁缟"。《岳庙》诗本
> 用谢灵运"猿鸣诚知曙"句，偏云"猿鸣钟动不知曙"。此诗结语本用向
> 平婚嫁事，偏云"如今便可尔，何用毕婚嫁"，真令旧事翻新。解得此秘，
> 则臭腐皆化为神奇矣。

再如《病鸱》诗，顾注曰："此诗每虚顿一二语，用深一步法，如'计校生平事，杀却
理亦宜''亮无责报心，固以听所为'是也。通首是比，分明为负心人写照，与老杜
《义鹘行》正是相反。"指出韩诗构思的特点。《荐士》按语曰："公此诗历叙诗学源
流，自《三百篇》后，汉魏止取苏、李、建安七子，六朝止取鲍、谢，余子一笔抹倒，眼
明手辣，识力最高。唐初格律，变于子昂，至李、杜二公而极，所谓'李杜文章在，
光焰万丈长'，知公平生最得力于此也。"从上述的语言艺术来看，这个评论是符
合实际的。

---

① 本节数量统计，参见莫琼《顾嗣立及其〈昌黎先生诗集注〉研究，西北师范大学 2014 年硕士论文》。

　　《昌黎先生诗集注》完成于康熙38年(1699),恰值康熙南巡,顾嗣立被召至御舟,遂以此书进呈,荣耀一时。乾隆己卯(1759)沈廷芳为江浩然《曝书亭诗录笺注》作序,曰:"唐宋诸贤诗注,无虑数十百家,如施元之之注苏,卢德水之注杜,顾侠君之注韩,最称杰出。"评价很高。但作为韩诗的第一部单行刊注本,批评不少,有的还很严厉。该注问世不久,好友方世举即认为"诸说于昌黎身世多有不合",批评其生平考证的失误。① 同时的常熟学者严虞惇曰:"五经、《国语》、《国策》诸书,人人习之,旧注但云出某书足矣,今直录全文而云'嗣立补注',可乎?旧注叙出处时事,本末甚详,今概行削去,而割引《旧唐书》,未见此之善于彼也。更有明系旧注,载在刻本,而改云'嗣立补注',尤不可解。旧注论用韵之法及辞古今字义,功于后学不浅,今概削之,尤可痛惜。徐氏本行世已久,今视为枕中之秘,移头换面,奄然攘而省之,独不为稍有识者所笑? 于此等作为,关系人品心术,不可不慎。"②稍后的江西学者李绂也讽刺说:"尝见吴中陋者注昌黎诗,首引《学而》篇释'学'字,不觉失笑。世有未读《鲁论》乃欲读昌黎诗者耶?"③这些批评主要有两点,一是虚张声势,浅学误人,二是暗窃旧注,攘人之美。顾氏文人本色,在学风上确实有点浮夸,上述指责顾氏难辞其咎。

　　但总体瑕不掩瑜,如乾隆学者章学诚认为它是"攻韩集者不可不备之书"④。道光学者郑珍曰:"余年十五六,始见国初顾侠君《韩诗补注》,酷嗜之,抄而熟读焉。而聚宋之五百家注,朱子《考异》,吕、程、洪、方四家年谱,洎明凌稚隆所刊宋廖莹中世采堂韩集,以及朱竹垞、何义门朱墨批本,方扶南之笺本,莫不取而参稽之,互证之,几无一字一句不用心钩索者,至今垂三十年矣"。⑤ 正如《四库全书》所谓"创始者难工,继事者易密"(《东坡诗集注提要》),事实上,无论是后来的方世举《韩昌黎诗集编年笺注》,还是当代钱仲联《韩昌黎诗系年集释》,均大量采纳了顾氏的成果。⑥ 顾注于道光16年(1836)由脣德堂重刊,旁加朱彝尊、何焯评点,也说明其学术史上不可或缺的地位。

①　方世举《兰丛诗话》,郭绍虞《清诗话续编》,上海古籍出版社1983年版,第770页。
②　严虞惇批点《昌黎先生诗集注》,上海图书馆藏乾隆十年苏次梁过录本。
③　《王右丞全集笺注序》,《穆堂类稿·别稿》卷二五,道光十一年奉国堂本。
④　《韩昌黎诗集编年笺注书后》,王运熙、顾易生主编《清代文论选》,人民文学出版社1999年版,第635页。
⑤　《柴翁说》,《巢经巢诗文集》卷五,民国遵义《郑征君遗著》。
⑥　参见李文博《昌黎先生诗集注初探》,《福建师范大学学报》2014年第6期。

二、《温飞卿诗集笺注》

据现有文献,曾益当为温庭筠诗注第一人。曾益字予谦,曾巩后代,山阴人。注释李贺诗,今佚。据考证,其生年约在嘉靖 32 至 42 年间(1553—1563),卒年约在顺治初年。[①]《图绘宝鉴续纂》卷二说他"为人古道,寿近百龄"。曾益的温诗注本叫《八叉集》,据卷首高鑅《序》,曾氏作注开始于天启初年(1620)。而据顾嗣立《温庭筠诗集笺注后记》:"昔先考功令山阴时,邑人曾君名益,字谦,注温庭筠诗四卷,曰《八叉集》。先考功谓其用心良苦,特鸠工剞劂,流传一时。"顾予咸任山阴知县,怜曾益老而有为,为其付梓,时间在顺治五年至顺治十年之间(1648—1653)。

曾注沿袭了明人解诗的一般套路,即好发议论。如《鸡鸣埭曲》,注曰:

"南朝天子",讥偏安。"射雉",刺失度。时非射雉时,乃因射而出之。时下言是时也,天河尚明,明星渐稀,漏方断,寐未觉。尘高骑发,而人莫之知。迨其行也,鱼跃于沼,乌栖于柳,万户群起而靓妆,鸡既明而天方报曙,总言其早,为鸡鸣时事。"盘踞"就钟山言地胜。"三百年",自吴至齐。"朱方",南方。"杀气成愁烟",乱作。"彗星拂地",罄天罄地。"浪连海",薄内外。"战鼓渡江",自北而南。"尘涨天",罄地罄天,争夺无已。正势穷处,由是而君及后迫而投之井,风火吹铄而大宝已去。吾见昔日之殿,今归乌有,而燕巢其间,砌亦灭没而蒿长其间,所存几何? 意唯有铜人十二,耐霜炯炯而不磨尔。此无论齐,齐之后梁,梁之害终于台城,而城何在也? 其基虽存,鞠为茂草而已,即经春暖,而破池已荒。此无论梁,梁之后陈,陈之乐歌出后庭,而歌何在也? 玉树摧残,仅见野棠而已,即或开落,而枝复如雪。人知有天下为奢,具庸岂知荣华衰谢,展转循环,若留而待所必至者,其托慨深矣。

这也是明人解诗的一般方式,即长于内容的串讲,而疏于严谨的考证。因此曾注错误颇多,《四库提要》拈出两例:"如《汉皇迎春词》乃咏汉成帝时事,而以汉皇为高祖。《邯郸郭公词》为北齐乐府,旧题郭公者,傀儡戏也。旧本讹词为祠,遂引东京郭子仪祠以附会祠字之讹。"其实还有很多,如《郭处士击瓯歌》"勺陂潋滟幽修语"句,曾氏引《中庸》注"勺",引《尔雅》注"陂",将"勺陂"这一春秋著名的水利工程割裂讲解。《故城曲》述宋武帝、殷贵妃之事,有"故城殷贵嫔,曾占未来春"

---

① 朱芳芳《温飞卿诗集笺注研究》,2008 年西北大学硕士论文。

二句,曾氏却将"殷贵嫔"三字分拆,注"殷"为"盛",此皆明人不学之过。今流行本已不见此注,是后来为顾嗣立删去之故。

顾予咸虽助曾氏刊刻且为之作序,但并未细阅。及归吴下,方觉其错谬甚多,顾嗣立《后记》记载了其父补注的经过:"(先考功)后历铨曹归里,茸治雅园,寄情诗酒间。尝翻阅曾注,惜其阙佚颇多,援引亦不免穿凿,重为笺注,广搜博考,援笔记纂。凡夫割剥支离、舛错附会之说,辄复随手删削。未毕事,而先考功殁世。时嗣立甫五岁耳。"顾予咸虽加补注,但未竟而殁。今《温飞卿诗集笺注》中,予咸之注均别以"补"字。聊举数例。《汉皇迎春词》"淮王小队缨铃响"句,曾注引《汉书》云:"刘安封于淮南曰淮王。"聊胜于无而已。顾氏引《神仙传》及《西京杂记》详加解释。《达摩支曲》"邺城风雨连天草"句,曾益原注:"邺城,在临漳之邺镇。"顾氏删之,而补注曰:"《唐书》:相州邺郡属河北道,乾元二年改为邺城。"当然这些均属浅显之例。顾氏补注有诸多牵强附会之处,如《秘书省有贺监知章草题诗笔力遒健风尚高远拂尘寻玩因此有作》"福庭回首莫相忘"句,"福庭"当为借用仙家之居,以形容贺监乡居,但予咸径引《福地记》"其山东接骊山、太华,西连太白,至于陇山,北去长安城八十里,南入楚塞,连属东西诸山,周围数百里,名曰福地"予以坐实。《晓仙谣》"乘空回首晨鸡弄"句,本用秦穆公女弄玉、萧史升仙之典,意为弄玉夫妇乘风升空,人间晨鸡才刚刚开始鸣叫。予咸却引《太玄经》"雌鸡晨鸣,雄鸡宛头"解之,大失原旨。总之,旧注或当注不注,或支离漫衍,质量不高。

顾嗣立在二人基础上又续为之注,并重新编排,"依宋本分为《诗集》七卷,《别集》一卷,复采诸《英华》《绝句》诸本,定为《集外诗》一卷"(《后记》),名之曰《温飞卿诗集笺注》,共收录温飞卿诗词 334 首,按体编排,有康熙 36 年顾氏秀野草堂刻本,后收入《四库全书》。

由于顾嗣立的注释是补充旧注,其注释框架也囿于旧注,不可能作出较大的调整。但与旧注相比,总体而言更为详尽核实。

顾注有的是纠正旧注。如《邯郸郭公词》一诗,曾益《八叉集》误作《邯郸郭公祠》,又引"郭子仪围邺城以保东京,嗣后建祠祀之"作注,歧途愈远。顾嗣立则引北齐乐府《邯郸郭公歌》及《乐府广题》,证明"祠"当做"词","郭公"并非郭子仪,乃北齐后主高纬雅好傀儡,谓之郭公,时人戏为《郭公歌》。换言之,"郭公歌"就是傀儡歌。再如卷一《湖阴词并序》,曾益注曰:"王敦举兵至湖阴,明帝微行,视其营伍,由是乐府有湖阴曲。而亡其词,因作而附之。"但其实"湖阴"一词是温庭筠误读,嗣立引《晋书·明帝纪》,原文是"太宁二年六月,王敦将举兵内向。帝密知之,乃乘巴滇骏马微行至于湖,阴察敦营垒而出","于湖"乃地名,温庭筠误读,而曾益也以讹传讹,所引文字自然错误。嗣立又引《晋书·地理志》:"于湖,县名,属丹阳郡。"这就更完整了。

更多的是补充完善旧注。有的地方,旧注该注而未注,如卷一《公无渡河》"二十三弦何太哀"句,"二十三弦"究竟何指,曾、顾皆无注,嗣立注曰:"《周礼乐器图》:雅瑟二十三弦,颂瑟二十五弦。《吕氏春秋》:舜立,乃益八弦以为二十三弦之瑟。"两个文献说明"二十三弦"久已有之。卷一《张静婉采莲曲》"抱月飘烟一尺腰",曾、顾亦皆无注,嗣立曰:"《许顗诗话》:舞人张静婉腰围一尺六寸,能掌上舞。唐人作《杨柳枝词》云:认得羊家静婉腰。"张静婉是南朝梁时羊侃的舞女,事载《梁书》。卷三《春晓曲》,顾嗣立注:"《才调集》此诗及《边筛曲》《侠客行》《春日》《咏韂》《太子》《西池》共七首,皆齐梁体。"有的地方,嗣立注更符合读者需求。卷一《鸡鸣棣曲》"碧树一声天下晓",曾益注:"班固《西都赋》:珊瑚碧树,周阿而生。"只是扣住"碧树"字面,但此句的重点在于"一声晓"而非"碧树",嗣立注:"《淮南子》:桃都山有大树名曰蟠桃,枝相去三千里。山上有天鸡,日初出,照此木,天鸡即鸣,天下鸡随皆应之。"这就抓住了重点。再如卷六《洞户二十二韵》"新赋换黄金",曾益引司马相如《长门赋》作注,此典人尽皆知,顾嗣立注引徐注《梅妃传》:"妃姓江氏,莆田人。性喜梅,上以其所好,戏名曰梅妃,曰:此梅精也。竟为杨氏迁于上阳东宫。妃以千金寿高力士,求词人拟司马相如为长门赋,欲邀上意。力士方奉太真,且畏其势,报曰无人解赋,妃乃自作《楼东赋》。太真闻之,诉明皇曰:江妃庸贱,以廋词宣言怨望,愿赐死。"说明飞卿所咏并非虚词。卷六《病中书怀呈友人》"顽童逃广柳",顾予咸引《汉书》季布之典,嗣立曰:"飞卿本名岐。吴兴沈微云:温曾于江淮为亲表箠楚,由是改名。顽童句似指此。"说明温氏年轻潦倒及遭人构陷、被迫改名的历史,"顽童"并非典故,而是事实。《四库提要》评价顾嗣立"考据颇为详核",这个评价是准确的。能从貌似常典之处看出背后的写实因素,若非博识洽闻,绝难做到。

卷九收录顾嗣立所辑逸诗 76 首,分别辑自《文苑英华》、《万首唐人绝句》、《岁时杂咏》等各种总集笔记,具有较大价值。顾氏对其真实性和异文作出一定考辨,如《和周繇广阳公宴嘲段成式诗》,顾氏引《唐诗纪事》注曰:"繇诗《题广阳公宴成式速罢驰骋坐观花艳或有眼饱之嘲》,诗及段答诗并六韵。"《光风亭夜宴妓有醉殴者》,顾氏注曰:"成式、韦蟾同咏,出《纪事》。"温庭筠与段成式是好友,考证两诗的可信。当然有些诗歌是他人的作品,顾氏却无考辨。① 部分篇章,顾

---

①　参见金开诚、葛兆光《历代诗文要籍详解》,北京出版社 1988 年版,第 501 页。

氏有详尽的注释,如《鸿胪寺四十韵》几乎句句用典,顾氏的注释不仅细密,且十分精准,如"盼睐生羽翼,叱嗟回雪霜",上句注曰:"古诗:盼睐以适意。《西京赋》:所好生毛羽。"下句引《战国策》周威王怒骂齐侯:"叱嗟,而母婢也。"分别是语言和典故考证,难度不小,顾氏的注释字面切合,情感贴近,符合作者原意,体现了博学洽闻的特色。

但顾嗣立也有不少错误,如卷九《禁火日》"储胥小苑东",顾嗣立注:"《长杨赋》:木拥枪累,以为储胥。范元实《诗眼》:储胥,军中藩篱也。《汉书》:萧望之署小苑东门侯。"认为"储胥"是藩篱之属,误,此处应作馆名,如《三辅黄图·汉宫》:"武帝作迎风馆于甘泉山,后加露寒、储胥二馆,皆在云阳。"另外嗣立喜引唐人诗句作注,《四库提要》列举其引白居易、李贺、李商隐诗为注的数例,如谓《夜宴谣》"裂管"字,用白居易"翕然声作如管裂"句作注;《晓仙谣》"下视九州"字,用李贺"遥望齐州九点烟"句作注;《生祺屏风歌》"银鸭"字,用李商隐"睡鸭香炉换夕薰"句作注等,"是亦一短也",这个批评是正确的,因为这几个字眼,可以追溯更远,引用当代作家之例,并非披根搜株。至于此注略于艺术评点,或史实考证较疏,则限于体例,无法苛责了。

另外,清初人汪立名《白香山诗集》对白居易诗稍作注释,在此略述。汪立名(1679—?),字西亭,婺源(今江西婺源)人。官工部主事,著有《钟鼎字源》,并辑《白香山诗集》《唐四家诗》等,清初著名藏书家、刻书家、学者。

白居易生前为自己文集的存世和流传煞费苦心,但仅至宋代,钞藏的五本集子便因动乱和战火而散佚缺失。宋代所谓的吴本、蜀本和日本活字本皆非原貌。时至清初,"《香山集》遍天下,顾俗本多讹,浸失其旧"(宋荦《白香山诗集》序)。康熙年间,汪立名将白诗单独重编为《白香山诗集》。《白香山诗集》在编集、校勘、考证、辑轶方面,为白诗提供了一个比较可靠的版本,它以《白氏文集》前 20 卷为前集,以《白氏文集》21 至 37 卷共 17 卷编为后集;以《白氏文集》附见于诗集的各类诗歌 11 首编为 1 卷,又收集逸诗 85 首编为补遗 2 卷。合计 40 卷。校勘则以万闲堂本、苕溪草堂本、憩闲堂藏季振宜依宋校本为主,附录汪氏所撰年谱、陈振孙撰年谱、《旧唐书》本传等,于康熙 42 年(1703)刻于汪氏一隅草堂。汪氏的编排、分类十分谨慎,《四库提要》认为"考证编排,特为精密","盖于诸刻之中特为善本",评价中肯。

白诗明白如话,通俗易懂,问世以来无人为之作注。汪立名在编排的同时,也偶尔征引诗话、笔记、史传、杂说等作为校勘佐证或背景介绍。如卷 1《题海图屏风》(元和己丑年作),汪氏详引史料及白氏作品,认为此诗当为王承宗事而作,批驳苏轼的说法,后来陈振孙旧本《年谱》出现,也印证了汪氏的考证。卷 12《长恨歌》,前引陈鸿《长恨歌传》,后引《隐居诗话》,作为对照和参考。卷 25《杭州春望》,引《能改斋漫录》证明苏小小并非唐人。卷 27《答客问杭州》、卷 28《和杨郎中贺杨仆射致仕后杨侍郎门生合宴席上作》,分别引用《唐语林》和《全唐诗话》介绍创作背景。汪氏也有少数自己的注解,如卷 1《贺雨》辨析"已责"乃用《左传》之典,"责已"非词,目的是校勘文字。卷 1《春雪》,引韩愈《辛卯年雪》诗,证明李商隐撰白氏《墓碑》的错误。卷 14《禁中夜作书与元九》,按语认为白氏另一首诗的诗句"忆昔封书与君夜","封书"即是此书。卷 20《夜归》,考证西湖苏堤、白堤的由来。卷 33《闲卧有所思二首》以史证诗等。但相比白氏 40 卷之巨,这些引证或考证显得稀疏零星,数量太少。汪氏称"自惟浅陋,不足以注古人诗"(《凡例》),雅不欲以笺注自居,因此《白香山诗集》主要是一部编校为主、注释为辅的本子。但它为阅读和研究白诗提供了有价值的参考,《四库提要》说"其所笺释,虽不能篇篇皆备,而引据典核,亦胜于注书诸家漫衍支离,徒涴耳目",这个评价是准确的。

第六章　清代的鼎盛期（中编）

　　由于清初经世致用思想的影响，以及清政府大兴文字狱，乾嘉时期的考据学风逐渐盛行。乾嘉汉学家继承古代经学家考据训诂的方法，学风平实严谨，不尚空谈。此风自清初顾炎武开端，中经阎若璩、胡渭等人推毂，至惠栋、戴震、钱大昕而张大，迄段玉裁、王念孙、王引之臻于极盛。乾嘉学者重视客观材料，广泛收集资料，归纳研究，他们严谨细致的治学态度，对中国古典诗歌注释影响深远。此期的诗歌注释学有几个特点：

　　一是集大成的诗注诗评。中国古典诗歌以唐、宋为巅峰，代表人物李白、王维、杜甫、韩愈、李商隐、苏轼等，除了杜甫在康熙朝出现了仇兆鳌《杜诗详注》外，其余诸人的代表性注本均产生于乾嘉时期，如王琦《李太白集》、赵殿成《王右丞集笺注》、方世举《韩诗编年笺注》、冯浩《玉溪生诗笺注》、冯应榴《苏文忠公诗合注》和王文诰《苏诗编注集成》等，均为体大思精、后来居上的集大成注本。纪昀的诗评，集考据和鉴赏于一体，兼容并蓄，深刻冷静，是对评点艺术的高度总结。这些诗注诗评，代表了封建社会的最高水准，为后世和当今古代文学研究奠定了坚实基础。

　　二是精深的考证。乾嘉时期的诗歌注释，文学属性及批判意义逐渐萎缩，文献属性更为凸显。学者首重音韵、文字、训诂之学，扩及史籍诸子，以及金石、地理、天文、历法、数学、典章制度的考究。流波所及，古典诗集的校勘、辑佚、辨伪以及年谱、编年、史实、地理、名物、佛道、人物、字词等专门考证迅速兴盛。如赵殿成《王右丞集笺注》对王维诗歌的文字校勘，地理和佛典的注释，取得空前成就；惠栋对王渔洋行役诗和交往人物的孜孜考辨，对文献资料的旁搜远绍，令人生敬；王琦对李白诗歌的版本、篇目、文字的源流如数家珍，订讹存真，成绩斐然；冯应榴对王本、施本、查本博观约取，《苏文忠诗旧注辨订》爬罗剔抉，包收万有，可谓青蓝冰水。

三是密切的交流。此期的注本多吸收当代成果,是集思广益的结晶,正如赵殿成所云:"生逢圣世,文教诞敷,炳炳麟麟,典籍于今大备。而博物洽闻之彦,接武于兰台麟阁之间,可以折中而问难。"(《王右丞集笺注序》)王琦对《王右丞集笺注》的佛典贡献良多,为之作序的李发枝、杭世骏、符曾、全祖望、厉鹗等皆一时学界翘楚。惠栋《精华录训纂》广泛吸纳多方成果,即使在付梓面世后,又作补注,吸取了汪棅、朱楷、过春山、钱大昕、马曰璐等人的意见。方世举《韩昌黎诗集编年笺注》多与友人商榷,脱稿后又得卢见曾为之校勘辨误,质量更上层楼。正是在这种疑义相析、见仁见智的学术氛围中,注家得以旁征博引、择善而从。

四是严格的学术规范。此期注本多专设《凡例》,说明注释体例,较宋、元、明的简陋自然不可同日而语,即使与清初相比也更加精密规范。如赵殿成《王右丞集笺注例略》14条,分别对版本、编集、唱和、文字、资料、避讳、伪作、学左之说等作出说明。冯应榴《苏文忠公诗合注》对所采旧注,皆分别标明,自己所补以"榴案"区别;对每诗均注明"某本某类于各题下",方便读者查阅对照;对施注、王注、查注所引资料,均核实并标明出处;使用互见法,以省烦冗;旧注异说,若有可取,则并存两可。这些《凡例》《例略》也是严格的学术规范,是此期注释取得重大成就的基础保证。

五是学术总结。乾嘉时期的集部注释在广度、深度、体例和影响方面均取得空前成就,人们对集部注释的认识更为全面深刻,这一标志性成果就是《四库全书总目提要》。《四库全书》共收录113部集部注本,《提要》对所收注本进行了较为详尽的评价,其中包含丰富的集部注释的思想和原则。

第一节　赵殿成与王维诗注

王维是盛唐诗歌的重要代表,却非注家青睐的主要对象,这与诗歌注释的特点有关。古诗注释关注的重点有两类,一是集大成的作品,以杜甫诗歌为代表。杜诗是儒家思想在集部乃至诗歌领域的集中反映,同时也是诗歌艺术的巅峰,历代注家趋之若鹜,"千家注杜"不仅是独特壮观的学术现象,也是诗歌注释学最具代表性的案例,因为杜诗几乎满足了诗歌注释的所有需求,即思想性、艺术性、历史性、知识性等,而不同时代的特点,又不断推动杜诗注释的深入和创新。韩愈、苏轼的诗注与此类似,尽管规模远不能相提并论。二是具有争议或难以解读的诗歌,值得注家为之注释,如阮籍、李商隐、李贺的诗歌,历代均有注释,尤其是清代的注本更多。而处于二者之外的诗歌，即使大家名家如李白、王维、孟浩然、白居易，乃至宋代的陆游、范成大、杨万里等人，因为诗歌较易读懂，难以引起注家的强烈兴趣，自然注本稀少。王维诗歌的注本，明代有顾起经《类笺》及其子顾可久《注说》，清代有赵殿成《笺注》。

赵殿成（1683—1756），字武韩，号松谷，浙江仁和（今杭州）人。乾隆初，征孝廉方正，府县以名上，因适居母忧，坚辞不应，诸生而终。与厉鹗、全祖望、李绂、杭世骏、王琦等著名学者皆有交往，王琦为其内弟。其堂兄弟赵殿最、赵昱、赵信，侄赵一清等人皆为当时文人学者。据《王右丞集笺注》李发枝《序》，称其"志趣卓荦，工书好学，左图右史，朝夕不暂释。著书多种，未尝轻出示人"云云，又辑《临民金镜录》，是乾嘉时期学者。

《王右丞集笺注》28卷是王维诗文的全集注本，前15卷是诗歌，后13卷是文赋表状等其它文体。卷首有自序、诸家序、例略、目录、弁言，卷末有包括诗评、画录、年谱的三个附录。诗歌15卷，前14卷是可靠作品，分古体6卷、近体8卷，共432首，以刘辰翁校本改编；第15卷是外编，收诗47首。赵氏注释王维作品的缘由，《自序》有所交代，他同情王维的遭遇，认为"其诗之温柔敦厚，独有得于诗人性情之美，惜前人未有发明之者"，而"诗注虽有数家，颇多舛凿，至于文笔，类皆缺如"，所以"校理旧文，芟柞浮蔓，搜遗补逸，不欲为空谬之谈，亦不敢为深文之说，总期无失作者本来之旨而已"。据《笺注例略》及李绂《序》，注本初稿成于雍正戊申（1728），后又历时十年，备尝艰辛，至乾隆丁巳（1737）才真正竣工付梓。我们探讨的是这个本子诗歌部分。它有两个主要特点。

一、它是王维诗歌最完备的本子。《笺注》在编集、校勘、资料方面，均较旧本有了显著提高。如编集方面，它沿袭顾氏父子的做法，采用刘辰翁六卷本为底本，这是可靠的本子，除了一首《鹦鹉赋》外，其余都是诗歌，经过刘辰翁的校勘和评点，明代顾可久就以之为基础直接加以注释。赵殿成比较所见各种版本的错误，"知其本为最善"，不过因"注释多寡"，分为14卷。又搜集47首佚诗，并为其注释。校勘方面，它对异文进行详尽考证，如卷一《鱼山神女祠歌》，题下注曰："《河岳英灵集》作《渔山神女智琼祠歌》，《楚辞后语》作《鱼山迎送神曲》，《乐府诗集》作《祠渔山神女歌》。"卷五《偶然作六首》其六，有多处校勘，"宿世谬词客"注曰："宿世，《唐诗纪事》作当代。""偶被世人知"注曰："世，《万首唐人绝句》《唐诗纪事》俱作'时'。"末句"此心还不知"注曰："叠用二'知'字，疑误。《万首唐人绝句》采'宿世谬词客'四句作一绝，题曰《题辋川图》。"第一处校勘，"宿世"当从《唐诗纪事》作"当代"，唐人避讳"世"字，已为共识，且下文"偶被世人知"又用"世"

字,诗人不应鲁莽至此。第二处校勘,"偶被世人知"亦应从《万首唐人绝句》和《唐诗纪事》,作"时"为佳。第三处校勘,"此心还不知"与"偶被世人知",一诗二"知",且俱为韵脚,大误。资料方面,收录了传记、遗事、赠答、诗评、画录、年谱、序跋等大量资料,有助于知人论世。

赵殿成是一位颇有经验的文献家和注家,这从其《笺注例略》可以很清晰地看出,十四条凡例均是其治学结晶,如校勘方面,选用刘辰翁本作为底本,因为他本屡入多首伪作,对于这些伪作,赵氏并未武断地删去,而是"另为外编一卷"(《例略一》)。诗题下的注文,究竟是诗人的文字还是后人所加,历来困扰注家,赵氏"酌加原注二字以冠其上"(《例略二》),态度谨慎。对文字也是如此,"其谬误显然者正之,余则兼存其字,并载集中,以听览者之自为择焉"(《例略五》);对于顾起经本右丞文集的文字,"其介于疑似之间者,一仍原本,而附注于下,以俟后人之论定"(《例略七》),而非像有些注家臆改文字;对于避讳引起的文字问题,"兹皆悉依旧本,未改者不敢妄更,已改者不敢妄正。疑以传疑,庶几不失古书面目"(《例略九》)。他明确说"叙诗之法,编年为上,别体次之,分类又其次也"(《例略三》),这是清人文献学成熟的表现。

二、它是考证较为成熟的注本。赵氏在考证方面十分严谨,往往探赜钩深,不遗余力,改变了明人粗率简陋、不学无术的作风。不少历史、地理、名物、习称、人物的辨析十分精湛,如《送陆员外》"缓步出南宫","南宫"一词,历代认为指礼部,赵氏的考证很见功力:

> 成按:唐人通呼尚书省为南宫,后人因礼部郎有南宫舍人之目,及杜工部《寄礼部贾侍郎》诗有"南宫故人"之句,遂谓南宫专称礼部,误矣。白乐天诗"我为宪部入南宫",是其除刑部时诗也;卢纶诗"南宫树色晓森森",是酬金部王郎中诗也;李嘉祐诗"多雨南宫夜,仙郎寓直时",是和都官员外诗也。《因话录》:"尚书省东南隅通衢,有小桥相承,目为拗项桥,言侍御史及殿中诸郎久次者,至此必拗项而望南宫。"参互考之,其义见矣。《韵府群玉》谓汉建尚书百官府曰南宫,考其说亦无所本。惟后汉时陈忠为尚书令,前后所奏,悉条于南宫阁上,以为故事;郑弘为尚书令,前后所陈,有补益王政者,皆著之南宫,以为故事,见《后汉书》及杜氏《通典》。谓尚书省为南宫,当本此。

南宫就是尚书省,这是唐人的习称,但唐以后人误解南宫专指礼部,主要是因为杜诗《别唐十五诫因寄礼部贾侍郎》"南宫吾故人"之句。赵氏列举白居易、卢纶、李嘉祐的诗歌,诸诗所指均非礼部;又举唐人赵璘《因话录》,证明南宫即尚书省,殆无疑义。接着又对唐人称尚书省为南宫的根源作出溯源，认为《后汉书·陈忠传》及杜佑《通典》所载东汉郑弘的事例，是"南宫"称呼的源头。这个考证鞭辟入里，驳斥有力。卷二《秋夜独坐怀内弟崔兴宗》，明代顾起经《类笺唐王右丞集》据《新唐书·宰相世系表》，认为"崔兴宗"是崔恭礼之子，赵氏认为崔恭礼是唐高祖之驸马，"崔兴宗"必非其人；王维又有《与卢员外象过崔处士兴宗林亭》，此"崔处士兴宗"则是"未有爵禄于朝者"，与本诗"内弟崔兴宗"亦非一人。接着又指出唐诗中多有"姓氏偶合者"，如韩愈诗"李愿"，并非河中节度使"李愿"；杜诗"花卿"，并非一般人认为的成都尹崔光远的部将花敬定。《瓜园诗》的"薛璩"，引证《唐会要》和韩愈文章，辨析《唐诗纪事》和《钱注杜诗》的"薛据"之非。类似的考证很多，尽管不一定皆为定论，但诸多考证皆言之有据，可备一说，为深入研究奠定了基础。

　　其次是佛教条目的考证。王维诗歌佛典众多，如卷三《胡居士卧病遗米因赠》有"居士""四大""根性""阴界""莲花目""香积饭""声闻""断常见""幻梦""实相"等条目。《例略》曰："至于竺乾氏之书，素未泛览，即同人中亦鲜有旁通。惟王友琢崖时见其游目此中，每有所注，辄就访问，多检出本处示余。今注中所载，龙藏贝书之故实，一花五叶之源流，皆其所寻章摘句以襄助者也。"在王琦的帮助下，赵殿成对诸多典故作出了原原本本的注释，改变了旧注的简陋面目。据统计，注释中佛教文献引用颇频，经典如《涅槃经》74 次，《华严经》60 次、《维摩诘经》56 次、《法华经》39 次，类书、辞书如《法苑珠林》《释氏要览》等也有数十次不等的引用。[①] 佛教术语的注释是该注的一个特色。

　　这部注本也存在较为严重的弊端，《四库提要》指出："其笺注往往捃拾类书，不能深究出典。即以开卷而论，闾阖字见《楚辞》，而引《三辅黄图》。八荒字见《淮南子》，而引章怀太子《后汉书注》。胡床字见《世说新语》桓伊、戴渊事，而引张端义《贵耳集》。朱门字亦见《世说新语》支遁语，而引程大昌《演繁露》。双鹄字自用古诗'愿为双黄鹄'语，而引谢维新《合璧事类》。绝迹字见《庄子》，而引曹植《与杨修书》。皆未免举末遗本。"其余如卷二《蓝田石门精舍》"笑谢桃源人"，注引《搜神后记》转引的《桃花源记》，为何不直接引用《陶渊明集》，却转引《搜神后记》这样的伪书？卷五《郑霍二山人》"岂乏中林士，无人献至尊"，引《唐六典》注"至尊"，但这个字面早在贾谊《过秦论》"履至尊而制六合"句中已出现。卷十

① 参见陈婕《王琦与赵殿成〈王右丞集笺注〉中的佛典注释》，《福建商业高等专科学校学报》2013 年第 1 期。

三《杂诗》其二"君自故乡来"，注引陶诗"尔从山中来"，殊不知此为伪诗。但这些细枝末节在大型注本中往往存在，并非此注独有，所以《四库提要》并未中肯。

该注的要害在于其只顾知识性而罔顾文学性。乾嘉学风注重广博，强调巨细靡遗，因此过度关注知识性而忘掉诗歌的文学本性，注释繁琐只是这种精神的表象而已。这在地理名词的注释方面尤其如此，如《送从弟蕃游淮南》"日落云梦林"，为注释"云梦"二字，注家列述《周礼》《尔雅》《尚书传》《左传》《汉书》《后汉书》《水经注》《史记索隐》《元和郡县制》等十数种文献，俨然一个小型的专题考证。但作为一个地名或代称，"云梦"究竟在何处，其实并不十分重要。这种考证虽有一定的知识性，但不顾文学性而大肆考证，连篇累牍，脱离了读者的实际需求。其它如卷一《登楼歌》"宜春"、《赠徐中书望终南山歌》"终南山"等注释，篇幅冗长，使人厌观。《送崔五太守》，设立了"黄花县""九折坂""玉树宫""五丈原""褒斜谷""子午谷""嘉陵水""剑门""蜀川""双流""刀州""临邛"等十二个地理条目，篇幅占比达八成以上，有些条目其实是可以删减的，没必要每条均详细注释。还有不少篇目涉嫌滥注，如《瓜园诗》有"司议郎""薛璩""鸣驺""骢马""常从""朱轩""穷巷""传呼""相存""白云屯""返景""朱槿"十二个条目，除了"司议郎""薛璩"外，其余皆浅显易懂，并无深意或典故。与此形成对比的是，王维诗歌的文学性却鲜有发明。《终南别业》是诗歌名篇，只有两条文字校勘和"无还期"的注释，末尾所附《诗人玉屑》一条评点聊胜于无。赵注很少文学评论，即使有也质木无文，甚至干瘪无趣，如《桃源行》是在陶渊明《桃花源记》基础上进行的艺术再创造，意象鲜明，王士禛曾评价说："唐宋以来，作《桃源行》最佳者，王摩诘、韩退之、王介甫三篇。观退之、介甫二诗，笔力意思甚可喜。及读摩诘诗，多少自在；二公便如努力挽强，不免面红耳热，此盛唐所以高不可及。"（《池北偶谈》）但这首杰作，赵注却评曰"东坡谓世传桃源事，多过其实。……右丞此诗，亦未能免俗"，将想象与激情交融的诗歌，化作大煞风景的无聊考证。这并非个例，而是乾嘉学者的通病。康熙时期这种情况尚不普遍，如仇兆鳌《杜诗详注》还串讲诗意，分析章法，而到了乾嘉时期，仇氏的方法一概被视为时文伎俩，必去之而后快。至于明代盛行的评点，更被注家视为禁区，避之唯恐不及。赵氏说："王友琢崖尝辟之曰：诗有二义，或寄怀于景物，或寓情于讽谕，各有指归。乃好事之徒，每以附会为能，无论其诗之为兴为赋为比，而必曲为之说曰，此有为而言也，无乃矫诬实甚欤！"（《终南山》按语）因此他"不欲为空谬之谈，亦不敢为深文之说"，借口反对附会和深文，而拒绝对作品艺术和主旨的探究，这就走入了另一极端。

值得注意的是《王右丞集笺注》所收序跋，是乾嘉学者注释学思想的集中展示。作序的李发枝、杭世骏、符曾、全祖望、厉鹗、王琦、赵昱、李绂、赵殿最等九人，均为一时的学界翘楚，如厉鹗说"笺释之学，自古为难"，又曰"诗之有笺，昉自郑氏"，对注释学如数家珍。赵昱说"诗家有注，殆放郑氏康成之笺毛诗。吕忱云：郑以毛学审备，遵畅厥旨，所以表明毛意，记识其事，故特称为笺。然则诠诂笺释之学，由来好古君子所宜尽心已"，表明乾嘉学者对注释学的全新认识。李绂《序》称"注书难，注唐以前书尤难"，"盖世远则古书多亡不见，故虽博赡者犹难之，况未亡者尚多未见，安能注哉?"又曰："今世注家止取习见语填缀满纸，稍稀僻即阙"，批评注释领域的就易畏难情绪，又批评"诬古人以就己意"的现象，对今日学者均有启迪。

清代嘉庆、道光时期，方成珪（1785—1850）著《王右丞诗笺注》，惜未寓目。

第二节　惠栋与清中期的当代诗注

清人对本朝诗人十分重视，吴伟业、王士禛、朱彝尊等人的诗歌受到较多关注，皆有多人为之笺注，原因是三人皆为著名诗人，又以诗记史，体现了清初诗歌浓厚的诗史特色。王鸣盛曰："本朝诗人读书博、隶事多者三家，梅村与阮亭司寇、竹垞检讨是也。夫其隶事既多，学者苟无张茂先之洽闻、郑渔仲之博物，必将开卷茫然，如坐云雾，则注释要矣。囊予亡友惠定宇注阮亭诗，久已脍炙人口。今予门人范生洪铸注竹垞诗成，亦称渊雅，正相与商榷开雕，而介人之书适至。从此三注并行，于以表彰前哲，嘉惠艺林，为益讵浅抄哉?"（《吴诗集览序》）清代多学者型诗人，作品隶事广博，渔经猎史，故考史征典，笺注繁富，是清代中期诗歌注释的特点，也是考据之学在诗歌注释中的反映。以下以诗人为序，略论清初的当代诗注。

一、吴伟业

吴伟业（1609—1672），字骏公，号梅村，别署鹿樵生，太仓人，崇祯进士。明末清初著名诗人，与钱谦益、龚鼎孳并称"江左三大家"，又为娄东诗派开创者。著有《梅村家藏稿》五十八卷、《梅村诗余》、传奇《秣陵春》、杂剧《通天台》《临春阁》、史乘《绥寇纪略》《春秋地理志》等。《四库提要》称其诗"少作大抵才华艳发，吐纳风流，有藻思绮合、清丽芊绵之致。及乎遭逢丧乱，阅历兴亡，激楚苍凉，风骨弥为道上。暮年萧瑟，论者以庚信方之。其中歌行一体尤所擅长，格律本乎四杰，而情韵为深；叙述类乎香山，而风华为胜。韵协宫商，感均顽艳，一时尤称绝调。"其诗好用典故，又因准确地展示了明末清初的风云变幻而被称为"诗史"，正如赵翼所云："梅村身阅鼎革，其所咏多有关时事之大者，如《临江参军行》《南厢园叟》《永和宫词》《洛阳行》《萧史青门曲》《松山哀》《雁门尚书行》《临淮老妓行》《楚两生行》《圆圆曲》《思陵长公主挽词》等作，皆极有关系。事本易传，则诗亦易传。梅村一眼觑见，遂用全力结撰此数十篇，为不朽计，此诗人慧眼，善于取题处。"（《瓯北诗话》卷二）吴伟业《梅村集》由门人顾湄康熙 7 年（1668）编定，凡诗18 卷，诗余 2 卷，文 20 卷，分体编次。诗歌中五古 3 卷，七古 4 卷，五律 3 卷，七律 5 卷，五排 1 卷，绝句 2 卷，各体大致按年编排。

　　吴诗内涵丰富，包蕴广大，注释其诗，非腹笥俭陋者堪其重任。乾隆学者潘应椿曰："余惟注诗之难，陆剑南言之矣，而注梅村诗为尤难。史称杜少陵博极群书，周行天下，用以资其为诗，惟梅村亦然。梅村生隆、万文敝之后，与西铭张太史游，务为通经博古之学。其为诗，斟酌雅颂，协和律吕，大之则鹏起半天，细之则鹪巢蚊睫，虽千态万状，无一句一字无所出。……梅村生遭乱离，亲见中原板荡之艰，其身之所历，目之所接，一寓之于诗。梅村之诗，一代之史系之。使为不善注杜者之傅会前史、捃摭失实，将谓王羲之果守永嘉，向秀果继杜预镇荆矣，岂第如李义山《锦瑟》一篇，开后人聚讼之门而已耶！故曰：注诗难，注梅村诗尤难。"（《吴诗集览序》）指出吴诗的诗史特征。程穆衡亦曰："明末诗人，钱、吴并称，然钱有迥不及吴处。吴之独绝者，征词传事，篇无虚咏，诗史之目，殆曰庶几。……谓少陵后一人也，谁曰不宜！"吴诗深厚的历史底蕴和超群的文学价值，正是合适的注释对象。吴诗有如下注本：程穆衡《梅村诗笺》13 卷，乾隆 30 年成书，但未刊刻；靳荣藩《吴诗集览》20 卷，乾隆 40 年凌云亭刻本；杨学沆《吴梅村诗集笺注》，乾隆 46 年保蕴楼钞本，是在程穆衡笺注的基础上所作的补注；吴翌凤《梅村诗集笺注》18 卷，嘉庆 19 年沧浪吟榭刻本。

（一）程穆衡《吴梅村诗集笺注》

　　程穆衡（1702—1794），字惟淳，号迓亭，江苏镇江人。先世籍安徽休宁。乾隆二年（1737）进士，授榆社知县。博闻多识，工诗文。生平撰述甚富，曾参修《太仓州志》，在京时成《吴梅村诗集笺注》12 卷、《诗余附笺》1 卷。另著有《复社年表》《娄东耆旧传》《据梧斋尘谈》《燕程日记》等杂史著作，辑有《鸟吟集》。所著《水浒传注略》是第一部系统研究《水浒传》的专著。

据《凡例》可知,程氏于雍正丙午(1726)开始注释,乾隆三年(1738)告藏。此后藏之箧笥,至乾隆30年(1765)复取原本"分散各类,依年排次"。此注诗歌部分12卷,共收诗1031首;诗余1卷,收词92首,合计13卷。

其最大特点是"核今"而不"征古"。《凡例》谓"是编唯笺诗旨,不及诗辞",又谓"笺与注,为义各别,此书是笺非注"。据程穆衡自序,鉴于一般注本"唯知引事,不说意义","襞积词句,人人所晓,而于论世知人之事,漫无及焉",因此"深虑读者偶忘所出,转滞诗旨","兹之所笺,唯贵核今,无烦征古"。换言之,注本对词句出处的考证一概从略,而重在论世知人,即通过对史实的笺释,希望读者理解诗歌的主旨,如卷一《下相怀古》题解:"此崇祯出入都往返途中作也。"《殿上行》题解:"纪杨士聪事。"《洛阳行》题解:"咏福藩也。"《悲滕城》题解:"崇祯四年河决金龙口,滕县沉焉。"卷二《读史杂感》题解:"咏南都事。"《银泉山》题解:"志郑贵妃也。"简括诗歌主旨。

《笺注》的重点是明清之际的史实。如《悲滕城》两条注释,第一条题解曰:"崇祯四年河决金龙口,滕县沉焉。"第二条引王士禛《水月令》注释当年水灾之重。但此诗还有很多典故,如"牧羊"用唐传奇柳毅的故事,"河鱼"用《史记》秦始皇八年河鱼大上之事,"鬼马"用杜诗,却均略而不注。《送黄子羽之任四首》也只有两条注释,题解介绍黄翼圣生平及诗歌,第二条引《明史》有关杨廷和在正德年间的功绩,均为近现代的人事。《永和宫词》《听女道士卞玉京弹琴歌》《圆圆曲》《思陵公主》《哭志衍》等,大量引用各种正史和杂史,对所涉明清之际的各类人物和历史事件详尽注释,使读者了解诗歌和背景的复杂关系,理解作者在大厦将倾时深沉哀艳的沧桑感。而不少诗歌因为与时事无关,则空白无注。在史料方面,引用最频的是《明史》等官方史书,此外还大量引用各种杂史或诗文,如吴伟业所著的《绥寇纪略》,该书记述崇祯元年陕北各股义军初起至明亡之事,《洛阳行》诗注共有七次大段引用。卷一《殿上行》,注引《梅村集》有关杨士聪的记载;《赠妓圆郎》,注引俞无殊《香奁社集》分咏诸姬诗;卷五《暑夜舟过溪桥示顾伊人》,注引《乌吟集》的人物小传。其它如《娄东耆旧传》《复社纪略》等多次征引。程氏是史学家,对明清之际的近代史实尤为熟悉,以史注诗,正其所长。

该书也是吴诗的第一部编年注本。《凡例》曰:"梅村诗时序最为可考,旧本分类,编录无次。兹如施注苏诗例,分散各类,悉依年月。"不过程氏的编年,乃大致编年,如卷一注:"起崇祯初至乙酉五月正。"卷二注:"起乙酉五月,尽丁亥游越之作。"后来靳荣藩《吴诗集览》和吴翌凤《梅村诗集笺注》都是分体编排,好处是方便读者体察作者的体裁艺术,缺陷是缺乏历史感,不利于考察作者的创作动机和时代背景。相形之下,《笺注》重在考史和编年,明察历史背景,有助于理解作者的写作宗旨,有助于理解作品蕴含的深刻含义,对吴诗而言,是十分适宜的。

对于该书的批评,也集中于考史。如《殿上行》,程氏认为是"纪杨士聪事",而后来靳荣藩《吴诗集览》认为是为黄石斋而作。近人孟森对该书批评更多,如《七夕即事》,程编在顺治十七年庚子,笺云:"顺治十七年七月,皇贵妃董氏薨逝,即端敬皇后也。是年,贵妃先丧皇子。此诗前三首志其入宫之事,末章为帝子伤逝。"孟森认为"董妃死于八月十九,非七月","是年,贵妃先丧皇子"及"末章为帝子伤逝"亦属不实之词,"程笺吴诗,以此笺为最谬"。《清凉山赞佛诗》四首,程氏以为"为皇贵妃董氏咏",孟森认为"未免武断"。《读史有感》八首,程云"与清凉山四首参看",孟森认为"迷离惝恍而已,不能指其事也"。《古意》六首,程氏无笺,孟森以为"亦咏世祖宫中事"。① 这些批评有的是对的,而有的则因为史料纷如或者阙如,恐怕始终是争议。

该书虽完成于乾隆 3 年(1738),但始终未能刊刻,只是以钞本形式流传。乾隆 40 年(1775),靳荣藩《吴诗集览》刊刻面世。乾隆 46 年(1781),程氏《笺注》书稿为杨学沆所得,并为之补注,"用惠氏《渔洋训纂》例,总附全诗之后",后人称之为"程笺杨补"。杨学沆,生平不详。据《补注弁言》,自谓"综览全书,时或茫其所出。暇日繙阅旧籍,辄为释注若干条",其释注的条目,均置于诗末,内容基本是"征古"的典故,以补充程氏"核今"的偏颇。如《殿上行》"诎平津""汲尉",分别用《汉书》公孙弘和汲黯的典故,"疱西"用《明史》解缙的典故,"朝车""挟弹"分别用《后汉书》和《淮南子》的语典,"叱安石"用《宋史》的典故,"黄丝朱丝"用鲍照诗歌语,均属"征古"的范畴。《洛阳行》篇末,有"神皇""倚瑟""百子池""贵强""青雀""上东门""少室""黑山""修柏赋""佞大""白象""三部伎""八关斋""东半树"等十四个条目,亦为名物、地理、语言之类的考证,与时事无涉。但是,正如其《补注弁言》所言,"黎城靳介人名荣藩,辑《吴诗集览》,句疏字释,诚足为后学津梁,然卷帙太繁,转不耐观",杨氏认为《集览》的注释过于琐细,所以上述条目,基本是删减《集览》,而选择其认为较为重要的条目,且文字完全抄袭《集览》,几乎一字不易。当然,对于程氏原笺,杨氏并非全无改动,《弁言》曰"唯中间稗史数条,因成书时《明史》尚未颁行,故间一引用,今从芟削,悉依正史",杨氏对程引"稗史"多有删除,代以《明史》,原因当是对文字狱的忌惮。杨学沆从吴伟业玄孙吴翔洽处借钞《梅村诗话》,附丽卷尾。又摘录《吴诗集览》及其他杂著考证数条,如卷一

① 参见孟森《世祖出家事考实》,广西师范大学出版社 2010 年版。

《殿上行》附靳氏对此诗主旨的考证,卷二《梅村》诗附尤侗《艮斋杂说》一条,《琵琶行》附靳氏考证一条、陈其年词一首、邓孝威诗等。因此总体而言,《笺注》价值主要是程氏的考史,杨氏的补注价值甚微。

(二) 靳荣藩《吴诗集览》

靳荣藩(1726—1784),字价人,号绿溪,山西黎城人。历任河南、河北等地地方官,颇有政绩。其《吴诗集览》是最早面世的吴诗注本。

关于《集览》的撰作由来,靳氏《自序》曰:"往见《精华录训纂》,窃喜其为渔洋毛郑。至梅村二十卷迄无注本,末学小生向若而惊,望洋而叹,或读之不能终篇,可不谓艺林之憾与!予于暇日句栉字比,取备遗忘,因成《集览》若干卷,盖当泛观他书,未尝不采掇记录,以备此书之用,而于此书之未解者,又检索他书,以收一经一纬之效。乃至簿书退食之余,行役舆马之上,友朋燕谭之时,集思广益,未尝不以是集为拳拳也。"有感于久负盛名的梅村诗落落寡合,不见知音,故研精覃思,博考经籍,为之笺注。王鸣盛《吴诗集览序》亦曰:"公余挂笏,时时掉头作苦吟声。酷嗜梅村诗,遂为注之。核其典故,稽其出处,参伍其平生行事,师友渊源,州次部居,年经月纬,久之成帙。"这是一部凝结注家心血的精心之作。

《吴诗集览》卷首分别著录御制诗及靳氏和诗,吴伟业《行状》、《墓表》、《吴诗集览序》和《凡例》15 条。接下《目录》,署"顾湄、许旭原编",说明该注按照《梅村诗集》20 卷附诗余的原编,共计收诗 1030 首,词 92 首,惟每卷分为上下。据凡例及自序,可知此书创稿于乾隆 30 年(1735),完成于乾隆 35 年,初刻于乾隆 40 年(1775),后于乾隆 41 年成补注 1 卷,历时 11 年。末附《吴诗谈薮》,为靳氏多方搜罗的有关吴伟业的异闻资料,初刻时仅 1 卷,后增益成 2 卷。

《集览》的注释较为均衡,在文学、典故、历史、人物、地理等方面,致力于解决读者的基本关切,因此较为全面。它对文学方面也给予了较多关注,篇幅较长的歌行或古诗,如《临江参军》《圆圆曲》《遇南厢园叟感赋八十韵》《三松老人歌》《永和宫词》《洛阳行》《萧史青门曲》《思陵长公主挽诗》等,靳氏模仿仇兆鳌《杜诗详注》,采用题解、分段、内注、评论的方法,分析其主旨和艺术。题解,如卷一上,五古长诗《赠苍雪》题下注曰:"梅村以七古、五七律擅场,然七古佳篇,可参长庆一席。七律镂金错采,尽能自树一帜,而前贤佳境已多,若再历年所,则大而化之矣。五古长篇,洋洋洒洒,直抒所见,能于李、杜、韩、苏外自成壁垒,足称大家。"分段和内注,如卷 1 上《临江参军》57 韵 114 句,分为 10 段,首段 14 句注曰:"此序参军未改官时风裁之峻",次段 4 句注曰:"此序已与参军交谊之厚,期待者远"

等，分别提纲挈领，概括诗意。诗末评论，多聚焦诗歌艺术，如《赠苍雪》诗末考证
"两押土字"，引顾瞻泰评论曰："古人乐府中有连句复韵者，皆故意叠押，以足其
神。或隔数句复韵者，因拉杂成篇，不妨一韵互见。"《吴门遇刘雪舫》诗末论长诗
的组织结构，《毛子晋斋中读吴匏庵手钞宋谢翱西台恸哭记》末尾分析结构脉络
等，均有助于读者理解吴诗艺术。典故、人物、地理等方面，注本的考证可谓巨细
靡遗，《集览》详引经史子集，令人感叹梅村地负海涵、融汇古今的艺术才华。如
卷二上《读史杂诗》第一首，分别注释"昔云季"、"黄门"、"擅权势"、"积忿"、"痛
决"、"拔本根"、"荡残秽"、"承敝"、"刑余"、"孟德"、"沽丐"、"门资"、"朝贵"、"凭
藉"、"盗弄兵"、"岂曰"、"长秋"、"无须"、"配帝"、"钩党"、"名贤"、"皂隶"22 条
目，全诗 8 韵 16 句，80 字，而注释就有 49 字，占比六成，说其句栉字比，毫不为
过。如此细密的注释，加上分段和内注的手法，目的应该是面向广大的诗歌爱好
者和初学者，起到普及作用。该注正值太平盛世，人们对诗歌及文化有较大需
求，市场导向也是重要因素。赵翼《瓯北诗话》赞其"以十年之功，为之笺释，几于
字栉句梳，无一字无来历"。当然，这些繁密的注释存在繁琐无谓的缺点，如上述
《读史杂诗》，其中"擅权势""积忿""荡残秽""承敝""刑余""沽丐""门资""朝贵"
"凭藉""岂曰""名贤""皂隶"等语源考证，以及"黄门""孟德""无须""配帝"等历
史考证，基本是滥竽充数，没有学术价值。有的考证，如"追王故长秋"，"追王"意
为追尊，该注未注；"长秋"是后宫之官，引《后汉书》《宋书》，其实《汉书》即有，《汉
书·百官公卿表》"成帝鸿嘉三年省詹事官，并属大长秋"，师古注曰："省皇后詹
事，总属长秋也。"卷八下《座主李太虚师⋯⋯》"风雨间关路"，"间关"意为曲折，
而引《诗经》"间关车之舝兮"，《诗经》意为噪音，二者并不一致。

历史方面，靳氏能结合明末清初的史实，力求开掘梅村诗的底蕴。明末清初
风云诡谲，史籍繁杂，如果没有注家的注释或导读，一般读者往往如坠云雾，不知
所云。尤其是大量的咏史诗，如五古《读史杂诗》（4 首）、五古《咏史》（12 首）、五
律《读史杂感》（16 首）、七绝《读史偶感》（8 首）等，多引《明史》等史料，揭示吴伟
业的历史悲情。如《读史杂诗》（其一），注曰："此诗刺阮大铖也。"并在诗后交待
如此解读的理由，如"谁云承弊起，仍出刑余裔"，指阮大铖以阉党余孽出任弘光
朝要职；"钩党诸名贤，子孙为皂隶"，隐喻东林党人在南明的不得志。《哭志衍》
是悼念好友吴继善（字志衍）的千言长诗，详细记叙了梅村与其早年同学、后相处
交往的经历，对其风度、为人和志行作了详尽刻画。靳氏对此诗史实索隐发覆，
多引吴伟业《志衍传》及《绥寇纪略》等史料，对吴继善之死作出简明扼要的注释。
结尾按语曰："志衍之死，《明史》及《大清一统志》俱不载，《寄园寄所寄》书其殉

寇,亦从略焉。而梅村此诗,表扬推阐,不遗余力。又有《送志衍入蜀》《题志衍所画山水》《观蜀鹃啼剧》诗,皆低徊往复,情见乎辞。《绥寇纪略》所载甚详,几欲补史家之缺矣。"通过诗歌和史料的相互映发,对于读者理解历史,乃至阐释诗家本意,极有裨益。故赵翼评论曰:"梅村身阅兴亡时事,多所忌讳,不敢显言,但撮数字为题,使阅者自得之。如《杂感》《杂咏》《即事》《咏史》《东莱行》《洛阳行》《殿上行》之类,题中初不指明某人某事,几于无处捉摸。介人则因诗以考史,援史以证诗,一一明白疏通,使作者本旨,显然呈露。"(《瓯北诗话·吴梅村诗》)

《吴诗集览》也有非常局限的一面,即文字狱的影响。乾隆时期号称盛世,其实也是中国历史上思想最专制的黑暗时期,计有130多件文字狱案件,是其它历代之总和。因此学者忧谗畏祸,噤若寒蝉,其影响从《集览》之凡例亦可窥见一斑,《凡例》第一条即谓:"恭读《乐善堂全集》,有《题吴梅村诗集》七言律一首"云云,《乐善堂全集》是乾隆帝藩邸时期的诗文结集,"恭录简端"乃自觉奉旨,显示政治正确。第二条又录"乾隆三十一年内阁奉上谕",曰:"神圣天纵,表彰节义,胜国诸臣均衔恩于简册中矣。故《集览》于黄道周、史可法、卢象升、左懋第等,皆恭录《御撰资治通鉴纲目三编》及颁行《明史》,详为注释,期仰服谕旨于万一。他如野史小说家言,概从芟削。"其实,乾隆二年修成的《明史》,对于明代的史实多有篡改,而于明末之事,更是曲为之讳。如《洛阳行》诗,咏福王朱常洵,程穆衡7次大段引用吴伟业《绥寇纪略》作注,应该说这是一手资料,用来注释吴诗,也最符合吴氏的本意,但靳氏《集览》甚少引用。其实该书在清朝并未被禁,还被收入《四库全书》,这种情形只能说明乾隆后期思想专制日趋严密,文人学者对私撰史书更为敏感。涉及明清兴亡之诗,更是讳莫如深,如《临江参军行》歌咏抗清将领杨廷麟,为其鸣冤。程穆衡注,题解引《梅村诗话》简述杨廷麟与张溥、钱谦益和吴伟业的文酒之会,此诗即当时作品;注中更详细注释清兵进犯时,崇祯朝廷物论沸腾,杨廷麟分损谤议,其后改官任事、当仁不让,夹叙卢象升殉难之举,使读者窥见兴替之际的惨烈史实。但这些在靳注中均轻描淡写,刻意隐晦。靳氏的历史注释,显然有不得已处,这也一定程度限制了其注释的深度。《自序》所谓"至于兴会得意,在语言文字之外,世有深于诗者,当沉潜反覆而得之",正道出注家鉴于现实而不得不然的苦衷。后来李详为徐嘉《顾诗笺注》作序,称其令"价人潜愧",批评靳氏《吴诗集览》"每多附会",对《集览》真实性提出批评。

作为梅村诗歌的第一部面世注本,当时颇受好评。同时人赵翼曰:"梅村诗从未有注,近时黎城靳荣藩字价人以十年之功,为之笺释,几于字栉句梳,无一字无来历。其于梅村同时在朝在野往还赠答之人,亦无不考之史传;史传所不载,考之府县志;府县志所不载,采之丛编脞说及故老传闻,一一详其履历。其心力可谓勤矣! 昔施元之注东坡诗、任渊注山谷诗,距苏、黄之殁,仅五六十年,已为难事。价人注梅村诗在一百余年之后,觉更难也。……此等体玩诗词,推见至隐,非好学深思,心知其意,而能若是乎? 梅村诗一日不灭,则靳注亦一日并传无疑也。"(《瓯北诗话·吴梅村诗》)对于该注给予高度评价。胡适将《吴诗集览》列入《一个最低限度的国学书目》,视为不可遗漏的重要参考书籍。

(三) 吴翌凤《梅村诗集笺注》

吴翌凤(1742—1819),清著名藏书家。字伊仲,号枚庵(一作眉庵),别号古欢堂主人,初名凤鸣,祖籍安徽休宁,侨居吴郡槐树街(今苏州),藏书家吴铨后裔。嘉庆时诸生,家贫而笃好典籍,无力购置,往往借书阅览。著有《怀旧集》20卷、《卯须集》20卷、《吴梅村诗集笺注》18卷、《与稽斋丛稿》31卷、《灯窗丛录》5卷等。辑有《国朝文征》40卷。

《梅村诗集笺注》卷首有严荣的《弁言》,曰:"梅村诗集向无注本。自黎城靳氏《集览》出,风行于世,然琐碎芜杂,详略失宜,且多穿凿附会之处,未为善本。吾友吴枚庵氏,少岁即为是书作注。及出游楚豫,舟车所至,携以自随,考订详密,繁简得当,余尝读而善之。比年游倦归里,而是书尚尘笥箧,余惜其五十年之精力而未获行于世也,为捐俸刻之,而《集览》可废矣。至梅村之诗,指事类情,无愧诗史,世固有能论之者,兹不更赘云。"落款曰:"嘉庆甲戌秋八月,沧浪吟榭主人严荣识。"可知此书久已著成,因无力刊刻而闲置书箧,严荣捐资助刻。嘉庆甲戌是公元1814年。严荣(1761—1821),字瑞唐,号少峰。严福之子,王昶子婿。江苏苏州人,乾隆六十年(1795)进士。历仕庶吉士、编修、嘉庆己未浙江金华府知府、庚午杭州知府,与翁方纲交好。

《笺注》与《集览》有一宨的可比性,两书均重视典故及疑难问题,均采用分体编排,且《笺注》主要是针对《集览》出现的问题而推陈出新,因此不妨将两书作一比较。《笺注》的优点表现在几点。

首先是注释更为准确。以《赠苍雪》诗为例,《集览》注释"元圃"曰:"《大清一统志》:元圃在上元县台城北。"注释"金焦"曰:"《明史·地理志》:丹徒县江中西北有金山,东北有焦山。"注释"豺虎"曰:"杜诗:萧条四海内,人少豺虎多。"而《笺注》的注释则结合诗歌,有的放矢。

元圃:"《南齐书·文惠太子传》:太子与竟陵王子良俱好释氏,开拓

元圃园与台城北墅等,其中楼馆塔宇多聚奇石,妙极山水。《一统志》:元圃在上元县台城北。"

　　金焦:"唐释应之《头陁严记》:金山昔名浮玉,因裴头陀江际攫金,贞元二十一年节帅李骑奏易名金山。《括地志》:焦山在润州东北大江中,以焦先隐此得名。"

　　豺虎:"张载《七哀诗》:贼盗如豺虎。庾信《哀江南赋》:路交横于豺虎。"

这几个注释要准确多了。《集览》只是告诉读者"元圃"和"金焦"的位置,但《笺注》却告诉地名的来历。"元圃"此处为避玄烨之讳而改名,本名玄圃,其设置与太子及竟陵王子良俱好释氏有关,正切合此诗歌咏苍雪的主题。"金焦"的注释揭示了此山的佛教背景,有助于深化主旨,《笺注》"凡例"说"郡县山川古迹,必准诸史志及历代古志以考沿革,以资胜览,不敢奉兔园册但斤斤记里已也",显然是针对《集览》之粗率而发的。再如"一屦游中原"句之"一屦",《集览》注曰:"《洞冥记》:东方朔曰:其人以一只屦与臣。按诗意似暗用《传灯录》二十八祖达摩手携只屦翩翩而逝也。"模棱两可。而《笺注》曰:"《景德传灯录》:达摩葬熊耳山。宋云使西域回,遇师葱岭,见手携只屦。云问师何往,师曰西天去。云具白上,上令启棺,惟一革履存焉。"这个注释揭示了苍雪法师云游天下、普济苍生的情怀,更贴切作家本意。再如"稽首香花岩"之"香花岩",《集览》注曰:"《北史·卢潜传》:大设僧会,以香花缘道。"而《笺注》曰:"《明一统志》:香岩在点苍山中峰之半,香从空中来,世传释迦佛苦行地也。"《笺注》的注释表现了作家对苍雪的敬仰之情,更合原意。因此总体而言,《笺注》补苴罅漏,细密准确,更上层楼。这与注家的藏书甚有关系,《笺注》"凡例"曰:"余家略有藏书,兼复通假于人,凡与本书有涉者,随时纂入,颇有外间希见之本。"吴翌凤是清代著名藏书家,他对此十分自矜。而从注释实践看,古代注家藏书多寡往往直接决定了注书的质量,这在《集览》和《笺注》对比中有较为鲜明的体现。

　　其次是删除了《集览》中大量无谓的出处考证。如《赠苍雪》"通泉绕阶除",《集览》注曰:"张希孟诗:石涧竹通泉。《北齐书·祖鸿勋传》:泉流绕阶。陆士衡诗:春苔暗阶除。"但只是捃拾字面,对读者没有丝毫帮助,反而徒溷耳目,所以《笺注》"凡例"批评《集览》"每字必详出处,繁琐无当",并删除了这些材料。

　　第三是注文以条目的形式,附于诗末,便于读者。《凡例》说:"自来注诗家,多以己意横隔前人诗句,遂令全诗断续破碎,不便吟讽。今总附于本诗之后,注中仍用大字标目,庶读者一目瞭如,仿惠氏《精华录训纂》例也。"《笺注》在篇末设立条目,条目以大号字体,取其醒目,而当时及前代注本,大多双行夹注,隔断诗句,加之注文字体较小,十分影响阅读兴趣。这虽是一个技术性的工作,但对于一部内容浩繁的诗注而言,必须考虑读者的阅读舒适度。

当然《笺注》亦有不足,就是对文学重视不够,这也是乾嘉时期诗注的通病。例如"凡例"曰:"诗人之义,其旨微,其趣逸,其寄托深远。苟能明其事之本末,令读者讽咏涵濡,而义自见。"又曰:"注诗与解诗不同,诗注原委曲折,读者自能会心。若必强加评跋,致落时文蹊径,所不取也。"以"诗义自见"和"读者自能会心"的名义,取消了对诗旨的解读和对诗艺的评点,实际上是较《集览》后退了。诗歌注释有历史、文学、语言和意义等几个维度,乾嘉时期因为思想专制的特殊因素,文学因素被视为可有可无,文本的意义又不敢涉足或深究,最终往往仅萎缩成历史和语言两个质木无文的维度,这也是乾嘉知识主义泛滥的后果。

二、朱彝尊

朱彝尊(1629—1709),字锡鬯,号竹垞,晚号小长芦钓鱼师,又号金风亭长,浙江秀水(今嘉兴)人,词人、学者、藏书家。康熙 18 年(1679)举博学鸿词科,除检讨,22 年入直南书房。曾参加篡修《明史》,博通经史。诗与王士禛为南北两大宗,号称南朱北王;作词风格清丽,为浙西词派创始人,与陈维崧并称"朱陈"。精于金石文史,购藏古籍图书不遗余力,为清初著名藏书家之一。著有《曝书亭集》80 卷,《日下旧闻》42 卷,《经义考》300 卷;选《明诗综》100 卷,《词综》36 卷(汪森增补)。

朱彝尊晚年自订诗文集《曝书亭集》凡 80 卷,其中诗 22 卷,合 1715 首;经后人补辑者,又有 542 首。他的诗歌博取群籍,资书为诗,用典用事,广博而僻奥,甚至以经史入诗。《四库提要》谓"国朝之诗,以彝尊及王士禛为大家,谓王之才高,而学足以副之;朱之学博,而才足以运之。及论其失,则曰朱贪多,王爱好,亦公论也。惟暮年老笔纵横,天真烂漫,惟意所造,颇乏翦裁"云云,对其诗坛地位作出公允评价。因此去世不久,即有诸多学者为其诗歌笺注,如江浩然《曝书亭诗录笺注》"凡例"即指出"同邑前辈沈菜畦、周文石诸先生并有注本",沈、周之注,当在康熙后期,但如今均佚。乾隆年间,有江浩然《曝书亭诗录笺注》、杨谦《曝书亭诗注》、钱钰《曝书亭诗榍》、范洪铸、凌苍合注《朱竹垞先生曝书亭》;嘉庆年间,有孙银槎《曝书亭集笺注》、李富孙《曝书亭诗补注》、俞国琛《风怀镜注》、冯登府《风怀诗补注》等。① 较重要的有江、杨二注。

（一）江浩然《曝书亭诗录笺注》

江浩然（1690—1750），字万原，号孟亭，嘉兴人。康熙时诸生，一生未仕，客游各地，门下士甚众。家贫好学，工诗，嗜杜诗，有《杜诗集说》20 卷。著有《北田文略》《北田诗臆》《丛残小语》《江湖客词》《韵府群玉补遗》《曝书亭诗录笺注》《鸳湖棹歌笺注》等。

《曝书亭诗录笺注》12 卷，初稿完成于乾隆十四年（1749），未刊，次年浩然去世，其子江壔加以整理。乾隆二十七年（1762）编为定本，乾隆三十年惇裕堂精刊问世。书前有翁方纲、沈廷芳序。据沈廷芳序："本朝风雅之林，远轶前代，南朱北王，郁为首选。《渔洋精华录》已有注本行世，独竹垞先生诗集无闻，承学之士手一编而不解其义，惘惘病之。嘉兴江君孟亭强记博闻，读书务根柢，以先生乡后进，酷嗜《曝书亭集》，乃录先生之诗，一一笺疏而发明之，旁搜旧闻，博征载籍。"此序作于乾隆己卯（1759），距离江浩然离世已有 9 年。而据浩然之子江壔《凡例》，该注"稿凡屡易，先时分体注录，后以出处时地不同，……仍依《曝书亭集》编年"，说明这个注本开始分体注释，后来又依照朱彝尊晚年手定之《曝书亭集》，改作编年注释，一定程度上有助于理解朱诗的发展面貌。

该注是选注，仅及竹垞全部诗歌三分之一，但可以看出注家的重点在于文采，知人论世非其关注所在。这在翁方纲《序》中亦有交代："嘉兴江子声先，抱其尊甫孟亭所注《曝书亭诗录》如干卷来谒，乞一言为之引，且曰：'先子于诗，酷嗜竹垞。凡所用故实，必爬栉搜剔，以求必得。'"注释大多准确而精炼，对读者理解诗歌的渊源极有裨益；对名物、地理、史实等知识性考证，却不甚在意，如卷三《山阴雨霁同杨大春华游郊外饮朱廿二士稚墓》，是一首怀念故友的诗，除了题解部分引用朱彝尊《贞毅先生墓表》介绍朱士稚的生平大节外，正文注释几乎皆诗文出处的考证，如"醉向南邻抱被宿"句，注曰："杜甫诗：抱被宿何依。""际晓不听天鸡啼"句，注曰："王维诗：际晓投巴峡。""披衣却步无东西"句，注曰："魏文帝诗：披衣出户步东西。""舍南舍北犹春泥"句，注曰："杜甫诗：舍南舍北皆春水。又：杖藜入春泥。""未得凌丹梯"句，注曰："谢朓诗：游驾凌丹梯。""敝车羸马寒食下"句，注曰："古乐府：敝车羸马为自储。孟浩然诗：斗鸡寒食下，走马射堂前。""百

---

① 参见张宗友《朱彝尊〈漫感〉诗三家注比义——兼论朱氏诗作之汇注与新释》，《嘉兴学院学报》2017 年第 1 期。

年谁是长年者"句,注曰:"杜甫诗:忧来藉草坐,浩歌泪盈把。冉冉征途间,谁是长年者。"这些注释,均能综合考察诗意,非单扣字面、钞撮类书者所能比拟,对理解作者的诗歌艺术助益不小。甚至有不少僻典,江氏亦能一一抉摘,如卷一乐府诗《雀飞多》,是一首以飞雀自喻感谢救命之恩的诗歌,其中有"何用报君双玉环,玉环如可得,不惜黄花与尔食"句,注引《续齐谐记》杨宝救雀事,十分贴切。

但此注的缺点也很明显,即大多典故钞自类书,因此所注往往没有篇名,只有"某某诗""某某文"之类斩头去尾的节录,错误不少。另外只注字词典故而较少涉及时事和创作背景,不利于对诗歌的深入解读。

(二) 杨谦《曝书亭诗注》

杨谦,生卒不详,字子让,又字未孩,号筠谷,嘉兴诸生,入赀为州同。工书画,善岐黄之术,究心诗文,约生活于清乾隆间。

《曝书亭诗注》又名《曝书亭诗集笺注》,22 卷,收诗 1742 首,有乾隆三十年(1765)惇裕堂刻本。杨谦为朱彝尊同里后学,据《凡例》可知,杨谦"自幼入家塾,先子即命谦读朱先生《鸳鸯湖棹歌》,悉经口讲指画。未几先子下世,而谦于先生诗遂不敢弃置,爰为注释",在其父教化之下,杨谦早年对朱彝尊诗即产生较大兴趣,这是其注释其诗的主要动因。卷首编《年谱》一卷,有助于知人论世。

该注是彝尊诗的第一个全集注本。《曝书亭集》原编 22 卷,杨氏"序次悉仍其旧",如卷一分别收录"旃蒙作噩"(顺治乙酉)、"柔兆阉茂"(丙戌)、"强圉大渊献"(丁亥)等各年之诗。"复从《竹垞文类》《竹垞集外诗》《竹垞近诗》《腾笑集》诸种所遗之诗,暨诸选家所采者,编《补遗》二卷",这些原系朱氏删削之诗,也被杨谦搜揽其中,因此可谓略无遗珠之憾。杨谦以《竹垞文类》《腾笑集》等朱氏旧刻为依据,对朱氏诗歌的题名、字句和篇目等进行了较彻底的整理工作。这就从数量和质量两方面保证了诗集的权威性。

注释的重点是考察创作背景,注重征引当代文献注释诗歌的本事和写作背景。如卷六《朱碧山银槎歌孙少宰席上赋》,朱碧山是元代嘉兴著名银工,所制银槎精美,杨注王士禛《居易录》《苑西集》、宋琬《银槎歌》补充考证银槎的来龙去脉,以及朱彝尊在孙承泽处看槎赋诗的本末,十分详细。卷七《题退谷》诗,杨谦征引康熙时人丁炜《问山集》注释"退谷",还引用当时同游退谷的李良年《退谷题名记》中关于朱彝尊、潘耒、蔡湘、李良年同游的经过、日期的记载,引王士禛后来所作《退谷见朱锡鬯、李武曾、潘次耕、蔡竹涛题名记》作为补充。又《凡例》云"余家与先生同里，凡遇用里中故实，郡志邑乘所不载、无可援引者，以余所撰《梅里志》附注焉"，注意探究朱氏复杂的人际关系，尤其是发覆仅有姓氏、别称、职官的诸多人物，对读者帮助较大。如卷一《过邱生》，题解引《静志居诗话》曰："先叔父蒂园先生避兵夏墓荡之北，有故人邱岳，托其子于先生，先生为之娶妇，教以学文。"《过吴大村居》《曹三秀才山秀读书馨庵同吴大莅访之遇雨留信宿》《同沈十二咏燕》等，或引乡志，或引诗集，或引墓志。这些嘉兴乡贤大多位卑言微，并无显著行迹，若非杨氏介绍，读者则茫然无知。有的注释以亲身见闻增强了读者对诗歌的理解，如卷一《春日闲居》"闭户野桥畔，读书春草堂"句，诗末按语曰："是时先生迎安度先生至梅里，从茅亭移居接连桥，安度所著有《春草堂遗稿》，近余购得千里手稿一帙，亦名《春草堂集》。所谓'闭户野桥畔，读书春草堂'者，乃纪实也。"

卷末附录《朱竹垞先生年谱》一卷，其中不少细节，真实可信，如"康熙三十五年"曰："夏，筑曝书亭于所居荷花池南，有《曝书亭偶然作》九首。""康熙四十七年"曰："七月中，先生倡始为粥以食饿者。时连年水旱，米谷腾贵，饥民塞路。先生偕朱别驾芷间、谦先祖司训公讳汝霖，字璨文，暨里中之好义者，每日轮施，远近就食者日数千人。"康熙四十八年，朱彝尊在弥留之际仍以同时被荐百九十余人，皆著作之材，无传为憾，称"思辑《鹤书集》，未暇采录"，杨谦按语曰："谦少时于王梧村案头见先生手稿数十番，名《鹤征录》。"此《谱》在此后二百年中一直是研究朱彝尊生平最重要的参考资料之一。

当然不少地方较为随意，失于严谨。另外就是字词典故考证方面因袭江氏太多，又因文字狱缘故，将屈大均及其诗歌删削太尽，造成阅读障碍。但在朱集诗注中属于较好者。

另有沈翼、周文石、钱珏、范洪铸、凌苍、孙银槎、李富孙、俞国琛、冯登府、蒋德馨等人为朱诗作注。[1] 沈翼，字菜畦，即江浩然《曝书亭诗录笺注》"凡例"所云"同邑前辈沈菜畦"者。据朱休度《沈菜畦先生》诗自注："先生实太史公高弟，尝注曝书亭诗集，惜未就。"[2] 则其为朱彝尊弟子，注而未成。钱珏《曝书亭诗榍》3卷，有嘉庆元年(1796)钱廷烛校钞本。廷烛为钱珏之子，故此注成于乾隆年间。范洪铸、凌苍二人笺注《朱竹垞先生曝书亭诗集》，有中山大学图书馆藏清钞本。孙银槎，生卒不详，字竹尹，嘉善人，乾隆丙戌(1766)进士。《曝书亭诗钞笺注》23

① 详见陈灿彬《嘉兴后学与朱彝诗注的再生产》，《文献》2022 年第 2 期。
② 张宗友《朱彝尊年谱》，凤凰出版社 2014 年版，第 575 页。

卷,首卷为赋注,余 22 卷为诗注,有嘉庆九年(1804)三有堂刻本,是朱诗的第二个全集注本。王朝飓称赞其"深于古而达于今,援据必核,条贯靡遗","观凤一毛,即知五色具备,是书出,必推竹垞功臣,宁特补二君所未逮哉!"(嘉庆五年卷首《序》)嘉庆学者周中孚说孙氏"以江、杨二家所注朱竹垞诗舛驳颇多,且均置赋不注,于是紬绎群帙,大为补订,凡四易稿,别成《笺注》。其注赋一卷,既为二家所不及为,而其于诗注二十二卷,增二家所未备。及刊冗正谬,不啻十之五六",甚至赞美该注"详而不溢一语,简而不失一辞,使一字一句,皆如作者意中之所欲出。又时得言外之微指,斯可以跨越前良,后来居上矣"。① 但从实际来看,因袭多而发明少,同杨注一样,对朱诗的艺术性几乎付之阙如。内容方面因文字狱的关系多有顾忌,尤其是删去了杨谦注有关校勘和编年的考证,价值不如杨注。李富孙(1764—1843),字既汸,一字芎汲,浙江嘉兴人。著有《鹤征录》《梅里志》《曝书亭词注》《曝书亭诗补注》《校经顾集》等,乾嘉时期著名学者,《清史稿·列传二百六十九》有传。《曝书亭诗补注·自序》曰:"里中杨丈未孩为诗注,富孙涉猎它书,偶有所得,辄补录于其上。及长,游四方,未尝不携之行箧。……近嘉善孙氏复刊注本。富孙因参合两家,其杨氏所阙而孙氏已补者不复录。"提及杨谦、孙银槎二注,所谓"补注",即补杨谦之注。但该注未见著录,估计并未刊行。俞国琛《风怀镜》一卷(嘉庆 22 年刻本)、冯登府《风怀诗补注》一卷,均注释朱氏爱情长诗《风怀二百韵》。冯登府(1783—1841),一作登甫,字云伯,号勺园,又号柳东,浙江嘉兴人。嘉庆二十五年(1820)进士,改庶吉士,官宁波府教授,一生著作等身,有《三家诗遗说疏证》《勺园书目》《拜竹诗堪诗存》等二十种。据《风怀诗补注》的小序,冯氏对杨谦注不甚满意,指其"必欲按其时事,妄为附会","渗漏谬讹,不可缕数","大堪发噱",如"居连朱雀巷,里是碧鸡坊"二句,冯注口:"杨注忽引《嘉禾志》碧漪坊以实其事。'碧漪'非'碧鸡'也。杜诗'时出碧鸡坊',唐诗小传薛涛晚岁居碧鸡坊,并吟诗楼,偃息其上,诗正用薛涛事也。"批评杨谦改字注诗。揆之诗法,"朱雀巷""碧鸡坊"属于典故对仗,不应上句用典而下句写实,故当以冯注为优。此注对名物、诗句及典故出处补注较多。

三、王士禛

《渔阳山人精华录》是清初诗人王士禛的诗集。王士禛(1634—1711),一字

---

① 周中孚《郑堂读书记》卷七〇"曝书亭集笺注"条提要,《中国基本古籍库》。

贻上,号阮亭,又号渔洋山人,世称王渔洋,清初杰出诗人、文学家,继钱谦益之后主盟诗坛,与朱彝尊并称"南朱北王",诗论创"神韵"说。王士禛从《带经堂集》九十二卷中简菁选胜,命曰《精华录》,10卷,古体4卷、今体6卷,收诗1694首。

　　王士禛24岁的成名作《秋柳四首》影响巨大,和者云集,注者也不少,从屈复、王祖源、徐寿基、高丙谋、李兆元、郑鸿等人为之专门作注,到各种诗话、笔记的谈艺论旨,论者不下百人,尤其是四诗的主旨,说法不下十数种,盛况堪比《锦瑟》《风怀》。屈复《秋柳诗注》认为是哀悼亡明,怀念故国,"白下""洛阳""帝子""公孙"等皆哀思故明之词。当然这种说法引起很大争议,险些连累王士禛诗文遭禁。乾隆丁未(1787),彭元瑞奏请禁毁王士禛、朱彝尊等人诗词,理由是"语关新故",时充军机章京的管世铭力持异议,反对禁毁,加上乾隆帝对王诗颇多喜好,故而逃过此劫。后来管世铭感慨作诗,曰:"诗无达诂最宜详,咏物怀人取断章。穿凿一篇《秋柳》注,几令耳食祸渔洋。"①所谓"秋柳注",即指屈复之注。管氏批评屈注穿凿,有其道理,后世也多不赞成屈复的看法,此不详述。不过屈复的语言注释还是很准确的,如"残照西风",引李白词"西风残照,汉家陵阙";"白下门",引乐府《杨叛儿》"暂出白门前,杨柳可藏乌",十分贴切"秋柳";"万缕千条",引刘禹锡《杨柳枝词》"千条金缕万条丝";"猗旎",引李白《愁阳春赋》"何垂杨猗旎之愁人"等,均很妥帖。屈复(1668—1745),字见心,号晦翁,晚号逋翁,陕西蒲城人。一生坚守气节,弃仕远游。论诗持"寄托说",晚年著《楚辞新注》《杜工部诗评》《唐诗成法》《玉溪生诗意》,有《弱水集》。

　　鉴于王士禛的地位和声誉,《精华录》行世不久,评点、笺注者已不乏其人,诸如查慎行、何焯的选评,伊应鼎《精华录会心偶笔》,杭世骏批点本,翁方纲《复初斋精华录评》,梁章钜《读渔洋诗随笔》等,多以提示、评说诗中旨趣为主。而注释较全面者,则有徐爰、惠栋、金荣、蒋德馨四家。徐注、蒋注均未刻,金注、惠注均有刻本,且是全注本,也是清代最流行的两个注本。蒋德馨,字心芗,长洲人,道光乙未(1835)进士,官工部主事,有《且园诗存》。蒋注因袭较多,新意不足,故而价值不大。上海图书馆存蒋注钞本。

　　徐爰,生卒不详,字龙友,江苏长洲人,康熙间廪生,曾与沈德潜结诗社。诗初学韩愈,后嗜李商隐并注其诗,又注《渔洋精华录》,有《西堂集》。据惠栋《渔洋山人精华录训纂·例略》:"《精华录》向无注,故友徐君龙友爰尝注《咏史小乐府》一卷、近体诗六卷,余略加删润,尽采入《训纂》中。"徐爰的注释虽是选注,但分量

──────────

① 《追忆旧事》,管世铭《韫山堂诗集》卷十六。

占了《精华录》大半,所以称其为注释《精华录》的第一人,并不为过。徐夔注虽无刊刻,但精华大部分收录于惠栋《训纂》,《训纂》中标示"徐夔曰"的条目比比皆是,以《秋柳四首》为例,"黄骢曲",徐夔引《唐书·礼乐志》太宗惜黄骢骠之死,命乐工制黄骢叠曲;"乌夜村",徐夔引范成大《吴郡志》的记载;"女儿箱",徐夔引《乐府诗集》的《黄竹子歌》等,其它"板渚""琅琊""扶荔宫""西乌""枚叔""桃根""帝子""珠络鼓"等条目,也均采纳徐夔的注释。如果说这些条目还属简单可考的话,那么有些典故则相当冷僻,如"浦里青荷中妇镜",徐夔注引梁代江从简《采荷讽》"欲持荷作镜,荷暗本无光"。"含情重问永丰坊",徐夔引白居易《杨柳枝词》:"一树春风千万枝,嫩如金色软于丝。永丰西角荒园里,尽日无人属阿谁?"两诗皆语含悲酸,且柳、永丰的意象也十分契合。"旧事公孙忆往年",徐夔引《汉书·眭弘传》:"孝昭帝上林苑中大柳树断枯卧地,有虫食树叶,成文字曰:公孙病已立。"汉昭帝刘询,原名刘病已,幼年曾寄养史家,等同于王孙。《汉书》的这段文字,在"公孙"和"柳"两点也十分吻合。这十数条考证基本为后世因袭,作为《精华录》注释的创始者,徐夔的功绩不应被遗忘。国家图书馆今藏徐夔注本。

(一) 惠栋《渔阳山人精华录训纂》

惠栋(1697—1758),字定宇,号松崖,学者称小红豆先生。汉学吴派的代表人物,元和(今苏州)人。课徒著述,终身不仕。祖周惕,父士奇,皆治《易》学,三世传经,故其学沿顾炎武,一生治经以汉儒为宗,以昌明汉学为己任,尤精《易》学。惠氏《渔阳山人精华录训纂》刻成于乾隆22年(1757)。

《训纂》为尊重原编,仍按原先分体编纂,先古体后近体,先五言后七言,而且为使不改旧观,仍分十卷,但因注文增加,篇幅"二倍于前",故每卷分为上下。卷首有钱谦益《序》及《古诗一首赠王贻上士祯》,次《凡例》十则,次总目,次注正文。末附年谱,据《凡例》可知,此年谱乃王士禛自撰,得自黄叔琳,惠氏又略有补充。

惠栋著《精华录训纂》的重要动机,是因为"诗可为史",特别是王士禛注意结交山林布衣之士,诗中多有唱和之作,这对惠栋而言是莫大的鼓励。《凡例》曰:"昔少陵善陈时事,世号诗史。山人留心人物,金陵纪伯紫映钟亦云:公诗即史。夫诗可为史,注诗者所不能略也。"联系惠栋一生未仕的布衣经历,即可理解此点。当然,诗歌非惠栋所长,其撰作《精华录训纂》的另一目的,与祖父辈受知于渔洋不无关系,惠栋祖父周惕为渔洋康熙辛未年(1691)所取士,父亲士奇为渔洋门人,两世渊源,故《训纂》亦有报答渔洋知遇之恩之意。

《训纂》的特色有如下几点:

　　一是精审的考证。惠栋是清代著名经学家,吴派汉学的代表,治学严谨,即使注释集部作品,也体现出浓厚的醇雅特色和学者风范。其考证长于地理、名物等,正适合所注内容。渔洋主盟文坛五十年,诚如卢见曾所云:"渔洋博赡名天下,其为诗渔猎百氏,含咀六经,其引用如钟鼎科斗,山经水注,旁及琳宫梵宇之书,靡不津逮。"①地理考证,占据条目的很大比例。如卷一下《海门歌》,"海门""井络""朱方""浮玉""两峰""海成""胡豆洲""徒儿浦""七闽"等9个条目皆为地理名词,占全部19个条目一半。《自光福里入太湖口往圣恩寺》有"光福""太湖口""圣恩寺""西崦""邓尉山""具区薮""仙灵窟""袁墓""铜井""青芝""七十二峰""金庭""毛公""万峰寺"等,占比亦达一半之上。《京江夜雪》5 各条目"京口驿""鸿鹤山""春秋楼""三山""第一江山",全部是地理名词。之所以重视地理,《凡例》云:

　　　　行役之诗,地理独详,注家最易舛讹,盖亲历之于传闻异也。……
　　山人于地理精审不苟,即送行诸诗,虽未尝亲历之地,亦必考之详悉,无
　　妄下一语也。注山人诗者,其可梼昧以从事哉?

一般注家对地理考证望而却步,而惠氏对此却乐而不疲,可见正其擅长。此外如较有难度的名物、佛教名词等,也是关注重点,如卷一下《登光福塔望穹窿灵岩诸山怀古》,设立"铃铎""大千""微尘""解脱""清净""采香"等似乎平常易懂的条目,是因为有佛教内涵。

　　考证之精审还表现在深度方面。惠氏的诸多考证,往往如小型的专题研究,如《登文游台》"玻璃江上谪仙人",注"谪仙"曰:

　　　　王辟之《渑水燕谈录》:"子瞻文章议论,独出当世,风格高迈,真谪
　　仙人也。"山谷《喜子瞻得常州》诗:"喜得浸淫动缙绅,俞音下报谪仙
　　人。"史季温曰:"山谷常呼东坡、李白为两谪仙。"《彦周诗话》:"贺知章
　　呼李白为谪仙人。世传东坡是戒禅师后身,仆窃信之。"

"谪仙"并非生僻典故,一般读者均知其来历,注与不注,似乎在两可之间。但经惠氏开掘,才知道大有来头,且此诗歌咏东坡,注释所引《渑水燕谈录》、山谷诗、史季温注、《彦周诗话》四条文献,皆与东坡有关,可谓探赜钩深,来之不易,同时亦不免繁琐之弊。类似的例子还有很多。文字典故,略于通俗易懂者,而偏重于较有内涵者,如卷一下《丹徒行吊宋武帝》"英雄""龙行虎步"两个条目,"英雄"出自徐广《晋书》王谧赞美刘裕"当为一代英雄","龙行虎步"出《宋书·武帝纪上》:

_____

① 《渔洋山人精华录训纂序》,《雅雨堂文集》卷二,《续修四库全书》1423 册。

"刘裕龙行虎步,视瞻不凡,恐不为人下,宜蚤为其所。"《吴季子祠下作》注"更迭"
曰:"谓吴弟兄迭为君。谒死而余祭立,余祭死而夷昧立,夷昧死而僚以长庶即
之,阖闾于是起而弑僚。皆见《公羊·襄二十九年传》。"可见"更迭"亦非等闲之
词。总体而言,确如惠氏所言"凡习见之事,略而不载",体现较高的学术性。

　　考证之精审与惠氏博览群书、学富五车有关。《凡例》曰:"余家四代藏书,撰
《训纂》时,每见异书,珍其僻秘,往往避习见之本而津逮焉。集中所采书目共数
百余种,悉从本书中出,不敢一字拾人牙后慧也。"又以未能得到《大清一统志》定
本为憾。从注释所引来看,许多书籍属于稀见文献,为一般藏家所无。正是惠氏
枕籍经史的优越条件,才成就了这部《训纂》。

　　二是注重当代人物的考察,有助于理解诗歌。《凡例》提及"山人诗于当代人
物极为注意,每遇风雅志节之士,集中必一见之",又曰:"若夫布衣,槁项黄馘,厉
清操,吟槁简,老死牖下,人莫有过而问者。得文章巨公与之倡酬吟咏,其人与诗
并垂不朽,阐扬幽隐之功,斯为最矣。"渔洋素爱提携布衣寒士,惠氏祖父二世蒙
其恩泽,这也是《训纂》著述的动机之一。如卷三下《张友石户部得雷氏琴》《赠叶
井叔三首》《送徐武令》《听张晴峰员外弹琴》《和吴孟举种菜》《送浦潜夫》《答徐胜
力二首》《送洪昉思由大梁之武康》《送陈子文赴安邑丞四首》等,惠氏均钩深索
隐,查辑渔洋和他人笔记,介绍其人其迹,一则"阐扬幽隐",二则表渔洋提携之
功,三则助解读诗歌。另外,《凡例》曰:"昔少陵善陈时事,世号诗史。山人留心
人物,金陵纪伯紫映钟亦云:'公诗即史。'夫诗可为史,注诗者所不能略也。余故
于当代事实悉意搜辑,十得八九。"但从实际看,关于诗歌写作背景的交代,除了
《秋柳四首》诗末寥寥数句外,十分稀少,《凡例》的说法名不副实。这大概也与乾
嘉时代学者逃避现实的心态有关。

　　三是学风严谨。惠注一般标示文献出处,且原原本本,严格遵循原意,不私
改乱删,这是乾嘉学者的优良作风。考证内容按照一定逻辑,顺序罗列,条理明
晰。对其他学者如徐爔注释及"同人参订",惠氏均"志其名氏",也体现了清初学
者不攘人善的学风。

　　此注的不足,《四库提要》批评曰:"栋邃于经学,于词赋所涉颇浅,所引或不
得原本,于显然共见者,或有遗漏。"接着援引"寒肌起粟"、"吹香"、"麦饭"、
"大漠"四例,证明其不能准确考证文学语言或典故的渊源。但《提要》的批评
并没有说到痒处,恐怕惠氏也不会首肯。《训纂》的缺陷,主要是重视知识性而
轻视文学性,对诗歌词汇的历史内涵、知识内涵发掘深刻,但对诗歌主旨和诗
歌艺术的评论却基本空缺,这与其重视学问、讲究"征实"的经学家身份有关。

《训纂》的不少条目,对来龙去脉大肆考证,超越了理解作品之需,如卷四下《伪汉刘袭冢歌》"刘袭冢",先述其具体位置,又大段介绍来历不明、神乎其神的关于官民发掘刘袭冢的经过,最后引徐爰注关于《五代史》的记载,全文443字,枝蔓冗杂,实无必要。《南海神祠》也对"南海神祠""三足乌""樊桐"不厌其烦地考索,表现出对知识的追求和偏好。但王士禛是"神韵"说的倡导者,其诗歌在语言、体裁、题材、艺术和风格方面皆有独到的造诣,《训纂》却缄默不语,因此许多地理、名物的注释,或无必要,或未能结合内容加以剪裁,这与赵殿成《王右丞集笺注》所犯错误一致,也是乾嘉时期的特点。《凡例》末云:"余撰《训纂》,既脱稿,凡习见之事,略而不载,同人以为言,复增益一二百条,颇嫌其繁。既已开雕,不及追改,识者鉴之。"其"增益一二百条",即附录的补注,内容基本是语言来源的考证,如卷四下《羚羊峡》"劳人功",注曰:"汪棣曰:少陵《泥功山》诗:版筑劳人功。"《自白鹿洞至三峡涧》"恐人行",注曰:"朱楷曰:贾浪仙《暮过山村》:落日恐行人。"那么"略而不载"的条目,除了一般典故,主要就是文学语言的考证。这些考证对惠栋而言既不熟悉,又看不起,所以"颇嫌其繁"。

《四库提要》又云:"是书先有金荣笺注,盛行于时,栋书出而荣书遂为所轧,要亦胜于金注耳。至于元元本本,则不及其诂经之书多矣。人各有能有不能,不必以此注而轻栋,亦不必以栋而并重此注也。"似乎不分轩轾,其实厚此薄彼。《训纂》的学术价值非《笺注》可比。卢见曾为《训纂》作序,一叹曰"此数千百年注诗来绝无而仅有之书也",再叹曰"其与元之注苏并峙千古"。同时稍后的乾隆学者靳荣藩曰:"往见《精华录训纂》,窃喜其为渔洋毛郑",又曰"非敢谓足当于《训纂》之万一"(《吴诗集览序》),对《训纂》渊博浩繁的引证表示由衷敬佩。其诗末条目的注释方式,也被学者效仿,如乾嘉学者吴翌凤注释《吴梅村诗集》,"总附于本诗之后,注中仍用大字标目,庶读者一目瞭如,仿惠氏《精华录训纂》例也"(《吴梅村诗集笺注凡例》)。二百年来,渔洋诗注林立,但大体以之为根柢,江河不废,殆其谓欤!

(二)金荣《渔洋山人精华录笺注》

金荣,字林始,昆山人。生卒及生平均不详。据《渔洋山人精华录笺注·凡例》"笺注缘起于康熙庚寅岁(1710),……至雍正甲寅(1734)冬,注稿粗定",可知前后耗时二十多年。刊刻于乾隆乙卯(1735)。

《渔洋山人精华录笺注》,卷首有钱谦益《序》及《古诗一首赠王贻上士禛》,次

"附录"，收渔洋论诗 10 条；次渔洋画像，次凡例 21 条。次总目，如卷一"古今体诗一百三十九首"，注曰："《渔洋集》，顺治丙申、丁酉、戊戌、己亥、庚子"；卷五"古今体诗一百五十五首"，注曰："《蜀道集》，壬子"等。次年谱，次注释正文 12 卷，诗歌按时序编年，每卷署名"中吴金荣林始笺注，徐淮岱阳纂辑"；末附《补注》。

　　金荣《笺注》有自己的一些特色，首先是就是编年较准确。《凡例》第一条曰："集中大半于役之作，川途险阻，雨雪往来，读者即目瞭然，非独少陵号为诗史也"，"山人出处，可以概见"。其编年参照王士禛按年编排的自编诸集，对其中错误作了修正。士禛少有诗名，随写随刊，先后出版《渔洋山人诗集》《续集》《蚕尾集》《蚕尾续集》《蚕尾后集》《南海集》《雍益集》，皆是亲自编订的编年体诗集，《带经堂集》即上述诸集的合编，而《精华录》乃《带经堂集》的"精华"，作品年代大多可考。而渔洋有自订《年谱》，更可参照。如卷一《蟏勺亭观海》，题注曰："先生是岁省兄于东莱，观海蟏勺亭，游亚禄山林氏园，观窟室画松。"当依照《年谱》而定。

　　其次是重视对创作背景的介绍。渔洋足迹天下，交游极广，因此对诗歌本事的考证成为金注的重点。而渔洋著述丰富，如《蜀道驿程记》《秦蜀驿程后记》《陇蜀余闻》《皇华记闻》《池北偶谈》《香祖笔记》《古夫于亭杂录》等著作笔记中有大量涉及诗歌掌故的资料，金荣据此并杂引其它文献，有助于理解加深诗歌理解。如卷一《醴泉谒志公像观唐碑》，题解引渔洋"自注"，引顾炎武《金石文字记》，又引《洛阳伽蓝记》，分别注释"志公""唐碑"；正文注释引渔洋"自注"和《指月录》《南畿志》《南史》《集古录》《金石录》《醴泉寺记》等，考证名物、地理；诗末又引渔洋《池北偶谈》《长白山录》，考证唐碑的历史和文字，以及"志公"得名。诗注的主要内容就是这些创作背景及各种名物、地理、史实的考证。一些较为艰深偏僻的词汇，多引惠栋注。也有极少数辩驳惠栋注，但却驳错了，如《秦淮杂诗十四首》"玉窗清晓坲多罗"，"多罗"，惠栋注引《太平御览》，释为"粉器"，也就是脂粉盒。金荣引《南史·扶南国传》"五十人食器，又如瓦埦，名为多罗"，认为"《御览》所引为误"。但从诗意看，是歌咏秦淮往事，诗有"尽日凝妆明镜里"之句，当以"粉器"为宜。

　　至于文学方面，《凡例》曰："山谷云：杜诗无一字无来历。山人亦然。自是殚力搜讨，历廿余年。"但从实际来看，对语言典故的文学注释不多，即使有也大多是浅近之词，如卷二《傅侯天马歌》，引《周礼》"马八尺以上为龙"注释"身八尺"，引《汉书》注释"流沙""西极"，引鲍照诗注释"玉山之禾"，引《汉书》注释"阊阖"，又引《汉书》"师古注"注释"浮云"等；卷三《寄答汪苕文二首》注释"蝉蜕"、"轩冕"等，这些词汇多为惠栋不屑注释的，后来惠栋批评说"皆浅近习见之语，又多谬误",基本符合事实。

此书在当时就引起争议。惠栋《训纂》成稿后并未刊刻,初稿为金荣所得。金荣《笺注凡例》曰:"乙卯秋(1735),于友人处得惠君栋定宇本,喜其赅洽,而于当代事颇为周悉,亟录之,以补余所未逮。"《笺注》刊刻于今年,但面世后遭到惠栋的严厉贬斥,惠作《金氏精华录笺注辩讹》一卷,曰:"余著《精华录训纂》二十卷,补注《年谱》二卷,既脱稿后,遂有好事者昆山金君林始,集为《笺注》一书,令古近体为一,取余注参错注之。如一幅缣帛,割裂殆尽。金君间有增益,皆浅近习见之语,又多谬误。"又曰:"余注《精华录》初成,有妄庸子者窃其书以行于世。……某氏窃余注妄有增益,余因作《辩讹》一卷。"(《九曜斋笔记》)惠氏批点亦言及此事,如上海图书馆藏有一部金荣《渔洋山人精华录笺注》,系清代金氏凤翔堂刻本,有惠栋批点,以墨笔批注的方式,纠正金荣《笺注》在引书、地理、人物方面的错误九十多条,这些内容后来大多被收入《笺注辩讹》中。总结而言,《笺注》有如下不足。

一是严重的学术错误。如不辨书名,《秋柳诗》"浦里青荷中妇镜",金氏引何良俊《世说补》云云,何良俊撰《语林》,后人采附《世说》,故谓之《世说补》;《江行望乌尤山》,金氏引宋祁《蜀中方物记》云云,按宋子京撰《益部方物略》,金引《蜀中方物记》,乃明曹能始《蜀中十志》之一。类似的错误还有不少,正如惠栋《金氏精华录笺注辩讹》所云,"所引书有葛立方《晋阳秋》(孙盛撰《晋阳秋》,葛常之撰《韵语阳秋》,一东晋人,一赵宋人),周处《岳阳风土记》(周子隐撰《风土记》,范致明撰《岳阳风土记》,一晋人,一赵宋人),郑康成《礼疏》(康成撰《三礼注》,未尝作疏。义疏之名,起于六朝),许慎《说苑》(许叔重撰《说文》,刘子政撰《说苑》)"等,指出金注在引书方面的常识性错误。或者乱标书名,如《漫兴》"食肉尔何人",金氏引许慎《说文解字》云云,但据惠栋考证,许慎《说文解字》并无所引文字,这些文字出自刘向《说苑·善说》,说明金氏没有核对原书。有的错误十分严重,如《西凉神祠曲》,金氏引"任渊《后汉书·西域传》注"云云,但任渊是注释黄庭坚诗歌的著名学者,并未注《后汉书》,只能说明这是金氏转引任渊《山谷诗集注》的材料。地理方面,《京江夜雪》"何当踏雪三山顶","京江"即今镇江,"三山"即镇江的金山、焦山、北固山。但金氏却引山谦之《丹阳记》云云,其实《丹阳记》所载乃金陵三山,文不对题。人名方面,如《戏仿元遗山论诗绝句》"不解雌黄高仲武",金氏注曰:"高仲武,名适,晚唐人",令人瞠目。高适字达夫,又字仲武,是著名的盛唐诗人。高仲武,唐诗选家,编有《中兴间气集》,中唐人。名物方面,如《题张敦复大宗伯赐金园图》"龙公鸢尾啸烟雨,鹿角鼠须饱霜霰","龙公"、"鸢尾"、"鹿角"、"鼠须",分别指松、竹、墨、笔,而金氏几乎皆注错。也有少数名物注释较好的,如《秋柳四首》"黄骢曲",金注引段安节《乐府杂录》,显然优于惠氏徐燧注所引《唐书·礼乐志》,但这样的条目很少,且金注也是在惠注基础上改进的。

二是恶劣的学风问题。上图金荣《渔洋山人精华录笺注》的惠栋批点本,还保存一些惠栋批评金氏剽窃的文字,如金氏《凡例》曰"近体中注,兼采之徐君(燧)龙友",惠氏于书眉批"讳窃为采,大干法纪";卷五《江行望乌尤山》末,惠氏批曰:"采惠注而讹者十二三,盗惠注而有者十八九。"①以著名的《秋柳四首》为例,《笺注》确有 5 处标明引用徐燧注,但以金荣的条件,不太可能接触到徐燧注本,这 5 条显然抄自《训纂》。但惠栋《训纂》引徐燧注有 15 条,对比惠、金二注,其余 10 条中,"大道王""永丰坊""扶荔宫""枚叔""公孙"等 5 条,金氏皆抄袭徐燧注而未标明。还有 5 条,基本是改头换面的结果,如"中妇镜",金氏在徐燧注引江从简《采荷讽》的基础上,加上出处"何良俊《世说补》",结果还是错的;"女儿箱"抄袭徐燧注,不过多引了两句诗;"板渚"的注释基本相同,徐燧注引《隋书》,金氏改引《资治通鉴》;"西乌",徐燧注曰:"《乐府》有《西乌夜飞曲》。"金氏改曰"释智匠《古今乐录》"云云,煞有介事,其实《乐府诗集》所引《古今乐录》久已失传,金氏此条还是抄袭;"桃根",金氏在徐燧注所引诗歌的基础上,加上"谢灵运《乐府集》"这个不知所谓的出处。除了徐燧注,《秋柳四首》惠栋"灵和殿"的注释,也被金氏直接抄袭。大概金氏唯一的注释,就是"东风作絮糁春衣"中"糁"的释义。另外,金氏将惠栋补注的渔洋自撰《年谱》移花接木,故意使人以为《年谱》及注文皆金氏撰著,用心和手段卑劣,遭到惠栋呵责。而许多的注文,看似简洁,其实是从惠注众多引证中偷窃一条而已。如《对酒》"大酺十日除宫刑"一句,"大酺",《训纂》引《汉书·文帝纪》《史记·孝文本纪》和曾巩《隆平集》,《笺注》只引《汉书·文帝纪》;"除宫刑",《训纂》引贾公彦《周礼疏》、孔颖达《尚书正义》、晁错《对策》三个文献,《笺注》只引贾公彦《周礼疏》云云。相似例子不胜枚举,应该说,金注抄袭现象十分严重。金氏名不藉甚而胆壮过人,身无长物而拾人唾余,宜乎惠栋批为"妄庸子"。

(三) 伊应鼎《渔洋山人精华录会心偶笔》

伊应鼎(约 1688—1775),雍正 10 年(1732)举人,乾隆元年(1736)进士。新城(今山东桓台县新城镇)人,与王士禛同里。新城伊氏与王氏关系密切,互通姻

---

①   参见郭立暄《惠栋手批本〈渔洋山人精华录笺注〉考辨》,《文献》2014 年第 5 期。

亲。伊应鼎祖父伊巘去世,王渔洋为撰墓志铭。

据其《渔洋山人精华录会心偶笔》自序,"康熙甲申(1704),王大司寇渔洋先生致政归里,时余龆稚",可知其十几岁时曾见过王士禛。也正是在渔洋归里期间,伊应鼎所作《暮过大司马旧园》等诗受到王渔洋的称赞,曰:"此诗直入盛唐三昧,以此做去,必以诗名当世,惜老夫不及见其成耳!"其奖掖后进,乐道人善如此,故伊氏选评,亦有报答知遇之恩的意思。《渔洋山人精华录会心偶笔》6 卷,刊刻于乾隆 23 年(1758)。全书选评渔洋诗 301 首,在惠栋注释的基础上,以评为主,重在剖析主旨和诗法,探求诗歌的"神韵"。如《方山道中》,评曰:

> 诗只是情、景二字,说景处要自然活现,言情处要寄托深微,有余不尽方是好手。若言景而出于雕饰,言情而涉于造作,斯为下乘矣。此诗只是信口道来,如无意为诗,而点景传情,色色入妙,正所谓"不着一字,尽得风流"、"俯拾即是,不取诸邻"者也。(卷 3)

正如袁承宠《序》所言:"近有东吴惠子所作《训纂》,颇极精核,又详于典故,而大旨所在,未经剖析。"故伊氏所论,重在诗歌艺术,以补惠注不足。再如评卷五《雪后怀家兄西樵》曰:

> 五言绝句,以古淡闲远为上乘。言景则当如温伯雪子之目击而道存,信手拈来,不假思议也;言情则当如嵇叔夜之手挥目送,意在个中,神游象外也。故禅宗以可说为粗,以不可说为妙。是不可说,亦不可说为妙中之妙。如此诗之"竹林斜照"、"陌巷幽寂"、"空庭暮雪",此其可说者也;"千里相思",此其不可说者也。徒然相思,千里终不可至。不可至而神魂悠忽,若或往往来来于千里之间。日云暮矣,积雪空庭,身如枯木,心同死灰,此其独对时之意象,所谓"不可说"、"亦不可说"者也。于此参之,诗中三昧,思过半矣。

这些评论,的确深得渔洋诗歌之妙,所举景致如"竹林斜照""陌巷幽寂""空庭暮雪"等,多为冲淡超逸、含蓄蕴藉的风格,但另一方面,片面地强调诗的空寂超逸、镜花水月的境界,反对现实性强的诗歌及沉著痛快、酣畅淋漓的风格,乃至强调"不可说为妙中之妙",不免走上迷离恍惚、不知所云的境地了。

晚近学者李详指出:"昔《曝书》诸集,《精华》王录,注者皆乡里之后生,徒彦之胄子。"(《顾诗笺注序》)钱谦益诗歌有族孙钱曾之注,朱彝尊诗则有江浩然、杨谦、孙银槎等嘉兴学者作注,王士禛诗则有弟子惠士奇之子栋作注,又有同里伊应鼎为之选评。晚辈后学成为清朝当代诗注的主力军,这也是清代诗注的一个特色。

第三节　方世举与清中期的韩愈诗注

清代早期顾嗣立单刊韩诗并为之笺注,其功不浅,但尚待完善。清代中期的韩愈诗注方兴未艾,延续清初的势头,与统治者的提倡和评论有很大关系。《唐宋诗醇》是清代乾隆前期题署"御选"的大型唐宋诗选,它在唐宋两代的千百位诗人中精选出李、杜、白、韩、苏、陆六人,其中尤见手眼的是韩愈和陆游两人。卷二七总评韩愈说曰:

> 韩愈文起八代之衰,而其诗亦卓绝千古。论者常以文掩其诗,甚或谓于诗本无解处。夫唐人以诗名家者多,以文名家者少。谓韩文重于韩诗可也,直斥其诗为不工,则群儿之愚也。大抵议韩诗者,谓诗自有体,此押韵之文,格不近诗;又豪放有余,深婉不足,常苦意与语俱尽,盖自刘颁、沈括,时有异同。而黄鲁直、陈师道辈遂群相訾謷,历宋、元、明,异论间出,此实昧于昌黎得力之所在,未尝沿波以讨其源,则真不辨诗体者也。夫六义肇兴,体裁斯别。言简而意赅,节短而韵长,含吐抑扬,虽重复其词,而弥有不尽之味,此风人之旨也。至于二雅三颂,铺陈终始,竭情尽致,义存乎扬厉而不病其夸,情迫于呼号而不嫌其激,其为体迥异于风,非特词有繁简,其意之隐显固殊焉。千古以来,宁有以少含蓄为雅颂之病者乎? 然则唐诗如王、孟一派,源出于风,而愈则本之雅颂,以大畅厥辞者也。

指出韩诗本于雅颂的性质,亦即以铺陈其辞和直叙其事为主要手段的艺术特征,有别于王、孟诗派那种兴象深婉、意在言外的诗风,这是历史上首次理直气壮地为韩诗张目。接着又论述韩诗的艺术成就曰:"其壮浪纵恣,摆去束缚,诚不减于李;其浑涵汪茫,千汇万状,诚不减于杜。而风骨峻嶒,腕力矫变,得李、杜之神而不袭其貌,则又拔奇于二子之外,而自成一家。夫诗至足与李、杜鼎立,而论定犹有待于千载之后,甚矣诗道之难言也。"认为韩诗可与李、杜鼎立,极大提高了对韩诗的评价。方世举《韩昌黎诗集编年笺注》正是韩诗日益受到重视情形下的产物。

方世举(1675—1759),一字扶南,号息翁,桐城人,方苞从弟。康熙进士,历康熙、雍正两朝,官中书舍人。康熙五十八年,因戴名世《南山集》案牵连,与从弟贞观同贬边疆。雍正元年放归,居扬州,从事著述。生性旷达,致力读书治学,诗宗杜、韩。著有《韩昌黎诗集编年笺注》《李长吉诗集批注》《春及堂诗钞》《兰丛诗话》等。

方氏为桐城华族,冠盖相望,文化传统深厚,交游者多硕儒俊彦,而世举本人亦著述甚丰,掌故颇多。方氏受《南山集》案牵连,曾在扬州程家坐馆多年,因此与程梦星、程晋芳等交往甚密。《春及堂集》有《题表弟程午桥编修篠园》诗一首,程午桥即程梦星。萧穆《方息翁先生传》说,方世举"又有《李义山诗集笺注》,其表弟江都程太史梦星借刊之,世多有其书"。① 后来刘体信根据萧穆此条记载,认为"程注之本,本为方氏原稿,程氏攘而有之,如郭象之注《庄》矣。此事外间罕有知之者,故记之于此"。② 所以《李义山诗集笺注》究竟何人所著,尚有疑惑。《韩昌黎诗集编年笺注》也差点张冠李戴,程晋芳曰:"先生别著《昌黎诗集注》行于世,未刻时,尝欲以此售于余,仿徐淑士《春秋地名考略》例。余笑曰:'生平一字不假借人,岂肯为郭象、宋齐邱耶?'先生大笑,曰:'外家得此人,足以张吾军矣,异日声名在老夫上也。'"③方氏欲售著作,大概与其坎壈贫困有关,但其为人洒脱不羁,对著述不甚爱惜,亦可侧见。

关于注韩的缘由,与其宗法韩诗有关。陈诗《尊瓠室诗话》云:"先生为朱竹垞门人,博学笃行,诗宗杜、韩。近时选家多称其近体,余独爱其古诗,如长江大河,波澜不穷,是真得杜、韩之法乳者。"好之乐之,方氏正是笺注韩诗的合适人选。而友人顾嗣立笺注韩诗,多有不惬意处,遂兴亲注之念。方氏曰:"初从朱竹垞先生游,值友人顾侠君《笺注昌黎集》新出,凡宋人有说皆收之,用力勤矣,而诸说于昌黎身世多有不合。少年率尔,遂贸贸指摘于先生前,先生不责而喜之,且怂恿通考,以为异日成书。此余为《韩诗编年笺注》所自始也。"④其实《昌黎先生诗集注》的作者顾嗣立(字侠君)出生于康熙四年,方氏出生于康熙十四年,方氏只幼十岁,两人是同代人,且有交游,但顾注刊刻于康熙三十八年(1699),而方注刊刻于乾隆二十三年(1758),较顾注面世晚了59年,几乎一个甲子。

方氏的贡献,首先是对韩诗编年。韩诗适于编年,章学诚论曰:"唐人诗集宜

① 《敬孚类稿》卷十二,黄山书社1992年版,第316页。
② 《苌楚斋续笔》卷八,中华书局1998年版,第422页。
③ 金天翮《皖志列传稿》,民国二十五年刻本。
④ 方世举《兰丛诗话》,郭绍虞《清诗话续编》,上海古籍出版社1983年版,第770页。

编年者莫若杜、韩,杜之编年多矣,韩则仅见于此。是固论世知人之学,实亦可见。"①在此之前,历代韩集注本均按体裁编排,方世举合并唐代李汉所编《正集》十卷诗和《外集》《补遗》诗,然后按年编排。编年对于理解诗意有直接关联。方氏举例曰:"其有年未明编、遂误笺说者,如《南山有高树行赠李宗闵》,……今笺者以为刺之,盖因文宗三年宗闵为相,党局始兴,七年复相,秽迹大著,君子不党,诗必刺之,而不考韩公殁于长庆四年,其时相去甚远,且隔敬宗一朝,何由而预知其非早为议刺之诗乎?此大谬也。"(《自序》)为此他按照韩愈生平经历,将韩诗编为十二卷,"卷一凡三十五首,起少时作,迄登第后佐董晋于汴、佐张建封于徐诸诗","卷二凡三十八首,起贞元十六年,去徐居洛,十七年从调京师,十八年为四门博士,十九年拜监察御史,迄二十一年春为阳山令时作"等,年经月纬,井然有序。在具体编年中,亦颇多识力,如《落齿》诗,有"去年落一牙,今年落一齿",而《与崔群书》作于贞元十八年,有"左车第二牙,无故摇动脱去"文字,则《落齿》诗作于十九年无疑。《酬蓝田崔丞立之咏雪见寄》,有"京城数尺雪,寒气倍常年"之语,《旧唐书·宪宗纪》有元和八年冬大雪致灾的记载,诗宜作于八年。《送李六协律归荆南》先引《新唐书·李翱传》叙述李翱履历,又"考翱生平履历见于其文者",用他书来证《新唐书》,再详引韩愈和李翱行迹,相互比勘,细密推究,得出此诗作于元和九年的结论。《永贞行》诗有"郎官清要为世称,荒郡迫野嗟可矜"句,据《旧唐书·宪宗纪》永贞元年九月韩泰、韩晔、柳宗元、刘禹锡等人被贬的史实,方氏曰:"郎官、荒郡,意指刘禹锡坐叔文党,贬连州也。公方量移江陵,而梦得出为连州,邂逅荆蛮,故作是诗。观终篇之意,可见禹锡至荆南改武陵司马,此诗未改武陵前作也。"结论令人信服。卢见曾曰:"方世举先生撰《昌黎编年诗注》,博极群书,详考事实。大抵援新、旧两《书》以正诸家之误,援行状、墓志以正两史之误。"(《韩昌黎诗集编年笺注·序》)方氏《自序》亦云:"今一一考诸史证诸集,参诸旁见侧出之书,以详其时,以笺其事,以辨诸家之说,敢自谓知其意得其是乎?"方氏开创性的编年工作硕果累累,为后世的韩诗研究奠定了坚实基础。

其次是对诗意的开掘。注释而不探究诗意,这在方氏看来是不可取的。《自序》曰:"注而不笺,则非子夏《三百篇》小序之旨,又不得孟子以意逆志、知人论世之义。夫以意逆志须精思,知人论世必详考。善哉,司马迁之言曰'好学深思,心知其意',此精思之谓也;班固之言曰'笃学好古,实事求是',此详考之谓也。深思始可笺注,求是则必编年。不得其时而漫为笺注,知其意、求其是也难。"编年

---

① 章学诚《韩昌黎诗集编年笺注书后》,《清代文论选》,人民文学出版社 1999 年版,第 635 页。

和笺注是一体两面、密不可分,故其对韩诗多方寻绎诗意。如卷二《杂诗四首》其二,写乌、鹊和黄鹄,当意有所指,但具体何谓,难以明言,方氏注曰:"乌、鹊争斗,谓韦执谊本为王叔文所引用,初不敢相负,既而迫公议,时有异同,叔文大恶之,遂成仇怨,是自开嫌衅之端也。黄鹄指贾耽,以先朝重望,称疾归第,犹冀其桑榆之收也。"指出此诗影射韦执谊与王叔文之间的朝争。再如《南山有高树行赠李宗闵》诗,"乃悯其谪出远州以规讽挤之者,事在穆宗长庆之初,时宗闵有令名无败行,韩公素与交好,又尝同为裴度幕官,故有此诗,诗之结语不平可见。"《效玉川子月蚀诗》:"卢开手便书元和庚寅,韩诗亦书新天子即位五年,是为王承宗不庭之时。时从裴度言用兵,诏四面行营讨之,诸将畏怯,逗遛不前,以故诗中以东西南北星文比而刺之。"这些结论,均以大量史实为基础,抓住韩诗非漫与而作的特点,得孟子以意逆志、论世知人之义。

　　方注是集注,对旧注的吸收也体现了较高水平。据统计,引用旧注共 706 条,其中百条以上者,有东雅堂本 167 条、方崧卿本 123 条、王伯大本 116 条,这几部质量较高的注本,是方注博观约取的重要保障。①

　　方注也不免有滥注、误注之处。此注由卢见曾雅雨堂刊刻,卢见曾为之序曰:"扶南老矣,将售是书以为买山计,余既归其赀,且付剞劂。扶南学问浩博,然未免有贪多之病,其注之重复者,如汤汤字,首卷《古风》既注'尧典',二卷《龙宫滩》诗复注之类;习见者,如《淄磷》以《论语》注,不能以《孟子》注之类;以诗注复以赋注者,如'丝竹'字,既以苏武诗注,复以任昉赋注之类;不须注者,如'浩浩'、'悠悠'、'开卷'、'低头'之类,尽删之;讹舛者,如《魏都赋》'肃肃阶闼'作'肃肃阶闼',《后汉书》'辒辌柴毂'之类,更正之。"卢见曾是乾嘉时期著名学者,他用买下书稿的办法资助贫寒的方氏,同时又校勘指正,并刻印付梓,仍署方氏之名,是文人惺惺相惜的佳话。其它如《谴疟鬼》诗,方氏曰:"此为宰相李逢吉出为剑南东川节度而作也。《旧唐书·李逢吉本传》,为贞观中学士李立道之曾孙。《新唐书·宗室世系表》,载其出姑臧房,为兴圣皇帝之后,盖其人名家子也。然本传言其天性奸回,妒贤伤善,则名家败类矣,故诗借疟鬼为颛顼不肖子以刺之。"言之凿凿,但郑珍指出:"此诗公实因病疟而作。……方氏又以移之李逢吉,究是臆度。要之名门子孙,不修操行,以忝厥祖父者,比比而是。公自嬉骂疟鬼,而使不肖子读之,自知汗背,此即有关世道也,何必定指斥某人耶?"郑珍对方氏有关韩

────────────

① 参见郝润华、丁俊丽《方世举及其〈韩昌黎诗集编年笺注〉》,《周口师范学院学报》2010 年第 3 期。

诗的编年、释义、典故、诗艺，批评较多①。

　　方氏注本号称集大成，乾隆学者王鸣盛比较朱文公、魏仲举、东雅堂、顾嗣立和方世举数家，认为方本"编年为次，最有条理"②，梁章钜亦曰："编注韩诗者，多出吾乡人之手。最前者为莆田方崧卿之《韩集举正》，自朱子《考异》出，而其书遂微。其以《昌黎先生集考异》于本集之外，别为卷帙，不便寻览，重为离析，散入本句之下者，为福州之王伯大。而安溪李文贞公又以王伯大本讹脱窜失，颇失本来，复以朱子门人张洽所校旧本重刊，而其版亦旋佚。厥后有编辑《五百家音》之魏仲举，亦建安人，与所刊《五百家注柳集》同一炫博，不出书坊习气。前明又有不著名氏《东雅堂集注》，相传为廖莹中旧本，故世不甚重，其书且仍是采辑朱子及仲举之书，毫无新意。今欲求一初学读本，惟近人方世举所辑《编年笺注》十二卷，简而能赅，尚有条理，再求吾师纪文达公所批点之本合而读之，亦可得其大凡矣。"(《退庵随笔》卷 21)概括数种韩诗注本的优缺点，精炼妥当。

　　方氏同时或稍后，陈景云、王元启皆以校勘韩集为己任，对阐释韩诗亦有一定贡献。陈景云(1670—1747)，字少章，吴县人，著名藏书家、校勘学家。少从何焯游，博通群籍。其《韩集点勘》4 卷，《四库提要》曰："是编取廖莹中世彩堂所注韩集，纠正其误，因汇成编。卷首注曰校东雅堂本，以廖注为徐时泰东雅堂所翻雕也，末有景云自跋。莹中粗涉文义，全无学识。其博采诸条，不特遴择失当，即文义亦多疏舛。今观所校，考据史传，订正训诂，删繁补阙，较原本实为精密。"如《此日足可惜》"东西出陈许"，注曰："'东西'，当从宋闽本作'东南'。按公始至徐，徐帅馆之睢上，至秋方辟为从事，详见《与东野书》中。注家自失采，遂误以为初至即授幕职也。此诗乃未为从事时作，故喜张之来，有'连延三十日，晨坐达五更'之语。若已入使院，则方晨入暮归，安得此闲?"不仅校勘字词，且考证作诗背景。《刘生诗》"倒心回肠为青眸"，注曰："按青眸，即指上歌舞之人，公《感春》诗云'艳姬踏舞筵，青眸刺剑戟'可以互证。'倒心回肠'言刘生目成意移耳，'为'当读去声。且汴不引宋玉《高唐赋》'感心动耳，回肠伤气'之文，而举司马迁书，既属蔓引，至采阮籍青眼事，尤误。"考察"倒心回肠"的最早出处，驳斥旧注，甚见功力，成果多为后世采用。

　　王元启《读韩记疑》10 卷是又一考据力作。元启(1714—1786)，字宋贤，号惺斋，又号祗平居士，嘉兴人。乾隆十六年辛未(1751)进士，主讲多地书院三十

① 《跋韩诗》，《巢经巢文集》卷五。
② 《蛾术编》，商务印书馆 1958 年版，第 1196 页。

余年,尤长于考据之学,著述 38 种,涵盖经史文集。马纬云称:"惺斋王先生,尤癖于韩集,以朱子《考异》久无善本,字句多有异同,篇章不无窜乱,以及洪《谱》之疏漏,方、樊家好奇踵谬之说,朱子未经议及者,合诸家之本,句梳字栉,补缺纠谬。"(《读韩记疑弁言》)是书完稿于乾隆四十八年(1783),刊刻于嘉庆五年(1800)。仿朱子《韩集考异》体例,不录原文,拈字为注,校勘以双行小字夹注于下。如《题炭谷湫祠堂》"群嬉傲妖顽",注云:"依义当作'妖顽',诸本皆作'天顽',盖因'妖'误'夭',后更误'夭'为'天'尔,今改正。"内容虽多文字校勘,但涉及诗文注释等多方面,故有其独特价值。有的涉及诗歌的背景和主旨,如《夜歌》注曰:"旧注谓与前诗皆为德宗时强藩悍将而作。公方叹谋计之未就,虽欲忧之,非所力也。愚谓此诗自江陵还朝,初官国子博士日作。时公得遂北归,且未遭飞语,当时强藩悍将如杨惠琳、刘辟以次诛灭,欣然有太平之望,故其言如此。前诗'谋计'谓谋生之计,此云'所忧'盖指官资之崇卑。旧注非是。"[1]其成果多为今人钱仲联、屈守元所吸纳。

第四节　王琦与清代的李白、李贺诗注

王琦(1696—1774),字载韩,号琢崖,晚号胥山老人,浙江钱塘人。《李太白集注》和《李长吉歌诗汇解》二注,在前人基础上集思广益,被认为是集大成之作;且其帮助赵殿成完成《王右丞集笺注》,被视为清代最博学的注释家。他对注释学发表的看法,有较大价值,值得重视。

一、《李太白集注》

李白诗歌,历史上有南宋杨齐贤《集注李白诗》、元代萧士赟《分类补注李太白诗》、明代胡震亨《李诗通》、朱谏《李诗选注》、林兆珂《李诗钞述注》等注本。前三部质量较好,但也有明显的不足,如杨注繁琐,萧注疏略,胡注主要集中在乐府。王琦注吸收了三家的优点,甪弘取精,并对文、赋作注,是第一部诗文集全注本,奠定了其集大成地位。

首先是对李白的认识问题。李白研究长期面临的重大问题是对李白的评

---

[1]　《读韩记疑》卷一,《续修四库全书》第 1310 册。

价，王琦第一次对李白作出了较为客观而全面的评价：

　　　世之论太白者，毁誉多过其实。誉之者以其脱子仪之刑责，俾得奋
　　起而遂以成中兴之功；辱高力士于上前，而称其气盖天下；作《清平调》
　　《宫中行乐词》，得《国风》讽谏之体。毁之者谓十章之诗，言妇人与酒者
　　有九，而议其人品污下；又谓其当王室多难、海宇横溃之日，作为歌诗，
　　不过豪侠任气、狂醉花月之间，视杜少陵之忧国忧民，不可同年而
　　语。……若夫《清平调》《宫中行乐词》，皆应诏而赋者，其辞以富丽为
　　工，其意以颂美为主，刺讥之语无庸涉其笔端，理也。或乃捃扯其引用
　　之故事，钩稽其点缀之虚词，曰此为隐讽，此为谲谏，支离其语，娓娓动
　　人。然按之正文，皆节外生枝，杳无当于诗人之本意，殆有似夫谗人险
　　士，吹毛洗垢，而求索其疵瘢以为口实者。驯致其弊，为梗于语言文字
　　者不浅，不但有悖于温柔敦厚之教而已。善言诗者，骇之而勿敢道也。
　　至谓其诗多甘酒爱色之语，遂目以人品污下，是盖忘唐时风俗，而又未
　　明其诗之义旨也。唐时侑觞多以女伎，故青蛾皓齿，歌扇舞衫，见之宴
　　饮诗中，即老杜亦未能免俗，他文士又无论已，岂惟太白哉？若其《古
　　风》、乐府、怨情、感兴等篇，多属寓言，意有托寄，阳冰所谓言多讽兴者
　　也，而反以是相诋訾。……至谓其当国家多难之日，而酣歌纵饮，无杜
　　少陵忧国忧民之心，以此为优劣，则又不然。诗者，性情之所寄。性情
　　不能无偏，或偏于多乐，或偏于多忧，本自不同。况少陵奔走陇蜀僻远
　　之地，频遭丧乱，困顿流离，妻子不免饥寒；太白往来吴楚安富之壤，所
　　至郊迎而致礼者，非二千石则百里宰，乐饮赋诗，无间日夕，其境遇又
　　异。兼之少陵爵禄曾列于朝，出入曾诏于国，白头幕府，职授郎官；太白
　　则白衣供奉，未沾一命，逍遥人外，蝉蜕尘埃。一以国事为忧，一以自适
　　为乐，又事理之各殊者，奈何欲比而同之，而以是为优劣耶！后之文士，
　　左袒太白者不甘其说，而思有以矫之，以杜有诗史之名，则择李集中忧
　　时悯乱之辞，而捃摭史事以释之，曰此亦可称诗史；以杜有一饭未尝忘
　　君之誉，则索李集中思君恋主之句，而极力表扬，曰身在江湖，心存魏
　　阙，与杜初无少异。此其意不过欲擪抑李者之口，而与之相抗，岂知论
　　说杜诗而沾沾于是，颠倒事实，强合岁时，昔人已有厌而辟之者，何乃拾
　　其牙后慧，而又为李集之骈拇枝指哉！（《跋》）

这段跋文全面回顾历史上关于李白评价及其诗注的几种极端倾向，多方面回击
了对李白的误解和污蔑，为正确评价李白奠定基础，是一篇重要文献。其观点在

注文中也多次体现，如卷五《清平调》其二，萧注称其"云雨巫山"的典故暗讽明皇、寿王父子聚淫，王琦则直揭其荒谬："云雨巫山，汉宫飞燕，唐人用之，已为数见不鲜之典实。……《清平调》是奉诏而作，乃敢以宫闱暗昧之事，君王所讳言者而微辞隐喻之，将蕲君知之耶，亦不蕲君知之耶？如其不知，言亦何益？如其知之，是批龙之逆鳞而覆虎尾也，非至愚极妄之人，当不为此。又太真入宫，至此时几将十载，斯时即有忠君爱主之亲臣，亦只以成事不说，既往不咎，付之无可奈何，而谓新近如太白者，顾托之无益之空言而期君之一悟，何其不智之甚哉！"这些分析入情入理，这与王琦不好奇怪之谈、不好钩深索隐的宗旨有关，因此从思想认识上保证了注本的质量。

其次，该注是文献学和文艺学集合的典范之作。就版本而言，王琦十分谨慎，他在《跋》文中详尽记述李集自宋以后的十数种版本，俨然一个版本专题史，最终他获得昆山传是楼所藏宋刊本，"兹本自二十五卷以前略依萧本，杂文四卷略依郭本，而以缪本参订其间。郭本杂文五卷，今依缪本合序文二卷为一卷，别采萧本所逸而缪本有者，得诗九首，及他书所录集外诸作，汇为《拾遗》一卷，以合三十卷之数"。所谓"萧本"，即元萧士赟《分类补注李太白诗》二十五卷本；"缪本"，即康熙五十六年(1717)缪日芑刻本；"郭本"，即嘉靖二十二年(1543)郭云鹏宝善堂刻本。这个本子也成为今天各种注本的通行底本。就辑佚而言，王琦从缪本辑得九首，从《才调集》辑得二首，从《文苑英华》辑十七首，从《太平广记》辑一首，从《侯鲭录》辑一首，从《苕溪渔隐丛话》辑三首，从《万首唐人绝句》辑三首，从《方舆胜览》辑三首等，这些辑作基本可信。就校勘而言，王琦校勘精审，许多成果已成共识，如卷八《秋浦歌》其一七"桃波一步地"，注曰："本集二十卷内有《清溪玉镜潭宴别诗》，注云：'潭在秋浦桃胡陂下。'是'桃波'乃'桃陂'之讹无疑矣。"卷一三《独酌清溪江石上寄权昭夷》，"江"字下注云："似缺一'祖'字。"又云："清溪、江祖石俱在池州。"卷一九《酬王补阙惠翼庄庙宋丞泚赠别》，诗题不知所云，王琦注曰："诗题疑有舛错。按，睿宗子申王撝，开元八年薨，谥惠庄太子。宋泚必为惠庄太子陵庙丞者也，翼则王补阙之名耳。'惠翼'当作'翼惠'为是。"就是说题目应作《酬王补阙翼、惠庄庙宋丞泚赠别》，诗乃赠别王翼、宋泚二人的。类似的高质量校勘还有很多。在版本、校勘、辑佚方面，王琦的工作是十分出色的。

文学方面，由于李白诗大多主旨清晰，王琦一般谨慎惜言，但少数篇目出于辨析之需，亦点明诗意。如卷二《古风》之四四"绿萝纷葳蕤"，注曰："古称色衰爱弛，此诗则谓色未衰而爱已弛，有感而发，其寄讽之意深矣。"有时赏析诗句，如卷四《于阗采花》曰："昭君事，本是画工丑图其形，以致不得召见，太白则谓'丹青能令丑者妍，无盐翻在深宫里'，熟事化新，精采一变，真所谓圣于诗者也。"《江上吟》迷离恍惚，难得其解，王琦曰："'仙人'一联，谓笃志求仙，未必即能冲举，而忘机狎物，自可纵适一时。'屈平'一联，谓留心著作，可以传千秋不刊之文，而溺志豪华，不过取一时盘游之乐，有孰得孰失之意。然上联实承上文泛舟行乐而言，下联又照下文'兴酣落笔'而言也。特以四古人事排列于中，顿觉五色迷目，令人骤然不得其解。似此章法，虽出自逸才，未必不少加惨淡经营，恐非斗酒百篇时所能构耳。"令人耳目一新。有的驳斥误解，如《山人劝酒》，萧士赟曰"盖为明皇欲废太子瑛有感而作"云云，王琦曰："此诗大意美四皓，当暴秦之际，能避世隐居；及汉有天下，虽一出而辅佐太子，乃功成身退，曾不系情爵位，真可以希风巢、许者矣。箕山、颍水是二子洗耳盘桓之地，俱在嵩山，故望之而慨焉生慕，巢、由如在，意气可以相倾，此正尚友古人之意。"相形之下，萧氏解诗确实狭隘固陋。《宫中行乐词八首》对萧氏的驳斥也与此类似。乐府诗多处引用胡震亨的评论，均很精彩，如《蜀道难》引胡氏评论曰："白蜀人，自为蜀咏耳，言其险，更著其戒，如云'所守或匪亲，化为豺与狼'，风人之义远矣。必求一时一人之事以实之，不几失之凿乎？"所论平实通达。《相逢行》《君马黄》《日出入行》等引胡氏辨析李白对乐府的贡献，均甚中肯。

　　第三是考证可信。考证包括多方面，尤其关于史实的考证，甚见功力。如《猛虎行》结合天宝十五载的历史，认为乃"太白与张旭相遇于溧阳，而太白又将遨游东越，与旭宴别而作也"，以下引用大段文献，证明其说信而有据。《塞上曲》认为"盖追美太宗武功之盛而作也"，接着结合《唐书·突厥传》，分析诗歌所咏，合情合理。王琦《序》曰："至于郡国州县之沿革，山川泉石之名胜，亭台宫寺之创建，鸟兽草木之名状，尤加详考，不厌繁复，盖将以为多识之助。"因此注文中对各种地理名物的考证较为翔实，总体而言是可靠的，金开诚《历代诗文要籍详解》对此有专门介绍，此不赘述。或分析用字，如卷二五《在浔阳非所寄内》分析"非所"二字，引《后汉书·陈蕃传》"或禁锢闭隔，或死徙非所"，《晋书·曹摅传》曹摅怜悯死囚，曰"卿等不幸，致此非所"，刘长卿有《非所留系闻长州军笛声》，得出"非所"即囹圄的看法，扎实可信。

　　《四库提要》曰："其注欲补三家之遗阙，故采摭颇富，不免微伤于芜杂。然捃拾残剩，时亦寸有所长。自宋以来，注杜诗者林立，而注李诗者寥寥仅二三本。录而存之，亦足以资考证。是固物少见珍之义也。"这个评价显然太低。此注当然有所不足，如岑仲勉《唐集质疑》说："王氏注《太白集》，于人事方面殊多缺憾，远不如宋人注韩、柳之详细,此固时代较后使然,要亦未尽搜罗能事也。"金开诚《历代诗文要籍详解》亦列举众多事例,可以参看。还有一些细节值得商榷,如大段引用历史文献而不加节制,另外限于条件,王注还是分类本,而非清人常见的编年本。个别旧注不标明作者,如《临江王节士歌》,注曰:"《汉书·艺文志》有'《临江王》及《愁思节士歌诗》四篇',宋陆厥作《临江王节士歌》,盖误合而为一也。太白此题,殆仍其失者欤?"其实这段文字完全暗袭朱鹤龄《杜诗辑注》对杜诗《魏将军歌》"临江节士安足数"的考证,却没有标明。但从精审而言,列为名家名注当属无愧。当代李、杜新注动辄数百万乃至千万字,实已超出读者之需,该注博洽简洁,很长时期内当是合适的李白注本。

该注的几篇序言也是诗歌注释学的重要文献。齐召南《序》曰:"注古人书,虑闻见不博也,尤虑其识不精。既博且精,又虑心偶不虚不公,知有疑勿阙,有误亦曲为解。"指出注家之博、精、公等素质的重要性。杭世骏《序》曰:"作者不易,笺疏家尤难。何也?作者以才为主,而辅之以学。兴到笔随,第抽其平日之腹笥,而纵横曼汗以极其所至,不必沾沾獭祭也。为之笺与疏者,必语语核其指归,而意象乃明;必字字还其根据,而证佐乃确。才不必言,夫必有什倍于作者之卷轴,而后可以从事焉。空陋者固不足以与乎此,粗疏者尤未可以轻试也。"指出注释之难,颇中肯綮,已成为学界共识。

二、《李长吉歌诗汇解》

李贺诗,自南宋吴正子注、刘辰翁评点的《笺注评点李长吉歌诗》面世以来,明代有徐渭、董懋策、曾益、黄淳耀等人,清代有顾景星、姚文燮、余光、李汝栋、姚佺、丘象升、丘象随、方世举等人先后为李贺诗评注,但总体成就不高。尤其是姚文燮《昌谷集注》,大肆索隐,牵强附会,《凡例》第二条至云"余亦谓之诗史也",因此以诗史观念挖掘李贺诗中的"微言大义",如《酬答》其一,讽刺豪贵作威作福、小人趋炎附势,而姚注却坐实为刺讽宦官李忠言、昭容牛氏及土叔文、柳宗元一群人物,说德宗死后,牛、李专权于宫中,王伾、王叔文等决事于翰林,"而柳宗元辈亦推奉奔逐,采听谋议,汲汲如狂。……观柳花内家,不可识其所指耶?"根据就是"柳花"影射柳宗元,"内家"影射李、牛。《艾如张》以张罗捕雀为喻,把当时的社会比作陷阱,姚注说是讽刺深文峻法。《公无出门》把当时社会描绘成凶兽遍布、肆意害人的黑暗世界,姚注却硬解为悲伤韩愈。这种注释,表面看来似乎突出了李贺"诗史"性质,其实是欲褒反贬。他把李贺诗抬高到了无以复加的崇高地位，却对其宫体诗、颓废诗、伤感诗、鬼神诗、应酬诗等视而不见。种种做法，均起到了反面典型的作用。因此《昌谷集注》也基本是一部失败的注本。① 但这种索隐钩玄一路的方法在清代很有市场，一度大行其道。

王琦《李长吉歌诗汇解》五卷，卷首《自序》作于"乾隆二十五年"（1760）；次为首卷，罗列当时搜集的历代评语、序跋、传论，次为正集四卷，次为外集一卷，次为《补遗》，有从《乐府诗集》采录的两首逸诗。

该注的特色在于"解意"，类似于仇兆鳌《杜诗详注》的"内注"。历史上注释李贺诗大致可分两派，一是索隐钩玄，试图分析诗歌背后的"大义"，以姚文燮为代表，人数不多；二是只重征引、不顾诗意。这种方法沿袭李善，但李贺诗想象丰富，戛戛独造，创新多而陈言少，单纯倚重征引法并不合适。加上李贺诗的跳跃性很大，艺术手法变化多端，一般读者难以理解，所以王琦这种串讲式的解意方法，对读者帮助较大。

首先他的解意切合诗歌文字，大多精当合理。如《李凭箜篌引》首四句"吴丝蜀桐张高秋，空山凝云颓不流。江娥啼竹素女愁，李凭中国弹箜篌"，注曰：

> "丝桐"咏其器，"高秋"咏其时，"空山云凝"咏其景，"江娥啼竹素女愁"咏其声能感人情志。丝之精好者出自吴地，故称"吴丝"；蜀中桐木宜为乐器，故曰"蜀桐"。

"昆山玉碎凤凰叫，芙蓉泣露香兰笑"，注曰：

> "玉碎"状其声之清脆，"凤叫"状其声之和缓，"蓉泣"状其声之惨淡，"兰笑"状其声之清丽。

"十二门前融冷光，二十三丝动紫皇"，注曰：

> 上句言其声能变易气候，即邹衍吹律而温气至之意。下句言其声能感动天神，即圜丘奏乐而天神皆降之意。

此段诗歌跳跃较大，注释文字有效地将数个场景串联起来，并且指出各句的功能，读者不仅理解每句的意思，并且相应理解作者的动机，因此这种注释最符合读者的需要。再如《秋来》"思牵今夜肠应直，雨冷香魂吊书客。秋坟鬼唱鲍家诗，恨血千年土中碧"四句，注曰：

> 苦心作书，思以传后，奈无人观赏，徒饱蠹鱼之腹，如此即令呕心镂骨，章锻句炼，亦有何益？思念至此，肠之曲者亦几牵而直矣。不知幽风冷雨之中，乃有香魂恩吊作书之客，若秋坟之鬼，有唱鲍家诗者，我知

---

① 参见周观武《评姚文燮的〈昌谷集注〉》，《河南师大学报》1979 年第 6 期。

其恨血入土,必不泯灭,历千年之久,而化为碧玉者矣。

这段串讲,声情并茂,如泣如诉,如果不是反复涵咏,怎能如此体贴入微? 而针对部分较长而复杂的诗歌,这种解意有助于读者全面掌握诗歌内容。如《马诗》二十三首,王琦最后总结道:

> 《马诗》二十三首,俱是借题抒意,或美或讥,或悲或惜,大抵于当时所闻见之中各有所比。言马也,而意初不在马矣。又每首之中皆有不经人道语,人皆以贺诗为怪,独朱子以贺诗为巧。读此数章,知朱子论持真有卓见。

又如《恼公》诗是李贺的一首冶游之作,长达一百句,诗中典故络绎,词汇缤纷,历来视为难解。王琦引吴炎牧曰:

> 见色闻声,遂切思慕,心怀彼美,仿佛仪容,揣摩情态,始因媒而通芳讯,继订约而想佳期。当赴招时,由门而径,由壁而帘屏以及床席。封酒盟心,题诗鸣爱,方承欢于永夜,又惜别于终宵。美人之出座相送,携手叮咛,再图良会,惊喜悲恐,曲尽绸缪。篇中起结不爽丝黍,读者但见其色之浓丽,而忽其法之婉密。

上述两段文字,概括诗歌内容,具有较强的导读功能。

其次是概括艺术手法。如《五粒小松歌并序》"月明白露秋泪滴,石笋溪云肯寄书",注曰:

> 秋露沾松叶之上,泫然堕下,有似滴泪。石笋,石之峻挺瘦立似笋者。松在深山,原与石笋相依而生,溪云往来,朝夕相护,一入主人庭中,永与相别,不知能相忆而寄书否。夫松与云石皆无情,所渭泪与书,皆假人事言之,以明小松托根不得其所耳。

《春坊正字剑子歌》"隙月斜明刮露寒,练带平铺吹不起",注曰:"隙月,隙中月光,其狭而长者有似剑形,故以喻之。"这两条注释,分别指明诗歌的拟人和比喻手法。另外,李贺诗中的借代、反衬、夸张、通感等手法很多,如果没有王琦的注释,读者恐怕不知所云。

第三是赏奇析疑。如《恼公》"月明中妇觉,应笑画堂空",注曰:

> 言与美人会遇之时,极其欢乐,回忆在家之中妇独眠而觉,应笑画堂空房寂矣。他人于此多用怨字,而长吉反用一笑字,其意婉而深矣。

指出中妇夜觉而笑,辛酸无比,"笑"字沉重。又如《吕将军歌》"西郊寒蓬叶如刺,皇天新栽养神骥",注曰:"新栽者,见向来尚不至此,而今乃新见之也,意中一腔愤懑不平之气,于此二字中发露殆尽。"《贝宫夫人》"秋肌稍觉玉衣寒,空光帖妥水如天"，注曰："诗意本谓'空光帖妥水如天，秋肌稍竟玉衣寒'，一倒转用之，便竟有摇曳不尽之致。"《天上谣》"天河夜转漂回星，银浦流云学水声"，注曰：

> 天河与星皆随天运转，处其下者观之，觉星之回，似天河漂之而回者。漂音飘，浮也，动也，流也，即天河也。既云天河，又云银浦，对举不嫌重复，《选》诗中先有此体。曾益注：以天河为总名，银浦为天河中之别派。非也。银浦之中，云气流行，有似乎水，但水之流有声，而云无声，故曰学水声。

这些点化，读者每有恍然大悟、拍案叫绝之妙。

王琦具有较强的文学欣赏能力，又精于考证。其考证往往一语中的，要言不烦，引文时又注意化繁为简，因此整个注本还是较为简洁的。当然有一些疏略在所难免，《四库提要》拈出三例：

> 如《雁门太守行》"塞土胭脂凝夜紫"句，旧注引《古今注》紫塞为解，本不为谬，而琦必从别本作"塞上"，引王勃"烟光凝而暮山紫"句，以就"凝紫"二字，是岂塞上夜景耶？又如《勉爱行》"洛郊无俎豆，弊厩惭老马"句，旧本误"惭"为"斩"，曾益注遂云"斩老马以祖别"，直谓杀马食客，固非事理。余光注"斩"为绝，谓厩中无马可乘，亦牵强未安。琦不从之，是矣。然不知此用陶潜诗"马厩讲肆"之意，明儒者之不得志，而以为无俎豆以饯行，即乘马亦非强壮，仍郢书燕说也。至《苏小小墓》诗"油壁车，久相待。冷翠烛，劳光彩。西陵下，风吹雨"，下与雨叶，乃用古音；集中如读来为厘，押入支韵之类，不一而足。琦乃易末句为风雨，改以就"待"、"彩"二韵，尤失古法矣。

第一个例子，究竟作"塞土"还是"塞上"，其实在两可之间，《提要》的批评并未中肯。第二、三例，确实属于王琦的错误。李贺诗歌自古号称难解，《提要》亦云"贺诗镂心刳肾，意匠多在笔墨之外，往往可以意会，不可言诠。诸家多钻研字句以求之，失之愈远"，但认为王琦此注"寻行数墨"，显然评价过低。王琦在诗意上不好异说，较为平实，在校勘和考证方面博采众长，折衷诸家，达到了李贺诗注的新高度，总体而言瑕不掩瑜。

第五节 《唐诗别裁集》与清代的诗歌选注选评

清代的诗歌选注选评十分丰富，但主要集中在康熙和乾隆二朝。清初学者虽重视唐诗,但也十分重视唐前古诗的注释和评点,试图理顺诗歌的源流关系。到了乾隆时期,文治日隆,民间普及性诗歌读物如雨后春笋,一些著名学者多通过诗话、选本、注本和评本反映其诗学理论,统治者也热衷此道,康熙《御选唐诗》和乾隆《御制唐宋诗醇》体现了强烈的官方意志,沈德潜《唐诗别裁集》体现了清代选评选注的学术水准。清代的诗歌选注和选评的数目,难以具体统计,本文仅择其较为著名者加以介绍。

一、古诗选注选评

古诗即古体诗,又称古风,是相对唐代律绝而言的,故古诗一般指唐前诗歌。

明代选编古诗十分兴盛,如《诗纪》《诗所》《诗选》《诗解》《诗归》《诗镜》《诗淘》《诗发》等,皆其荦荦大者。通过诗集的选编、选注和选评,配合诗歌流派的各种主张,这是明代诗歌注释兴盛的重要特点。清代的选注和选评主要集中在康熙和乾隆两朝,且多具有浓厚的复古色彩,正如蒋寅所言:"对清初诗家来说,找回失落的传统,首先是要解决诗歌的伦理基础问题。为此他们重拾儒家传统诗论的种种言说,举凡'诗言志''思无邪''兴观群怨''修辞立其诚''发乎情止乎礼义'等最古老的儒家诗学话语,都被他们作为诗学的核心命题,反复加以引据和论证,予以切合当下语境的阐说和发挥。"[①]清初学者对先唐古诗的选评选注一直没有中断,就反映了这种诗学倾向。通过选注选评,赋予诗集一定的理论色彩,藉以支持诗家的诗歌主张,这是明代以来尤其是清代诗歌选集兴盛的重要原因。因此与一般别集注释不同的是,选注选评的理论性更强,目的性更为明确。

吴淇《六朝选诗定论》是以《文选》所选古诗为评论对象的古诗选本。他把古今诗歌分为"王迹"、"汉道"、"唐制"三个阶段,称之为"三际","盖唐制虽自成家,然变本加厉,初亦不离汉道。故后世学诗者,须以汉道为本。"而"汉道"又分主次:"一际之中,又分为三会:一曰汉魏,一曰晋,一曰宋,而齐梁为闰余焉。"[②]尽管这种区分并不符合实际,但其复归儒家诗学的宗旨是十分明确的。

王夫之《古诗评选》评选了自汉代至隋朝183位作家的八百多首诗,他选诗论世,以诗为史;选评结合,指陈得失,见解独到。他坚持儒家正统文艺观,认为

① 《在传统的阐释与重构中展开——清初诗学基本观念的确立》,《中国社会科学》2006 年第 6 期。
② 《四库全书存目丛书补编》第 11 册,第 69 页。

"诗之为教相求于性情"（卷四）、"诗以道情"（卷四李陵《与苏武诗》评语）、"风雅之道,言在而使人自动"（卷四左思《咏史》评语）,以《诗经》和《十九首》作为诗歌典范。他论诗贵"平",主张诗歌应平和含蓄,雅致温润,所以他欣赏曹丕、谢灵运的诗歌,批评曹植、王粲等人,因为在他看来,刚健遒劲背离了风雅传统,不符合温柔敦厚的诗教精神。以陶、谢二人为例,《古诗评选》选陶诗 17 首,选谢诗 26 首,以今日标准而言已是相当另类,其评语更是大异今趣,如谢灵运《石壁精舍还湖中作》曰:"凡取景远者,类多梗概;取景细者,多入局曲;即远入细,千古一人而已。"评《入彭蠡湖口》诗云:"抉微挹秀,无非至者,华净之光,遂掩千秋。"而评论陶渊明《归园田居》则曰:"彼所称平淡者,淫而不返,伤而无节者也。陶诗恒有率意一往,或篇多数句,句多数字,正惟恐愚蒙者不知其意,故以乐以哀,如闻其笑哭。斯惟隐者弗获已,而与田舍翁妪相酬答,故习与性成,因之放不知归尔,夫乃知钟嵘之品陶为得陶真也。"扬谢而贬陶的倾向较为明显,这与其诗学观有关。

陈祚明《采菽堂古诗选》选评诗歌虽重"辞"重"法",但是情与性情却是最核心的标准。《凡例》曰:"其所谓择辞而归雅者,大较以言情为本。"《采菽堂古诗选》选庾信诗最多达 232 首,是因为"并是孤愤之诗。……乃子山此时情境,蕴蓄于中,倾吐而出,曾不自知。语之工拙,都所不计,但取情深"（评庾信《拟咏怀》）。其《拟咏怀》27 首,虽非一时一地所作,但并是庾信"孤愤"之情的自然流露,因此表达的工拙已不再重要。他评价庾信《和王少保遥伤周处士》,特别指出"全是性情,一气乘流"的个性特点,"一起先进汪洋之泪,然后细数哭之,全是性情,一气乘流,无复构思之迹"。通过评点突出其"言情说"的特点十分显著。

王尧衢《古唐诗合解》凡 16 卷,古诗 4 卷,唐诗 12 卷。王氏是康熙、雍正间人,其诗学观念深受叶燮《原诗》源流正变的影响,论诗以自然、神化为诗之极致,《自序》云:"诗也者,心之声也。……要皆出于自然者。"又曰:"既不能弃根而寻枝叶,自不得读唐而置舍古矣。夫是以为合解也。"认为唐诗乃古诗的发展,故古、唐合一。在具体品评时,颇多胜解,如评点汉乐府《上山采蘼芜》曰:"长跪而问故夫,中怀哀怨,外致恪恭。'新人复何如'只一句问,故夫如何答得！复字暗对故人说。以下是从旁将新人、故人比拟一番,而结到'新人不如故',以见故人浑厚而弃旧之情薄。'手爪不相如'以织言。一从门入,一从阁去,描出一种恶薄世态,所不忍看。"评《饮马长城窟行》曰:"从古闺情诗多言戍妇之苦,欲使人主知之惜之,此其作俑矣。"均一针见血。

沈德潜评注《古诗源》,始于康熙 56 年,雍正 3 年岁末刻成。这是一部上溯先秦下迄隋代的古诗选集,共 14 卷,录诗七百余首,因其内容丰富,篇幅适当,笺释简明,遂为近代以来流行的古诗读本。此本编选宗旨,一在探唐诗之源头,所谓"诗至有唐为极盛,然诗之盛,非诗之源也。……则唐诗者,宋、元之上流,而古诗又唐人之发源也"。(《自序》)他首重雅正,如《例言》论及乐府,曰:"《安世房中歌》,诗中之雅也。汉武《郊祀》等歌,诗中之颂也。《庐江小吏妻》《羽林郎》《陌上桑》等篇,诗中之国风也。"评韦孟《讽谏诗》:"肃肃穆穆,汉诗中有此拙重之作,去风雅未远。后张华、二陆、潘岳辈四言,恹恹欲息矣,故悉汰之。"他推崇至情至性的诗歌,肯定胸襟怀抱、气度修养对于创作诗歌的影响,评左思:"太冲胸次高旷,而笔力又复雄迈,陶冶汉魏,自制伟词,故是一代作手,岂潘、陆辈所能比埒!"评陶潜:"渊明以名臣之后,际易代之时,欲言难言,时时寄托,不独《咏荆轲》一章也。六朝第一流人物,其诗有不独步千古者耶?"又评:"清远闲放,是其本色,而其中自有一段渊深朴茂,不可几及处。"评《饮酒·结庐在人境》:"胸有元气,自然流出,稍著痕迹便失之。"评谢朓:"玄晖灵心绣口,每诵名句,渊然泠然,觉笔墨之中、笔墨之外,别有一段深情妙理。"这些评点完全体现了选本的主旨。

张玉谷《古诗赏析》直接继承了沈氏的主要论点。张玉谷(1721—1780),字荫嘉,号乐圃居士,吴县人,曾师从浦起龙和沈德潜。在评诗的旨趣方面,《古诗赏析》强调蕴藉委婉,推崇风雅比兴,故在选录的作家和作品方面与沈氏大同小异,选诗757篇,有690篇与《古诗源》重出。但该注有其独特之处,即重视诗歌艺术,它是诗歌史上第一部以"赏析"命名的诗集,"赏析"二字源于陶诗"奇文共欣赏,疑义相与析",如汉古名篇《焦仲卿妻》,评曰:"古来长诗,此为第一,而读去不觉其长者结构严密也。"用1785字探讨全诗的结构布局。多数篇目往往直接揭示主题,如陆机《陇西行》曰:"此表治世之略,而惜不用也。"评郭璞《游仙诗》(逸翮思拂霄)曰:"此首言尘世本难容仙,求之不力,而怨仙之难成,是可悲也。通首皆以比意出之,不易索解。"其体例更为严谨,视野更为开阔,赏析更为精细,相较《采菽堂古诗选》《古诗源》《古诗归》等均有明显改进。有乾隆37年刻本。

王士禛《古诗选》与沈德潜《古诗源》的选录标准不尽相同,"于汉取全,于魏晋以下递严,而递有所录,而犹不废夫齐、梁、陈、隋之作者。……概以齐、梁、陈、隋之诗虽远于古,尚不失为古诗之余派。"(姜宸英序)后有闻人倓为之笺注,名曰《古诗笺》,有乾隆31年刻本。该注对诗歌中一般的名物典故等基础知识有较多注释,但对诗歌主旨和艺术等方面缺乏宏观的分析,价值一般。

乾嘉时期,陈本礼评注的《汉诗统笺》包括郊祀歌、铙歌、安世房中歌三部分。陈氏认为上述三种最难读,而历代注释均未得其精义,故广采《尚书》《史记·乐书》《汉书·礼乐志》《白虎通》《古乐注》《宋书·乐志》等有关文献,结合时代背景和礼制风俗,并参考沈德潜等人的研究成果,对上述诗歌的"词奥义微难析理者"加以详注。为此注文不仅引据经籍史传,而且还引用了早已不被注意的纬书。注者有较深厚的文字学知识,故音释义训比较准确,解释诗意、疏通语句也较为清晰顺畅,许多点评十分精彩,如《战城南》曰:"此犹屈子之《国殇》也。"指出此篇是歌颂为国捐躯者。讲解《有所思》曰:"言我不忍与君绝决之心,固有如曒日也。谓予不信,少待须臾,俟东方高则知之矣。"修正了前人的误解。又曰:"妃呼狶,人皆作声词读。细观上下语气,有此一转,便通身灵豁,岂可漫然作声词读耶!"指出"妃呼狶"是表现女子拿定主意后的从容不迫,并非可有可无。

朱筠《古诗十九首说》、姜任修《古诗十九首绎》、张庚《古诗十九首解》是清初学者对《古诗十九首》的新解,创意良多,如朱筠评点"庭中有奇树"曰:"意中有人,然后有树。盖人之相别,却在树未发华之前,睹此华滋,岂能漠然。'攀条折其荣,将以遗所思',因物而思绪百端矣。"姜任修评曰:"怀中别思,与香俱盈,不惟其物,而惟其意。"均强调《古诗十九首》感情自然的特点,有别于传统的解说。

魏源《诗比兴笺》以"知人论世"的方法笺释汉、魏、唐之诗,往往首先考察具体的历史背景,在此基础上推究作品背后的意图。他选笺阮籍《咏怀》38 首,曰:"盖仁人志士之发愤焉,岂直忧生之嗟而已哉!特寄托至深,立言有体,比兴多于赋颂,奥诘达其渺思。比兴则声情依永,言之若不伦;奥诘则索解隐微,闻之者无罪。在心之瀌既抒,尚口之穷亦免。乃知材高识寡,遗憾正平。《小雅》不怒,无惭《巷伯》则已。"抓住阮诗"高浑"的特点。但更多的笺注却陷于穿凿,如笺《上邪》《有所思》二首:

> 此忠臣被谗自誓之词欤?抑烈士久要之信欤?凛凛然,烈烈然,而庄氏谓男慰女之词,为不称矣。(《上邪》第十六)

> 此疑藩国之臣,不遇而去,自摅忧愤之词也。隐语假托,有难言之隐焉。庄氏谓男女之词,恐铙歌雅乐,非杂曲歌词之比。不然,魏、吴、晋铙歌称述功德,何以皆拟其词乎?(《有所思》第十七)

作者将《上邪》比附为"忠臣被谗自誓之词",将《有所思》比附为"藩国之臣,不遇而去,自摅忧愤之词",显然过于穿凿。有学者指出,其动机在于"有意识地将其诗学纳入今文经学体系从而达到'致用''救世'之目的。"[①]

---

① 吴怀东、马玉《〈诗比兴笺〉诗学思想与嘉道之际学术思潮》,《皖西学院学报》2012 年第 6 期。

二、《唐诗别裁集》与清代的唐诗选评选注

清代诗学崇尚唐音,因此唐诗的选评选注较为发达,评家、注家同样贯彻一定的审美理念,从早期的王夫之等遗民学者,到康、乾时期吴昌祺、沈德潜等人,不同时期、不同学派的学者以选评选注为手段,通过注释和评点传达其文学思想。而《御选唐诗》和《唐宋诗醇》是清代统治者主持编注的两种唐代诗集,体现了其独特的诗学视角。

王夫之的《唐诗评选》是其诗学理论和诗史观的重要表现。《唐诗评选》选唐代诗人148家,其中选乐府歌行、五古、五律(附五排)、七律,每体一卷,共四卷516首,不选五、七绝体,即所谓“四(体)唐诗选”。同其《古诗评选》一样,他欣赏平和含蓄、雅致温润之诗,初唐台阁体诗人杜审言、沈佳期、宋之问的诗均受其不同程度的青睐,而对陈子昂、杜甫、韩愈、白居易等诗人着意怨愤讽刺、慷慨淋漓的作品评价甚低,如评宋之问《发端州初人西江》为“密润纯净,犹有典型,贤于陈子昂敖辟远矣”;“退之、东野以迫露苍巉,剥削诗理”(评张籍《泗水行》),而“朱门酒肉臭,路有冻死骨”等被评为“定是风雅一厄”的“败笔”(评杜甫《后出塞二首》)。不过其《唐诗评选》不懂诗歌类型学的体要,如评孟浩然《望洞庭赠张丞相》;其是丹非素,甚至欠缺一定的审美判断力;许多选目违反常情,不少结论大言欺人,过于武断,甚至避井入坎,均为不必讳言的弊端。①

沈德潜反对王士禛的神韵说,故选注《唐诗别裁集》,“以李、杜为宗”,“使人知唐诗中有‘鲸鱼碧海’‘巨刃摩天’之观”(《重订唐诗别裁集序》)。他主张“备一代之诗,取其宏博”,因为门径宽广,能注重到不同时期、不同流派和不同体裁的作品,入选的题材和风格较为丰富多彩,大致反映了唐代诗歌创作的基本面貌。重点选录王维、李白、杜甫、岑参、韦应物、韩愈、白居易、李商隐等大家、名家的作品,也选录部分小家作品,共20卷,270余人,1900余首诗。评点部分的内容,大致可分为诗人小传、作品考注和作品评点三类。作品评点多为对诗句、诗歌立意和主旨的阐发,或是对其艺术特色的概括,大多精练深刻、言简意赅,切中要处。《凡例》云:“董子云‘诗无达诂’,此物此志也。评点笺释,皆后人方隅之见。此本不废评点,间存笺释,略示规途,俾读者知所从入耳。”这是一部诗学史上极富盛名的唐诗选评本,清代便产生了唐人寿、宗廷辅、朱琰等人的批点,另有黄步春

---

① 参见蒋寅《王夫之诗论的批判性、独创性与诗歌批评的缺陷》,《中国文化研究》2011年春之卷。

《唐诗别裁集笺注》和道光年间俞汝昌《唐诗别裁集引典备注》两部注释之作。另外，屈复《唐诗成法》、顾安《唐诗消夏录》、黄叔灿《唐诗笺注》、吴瑞荣《唐诗笺要》、赵臣瑗《山满楼笺注唐诗七百律》等也是乾隆时期较为知名的唐诗选注选评本。

　　值得注意的是清代官方选注的《御选唐诗》和《御选唐宋诗醇》。《御选唐诗》32卷附录3卷，清圣祖选，陈廷敬注。此本强调"和声以鸣盛"，贯彻温柔敦厚的诗教，"其例别体分类，凡五言古六卷，七言古三卷，五言律七卷，七言律七卷，排律二卷，五言绝句附六言绝句二卷，七言绝句五卷；于作者姓氏略载其爵里、行历，于诗则逐句笺释，分注行间，悉引他书，旁推互证，不加疏解，并用李善注《文选》例也"（纪昀按语）。收录最多者是唐太宗、苏颋、张说、杜甫四人，如唐太宗诗歌总共不过77首，此编选入40首；杜甫虽收入最多，达80首，但"三吏""三别"等却一概不选，其政治导向不言而喻。注释方面，大部分诗人均附生平小传，小传本自《御定全唐诗》，仅有部分删减。注释皆仿照李善注《文选》例，逐句考证字词出处，多引用前人成果，且无评语。

　　《御选唐宋诗醇》47卷又简称《唐宋诗醇》，是乾隆御制的选注本，其特点首先是体现了封建君主的政治态度，但诸多见解又不囿于政治，其编选和评注甚见手眼。《诗醇》选注李、杜、韩、白、苏、陆六家诗共2665首诗，杜诗几乎占据四分之一，表现了强烈的宗杜倾向，对杜甫的忠君爱国思想多处予以表扬，对杜诗艺术也赞不绝口，甚至其入选篇目也似乎经手于乾隆帝，如《自京赴奉先县咏怀五百字》篇目按语曰："此甫之所以度越千古，而上继《三百篇》者乎！往题其集云'歌谣写忠恳，灏气浑郁积。李韩望后尘，鲍谢让前席'，匪虚言也。"这段按语见于弘历《御制诗五集》，应该是乾隆御笔①。对其他五家的评价也多以杜诗为标准，如评李白《古风》曰："白以倜傥之才，遭谗被放，虽放浪江湖，而忠君忧国之心未尝少忘。"评陆游曰："因画生慨，妙得子美家法。笔力朴坚，亦复相近。"（卷四三《游三井观》评语）在选目上，体现了较为明显的防范意识，如陆游反映民族斗争的诗歌多被摒弃不录。其次是高度肯定韩诗。《诗醇》论述韩诗的艺术成就说："其壮浪纵恣，摆去拘束，诚不减于李；其浑涵汪茫，千汇万状，诚不减于杜。而风骨峻嶒，腕力矫变，得李杜之神而不袭其貌，则又拔奇于二子之外，而自成一家。夫诗至足与李杜鼎立，而论定犹有待于千载之后，甚矣诗道之难言也。"将韩与李、杜鼎立，高度肯定其诗学地位。《诗醇》还打破惯例，破除"苏黄"并列的宋

---

① 《清代诗文集汇编》第329册，上海古籍出版社2011年版。

诗传统,弃黄录陆。其评陆游曰:"观游之生平,有与杜甫类者。少历兵间,晚栖农亩,中间浮沉中外,在蜀之日颇多。其感激悲愤,忠君爱国之诚,一寓于诗。酒酣耳热,跌荡淋漓。至于渔舟樵径,茶碗炉熏,或雨或晴,一草一木,莫不著为诗歌,以寄其意。此与甫之诗何以异哉?"这段话言简意赅,几乎视陆游为杜甫嫡传,在六家中仅次于杜甫。第三是在继承明人选诗的基础上,进一步将小传、选诗、汇评、注释、解题等多种手段熔于一炉。应该说这是一部体现官方意志又具有时代特色和一定诗学眼光的选注本。

另外,成书于乾隆 29 年(1764)的《唐诗三百首》,选录七十余位诗人作品 310 首,由于所选作品体裁完备,风格各异,富有代表性,刊行后广为流传,几至家置一编,成为清代最有影响的儿童普及读本。编者孙洙,光绪间章燮又对该书作注,道光间陈婉俊又作《补注》。

三、宋诗的选注选评

元、明两代基本以宗唐为主,宋诗的注释和评点十分冷落。清初对宋诗有所改观,而且主要集中于苏、黄二人。

苏轼诗歌自南宋刘辰翁评点开始,至清末种类达到 130 余种,涉及评者百余人。[①] 明代评点虽然热闹,但主要集中于苏文,对苏诗的评点基本重复宋人的老调。查慎行首开清人注苏先河,也是较早评点苏诗者,其《初白庵诗评》选取苏诗 430 首,高居诸诗人之首,查评最可取者,是对苏诗语言的探讨,尤其是论其平淡与凝练两点,极为精辟,为后世所遵循。汪师韩《苏诗选评笺释》6 卷,注评兼顾。纪昀评《苏文忠公诗集》50 卷,规模最大,后赵克农又在其基础上成《纪评苏诗择粹》18 卷。温汝能《东坡和陶合笺》4 卷,专评苏之和陶诗。赵克宜《角山楼苏诗评注汇钞》20 卷。王文诰、冯应榴不仅详注,而且细评。其它如合集、总集等,也有苏诗的各种评点,如冯舒、陆贻典、何焯、许印芳等人评点《瀛奎律髓》所选苏诗。敕撰《唐宋诗醇》、戴第元《唐宋诗本》、王文濡《宋元明诗评注读本》等皆有苏诗评点。张景星等《宋诗别裁》选评苏轼 63 首。晚清宗宋风气浓厚,苏诗成为重点,方东树《昭昧詹言》评点苏诗 100 余首,陈衍《宋诗精华录》选评苏轼 90 余首。就评点的侧重点而言,多集中于遣词造句、修辞手法、结构层次等艺术方面,而对背景、意图和史实方面较为忽略。其中成就较大者为纪昀之评。

---

① 参见樊庆彦《苏诗评点资料汇编》卷首语,山东人民出版社 2019 年版。

纪昀评苏始于乾隆三十一年（1766），阅五年成《纪批苏诗》50 卷，也是迄今对苏轼评点用力最勤者。《纪批苏诗》卷首载其《题记》曰：

> 余点论是集，始于丙戌（1766）之五月，初以墨笔，再阅改用朱笔，三阅又改以紫笔，交互纵横，递相涂乙，殆模糊不可辨识。友朋传录，各以意去取之。续于门人葛编修正华处得初白先生手批本，又补写于罅隙之中，益辗轕难别。今岁六月自乌鲁木齐归，长昼多暇，因缮此净本，以便省览，盖至是凡五阅矣，乾隆辛卯（1771）八月纪昀记。

作为《四库全书》总纂官，纪昀对苏轼各类著述皆有简明扼要的介绍，对苏轼生平遭际也有较为深刻的理解，因此其诗歌批评不仅具有清晰的理论意识，同时也结合作者生平和诗歌发展，表现出不同寻常的穿透力和出色的判断力。他对苏诗的评点有几点值得注意。

一是主张真情实感。如赞"是处青山可埋骨，他年夜雨独伤神"二句为"情至语，不以工拙论也"。称《东府雨中别子由》云："愈琐屑，愈真至，愈曲折，愈爽朗，此为兴到之作，清空如话，情味无穷。"相反，反对理语、偈语入诗。如评《次韵答荆门张都官维见和惠泉诗》云："颇参理语，遂入论宗。由其明而未融，故未能纵横无碍。"类似的表述如"直是禅偈"、"直是偈咒"等评语很多。当然，他并不一味反对以禅入诗。苏轼晚年道心渐重，作《南华寺》，纪评曰："触境寄慨，不同泛作禅语。此方是东坡游南华寺诗，不可移掇他人；是此时东坡游南华寺诗，不可移掇他时。此为诗中有人。"可见纪昀评诗，往往结合作者遭遇，如此方中肯綮心。

二是意在言外，诗贵含蓄。如评《和子由园中草木》"自我来关辅"一首曰："此首索性一字不着题，而意中句外却隐然是园中草木。运意至此，真有神无迹矣。"评《次韵柳子玉过陈绝粮二首》曰："淡语传神"，"愤懑而出，以和平故，但觉沉著，而不露张怒。"反对直露率直之诗，如评《郿坞》"毕竟英雄谁得似，脐脂自照不须灯"二句，曰："太涉轻薄，便入晚唐五代恶趣中。"评《送曾子固倅越得燕字》曰："愤激太甚，宜其招尤。即以诗品论，亦殊乖温厚之旨。"

三是主张自然之作，反对应酬次韵之作。纪昀对苏诗过多的应酬趁韵之作提出批评，如《次韵和子由闻予善射》《次韵和子由欲得骊山澄泥砚》二诗，评曰："二诗皆不免捉襟见肘之态，故作诗和韵最害事。"认为应酬次韵既然难免，但不应收入集中，如评《沈谏议召游湖》曰："存之集中，则转为盛名之累。此非作诗者之过，而编诗者之过也。"当然他也并非完全反对次韵，好的次韵诗也予以肯定，如评《次韵张安道读杜诗》曰："字字深稳，句句飞动，如此作和韵诗，固不嫌于和韵。句句似杜，难韵巧押，腾挪处全在用比。结意蕴藉，此为诗人之笔。"但这样的好评不多。

四是联系作者生平,不拘一格。纪昀对苏轼的少年之作并不故作高论,如《纪评苏诗》卷二末云:"以上二卷,大抵少作,气体未能成就。疑当日删定之余稿,后人重东坡名,拾缀存之耳。"卷二九末评其元祐京官诗曰:"此卷多冗杂潦倒之作,始知木天玉署之中,征逐交游,扰人清思不少。虽以东坡之才,亦不能于酒食场中吐烟雾语也。"这些客观理性的评论,往往比不顾实情、持律甚严的高论要贴切很多。

五是赏识苏诗五绝,对其七言诗多批评。如评《次韵子由岐下诗》曰:"五绝分章,模山范水,如画家之有尺幅小景,其格倡自《辋川》。尔后辗转相摹,渐成窠臼,流连光景,作似尽不尽之词,似解不解之语,千人可共一诗,一诗可题千处。桃花作饭,转归尘劫,此非创始者过,而依草附木者过也。东坡此体廿一首,虽非佳作,要是我用我法。固知豪杰之士,必不依托门户以炫俗也。"对苏诗的七古、七律,认为缺乏厚重。如评《次韵秦观秀才见赠》曰:"东坡与此种不甚宜,以其主于宛转流利,不便驰骤故也。"评《正月二十日往岐亭郡人潘古郭三人送余于女王城东禅庄院》曰:"东坡七律,往往一笔写出,不甚绳削,其高处在气机生动,才力富健。其不及古人者,在少熔炼之工与浑厚之致。"

纪昀宏观而细密的评论,获得后世高度肯定,近人许印芳曰:"乾隆以来论诗最公允者,首推纪晓岚先生。其评点前人诗文集多所发明。"①这个评价是恰当的。

黄庭坚诗在明末即受到重视。万历33年(1605)有《黄律卮言》一书,《自序》曰:"黄子纯如,先生之耳孙也,属不佞辑先生律诗,以为传家衣钵。"可见此书是编者受黄庭坚远孙黄纯如的委托,为黄氏后人便于学习继承黄庭坚的诗法,编辑此书。编者不详,当时以抄本流传,并未刊布,直到清嘉庆年间刊刻行世。该书选编黄庭坚律诗160首,占黄律近六成。按照山谷履历顺序,有《捷归集》《叶县集》《国子集》等九集,每集选取十数首不等。它对每首诗都进行了细微准确的考证,每集前都有"卮言"作提示,或叙内容,或叙行事,.或叙风格,或叙人品,皆言简意赅。如《捷归集》"卮言"说:"公以英宗治平丙午再魁江西乡试,明年丁未之春联捷而归,其沿途有所吟咏,辄云:'出门捧檄羞闻友,归寿吾亲得解颜'……不以得禄为荣而以娱亲为乐,仁人孝子之用情,固如是乎!"第七集《谪黔集》选择黄氏绍圣元年至元符三年宥归(1094—1100)六年间的26首七律,"卮言"曰:"公之

---

① 许印芳《古夫于亭诗问跋》,《诗法萃编》卷十一,民国三年云南图书馆刊云南丛书初编本。

谪黔也，史实祸也。当史祸之作，朝旨令前史官各居京邑以待问，众皆危栗，而先生所书铁龙瓜治河，有同儿戏，至是首问焉。公率直辞以对，闻者壮之，竟贬涪州别驾，黔州安置。命下左右或泣，公颜色不变自若，投床大鼾"，"所为诗，史称自黔州以后，句法尤高，笔势放纵，实天下奇作，自宋兴以来，一人而已。"此书的主要价值是使读者对黄庭坚诗歌的创作道路及其诗风有了一个较为清晰系统的了解。①

　　清代对宋诗的推崇不绝如缕，但多数以选本、诗话的方式，如吴之振《宋诗钞》是清代第一部大型宋诗选集，极大推动宗宋风气。据统计，今存清代的宋诗选本，尚有八十余种。② 贺裳、王士禛、田雯、翁方纲等人的诗话，纠正了清人对黄诗的片面看法。道、咸年间，社会危机加重，提倡学问考证和经史诸子入诗的"宋诗派"逐渐形成。"宋诗派"宗法杜、韩、苏、黄，尤以黄为重，程恩泽、何绍基、祁寯藻、莫友芝为代表，其学宋的目的，是以故为新。另外，"桐城派"、"经世派"也是宗宋的，包括姚鼐、方东树、林则徐、梅曾亮、潘德舆、黄爵滋等人，其中方东树《昭昧詹言》集中论评了黄庭坚的学杜成就、黄诗拗奇矫健的句法及其大开大合的篇章结构。

　　黄爵滋《读山谷诗评》是分析黄庭坚谷诗作的专著。黄爵滋（1793—1853），字德成，号树斋，江西宜黄人，政治家、诗人。道光三年（1823）中进士，授翰林院编修，历官御史、给事中，至鸿胪寺卿。在朝正言直谏，建议严禁鸦片，支持林则徐的禁烟主张。《读山谷诗评》对黄庭坚诗歌的用事、句法、变体多有具体评说，也揭示出其诗歌自然、奇峭、稳健的特征，并多以"宋人本色"许之。首先他多次肯定黄诗的创新。如评《赠秦少仪》云："几以文为诗矣。在作者笔之所到，自开生面，后人不善学之，则为病不浅。"评《和邢惇夫秋怀十首》曰："山谷此种诗体，篇数愈少，意象愈远，为唐人所不到。"评《谢黄从善司业寄惠山泉》云："此种变律为古，自成一体，的是变格。"其次是评论其用典。如评《题荣州祖元大师此君轩》曰："咏竹而用及程婴、杵臼等事，此《选》赋之体，非诗正格，不善学之，则泛滥牵凑拉杂之病，无所不至。"指出其用典之弊。三是肯定其老境。如评《秋思寄子由》曰："老横，在七绝中另是一格。"评《问渔父》曰："此种诗十分老境，不知何以要删？"四是叹赏黄诗的文法。吴之振编选《宋诗钞》，其《山谷诗钞》曰："史称自黔州后，句法尤高，实天下之奇作，自宋兴以来，一人而已，非规模唐宋者所能梦

---

① 　参见高国藩、梅俊道《海内孤本〈黄律卮言〉的发现及其价值》，《江西社会科学》1997 年第 5 期。
② 　参见高磊《清代宋诗选本的四种类型》，《宁波工程学院学报》2017 年 12 月。

见也。"方东树《昭昧詹言》亦曰："每每承接处中亘万里,不相联属,非寻常意所及。"这种文法或句法也是黄爵滋所欣赏的,如评《奉和王世弼寄上七兄先生用其韵》曰:"长篇有筋节,不是一味铺叙,次韵俱到自然,手笔极大,所以可传。"评《戏题》曰:"此种意境,独太白能纵笔转折,余子每患不足。"从这些评论,不难看出宋诗派的着意点,正是黄诗劲健生奥、新异奇崛的风格。

第六节　冯浩与清中期的李商隐诗注

康熙年间以朱鹤龄为代表的学者对李商隐诗歌作出了初步的注释,到了乾隆年间,研究不断推陈出新,先后有姚培谦《李义山诗集笺注》、屈复《玉溪生诗意》、程梦星《重订李义山诗集笺注》、纪昀《玉溪生诗说》、姜炳璋《选玉溪生诗补说》、冯浩《玉溪生诗笺注》等著作面世,丰富和深化了义山诗的内涵。姚培谦《李义山诗集笺注》16 卷成于乾隆四年(1739),虽发明不多,但对诗歌艺术时有独到见解。屈复《玉溪生诗意》8 卷亦成于乾隆四年,以朱鹤龄注为基础而加以删削,内容则以解意为主,"就诗论义",反对穿凿,持论平实,间有令人耳目一新之论。程梦星《重订李义山诗集笺注》刻于乾隆八年(1743),该注在朱鹤龄注的基础上,加强了对诗歌背景的考证,在主旨上取得了不少突破,但索隐钩玄之弊也十分突出,如《乐游原》七绝"万树鸣蝉隔断虹,乐游原上有西风。羲和自趁虞泉宿,不放斜阳更向东"云:"日为君象,以比文宗;羲和日御,以比奴仆。文宗尝恨见制于家奴,而宦官自甘露后亦深怨于文宗,故下二句语意以为宦官自利于祚尽,而天意独不能少延其年数耶? 其词甚隐,其情盖甚痛矣。"已近乎走火入魔、不能自拔。纪昀《玉溪生诗说》初成于乾隆 15 年(1750),总体坚持儒家诗教,注重诗歌审美特性,欣赏义山格高调远、兴象玲珑的作品,贬斥比附纤巧或浅薄尖刻之作,论述持正折中,备受重视。姜炳璋《选玉溪生诗补说》脱稿于乾隆 25 年(1760),共有240 余则,今存 130 余则,评论为主,间有考证。其论以"性情之正"比附义山诗,往往不得本义,故虽在考证方面小有发见,但总体大疵小醇。冯浩《玉溪生诗笺注》初刊于乾隆 28 年(1763),亦名《详注》,是对各种旧注的集注,成就最大。而据冯氏《发凡》,当时尚有很多关于义山诗的注本,如吴江的徐逢源、海盐的陈许廷、闽中宁化的李世熊、海宁的许昂霄等,这些注本基本失传,但也侧见一时盛况。

冯浩(1719—1801),字养吾,号孟亭,浙江桐乡人。尝充国史馆纂修,预修

《续文献通考》,晚年以病告归,家居四十年,养疾丘园,寄情坟典,主常州、浙东、浙西诸书院讲席。能诗与古文,乾隆年间著名学者、诗文作家与诗文笺注家,著有《孟亭居士诗稿》4 卷、《文稿》5 卷及《经进稿》1 卷。潜心钻研古诗文,于义山尤深,撰有《樊南文集详注》8 卷及《玉溪生诗笺注》3 卷。

《玉溪生诗笺注》初刊于乾隆 28 年(1763),订正于乾隆 45 年(1780),增刻于嘉庆元年(1796),前后差异甚巨。数易其稿,可谓艰辛,一方面说明冯氏精益求精的治学态度,也说明义山诗的不易索解。较之前人,此注可说是优点与缺点同样突出的一部注本。

优点集中于年谱系年、字词典故和艺术品评等基础部分。义山诗难解,很大原因是诗歌与时事较为疏离,不如杜诗那样诗史的结合较为紧密,这成为考证深入的主要障碍。冯氏诗、文、史互证,考定义山生卒、家世、仕履、交游等重要历史,在此基础上对 598 首诗歌中的 356 首进行系年,占比约六成,极大推进了义山诗研究。王鸣盛《李义山诗文集笺注序》评价这个注本说:"尤奇者,钩稽所到,能使义山一生踪迹历历呈露,显显在目。其眷属离合,朋侪聚散,吊丧问疾,舟嬉巷饮,琐屑情事,皆有可指。若亲与之游从,而藉记其笔札者。深心好古如是,细心考古如是,平心论古如是,读之直恨先生不具千手眼,尽举天下书评阅之然后快也。"大体还是合理的,并非尽属谀词。尤其是首创义山大中二年"巴蜀之游"说,使《戊辰会静》《无题》(万里风波一叶舟)、《摇落》《因书》《夜雨寄北》《武侯庙古柏》《井络》等众多诗歌有所依据,影响很大。冯氏凭借扎实的史实考证,对诸多诗歌的笺注较前人更胜一筹。如卷一《览古》"莫恃金汤忽太平,草间霜露古今情。空糊赪壤真何益?欲举黄旗竟未成。长乐瓦飞随水逝,景阳钟堕失天明。回头一吊箕山客,始信逃尧不为名"诗,旧注如朱鹤龄,对此诗仅作简单的字词名物注释,没有历史考证。冯氏注曰:

> 此深痛敬宗也。帝以狎昵群小,深夜酒酣,猝被弑逆。详《旧书·纪》文矣。次联之所云者,唐自明皇以前,东、西京固频往来,且迭行封禅之礼。自安史倡乱而后,东都久不行幸。敬宗欲幸东都,以裴度言而止。其时王播领盐铁在淮南,或闻东幸之意,而并请至江淮,故引《芜城》《江左》,此可详玩史文而通其旨也。五六痛其遽崩,末二句事取对照,语抱奇悲。

联系史实,论世知人,这种解诗方法不仅开拓了诗歌内涵,而且使读者对李商隐的认识有了质的飞跃。再如《故番禺侯以赃罪致不辜事觉母者他日过其门》,题目及内容均颇隐晦,前人对此众说纷纭。冯浩曰:

> 《旧书·胡证传》:"太和二年冬,证卒于岭南使府。广州有海之利,货贝狎至。证善蓄积,务华侈,童奴数百,于京城修行里起第,岭表奇货道途不绝,京邑推为富家。证素与贾餗善,及李训事败,禁军利其财,称证子溵匿餗,乃破其家。一日之内,家财并尽,执溵入左军,士良命斩之以徇。"诗为此发也。

冯氏认为此诗的对象就是胡证,这个考证是可信的,也是一个突破,显示冯氏参证史实的成绩。

该注去芜存精,基本囊括一时硕果。该注参考了朱鹤龄、程梦星、徐德泓、冯班、田兰芳、何焯、钱良择、杨守智、袁彪、赵臣瑗、陆昆曾等十数家的注释和评点。如开篇第一首《韩碑》是李商隐诗作中较长的一首,冯浩就保留和引用了何义门、田蘅山、袁虎文、释道源、程午桥、王阮亭、钱木庵、姚平山8人的注解,他自己的注解更是引用了25种文献资料,因此无愧详注之称号。在部分重要篇章之后,冯氏均有串讲,胪列各家的重要见解,然后加以取舍评点,断以己意,如《井泥四十韵》篇末,列出胡震亨、朱鹤龄、钱龙惕、程梦星之说,然后以"浩曰"总结道:"'行行来自西',自长安至东都也。溯其游踪,玩其引古,盖当文宗崩,武宗立,杨嗣复辈远斥江湘,李德裕由淮南入相之时。语虽杂拉,尚有线索可寻。"这是对几家论断存真补阙的产物,更有说服力。

缺点则是过分索解,陷入魔道。冯氏进一步发展甚至放大了自吴乔《西昆发微》的寓意令狐说,将包括大部分《无题》诗在内的一批诗歌均解为专为令狐绹而作,如《无题二首》《无题四首》《野菊》《即日》等均如此。有些诗歌主旨并不复杂,冯氏却异想天开,大肆索隐,深陷其中不能自拔,如《曲江》"望断平时翠辇过,空闻子夜鬼悲歌。金舆不返倾城色,玉殿犹分下苑波。死忆华亭闻唳鹤,老忧王室泣铜驼。天荒地变心虽折,若比伤春意未多",朱鹤龄曰:"此诗前四句追感玄宗与贵妃临幸时事,后四句则言王涯等被祸,忧在王室,而不胜天荒地变之悲也。"(《李义山诗集笺注》)认为此诗以曲江当年盛景对比甘露之祸,十分平实可信。冯氏认为此诗乃"伤文宗崩后,杨贤妃赐死而作",瓜连蔓引,牵扯诸多史实,还说"可补史之阙文,非臆度也"。《景阳井》《楚宫》也延续这种说法,编造出杨贤妃赐死、弃骨水中的离奇情节。《过景陵》《杜工部蜀中离席》等皆舍近求远,欲明反晦。对此,李慈铭评论说:"其书极一生之力,多正朱长孺、徐艺初两家之误,屡有补订,极为细密,文后又附辑逸句。然颇伤蔓引,又多辨旧注不甚关系之事,且喜推测诗意,议论迂腐,笔舌冗漫,时堕学究之习。至求详太过,往往复沓琐碎,转淆检阅。"(《越缦堂读书记》)晚近学者钱振锽亦曰:"桐乡冯浩注义山诗,以其《无题》诸诗皆谓其欲与令狐氏修旧好。《木兰花》一绝'几度木兰舟上望,不知原是此花身',谓其比己之素在令狐门馆,妄扯见证,诸如此类,不一而足。最可笑者,义山《药转》一首,朱竹垞以为如厕诗,冯浩更以为妇人私产诗。夫古人诗不可解,听之可也,岂可作如是解哉!乃注解未确,先讥义山之秽渎笔墨,亦所谓愚而自用。宋人称义山诗为文中一厄,如此注释,又义山一厄也。"①当然,冯氏开始注释时,意识到"说诗最忌穿凿","如《无题》诸什,余深病前人动指令狐,初稿尽为翻驳",但仔细比对后发现,"乃知屡启陈情之时,无非借艳情以寄慨",这就重蹈前人的覆辙了;"若云通体一无谬戾,则何敢自信?"(《发凡》)说明他自己有所顾忌,并非十分自信。

宏观而言,古典诗歌当以李贺、李商隐诗歌较为隐晦含蓄,意义较难索解,因此姚文燮《昌谷诗注》、吴乔《西昆发微》、冯浩《玉溪生诗笺注》等才有大肆考证、充分想象的空间。对于此类诗歌究竟如何笺注、如何把握其注释尺度,成为诗歌注释学必须面对的一道难题。台湾学者颜昆阳认为,"清兴以来,以'诗史''比兴'为观念基础,借'以意逆志''知人论世'之法,开展体系宏大之诗文笺释,而形成一套学问,其间自有特殊的时代背景",这个背景就是"清初知识分子对晚明政治之腐败而导致亡国于异族,莫不深怀痛切之感,故以'诗史''比兴'观念笺释诗文集"。他认为,"知人论世"和"以意逆志"两种方法有一定的歧误性,简而言之,就是诗歌与历史的循环论证。李商隐诗的注释,从朱鹤龄以下,如吴乔、陆昆曾、姚培谦、程梦星、姜炳章、冯浩,乃至近人张尔田、叶葱奇、徐复观、苏雪林等,无一不是这种方法的信奉者,但皆陷入误区,这在李商隐诗歌的笺注中表现得最为显著。② 其实关于这种争论,早在朱鹤龄时即有警醒,朱鹤龄《杜诗辑注序》曰:"且子亦知诗有可解、有不可解乎? 指事陈情,意含风喻,此可解者也;托物假像,兴会适然,此不可解者也。不可解而强解之,日星动成比拟,草木亦涉瑕疵,譬如图罔象而刻空虚也;可解而不善解之,前后贸时,浅深乖分,欣忭之语,反作诮讥,忠剀之词,几邻怼怨,譬诸工题眠而乌转舃也。二者之失,注家多有。兼之伪撰假托,疑误后人,瞀说支离,袭沿日久,万丈光焰化作百重云雾矣。"虽是针对杜诗而发,但朱氏意识到"指事陈情,意含风喻"之诗,是有史实根据,可以考证的"可解"之诗;而那些"托物假像,兴会适然"之诗,大多寄托于个人体验,难以沿用传统的方法证实其必然性,故为"不可解"之诗。如果贸然套用,则"图罔象而刻空虚",

---

① 钱振锽《谪星说诗》,张寅彭主编《民国诗话丛编》,上海书店出版社 2002 年版。
② 详见颜昆阳《李商隐诗笺释方法论》之《自序》和第二章,河南人民出版社 2018 年版。

陷入不可知的泥潭。屈复亦曰:"凡诗有所寄托,有可知者,有不可知者,如'日月霜里斗婵娟'、'终遣君王怒偃师'诸篇,寄托明白,且属泛论,此可知者。若《锦瑟》《无题》《玉山》诸篇,皆男女慕悦之词,知其有寄托而已。若必求其何事何人以实之,则凿矣。今但就诗论诗,不敢附会牵扯。"(《玉溪生诗意凡例》)说明前辈学者已经充分认识到所谓"知人论世"、"以意逆志"的限阈,这对今日学者不啻为警钟。

第七节　《四库全书》与中国古代诗歌注释

乾隆朝是中国古代诗歌注释的集大成时期,产生了一批体例完备、辑佚全面、校勘精审、资料丰富、注释详赡、考证谨严、品评精当的诗歌注本,代表了清代诗歌注释的最高成就。集部注释在广度、深度、体例和影响方面均取得空前成就,人们对集部注释的认识更为全面深刻。与此同时,以纪昀为代表的乾嘉学者也对中国封建社会的学术文化作出了全面系统的理论总结,其结晶就是《四库全书总目提要》(以下简称《提要》)。

《提要》将集部分为楚辞、别集、总集、诗文评和词曲五类。其中"楚辞类"部分注本、"别集类"的诗歌注本、"总集类"含有诗歌的部分注本均在本文讨论范围。"诗文评类""词曲类"注本稀少,为免枝蔓,略而不计。据初步统计,《四库全书》收录"楚辞类"22 部,"别集类"50 部,"总集类"25 部,共计 97 部诗歌注本。《提要》对所收注本进行了较为详尽的评价,其中包含丰富的集部注释的思想和原则。

一、重视版本、校勘和编集

《提要》对注本的介绍评价,最重视版本、校勘和编集工作。因为对注本而言,版本、校勘和编集是注释的基础,如果没有精善的版本、精细的校勘和精审的编集,注释往往事倍功半,甚至南辕北辙,一误百误,故《提要》对此尤其重视。

版本方面,《提要》往往抉摘今古之本的异同以判断其版本渊源和价值。王逸《楚辞章句》的《提要》,据陈振孙《直斋书录解题》和洪兴祖《楚辞补注》,考知古本"《九辩》在前,《九章》在后",今本"自宋以来,已非逸之旧本";再据黄伯思《东观馀论》,考知王逸《楚辞章句》的旧本"《序》皆在后";又据洪兴祖《考异》考知"逸所注本确有'经'字"等，说明清代所传的王逸《楚辞章句》已经与原本有很大差异。李善《文选注》，毛晋刻本自称"从宋本校正"，但《提要》通过大量例证，辨析所谓的"宋本"，"殆因六臣之本，削去五臣，独留善注"，且"以意排纂"，与宋前李善原本绝非一事。吴兆宜《庾开府集笺注》《徐孝穆集笺注》，《提要》认为庾集"实由诸书抄撮而成，非其原帙也"，徐集"乃后人从《艺文类聚》《文苑英华》诸书内采掇而成"，均非旧观。这些辨别甚有价值，有助于学者了解文集的源流演变，考察不同版本的学术价值。

　　校勘主要包括篇目辨伪和文字校雠两方面。《四库提要》对伪诗乃至伪书，往往从文本、作者、著录、比勘、佚文等多方面进行考据，积累了极为丰富的辨伪学知识。如批评查慎行《补注东坡编年诗》曰："至于所补诸篇，如《怪石》诗指为遭忧时作，不知《朱子语类》谓二苏居丧无诗文。《鼠须笔》诗本轼子过作，而乃不信《宋文鉴》。《双井白龙》诗，《冷斋夜话》明言非东坡作，乃反云据以补入。甚至李白《山中日夕忽然有怀》诗，亦引为轼作，尤失于检校。如斯之类，皆不免炫博贪多。"文字校雠方面，《提要》往往据文义和训诂以定文字之误。如批评任渊《后山诗注》的《次韵春怀》诗"尘生鸟迹多"句，"鸟迹"当为"马迹"之讹；《斋居》诗"青奴白牯静相宜"句，"牯"字必误；《谒庞籍墓》诗"丛篁侵道更须东"句，"东"字必误。至于以"谢客儿"为"客子"、以"龙"为"龙伯"，而"（任）渊亦绝不纠正，是皆不免于微瑕"。这些考证原原本本，很有说服力，显示了乾嘉学者明察秋毫的学术辨析力。对版本源流和校勘的高度重视，是乾嘉学派文献整理的首要义务，目的是实事求是，恢复文集的本来面目，也为今人研究奠定了坚实基础。当然《提要》有关各本校勘的评价，亦有争议之处，如批评林兆珂《李诗钞述注》校勘不精："有本诗误者，如《土昭君诗》'一上玉关道'，玉关与西域相通，非汉与匈奴往来之道；《怀子房诗》'我来圮桥上'，东楚谓'桥'为'圮'，不应于'圮'下加'桥'字。有传写误者，如《拟古》'因之寄金徽'，'金徽'当作'金微'，乃山名；而林氏皆沿讹不改。"其实三例批评皆以不误为误。[①]

　　编集方面，《提要》对于新编新注，提倡"案年编诗"的编年体，反对违背体例的杜撰乱编。从所著录的清代注本多为编年体本，即可看出这种倾向。编集有编年、分类、分体乃至分韵的各种编法，编年的好处是"使读者得考见其先后出处之大致"（《黄氏补注杜诗提要》），但编年同时必须考据精核，结

合史实，对诗文的时间、地点和背景作出细密的考证，方有助于理解诗意和作者本意。除此之外，编集还须遵循一定的原则。《提要》批评赵殿成《王右丞集笺注》将集外诗文"混于文集，不复分别"，违反"疑以传疑"的原则；批评查慎行《补注东坡编年诗》将《渔父词》四首等词作列之诗集，自违其例；《和钱穆父寄弟》一诗前后复见，失于检校。又如《提要》批评浦起龙《读杜心解》"分体之中又各自编年，殊为繁碎"，"自有别集以来，无此编次法也"等。这些意见是十分中肯的。

旧注中比较特别的是整理本。旧本或旧注有十分重要的版本和校勘价值，极为珍贵，因此也亟需整理。《四库全书》所收旧注的整理本只有一例，这就是宋代施元之的《施注苏诗》。《施注苏诗》自宋以后传本颇稀，康熙乙卯（1675）宋荦任江苏巡抚，从藏书家处得到残本，但已佚十二卷，遂嘱托武进邵长蘅补其阙卷，邵长蘅因"旧本霉黯，字迹多难辨识"，"惮于寻绎，或竟删除以灭迹，并存者亦失其真"，"（施）元之原本，注在各句之下。长蘅病其间隔，乃汇注于篇末。又于原注多所刊削，或失其旧"。整理本的原则是修旧如旧，严禁轻易改动，而邵氏的做法，使《施注苏诗》很大程度上失去原来面目，触犯古籍整理之大忌，《提要》愤激之情溢于言表。

二、反对穿凿、重视考据

《四库全书》的编撰正值乾嘉汉学兴盛之际，学者普遍重视学有根柢、考据精切，倡导征实之风，反对穿凿和凭空臆说。这在集部注本的评价中有鲜明体现。

反对穿凿包括诗旨和具体注释两个方面。就诗旨方面而言，主要反对离经叛道、标新立异的怪论臆说。如唐元竑《杜诗捃》，《提要》批评其"喜言诗谶，尤属不经"。吴仁杰《离骚草木疏》以为《离骚》之文"多本《山海经》"，故注释"夕揽洲之宿莽"句，引《山海经》"朝歌之山有莽草焉"为据，驳王逸旧注之非。《提要》认为"骚人寄兴，义不一端。琼枝若木之属，固有寓言；澧兰沅芷之类，亦多即目"，批评吴注"好奇之过"。汪瑗《楚辞集解》"以臆测之见，务为新说以排诋诸家"，受到《提要》的极力批评："其尤舛者，以'何必怀故都'一语为《离骚》之纲领，谓（屈原）实有去楚之志，而深辟洪兴祖等谓原惓惓宗国之非；又谓原为圣人之徒，必不肯自沉于水，而痛斥司马迁以下诸家言死于汨罗之诬。"这种危言耸听的臆说不仅违背史实，且与封建伦理相悖，当然为《提要》所抨击。

在具体注释中，《提要》反对寻行数墨，盲目比附；或曲解文义，强作解人。以杜诗为例,自宋以来,杜甫因其强烈的忠君爱国之心和超凡的诗歌艺术而被目为"诗圣",因此他的部分自适写景诗篇也被少数注家认为寓有深意,穿凿附会之解不一而足,《杜诗捃提要》批评曰:"咏月而以为比肃宗,咏萤而以为比李辅国,则诗家无景物矣;谓纨袴下服比小人,谓儒冠上服比君子,则诗家无字句矣。"《提要》虽然提倡诗史互证,但反对盲目攀援史实,如批评注杜中的不正之风:"自宋人倡诗史之说,而笺杜诗者遂以刘昫、宋祁二书据为稿本,一字一句,务使与纪传相符。"(同上)《提要》赞许朱鹤龄《李义山诗注》"大旨在于通所可知,而阙所不知,绝不牵合新、旧《唐书》务为穿凿。其摧陷廓清之功,固超出诸家之上矣"。即是此意。对于一时不能解释背景的诗文,《提要》认为更应慎重,《王荆公诗注提要》曰:"然大致捃摭蒐采,具有根据,疑则阙之,非穿凿附会者比。"欣赏其秉持阙疑之义,而非强作解人,穿凿附会。这是科学严谨的态度。

在此基础上,《提要》提出"善注"的标准。《山谷内集外集别集注提要》曰:"注本之善不在字句之细琐,而在于考核出处时事。任注《内集》、史注《外集》,其大纲皆系于目录每条之下,使读者考其岁月,知其遭际,因以推求作诗之本旨。"清蒋骥《山带阁注楚辞提要》曰:"所注即据事迹之年月、道里之远近,以定所作之时地。虽穿凿附会,所不能无;而征实之谈,终胜悬断。"这种原原本本的征实作风,最为馆臣赞赏。从字句考核出处时事,进而推究作者遭际和作诗本旨,皆以考据为本,终胜逞臆空谈,正是孟子"知人论世"、"以意逆志"的具体阐释,也是《提要》所谓"征实"、"元元本本"等反复致意的目的所在。《四库》著录的集部注本,大多重视年谱、编年和史实考证,重视诗史互证的阐释方法,即是这种倾向的最好说明。

三、注重注释体例

乾嘉学派的古籍整理和研究,十分注重体例的归纳和总结。结合其它注本的《提要》,可见乾嘉学派在注释体例方面最重视注释条目和引证两项。

(一)关于条目,既反对失注,也反对滥注。对于重要的事典和语典,应当追根溯源,解释其意义,但一些注本却遗漏不注,《提要》对此多有批驳。如任渊《后山诗注》中,"儿生未知父"句实用孔融诗;"情生一念中"句,实用陈鸿《长恨歌传》;"度越周汉登虞唐"句,"虞唐"颠倒,实用韩愈诗;"孰知诗有验"句,以"熟"为"孰",实用杜甫诗,而皆遗漏不注。所谓滥注,即条目浅近,如余萧客《文选音义》对汉武帝、曹子建等亦作注释,《提要》批评"世有不知汉武帝、曹子建而读《文选》

者乎?"颇中肯綮。

(二)关于引证。引证是注释的主要内容,包含诸多事项,学问甚深。引证的目的,是考证作者用典之本。追根究底的正确引证,不仅有助于读者理解诗文的文本含义,有助于考察作者之深意,且有助于理解作者在思想和艺术上对古代文史遗产的继承和创新,具有十分重要的意义。精审的引证,要求注家熟稔作者之前和同时代的各种文献材料,洞悉文学创作的规律,了解作者的创作背景、创作个性和诗文所要表达的意图,还要求注家遵循引证须恪守的各种体例规范。因此引证看似简单,其实远非如此,它对注家提出了学、识、才方面的综合要求。注家在具体注释中通常易犯的毛病有:

其一是引后注前。即引作者身后的文献来考证作者诗文来源。如《提要》批评吴兆宜《玉台新咏笺注》"多以后代之书注前代之事,尤为未允"。自李善《文选注》标举"举先以明后"以来,这个引证原则被历代注家奉为圭臬。吴氏的方法本末颠倒,是根本违反传统原则的。

其二是不标或乱标出处。《提要》批评明林兆珂《杜诗钞述注》"注中援引事实,多不注出典,此又明代著述之通病";清刘梦鹏《楚辞章句》"不注某字出某本,未足依据";批评仇兆鳌《杜诗详注》注"忘机对芳草"句,引《高士传》"叶幹忘机",但《高士传》"无此文"。有的虽然标示出处,却是久佚之书,如惠栋《精华录训纂》的《凡例》号称所引"悉从本书中出,不敢一字拾人牙后慧",实际上第一卷中的温庭筠《靓妆录》、蔡贤《汉官典职》、孙氏《瑞应图》等十二种书早已绝迹天壤,惠栋并未亲见,但仍标示书名,敷衍塞责,《提要》质问曰:"(诸书)宋以来久不著录,栋何由见本书哉?"

其三是举末遗本。即对典故之源不能追根究底,而苟引后世之书为证。与第一条"引后注前"有所不同,此条病在所引文献虽在作者生前,但却非最早之书。这也是大多注家易犯之病,故《提要》反复提及,如顾嗣立《温飞卿集笺注》虽较旧注为善,但"多引白居易、李贺、李商隐诗为注","是亦一短也"。又如赵殿成《王右丞集笺注》,《提要》曰:

> 其笺注往往捃拾类书,不能深究出典。即以开卷而论,"闾阖"字见《楚辞》,而引《三辅黄图》。"八荒"字见《淮南子》,而引章怀太子《后汉书注》。"胡床"字见《世说新语》桓伊、戴渊事,而引张端义《贵耳集》。"朱门"字亦见《世说新语》支遁语,而引程大昌《演繁露》。"双鹄"字自用古诗"愿为双黄鹄"语,而引谢维新《合璧事类》。"绝迹"字见《庄子》,而引曹植《与杨修书》,皆未免举末遗本。

所举各书,前者时代皆远较后者为古,当为典故最早出处。再如惠栋《精华录训纂》,《提要》曰:

> 所引或不得原本,于显然共见者,或有遗漏,如注"寒肌起粟"字,引苏轼"旅馆孤眠体生粟"句,不知此用轼《雪诗》"冻合玉楼寒起粟"句也;注"吹香"字,引李贺"山头老桂吹古香"句,不知此用李颀《爱敬寺古藤歌》"密叶吹香饭僧遍"句也;注"麦饭"字,引刘克庄"汉寝唐陵无麦饭"句,不知为《五代史·家人传》语也;注"大漠"字,引程大昌《北边备对》,不知为《后汉书·窦宪传》语也。

所谓"所引或不得原本",不仅要考察诗意,选择最为贴切的出处,第一例是也;而且要追踪原始,寻找最早出处,二、三、四例是也。

其四是但扣字面。引证既要考虑举先以明后,又要切合作品的具体语境和含义。如李壁《王荆公诗注》,《提要》引刘克庄《后村诗话》,指出"归肠一夜绕钟山",当引《吴志》,却误引《韩诗》;"世论妄以虫疑冰",当引卢鸿一、唐彦谦语,而误引《庄子》。说明考证语典和事典,并非越早越好,而是要结合诗意加以确定。再如仇兆鳌《杜诗详注》注"宵旰忧虞轸"句,引《仪礼》注"宵衣",然"考之郑注,'宵'乃同'绡',非宵旦之宵也。"《提要》指其为疏漏。

其五是漫无考订。即注家对所引文献之真伪或旧注旧说之是非,缺乏甄别。《提要》批评《文选音义》注释《饮马长城窟行》"双鲤鱼",引《元散堂诗话》"试莺以朝鲜原茧纸作鲤鱼"云云,此段文字出自龙辅《女红余志》,而明代钱希言《戏瑕》早已明言《女红余志》是伪书。注释《吴都赋》"欓枪",引李周翰注,以为"鲸鱼目精",此因《博物志》"鲸鱼死,彗星出"之文而加以妄诞,余氏未加甄别而采用,结果大误。另外《提要》反复批评注家"摭拾类书",也是同一意思,因为类书中伪造和谬误之处不胜枚举,清初钱谦益就曾在《钱注杜诗·例略》中列举类书中的多种错误,《提要》对此显然是有所原本的。

值得注意的是,《文选音义提要》长达一千五百余字,所列八条,一曰引证亡书,不具出典,二曰本书尚存,转引他籍,三曰嗜博贪多,不辨真伪,四曰摭拾旧文,漫无考订,五曰叠引琐说,繁复矛盾,六曰见事即引,不究本始,七曰旁引浮文,苟盈卷帙,八曰抄撮习见,徒涴简牍。虽有部分繁琐和义界不清之处,但条分缕析,大致涵盖了引证之失的主要方面。乾嘉学者在长期实践中,认识到"读书必明其例"的重要性,因多以归纳法将一般经验提升至规律化的"通例"。强调引证体例的科学规范,强调追根溯源等,也是乾嘉学派正本清源学术思想的具体体现,对今日的古籍整理不无参考作用。

四、考察注本的地位和影响

　　注本的地位和影响是《四库全书》收录乃至著录的重要参考因素，新注尤其如此。《四库提要》钩深致远，一一考察旧注和新注的演变递承关系，犹如学术简史，读来令人获益匪浅。如评清初朱鹤龄《李义山诗注》："李商隐诗旧有刘克、张文亮二家注本，后俱不传。……明末释道源始为作注，然其书征引虽繁，实冗杂寡要，多不得古人之意。鹤龄删取其什一，补辑其什九，以成此注。后来注商隐集者，如程梦星、姚培谦、冯浩诸家，大抵以鹤龄为蓝本，而补正其阙误。"纵览宋、明、清三代各注的发展历程，客观评价了朱注"超出诸家之上"的"摧陷廓清之功。"清吴兆宜《庾开府集笺注提要》曰："《隋书·魏澹传》称废太子勇命澹注《庾信集》，其书不传。《唐志》载张廷芳等三家尝注《哀江南赋》，《宋志》已不著录。近代胡渭始为作注，而未及成帙。兆宜采辑其说，复与昆山徐树穀等补缀成编，粗得梗概。"钩玄提要，指出该注本的开辟之功及其影响。苏诗在宋代即有王十朋、施元之注本，清代有邵长衡等注，查慎行《补注东坡编年诗》虽然晚出，但"考核地理，订正年月，引据时事，元元本本，无不具有条理。非惟邵注新本所不及，即施注原本亦出其下。现行苏诗之注，以此本居最。"指出其后来居上的学术价值。注释学往往冰水青蓝，后出转精，所谓"创始者难工，继事者易密""考证之学，不可穷尽，难执一家以废其余"（《东坡诗集注提要》），《提要》的这些看法还是比较通达的。

五、结语

　　《四库提要》的集部注释思想，是乾嘉学术思想的一个重要组成部分，也是自汉唐以来我国传统集部注释学的总结和发展，其核心是历史主义的实证方法，即在恢复文本真实性的基础上，结合作者的具体情景和作品的典故语词，通过史实、地理的背景考证，以确证作者的创作意图。但这种手段不能避免两个局限，一是对较少依傍、并无明显时空特征的作品难以奏效。比如李商隐、李贺的作品在清代均有数种注本，但穿凿之解不绝如缕。适应纪实性诗歌的注释方法，应用到象征性诗歌时却是枘凿方圆，事倍功半，原因就是这种注释方法存在根本缺陷，没有注意文学作品的内在特性。二是即使有史实可考的作品，是否就可确定作者的意图？《提要》提出的"（由字句）考其岁月，知其遭际，因以推求作诗之本旨"的标准是否合适？钱钟书曾概括说："乾嘉朴学教人必知字之诂，而后识句之意，而后通全篇之义，进而窥全书之指。"不过他接着又说："虽然，是特一边耳，亦只初桄耳。须复解全篇之义乃至全书之指，庶得以定某句之意；解全句之意，庶得以定某字之诂。"他将这种"积小以明大，而又举大以贯小；推末以至本，而又探本以穷末"的解释法称之为"阐释之循环"（《管锥编·左传正义·隐公元年》）。以此考察《提要》所谓的"善注"，不免于偏枯之病。古典诗歌注释中的大部分穿凿，根源并不仅仅是考证不精，主要在于注家未能全面把握作者基本的思想倾向，因而容易犯下以偏概全的毛病。事实上，即使当时的乾嘉学者如戴震等人也在反思这种注释之弊，他在《毛诗补传序》中说："《诗》之辞不可知矣，得其志则可通乎其辞；作《诗》之志愈不可知矣，蔽之以思无邪之一言，则可通乎其志。"这与他在《古经解钩沉序》中"由文字以通乎语言，由语言以通乎古圣贤之心志"的说法恰好相反（《戴震集》卷十），可以看成是对传统注释思想的一个补救。尽管有此不足，但乾嘉学者对实证的重视有其积极意义，它通过文本、史实的考证和体例的规范，力求保证人文学释义的客观性和科学性，从而避免了陷入极端主观化注解和臆说的危险，这个功绩还是首位的。

第八节　杨伦与清中期的杜甫诗注

乾嘉时期的杜诗注释在规模、数量和质量方面均较前代逊色不少。全集类的大型注本数量较少，大多局限于在仇注、朱注或浦注的架构之下，进行删并增补，气象难免窘促，在学术广度和深度上不复清初的恢弘精深。如江浩然《杜诗集说》（乾隆13年）虽编辑诸家论说，但以仇注最多。夏力恕《杜诗增注》（乾隆14年）以朱注为基础，串解诗意为主，注释不多。张甄陶《杜诗详注集成》（乾隆38年）系增删仇注而成。许宝善《杜诗注释》（嘉庆8年）参照张远《杜诗会粹》和浦起龙《读杜心解》而成，新意不多。梁运昌《杜园说杜》（嘉庆25年）是其中的佼佼者，其注释杜诗，"着重于杜诗的总体把握，不作繁琐考证与冗长解释，故深得杜诗精髓"。[①] 杜律注释，以边连宝《杜律启蒙》（乾隆42年）较有特色。总体而言，清初体大思精的杜诗注释学此际已呈盛极难继的局面。杨伦《杜诗镜铨》是其中流行最广的一部。

---

① 参见孙微《清代杜诗学史》第三章《清中期的杜诗学》，齐鲁书社2004年。

　　杨伦(1747—1803)，字敦五，一字西木(或作西禾)，阳湖(今江苏武进)人。乾隆 46 年(1781)进士，官广西荔浦县知县。晚岁主讲江汉书院七年之久。与孙星衍、洪亮吉、黄景仁等号称"毗陵七子"。著述以初刻于乾隆 57 年(1792)的《杜诗镜铨》最著名。

　　该注简明扼要，便于初学。郑庆笃《杜集书目提要》评曰"融会贯通"，张忠纲《杜集叙录》评曰"酌采众长"，均认为其"简明扼要"，而以洪业的评论最为中肯："实则考证之胜过前人者，亦寥寥无几。唯其注附句下，无仇本过繁之病；章法字句之评，刻于行间栏上，无翻覆寻检之烦；昔日评论全诗之语，采其佳者附列篇后，无江本之杂。……其书盖删减仇本繁注，而稍增前人论诗之评，其意便学诗者之用也。以此之故，其本流布甚广。"(《杜诗引得序》)如编排上，不同于前人将诗、校、注、评、解分开的形式，而是将其融为一体，以题解、句中校、句下注、旁批、眉批、诗后批的形式出现，题解多为背景叙述，句中校多为异文，句下注多为疏通词语、考证史实，旁批多点评关键转折，眉批多引前人点评字句语或叙章节大意，诗后批则是前人或杨伦对全诗的点评，这种编排体例更符合读者的阅读需求。又借鉴时文圈点的方法，"诗贵不著圈点，取其浅深高下，随人自领。然画龙点睛，正使精神愈出，不必以前人所无而废之"。(《凡例》)圈者多神妙警秀之句，值得涵泳。其次是条目简化。该注以朱注为底本，参照仇注，并大力删减冗杂的条目，如《奉赠韦左丞丈二十二韵》首四句，仇注"纨绔""饿死""儒冠""丈人""静听"五个条目，杨注仅"纨绔"。该诗其余如"少年日""观国宾""要路津""萧条""旅食""富儿门""肥马尘""潜悲辛""求伸""厚""真""百僚""猥诵""怏怏""东入海""西去秦"等亦均略而不注。《前出塞九首》，仇注列 65 条目，杨注 32 条。对于占用篇幅较大的地理考证，杨注一般都只注大致方位，不作过细考证；如果是小地名，则以附近重要地名为参照，如注该诗"终南山"和"渭水"："《元和郡县志》：终南山在京兆府万年县南五十里。渭水在万年县北五十里。"基本满足解诗之需，避免了大段引文。这种做法实际是对杜诗"无一字无来处"之说和逞学炫博学风的有意识抵制，有其积极意义。当然，有的注释过于追求简明而损害原有意思，如《房兵曹胡马》注"胡马大宛名"曰："《史记》：得大宛汗血马，名曰天马。"仇兆鳌的注释是："《史记》：初，天子得乌孙马，号曰天马。及得大宛汗血马，益壮，更名乌孙马曰西极马，宛马曰天马。"杨注显然是删减仇注而成，但这种删减实际已非仇注原意。这种例子还有不少。

　　另一特色是吸纳了百年来的杜注成果。钱、朱、仇、浦四注分别刊刻于康熙 6 年(1667)、康熙 9 年(1670)、康熙 42 年(1703)、雍正 2 年(1724)，换言之，《杜诗镜铨》距离钱注已有 125 年,距离最近的《心解》已有 68 年,而上述几部注本均有较为浓厚的时代特色,如钱注倡讽君说,融入了钱氏鲜明的个人色彩;朱注考据立论虽较出色,但经世致用的遗民色彩较重;仇注以浩博著称,但昧于抉择,失之于繁;浦注赏析入微,但学术价值相对不高,且好为异说。世异时移,时代亟需一部能反映最新成果的杜诗注本。据粗略统计,《镜铨》对浦注《心解》吸纳 263条,仅次于朱、仇(钱注因禁毁而未标,实际引用甚多)。如《醉歌行》引浦评曰:"以半老人送少年,以落魄人送下第,情绪自尔缠绵恺恻。"这个角度为从来论杜者未及,别具新意。《寄高三十五书记》,引浦云:"首著叹息二字。彼此诗人,一遇一否,言外有不遇者在,即遇者亦慨与幸俱有。"卷三《赠田九判官》引浦云:"用事典切,风格高浑,律诗正法眼藏。"卷八《枯楠》引浦云:"只就小材咏叹,若合若离,结法冷隽。"均一语中的,甚见手眼。引邵长蘅批卢元昌《杜诗阐》达 228 条,如卷十二《谒先主庙》"复汉留长策,中原仗老臣。杂耕心未已,呕血事酸辛"四句,引邵云:"全首浑壮,是大家数。托孤是先主一生大著;尽瘁而死,又是孔明一生大志。两人俱即末以该全,复汉又其本也,四句绝顶识议。"画龙点睛,诚为妙评。另外对何焯、俞犀月、李因笃、王士禛士禄兄弟、蒋金式等人的成果也多有吸纳。

该注在后世十分盛行。杨伦同里潘清《挹翠楼诗话》曰:"《杜诗镜铨》,向来注杜者皆不能如其精当在家。"① 张维骧言《杜诗镜铨》:"最为精核,世所共推。"② 张之洞《书目答问》认为"杜诗注本太多,仇、杨为胜"。③ 康有为亦认为"《杜诗镜铨》最佳,宜全读"。④ 今人郭绍虞认为其"一方面能正仇、浦诸家之误,补朱注之缺,一方面再能裁择各本之长,以归于至是。这即是注家才学识三长的表现,而《杜诗镜铨》一书所以特别受人重视之原因就在此"。(《杜诗镜铨前言》)所以尽管这部注本没有清初诸家的鲜明特色,但实事求是、平实客观,不求异,不偏激,不穿凿,本身即是最大特色。

第九节　冯应榴与清中期的苏轼诗注

清代中期以后,翁方纲(1733—1818)、冯应榴(1741—1801)、王文诰(1764—

---

① 钱仲联主编《清诗纪事》乾隆朝卷,江苏古籍出版社 1989 年版,第 6503 页。
② 《清代毗陵名人小传稿》卷五,常州旅沪同乡会 1944 年版,第 11 页。
③ 范希曾《书目答问补正》,上海古籍出版社 2001 年版,第 195 页。
④ 《桂学答问》,《康有为全集》第二集,上海古籍出版社 1990 年版,第 64 页。

1848)等相继推陈出新,促进了苏诗注释的演进。从著作的规模和数量看,清人注苏诗在宋代诗人中首屈一指,在历代诗人中也仅次于杜甫、屈原而居第三,这反映了苏诗在清代文人心目中的地位之高和影响之巨。据统计,清人注苏诗共有 265 卷,仅次于注杜诗的 281 卷,其余韩愈 88 卷、李商隐 58 卷、王安石 44 卷、白居易 41 卷、李白 36 卷、陶渊明 24 卷①。而从继承关系看,清初查慎行《补注东坡先生编年诗》本针对南宋分类注本之讹误而作;中期的翁方纲《苏诗补注》是对查注的补充与完善;冯应榴《苏文忠诗合注》既集王、施、查三家注之长,又驳其讹误,补其疏漏;而王文诰《苏文忠公诗编注集成》又在冯注基础上精益求精。《四库全书总目·东坡诗集注提要》说:"大抵创始者难工,继事者易密。邵注正王注之伪,查注又摘邵注之误。今观查注亦伪漏尚多。考证之学,不可穷尽,难执一家以废其余。"指出清人注苏诗中前后因革的辩证关系,确为卓见。且清人注苏,体例更合理,方法更规范,内容更翔实,具有较高的学术性,兼备集前人大成的性质。

一、翁方纲《苏诗补注》

　　翁方纲(1733—1818),字正三,号覃溪,晚号苏斋,直隶大兴(今北京)人。官至内阁学士,能诗文,精鉴赏,是著名的书法家、金石学家、诗论家,提出著名的肌理说。著有《复初斋集》《石洲诗话》《两汉金石记》《汉石经残字考》《焦山鼎铭考》等。

　　《苏诗补注》是笔记类著作,为补《查注苏诗》而作。翁方纲于乾隆 38 年(1773)得到残宋本施、顾《注东坡先生诗》,以此对勘邵长蘅《施注苏诗》及查慎行《苏诗补注》,成《苏诗补注》8 卷。前 6 卷为编年诗,后 2 卷为不编年诗。据统计,全书凡 369 条,其中补原注 275 条,翁新补 94 条②。或补查氏原注,或补邵氏之删削,或驳旧注,或新补,价值较高。其自序云:"方纲幸得详考施、顾二家苏诗注本,始知海宁查氏所补者,犹或有所未尽。闻前辈于山谷诗任注、半山诗李注序叶残字,皆访求珍录,盖古人一字之遗,后人皆得援据以资考证。是以凡原注所有者,捃残拾坠,录存于箧久矣。歙县曹吉士从方纲订析苏诗疑义,日钞一二条,遂成此帙,而方纲之管见,亦窃附一二于师友绪余之末者,欲以益彰原注之美

---

① 参见王友胜《清代苏诗研究的繁盛局面及其文化成因》,《湖南大学学报》2003 年第 5 期。
② 曾枣庄《苏轼研究史》第 5 章,江苏教育出版社 2001 年版,第 289 页。

尔。"曹振镛题云："辛丑岁（1781），振镛读中秘书，日来苏斋，从秘校叩苏诗疑义，先从事于《施注》及《查氏补注》，其有施、顾二家原本，为查氏采辑未备者，则师复举曩所手录，条分件系，以授振镛。至是年冬，积成八卷，爰付开雕，以公同好。"兹举《荆州十首》以见一般："方纲补注：按查氏以此十首，皆为嘉祐五年春作，愚谓第七首有'残腊多风雪'之句，盖四年冬尽时，即到荆州于此度岁，乘春乃北行耳。十首各自即事言之，盖非一时所作，如望沙之楼、沙头之市、游客之携龟、故人之赠雁，亦非一二日间事也。来时则风卷白沙，去时则风动绿芒，时序既更，景事非一，故总题曰《荆州十首》。"所言极是，足补《查注》之粗。其中利用苏诗石刻和墨迹校勘苏诗，为他人所不及。如《定惠院寓居月夜偶出》诗，翁注载其在董诰家"见此诗初脱稿纸本"，并详尽记录苏轼修改诗作的用语之异，有的前后面目全非，这是十分难得的苏轼墨宝，有助于考察古人"成如容易却艰辛"的创作经历。

二、冯应榴《苏文忠诗合注》

冯应榴（1741—1801），字诒会，一字星实，又号踵息居士，浙江桐乡人。冯应榴出生于书香世家，其父浩、弟集梧均为乾嘉时著名学者与诗文笺注家。冯氏秉受家学，精熟两宋史实，又搜讨有多种苏诗旧椠，其注苏诗考核精审，材料翔实，颇具学术性。

《合注》在多方面堪称清人注苏诗的集大成之作。《合注》之前虽有多种注本，但皆有不足，如王注本出自南宋坊刻，分类丛脞，注释错舛，邵长蘅作《王注正讹》38 则批驳之；施顾本是南宋编年本，价值较高，但错误不少；邵长蘅等奉宋荦改编的施顾本，又不遵学术规范，肆意剪裁，改窜义字，尽失旧本面目；查注本长于地理，但在《和陶诗》的篇数和编年方面存在严重问题，"且初白翁原本先列施注，后列补注，后人专以查注刊行，读者往往有偏而不全之憾"（《合注·凡例》），因此迫切需要一部融汇百家、切于实用、规范可靠的苏诗注本，《合注》应运而生。钱大昕《序》认为"王本长于征引故实，施本长于臧否人伦，查本详于考证地理，先生则汇三家之长"，吴锡麒则认为"人皆称其诠释之学精，余独叹其兼总之功大"，是符合实际的。收诗方面，《合注》考订各种旧注并辑佚新诗，共录 2787 首，为历代各本之冠。《合注》内容，有人概括为核定编年、划分门类、辨析条理、择精要删复出、引注、删唱和、修正地理、校正旧注等八类[1]。《续修四库全书总目提要》

---

[1]　付少华《冯应榴注释苏诗体例述论》，《鸡西大学学报》2013 年第 10 期。

曰："应榴撰此编,阅七年而成。遍搜旧说,参证群书,编年则先考史实之异同,引注则务求出处之本始,校订原诗载歧出之文,附录他人诗屏无关之作,注语删除复见,文义酌加疏解,其取例详密,过于前人。"①指出其集成之功。

其次是体例严谨规范。《合注》是乾嘉学风的产物,注重学术规范,重点在几个方面。一是补录书名。王注乃南宋之坊刻本,注释体例很不规范。《合注·凡例》指出"王注不标书名者甚多",清初宋荦《施注苏诗序》中批评王注有三失,其一乃"不著书名则疏",足见不注书名为王注本的突出现象。而《合注》对此十分注意,如卷三《壬寅二月有诏令郡吏分往属县减决囚禁》诗"峥嵘依绝壁"句,王本"次公注"云:"《选》有南北峥嵘,刻削峥嵘。又诗云:晨策寻绝壁。"《合注》改为:"《文选·吴都赋》:南北峥嵘。《上林赋》:刻削峥嵘。又谢灵运诗:晨策寻绝壁。"分别补充篇名与作者名。二是核对引文。旧注引文随意,往往张冠李戴,移花接木,很不规范。《合注·凡例》曰:"王注固蹈改窜旧文之病,即施、查二注亦间有之,大抵未经详校原书,或撮举大意,不必字句悉符,或古本今本互有参差,昔人注书往往如此,皆无足疵。惟其中因诗改易附会者,间亦不免。今大半已为校正,偶有沿之而未改者,要于原文无大背谬矣。"如《和蔡景繁海州石室》题下查注云云,冯应榴注曰:"榴按:以上皆本《名胜志》,查氏作《寰宇记》,误。"纠正查注之误。这些工作看似平常,却最耗时耗力,也保证了注本的学术质量。此前被视为枝节的引文问题,此时受到重视,也是乾嘉求是征实学风的反映。三是注明每诗在各本中的卷次,以便检索。这一工作它本均无,为《合注》首创。如卷49《春日与闲山居士小饮》诗,冯氏于题下注云:"王本载燕集类,旧王本燕饮类,题首皆无春日二字。《外集》载此诗于黄州、常州卷中,在《求刘监仓家为甚酥》一首之前。七集本《续集》脱去题目,并入《求刘监仓家为甚酥》。题作二首,误也。郑羽重修施注本亦同,而以此诗为第一首。至补施注本、查本皆失载此诗,今补采。"显然,冯氏只有遍检苏诗各本并反复比勘后,才能得出这一考据甚详的结论。四是不掠人美。《合注·凡例》曰:"间采前辈及同人之说,各列姓名,不敢攘为己有也。"钱大昕《序》称赞《合注》:"于古典之沿讹者正之,唱酬之失考者补之,舆图之名同实异者核之,以及友朋商榷之言,亦必标举姓氏,其虚怀集益又如此。"与其父冯浩对待前人旧说"必标明某曰,不敢攘善"的学术品格是一致的。

三是重考证而轻意义。应该说这是乾嘉注释的严重缺陷。清初学者议论风

---

① 《续修四库全书总目》第十册,齐鲁书社 1996 年影印本第 247 页。

生，畅所欲言，其注释诗歌的一个重要目的是经世致用，因此读诗必求其旨，如
《钱注杜诗》的笺语，大胆放言，认为杜诗或隐或显地批判皇权，这种论调可谓惊
世骇俗。朱鹤龄《辑注杜诗》尽管不同意钱氏看法，但同样尽力开掘杜诗主旨，曲
折表达对时政的看法。这是清初学杜注杜的重要动因和特殊方式。但这种精神
随着文字狱的盛行而逐渐沦丧，到《杜诗详注》鼓吹封建伦理和"一饭不忘君"的
论调大行其道，杜甫已俨然一幅腐儒形象。乾嘉以后，诗歌注释加强了对名物、
地理和史实的考证，形成"以考证为注释"的特点。赵殿成《王右丞集笺注序》曰
"不欲为空谬之谈，亦不敢为深文之说"，冯集梧《樊川诗注自序》亦曰："夫吾人发
言，岂必动关时事？"避谈意义，只重考证，说明文字狱已对文人造成寒蝉效应。
打开《合注》，满目尽是知识和学问的展览，唯独不见对主旨的追问和艺术的
探讨。

　　与此相伴的是其无谓而冗长的考证，如《望夫台》第二句"江转船回石似屏"，
注曰：

　　　　王注子仁曰：武昌山上有妇望夫不归，身化为石，即此类。榴按：
　　"武昌望夫石见《太平御览》所引《舆地记》，又见任渊《黄山谷诗注》所引
　　《幽明录》，又见《白孔六帖》，又见《锦绣万花谷》所引《神异记》山公注：
　　《郡国志》：昔人往楚，累岁不还，其妻登山望之，久乃化为石。"《后山诗
　　话》："望夫石在处有之，黄叔度以顾况诗为第一，云'山头日日风和雨，
　　行人归来石应语'。"榴按："魏庆之《诗人玉屑》引《复斋漫录》云：余家有
　　《王建集》载此诗。乃知非况作，岂无己、叔度忘之耶？苕溪渔隐曰：王
　　荆公选唐百家诗，亦以此诗列建诗中。"①

好似一个关于望夫石的考证专题。从学术看，这段考证非常规范，引义详尽具
体，按语直截了当。除了考证望夫石的文献记载，还考证了关于望夫石诗的作者
之争。但却忘记了一个根本问题，就是这句诗的意义。读者如果不能深刻理解
此诗的妙处，恐怕读了这段注释，仍是一头雾水。所谓"释事忘义"，大概这就是
一个反面典型。而采用文中夹注的方式，妨碍阅读的流畅，对读者也是一种折
磨。所以某种程度上看，《合注》既是乾嘉知识主义的集成产物，也是乾嘉思想萎
缩的集中展示。

---

① 《苏轼诗集合注》，上海古籍出版社 2001 年版，第 27 页。

三、王文诰《苏文忠公诗编注集成》

　　清代的三大苏诗注本,查注、冯注和王注皆具有极强的前后因承关系:查注以施注为基础,冯注以查注为基础,王文诰注以冯注为基础。王文诰(1764—1848),字纯生,号见大,仁和(今属浙江)人。嘉靖举人,客粤三十年,做过幕僚。能诗工画,著有《韵山堂诗集》7 卷和《苏文忠诗诗编注集成》50 卷。《苏文忠诗诗编注集成》包括《诗目》1 卷、《编年总案》45 卷、《编年古今体诗》45 卷、《帖子口号词》1 卷、《两宋杂缀》1 卷、《苏海识余》4 卷、《笺诗图》1 卷。

　　王氏补注苏诗其实和冯氏差不多同时,而非今人认为的相差二十年。他最初针对的对象是清施本和查本,据其《总案·凡例》"诰以是取施查汇辑而匡其增补之失,都为一书,名《苏诗补注粹》,凡十年成,已授梓矣",可知《苏诗补注粹》动笔于乾隆 53 年(1788),成于嘉庆三年戊午(1798),乃汇辑清施本和查本的删繁就简之作,而冯氏《合注》始撰于乾隆 52 年,成于乾隆 58 年(1793),王氏成书仅晚 5 年。但王文诰见到冯注后,对其编年颇多不满,遂再续旧作:"又三年,得《合注》读之,而诰欲削正者悉刊集内,所补虽善独与本事不合,其所纠误编施查,皆不可从。至有因驳一诗而全卷动摇不定何年作者。诰欲出其旧作而牵连缚误甚多,非入《合注》并论各案不可立矣。……缘兼收王注、《合注》,汇辑改名《编注集成》。"其改名《编注集成》在嘉庆七年(1802)。嘉庆十六年(1811)初稿全部完成,嘉庆十八年(1813)重新修补并"汰其宽存者",嘉庆二十三年(1818)召工设局准备刊刻,次年正式刊刻,道光元年(1821)《总案》落成,道光二年全部完工,前后历时 33 年,是王氏一生治学心血的结晶。

　　所谓"编注",是编和注的合称,"一曰编,二曰注,汇为集成也"。"编"指《编年总案》对施顾原编、查氏改编、补编、冯氏《合注》辨正各条疏漏和错误的再考订,在此基础上对苏轼生平和诗文系年的各种考证。"注"指《编年古今体诗》集分类注、施顾注、查注、合注、邵注、李注、冯注、翁注及诸家论说的苏诗注释。前者属于年谱,后者属于注释。但总体而言,其注释部分基本沿袭旧注,发明甚少,价值不高。

　　《编年总案》是王注价值较高的部分,类似于苏轼诗文的创作年谱,将苏轼所有作品纳入视野,这是其独特之处。王氏重视诗文互证,善于从诗句中寻找线索,故其编年收获不小。《次韵子由初到陈州二首》其一"那更治刑名",王氏曰:"此诗次首有'旧隐三年别'句为证,作于四年六月倅杭命下之后,故云'那更治刑名'也。又第二首"旧隐三年别"句,注曰:"公以熙宁乙酉还朝,至是四年辛亥为三年,故云'旧隐三年别'也。必看清此句,扣出年限,二诗之旨方出。"这是根据时间线索来确定编年。有的则根据苏轼的生存境况来确定苏诗编年,如《和陶怨诗示庞邓》,王氏注曰:"此诗有'如今破茅屋,一夕或三迁。风雨睡不知,黄叶满枕前'诸句,以《停云诗叙》'立冬风雨无虚日'之说合观,则绍圣丁丑十月作也。如谓后两年秋冬作,公已在新居,何至破败若是哉?"有的是对旧说的质疑,如《送杭州杜戚陈三掾罢官归乡》,查注编于熙宁五年,王氏曰:"凡举劾参处,必定谳始议上,至其往复文字甚缓。此狱以杖改决杀,法司必再三驳诘而后定,其文字更缓矣。《诗案》乃五年承勘,非五年冲替。"很具有说服力。

对旧注的批评有的很合理。如卷13《和章七出守湖州二首》其一"方丈仙人出森茫",查注引《挥麈余话》、冯应榴引《吴兴备志》载章惇以为此句讥己出身而怨恨苏轼,后将其远谪海南。王文诰驳曰:"公如知有其事,惟当怜惇之不幸,何忍揭其所生,且公陷台狱,惇力解之,公谪黄州,惇力劝之,凡此皆可以明惇之心,不得以元祐国是为仇而牵涉之也。……查注、《合注》引以释诗,即于公人品心术,殊有关系,不可诬也,故为正之。"此种不仅有悖事实而且有污苏轼人品的附会,王氏尽力予以驳正。有的以亲身经历批评旧注,如卷45《画车二首》,王氏注曰:"此车今名二把手车,江北所在皆是。至查注所谓串车者,其说支离不类。诰于衡山道中见此车,则上悬布帆,乘风而行,若三楚渡艇然,此又与江北不同也。其来累数十轮,鱼贯如列阵,诰诗有'车帆匝地来'句,盖纪实也。"王氏旅粤三十年,对当地风物较为熟悉,并曾专门到惠州等地寻访苏轼旧迹,这个注释是其亲眼所见,自然与徜祥书斋的注家们大异其趣。①

有的考证十分可贵,如《寄吴德仁兼简陈季常》诗"忽闻河东狮子吼,拄杖落手心茫然"二句,洪迈《容斋二笔》认为是陈季常"其妻柳氏绝凶妒。……河东狮子,指柳氏也",此说不胫而走,成为常谈典故。王氏《苏海识余》卷一指出:"据《狮子吼经》,佛氏但取其声宏亮,能警大众,无他旨也。河东即柳真龄,谓柳尝以说经戏季常,并以铁柱杖为捧喝耳。此皆追述嬉笑之词也。……注家割截狮吼句,谓妒妇拄杖击壁,妄甚!"这些考证持之有故,可以信从。当然,王氏的考证也有重本集、轻他集和注释方法相对单一的缺点。

王氏一生浸淫苏诗,他对苏诗的熟稔可能是他人难以比拟的,这从其如数家珍的引证中不难发觉。但他的学识、藏书和学术训练后天不足,又缺乏传统学人敦厚谦逊的学术修养,小有发现即大张旗鼓,自鸣得意,甚至肆意攻

击他人,这引起众人不满,自然成为集矢之的。但后人往往在批评的同时,也容易贬低其学术成就。就书名来看,王氏的本意是超越旧注,集历代苏注之大成,但由于其学识和态度的限制,他并未能做到这一点。尤其是五十年后冯应榴之孙冯宝圻批评《编注集成》对《合注》"阴据之而阳鳌之",指责王氏贬低甚至窃取前人成果,虽有偏激,但总体可信。钱钟书批评《苏诗编注集成》"识解尘垢,笔语芜秽"(《谈艺录》),顾易生批评王氏"极其狂妄"(《苏轼诗集合注》前言),均非过甚之词。清初发生钱谦益和朱鹤龄、惠栋和金荣、冯应榴和王文诰三桩学术公案,分别因为杜诗、王渔洋诗、苏诗的笺注,就原因看,是因为注本之间存在一定的竞争性质。洪业先生说:"虽然,注杜之争乃钱朱二人之不幸,而杜集之幸也。考证之学,事以辨而愈明,理以争而愈准。"(《杜诗引得序》)简单的道德或伦理评判并不能解决多少问题,有时还夹杂过情之论,今日看来,对王注给予实事求是的学术评价,肯定其在学术史上的实际贡献,更为可取。

第十节　《樊川诗集注》及其它注本

除了上述诗歌注本外,乾嘉时期还有不少诗集注本,尽管就成就而言有所不足,但也有其各自的特点,其中既有别集也有总集,较重要的有《樊川诗集注》以及《玉台新咏笺注》。

一、冯集梧和《樊川诗集注》

据刘克庄《后村诗话》前集卷一所载,《樊川文集夹注》五卷,宋元间佚名注,系为《樊川文集》二十卷之前四卷及《外集》一卷作注,所注除卷一《阿房宫赋》等三赋外,其余皆为诗。据书后牌记,此书系明正统五年(1440)六月朝鲜全罗道锦山刻本,是国内现存最早杜牧集子的最早刻本,也是杜牧诗集的最早注本。后经杨守敬《日本访书志》等介绍,方渐为人所知。此书采取句下双行夹注的形式,每卷后又有"添注",对未注或未备者加以补注。所引材料,多有今日失传或不全者,颇有价值,如《华清宫三十韵》"喧呼马嵬血,零落羽林枪"句,注引失传的《翰府名谈·玄宗遗录》一千余字,系了解杨贵妃缢死马嵬驿的史料,殊为可贵。卷二《早春寄岳州李使君》"棋翻小窟势",后人多不解"小窟势"为何语,《夹注》曰:

"《棋谱》有大兔窟势、小兔窟势。"疑窦顿释。卷四《闺情》"娟娟却月眉"，《夹注》曰："贵妃尝作十眉新妆，宫中多效之，曰连头，曰八字，曰走山，曰倒晕，曰横云，曰惊翠，曰新月，曰却月，曰柳叶，曰媚眉。"这个注释显然比冯集梧引梁元帝《玄览赋》"望却月而成眉"更令人信服。再如《倡楼戏赠》"细柳桥边探半春"，五代王仁裕《开元天宝遗事》"探春"条曰："都人士女，每至正月半后，……为探春之宴。"这个"探半春"显然也优于冯注本的"深半春"。但总体而言，《夹注》无论是资料征引还是文献考证，均甚草率，且文字帝虎鲁鱼，讹误颇多。

冯集梧，字轩圃，号鹭亭，桐乡人。乾隆辛丑（1781）进士，授编修。与父冯浩、兄应榴皆以诗文笺注闻世。其《樊川诗集注》以杜牧外甥裴延翰所编《樊川文集》为底本，取前四卷的诗歌部分 263 首加以注释，编次如旧。

冯集梧《樊川诗集注》在典故、地理、名物、语词等方面对杜牧诗歌作了仔细开掘，为读者理解杜牧的诗歌扫清了很多障碍。如卷二《读韩杜集》"杜诗韩笔愁来读"句，注释引用陆游《老学庵笔记》《梁书·庾肩吾传》《南史·任昉传》，又引杜诗"贾笔论孤愤"，说明杜牧不称"韩文"而称"韩笔"，其来有自，始于六朝，牧之不过沿袭成说而已。又引《文心雕龙》云："今之常言，有文有笔，以为无韵者笔也，有韵者文也。夫文以足言，理兼诗书，别目两名，自近代耳。"最后总结说："牧之集各本，俱作杜诗韩集，惟《万首绝句》则作韩笔，观宋人每特论及此，知当时所见，多是笔字。"这段考证，引用各种文献说明"文""笔"之来由，确定当作"笔"字。虽是一字的考证，却不仅关系到文学史上的"文""笔"之争，也说明冯氏严谨求实、孜孜矻矻的态度。

但这部注本存在严重缺陷。作为诗歌名家，杜牧诗歌理应有与之地位匹配的注本，但是这部注本远不能达到这个标准。具体而言它有几个缺点。

首先是它拒绝阐发杜牧诗歌的主旨。其理由是："夫吾人发言，岂必动关时事？牧之语多直达，以视他人之旁寄曲取而意为辞晦者，迥乎不侔。"（《樊川诗注自序》）其实杜牧诗歌即使相对豁达，但也有很多值得开掘和索隐之处。清初方世举曾曰："注而不笺，则非子夏《三百篇》小序之旨，又不得孟子以意逆志、知人论世之义。"（《韩昌黎诗集编年笺注自序》）反对单纯的注释。二者相距仅仅百年，而世风丕变，冯氏说"岂必动关时事"，正反映了乾嘉年间文字狱造成文人学士谨小慎微的严峻心态。至于牧之诗歌艺术，《笺注》更是鲜有涉及。钱钟书先生对牧之诗艺多有阐发，如卷一《题安州浮云寺楼寄湖州张郎中》"去夏疏雨余，同倚朱阑语。当时楼下水，今日到何处。恨如春草多，事与孤鸿去"数句，《钱钟书手稿集》指出，"前四句与《初春夜饮》'砌下梨花一堆雪，明年谁此凭栏干'异曲同工。后二句开东坡《正月二十日出郭寻春》之'人似秋鸿来有信,事如春梦了无痕'。牧之《独酌》亦云'长空碧杳杳,万古一飞鸟',《题宣州开元寺》又云'亡国去如鸿,遗事藏烟巧',合而观之,则知《登乐游原》绝句所谓'长空澹澹孤鸟没,万古销沉向此中',匪徒即目,正亦比兴。"指出牧之诗的化用和影响,这正是牧之诗歌的价值所在,而《笺注》皆付之阙如,不能不说这是缺憾。

其次是失注、误注甚多,影响了其价值。如《杜秋娘诗》,清代王士禛《池北偶谈》卷十二就指摘其多处失注,"燕祺得皇子",《偶谈》曰:"谓漳王也。""江充知自欺",《偶谈》曰:"江充喻郑注、豆卢著辈也。""王幽茅土削",《偶谈》曰:"凑自漳王贬巢公也。""四朝三十载",《偶谈》曰:"自宪宗元和二年诛李锜,历穆、敬、文,凡四朝也。"此诗不易理解,尤其这些关键之处缺乏注释,读者往往囫囵吞枣,不知所云,冯氏并没有起到解疑释惑的作用。至于误注,更是硬伤,如《华清宫三十韵》"喧呼马嵬血,零落羽林枪",冯氏引《唐六典》"左右羽林军,掌统领北衙禁兵之法令"云云,宋吴聿《观林诗话》曰:"牧多以竹、雨比羽林。《栽竹》诗云:历历羽林影。又:竹冈森羽林。《大雨行》:行云万里积,芽苗羽林枪。又:云门寺外逢猛雨,林黑山高雨脚长。曾奉郊官为近侍,分明扰扰羽林枪。"宋人早就指出这是比喻用法,并非用"羽林"本义,冯氏却视而不见,刻舟求剑,殆此之谓乎? 另外胡可先《杜牧研究丛稿》之《樊川诗集注正补》一文,指摘冯氏误注数十处。《钱钟书手稿集》亦摘出诸多误注的例子,可以参看。至于校勘不精、考证不确、引文错误者亦复不少,兹不复举。

第三是拘泥于古人作诗"无一字无来历"之说,对牧之诗的语词梳理殆遍,为之一一寻求出处,这是其诗注最为败兴处。如卷三《还俗老僧》"秋寒力更微",注曰:"薛道衡《宴喜赋》:秋深气寒。""独寻一径叶",注曰:"杜甫诗:一径野花落。""日暮千峰里",注曰:"《史记·伍子胥传》:吾日暮途穷。""不知何处归",注曰:"刘长卿诗:衡岳千峰里,禅房何处寻?"纠缠于一字一词,而不顾是否化用,稗贩类钞,迂腐可笑。之所以如此,大概是冯氏对李善的注释思想似懂非懂,故造成这种亦步亦趋、机械死板的做法。虽然清代注家多有类似错误,但像冯氏这样普遍和严重,恐怕却无第二人。从某种程度上说,这部注本类似于资料汇编,对杜牧诗歌及其艺术鲜有发明。所以钱钟书先生《手稿集》评价冯注曰:"冯集梧鸳庭《樊川诗集注》甚谫陋,鲜发明,较之孟亭注李、星实注苏,真如丁子之尾矣。"讥讽其远逊父兄,这个评价并不为过。

二、许陪荣《丁卯集笺注》

许陪荣《丁卯集笺注》是晚唐诗人许浑诗集的注本,卷一收五排,卷二至卷四收五律,卷五至卷八收七律。《丁卯集》在明末崇祯年间刊刻过一个释许衣云钞、雷起剑评的评本,中国社科院文研所、扬州市图书馆皆有收藏。顺治十三年(1656),此本重刻。雷起剑,据高承埏《崇祯忠节录》卷二七,崇祯甲戌(1634)进士,官兵部职方司郎中。尝仕宦镇江,偶得许浑后裔释许衣云钞本,甚为宝爱,爰命刊布。此书分为二卷,共收诗三百九十三篇。全书问有校语,几不足观,然评点颇见特色。各诗佳句,皆经圈点,行间夹注,天头亦有评语,如评《金陵怀古》:"灵润之气,拂拂笔端。"评《韶州韶阳楼夜宴》:"情在景中,笔在情中。"评《赠萧炼师》:"一序及诗,渊穆深厚,超乎风气矣。"大多简短精练。

乾隆年间,裔孙许培荣"见其字画磨灭,惨然有重梓之意。又以集无笺释,全豹莫窥,于是广为搜罗,详加考订,事实则引据于前,大义则诠释于后,义例一本钱之注杜、施之注苏,再阅寒暑,而告厥成焉"(《丁卯集笺注后跋》),历时十多年,直到"乙亥秋"(1755),刊刻告成。

该本注释条目的设立,大体能抓住重点,简明赅要。如《广陵道中》:"城势已坡陀,城边东逝波。绿桑非苑树,青草是宫莎。山暝牛羊少,水寒凫雁多。因高一回首,还咏黍离歌。"此诗分别设立"广陵"和"黍离"两个条目。"广陵"条注曰:"今扬州江都县也。《隋书》:大业中,发民十万开邗沟入江,自长安至江都,置离宫四十余所,以待游幸。""黍离"条注曰:"《诗》:彼黍离离,彼稷之苗。行迈靡靡,中心摇摇。注:周既东迁,大夫行役过故都,而叹其宗庙宫室之邱墟一至于此也。"这两个词语是全诗抒情的关键,因此对其作注是必须的,注释文字也较为简练。但"坡陀"意为山势起伏,似乎应该作注。"山暝牛羊少"暗用《诗·君子于役》"日之夕矣,牛羊下来",似亦应注。

该注所有诗篇几乎皆有笺语,对主旨和内容作简要分析,如《广陵道中》篇末笺曰:"此公在广陵而感怀故宫也。曰已坡陀,则城之古可知,然此城不过筑于隋炀,未久也。曰东逝波,则去而不返,便增几多感慨矣。绿桑四句,皆目中所见,而心中所悲者。夫非昔之所为锦绣芜城耶,而因高回首。黍离之歌,不能自已,可伤也矣。"首句一般点明主旨,接着结合诗意,顺序分析,有助于读者理解诗歌的关键所在。有的分析诗歌层次,如卷二《寄契盈上人》"何处是西林,疏钟复远砧。雁来秋水阔,鸦尽夕阳沉。婚嫁乖前志,功名异夙心。汤师不可问,江上碧云深"，篇末笺曰："此寄僧言近况也。何处二字一唤，不可问三字一答，中间以疏钟渚砧一层，写上人在若近若远之间。复以雁来鸦尽一层，写上人于起居晨昏之际，而告之以己身尘俗未了，日复一日，入道无期，然则虽有汤休，无缘以报远于碧云深处也。"既是内容评论，也是通过层次分析提炼此诗的艺术。这在考据风气盛行的乾嘉时期，还是较为难得的。

三、孙之騄《玉川子诗集》

孙之騄《玉川子诗集》5 卷是关于中唐诗人卢全诗集的注本。之騄，浙江仁和人，字子骏，一字晴川，雍正间官庆元县教谕。博学好古，尤专于经学。所著合集为《晴川八识》，包括《二申野录》《别本尚书大传》《考定竹书纪年》及《补遗》《松源经说》《晴川蟹录》及《后录》《樊绍述集注》《玉川子诗集注》《枝语》《南漳子》《松源集》等。据卷首《玉川子诗注序》"孙君晴川多方掇拾，按其科条，寻其章句，神会天解，根据典故。自有此诗，从无此注"云云，可知孙氏对此用力甚深。但缺点是多援引后世文献，如《自咏三首》其三："物外无知己，人间一癖王。生涯身是梦，耽乐酒为乡。日月黏髭须，云山锁肺肠。愚公只公是，不用谩惊张。"注曰："白居易诗：物外不可必。孟郊诗：人生穷达感知己。刘长卿诗：世事终成梦，生涯欲半过。《楞严经》：虚空却来观世界，犹如梦中事。《晋书》：山简镇襄阳，唯酒是耽。唐王绩，字无功，作《醉乡记》。皮日休诗：何人置此乡，杳在天皇外。司空图诗：鸟飞飞，兔蹶蹶，朝来暮去驱时节。女娲只解补青天，不解煎胶黏日月。此云'日月黏髭须'，即此意，言随时改易也。"除了所引王绩的典故和司空图诗较为妥帖外，其余白居易、孟郊、刘长卿诸诗，亦均非最早，说明孙氏对注释的理解尚隔一层。

四、吴兆宜注、程琰删补《玉台新咏笺注》

《玉台新咏》是继《诗经》《楚辞》以后最古的一部诗歌总集，选录诗歌达 870 首之多，内容方面专咏妇女，在保存汉魏六朝文献方面具有较高价值。吴兆宜是清初遗民，曾笺注《庾开府集》十卷、《徐孝穆集》六卷行世，前已介绍。康熙乙卯年间（1675），他在徐乾学传是楼见到了宋代陈玉父刻本，便用它与赵氏寒山堂刻本互校，改正了赵氏本的许多错误，又在此基础上为之笺注。但这个注本并未刊刻，只是一个钞本。乾隆 39 年（1774），程琰得吴兆宜注本，嫌其"颣类时有"，又

"钞胥传写,乌焉亥豕,脱误亦多",故取而加以删补,并刊刻行世,即稻香楼本。程琰,即程际盛(1739—1796),据《清史列传》记载,原名炎,字焕若,号东冶,江苏长洲人,乾隆四十五年进士。初学诗于同里沈德潜。尤深研郑学,摘郑语之要,为《周礼故书考》《仪礼古文今文考》《礼记古训考》,凡三卷。又著《说文古语考》《骈字分笺》各二卷,《续方言补正》一卷。程琰的删补固然有益于注本的整体质量,但也部分混淆了吴、程的文字,这是一个遗憾,但这并不妨碍我们从总体来评论这个注本。

该注的总体价值不高,缘于没有把握好注释模式。《玉台新咏》所选的诗歌都比较清新明白,并没有太多的典故,所以吴、程二人以名物等为重点的注释方式,对于理解诗歌并无多大帮助。以卷一的第一首"上山采蘼芜"为例,注曰:"《本草》:蘼芜,芎藭苗也。生雍州川泽及冤句。四月、五月采叶暴干。陶隐居云:今出历阳,处处亦有,人家多种之,叶似蛇床而香。《管子》:五沃之土,生蘼芜。《广志》:蘼芜,香草,魏武帝以藏衣中。郭璞《赞》:蘼芜善草,乱之蛇床。不陨其实,自别以芳。"从《本草》说到分布,看似面面俱到,其实一无是处,因为这是一首弃妇自抒的抒情诗,文字简单明白,全诗与蘼芜并无直接关系,读者只需了解它是一种香草即可,至于它是什么香草、有何功用,与此诗毫无关系。其实只取"芎藭苗"三字,让读者明白何物即可。虽然"上山采蘼芜"并无典故,但注家完全可在解释字词的基础上,串讲诗歌大意,或者罗列类似的抒情诗句,启发读者的联想,效果应该更佳,但注家并无这样的意识或功底。归根结底,注释虽有增长知识的作用,但根本是为文学服务的。有无文学意识,是检验注家的一个重要标准,而这点也是清代许多注家或学者的一个缺憾。

五、殷元勋注、宋邦绥补注《才调集补注》

韦縠编选的《才调集》是现存规模最大的唐人选唐诗选本,该书十卷,每卷收诗一百首,合计一千首。自五代问世以来,历代皆有人为之校勘、评点和笺注,而清代最为盛行,如冯舒、冯班、何焯、赵执信、纪昀等均有批点,吴兆宜、周桢、吴惠叔、殷元勋、宋邦绥、佚名等均有全注或选注。其中殷元勋注、宋邦绥补注对于初学者而言较有价值。

殷元勋,字于上,长洲人,其余不详。宋邦绥《才调集补注序》曰:"偶检敝簏,得钞本数卷,系我郡殷于上笺注,为蠹鱼所蚀者过半,余深惜焉。因广搜博采,补其残缺,正其舛讹,阅数年而告成。"可知殷氏《才调集注》的本子为宋邦绥所得,又经其补充完善,方为完书。邦绥,生年不详,卒于乾隆四十四年(1779),字逸才,号况梅,长洲人(今苏州)。乾隆二年进士,曾任翰林院编修。但宋邦绥在世时该注未能刊刻,又传于其子宋思仁,思仁请乾隆间名流吴玉纶为序,又历二十多年,至乾隆五十八年(1793)方付梨枣,该书成之不易可见一斑。今有思补堂刻本。

该注有冯舒、冯班的评语,如卷一"古律杂歌诗一百首",有冯班评语:"钝吟曰:家兄看诗,多言起承转合,此教初学之法。如此书,正要脱尽此板法,方见才调。"以下各以人选诗,如"白居易一十九首",详细介绍白居易生平,接按冯氏评语。在白居易《代书一百韵寄微之》题下,又介绍元稹生平,并加评语。以下全录该诗,或以小字选录冯氏评语。诗末详列注释条目。

该注的特点是注释较详,便于初学。对有关典故,尽可能加以开掘。如《代书一百韵寄微之》"分定金兰契,言通药石规"二句,列"金兰"和"药石"两个注释,其中"药石"注曰:"《左传》:臧孙曰:季孙之爱我,疾疢也。孟孙之恶我,药石也。""药石"为平常词汇,极易忽略,但经此注释,读者方知其中有典。又如"唐昌玉蕊会,崇敬牡丹期"二句,列"唐昌玉蕊"和"崇敬牡丹"两个条目,"唐昌玉蕊"引《剧谈录》"上都安业坊唐昌观旧有玉蕊花"云云,记载遇仙之事,长达一百七十余字;"崇敬牡丹"条引《长安志》所载崇敬尼寺,又引《霍小玉传》"时三月,人多春游,李生与同辈诣崇敬寺玩牡丹花"云云,说明白居易诗并非虚语,而是如实记载。"耳垂无伯乐,舌在有张仪"二句,注"耳垂"曰:"贾谊《吊屈原文》:骥垂两耳,服盐车兮。"均能结合诗文或文献,引经据典,有所开拓。此诗虽是长诗,但注释也多达103条,可见其细致。当然有的注释,如"凉叶坠相思",注"凉叶"曰:"谢庄诗:秋风散兮凉叶稀。"注"相思"曰:"《吴都赋》:相思之树。注:相思,大树也,可作器,其实如珊瑚。"似乎不免深文周纳,失于穿凿。注释基本引用原始材料,但也有少数引后世材料,如《东南行一百韵》"浮图"引自明代《洪武正韵》,"鸦头"引自明人所编的《诗话类编》等。但总体而言,这是一部简明平实的注本,对初学者帮助较大。

六、周桢、王图炜合注《西昆酬唱集》

《西昆酬唱集》,宋诗总集注本,二卷,宋杨亿编,清周桢、王图炜注。桢,字以宁,虞山(今江苏常熟)人,生平不详。图炜,字彤文,云间(今上海松江)人,康熙四十七年(1708)举人,官至户部贵州司郎中。《西昆酬唱集》"自明代以来,世罕流布"(《四库提要》),清人为纠正明人"文必秦汉,诗必盛唐"的流弊,转而推尊晚唐和宋诗,《西昆集》的刊刻和研究逐渐兴盛。康熙中却周桢、王图炜的合注本就是这一潮流的产物,但直到 1985 年才由上海古籍出版社据黄永年先生所藏本影印出版。

《西昆酬唱集》用典丰富,因此该注尽力挖掘典故,较为生僻的典故开掘殆尽。如杨亿《受诏修书述怀感事三十韵》几乎句句用典,注本逐词逐句,尽力考察其出处,基本解决了一般读者的阅读障碍。

该注本的主要问题在于滥注。以杨亿《公子》诗为例:"夹道青楼拂彩霓,月轩宫袖案前溪。锦鳞河伯供烹鲤,金距邻翁逐斗鸡。细雨垫巾过柳市,轻风侧帽上铜堤。珊瑚击碎牛心热,香枣兰芳客自迷。"注释对青楼、彩霓、月轩、前溪、锦鳞、河伯、烹鲤、金距、斗鸡、垫巾、柳市、侧帽、铜堤、珊瑚、牛心、香枣、兰芳等 17个语词找寻出处,其实除了烹鲤、金距、柳市、侧帽、铜堤、珊瑚、牛心等,其余皆寻常词汇,实无注释必要。如首句"夹道青楼拂彩霓",注曰:"曹植《美女篇》:青楼临大路,高门结重关。李商隐诗:秘殿崔嵬拂彩霓。"次句"月轩宫袖案前溪",注曰:"江淹《别赋》:日下壁而沉彩,月上轩而飞光。"这种但扣字面的做法,与冯集梧《樊川诗集注》之误如出一辙,实质是并未真正领悟注释的精髓。

第十一节　纪昀与清代的诗歌评点

文学批评有多种方式,按照与诗歌距离的远近,可依次分为注释、评点、诗话、选本等,因此说评点属于广义的注释,大概并不为过。清代的诗歌评点成就巨大,在明代基础上有所深化。就对象而言,遍及各个时代和众多作家,尤其是《诗经》、乐府诗、杜甫、韩愈、李贺、李商隐、苏轼等成为评点家关注的焦点。就评点家而言,冯舒、冯班、金圣叹、王夫之、朱彝尊、查慎行、何焯、纪昀、翁方纲等,皆为诗歌评点之翘楚,而以纪昀的成就最为全面和深刻,影响也最大。有学者认为:"《四库全书总目》诗文评类提要考辨精微,评价公允,基本构成古典形态文学批评学术史的雏形,大致体现出封建社会诗文评研究的学术水平。它既可以说是传统诗文评研究的集大成之作,也是现代形态文学批评史学科形成的基础。"①这实际上也是对纪昀关于古代诗学批评成就的总体评价。

---

① 吴承学《论四库全书总目在诗文评研究史上的贡献》,《文学评论》1998 年第 6 期。

　　纪昀自述云："余少时阅书,好评点。"①现在看来,其考中进士到主持《四库全书》的编纂之前,即三十岁至五十岁之间近二十年,皆倾心于诗歌评点,可谓用心专而用力勤。从评点对象看,既有《玉台新咏》《才调集》《瀛奎律髓》《唐诗鼓吹》等总集,也有李商隐、韩偓、苏轼、陈师道等人的别集,还有试律诗等。从成果看,有《唐人试律说》《庚辰集》《删正方虚谷瀛奎律髓》《删正二冯评阅才调集》《点论李义山诗集》《后山集钞》《纪批苏文忠公诗集》《瀛奎律髓刊误》《玉台新咏校正》《我法集》等。其审慎通达的学术态度和"剖析条流,斟酌古今"的杰出才能,为其编撰《四库全书总目提要》奠定了坚实基础。其诗歌评点有如下几个特点。

　　首先是包容性。一方面,纪昀谨守儒家矩矱,强调温柔敦厚,强调诗史观念,强调诗品人品,认为"诗言志""发乎情,止乎礼义""诗本性情"等是"诗之本旨",体现了鲜明的儒家思想倾向。如评岑参《寄左省杜拾遗》"联步趋丹陛,分曹限紫薇。晓随天仗入,暮惹御香归。白发悲花落,青云羡鸟飞。圣朝无阙事,自觉谏书稀",曰:"子美以建言获谴,平时必多露圭角,此诗有规之之意,而但言自甘衰朽,浮沉时世,则诗人温厚之旨也。"②评李商隐《华清宫》(朝元阁迥)曰:"既失讳尊之体,亦少蕴藉之味,于温柔敦厚之旨失之远矣。"(《玉溪生诗说》卷下)提倡忠厚平和,反对激烈愤激的情绪,从内容和表达两个方面对诗歌提出要求,体现了其一定的保守性。

　　但纪昀更有通达圆融的一面,其所谓"诗本性情"包蕴甚广,泛指人的思想感情,如日常生活的男女之情、朋友之情及对山水草木等自然景物的欣赏之情等。如李商隐《春雨》"怅卧新春白袷衣,白门寥落意多违"二句,纪昀评曰:"宛转有味。平山笺以为此有寓意,亦属有见。然如此诗即无寓意亦自佳。景州李露园尝曰:诗令人解得寓意见其佳,即不解所寓之意亦见其佳,乃为好诗,盖必如是乃蕴藉浑厚耳。因论此诗而附一记之。"诗歌无所寓意亦可为好诗,确实新人耳目。评义山《西南行却寄相送者》诗曰:"以风调胜。诗固有无所取义而自佳者。"又是一例。之所以如此,与其对诗歌的理解有密切关系,他说:"在心为志,发言为诗,古之风人特自写其悲愉,旁抒其美刺而已。心灵百变,物色万端,逢所感触,遂生寄托。寄托既远,兴象弥深,于是缘情之什渐化为文章。如食本以养生,而八珍五鼎缘以讲滋味;衣本以御寒,而纂组锦绣缘以讲工巧。相沿而至,莫知其然,而

①　《瀛奎律髓刊误跋》,李庆甲《瀛奎律髓汇评》附录,上海古籍出版社 2005 年新 1 版,第 1827 页。
②　李庆甲《瀛奎律髓汇评》卷二,上海古籍出版社 2005 年版,第 50 页。

亦遂相沿不可废。"①他认为如同穿衣吃饭,人们在满足基本需求后必然有更高级的追求,诗歌从颂美讽刺发展至对审美的追求,也是自然趋势,故亦有其独立价值。

甚至他对艳体诗也相当欣赏,认为由闺怨艳情之作亦能见出诗人的性情学问及人品心术,这与道学家一笔抹杀的态度形成对照。他评李白《白头吟》"头上玉燕钗"以下八句说:"一往缠绵,风人本旨,较原诗决绝之言胜之万万矣。此在性情学问,非徒恃仙才。"②对韩偓《香奁集》,虽不满其浅鄙,但仍肯定韩偓品性忠厚,曰:"香奁之词亦云亵矣,然但有悱恻眷恋之语,而无一决绝怨忍之言,是亦可以观心术焉。"③评萧纲《倡楼怨节》诗曰:"情韵殊为妩媚。齐梁小诗不以格论,所谓言各有当也。"(《玉台新咏校正》卷九)评《古诗·冉冉孤生竹》曰:"'轩车'不作怨词,但作疑词。'伤彼'四句不怨见弃,而但惧过时,正为忠厚。末句折转一步,并自咎疑惧之误,诗人风旨如斯。"(《玉台新咏校正》卷一)认为女子疑惑而自责的态度正合乎温厚之诗教,对于单纯歌咏风情的艳体诗,往往别具手眼,肯定其艺术审美的价值,如评吴歌《上声》"新衫绣两端,迮著罗裙里。行步动微尘,罗裙随风起",曰:"善写妖冶弄姿之状。"评戴暠《咏欲眠诗》"拂枕熏红帕,回灯复解衣。傍边知夜久,不唤定应归",曰:"曼态柔情,俱于琐屑中写出。"(均见《玉台新咏校正》卷十)均能具体分析,肯定艺术审美,不作刻薄固高之论,迥异于世人之好丹非素、论甘忌辛,是其宏通过人之处。相反,如果立意忠厚而表达不够含蓄,则不太欣赏,如评《古诗·上山采蘼芜》,"盛称'新不如旧',动其念旧之思,以冀幸复收。立意非不忠厚,而措语近激,转觉似嘲似讪,卒读之不见缠绵悱恻之情"④,认为这首诗读来有些嘲弄的意味,削弱了弃妇的忠厚缠绵之情,这是因为他认识到"凡作诗人,皆知温厚之旨,而矢在弦上,牢骚之语,摇笔便来,故和平语是平常事,却极是难事"。⑤

其次是理论性。他的评点既有具体细腻的探析,又有冷静理性的概括,如其反对"理障""事障""词障"等"三障"曰:

> 学者取古人之诗,究其正变,以求所谓"发乎情,止乎礼义"者,或法
> 或戒,皆可以上溯风雅也。否则横生意见,以博名高,本浅者务深言之,

① 《鹤街诗稿序》,《纪文达公遗集》文集卷九,《续修四库全书》第 1435 册。
② 纪昀《删正二冯评阅才调集》卷下,镜烟堂本。
③ 《书韩翰林香奁集后》,《纪文达公遗集》文集卷十一。
④ 上海图书馆藏王文焘过录纪昀批录《玉台新咏》评语。
⑤ 《瀛奎律髓汇评》卷十,第 368 页。

本小者务大言之,本通者务执言之,附会经义,动引圣人,是之谓理障。旧说既无师承,古籍亦鲜明证,钩稽史传以俟其姓名年月之偶合,是之谓事障。矜一韵之奇,争一字之巧,所谓"好色不淫,怨诽不乱"者弗讲也,所谓"铺陈终始,排比声韵"者弗讲也,所谓"思表纤旨,文外曲致"者弗讲也,是之谓词障。三障作而诗教晦矣,是非俗士之蔽,而通人之蔽也。

再如批驳前人有关《戚夫人楚舞歌》对于歌行的谬见,曰:

> 汉氏七言大抵骚体,郊祀诸什亦皆杂言,《白梁》等诗又出伪托,其全篇成就七言者,平子《四愁诗》、魏文《燕歌行》实肇其端。晋《白苎词》调渐宛转,参军《行路难》气始纵横,其后《陈安歌》《木兰诗》及"东飞伯劳""河中之水"诸篇最为高唱,然偶一见之,不以名家。延及陈、隋,渐多偶句,景龙以后遂创唐音,排比成章,宛转换韵。四杰出之以华丽,高、岑出之以朴健,王、李出之以从容,元、白出之以平易,才性不同,故面貌各异,按其节奏,其一格也。至李、杜、昌黎,始以拗句单行别开门径耳。究极论之,李、杜、昌黎如词家苏、辛,不得不谓之高调,此种如词家周、柳,亦不得不谓之正声;李、杜、昌黎如书家欧、颜,不得不谓之绝艺,此种如书家赵、董,亦不得竟谓之别派也。钝吟未悉源流,谓之曰"又一体",又以开元中人,谓之"似白",语皆卤莽。(《删正二冯评点才调集》卷三)

这一段是详细阐述七言歌行的起源、发展和演变,是极有价值的诗歌体裁发展史。这是在评点基础上的理论延伸,远非一般感悟式的评点可相提并论。

第三是考据性。其评点并非简单的艺术赏析或思想评论,而是包含极为丰富的考证,是艺术和学术的交融。或校勘诗题,如认为贾岛《早秋题灵应寺》当作"早秋寄题天台灵应寺"(《删正二冯评阅才调集》卷上),认为张谓《还京》"一作《广陵送别宋员外佐越郑舍人还京》,以诗语考之,良是。盖《才调集》脱误也"。(《删正二冯评阅才调集》卷下)或校勘文字,如刘长卿《扬州雨中张十七宅观妓》"夜色滞春烟",评曰:"'滞'字甚佳,本集讹为带字,即少味"(卷上)。认为贾岛《代旧将》"落日收病马,晴天晒阵图"句,"病"当作"疲",曰:"按唐人拗句出句不谐二四平仄者,对句第三字以平声救之,乃定格也。此联晒字既用仄声,则此句宜是疲字。"李商隐诗《过故府中武威公交城旧庄感事》三四句,朱鹤龄本作"日落高门喧燕雀,风飘大树撼熊罴",纪昀认为"撼"作"感"更佳:"此暗用大树将军事,熊罴以比武力之臣,用《尚书》语。因大树飘零而追感熊罴之臣,与上句燕雀为假对

也。若真作撼树之熊罴，于文理既欠妥，于景物亦无此理。"（《点论李义山诗集》卷下）

第四是实用性。其评点不作空虚之论，往往兼具实用性，教导初学者如何创作。如评王安石《登大茅山顶》曰："其言有物，必如是乃非空腔。凡初学为诗，须先有把握，稍涉论宗亦未妨，久而兴象深微，自能融化痕迹。若入手但流连光景，自托王、孟清音，韦、柳嫡派，成一种滑调，即终身不可救药矣。"（《瀛奎律髓汇评》卷一）评王维《终南别业》曰："此诗之妙，由绚烂之极，归于平淡，然不可以躐等求也。学盛唐者，当以此种为归墟，不得以此种为初步。"（《瀛奎律髓汇评》卷二）反对初学者躐等以求，而应当循序渐进。或提示作诗之法，评苏诗《出峡》曰："出峡诗却写未出峡事，一到本题，戛然竟住，滃洄掩映，运意玲珑。"（《纪评苏诗》卷一）指出如评苏轼《游径山》曰："入手便以喻起，耳目一新，东坡惯用此法。"（《纪评苏诗》卷七）分别点明苏轼善于构思、擅用比喻的特点，对学诗者甚有裨益。

当然，纪昀的评点亦有自相矛盾之处，如《玉溪生诗说》和《点论李义山诗集》均评点李商隐诗，可诸多评语却前后不一甚至自相违反，可能是不同时期的见解差异，一方面可见评点细微，不易把握，亦可见纪氏本身对于诗歌纤旨曲致的游移不定。但此皆白璧微瑕，无损皎洁。

朱东润称许纪评说："晓岚论析诗文源流正伪，语极精，今见于《四库全书提要》，自古论者对于批评用力之勤，盖无过纪氏者。"[1]周积明认为纪昀提倡雍容大度、平心静气的批评风度，其"批评观念以及娴熟运用的多元批评方法，代表着中国古代学术批评的最高水平"，是"首屈一指的批评大师"。[2] 今人刘学锴认为纪昀论诗是"李商隐诗歌接受史上最集中地从审美角度评论李诗的学者"[3]，均从不同侧面肯定其评点的理论价值，也奠定其诗坛批评一代宗师的地位。

---

① 《中国文学批评史大纲》，上海古籍出版社 2005 年版，第 323 页。
② 周积明《纪昀的学术批评风格》，《社会科学家》1998 年第 1 期。
③ 刘学锴《李商隐诗歌接受史》，安徽大学出版社 2004 年版，第 150 页。

第七章 清代的鼎盛期（下编）

乾嘉学术全面繁盛，至道光时期出现转折。道光朝是晚清社会剧变之起点，在此三十年中，各种社会矛盾错综交织，王朝危机与民族危机并存，国家多难，事变日亟，由此导致学术出现前所未有之变化，开启了晚清学术新格局。这在集部的诗歌注释亦有所反映，晚清的诗歌注释既缺乏清初强烈的人文关怀和经世精神，又没有乾嘉学者牢笼百家、"一物不知以为深耻"的宏大胸怀，他们更多地从事拾遗补阙的工作。作为集部附庸的诗歌笺注，这个时期的衰落十分明显，无论是数量和质量，都呈现盛极难继的局面。

但另一方面，考证风气仍在蔓延。梁启超指出："考证古典之学，半由文网太密所逼成。"①道光时期，研究话题基本已经与当时的社会现实完全脱节，为考证而考证，饾饤繁琐。魏源指出乾隆以后的士大夫只知"争治诂训音声，瓜剖釽析"，"锢天下聪明智慧，使尽出于无用之一途"②。在诗歌注释领域，沈钦韩、陶澍、陈熙晋等人的注释大量堆砌各种知识的考证，不仅诗歌艺术的探讨几乎付之阙如，更遑论对作家创作意图和"知人论世""以意逆志"的探析，因此这个时期的注释学总体成就不高。

第一节 沈钦韩与唐宋诗歌补注

沈钦韩（1775—1831），字文起，号小宛，江苏吴县人。嘉庆十二年（1807）举乡试，道光二年（1822）选授宁国县训导。沈钦韩处于朴学发展到高峰的乾嘉之

---

① 《清代学术变迁与政治的影响》，《中国近三百年学术史》第二讲。
② 《武进李申耆先生传》。

世,以治史著称,学问淹博,致力于经史的笺注疏证之学,著有《春秋左氏传补注》《考异》《左氏地理补注》《两汉书疏证》《三国志补训故》《水经注疏证》等,重点在于对地理、典章制度、史实等方面的考证。沈氏能诗,工古文,著有《幼学堂诗集》十七卷、《幼学堂文集》八卷,其制举文沉博怪玮,常人不能解。同时着力于诗歌注释,著有《苏诗查注补正》《韩昌黎集补注》《王荆公诗集注》《范石湖诗集注》等。

其补正诸家旧注的动机,在《王荆公诗集注序》中灼然可见,曰:"洵乎注书之难,难于作是书。而宋人之注韩昌黎集,空疏臆测,为可笑也。夫读一代之文章,必晓然于一代之故实,而俯仰揖让于其间,庶几冥契作者之心,况宋世自建隆至元丰,典章职秩至烦也,百家传记至猥也,浅陋之士虽日取志传讨索之,犹不得其端倪,而郢书燕说,以此读一代名公之集,通乎未通,诚不知其可也。彼不学者,于六经三史之传注皆可尽废,窃先圣之绪言以高谈性命;剽史汉之形模以造作程课,又何有于一家之集哉!空疏之极,反而狂妄,此必然之势也。余性颛愚,读书慕实事求是。既注昌黎集,于唐之典故粗得考证,尤患宋之典制文物庞杂而难稽也,于是取荆公诗文补李之阙,创为文集注。以志传为经,诸家文集、稗乘诗话为纬,贯穿同异,评驳是非,务取晓畅,不避烦冗。凡单词隐义,彼时习以为常,而后人芒如者,亦十得五六,虽心力有不逮,睹闻犹未广,然大略可见。且推此而汴京诸公之文尽可读,则穷年累月之功,则庶乎不虚弃。"他对旧注的"空疏臆测"十分不满,因此极力探寻"一代之故实",以求"冥契作者之心",故其考证多能原原本本,实事求是,所得甚多,同时不免炫耀和琐细之弊。

一、《苏诗查注补正》

《苏诗查注补正》四卷,成于道光二年(1822)。所谓"查注",即康熙年间查慎行所撰的《苏诗补注》,沈钦韩《序》认为"惜所据多短书小说,纰缪弥复不少,今摘其尤如左,亦略补其阙疑"。但实际上补正的对象既包括查氏,也包括宋代的百家注、施顾注,以及康熙年间的邵长蘅、李必恒、冯景等人补充整理的《施注苏诗》。就体例而言,有别于全集注本的面面俱到,不录全文,只录舛讹字句,篇幅极为精炼。

就内容看,沈钦韩的补正以史实、地理和典章制度为主,此正其所擅。如《次韵孙莘老见赠时莘老移庐州因以别之》,查慎行注曰:"孙莘老知庐州事,《东都事略》及《宋史》本传皆失载。"孙莘老即孙觉,其贬知庐州,在《宋史》有明确记载,沈钦韩曰:"《宋史·孙觉传》:熙宁二年,知谏院、同知审官院曾公亮言畿县散常平钱,有追呼抑配之扰,王安石使觉行视虚实。觉既受命,复奏疏辞,言民实不愿与官中相交,所有体量,望赐寝罢。遂以觉为反复,出知广德军,徙湖州、庐州。《东都事略》同史传明白如此,查云失载,可乎?"批评查氏读书粗疏。也有不少补正是针对旧注的阙注,即重要文献的失引。再如典故的补注,如《次韵颖叔观灯》"不用防秋更打冰",旧注对"打冰"不明就里,沈氏曰:"《北史·斛律光传》:初,文宣时,周人常惧齐兵之西渡,恒于冬月中河椎冰。及武成帝即位,朝政渐紊,齐人椎冰,惧周兵之逼。诗意谓颖叔守边,虏自不敢犯,不须椎冰也。""椎冰"即打冰,意在避免敌人跨冰侵犯。诗句赞美颖叔守边有方。"椎冰"一词出自《北史》,若非沈氏博学,读者不免云山雾罩。但沈氏补正以知识性为主,对文学方面付之阙如,这是乾嘉学风的影响所致。

二、《韩昌黎集补注》

宋代的韩愈诗集注家甚众,如樊汝霖、韩醇、祝充、孙汝听等,但注释大多散佚,今部分保存于魏仲举、廖莹中的集注中;另有方崧卿《韩集举正》、朱熹《韩文考异》传世。明代有蒋之翘注。清代则有康熙时顾嗣立、乾隆时方世举等注本。虽经历代学者辛勤耕耘,但韩诗地负海涵,内容浩博,包罗万象,遗漏失注在所难免。

沈氏之注部分纠正旧注之谬,如《早赴街西兴香赠卢李二中舍人》,关于"中舍人",旧注以为是"卢汀、李逢吉"二人。沈曰:"中书舍人无称中舍人者。《六典》有太子中舍人,正五品以上。虽系高班,只是冗员,故诗云'寂寥二三子'也,非卢汀、李逢吉矣。"旧注想当然地以为"中舍人"即"中书舍人"的省称,沈氏则认为是"太子中舍人",结合诗中"寂寥二三子"句,卢汀、李逢吉并非冗闲之人,故绝非旧注所指。再如《寄崔二十六立之》"西城员外丞"句,旧注谓"西城"即蓝田。沈曰:"蓝田在京城南,不得云西城。《地理志》:金州有西城县附郭,唐别驾、司马有员外,置同正。《季少良传》:殿中侍史杨护贬连州桂阳县丞,员外置。《金石萃编》:天宝元年袞公碑末,两尉之下复有守尉员外,置同正员许瑾。是丞尉皆有员外置矣。公作《蓝田丞厅壁记》中云:斯立以大理评事黜官,再转而为丞兹邑。是则作西城丞,正在蓝田丞前,黜官后初转耳。旧注谓西城即蓝田,非是。"引用大量文献力证"西城即蓝田"的错误,可谓定谳。

另有部分注释是补充旧注的失注或"未详",如《宿龙宫滩》,旧注云"滩不详所在",沈氏在《阳山县志》中找出关于龙宫滩的历史记载。《初南食贻元十八协律》"蒲鱼尾如蛇",旧注对"蒲鱼"皆"不详其状",沈氏在《太平御览》所引《魏武四时食制》中找到线索。也有少数注释,旧注虽推测正确,但却没有提供文献支持,因此说服力不强,如《符读书城南》,旧注樊曰:"此云符,则疑为昶之小字也。"沈氏曰:"韩昶自为墓志云:生徐之符离,小名曰符。取京兆韦放女,有男五人。张舜民《画墁录》:长安启夏门里东南亭子,今杨六郎园,即退之所谓符读书城南处也。"韩昶是韩愈长子,有墓志传世,但其自作墓志,樊汝霖并未寓目,故对"符"字来源未敢自信,沈氏的注释提供了有力的证据。

　　除了沈氏,嘉庆之后还有不少注释韩诗的著作,如钟廷瑛《韩集注补》40卷(上图稿本),黄钺(1750—1841)《韩诗增注正讹》11卷,许鸿磐(1757—1837)《韩昌黎集评注》8卷(安徽师大藏),方成珪(1785—1850)成于道光辛丑年(1841)的《韩集笺正》(附《外集》《昌黎先生诗文年谱》)可以参阅。李详《韩诗证选》揭示了韩诗与《文选》的渊源,指出旧注征引《文选》之疏失。

三、《王荆公诗集注》

　　王安石诗有南宋李壁的注本,这是一个十分有名的当代注本,《四库提要》称其"大致捃摭搜采,具有根据,疑则阙之,非穿凿附会者比",肯定其学术价值。但该注面世以后也有不少批评,如宋代的刘克庄、方回,清代的姚范,以及近人李详、今人钱钟书等,均提出不少实例。沈氏也感叹:"余得李注读之,亦云赡博,然人物制度犹如有未尽,概从阙略。李氏在南宋,世传史学,号为方闻,又时代不甚远,洵乎注书之难,难于作是书。"但他不避繁难,探骊得珠,所得亦大。

　　沈氏的补正多为理解诗意的重要事件,如王安石《韩忠献挽词二首》"骨相知非浅丈夫"句,沈注补充曰:"按《闻见录》又言:荆公《日录》中,短魏公为多,每曰韩公但形相好耳。观此诗,则其诋诬之言,信有素矣。为两朝佐命元臣,亦何待言'骨相非浅'哉!"嘉祐末,魏公(韩琦)为相,荆公知制诰,两人同为朝廷重臣,但论政多龃龉,貌合神离。据《日录》可知,荆公以为魏公空具皮囊而已,所以挽词"骨相知非浅丈夫"可视作皮里阳秋,并非赞美,而是暗含讥刺。没有沈氏的补注,读者还以为惺惺相惜之词。再如《示元度》,李壁注对章惇、蔡卞诬谤宣仁后之事较为简略,沈氏引用邵博《闻见后录》的记载补充之。《寄吴氏女子》,李壁注对吴氏女子的身份几无一字的介绍,沈氏引宋人张邦基《墨庄漫录》曰:"王荆公女适吴丞相之子,封长安县君,能诗。尝见亲族妇女有服白罗系头子者,因戏为诗云:香罗如雪缕新裁,惹住乌云放不开。还似远山秋水际,夜来吹散一枝梅。"

则所谓"吴氏女子"乃荆公之女,嫁于吴氏,能文善诗,颇得荆公家学。

沈氏对李壁注的错误也有纠正,如卷十二《陆忠州》"低回得坎坷,勋业终不遂"句,言其自罢学士后,稍低回其道而得宰相,究为奸臣所挤,勋业不遂。李注曰:"尝谓宣公虽以忠谏名,然使德宗呼之为陆九,不敬孰甚焉?是必已有以致之。'低回'之语,殆指此类。"以为诗意指陆贽(宣公)降志辱身,谄事德宗,以致君臣之间用语狎昵,从而平步青云。其实这是误读了诗歌。沈氏曰:"唐人极重行第,凡同辈相称,皆系行于姓,诸家文集可证。天子呼之为'陆九',正是略去君臣之称谓,而以友生待之。李说非也。"陆贽虽有淈泥扬波之举,但此处荆公毫无讽刺之意。有的典故李注但扣字面,却未能得其精髓,如卷二七《岭云》"方丈老翁无一发,更知来不为皮冠",李壁注:"《孟子》:招虞人以皮冠。"沈注云:"《韩非子·说林》:尧以天下让许由,许由逃之,舍于家人,家人藏其皮冠。夫弃天下而家人藏其皮冠,是不知许由者也。诗意自谓薄将相而隐钟山,窃比许由之高。而僧徒本无皮冠,幸免家人之疑,亦以嘲僧之厌客也。李注引《孟子》,无谓。"字面虽皆为"皮冠",但含义却不同。

四、《范石湖诗集注》

范成大是南宋四大家之一,号石湖居士,故其集名曰《石湖大全集》。与上述诸家不同,范集从无注释,因此沈注成为范集的第一个注本。

沈注的对象,是范成大诗歌的疑难之处,重点是典制、名物、史实、地理等。如《次韵虞子建见咍赎带作醮》"台架尘侵球路暗,花书墨渍笏头斑"二句,有"球路""笏头"两个名物,读者较为生疏,沈注云:"《归田录》:方团毬路以赐两府,御仙花以赐学士以上。今俗谓球路为笏头,御仙花为荔支,皆失其本号也。《宋史·舆服志》:带有金球路、荔支、师蛮、海捷、宝藏等,惟球路方团胯,余悉方胯。端拱中,诏作瑞草地球路文方团胯带,副以金鱼,赐中书枢密院文臣。又张耆兼侍中日,特赐笏头金带。按石湖曾为宰执,故有此带。其节度使非帝任宰执者,即御仙花,不得用球文。其制:球文者,四方五团,御仙花者排方。叶梦得《石林燕语》:宋次道记:金带曾经赐者,皆许系,宰相罢免,虽散官,并依旧服笏带。近岁,前执政官到阙,止系遇仙花带,从官非见带学士,亦不敢系。"简言之,"球路",球形纹路,"球路带"是宋代大臣用的一种腰带,束于袍服之外,因其上绣织球形花纹,故名。"笏头"是方团球文带,宰相所系。

融会贯通、"以范注范",是该注的一个重要特色。范氏本人阅历极广,著述亦丰，《骖鸾录》《吴船录》《桂海虞衡志》等皆被收入《四库全书》"杂录之属"，因此引范注范不失为简捷可靠的方法。如《红豆蔻花》之"红豆蔻花"，《食罢书字》之"扶头酒"，《宜斋雨中》之"荔子""红蕉"，《丙午新正书怀十首》之"乌榄"等名物，皆引《桂海虞衡志》为注。有的文字校勘很有见地，如卷十九《将至吴中亲旧多来相迓感怀有作》"不须更说桑榆晚"句，沈曰："晚字误，《宋诗钞》作暖字，是。《摭言》：薛令之闽中长溪人，累迁左庶子，官僚清淡，以诗自悼曰：'朝旭上团栾，照见先生盘。盘中何所有？苜蓿长阑干'云云。上因幸东宫，览之，索笔判曰：'啄木嘴巨长，凤皇毛羽短。若嫌松桂寒，任逐桑榆暖。'令之因此谢病东归。"再如卷二四《题请息斋六言十首》"笑中恐有义甫"句，沈注曰："甫字误，当做府。《唐书·李义府传》：人谓其笑中有刀。"皆言之有据，可为定论。

当然作为注本，该注过于简略，大凡普通词汇皆略而不注。即使有典之处，有的也只是注明出处，如《续长恨歌》"百年只有云容姊"，注曰："见《太平广记》六十九。"《雷雨邻居起龙》"不知挂壁几梭飞"，注曰："《晋书·陶侃传》。"普通读者尚须亲自查阅，这是需要注意的。

第二节　施国祁《元遗山诗集笺注》

施国祁（1750—1824），字非熊，号北研，乌程（今浙江湖州）人。为诸生，好学不倦，工诗古文，善填词，尤熟于研究金国史事，曾撰《金史详校》《金源札记》。

据元代学者虞集《学古录》所载《曾巽初墓铭》，云"补注遗山诗一十卷藏于家"，可知元代早有对遗山诗歌进行笺注者，但这部著作没有传世，十分可惜。

元好问诗文先后出现两个本子，一是张德辉编集，严忠杰刊刻的中统三年（1262）四十卷本《元遗山集》，此本诗文兼收，收诗1280首；一是曹益甫及其子曹辑于至元七年（1270）补编的二十卷《遗山诗集》，此本单收诗歌，在前者的基础上增补81首。时至道光年间，施国祁有鉴于遗山诗歌孤行霄壤，尚无专门笺注者，即以四十卷本中分体编次的前十四卷诗为基础，将后者二十卷本中多出的81首及自己辑佚的一首《归潜堂诗》，分别附录各类之后，注明续编，为之笺注，它收录了当时所能见到的所有遗山诗歌。施氏以史家学识，筚路蓝缕，开启山林，成为遗山诗歌研究第一人，其贡献也是多方面的。

首先是关于遗山生平的考证。施氏采用分栏列表形式，"纪年"表示正朔，"时事"记朝政大事，"出处"述谱主生平行迹，"诗文"则为作品系年。这是一个较能全面反映遗山时代风貌和个人活动的形式。其中"天兴二年"（1233），蒙古军围汴京，元好问被围城中。金哀宗逃出京城，朝中无主，崔立率兵向蒙古请降献城，胁迫朝臣为自己立碑歌功颂德，元好问、王若虚、刘祁等都被迫参加撰写碑文。这是有关遗山大节之事，施氏为之辩护曰："呜呼，先生此时俯仰随人，不能奋身一决，遂至污伪职，纳降款，剃发改巾，甚而碑序功德。幸门一开，他日临川、东涧辈得以藉口，而先生究非其伦也。"此谱较稍早的翁方纲谱及稍后的凌廷堪谱更为系统，不过所列系年作品仅占谱主诗文的一部分，且未征引其依据，但为后来的研究奠定了基础。

其次是人物、地理和本事的考证。人物考证是笺注的主要内容，占据了大部分篇幅，如卷一《猴山置酒》题下引《中州集》考证"冯内翰"和"雷御史"，《颖亭留别》诗后引苏天爵《名臣事略》考证"李治仁卿"，引《秋涧集》考证"张肃子敬"，引《中州集》考证"王元亮子正"。《赠答刘御史云卿四首》题下引《中州集》考证"刘御史"，诗末又引《秋涧集》和《金史》考证其子刘祁。《送钦叔内翰并寄刘达卿郎中白文举编修五首》题下，分别引《中州集》《归潜志》《续夷坚志》《玉堂嘉话》《金史》等考证李献能、刘光谦、白华三人的行迹。《后饮酒五首》诗末引《中州集》《续夷坚志》考证田德修。《赠答杨焕然》题下引遗山文集的碑文考证杨奂。《送诗人李正甫》题下引《河汾诗》和《续夷坚志》考证李正甫。由于遗山诗歌的人物大多不见正史，故正赖施氏博闻多见，为之钩稽检索，读者始能得其梗概，如卷七《甲寅十二月四日出镇阳寄宰鲁伯》，宰鲁伯其人不见于《金史》《元史》，但施氏从王恽《秋涧集》的《碑阴先友记》《元文类》中姚燧的《送宰先生序》、郝氏《陵川集》中的《邻野堂记》等三文中，勾勒了其大致经历。其次是地理考证，如卷二《宝岩纪行》全录王庭筠《五松亭记》，卷三《游黄华山》题下全录刘祁《游林虑西山记》，长达一千三百字。卷四《过晋阳故城书事》题下大段引用顾炎武《日知录》关于晋阳地理变迁的考证等。本事考证是对历史事件的考证，如卷二《曲阜纪行十首》题下，引《金章宗本纪》中历年祭奠孔庙的记载，又引《金石萃编》中题名"太原元好问"等八人"恭拜圣祠，遂奠林墓，乙巳冬十二月望日谨题，凡八行，行书，左行"的记载，证明此次曲阜之行的来历。

第三是遗山诗歌的校勘。施氏是清朝著名校勘家，因此对版本文字十分重视，其《遗山诗集笺注例言》十四则中用十则的篇幅详谈遗山诗集的版本文字，是对遗山诗歌进行全面系统校勘的第一人。如《例言》前三则比较元刻、明刻和清刻的三种版本，最终确定以清刻"华希闵康熙庚寅本"为底本，因为这个本子收诗"共一千二百八十首，大抵祖中统而祢弘治者，仍载《附录》一卷，及李、徐、杜、王四序、引,削去李、储两序,而弁以魏学诚大字序,外增附录诗五首。此刻盛行,传是楼所藏,查初白所评,赵容江所易,赵云松所说,皆是甲辰岁从杨拙园凤好斋乞得,即小笺底本也"。《例言》第四则介绍"元刻曹益甫至元庚午本",这是一个诗歌全集本,施氏从中录得八十一首遗诗,"此张德辉类次所遗者,三刻皆无,今并依类收入各卷后"。施氏认为此本文字较好,如"三卷《觅古铜爵》句'应是杜康祠下得','是'此作'自'。又四卷《赠答张仲文》句疑作'金荃怨曲栏畹辞','栏'此作'兰'。又《天涯山》句'断岸何缘此天姥','此'此作'比'。又《陵川西溪图诗》注'自已造仙府','自'下此有'谓'字等,并以此为校笺本,"藉以改正不少"。鉴于此本今已不存,我们只能从施氏的介绍中略窥一二。施氏以清刻的华本为底本,以元刻的曹益甫本和明刻的李翰本为主校本,将全集系统和诗集系统合为一体,对遗山全部诗歌进行笺注。

施氏的底本,即华希闵本,其错误亦复不少,其所举八例文字讹舛,即其荦荦大者。如十四卷《壬子寒食》句"五树来禽恰放花",但此本却作"十","及详益甫本,乃是恰字,亦因传刻本讹恰作拾,遂致改拾作十",施氏感慨曰:"古书固因不校而讹,亦有因校而益讹者。"且此本误收了不少他人作品,如"三卷《荆棘中杏花》诗,亦见谢枋得《叠山集》;八卷《新野先主庙》诗、十卷《蜀昭烈庙》诗,亦见元明善《清河集》。又《颍亭》诗春风、碧水二语,亦见张希孟《会波楼》诗,皆误也",即其显例。但施氏的校勘有一个较严重的问题,就是径改原文而不出校记,这是有违校勘原则的。如《论诗三十首》"无力蔷薇卧晚枝",施氏依据秦观《春日》诗,改"晚"为"晓",但遗山《诗文自警》和《中州集》中皆作"晚"字,可见此乃施氏私改。有的改动则是求善而不求真,违背历史本来真相,许多属于遗山误记的文字,施氏直接改为原文,如《寄辛老子》"可能浦客待侯巴"句,施氏根据《汉书》改"巴"为"芭",虽然"芭"字是对的,却非遗山原文。类似的例子还有多处。

此书重在考证人物、地理和名物等,至于诗歌本身的笺注,却非本书的重点,也乏善可陈。因此它对遗山诗歌语言之妙,还是隔靴搔痒,如卷三《密公宝章小集》,是一首歌咏书法盛会的七古诗,多处化用前人诗句,但除了开头指出"雏凤凰"三句系化用梅圣俞《老人泉》诗外,其余如"眼中俗物多茫茫",化用杜诗《壮游》"俗物多茫茫";"猎取大国如驱羊",化用杜牧《冬至日寄小侄阿宜诗》"取官如驱羊";"胡不置之贡玉堂",化用杜诗《寄韩谏议》"焉得置之贡玉堂";"地下才得修文郎",化用杜诗《哭李常侍峄》其一"修文地下深"等皆阙而未注。卷九《和仁卿演太白诗意二首》,其一"萧萧窗竹动秋声,紫极深居称野情",其二"解道田家酒应熟,诗中只合爱渊明",系分别化用李白《寻阳紫极宫感秋作》"何处闻秋声,翛翛北窗竹""田家酒应熟"等,施氏却置诗题"演太白诗意"于不顾,当面错失机会,可见其对古人诗歌之生疏。钱钟书《谈艺录》指出卷八《秋夕》"恨杀寒鸡不肯鸣",出自陶渊明《饮酒》"晨鸡不肯明"句;又指卷十三《李仲华湍流高树图》其二"何处而今更有诗",径用韩愈《镇州路上酬裴司空》原句,谓"词章胎息因袭,自有其考订,非于文词升堂嗜厌者不能",确实深中施氏之病。

第三节　　陶澍与清中后期的陶渊明诗注

清代中后期的陶诗注释虽然较为兴盛,但多没能保存下来。据邓富华《元明清时期陶集注本考略》可知,清代中期(乾嘉)的陶诗注本有四种,分别是周利亲《陶诗注》二卷、王大枢《陶诗析疑》二卷、朱振采《陶诗笺》四卷、温汝能《陶诗汇评》四卷。除了温注,其余皆佚。温汝能,字谦山,乾隆戊申(1788)举人,官至内阁中书。在京师期间,与洪亮吉、吴锡麒、张问陶等人过从较密。嘉庆四年(1799)辞官归里,《陶诗汇评》即其归里后所作。今所见最早刊本是嘉庆十二年(1807)听松阁刻本,一函四册,包括四卷《陶诗汇评》和四卷《和陶合笺》。《汇评》对李公焕之评全部采用,又采集大量明清时人的评语,总共有 49 家 459 条之多,而以陈祚明、何焯、蒋薰三家为最。其评重"奇"重"警",开掘陶诗平淡中的警策之句,如评《挽歌辞》其一"有生必有死"曰:"起二句只是眼前道理,俗人见到,偏说不出。末数语,唤醒世人,如梦如初。"评《移居》二首曰:"予谓熟读陶诗,便有益于身心学问。二诗极平淡,却极着实。上章移居卜邻,得友论文;下章饮酒务农,不虚佳日。人苟乐此无厌,则狎邪之友何由而至,非僻之心无自而入。根本既固,培津自深,于此便可悟道,便可寻真乐处。"评《有会而作》曰:"渊明一生得力,全在固穷二字。"评《咏贫士》曰:"'道胜无戚颜'一语,是陶公真实本领,千古圣贤深处穷困而泰然自得者,皆以道胜也。"的确窥察渊明的生存智慧。温氏晚年辞官归隐,颇类渊明,故其评语亦多中肯心得之言。但学术上有择焉不精之弊,郭绍虞指出,方熊早于陈祚明,"方本评语与陈祚明所载多同,而方本刊于康熙初年,早于陈祚明,故陈氏或采其说也,然而温汝能在《陶诗汇评》中,采陈氏说而不及方氏,失考矣。"①

道光以后有六种,作者分别是戴煦、章炜、王棠、陶澍、朱谨、姜曾,但今仅有

---

① 《陶集考辩》,《照隅室古典文学论文集》上编。

章炜、陶澍的注本传世。章炜,字符成,号管香,安徽庐江人。道光辛巳举人,己丑(1829)进士,戊戌丁忧回籍不复出。有《六家诗选》及《涵翠山房杂咏》。生平事迹见黄云《(光绪)续修庐州府志》卷四五。章炜《陶靖节集辑注》九卷和《年谱》一卷,今存,惜限于条件未能寓目,故就陶澍的《靖节先生集》作一介绍。

陶澍(1779—1839),字子霖,一字子云,号云汀、髯樵。湖南安化人,清代经世派主要代表人物、道光朝重臣。嘉庆七年(1802 年)进士,授庶吉士,任翰林编修,后升御史,曾先后调任山西、四川、福建、安徽等省布政使和巡抚。道光十年(1830),任两江总督,后加太子少保。著有《陶云汀先生奏疏》76 卷、《陶文毅公全集》、《陶云汀先生题稿》8 卷、《印心石屋文钞》35 卷。他是封疆大吏,又在学术上有所造诣,《靖节先生集》和《年谱》是其研究陶渊明的结晶,也是清代陶诗研究方面的代表作。

《靖节先生集》是一部集注,它综合历代陶诗研究的成果,具有一定集大成的性质。如考证方面,卷三《还旧居》"畴昔家上京"关于"上京"的考证:

> 李公焕《还旧居》诗注引《南康志》云:"近城五里,地名上京,有渊明故居。"何注:"或曰上京即栗里原,公前有移家诗,居不一处也。"《朱子语录》:"庐山有渊明古迹曰上原,渊明集作京,今土人作荆,江中有一磐石,石上有痕,云渊明醉卧其上,名渊明醉石。"按《庐山记》:"渊明所居栗里,两山间有大石,可坐十数人,渊明尝醉眠其上,名曰醉石,上京、栗里,盖近在一处也。"又朱子在南康《与崔嘉彦书》云:"前日出山在上京坡遇雨,斤屦沾湿。"又吴师道《礼部诗话》:"上京在栗里原,去郡一舍。"澍注:"《名胜志》:南康城西七里为玉京山,亦名上京,有渊明故居,其诗曰'畴昔家上京,即此。当湖之滨,一峰最秀,东西云山烟水数百里,浩淼萦带,皆列凡席前。据诸说则上京之为山,山有先生旧居,确凿无疑。惟《答庞参军》诗作使上京,是京师耳。"

该段关于"上京",李公焕、何孟春的考证皆语焉不详。引朱熹《朱子语录》所载,知庐山旧有渊明古迹,与上京、栗里近在一处。又引明人曹学佺《舆地名胜志》关于南康城(旧地在庐山)的记载,知"上京"即玉京山。这段考证材料丰富翔实,可为定论。

文字校勘方面,如《读山海经》其十注曰:

> "刑天舞干戚",正误始于曾端伯,洪容斋、朱子、王伯厚皆从其说,独周益公以为不然,近世犹有伸周绌曾者,如何义门、汪洪度皆是。微论原作刑天,字义难通。既依康节书作刑天,既云天矣,何又云无千岁?

> 天与千岁,相去何啻彭殇? 恐古人无此属文法也。……若谓刑天争神,
> 不得与精卫同论,未知断章取义,第怜其猛志常在耳。以此说诗,岂非
> 固哉高叟乎?

对个五字笔墨官司,从宋代打到清代,仍然莫衷一是,众说纷纭,这段总结有一定意义。

思想内容方面,陶注也有集成性质。这里既有前人之论,也有陶澍自己的心得。如《读山海经》其十三"岩岩显朝市"一章:

> 黄文焕曰:"《读山海经》,结乃旁及论史,'当复何及哉'一语,大声哀号,盖从晋室所由式微之故,寄恨于此,使后人寻绎,知引援故实以慨世,非侈异闻也。"澍注:晋自王敦、桓温以至刘裕,共鲧相寻,不闻黜退,魁柄既失,篡弑遂成,此先生所为托言荒渺,姑寄物外之心而终推本祸原,以致其隐痛也。

陶澍在黄文焕解释的基础上,对陶诗意旨进一步揭示,认为晋朝从王敦开始,到桓温,再到刘裕,皆由用人不当,这就埋下了祸根,最后遂成篡弑之祸。陶澍"推本祸原",揭示陶渊明对晋朝灭亡的哀痛之情。再如《述酒》诗注曰:"澍按《述酒》诗,自韩子苍、汤东涧发其端,而词意未悉,至以芊胜为梁孝王羊胜之事,以'卜生善斯牧'为魏文侯事卜子夏,皆牵附无义,不如黄文焕注为善。至'平王去旧京'以下,则注家无一得其意者。盖自篇首'重离照南陆'至'重华固灵坟',此述晋室南渡之后,偏安江左,浸以式微,至零陵而王气遂尽,篡弑以成,叙述明显。'流泪抱中叹'以下,乃再三反复以痛之。"这节评论表幽阐微,指出渊明身处禅代,痛晋祚之亡和君父之变,十分符合创作本旨。卷十的《诸本评陶汇集》,是具有总论总评性质的评语,与每首诗之后的具体评点有所不同。《例言》曰:"陶集自李公焕录诸家总论于前,嗣是何孟春、毛晋、吴瞻泰增续益多,然遽加刊削,亦嫌专辄,故于卷末汇集一编。"如《归去来兮辞》后,就引录从北宋欧阳修、李格非、晁以道、南宋朱熹、元代李公焕、金代王若虚、明末清初张自烈、清代林云铭等有代表性的评论,使人如登高远望,一览无余。

历史上陶诗注本虽多,但多侧重某一方面,如汤汉本只是对陶诗作注,并未涉及文。李公焕注本主要辑录各家成说,校勘极少,全书只有六处。何孟春本较少涉及对陶渊明相关生平事迹的考证,焦竑本长处则在于校订之精审,蒋薰评本则侧重于评,黄文焕《陶诗析义》注重思想意义的揭示,其它各家大致不出这几个方面。陶澍《靖节先生集》对陶集的整理包含校、注、评、考,大大超越了前人。所以前人对此屡有好评,如朱自清曰:"陶《考》考证博引,辨析精详。其所发明,尤

在出处一事。谱首论世系,亦甚周悉。甲子诸说则备载于《靖节先生集注》第三卷前,断语独创一解。"①曹耀湘谓"安化陶文毅公澍所著《靖节先生集》,荟萃诸家之长,纤细备举,考证精核,持论名通,自有陶集以来第一善本也"。② 袁行霈亦曰:"陶澍注本搜集资料最完备,注释最详细,是一部集大成的著作。"③的确,该注晚出,却能综合各家,校勘异同,考证名物、地理、史实和作品年代,编列年谱,探赜索隐,用力甚勤。

这部注本有两个主要问题,首先是陶渊明的"忠愤"说。南宋注家汤汉注释《述酒》曰:"诗辞尽隐语,故观者弗省;独韩子苍以'山阳下国'一语疑是义熙后有感而赋。予反覆详考,而后知决为零陵哀诗也。因疏其可晓者,以发此老未白之忠愤。"此后学者多认为此诗乃渊明之微言大义,"忠愤"说影响逐渐扩大。但很显然的事实是,表现陶氏"忠愤"情绪的仅仅是少数篇章,而不能将之无限上纲。陶澍评《咏三良》曰:"渊明云:厚恩固难忘,投义志攸希。此悼张祎之不忍进毒,而自饮先死也。"(卷四)认为陶渊明痛惜"三良",是哀悼晋宋易代之际的张祎。但张祎同"三良"的情形相去极远,毫不相干,根本无从连类影射。陶渊明对刘裕那种斩尽杀绝毫无意义的残酷举措虽然不满,但他并没有忠于东晋王朝的意思。其《咏三良》未必作于晋宋易代之后,也未必指向当下的政治事件。没有任何证据能证明这两点,陶澍在此犯了扩大化的错误。④ 评《读山海经》"精卫衔微木"曰:"此盖笑宋武垂暮举事,急图禅代,而志欲无厌,究其统绪所遗,不过一隅之荫而已,乃反言若正也。"评《拟古》其四"迢迢百尺楼"曰:"慷慨而争,同归于尽,后之视今,将亦犹今之视昔耳。哀司马即是哀刘裕,意在言外,当善会之。"(卷四)将一般的咏怀和咏史皆视作别有用心的寄托,显然穿凿。其它如囿于"耻事二姓"之说,讳言渊明曾入桓玄幕府,做出种种曲解,亦多强词夺理之论。

其次是只重考证,而忽视了陶诗的艺术。据今人研究,陶诗得益于前人甚多,如《归园田居》"羁鸟恋旧林,池鱼思故渊",当源于张协《杂诗》"流波恋旧浦,行云思故山"、陆机《赠从兄车骑》"孤兽思故薮,羁鸟悲旧林"或潘岳《秋兴赋序》:"譬犹池鱼笼鸟,有江湖山薮之思"等。《游斜川序》"鲂鲤跃鳞于将夕",当源自潘岳《西征赋》"华鲂跃鳞"。《和郭主簿》"聊用忘华簪",当源自左思《招隐》"聊欲投吾簪";"凯风因时来,回飙开我襟"当源自潘岳《在怀县作》"凉飚自远集,轻襟随

① 《朱自清古典文学论集》,上海古籍出版社 1981 年版,第 452 页。
② 《陶诗注》跋语,转引自郭绍虞《照隅楼古典文学论集》,上海古籍出版社 1983 年版,第 323 页。
③ 《陶渊明研究》,北京大学出版社 2009 年版,第 204 页。
④ 参见顾农《陶渊明"忠愤"说及其扩大化影响》,《中原文化研究》2018 年第 4 期。

风吹"。《读山海经》"好风与之俱"当源自何劭《赠张华》"和风与节俱"。《拟挽歌辞》"欲语口无音,欲视眼无光"当源自傅玄《挽歌》"欲悲泪已竭,欲辞不能言"。[①] 今人魏耕原认为:"陶渊明全方位探索以文入诗,并且以情感和独立的思想浇灌其中,成功地实现了诗赋交流后的又一次极大的变革,具有特殊的散文化审美魅力,于后世影响极大。"其诗歌的结构是散文式的,往往议论、写景和抒情交替运用,句式方面多反问、疑问、设问,又多用虚词,使他的诗歌具有独特风貌。[②] 但在《靖节先生集》中,关于陶诗的语言艺术和诗歌艺术的探讨基本付之阙如,即使在古代的诗歌注本中也是很少见的。充斥其中的,除了对陶氏政治态度的辩论和回护,多是关于名物、地理、史实等的考证,基本延续了乾嘉以来所谓"征实"的学术传统,亦即过度知识化,这不能不说是一大缺憾。

第四节　陈熙晋与清后期的其他诗注

初唐骆宾王随李敬业起兵反对武则天失败,其诗文在身后多有散佚,中宗朝郗云卿奉敕搜集,其集才得以流传后世。骆集历经宋元明清各代,其间多有传本。至于注释本,据《中国古籍善本书目》和万曼《唐集叙录》,有林绍、王世贞、黄兰芳、王衡、陈继儒、梅之焕、施凤来、颜文选、陈魁士、陈熙晋等十数家。上述人氏大多晚明后人,所注内容有诗、赋、文兼收,或收诗、赋而无文,或诗、文皆不全。卷数有二、四、六、八、十卷本,还有不分卷的。名称也不尽相同,有《骆丞集》《侍御集》《灵隐子》《骆子集》骆临海集》《骆先生集》《义乌集》《武功集》等七八种。成就高低不齐,但多谫陋荒谬,无甚可取。

道光年间,陈熙晋在前人基础上作《骆临海集笺注》十卷。陈熙晋(1791—1851),原名津,字析木,号西桥,义乌城区湖清门人。官至都匀府、宜昌府知府,人称西桥太守。有政声,学识渊博,著述宏富,有《春秋规过考信》《古文孝经述义疏证》等九种经史著作,以及《骆临海集笺注》和《宋大夫集笺注》(宋玉)等两种文集注本,堪称一代鸿儒。又是造福一方的清官,在离任贵州时,百姓感其恩德,为立生祠,以示纪念。道光三十年(1850),母丧,请求辞官归家守孝。将行,"送者数千人,皆泣下",场面感天动地。次年,终因积劳成疾,病逝家中,享年61岁。

① 龚斌《陶渊明集校笺》,上海古籍出版社1996年版;袁行霈《陶渊明集笺注》,中华书局2011年版。
② 《论陶渊明诗的散文美》,《文学遗产》2008年第6期。

详见《清史稿》卷六十八、《清史列传》卷四百三十八之《列传》,以及清人王柏心《百柱堂全集》之《西桥陈公传》。

这个注本定稿于道光 23 年(1843),咸丰元年(1851)陈熙晋离世。咸丰 3 年(1853),骆氏后人骆祖攀得到稿本,遂付梓刊刻。今人纠结于该书封面"新镌"二字,认为此书在陈氏生前必有刻本,其实并无实据①。这个"新"字,仅仅表示最近、刚刚的意思,再联系陈氏生前贫寒,死后至今不过短短十年,即可知这个刻本是首次刊刻。

该注的优点,首先是体例完备。它借鉴历代有关注本的经验,在体例上较为完备。如《凡例》、辑佚、校勘、引用、注释等事项方面,皆遵照前代规范。《凡例》详尽说明了注释的诸多事项,为读者提供了较好的阅读指南。辑佚方面,主要针对《四库全书》著录的颜文选《骆丞集》,分为"佚其篇者""佚其全题者""佚其题字者""佚其字句者"数类,分别从《文苑英华》《全唐诗》《全唐文》《王子安集》等文献补入。有的则是不见于各种本子,如卷二《晚泊江镇》,注曰:"按'徙橘'四句各本脱,今据《文苑英华》补。"校勘方面。有的校勘结合诗歌内容展开,如卷三《赋得白云抱幽石》"绕镇仙衣动",注曰:"镇字难通。隋孔范《赋得白云抱幽石》诗:带莲紫锦色,拂镜下仙衣。梁萧推《赋得翠石应令》诗:依峰形似镜,构岭势如莲。疑本镜字,错作镇,盖用石镜石莲之典。"可备一说。引用方面,《凡例》曰:"临海诗文,根柢经籍,于人人习见之书,多援古义。"贯彻了诗歌注释的互文原则。又曰:"凡引经史,必书某篇某传,诸子百家亦引篇目,至引古人文集,务举其题,以便核检。"这就保证了资料的准确性。

其次是材料丰富。注中多引清人考证,如卷一《帝京篇》"赵李经过密"句,是骆宾王模仿阮籍《咏怀诗》"赵李相经过"的结果。李善《文选注》对"赵李"有过注释,曰:"赵,汉成帝赵后飞燕也;李,武帝夫人也。"陈氏引用顾炎武《日知录》驳斥曰:"成帝时自有赵、李。《汉书·谷永传》言赵、李从微贱专宠。《叙传》:班婕好供养东宫,进侍者李平为婕好,而赵飞燕为皇后。自大将军凤薨后,富平定陵侯张放,淳于长等始爱幸。出为微行,行则同舆执辔,入侍禁中,设宴饮之会,及赵、李、诸侍中皆引满举白,谈笑大噱。史传明白如此,而以为武帝之李夫人,何哉?"注重最新的研究成果,注释中有不少引自清初顾炎武,尤其是乾嘉学派诸名家如段玉裁、朱彝尊、阮元等人的考证成果,这是该注的一个特色。

但毋庸讳言的是,该注存在严重的弊端,在清代中晚期学界具有一定的代

---

① 详见贾军《〈骆临海集笺注〉的成书刊刻与流传考证》,《重庆科技学院学报》2016 年第 2 期。

表性。

　　首先是泛知识化。作者对诗中字词无论难易，均作爬罗剔抉、事无巨细的注释，这正是乾嘉学风泛知识化的表现。如第一首《帝京篇》"山河千里国，城阙九重门"，就大段引用史料："《史记·刘敬列传》：且夫秦地被山带河，四塞以为固。《周礼·大司马》：方千里，曰国畿。《史记·留侯世家》：夫关中左崤函，右陇蜀，此所谓金城千里，天府之国也。《诗·郑风》：在城阙兮。《传》：乘城而见阙。《疏》：《释宫》云，观谓之阙。孙炎曰：宫门双阙，旧章悬焉，如尔雅之文，则阙是人君宫门。此言在城阙兮，谓城之上别有高阙。按：《传》云：乘城见阙，则固谓城郭宫阙。郑康成《月令注》：天子九门者，路门也，应门也，雉门也，库门也，皋门也，城门也，近郊门也，远郊门也，阙门也。宋玉《九辨》：君之门以九重。"这段二百多字的注释，考证了三个词，即千里、城阙、九重。但问题是，这三个词皆平常词汇，简单易懂，实无必要罗列大段资料。如果说有一点价值的话，仅仅是"天子九门"一句的说明。其它文字则正《四库提要》批评的所谓"漫衍支离，徒溷耳目"（《白香山诗集提要》）。而对于两句的文学色彩，如夸张和对仗，却无一字或一例的例证。卷二《冬日野望》"三江归望断"，只是抒发思乡心切的简单诗句，并不深奥，陈氏却用七百字的篇幅，大段引用各种材料注释"三江"，毫无意义。如果说此书是泛知识化的代表作，恐怕并不为过。再如卷三《浮查》诗"昔负千寻质，高临九仞峰"二句，本无深意，却就"寻""仞"二字大做文章，花费四百多字，其实毫无意义。

　　其次是汗漫寡要。分为两种情况，一是没有重点。许多词汇本无典故，没有注释的必要，或者只需简单注释，作者却不加区别，一律注释。如卷三《别李峤得胜字》"芳尊徒自满，别恨转难胜"，分别引用颜之推《观我生赋》和江淹《恨赋》的材料注释"芳尊"和"难胜"二词，但根本多此一举，说明注家对注释要义尚隔一尘。其次是引用材料，漫无节制。卷三《赋得白云抱幽石》"讵知吴会影"句，为了注释"吴会"，作者全引曹丕《杂诗》，其实只要引用"行行至吴会"一句即可。照抄原文，导致注释文字异常臃肿，不堪卒读。这也是该注最为人诟病的弊端之一。二是所引并非最早。如《帝京篇》"黄金销铄素丝变"用了"众口铄金"这个典故，它源自《国语·周语下》："众心成城，众口铄金"，但陈氏却注曰："魏武帝《塘上行》：众口铄黄金，使君生别离。刘孝威《塘上行》：黄金坐销铄，白玉遂缁磷。"显然是以流为源，颠倒因果了。

　　第三是不见性灵。注家引用材料，只是引导读者了解作者的才学，扫除阅读的障碍，而对作者及其诗歌的评论，则是启发读者深刻理解作者意图的主要手段,也是画龙点睛之笔。因此诗评往往不可或缺,没有评点的注本则如同行尸走肉,毫无生气。此注大概是一个活标本。前人曾评价此书"本知人论世的精神,运用以意逆志的手法"①,这个评价起码是不准确的。

相反,我们只看到浩瀚材料的堆砌,不见丝毫注家的面目,或者说只有死材料,不见活性灵。卷四《在狱咏蝉》是骆宾王的名篇,但注家的眼界局限于"西陆""南冠""白头吟"等几个典故,花费许多笔墨。对末句"无人信高洁,谁为表予心",只是以一句"此诗当是言事违旨,而诬以赃罪下狱也,故云。序言平反已奏,则昭雪有日矣"一带而过,对此诗有关骆宾王上疏论事触忤武则天遭诬的史实,没有一句交代,可见注家对此讳莫如深。此诗在艺术上也有一定的代表性,是初唐较为成熟的格律诗,但陈氏对此也只字不提,大概在其看来,对仗、典故、平仄这些技巧实在无足轻重,可有可无。少数篇目如《帝京篇》等,篇末或有评论:"沈氏德潜曰:作《帝京篇》,自应冠冕堂皇,敷陈主德。此因己之不遇而言,故始盛而以衰飒终也。首叙形势之雄、宫阙之壮,次述王侯贵戚之奢僭无度。至'古来'以下,慨世道之变迁。'已亦哉'以下,伤一己之湮滞。此非诗之正声也。向来推重此篇,故采之以备一体。窃谓不然,夫陈思王京洛之篇,每涉斗鸡走马;谢朓金陵之曲,不离绿水朱楼。未闻例效班、张,同其研炼。此诗为上吏部而作,借汉家之故事,喻身世于本朝,本在抒情,非关应制,国风比兴,岂可敷陈? 启中已自言之矣。篇末自述遭回,毫无所请之意露于言表,显以贾生自负。想见卓荦不可一世之概,非天下才不能作是论也。沈说非是。"这个驳斥还是正确的,但究竟所抒何情,却避而不谈。另外《畴昔篇》自叙生平行踪并交融世事沧桑的感慨,从少年时代一直写到冤狱退赦,描叙的时间长达半个世纪,可以说是骆宾王用诗写成的一部自传和回忆录。但注家仅在篇末寥作数语,考证该诗的作年,对其寄寓的人生感慨和时局的忧虑则未措一辞,形同寒蝉,这自然同大环境不无关系。这个注本搜集了诸多材料,却未能有效利用。如何在此基础上开掘加工、深化研究,则是今人义不容辞的责任。

从道光至清末,较重要的诗歌注本还有:佚名注《晁具茨先生诗集》15卷,道光27年刻本;方成珪《韩集笺正》5卷,分别有道光钞本、民国30年陈氏印本、《续修四库全书本》;黄钺《昌黎诗增注证讹》11卷,咸丰7年四明鲍氏刊本;蒋清翊《王子安集注》20卷,同治13年刻本;钱振伦《鲍参军集注》6卷,同治年间成书,未刊,黄节在钱注基础上作了补注,称《鲍参军诗注》,今人钱仲联

---

① 马茂元《论骆宾王及其在四杰中的地位》,中华书局《骆临海集笺注》卷末附录。

作《鲍参军集注》。震钧《香奁集发微》1 卷，宣统 3 年刊巾箱本；李文田笺注《双溪醉隐集》，耶律铸诗集，有国图藏清钞本、光绪间《知服斋丛书》本、《辽海丛书》本等。另据《清史稿》卷四八一，王朝宷、王绳曾著《元吴莱渊颖先生集注》12 卷，估计久佚。

第五节　施鸿保与清后期的杜甫诗注

清代杜诗注释的成就主要在清初，原因除了清初学者涵古茹今的学识和体大思精的气魄之外，更有时代因素使然。王国维评价清代学术说："国初之学大，乾嘉之学精，而道咸以降之学新。"①道光以后，传统学术逐渐支离瓦解，不成气候，而新的学术风范尚未形成。此期的杜诗注释基本以笔记、选注为主，内容多为拾遗补缺或纠谬考订，与早期兼容并蓄、包罗万象的全注格局不可同日而语。且学风浮躁，思想固陋，良莠不齐。一些注本往往并无新见，却高标自树，大肆鼓吹所谓的独得之秘，如卢坤集评《杜工部集》，乃集录明清诸家评语，《自序》谓"读杜者因五家以求津途，则此中自有指南，无虞目迷五色矣"，自吹太过。石闾居士《藏云山房杜律详解》自诩"自有杜诗之注以后，未见有是书如此之真解"，其实不过是在仇氏《杜诗详注》基础上删补而成。潘德舆《李杜诗话》恪守儒家诗教，竭力美化杜甫，力推苏轼论杜诗之"发乎情止乎忠孝"七字，认为陷贼授官的王维、郑虔"大有累于义理"，认为那些赞美杜甫与李白、郑虔友谊的言论是"名教之蠹"，表现浓厚的纲常意识。较好的考证类注本有史炳《杜诗琐证》、施鸿保《读杜诗说》和郭曾炘《读杜札记》。

一、史炳《杜诗琐证》

史炳（1762？—1833），字黼士，号恒斋，江苏溧阳人。乾隆丁酉年（1777）举人。后屡试进士不第，体仁阁大学士朱珪甚器之，以咸安宫官学教习，期满选兴化教谕，改泾县教谕。校官二十余年，以老乞归。嘉庆间受知县陈鸿寿聘，主修《溧阳县志》。著述有《大戴礼正义》十六卷、《杜诗琐证》二卷、《句俭堂集》四卷等。传见《溧阳县续志》卷十一《人物志·儒林》。

---

① 《沈乙庵先生七十寿序》，《观堂集林》卷 23。

《杜诗琐证》卷首有作者道光五年(1825)《自序》："余自少习公诗，妄有考订数十百条，皆泛览群书时随录者。"全书分上、下二卷，共 120 则，各则皆标以小目，对杜诗中的人名、地名、物名、僻典、僻俗、僻辞等有歧疑者，分别征引群籍，比勘诸家注释，以定是非优劣。如《泥功山》"哀猿透却坠，死鹿力所穷"，各家对"透"字亦皆无解。史炳曰："《古文苑》王延寿《王孙赋》：或群跳而电透。又左思《吴都赋》说猿狖之属，有云'惊透沸乱'，刘逵注引《方言》：透，惊也。盖杜所本。谢灵运《山居赋》'飞泳骋透'，自注：兽走者骋，腾者透。杜《天狗赋》'必不虚透'，亦此义也。"有的是补充材料，如《岁晏行》"莫徭射雁鸣桑弓"，仇注引《隋书·地理志》曰："长沙郡杂有夷蛮，名曰莫徭，自言其先祖有功，尝免征役，故以为名。"史炳补充曰："然莫徭之见于唐诗者，杜公而外，尚有常建《空灵山应田叟》云：'土俗不尚农，岂暇论肥硗？莫徭射禽兽，浮客烹鱼鲛。'刘禹锡《莫徭歌》云：'莫徭自生长，名字无符籍。市易杂鲛人，婚姻通木客。星居占泉眼，火种开山脊。夜渡千仞溪，含沙不能射。'"两条资料很有价值。其他不少词条，如《送重表侄王砅评事使南海》"曾老姑"、《折槛行》"娄宋"、《有客》"药栏"、《田舍》"榉柳"、《游龙门寺》"天阙"、《茅堂检校收稻》"绿葵"、《不见》"匡山"、《晚行口号》"三川"、《江总黑头》"忆台州郑十八司户》"山鬼蝮蛇"、《行次昭陵》"玉衣铁马"、《和裴迪登蜀州东亭送客逢早梅相忆见寄》"何逊在扬州"、《秦州杂诗》"鱼龙水"、《八哀诗》"江夏李公"、《自平》"吕太一"、《诸将》"玉鱼金碗"、《解闷》"江蒲"、《山寺》"多罗"、《秋日夔州咏怀寄郑监李宾客》"双峰七祖禅"、《堂成》"桤木"、《秋兴》"菰米"、《戏为六绝句》等，多是杜诗研究史上的老大难问题，历代众说纷纭，见仁见智，史炳不避繁难，尽管不皆为定说，其学术勇气可嘉。尤其是《戏为六绝句》，针对历史上影响较大的赵次公和王嗣奭的解读，史氏逐句辨析，颇得杜诗本意，遂为后世信从。

当然也不尽如人意者，如《江畔独步寻花七绝句》"留连戏蝶时时舞，自在娇莺恰恰啼"之"恰恰"，赵次公认为如王绩"年光恰恰来"，作恰好之意；朱翌《猗觉寮杂记》解作用心啼，史炳认为二解皆不合，但却无自己的解释。其实翁方纲《石洲诗话》早有探讨，所举数例，即王绩"年光恰恰来"、白居易《悟真寺》"恰恰金碧繁"、《樱桃诗》"恰恰举头千万颗"、韩愈《华山女》"街东街西讲佛经，撞钟吹螺闹宫庭。广张罪福资诱胁，听众狎恰排浮萍"等。"恰恰"为程度副词，意为"密密"，与前句"时时"构成对仗。《八哀诗·故著作郎贬台州司户荥阳郑公虔》"昔献书画图，新诗亦俱往。沧洲动玉陛，寡鹤误一响"四句，影响较大的当属朱鹤龄的解读："玉陛之上，展其沧洲图画，而寡鹤误为发响，形容绘事之逼真也。"但史炳认为："此说非也，画于诗为小技，岂遗诗而独申言画哉？宜兴从赵注，言本沧洲隐沦之客，而动天子玉陛之上，其义较妥。下文御题三绝，正所谓动玉陛矣。沧洲二句，义本《小雅》'鹤鸣于九皋，声闻于天'。蔡伯喈《焦君赞》云：泌之洋洋，乐以忘食。鹤鸣九皋，音亮帝侧。亦本《雅》义。赵注引《小雅》是已，而意从别本作'寡鹤悟一响'，言感悟君王在乎一响也，句法似不妥，仍从误为是。盖郑本隐沦，一旦以才艺受知，卒罹放逐，所以为误。后半首诗备述郑失志流离之状，皆从误字生出也。"但从全诗基调来看，主要是赞美郑虔昔日才华绝伦，以与今日落魄相形，抒发人事沧桑之感，而替其鸣冤叫屈的意思较为隐晦。原本简明易懂的句意，却曲为之说，一则曰"画于诗为小技"，再则曰沧洲二句义本《小雅》"鹤鸣于九皋，声闻于天"，其实皆属牵强，不如朱注简洁明了。

二、施鸿保《读杜诗说》

施鸿保（1804—1871），原名英，字榕生，号可斋，钱塘（今杭州）人。工诗、古文，尤精考证。邑庠生，先后 14 年应乡举，皆落第。后遂从事幕僚，历江西，游福建，而在闽尤久，历时二十七年。《读杜诗说》有同治庚午（1870）作者自序，可知其专为纠正仇注而作。但此书生前并未刊刻，直到 1962 年中华书局上海编辑所付梓面世。

该作内容丰富，但大体集中于字词和句意方面，其手法是融会贯通，以杜证杜。如卷三《苦雨奉寄陇西公兼呈王征事》"划见公子面"，仇注引曹植诗"翩翩我公子"，注曰："李宗室，故称公子。"施鸿保驳斥曰："前有《陪诸贵公子纳凉》诗，不必皆宗室也。后有《夏日李公见访》诗，亦称公子。黄鹤引《唐书世系表》，谓是李炎，蔡王房之后，必去蔡王已远，故可但称公子；瑀乃让皇帝之子，当称王子，不得亦泛称公子。曹植诗是谓文帝，其时操犹但封魏公也。此诗公子，作君子为是，然尚疑王子之误。"以前后数诗皆称公子为例，说明"公子"当解作"君子"，并驳斥仇氏和黄鹤的穿凿。再如卷四《苏端薛复筵简薛华醉歌》"端复得之名誉早"、"座中薛华善醉歌"、"汝与山东李白好"数句，仇注曰："古人重名讳，诗中三人皆称名，此今人所无。"施鸿保驳斥曰："公诗多称人名，《饮中八仙歌》知章、宗之、李白、苏晋、焦遂、张旭，亦皆是名。惟生曰名，死曰讳。古人不重名，重讳，故闻人言祖父讳，有徒跣走者，有掩耳出者，有问若人讳底者。公与人赠答诗，虽无可证，然必不知则已，知则当亦避也。注以名讳并言，似尚有别。"这就弥补了仇注的不周之处。再如卷七《垂老别》"孰知是死别"句，施鸿保曰："今按孰字当做熟。后《绝句漫兴》'熟知茅斋绝低小',《解闷十二首》云'熟知二谢将能事',《舍弟占归草堂》云'熟知江路远',注引说文:孰,食饪也。古文但有孰,后人加火,别作生熟之熟。《汉书》'熟计'字,皆只作孰。据此,则孰即熟字。熟知,犹云明知、深知也。后诗既皆作熟,此诗不应独从古字,或亦传写所误。"此虽非驳斥仇注,但他联系前后数诗皆作"熟"字而此诗独作"孰",认为可能是传写之误,心细如发,其说可从。再如卷七《苦竹》"青冥亦自守",仇注曰:"鲍照诗:青冥摇烟树。"施鸿保曰:"公诗屡用青冥字,如'青冥却垂翅''自到青冥里''青冥犹契阔''勋业青冥上',皆借言天色杳冥。惟《白水崔少府高斋》云'危阶根青冥',《路逢杨少府》云'当为劚青冥',注云树色,与此诗似皆不合。此诗当犹翠微之意,言山色杳冥也。《桔柏渡》云'青冥寒江渡',亦言江色。"仇注引用鲍照诗"青冥摇烟树"不妥,因为鲍照诗里的"青冥"指树色,而杜诗此处当解作"翠微"或"高远"之意,指天色。施鸿保引用三例杜诗,可证此处"青冥"当做天色杳冥。卷九《杜鹃行》"抢佯瞥挒雌随雄",仇注曰:"瞥挒,目邪视而旋折也。《上林赋》:转腾撇挒。一作撇挒。"施氏驳曰:"公《大食刀歌》'鬼物撇挒乱坑壕',《汉皋诗话》云:撇挒,疾貌。又《留花门》诗'千骑常撇烈',《正异》作'撇挒',亦云疾也。此诗亦当同解,字虽从目,或本通用,或由误写。注因从目,遂作目邪视而旋折,将二字分解,又引《上林赋》,仍作撇挒,非也。"这里引用多处杜诗佐证,十分有力。当然古人对此类联绵词的性质尚未完全了解,故有时随文定义,仇兆鳌即犯此病。瞥挒、撇挒、撇烈,皆疾旋回折貌,与字形无关。

　　《读杜诗说》对仇氏等旧注的另一批评是反对深解。历代注杜者皆为学者,其错误往往表现为引经据典,从古书中寻求答案,结果导致浅诗深解,凿枘难合。施氏对此纠谬甚多。如卷四《大云寺赞公四首》,宋代黄鹤编于至德二载陷贼中作,理由是诗中有"泥污人""国多狗""尘沙黄"等字句。施氏驳斥曰:"今按'泥污人',第言雨后泥泞。第二云'雨泻暮檐竹,风吹春井芹',第四云'明霞烂复阁,霁雾塞高牖',当是晚雨夜阴,晓乃开霁,故虑归途泥泞污人。'国多狗',亦是破晓归来,市廛未启,犹惊狗吠,国多者,因《左传》国狗字,偶拈用也。'尘沙黄',尤是市廛常语。"黄鹤以为"泥污人""国多狗""尘沙黄"等是杜甫比拟贼军,故将《大云寺赞公四首》编入陷贼时期,而施氏认为四首不过杜甫实写所闻所见,毋庸小题大做。另一典型的例子是卷六《奉赠王中允维》"穷愁应有作,试诵白头吟",仇注曰:"文君愿一心不二,故借以喻维。"施氏驳曰:"今按注意,盖因诗云'三年独此心',文君吟有'愿得一心人'语,故云。然文君是愿人一心,此诗是言己一心,意尚不合。后《舍弟赴蓝田迎妻子》诗'喜多行

坐白头吟',《寄杨五桂州》诗'江边送孙楚,远附白头吟',《示两儿》诗'团圆思
弟妹,行坐白头吟',《夏日杨长宁斋》诗'长夏白头吟',《七月三日呈元二十一》
诗'惆怅白头吟',《凭孟仓曹觅旧庄》诗'南浦白头吟',《风疾舟中》诗'久放白
头吟',皆非用文君事。《舍弟观迎妻子》诗,注引孔稚圭诗'劳歌欲叙意,终是
白头吟'、袁朗诗'如何悲此曲,坐作白头吟',云六朝人已皆通用,不专属文君
事,此诗亦然。白头字当微读,不连吟字,即《夜归》诗'白头老罢舞复歌'之意,
言维穷愁作诗,头必早白,故欲得其诗而诵之也。"仇兆鳌以为"白头吟"用卓文
君之典,其实深解此诗,也误解此诗。施氏引用杜诗七例,皆不用典故,充分证
明了旧注之误。此书胜义颇多,多可信从。

三、郭曾炘《读杜札记》

　　郭曾炘(1855—1929),字春榆,号匏庵遁叟,侯官(今福建福州)人。光绪十
二年(1886)进士,历官礼部侍郎、典礼院掌院学士、实录馆总裁。著有《匏庵诗
集》等。据粗略统计,《读杜札记》共计 355 题 558 首,基本囊括了杜诗的重要篇
章。全书三十二万余言。其主要目的,是通过比较各家异同,得出较为合理的结
论,故征引广泛,如蔡梦弼、刘辰翁、王嗣奭、钱谦益、朱鹤龄、顾宸、仇兆鳌、浦起
龙、查慎行、何焯、梁运昌等名家名著均有涉及。

　　其著述体例,大体是先引旧说,接着辩驳,在此基础上得出结论。如《高
都护骢马行》,先引钱牧斋曰:"此诗叹骢马失所也。此马转战交河,岂知功
成之后,羁绁豢养,俯首伏枥,纵使声价歘然,岂其万里流血之志乎? 横门
者,长安走西域之道也。廉颇、马援据鞍跃马,与老骥之骧首嘶风何以异?
曰为君老,有感愤之思焉。愿终惠养,可以为感恩,未可为知己也。《瘦马
行》为房次律作,此或为哥舒翰作也。"接着辨析道:"炘按:杜诗于哥舒翰多
贬语,观《赠高书记》诗可见。《投赠》一篇,与前后所作多矛盾,乃一时应酬
之作,非其实录,钱说断不然。"以下再引何焯曰:"何义门谓高仙芝尝虏勃律
王及讨平石国,天宝九载入朝,除武威太守、河西节度使,代安思顺。思顺讽
群胡髡面留己,制以仙芝为羽林大将军。公诗盖作于此时,惜其屡立大功而
终老于环卫。其说尚近。"认为此诗乃同情高仙芝而作。再引浦起龙之论:
"浦二田云:少陵马诗先后六七首,人但颟顸赏诵,而不知其意象各出,篇篇
有相题立论之妙。此系有功西域之马,新随都护入京者。诗即从此作意,本
地风光也。余谓依浦注解最是。诗自誉高都护之骢马,而惜都护意亦在其

中,此风人比兴之义也。"通过层层辨析,得出此诗乃借马写人之深意。曲径通幽,义渐显豁。

该书的优点是资料丰富,立论谨慎。其结论往往是在众多旧注旧说的对比参照中得来,故持之有故,稳妥恰当。如《塞芦子》诗,分别引述钱谦益、朱鹤龄、浦起龙、曾国藩四家笺语,最后总结曰:"炘按:曾氏解两寇,又与诸家不同,玩全诗似无及西房意。此诗钱笺最谬,朱、浦二注皆切于时势,而浦注尤圆到。"这个评价基本正确。再如《寄杜位》诗,引顾宸曰:"是一纸家书,率直抒写,不待致饰。曰近闻,曰想见,曰虽皆,曰已是,曰况复,曰还应,曰何时更得,只此数虚字中,情文历乱,俱写出心乱之故。骨肉真情,溢于言表矣。又云同是贬窜,于郑虔曰严谴,于杜位曰宽法,以见轻重失宜,此老杜春秋之笔。"引张溍曰:"郑虔台州之流自论死减等,犹曰严谴,杜位在新州,去国万里,长流十年,始离贬所,盖虔陷贼中不得已,其情可原。位为李林甫党,仅加贬谪,复得量移,实旷恩也。只严谴、宽法二字,便见《春秋》笔法。"郭氏按语曰:"炘按:张氏此条本龚芝麓(龚鼎孳)说。杨西河(杨伦)引此条为龚芝麓说,芝麓于明亡先降于李闯,旋降清,虔之始陷贼而终归顺,更复不如。杨氏此条不知采从何处。顾氏之论已为强解,龚复曲为之辞曰不得已,曰其情可原,为郑解若为自解者。陈泽州谓郑初贬官,故用严谴。位离贬所,故用宽法。非欲以此翻两人罪案也。此说最得之。不知杨氏何以不录也。"

其缺点在于引述冗长,不知删节,以至于篇幅臃肿,难以卒读。如《洗兵马》全诗意在通过潘耒、朱鹤龄、浦起龙、何焯、曾国藩等人批评钱谦益的谬论,却全文引述钱氏笺语达一千三百多字。有的则多引而少断,如《寄李十二白二十韵》《江上值水如海势聊短述》《有感五首》《题桃树》《杜鹃》《牵牛织女》《谒先主庙》《诸将五首》《八哀诗》等,均引文汗漫,甚是无谓。

第六节 董兆熊与清后期的当代诗注

道光以后至于民初的九十年间,诗歌笺注相对凋落,数量不多,但此时文字狱渐弛,史料渐丰,故对本朝诗集的注释较为周翔,质量较乾嘉时期更优。按时序排列,主要有如下几部注本:

道光年间,有蒋坦《樊榭山房游仙三百首诗注》3卷,厉鹗诗集,道光28年蒋氏学海堂丛刻本;王元麟《秋江集注》6卷,黄任诗集,道光23年东山家塾刻本。

　　咸丰年间，有董兆熊《樊榭山房集》，厉鹗诗集，未刻，今有上海古籍出版社1992 年版。

　　同治年间，有孙元培、孙长熙《小谟觞馆诗文集注》16 卷，彭兆荪诗文集，同治 13 年刻本。

　　光绪年间，有徐嘉《顾亭林先生诗笺注》，光绪 23 年徐氏味静斋刊本；姚妶《钝吟集诗笺注》12 卷，冯班诗集，清钞本；佚名《吕晚村诗稿旧钞笺注》不分卷，清钞本等。

　　其中董兆熊笺注《樊榭山房集》和徐嘉《顾亭林先生诗笺注》价值较大。

一、董兆熊注《樊榭山房集》

　　厉鹗是戞戞独造又腹笥丰赡的诗人，也是乾隆时期浙派诗歌的代表之一，在当时独树一帜。清代杭世骏《词科掌录》曰："厉太鸿为诗精深华妙，截断众流，乡前辈汤少宰西厓最所激赏。自新城、长水盛行时，海内操奇觚者，莫不乞灵于两家。太鸿独矫之以孤澹，用意既超，征材尤博，吾乡称诗于宋、元之后，未之过也。"全祖望亦谓："余自束发出交天下之士，凡所谓工于语言者，盖未尝不识之，而有韵之文，莫如樊榭。"（《厉樊榭墓碣铭》）沈德潜则曰："樊榭征士学问淹洽，尤熟精两宋典实，人无敢难者，而诗品清高。"（《清诗别裁集·小传》）均对其十分推崇。要注释这样一位兼具学者身份的诗人之诗，其难度可想而知。

　　董兆熊（1806—1858），字敦临，一字梦兰，苏州吴江人，咸丰初年举孝廉方正，诸生，屡赴乡试皆不第，以馆徒为生，咸丰元年举孝廉方正。与杨象济、陈献青、李芝绶等名士过从甚密。好骈文。著有《味无味斋稿》，另辑有《明遗民录》二十卷、《孝子传》二卷，助纂《金山县志》三十卷。为《樊榭山房集》二十卷作注。又选辑南宋诗文为《南宋文录》，身后稿本经删存为《南宋文录录》，刊行于世。但除了这些公开的资料，有关董氏的详尽生世及其作注的资料，却十分稀少，难觅踪迹。但他对《樊榭山房集》的注释，爬罗剔抉，内容丰赡，详明妥帖，堪称精品。

　　首先，厉诗搜奇嗜博，钩深摘异，所记多稀见之物，所咏多幽古之情。仅以"诗甲"为例，如《观汪青渠所藏嵩山诸碑版拓本六首》《江上访金寿门出观颜鲁公麻姑山仙坛记米海岳颜鲁公祠堂碑拓本》《观吴耕民所藏唐泰山摩崖碑拓本同绘卣作》诸诗皆写古碑拓本，《过丁茜园斋观陈洪绶合乐图》写明人画本，《题陈子健所藏宋人画太真按舞图》写宋人画本，《汪青渠送研光笺》写一种古法制造的纸笺，《赵忠毅公铁如意歌》歌咏明人铁如意，《意林所藏宋徽宗鹡鸰图同确士作》咏

叹宋徽宗《鹍鸽图》,《汉铜雁足灯歌为半槎赋》《汉铜龙虎鹿卢灯歌为敬身作》分
别描写汉代文物之美。其它如《獭》《三径草堂晚桂》《于潜王明府寄白术》分别咏
水獭、晚桂、白术等。又性喜孤静,如《佛屋闲题》写佛寺,《过宋通问副使朱公少
章墓》写墓碑,《灵隐寺月夜》《晓登韬光绝顶》写夜深人静之时,《三月十三日游法
华山》写游山,《同寿门游若溪广惠寺是陈武帝故宅》写游陈霸先故居。喜爱唱和
古人或用古人之韵,如《苹洲曲十首和鲍明府》《十二月十二日大雪用东坡聚星堂
雪韵》等。喜写远引高蹈的遁世情怀,《游仙诗》重唱叠和,前后三百首,堪称巨
制。题材古雅决定了所引语汇和典故定非俗世常见者,因此其作品注释需要旁
搜远绍,苦心孤诣,方可小成。从结果来看,董氏的注释原原本本,引证浩博,基
本满足了读者的期待。以开篇《金寿门见示所藏唐景龙观钟铭拓本》为例,就是
怀古咏物之作,通过赞叹历尽沧桑、古朴斑驳的文物之美,抒发其思古幽情和远
离现实的超脱之感。该诗涉及众多金石名词或生僻词汇,注文一一发覆原委。
"墨本"条引明人王志坚《古文澜编》所载熊朋来《钟鼎篆韵序》注曰:"唐初盛临
摹,始有以纸拓碑碣为墨本者。"交代墨本之由来。"九乳器"引李善《文选注》曰:
"《乐叶图征》曰:铄金为钟,四时九乳",则"九乳器"乃形容景龙观之钟有九个凸
点的装饰。"柘袍"引《唐六典》注曰:"隋文帝服柘黄袍巾带临朝。""装比李仙
丹",李仙丹是唐开元年间的著名装裱师,注引张彦远《历代名画记》曰:"开元中,
玄宗购求天下图书,亦命当时鉴识人押署跋尾。……十五年月日,王府大农李仙
丹装背,内使尹奉祥监。是集贤画院书画。"

其次厉诗多用生僻之典。还以该诗为例,如"寒具浼"引朱文长《墨池编》注
曰:"桓玄爱重法书,每燕集,辄出法书示客。客有食寒具者,仍以手捉书,大点
浼。后出法书,辄令洗手,除寒具。"可知"寒具"是一种油炸面食,食用后又"以手
捉书"当然点污法书。当然此注似宜直接引用张彦远《法书要录》,而非转引。
"钟铭最后得,斑驳岂敢唾"暗藏了一个典故,注引清人孙承泽《庚子消夏记》曰:
"相王所书《顺陵碑》,字法遒逸整洁,唐妙迹也。其中多用武后新字,且自称忠唐
之子孙,何不类至此,令人欲唾。"这是一个僻典,若无注释,恐读者不易看出。
"字字蟠螭大",注引张怀瓘《书断》曰:"王珉行书状云:宛若蟠螭之抑势。""初剪
桑条韦"句浓缩了中宗韦皇后专权和李隆基发动政变取得成功的史实,较为艰
涩,注引《通鉴》曰:"中宗景龙二年,迦叶志忠上《桑条韦歌》十二篇,编之乐府,皇
后祀先蚕则用之。太常卿郑愔又引而申之,上悦,皆受厚赏。"解释了韦氏造作谣
谶的历史,"桑条韦"就是为韦氏"母仪天下"、造势专权而虚构的民谣,诗用"剪"
字,一语双关,又十分形象。"懋绩于此堕"句亦不易索解,注引《唐书·韩思复

传》曰："帝作景龙观,思复谏曰:祸难初弭,土木遽兴,非忧物恤人所急。不见省。"懋,大;懋绩,大功也。意思是中宗于民生艰难之时大兴土木,毁弃了振兴国家的大功。至于"便续《金石录》,明诚不是过"二句,则是明用赵明诚著《金石录》之典。即使如此,此诗"范钟崇玉清,搆炭飞廉佐"二句仍含义不明,可能注家畏难束手,只好付诸阙如罢。

　　第三关于化用古人语言,注释亦多精当。如此诗"贪若笼百货"句,引《汉书·食货志》:"京师受天下委输,尽笼天下之货。"说明三字乃暗用《汉书》语言。"雄词压寒饿"句,引苏轼诗"秀语出寒饿",则暗用苏诗。"往事去无那"句,"无那"是古语,注引《日知录》曰:"六朝人多书奈为那。《三国志注》:文钦与郭准书曰:所向全胜,要那后无继何?《宋书刘敬宣传》:牢之曰:平玄之后,令我那骠骑何? 唐人诗多以无奈为无那。"说明厉鹗嗜古好奇,喜用古语,此为一证。

　　厉鹗交游较广,见识渊博,诗歌涉及大量的人物、历史、地理或其它背景资料。虽然该注没有一般注本通常的凡例、年谱、解题等事项,但大多在题目的注释中基本提供了读者所需内容。如《金寿门见示所藏唐景龙观钟铭拓本》诗涉及的金农,是一位博学多才、嗜奇好古的学者,扬州八怪之首,注释首先引用王昶《湖海诗传》对金农的介绍,使读者对其人其事稍有涉猎。其次关于景龙观及钟铭拓本,内容涉及众多历史人物和生僻典故,注引郭宗昌《金石史》对于景龙观及钟铭内容的介绍,景龙观乃中宗所造,钟铭乃中宗亲撰。又据钮琇《觚賸》"文体古雅,书法遒媚,极可爱也",知乃中宗亲书。而拓本来之不易,拓者须"塞其内空,缘梯而上,乃可椎制,故罕传于世",所以称其为传世之宝并不为过。注释的详尽介绍,提供了读者了解诗歌内容的基本信息。而所引之书,多为近人之作,文献丰富可靠。

　　该注引证丰富,基本做到了应注尽注。一般说来,注释什么、注释多少,注家有很大的自由空间。但该注不避疑难,对读者可能感到疑惑之处,一般均繁征博引,呼应读者关切,这是难能可贵的。如诗甲《同寿门游若溪广惠寺是陈武帝故宅》,全诗38句,有24条注释,内容涉及历史、地理、文学、文字等。如首条注释题目,引清人胡承谋《湖州府志》注释若溪位置及其形声,又引《长兴县志》注释广惠寺。第四句"老树青鬐鬐",引赵孟頫《大雄寺佛阁记》:"长兴为陈高祖故里,寺其宅也。有桧在庭,直殿之西偏,邑长老言当时故物也,苍皮赤文,破裂奇诡,而茂悦之色,千载不渝。"又引宋人叶梦得《避暑录话》关于该桧树的记载,又引康熙《长兴县志》所载"陈朝桧"的近况予以补充。第五句"上巢大嘴鸟",引白居易《大嘴鸟》诗。第六句"下络交枝藤",引苏轼诗曰:"上有千岁交枝藤。"说明此句化自苏诗。第七句"王气久死灰",引明人徐献忠《吴兴掌故集》:"梁武帝时童谣'王气在三余',乃于余干、余杭、余姚三县为厌胜法。陈武帝生于长城,故有余干山、余罂溪、余渔浦,岂有天意乎?"说明此句暗用典故。第八句"阴怪争来凭",引《酉阳杂俎》:"变状阴怪。"第九句"陈帝起里中",分别引《南史·陈本纪》和《陈书·高祖本纪》关于陈高祖家世的龙兴传说。十一句"捣青一旅奋",引《南史·陈本纪》童谣"石头捣祸裆,捣青复捣黄",再引《左传》"有众一旅",从典故和语言两方面注释此句。十二句"驱贼如秋蝇",注引《字鉴》,认为贼字当从"成",而俗多从"戎",误也。十三句"悲哉萧老公",引《南史·侯景传》:"请兵三万,横行天下,要须济江缚取萧衍老公以作太平寺主。"老公,即俗呼老东西,说明此乃旧时俗语,有戏谑意味。十四句"不得顾眇僧",引《南史·梁本纪》武帝"梦眇目僧,执香炉,托生王宫"的记载。十五句"跛奴亦何为",引《南史·侯景传》:"南登小城,人登陴诟之曰:跛脚奴何为邪!"说明"跛奴"乃侯景败后为人所詈语。第十七句"此地即丰沛",引明代陈仁锡编《潜确居类书》及扬雄《剧秦美新》"汉祖龙腾丰沛,奋迅宛叶",介绍丰沛。十九句"长爪携淑俪",引《南史·陈后妃传》"手爪长五寸",又引潘岳诗"奈何悼淑俪",事典和语典兼顾。二十句"雉山望云蒸",引《湖州府志》:"梁武帝时,童谣云'鸟山出天子',江东诸山以鸟名者俱凿,惟雉山不凿,而陈高祖生。"说明此句暗含了民间传说的典故。二十四句"寒溜汤泉腾",分别引述《湖州府志》《长兴县志》《涌幢小品》和归有光《圣井铭并序》四文,交代陈武帝初生时"井泉涌出,汲以浴帝,因名圣井"的逸闻,暗示该句之渊源。二十五句"更著辱井戒",注引《太平寰宇记》、欧阳修《集古录》和曾巩《辱井铭跋》,陈述"辱井"得名的缘由,"隋灭陈叔宝与张丽华投井事,其后有铭以为戒"。二十七句"可怜马上郎",注引《南史·陈本纪》所载童谣"可怜巴马子,一日行千里。不见马上郎,但见黄尘起"云云,意含讽喻。二十八句"义愤尤足称",注引《汉书·逸民传论》:"义愤甚矣。"三十二句"从此期恢弘"引郝经《开平新宫》诗:"恢弘回一气。"三十四句"暴骨摭讐胳",引用《北史·孝行传》所载僧辩之子为报杀父之仇,发掘武帝陵墓,"焚骨取灰,投水饮之"的史实,寄寓了对武帝身后的同情。三十六句"闲话同诗朋"引刘克庄诗"诗里得朋卿与我",又引赵秉文诗"诗朋鏖战剧皋兰"。三十七句"循廊土花碧",引李贺诗"三十六宫土花碧"。三十八句"铃语摇觚棱",先引苏轼诗"塔上一铃独自语",又引《懒真子》对"觚棱"的考证,此物乃宫阙的阙角,后诗歌多以为京城的代称,如"觚棱梦"即京城梦、故国梦等。全诗典故络绎,若无注释,读者难得其详。

厉鹗是学者型诗人,好用生典僻典,尤其对宋代典籍与故事颇有兴趣。友人王昶云："征君性情孤峭,义不苟合,读书搜奇爱博,钩新摘异,尤熟于宋元以来丛书稗说。"(《蒲褐山房诗话》)袁枚亦曾批评："樊榭在扬州马秋玉家所见说部书多,好用僻典及零碎故事,有《庶物异名疏》《清异录》二种。"①虽不中亦不远,如卷一《北郭纪游四首·散花滩》"当年张外史,此地有行窝",用《宋史·邵雍传》"好事者别作屋如雍居,以候其至,名曰行窝。"卷五《是日春社晚归坐雨寄诸君》"句无刘夜坐,兴比薛春游",分别暗用马令《南唐书》及范缜《东斋记事》中"刘夜坐"、"薛春游"两个人名。卷七《皋亭看桃花舟中同孙瑶圃右阶作》"不逢渔子应迷路,喜有词人共踏莎",前句用《桃花源记》之典,人所共知;但后句虽然眼熟,却是僻典,乃吴曾《能改斋漫录》所载钱惟寅的典故。卷八《同吴西林城东看花遇大风戏为长歌》"今朝风气花鞯扇,莫使迟来花似霰"句,乃暗用《清异录》:"俗以开花风为花鞯扇,润花雨为花沐浴。"董氏均搜奇猎险,一一抉之而出,以飨读者。不少典故本于《墨庄漫录》《曲消旧闻》《铁围山丛谈》《咸淳临安志》等宋人笔记、方志和其他著述,或出于《清容居士集》《戒庵老人漫笔》《万历野获编》等元明人著述,其中多是小典、俗典,常人罕用,如齿神名"朱丹",陶谷小字"铁牛",以及"祠山报""夏九九""倒箱会",甚至有关"解梦"的典故。此外,他还喜用佛典,如"清净水""雨美膳""寂灭""诸相""上乘""心灯"等等。有时直接化用宋人诗句,如《人日游南湖慧云寺》"粉围香阵忆诗仙",化自张梅词"粉围香阵拥诗仙";《西湖竞渡曲》"八分湖水二分人",化自楼钥"二分烟水八分人"。厉鹗之多用宋典,一是因为他精熟宋代各类典籍,二与其力主创新,力求"辞必未经人道"有关。经史典故和唐前典故,皆经前人滥用,已无新意,宋典则否。但宋元以来的书籍浩如烟海,乃唐前数十倍,一般注家视为畏途,避之唯恐不及,而董氏迎难而上,完成此注,使厉诗精蕴大白于天下,此有功于厉氏及学界可谓大矣。洪亮吉曾言:"近来浙派入人深,樊榭家家欲铸金。"②若无董氏,今人对樊榭之诗则近于盲人摸象,而我们对董氏呕心沥血成此巨著的详情却几乎一无所知,这不能不说是遗憾。

二、徐嘉《顾亭林先生诗笺注》

　　徐嘉(1834—1913),字宾华,一字遁庵,江南淮安府山阳县人。咸丰四年

① 《随园诗话》,人民文学出版社 1960 年版,第 320 页。
　《道中无事偶作论诗截句二十首》,《洪亮吉集》,中华书局 2001 年版,第 1245 页。

(1854)以淮安府试第一入学。此后久试不售,遂开馆延徒,布衣终身。光绪十一年(1885)春,应聘教授于徐州,结识冯煦、桂履真等,借桂氏藏书校订《顾诗笺注》。除《顾诗笺注》外,尚有《味静斋诗文集》《夜存录》等。

顾炎武被梁启超称之为清代诸学术派别的"不祧之祖",著述甚丰,涵盖文献、史学、金石等各个方面。研究这样一位对清代学术影响深远的巨擘,注定要付出巨大心血,《顾亭林先生诗笺注凡例》称此著"草创于光绪壬午(1882)",前后历时十五年,"寒暑靡辍,草稿三易,检书四百五十余种"。刊刻过程中又遭到刻工欺诈,"给钱溢数,版半盗质",加之"性苦慈懦"和无力赎回,种种不堪,辛酸异常。今《顾诗笺注》包括正文 17 卷、《校补》1 卷、《诗谱》1 卷。《诗谱》借鉴吴映奎、张穆两种顾氏年谱,从崇祯十七年(1644)炎武三十一岁作《大行哀诗》开始,对其重要诗篇进行逐年编次,简明实用。该注有如下特点。

首先是详于考史。顾炎武的诗歌全面反映了明末清初易代之际风云激荡的历史,徐嘉《笺注凡例》称其诗歌为"一代诗史,踵武少陵",所以他在注释中详尽考证史事,向读者展示顾诗深刻的内涵和意蕴。如首篇《大行哀诗》,大行者,大去也,是哀悼崇祯帝之诗。全诗三十二句,语言高古精粹,概括了思宗初政及末世颓风,抨击股肱懈怠,表达沉痛的亡国之悲。其中均涉及浩繁的明末史实,如"景命殷王及",注曰:"《明史·熹宗纪》:遗诏以皇帝第五弟信王由检嗣皇帝位。""灵符代邸膺",注曰:"《明史·庄烈帝纪》:天启二年封信王,六年十二月出居信邸。""天威寅降鉴",注曰:"《明史·庄烈帝纪》:十一月甲子,安置魏忠贤于凤阳,己巳魏忠贤缢死"云云,列举阉党伏诛的史实。"祖武肃丕承",注曰:"《明史·宦官传》:太祖既定江右,鉴前代之失,尝镌铁牌置宫门曰:内臣不得干预政事,预者斩,敕诸司不得与文移往来。又《庄烈帝纪》:十一月戊辰,撤各边镇守内臣。元年正月辛巳,诏内臣非奉命,不得出禁门。二月丁巳,戒廷臣交结内侍。"罗列思宗敬遵天戒,克承祖德之史实。"求官逢硕鼠"句,连续引用《明史·王应熊传》、《奸臣传·周延儒》《薛国观传》等,证明吏治大坏的历史。"驭将失饥鹰"句连续引用《明史·袁崇焕传》《左良玉传》《附贺人龙》《刘宗周传》,历数崇祯年间武将骄横、难以节制的累累史实等,皆有助于读者以史证诗。

值得注意的是,除《明史》外,作者还征引了部分清代禁书,如顾炎武《明季实录》、计六奇《明季北略》《南略》等。《明季实录》收录了明亡以后一年内南明王朝皇帝王侯的诏书、大臣奏议、上书以及当时人对当时历史的记载,保存了李自成占领北京之后的珍贵史料,可补李自成研究、南明史研究之不足。此书康熙年间以钞本形式流传,乾隆时期被收入《四库禁毁书目》,道光年间始有刻本,被收入

《昭代丛书》，但篇幅较小，顾氏又无剪裁，因而历来为研究者所忽略，如道光二十四年张穆编《顾亭林年谱》和光绪四年吴映奎《顾亭林年谱》中均未见关于《明季实录》成书的记载。但《大行哀诗》题解引《明季实录》注释崇祯皇帝殉难处曰："在大内兔耳山。""英明乃嗣兴"句引《明季实录》注曰："弘光诏书曰：惟我大行皇帝英明振古。"计六奇《明季北略》《南略》以纪事本末体逐年记载明末史事，于崇祯一朝尤详，内容大多涉及晚明农民战争、阶级矛盾、民族关系等，取材广泛，记事有序。由于清初文禁，是书列入禁毁之列，未能付梓。直至嘉庆、道光年间，文纲稍弛，才由北京琉璃厂半松居士木活字本刊行。如《大行哀诗》题解即引《北略》记载崇祯帝自经的过程："上登万岁山之寿皇亭，即媒山之红阁也，自经于亭之海棠树下。"《京口即事》其二"大将临江日"，注引《南略》曰："五月七日史可法议防江，设水师五万，添二镇将，画地分守。"《京阙篇》"望云看五采"，注引《南略》曰："五月戊子朔，群臣迎福王，所至郡民聚观，生员及在籍官沿途皆有拱迎者。有云先一日两大星夹日，是日五色云见"等文字，皆在文纲松弛后得见。

其次是典故详核，古今兼顾。顾诗的特点是典重沉郁，苍凉悲慨，五律等更是极类少陵。如首篇《大行哀诗》，是哀悼崇祯、痛哭明亡的五律长篇，作者长歌当哭，驱遣经史，铺张排比，典故络绎。如"细柳年年急"注引《汉书·周勃传》，再引《明史》，罗列清兵屡犯边关、狼烟四起的史实十数条。"萑苻岁岁增"，注引《左传》，以下详引《明史》有关李自成攻克北京、群雄逐鹿、生民涂炭的记载。"关门亡铁牡"，注引《汉书·五行志》，接引《明史·志五行二·木妖》注曰："崇祯七年二月丁巳，太康门牡自开者三，知县集邑绅议其事，梁堕而死。""路寝泄金滕"，注引《礼》《书》，以下详引计六奇《北略》所载清兵围城之际，崇祯"发密室中匮，得图三轴"，图中所绘，或状臣子披发狂走，或绘穷民负襁奔逃，甚乃摹天子跣足科头，皆预示穷途乱象。"雾起昭阳镜"，注引《飞燕外传》，接引《小腆纪年》所载崇祯斩杀子女之惨状。"风摇甲观灯"，注引《三辅黄图》："甲观，太子宫。"接引《北略》崇祯于兵乱之际，"从胡同绕出城上，望见正阳门城上，已悬白灯笼三碗，白灯笼自一至三，以表寇信之缓急也。知大势已去。"这些注释皆能兼顾古典和今典，为读者扫清阅读障碍。另外，引文不枝不蔓，语言简洁质实，皆其优点。

徐嘉为此注耗费心血。顾诗的潘耒原刻多阙文，徐嘉于光绪甲申（1884）得镇江书贾旧本，"喜极购归，照录靡阙"。后得京师新刊本，又细心比勘。而笺注就更不易，路岯《序》就感慨"注诗不易，注顾诗尤不易"，"当时所论之事，多秘密忌讳；所遇之人，皆遁世逃名；或有见诸记述者，又因禁毁诸书，多从散落。故时代未远，较注前代诗为尤难"。著名学者李详也感叹此注成书之艰难："私论注此诗者,厥事不易。时值代谢,书更禁毁。舞干衔木,至隐蒐辞;采薇劼桑,相和楚调。或致载籍褫夺,名字翳如,自非博访通人,广求征藏,守己专辄,鲜能毕业。"(《序》)但徐嘉值此凋零之际,却"笃嗜顾诗",不仅搜集了大量正史稗乘,而且仔细排比董理,论世逆志,深探顾氏心曲,"若明季稗史,国初旧闻,比附牵合,咸具首尾。尚论扬摧,宛得心曲。岁阅一周,注积廿卷,可谓亭林之功臣,淮海之英杰已"。(李详《序》)这个评价是中肯的。今人王冀民先生曰:"注亭林诗,考事易而逆志难。不考其事,虽释必近辞书;妄逆其志,虽笺尤同扪籥。旧注之弊,往往在此。"(《顾亭林诗笺释序》)从"考事"和"逆志"两个方面看,徐嘉皆可告慰顾氏。

　　该注不尽如意之处,主要集中在典故考证方面,幸得段朝端、李祥和罗振玉三人之助,为之是正补阙,其中段 110 条,李 50 条,罗 1 条。如《大行哀诗》"天威寅降鉴"之"降鉴",徐氏失注,段氏引《毛传》关于"悠悠苍天"的训诂,曰:"自上降鉴,则称上天。"《感事六首》其四"一旦表军功"句,"一旦功"乃典故,徐氏引《汉书·爰盎传》:"一旦有缓急。"大误。段氏引《史记·曹相国世家》曰:"奈何以一旦之功而加万世之功哉?"卷三《哭顾推官咸正》"身危更藏亡,并命一朝毙","一朝"徐氏失注,李详补注曰:"曹植《求自试表》:观古忠臣义士,出一朝之命,以殉国家之难。"卷三《十月二十日奉先妣葬》"前冈后舍分昭穆"句,徐氏引顾炎武《先妣行状》及《与史馆诸君书》,未得其实。李详补注曰:"《封比干墓铜盘铭》:左林右泉,前冈后舍,万世之灵,于焉是保。"皆探骊得珠,使注释更趋完善。

结语：清代诗歌注释学的特点和不足

清代稽古右文，将古代别集尤其是诗集的整理推向高潮，其成果数量之多、规模之大、质量之高都超越前代。陶敏、李一飞评价曰："最能代表清人别集整理成就的，是一批学术水平高、影响深远的别集笺注本。它们虽或系一人积年完成，或经多人相踵完善，注者各有专长，笺释各有侧重，体式风格多样，但大多能博采旧注，广征史料，缜密考订，纠谬补缺，考校、笺注、评解都远较旧本详善，达到了新的高度。这批著作，既代表了清人别集整理的最高成就，也是我国封建社会中隋唐五代别集整理工作总结性的集大成之作。"①这个评价是合乎实际的。建国以来的古代文学研究基本是建立在清人研究的基础上的，特别是唐宋诗集，中华书局、上海古籍出版社组织专家学者编辑的《中国古典文学基本丛书》和《中国古典文学丛书》，其中很多笺注是清人治学的结晶。清代诗歌注释学特点很多，但最重要的有如下两点。

首先是注释学理论的发展。注释学理论在宋、元、明三代发展缓慢，清代是辉煌期。清初朱鹤龄提出"诗有可解、有不可解"："指事陈情，意含风喻，此可解者也；托物假像，兴会适然，此不可解者也"（《杜诗辑注序》），反对穿凿比附。乾隆时期齐召南认为："注古人书，虑闻见不博也，尤虑其识不精。既博且精，又虑心偶不虚不公，知有疑勿阙，有误亦曲为解。"（《李太白全集序》）指出注家之博、精、公等素质的重要性。杭世骏提出"作者不易，笺疏家尤难"，指出注释之难在于"语语核其指归""字字还其根据"，首次从理论高度指出笺注事业的特殊性。《四库提要》更鲜明指出必须重视版本、校勘和编集等基础工作，注释中必须反对寻行数墨，盲目比附；或曲解文义，强作解人；反对失注，也反对滥注；并批评"引后注前""举末遗本""但扣字面"诸多引证错误。这是古代诗歌注释学理论的第

---

① 《隋唐五代文学史料学》，中华书局 2001 年版，第 66 页。

一次系统总结。纪昀的评点，提出反对"理障""事障""词障"的"三障"之说，包含了丰富的注释学理论价值。

　　其次是集大成意识。唐宋诗集至清初已有数百年的研究历史，辨章学术，考镜源流，对各类是非得失进行彻底清理，成为清代学者共同的学术追求，故清代学术呈现有容乃大、取精用弘的宏大气魄。这体现在众多方面，如校勘方面，力求完备。清人对历代流传的前人诗集进行了详尽的辑佚补遗辨伪工作，为完成高质量的笺注作品打下良好的基础，也为后世的研究奠定了坚实的文献基础。历代笺注李白集，皆不及文章，而王琦《李太白全集》在前人基础上增辑补遗，为《诗文拾遗》57 首。冯集梧《樊川诗集注》，据《唐音统籤》、《全唐诗》等诸种文献辑得《补遗》一卷共 15 首附于卷末。蒋清翊笺注《王子安集》，从《唐语林》辑补赞一首，从崇善寺本辑补赋、记各一首，从《全唐诗》《初唐十二家集》《韵语阳秋》辑补诗八首，从《全唐文》辑补序、碑各一首，使樊川诗基本完备。陈熙晋鉴于《骆临海集》的旧注"脱简甚多"，故爬罗各种文献，总结了"佚其篇者""佚其全题者""佚其题字者""佚其字句者"几种情况（《凡例》），分别辑佚补订。刮垢磨光的校勘是清代学术的一大特色。再如汲取前人成果方面，清人广采博收，充分吸收前贤时哲的研究成果，采辑众说，取长补短，以至精益求精，后来居上，充分体现了清人集思广益、海纳百川的胸襟。仇兆鳌《杜诗详注》面世前，杜诗注释佳作如林，各有特点，仇氏择善而从，对于宋元以来的注杜之作，所采者或"各有所长"，或"最有发明"，或"最有辩论证据"。而对于时人的注杜之作，仇氏认为钱谦益、朱鹤龄两家"互有同异"，"钱于《唐书》年月，释典道藏，参考精详。朱于经史典故及地理职官，考据分明。其删汰猥杂，皆有廓清之功。但当解不解者，尚属阙如"。其他注杜之作如卢元昌《杜诗阐》"征引时事，间有前人所未言"，张远《杜诗会稡》"搜寻故实，能补旧注所未见"，顾宸《辟疆园杜诗注解》"穷极苦心"，吴见思《杜诗论文》"依文衍义"等，所录注本不下百家，《杜诗详注》正是在前人研究的基础上采花酿蜜、去芜存菁，奠定其集大成的学术地位。清初李商隐研究形成热潮。道源、朱鹤龄、徐树谷、程梦星、姚培谦、屈复等注本相继问世，乾隆时期的冯浩在充分吸收和借鉴前贤时哲研究成果的基础上，旁征博引，"合取而存其是，补其阙，正其误焉"。即使在完成初稿后，得知有尚未寓目的义山注本，立即托人借观，"虚衷研审，择其善者采之"（《发凡》）。王琦在南宋杨齐贤、元人萧士赟、明人胡震亨三家注的基础上，"芟柞繁芜，补增阙略，析疑匡谬，频有更定"，成《李太白全集》三十六卷，成为有史以来最为详赡的李白集注本。第三如搜集资料方面，清人可谓不遗余力。资料主要包括两个方面，其一是作者的传记。这些传记资料形式多样,不一而足,除正史本传外,行状、碑志、年谱、世系、逸事等都在辑录范围之内。清代学者认为传记资料有助于知人论世,故搜集巨细靡遗。如王琦《李太白全集》36 卷,仅卷末《附录》就多达 6 卷,《附录》一为《序志碑传》12 首;《附录》二、三汇录历代诗人题咏之作共计 80 首;《附录》四为《丛说》220 则,汇集诗文评;《附录》五为《年谱》,附录六为《外记》194 则。《附录》之外又收有齐召南序、杭世骏序、赵信序、王琦自序及跋等资料,简直是一个李白研究资料的小型专题库。其二是别集的序跋、时人与作者的唱和之作、历代文人的题咏、后代学者对作品的评价等。他的另一部笺注名作《李长吉歌诗汇解》,首卷单独收录与李贺有关的资料,包括杜牧《李长吉歌诗序》、李商隐《李长吉小传》、陆龟蒙《书李贺小传后》等,以及戴叔伦《冬日有怀李贺诗》等八首题咏之作,还包括摘自正史、笔记及小说中的《事纪》12 则,又有《诗评》32 则。后人认为此集"卷首列古人之校刊评集及昌谷事实,为他本所无",对研究者尤为方便(万曼《唐集叙录》)。体制完备,资料琳琅,从一个侧面体现清人在诗歌注释学方面高掌远蹠、总揽全局的学术气魄。

最后是注重学术规范。良好的学术规范是学术质量得以保证的重要前提,这在清代有鲜明体现。与宋、元、明等不同,清人十分注意笺注凡例的撰写。如清初钱谦益《注杜诗略例》不仅是有关杜诗注释的纲领性凡例,而且对整个清代的学风转变起到巨大作用。它列举旧注之陋,正本清源,继往开来,彻底清算宋元以来笺注领域中的各种流毒。继之而起的朱鹤龄《杜诗辑注》,卷首《凡例》十五条对编年、旧注、文字等笺注事项作出详尽说明,是中国古代诗歌注本中最早也较具体的注释体例。而仇兆鳌《杜诗详注》,订立《凡例》二十条,在诸多方面臻于时代的学术巅峰,无愧集大成的称号。"外注引古""内注解意"等条例继承并发展李善《文选注》的注释学思想,对有清一代影响深远。在清初学者的努力下,清代的学术风气始终较为纯正,以往伪造附会、空谬臆说、穿凿深文的恶习日趋消歇,而代之以笃思明辨、实事求是和博学洽闻的一代新风。

清代诗歌注释学的不足也较为显著,即受文字狱影响甚大,尤其是乾隆以后的学者文人,动辄得咎,钳口侧目,因此学术一改早期经世致用、议论风发的面貌,变得死气沉沉、枯燥乏味。第一是出现了为学术而学术的风气。对时政避之唯恐不及,陷入故纸堆中不能自拔。钱谦益眼中的杜甫是敢于进谏的诤臣形象,到了仇兆鳌时代已摇身一变为"一饭不忘君"的忠臣孝子,可见变化之巨。乾隆早期的赵殿成笺注《王右丞集》虽以浩博著称,但对王维的思想及其文学性几乎闭口不谈,注重知识性而忘掉文学性,与读者的实际需求相去甚远。冯集梧《樊川诗注自序》直言"吾人发言，岂必动关时事"，回避大是大非，沉湎锱铢得失，均是时代大气候的反映。

　　第二是对当代注的影响。文字狱对当代注的影响尤为明显，这些笺注的对象大多是明清之际的风云人物，所涉史实多为清廷讳莫如深者，所以注家引用皆为清代钦定的《明史》等材料，如靳荣藩《吴诗集览》以及程穆衡原笺、杨学沆补注《吴梅村诗集笺注》两部吴伟业诗集注本，对吴诗深意不敢放言高论，其《凡例》首录"内阁奉上谕"即可窥肃杀之气。史料狭隘乃至失真，自然影响甚至歪曲诗歌的解读。这种状况直到清末方有所改观。

　　第三是繁琐考证。可分两种情形，一种是文字狱的副产品，注家忌惮文字狱的淫威，却误入"释事忘义"的歧途，如冯浩、沈钦韩、施国祁、陈熙晋等人的笺注，多大肆考证而言不及义；一种是清人对李贺、李商隐诗的索隐之风，甚至陷于捕风捉影，谬妄无稽，姚文燮《昌谷诗注》、吴乔《西昆发微》、冯浩《玉溪生诗笺注》等皆不免此弊。两种考证的性质不尽相同。

图书在版编目(CIP)数据

中国古代诗歌注释学史稿/周金标著.—上海:上海三联书店,2024.6

ISBN 978 - 7 - 5426 - 8352 - 6

Ⅰ.①中… Ⅱ.①周… Ⅲ.①古典诗歌—注释—史料—中国 Ⅳ.①I207.22

中国国家版本馆 CIP 数据核字(2024)第 008053 号

中国古代诗歌注释学史稿

著　者 / 周金标

责任编辑 / 郑秀艳
装帧设计 / 徐　徐
监　制 / 姚　军
责任校对 / 王凌霄

出版发行 / 上海三联书店

　　　　(200041)中国上海市静安区威海路 755 号 30 楼
邮　箱 / sdxsanlian@sina.com
联系电话 / 编辑部: 021 - 22895517
　　　　　发行部: 021 - 22895559
印　刷 / 上海颛辉印刷厂有限公司

版　次 / 2024 年 6 月第 1 版
印　次 / 2024 年 6 月第 1 次印刷
开　本 / 710mm×1000mm　1/16
字　数 / 400 千字
印　张 / 23.25
书　号 / ISBN 978 - 7 - 5426 - 8352 - 6/I · 1855
定　价 / 98.00 元

敬启读者,如发现本书有印装质量问题,请与印刷厂联系 021 - 56152633